浦东史诗

何建明 著

上海文艺出版社

浦東史詩

可以这么说：人一生大多数的日子都是很随意的，但就是这些很随意中的某个日子，极有可能改变了我们对这个世界的看法。

半个多世纪前，当我从惊魂中醒来的时候，所触摸到的浦东大地是陌生、冰冷和贫瘠的，以及面临死亡的惊悚……

半个多世纪后的今天，本来并没有什么特别意义，但就是因为这一天，我第一次乘着美丽的游轮，在黄浦江上重新观望那片给予了我生命的浦东大地时，竟然完全着迷，并且忍不住流下了感动的泪水……白天的上海异常晴朗与温暖，明媚春光下的浦江两岸，那种美丽无法用语言和文字形容，甚至会让人想用跪拜的方式，来向这个城市、这个时代和我们伟大的国家致敬，但似乎即便如此，仍不能彻底释怀内心的情感。

傍晚，少有的一阵阵春雷响彻黄浦江的上空，我仿佛听到一个伟人的声音在天际回荡：抓紧浦东开发，不要动摇，一直到建成。

——摘自 2018 年 3 月 4 日日记

目录

序 ▶ 太阳升起的地方,"公主"盛装而归　　001

第一章 ▶ 历史这样拉开序幕

1. "善者"向东望去　　002
2. 那个夏天,江泽民来了　　035
3. 朱镕基:起来,不愿上海沉沦的人们!　　053
4. 一锤定音:邓小平手中的"王牌"　　071

第二章 ▶ 跨过浦江去吹响号角

5. "141"号,5月3日这一天　　090
6. 靠着"心脏"听跳动　　102
7. "明珠"先亮　　125
8. "空手道"换得"第一桶金"　　139
9. "螃蟹"来了真敢吃?　　156

第三章 ▶ 巅峰上的激情与浪漫

10. 伟人也激情　　172

11. "浦东赵"的热泪　　　　　　　　　179

12. 汤,不能躺下,你要站起来!　　　198

13. 遐想中的怦然心跳　　　　　　　216

14. 钻石的光芒　　　　　　　　　　229

15. 风口浪尖上的"全权代表"　　　　243

第四章 ▶ 地标之美

16. "金茂",通体流着金光　　　　　　269

17. 一幢大厦,一片"森"情　　　　　　283

18. 与天对话,我是"中心"　　　　　　298

19. "由由"人民情　　　　　　　　　　311

第五章 ▶ 不沉的"航母",远方的诗……

20. 迪士尼之恋　　　　　　　　　　　331

21. "世博"的光与彩　　　　　　　　　346

22. "阿拉上海人"　　　　　　　　　　367

23. 东方已满帆:上——海——啦!　　394

后记 ▶ 关于我们眼里的上海与浦东　　404

浦東史詩

序 ▶ 太阳升起的地方,"公主"盛装而归

如果把目光放远和放高一些看,人们就会发现:原来世界上还有许多真正的美物远未被发现,这也让我有些敬佩浪漫的法国人,比如他们对爱情的理解和表达就非常直接与准确。

1997年5月17日,时任法国总统的雅克·勒内·希拉克先生第一次来到上海浦东,下榻在刚刚建好的汤臣国际酒店。那时的浦东,正在大建设之中,到处都是正在施工的一栋栋高楼大厦……希拉克总统被新浦东的蓬勃生机与美景深深地吸引和震撼,他十分兴奋并期待地向中国主人表示:我愿意在这里面向中国人民和全世界人民作演讲,因为这里是太阳升起的地方。在那次演讲中,希拉克先生很动情地说:大运河是历史,长城是历史,浦东也是历史。

是的,浦东毫无疑问应当成为人类一段卓越的历史,而且是一段充满激情、浪漫和具有浓浓"上海味道"的历史。这一历史,很大程度上是因为黄浦江而变得那样炽烈与壮丽、凄婉与唯美——

上海人愿把黄浦江视作自己的"母亲河",它仅是对于上海人而言。毕竟没有黄浦江,也就没有了"阿拉"上海人。然而多数上海人并没有意识到:黄浦江其实还是一条世界上最富情调和浪漫的爱情之河。是这条爱河,让一对苦苦相思了千年、深情凝望了百年的恋人终于修成正果,重新拥抱在一起,以罕有的方式,演绎了一曲人类发展史上前所未有的经典爱情诗篇……

这对情深意长的恋人便是"浦东"与"浦西"。这是我对新上海的一个重要发现。

事实上，这个发现或许对所有上海人来说，可能都是新鲜和怦然心动的事。每当夜晚，你只须在外滩两岸走一走、看一看，再神思飞扬一下，你难道不感觉仿佛置身于一个气势磅礴、金碧辉煌、绚丽多彩、盛大无比的"婚礼"中吗？而这永不落幕的婚礼主人便是浦东、浦西这对世纪重逢的"新娘""新郎"。

有一种现象，人类并没有在意，但它依然重要和珍贵，那就是自然万物间的"悲欢离合"。

我们知道，曾经在上海人的话语中没有"浦西"这个名词，因为在过去，浦西一直是"上海"的全部与不可替代的形象，代表了上海所有的辉煌历史，于是浦西就是"上海"，成为天经地义。故此也没有人把浦东视为"上海"的一部分，更不曾把那块荒凉贫瘠的土地与"十里洋场""东方巴黎"的"上海"联系到一起。

然而，浦东也并非生来就孤独与寡欢。大约六千余年前，它与浦西同为时隐时现在海水之中的"上海"胚胎。那时它们浑然一体，彼此不分；它们青梅竹马，爱意绵绵；它们以水为介，以水为媒，共同修炼着人类和自然所赋予的美德。这样的美德，后来被我们的先祖孔子如此总结道："夫水者，君子比德焉。遍予而无私，似德；所及者生，似仁；其流卑下，句倨皆循其理，似义；浅者流行，深者不测，似智；其赴百仞之谷不疑，似勇；绵弱而微达，似察；受恶不让，似包；蒙不清以入，鲜洁以出，似善化；至量必平，似正；盈不求概，似度；其万折必东，似意。"（见《说苑·杂言》）。意思是：其人所拥有的仁爱正义、善良勇敢、明理智慧、通达包容、刚阿坚强等天性中的品质，皆在水的各态中孕育呈现。这符合"一切人文皆水文，一切人性皆水相"的道理。

"上海"与上海人，用了近六千余年的时光，伴着累积而起的层层沙粒，铸造和修炼成了如孔子所言的这般美德，并将这样的美德融化和根植在了自己的骨子里，且不断升华与完善。

千年的"浦东"与"浦西",一个如沙,一个似水,沙水不分,形影不离。浪来,沙沉水涌;潮退,沙凸水隐,卿卿我我,亲密无间,尽情享受着自然界的欢愉与豪放……大东海的广阔海滩,是他们的伊甸园;满天鸥鸟飞鸣,是他们畅快戏耍的乐符,云霞翻转如彼此传递的情书,可谓海阔天空,情投意合。

直到明朝永乐年间,由于旁系的那条"吴淞江"(上海段称苏州河)淤塞严重而流漫成灾,因此也打破了"浦东""浦西"这对融为一体的"恋人"的宁静。当时,一位名叫夏原吉的户部尚书,组织四乡的十万庶民,在太湖至入海口处,疏通成一条大河,也就是后来被人们叫作"黄浦江"的大河。"浦东"与"浦西"未曾想到,它们因此而挥泪作别,从此各居一岸,竟成数百年分离苦恋……

是谁独爱"男囝",弃之"细娘"?男尊女卑,天律成规?悲切欲绝的"浦东"怆怆然对着大东海无数次悲情呐喊。那时的"浦东"与"浦西",爱恨若怨。"一个眼神,便足以让心海,掠过飓风,在贫瘠的土地上,更深地懂得风景;一次远行,便足以憔悴了一颗羸弱的心;每望一眼秋水微澜,便恨不得,泪水盈盈……"(汪国真诗)

当大自然的一场天成悲欢,被人类的主观行为所传接后,"上海"的浦西,与失落的浦东,轰然间陷入了天壤之别的境地和数百年的怨情。

人在不同阶层,常常会沦落为天堂与地狱两种命运。其实自然界也不例外。之后被冠以"上海"之名的浦西,彻底地被捧为"宠儿",王公贵门所拥有的一切荣华富贵、一切财富美颜,甚至是骨骼的坚实挺拔,血脉的热流奔腾,它应有尽有。连一切美男子所有的风流偶傥,它也应有尽有。一切诗情画意,它依然应有尽有。包括名誉的和历史的所有金灿灿的修饰,它全然包揽。于是,"上海"的浦西,从一个土得浑身只掉泥沙的"乡巴佬""捉鱼人",一跃成为人人羡慕而又高不可攀的"东方王子"。这过程,论功行赏,自然少不了我明末清初的苏州祖先,以及后来的绍兴"师爷"和宁波"船帮"的智慧与勤劳。

1843年,当一艘飘扬着"米"字旗的英国商船"阿美士德勋爵号"进驻黄浦江码头后，浦西的"上海"这位中国南域的富家弟子，发生了本质上的变化。它开始吸纳五洲四海的洋风洋气，最显著的装扮是至今仍在浦江西岸矗立的那些巴洛克式和哥特式建筑，以及"十里洋场"的风情。之后，又有十九世纪末、二十世纪之初的几十年间，法国的马赛、荷兰的鹿特丹、英国的伦敦、俄罗斯的圣彼得堡、葡萄牙的里斯本、美国的纽约等世界著名城市的"都市艺术""都市语言"与"都市精神"的融入，影响和改变了"上海"浦西的许多基因。于是在这之后的近一个世纪里，"上海"渐渐蜕变成一个国际范的"东方王子"，独傲于黄浦江西岸……当然，必须指出的一点是，这期间"上海"的浦西，还有一群俄国来的共产党人和受"十月革命"影响的中国知识分子，在此谋划如何点燃照亮整个中国的光明之灯的伟大计划——这些人后来成功地实现了"改变旧中国"的宏愿，于是也使污浊的"十里洋场"里，透着一丝耀眼的红色光芒。鲁迅、巴金、夏衍等一批"五四运动"旗手和受"五四"影响的新文化人，在黄浦江西岸呕心沥血地播种中华民族新精神，也使那些阴暗狭窄的弄堂里，升腾着绝不可忽视的人文气息。但，旧"上海"的浦西，人们记忆特别深刻的则是黄金荣、杜月笙等黑道上那些腥风血雨和惊心动魄的点点滴滴。当然，也不得不承认，在这样的冷面人物背后，同样隐藏着人性的一部分柔弱的光芒。而这，皆是旧上海时代无法回避的色调。它也是被冠以"上海"的浦西的真实景致。

然而无论如何，"上海"的浦西，从十九世纪中叶到二十世纪中叶的百年时间里，它出尽风头，独霸大中华百城之首，在亚洲乃至世界上也是首屈一指。相比之下，成为了"王子"的"上海"浦西，连"上海人"自己也越来越不把"土里土气"的浦东放在眼里。正可谓"冰火两重天"。

是昔日的"王子"变了心？还是孤傲的"公主"心灰意冷？但世俗的人们并不这样认为，因此上海滩上有一句流传了很久的话：宁要浦西一张床，也不要浦东一间房。

浦西的崛起与浦东的衰落，在近一个世纪里，形成了鲜明对比。它伤痛的不仅仅是上海人，而是整个对上海怀有情感的中国人。

作为开埠上海的后代,我没有见过曾祖父,但从爷爷的口中知道曾祖父的"上海故事":那应该是1860年左右,上海从小渔村开始向大都市转向的开端,浦江两岸的大小码头密如林立。我的曾祖父又名"大块头",力大可敌数人,又是以贩树为生,于是便成了十六铺码头和浦东"和记码头"的常客,久而久之,慢慢将浦东视为半个家。"'和''何'一家人,浦东有头有脸的人也就二三百号!我算一个。"我曾祖父常对家人这么说。然而,由于一位苏格兰商人所建造的一家火轮船厂开始在浦东出现,浦江两岸的诸多本土木船厂纷纷倒闭。我曾祖父也不例外,从此丢了浦东的饭碗,而且也不得不与船厂老板的女儿泪别,回到了常熟老家。当曾祖父的小儿子出生时,他已风烛残年。不甘在上海滩丢饭碗、失爱情的曾祖父,给小儿子——也就是我的爷爷起名"叙生",嘱托他在上海滩重振人生大业。

我爷爷的青壮年岁月应该是上世纪的二三十年代。那时的上海滩早已是"浦西"独尊,怎会有日趋沦落的浦东之好光景?以贩树和修船为生的爷爷,虽身强力壮,但也无法抵抗如七月退潮的浦东衰落之风……不久只得卷起铺盖,重回老家,一手平整老祖的坟头,一手接生我的父亲出世。爷爷的"上海情结"没有了,与曾祖父一样,胸怀重振浦东旧业之心不死,于是给长子(也就是我的父亲)起名为"恒兴"。老人家欲以举斧劈树之势,想圆一个"永恒不失浦东大业"之梦。然而,朝代变了,"十里洋场"换了新天地。建立人民政府的上海,把"政府"牌子挂在了南京路旁的外滩。浦东与浦西的"上海",并没有改变什么,倒是拉开了更大的城市与乡村、"阿拉"与"阿乡"之间的距离……

当干部的父亲第一次来到上海时,正值城市与乡村共同做着一件大事的年代:大炼钢铁的上世纪五十年代末。站在外滩的父亲,举目浦江两岸天壤之别的街道与田埂上唱着同一首歌、燃烧着同一种火焰的情形,激动不已,于是回到家,给刚出生的儿子起了一个建设和祝愿新中国美好未来的名字:建明。这,就是我今天的名字。

有些巧合和传奇,并非事情本身巧合和传奇而吸引人;而是生活本身就是充满了巧合与传奇。因此这个世界也让我们有了更多留恋它的地方。

有个叫"建明"儿子的父亲，人生并不幸运。官不大，却挨斗不轻。"文革"中顶着一只"走资派"的帽子，变成面朝黄土背朝天的农民。这还不算，那时"农业学大寨"热潮风起云涌，农村实行双季稻种植，肥料总不够，于是大上海各种废水污水成为了江浙农村的"宝贝"。"开船到上海装肥料"则是当时上海周边农村的光荣任务。

一个夏天，轮到"走资派"的父亲接受这一任务时，他心血来潮要带上小学放暑假的儿子到上海"白相"。七八岁的儿子欣喜若狂，那时能到上海"白相"一趟，有点像今天中国人到纽约、巴黎一样兴奋。一路拉纤将小木船行至上海时，幼小的我，完全被岸头那密密麻麻的高楼大厦、宽阔街道上的车水马龙所迷住了。感觉唯有一点不好的是：苏州河太臭、水太乌黑，而且潮起潮落时水位反差太大，能忽而将小船抬至与河岸齐肩，又忽而搁至枯底的河床让你动弹不得。幼小的我，第一次被潮起潮落的骇人景象吓着了，多次眼圈里噙着泪水不敢吱声。但这还不是根本的。第二天，尚未装载"氨水"的小船驶向黄浦江（父亲他们的任务是到十六铺那儿的一家化工厂装氨水，其实就是下脚水）。那时没有机器动力，划船全靠人工摇橹，船头上一人执着竹篙划行与稳定方向。七月的黄浦江涨潮时，其流湍急，呼啸声不绝于耳。父亲他们靠摇橹前行的小船在宽阔而汹涌的江面上，宛如一叶竹片飘荡着，根本无法控制。身子躲在船舱、探出半个小脑袋的我，此刻已经忘了什么是害怕，睁着一双好奇的眼睛，张望着江上来来往往的巨轮与岸一侧那像排着队似的高楼大厦——后来父亲告诉我：那就是上海的外滩。

小船自入黄浦江后，完全失去了控制，尤其是那些趾高气昂的大轮船从旁边一过，泛起的浪潮更让小船无法承受，只能在浪尖上打滚。"进水了！""进水了——！"刚听到父亲和船工们的几声叫喊，我的眼前就被一道巨大无比的"水墙"轰然罩住，后来便没了知觉……再醒来时，发现自己和父亲他们都躺在泥滩上。赤着身子的父亲用拧干的衣服裹着我的小身子，不时地问："吓着了吧？"我没有回复，也不摇头，一双小眼睛只是怔怔地望着急流向东的黄浦江和对岸热闹非凡的外滩。不知过了多久，失魂落魄的我问了一声父亲："我们到了哪儿？"他说："是浦东。"我又问："为啥这儿不是'上海'？"父亲这样回答："浦东是浦东，上海是上海。"

这是我第一次认识浦东，并且留下了"浦东"不是"上海"的强烈印象。后来我知道，像我们当时这样驶进黄浦江"装肥料"的农船，每年都会有不少船翻人亡的事故，而浦东的泥滩也救了包括我在内的许多人。呜乎！

与浦东第二段缘分是将近二十年以后的事。

那时我已是在北京工作的解放军某兵种总部机关的一位年轻军官了。上世纪八十年代初中期，我们这等年轻的军官，就是社会上的"香饽饽"，好比今天的那些"高富帅"小伙，是品质优秀的城里姑娘们所追求的对象。在朋友介绍下，我走进了上海市静安区一位高校女学生的家，那是个上有父母、下有姐妹仨的普通知识分子家庭。也就是在这个家庭里，我第一次感知了上海人居住的窘境。不可能让男女之间有独立的地方谈情说爱，像我这样人高马大的军人站起来转动一下身子也需要左躲右闪。要么到外滩，要么轧马路，当时我听说谈恋爱的上海年轻人都这么讲。我天生不爱"轧马路"。"那就到外滩去。""女朋友"建议。到了外滩，我才知道啥叫"中国式恋爱"——那时的外滩有一垛齐胸高的水泥防汛墙。夜光下，这道防汛墙栏上，列队排着各式各样的男男女女，其壮观程度令我惊诧万分，甚至根本不敢相信他们都是在"谈恋爱"，分明是一道密不透风的"人墙"嘛！大约走了三四百米，"女朋友"突然一把将我拉到她身边，气喘嘘嘘地说："今天运气好，有个地方了！"她的话让我感动，同时又让我尴尬不已：我是军人，身穿军装，既不能与刚认识的"女朋友"紧挨着，更不能后背贴着另一个女的——身后是另一对谈对象的男女青年。无论"女朋友"怎样拉劝，我通红着脸，坚决拒绝像他人一样人贴人地靠在那"情人墙"上。因为这对身为军人的我来说，是极其"危险"的。"这有啥！都是这个样的！""女朋友"不停地解释。但我依然摇头不从，她生气了。继续沿着"情人墙"朝十六铺方向寻找空隙之地，但始终未能如愿。彻底失望的她，猛然站住问："怎么办？"书呆子的我，昂头朝漆黑一片的黄浦江对岸扫了一眼，半真半假道："摆渡到那边去吧，那儿没人！"不想"女朋友"的脸一下歪了，然后重重地扔下一句话便离我而去："侬戆伐啦？那是浦东，不是上海！"

我的"上海之恋"如此快速而悲惨地结束了。但却又一次在脑海里留下一个深刻印象：浦东不是"上海"。

"浦东是谁？"也许今天的上海人早已弄明白了。而数十年后的我，再一次走上五光十色、如梦如幻的外滩时，才真正认识了与我何氏家族几代人有过千丝万缕联系的浦东，原来她竟是一位久已沦落在民间却又始终不失丰姿与光芒的"东方公主"。那与她隔岸相望的"浦西"，正是数千年前与她青梅竹马的昔日恋人，而今长成举世瞩目、威震四海的"东方王子"。

难道不是吗？你瞧："王子"的浦西，他集威武、英俊、刚健、雄浑、雍容和华贵于一身，鳞次栉比、错落有致、巍峨壮观的摩天楼宇，在夜晚的七彩灯光下，宛如披金戴甲、玉树临风，又青春勃发、风流倜傥的王者，通体散发着傲然之气、之威、之美；而且，今日的"浦西"，东至杨浦复兴岛、西伸前滩徐浦大桥，绵延数十里，顺浦江之形而发威展现，构成东连大海、西接太湖的龙腾虎跃之势。再看浦东，立地蹿天、如支支春笋般破土而出的现代化"建筑交响乐章"，每时每刻都在演奏着不同的时代优美旋律，那若梦若幻、变幻莫测、妩媚艳丽的"东方明珠"，似公主舞动的头首，无时不在向人们展示其多情与魅力；那细绵柔软、直蹿云霄的"上海中心"，在闪动的流光溢彩下，宛若公主舞动着的小蛮腰，万般风情；"环球金融中心""金茂大厦""会议中心""香格里拉""震旦大厦"等数十座流光溢彩的建筑，犹如公主婀娜多姿、风韵万般的身段，高贵又迷人；而沿江镶嵌的百米绿荫带，更似披在"公主"腰际间的盛装，美轮美奂，气度非凡。

是的，当东方的"公主"盛装而归，东方的"王子"怦然心动、深情相迎——浦东与浦西，这对相互辉映、坚贞守望百年的恋人，现今终于再一次相拥相爱，凝望之眸含情脉脉。那每一次华灯闪耀，都是他们之间的深情默语、至爱倾诉。也因为浦东开发，使他们有了一场轰轰烈烈的世纪恋情与婚礼——那举世瞩目的婚礼，就是公元2010年4月30日的"世博会之夜"。这一幕上海人记忆犹新，全世界记忆犹新，真可谓：万国衣冠万种情，一朝申图千年春！

也就是从那天开始，这场东方式的传奇"婚礼"，成为永不落幕的世纪庆典，让上海这个城市每天都沉浸在华丽、高贵和幸福的时光之中……

这就是爱的神话，它之所以总那么催人泪下，千古不朽，就因为它容纳了诉不尽、说不完的深情与魅力。爱神之所以常青，也是因为它从不为岁月的风霜和冰炭式的磨难所折腰、所屈服、所淡颜。大凡经典的爱情，总是经历各种波折，而炽烈的爱情也常遇风霜寒冷。这就是为什么我们说幸福总是一个很长的故事。

在那个夜晚有了对新上海的"发现"之后，我内心有一个抹不去的感受：读懂大上海（浦东与浦西，加中间的黄浦江）是需要历史与现实的高度和深度，还应有哲学与文学的理解——这里的文学并非全是浪漫与畅想，而是渗透在上海滩的每一块石头路基里和沉积在黄浦江边那些泥沙之中的人文思想与社会气息。

其实，写浦东发展史，还不如说是在写上海重生记。因为假如没有中国改革开放，没有浦东这位美丽而高贵的"公主"盛装归来，"东方王子"的上海，真的可能将被世界发展的滚滚潮流所淹没。

而这，正是我们需要以百倍的崇高，向所有与浦东开发相关者致敬的地方！

现在，我们要去浦东、去看那个盛装归来的"东方公主"是如何淬火与涅槃的，而那里正是太阳升起的地方——

第一章

历史这样
拉开序幕

1

"善者"向东望去

　　上海人一直很骄傲，甚至在其他外埠的人看来上海人有些高傲。这无可非议。上海在中国本土有足够的资本骄傲与高傲，她以其短暂的百年历史，迅速成长为名扬天下的"东方巴黎"，仅此一点，便足以在全中国甚至全亚洲都有了骄傲的资本。即便在旧时代，那五光十色的外滩和"十里洋场"的喧闹繁华，也不差纽约曼哈顿什么。当然，除了拥有地铁和摩天大楼没那么早、没那么高以外，上海的时尚风情、上海的开放程度，在二十世纪初就远远超过了香港，也接近了伦敦、旧金山等世界名城。

　　关键是，上海对中国而言，还是哺育新中国的革命圣地和摇篮——中国共产党是在这里诞生的。

　　中华人民共和国成立后，上海的骄傲更无可非议：它是中国工业的主要基地，又是最大、最繁华的城市，对国家的贡献可以用几分之几的比例来说话（财政收入占全国六分之一）。这就足够了。

　　上海就这么牛，这么傲。通常，能牛、能傲者，皆有资本也。

　　然而，外埠人也许根本不可能想到，骄傲的上海人，曾经在改革开放初期的十多年里，不仅痛苦地低下了那颗高傲的头颅，甚至在相当多的时候、在相当多的"小兄弟"们面前，竟然还要低三下四。

　　"这是上海人的屈辱！""啥辰光上海这么没面子过？"有位老干部跟我说

过,上世纪八十年代初的某年春节期间,一位上海主要领导去无锡出席苏南"乡镇企业'亿元村'先进表彰会",因为上海没有一家"亿元村",所以上海市的领导就被安排坐"冷板凳",没有资格上台为获奖者授牌,气得这位上海市领导直骂人。

上海人一向讲面子,而且开埠之后的近一百年历史里,不仅"面子"光亮,"夹里"也是顶呱呱的。上海跌份从什么时候开始,这得从"文革"结束的那个年代说起——

1977年是什么日子?是中国粉碎"四人帮"之后的第一个年头,是中国从沉重的"文革"枷锁中刚刚解脱的岁月。这一年,那些头顶许久没有见到太阳的中国知识分子在心头默默地念着一个人的诗:

> 你懂得生活吗?你懂,
> 你要它重复吗?你正在原地徘徊。
> 坐下,不要总是回首往事,要向前冲!
> 站起来,再挺起胸,这才是生活。
> 生活的道路呵,难道只有
> 额头的汗水,身上的荆棘,仆仆的风尘,
> 心中的苦痛,而没有爱情和早晨?
> ……
> 挺起胸膛去迎接朝霞的蓝天,
> 希望之光在地平线上已经冉冉升起。
> 迈开坚定的步伐,认定方向,
> 信赖我的支持
> 迅猛地朝前追去。

这首诗的作者是1977年度诺贝尔文学奖获得者、西班牙著名诗人阿莱克桑德雷·梅洛写的。梅洛先生的《要怀着希望》这首诗,之所以受到当时一批中国知识分子的喜爱,是因为我们的国家正从一段苦难中解脱出来,人们都在寻觅着

自己的希望。

此刻的大上海人，也在寻求着自己的希望。

三年后，上海迎来两位在战争年代"搭档"的老战友出任"书记"和"市长"。那时的"一把手"——上海市委书记称"第一书记"，此人叫陈国栋；他的"老搭档"叫汪道涵，任"市委书记"、市长。（按排列，一年后在这两人中间又多了位"第二书记"，叫胡立教，也是位老资格的革命家、经济学家）。陈国栋、胡立教和汪道涵，三位老资格的革命家和经济学家组成的"上海班子"，被称为"文革"后上海滩的"三驾马车"。这"三驾马车"执政上海大约在1980—1985年间，可以说是"文革"重灾区的上海在改革初期最艰难的岁月。也正是因为"上海滩"的"烂泥路"和"弄堂水"不好蹚，中央才把这么一副重担交给了这三位德高望重的老政治家来挑。

三位长者中，留在今天中国人心目中印象最深的当算汪老汪道涵了。这位新四军出身的上海市市长，出任上海市长时已经65岁，陈国栋比他大4岁，胡立教大他1岁。现在的年轻人也许不知道，汪道涵与陈国栋在中华人民共和国成立时就已是"省部级"高级干部。汪是华东军政委工业部部长，陈是财政部部长，说两人是"老搭档"，就是指的那段历史，但他们两人还是新四军同一部队的老战友。中央对上海历来重视，"文革"后，首度配齐班子时就考虑了恢复上海经济地位对全国的影响力，所以又把这对"老搭档"一起放到了上海。陈国栋先于汪道涵到上海任职。

汪道涵留在人们心目中印象最深刻的当然是后来的一件事，1991年汪老出任负责对台工作的"海协会"会长，并在任期内实现了著名的"汪辜会谈"。

中国人论人通常喜欢看"面相"。汪道涵是那种年轻时帅气又文静且一看便是有教养的知识分子派头，年长时一脸慈祥、温和、清爽之感，是那些让人特别喜欢的智者型领导。而汪老则称自己是"善者"。这个词用得准，善：智也，美也，明也。汪自己说："从善则明。我在漫长的人生历程中，总是以此要求自己，并且由此不断获益。"在数所高校求过学的汪道涵，经历过了战争年代的洗礼。庆幸的是，他在那些腥风血雨的岁月里，遇到了一位同样是"善者"的首长，并且一直影响与感染着汪道涵向善者靠近的步伐。这位首长就是被毛泽东呼之"谭老板"的谭震林。"我第一次见到他,就被他吸引了。他周身仿佛洋溢着一股激情,一股对革命事业无限忠诚、满怀必胜信念的激情。"汪道涵这样赞赏和解释"善者"首长:"'善者'的美德,像一团团炽烈的发光物,照耀着他的生前死后。"

这话,其实也是汪道涵的自我写照。

在我采访、调研浦东开发历史时,发现上海人对汪道涵当年致力浦东开发开放格外推崇,并认为他是重要的"开创者"之一。

"他在执政的那些年里,其实眼睛和心里一直向东望着……"一位"老浦东"跟我这样说。汪道涵任上海市长时,"上海"和上海市政府都在浦西,向东望,就是看浦东。

……金秋时节,我又一次踏上了浦东的土地。

东方刚露白,就出发了。几年来,我已经记不清去了多少次黄浦江的东岸。每次我经过外滩,对岸陆家嘴地区的景色在车窗前掠过时,便会引起我的联想和思索:陆家嘴地区与上海的外滩只一江之隔,它应是外滩的组成部分,然而眼下的差距是那么的显著。今天我又要去陆家嘴,而且要去外高桥、花木地区一带去看看。

汪道涵写过一篇著名的《浦东行》工作随笔,我称其为是一篇富有激情特别是对浦东开发怀有深厚情感的好散文——

汽车驶进了打浦路越江隧道。隧道显得陈旧了,多年的超负荷,使它难免有一点衰老。若年底延安东路越江隧道一通,也许它能喘一口气的。但延安东路隧道一开通,陆家嘴地区的开发将会加快,浦西浦东的人、车流量必然加大,那么眼前这条隧道也不会轻松的。看来,南码头大桥还得建设,宁国路越江工程也得准备了……

写这篇文章时,汪道涵已卸任市长4年。这个时候,他出任上海市政府顾问和国务院上海经济区开发办公室主任一职,浦东开发似乎也成了他老人家除了对台关系的"海协会"工作外的一份最上心的事。

"百年东方梦,十年苦相思。"这话比较准确地道出了汪老当时内心所涌动的对上海城市建设的复杂情感。

1980年初,接中央命令后,汪道涵从国家对外经济联络部副部长和国家进出口管理委员会主任的岗位,来到上海任职。不久后的一日傍晚,汪道涵独自来到外滩,伫立于依然有几分寒意的外滩水泥防洪护栏前,凝视着滚滚东流的黄浦江和身后并不那么热闹的南京路,思绪久久不能平静。因为这座城市他是熟悉的,从中学到大学,有近十年青春年华他是在这"东方巴黎"度过的,也早已领教了"十里洋场"的风风雨雨。之后又经过十年战场洗礼,当他再度回到上海时,已成为新中国华东军政委员会第一任工业部部长。那时的"英俊小生"汪道涵,风华正茂,面对刚刚从旧世界的另一个阶级手中抢回来的上海,在国家和公有经济尚没有建立时,他曾如此激情而骄傲地向人列数一串令人羡慕的数据:

"华东的私营电器工业,集中在上海一个地方,其他各省市几乎可以说完全没有。上海市的电工业器材同业公会现有三百三十五个会员厂,职工共计一万人,完全私营厂的职工约为八千人……华东公营电器厂,在上海有三个厂,在南京有四个厂,在山东有一个厂,共计八厂。公私合营的,上海山东各有一厂。十个厂共有职工三千九百三十人。全部外资(美资)经营的,上海有两家,中外合股的有一家……"

今天我们听这样的数字似乎不会有什么特别的感觉,但在近七十年前的中华人民共和国刚建立时,这样的工业或者说在当时代表最先进生活方式与技术的电器工业,曾令上海人特别骄傲。作为掌管这一领域工作的"工业部长",38岁的年轻"汪部长",自然比一般人更自豪。

两年后,这位"英俊小生"部长被中央一纸调令调到了北京,出任中央人民政府第一机械工业部副部长兼对外经济联络委员会常务副主任……这一去便在北方待了近三十年,那期间包括了有近十年的"文革"的残酷迫害。30年后的

1980年，当年的"英俊小生"再回到上海任市长时，他已是明显老态的65岁老者了。可上海人似乎更加喜欢这样的"汪市长"，大家私底下都认为"我们的市长像位教授"。

教授，教人知识的智慧者。这符合汪道涵周身上上下下、里里外外溢出的那种气质、学养、风度与为人——用汪自己的话说，便是"善者"的他。

然而，城市管理并非是教授的讲台，也非僧人静居的庙宇，尤其是大上海，仅6340平方公里面积上，却拥挤着上千万人口，人们要在这里工作、生活，还要繁衍子孙后代、养老送终等等。

38岁到65年之间相隔了整27年，汪道涵的官职只从"副省部级"升迁到了"正省部级"，但他所熟悉和热爱的上海却发生了巨大变化。这变化中，好的令人振奋和鼓舞，是"想不到的"；但变化中还有另一方面是不好的，那不好的一面也是汪道涵"想不到的"，甚至比好的方面"还吃惊和要命"！

1980年国庆过后的第三天，也就是10月3日这一天，上海市民们手中捏着当日的《解放日报》，读着读着就"炸"了起来：

"天哪！这个'沈峻坡'是真名还是假名呀？他是想找死啊！"

"太过瘾了，多少年没有见这么好的文章！"

"上海是该有人出来说真话了嘛！"

"这回外滩又要热闹了……"

是什么文章，让上海人如此兴奋、如此紧张？我想，当时最尴尬的应该是上海市的领导们，当然包括汪道涵，他此刻是代市长、第二书记，再过两三个月人大会议一开，便是真正的市长了。市长看到这样"骂"上海市（在一些人眼里骂上海不等于是骂市领导嘛）的文章，肯定也是像倒翻了的醋瓶子，不知啥滋味。问题是，这样的文章还上了头版头条。《解放日报》吃了豹子胆？

这回，报社的一帮"文人"们确实"吃了豹子胆"。

我们先来看看当天《解放日报》头版头条到底刊登了什么样的文章——

大标题：十个第一和五个倒数第一说明了什么？

——关于上海发展方向的探讨

作者的名字和职务没有放在前面，而是在文章的最后，但它足够醒目：上海

社会科学院部门经济研究所沈峻坡

下面是报社刊登沈文的内容：

最近，华国锋同志在五届人大第三次会议的讲话中，讲了制订长远规划的问题。他说：制订长远规划是发展社会主义计划经济的必要前提。近几个月来，本市有些部门也在就"建设一个什么样的上海"这个总题目，回顾历史，总结经验教训，讨论上海的发展方向，酝酿制订长期规划。我觉得，要探讨建设一个什么样的上海，首先必须弄清上海的现状。

据我了解，上海在经济上至少有十个全国"第一"：

一、工业总产值占全国八分之一强，产值之大，居全国各省市第一位；

二、出口总产值占全国四分之一强，其中本市产品占60％，创汇之多，居全国第一位；

三、财政收入占全国总收入的六分之一，上缴国家税利占中央财政支出三分之一，上缴之多，居全国第一位；

四、工业全员劳动生产率1979年为30,013元，高于全国各省市平均数1.5倍以上，居全国第一位；

五、工业每百元固定资产实现的利润，1979年全市平均63.73元，为全国平均数的四倍，居全国第一位；

六、工业资金周转率为69.5天，周转之快，为全国大城市的第一位；

七、按人口平均计算每人每年国民生产总值，1979年为1,590美元，生产水平之高，居全国第一位；

八、能源有效利用率，1979年为33％，高于全国平均28％的水平，居全国第一位；

九、商品调拨量，上海商业部门调往各地的日用工业品占全国调拨量的45％，居全国第一位；

十、输送技术力量,解放以来上海迁往内地的工厂300多家,并通过其他各种途径,输送技术人员、技术工人100万人,居全国首位。

上海在全国的"十个第一",大家听得多了,也一向听得十分顺耳与令人骄傲。可是沈峻坡的文章后面的内容,这对广大上海市民和一般干部来说,似乎都是第一次,或者说是第一次把骄傲了几十年的大上海人的"面子""夹里"一起给撕得个精光!

沈文列举了上海在全国"倒数第一"的五大项:

一、市区平均每平方公里有4.1万人,城市人口密度之大,为全国之"最";

二、建筑密度高达56%,按人口平均计算,每人拥有道路仅1.57平方米,绿化面积仅0.47平方米(像一张《解放日报》那么大),建筑之密,厂房之挤,道路之狭,绿化之少,均为我国大城市之"最";

三、上海市区按人口平均计算,每人居住面积为4.3平方米(包括棚户、简屋、阁楼在内),4平方米以下的缺房户有918,000多户(其中困难户、结婚户、特困户、外地调沪无房户共69,000多户),占全市户数50%左右,缺房户比重之大,为全国大城市之"最";

四、上海平均每万辆车一年死亡人数为42.5人,车辆事故为全国大城市之"最";

五、由于三废污染严重,上海市区癌症发病率之高为全国城市之"最"。

沈文列举完"十个全国第一""五个倒数第一"之后,还对上海形成这种"畸形状态"的几种具体表现,再度剖析道:

重生产,轻消费。上海是我国最大的工商业城市,重视和抓好生产,对整个国家的社会主义建设事业,具有举足轻重的影响。三十年来，上海在工业生产方面，总是一马当先，名列前茅，而在城市建设方面，却是"老牛拖车"，一直落后，从而形成"骨头"和"肉"的比例关系严重失调。之所以会这样，同过去片面理解"将消费的城市变为生产的城市"有关。在相当长的时期里，总认为只要抓生产这一头，不管消费那一头，城市就可以自然而然的变成生产的城市，城市也就改造好了。这是歪曲了生产和消费的关系，显然是错误的。错误之一是，把消费的积极作用轻易否定了。生产决定消费，反过来消费又影响生产。"消费创造新的生产需要。"没有消费，也就没有生产。那种认为积累、生产是积极因素，消费、生活是消极因素，抓生产天经地义，抓消费可有可无的看法和做法，都是"左"倾思想在经济上的反映。错误之二是，把消费的概念任意扩大了。如把教育、科技这些发展新的生产力的部门，看成是"消费"；把商业服务业这些担当社会主义流通任务的第三产业，也当作是"消费"；至于明明都是属于生产范畴的城市建设，像交通设施、环境保护设施、劳动保护设施等等，因为要花钱，也被划为"消费"这一档。这样一再、再而三地放松"消费"，去建设"纯粹"的生产城市，势必造成今天的城市拥挤，住房紧张，"三废"严重，交通阻塞，等等，对人民生活欠账累累，使生产发展增加重重困难。这些都是离开社会主义基本经济规律、"为生产而生产"的产物。

　　重挖潜，轻改造。上海作为一个老工业基地，为了支援国家建设，充分挖掘潜力，是完全应当的。三十年来，上海工业生产增长25倍，基本上就在市区这141平方公里的"螺蛳壳里做道场"，主要依靠95％以上的老企业、老厂房、老设备挖潜力。长时期来，许多老企业一直用简单再生产的"本钱"，一再实现扩大再生产的要求。于是只好大挖潜力，硬挖潜力。事物的发展都有个限度，超越了这个界限，就会走向反面。以工业生产来说，生产一再发展，就发展到马路上去了（马路仓库、马路工厂）；厂房不断扩建，就扩充到居民当中去了；设备尽量利用，不少已"超负荷运转""带病运转"，达到了硬拼硬上的程度；场地充分挖掘，把托儿所、食堂、厕所也挖掉了。群众反映："真是挖到骨子里了。"像这样不给补偿地一味"充分利用",挖潜不已,结果只能使这个老基地"操劳过度","消耗殆尽",一个先进的城市就可能向后进转化。

重速度,轻效果。三十年来,上海工业平均每年以11.3%的增长速度前进,超过了全国的水平。像这样一个基数比较大、新建扩建企业比较少的老基地,始终保持高速前进,是很不容易的。但单纯追求速度,容易丢掉综合平衡,结果实效并不好。上海从一个企业、一个行业来说,生产发展速度不低,效果也不差;然而从全市来看,各行各业一齐上马,全面发展,虽然产值搞上去了,速度搞上去了,但能源越来越紧张,原材料不足的困难越来越大,城市的负担越来越沉重,全面的经济效果并不好,整个的社会效果也不好。社会主义生产的目的,归根到底,就是为了改善人民生活。三十年来发展生产的速度很快,改善人民生活的步子很慢,这种速度同效果的脱节,手段和目的的分离,是一个深刻的教训。

重积累,轻补偿。上海是全国的上海,一定要有全局观念,要向国家提供更多的积累。三十年来,上海提供的积累相当于全市固定资产净值的25倍;近几年来,几乎是一年上交一个上海。这是上海一千万人民的光荣,今后还应继续发扬这种为国家多做贡献的精神。但是,由于过去国家财政统收统支,越是生产先进、积累较多的地方,往往是国家给的投资越少,补偿也不足。三十年中,国家给上海的基本建设投资约占上缴的7.38%,数量甚少,弥补不了生产消耗。在基本建设投资中,非生产性投资仅占上缴的1.23%。城市欠债越来越多,上海一直在老化。在贯彻八字方针中,就国家来说,有个调整积累和消费比例关系问题;就上海来说,也有个调整上缴和补偿的比例关系,以及留有一定地方财政,解决上海地方上最紧迫需要的问题。

在"文革"刚结束不久,"左"的思想还在人们的头脑里根深蒂固时,有人竟敢如此大胆地"妄议"市政大事,不是自己"找死"还会是别的结果?许多人在为沈文叫好的同时,也为《解放日报》捏了把汗。

时任《解放日报》工交财贸部主任、后为副总编的徐学明先生这样回忆道:当时《光明日报》展开的"真理标准大讨论"刚开始,这事对我们策划这篇文章有着很大的启示和推动作用。因为,多少年了,在"左"倾思潮的影响和束缚下,作为党报工作者很难讲真话。而真理标准大讨论所推动的思想大解放,把套在我们头上的"金箍"开始拿掉了。通过大讨论,我们有所觉醒。尤其是党的十一届三中全会召开,我们党恢复了实事求是的思想路线,启发我们思考问题。那个时候,刚从"文化大革命"中走出来的中国已经被"四人帮"糟蹋到了经济崩溃的边缘了。中国究竟向何处去,这个问题不得不考虑。这也让我们鼓起勇气来告诉读者,现在的中国、现在的上海到底是怎样的,我们应该怎么办?

徐学明说,那时我在《解放日报》,还不是副总编,而是工交财贸部的主任。当时,报社的思路是:要抓一抓老百姓共同关心的国计民生问题,能够让读者参与讨论,引起共鸣。就在这个时候,报社的特约通讯员沈峻坡送来了这篇稿件,让大家感到眼睛一亮。经过反复讨论,社内的同志决定不发内参,直接见报。因为我们认为,沈峻坡的文章中提到的十条成就很突出,列举存在的五个问题也很突出,它们都是上海的根本问题所在,把这些讲明白了,对上海发展有极大好处。当时我们内心也在想:北京的《光明日报》对真理标准问题都敢讨论了,我们讨论上海市发展和建设有啥问题嘛!后来经过多次修改,形成了发表的模样。"我呢,还写了编者按语,是个比较大型的编者按语。"徐学明说。

按照常规,发表头版头条,尤其是这样的文章,必须要送审的。市委机关报,送审是惯例。但这回报社党委会讨论的结果是:不送了,直接发。原因是,"送审了就可能通不过。"王维是当时报社党委书记,他的话起了关键性作用,他说:"既然大家都同意发,那就发吧。如果要负责,我是党委书记,我负责。"

文章就这样见报了。

当天的《解放日报》零售脱销。报社赶紧加印一部分,但很快又销空。等再加印时,报社不敢了,北京的一位中央领导办公室的人打来电话,说这文章是在"向中央施加压力,是错误的"。但上海市政府方面倒是没有声音,这让《解放日报》的一颗颗紧张的心多少有些放松。然而没过几天以后,风云突变。北京某领导的电话打给上海市委说:"领导看了,这篇文章是有严重错误的……不能听之任之!"

看来上海顶不住了。

第二天,报社全体党委委员被通知到上海市委开会,做一件事:做检查,而且需要"深刻检查"。

关于这篇文章、这件事,一直到后来朱镕基担任上海市长后,他说"这是篇很好的文章,没有什么错误,也不能叫向中央施加压力",才算是"平反"了。这是后话。

我们还是来说汪道涵。65岁出任中国第一大市市长的"善者"汪道涵。可以想象,他在念着这样的文章内容时会有怎样的表情。上海人告诉我,他断不会像北京的那位"国务院领导"那么敏感和气愤。为什么?上海朋友告诉我:因为身在上海的汪市长天天都要感受那个"书生"沈峻坡文章中所说的"五个倒数第一",而现实生活中的上海,其实远比数据里的上海要严酷和令人感叹得多。"每天早晨我看到马路上有那么多的煤球炉在生火,到处是烟雾腾腾,那么多马桶在马路上刷洗,我真感心痛,上海实在没有多余的资金来改善和发展市民的生活……"汪道涵说。这也许是他一辈子最无奈的时候,可在外人看来,身为上海市长的他,应是全中国口袋里"最有钱的市长"。

哪是嘛,我光有一脸光滑的面子,"夹里"已经破烂得连叫花子都不如了呀!汪道涵有一回见了江浙两省的书记这么哭穷道。

上海的百姓在报纸上也听到了"教授市长"这么说——

"到上海我碰到的第一个问题,是经济问题和市政建设的关系问题。是抓生产,把市政摆在第二位好呢,还是从市政来研究怎么支持、保证和保护生产的发展呢?"

"以前我们的纺织工业四班三运转,天天、年年忙不过来,百分百的负荷。现在开工不足,因为棉花原料供应不足,被其他地方抢走了!"

"上海人喜欢吃时令菜。一段时间菜也供应不足了,我们赶紧想法告爷爷求奶奶,与周边兄弟省协商调剂。人家帮忙,四面八方把菜运来了,但又一下出现了满街'时令菜'。太多了,吃不掉,就送到了黄浦江里去了。这一搞,周边的兄弟省不干了，他们说卖到你上海，不仅价格低，你们还嘴刁，干吗非要给你上海啊，我们卖给广东去！这好，等下一季，全上海的菜价又猛涨。"

"苏州河的情况同志们都知道了，黄浦江每年都有几个月气味是不大好闻的。我们吃水是吃黄浦江的，黄浦江又是我们的下水道。光每天的马桶就有八十多万只……"

"火车站每天大约五万一千人到上海来，其中有一万人是跑单帮的。你能不能禁止他，不让他跑？禁止不了，禁止不了就可以想象一下我们的火车站有多乱！"

"我们讲人才，爱护人才。可有些知识分子到现在还住在六平方米的面积里，书都打不开！"

上面这些话，是汪道涵在1980年10月11日城市财政研究会上讲的，是上面那篇文章发表一周后的时间，可见"善者"对沈峻坡的许多观点是有同感的。作为市长，他汪道涵自然远比一个学者对自己的城市知情得多，切肤感受也会深得多。但有些更真实的底层现状，市长大人未必比下面人更清楚。

关于当时的房子和财政问题，时任黄浦区房地局局长的胡炜（他后来成为浦东开发的功臣）先生，在我采访他时，讲了两件令人无法忘却的事：一是关于当时上海的房子问题。他说，他所在的黄浦区是全市最繁华的地方，南京路和"十里洋场"都在那里。"可就是在全上海最富的地方，老百姓的住房拥挤到你想都想象不出来的地步。那时还实行福利分房，能分到房的困难户必须是人均2平方米以下的才能排上队。而我知道，当时全市有11万户这样的住房困难户。那时市里一年也就盖得起百十万平方米的福利房，仅解决这些人均2平方米以下的困难户，就得用十年！想改善全市住户困难，按当时市里的能力，估计用一百年都解决不了！那个时候，我们上海市还碰到了一个特别的困难：就是近二百万知青陆陆续续回沪，他们回来不仅自己要房住，而且年龄都不小啦，得结婚养囡囡了不是！这给本来就挤得不行的市区住房又添了一个更大的难题！"胡炜说："我去过一户人家，三代七口人，住11平方米。一家人怎么睡呢？主人给我做示范：仅有的一张上下铺的床，四个人睡在上面，另外一人打地铺，再有一个睡在桌子上，最后剩下一个睡在箱子上搁的一块板上……睡在床最上面的人，起床时不能直起身子穿衣，于是在屋顶上面做个'天窗'，起身直腰时，推开'窗口'，头正好露在外面，开始慢慢把衣服穿上。白天想方便，要走一段弄堂到公共厕所。晚上谁要想方便只能提着马桶出门到屋外，碰到下雨啥的就惨了！每次看到这种情况，我这个管房子的局长就想哭，就想拉紧肠子给百姓多盖点房子，可没有钱啊！"

胡炜先生说这话时，眼里噙着泪水道："差不多全中国的人都知道上海最富、上海市黄浦区最富！可大家不知道，当时我是黄浦区主管经济建设的副区长，以后是代区长，再往前推，我还当过区房地局的财政科长，最清楚区里的钱主要就是靠收那些公有房子的出租租金，知道有多少吗？那个时候，我们收公有房的房租是每平方米2分钱！外人根本想象不到的，比如像第一百货大楼，一个月才缴来4万元，而且每月都是最后一天才把钱划到局里账上。穷啊，人家百货大楼交这些钱也是咬着牙的，不像现在南京路的大厦一年上缴的税都能达上亿或十多亿！那时就是穷，我当区领导时，区长和几个副区长的办公室都在一间房子里，上下班也只能一起坐一辆旧车子……但那时我们每天24小时都在提心吊胆之中。你问为啥？怕呀！怕天热了，哪个地方起火，一起火就是要命的事！那些侧身才能过的弄堂、那些蛛网似的露天电线、那些家挨家的小阁楼、小棚棚，哪经得了一场火灾嘛！台风下雨更怕，一场台风、一场雨过后，我这个房地局局长、主管这方面的区长手里，就是雪片似的'抢修单'，几千张哪！你去救谁呀？可谁家都在等着你呐！那个时候，我们这些外人看来最风光的黄浦区干部，其实是苦死了！苦得往黄浦江跳十回都没人说你干好了工作，因为我们永远只能为有困难的百姓解决了很小的一部分困难……"

再骁勇的将军，也有被困沙滩上的无奈。这就是上海的当年——上世纪八九十年代时的窘境。

汪道涵市长和胡炜副区长哪会知道，当时更多的外埠人到上海来受的"难"与"罪"，比起上海人来不知要多多少！

1980年前后，我正在部队，已经可以每年享受探亲假了。然而每回从湖南乘火车到上海再回常熟老家时，就有许多吃苦头的经历。现在从上海到我老家也就一个小时的高速公路车程，那个时候的上海太能折腾外埠人了，我的那点回家路程时常弄不好就会走两天！听起来有些不可思议，但对我而言都是真实的经历：从火车站出来，绕大半圈奔到那个"长途汽车站北站"，得走近半小时。其实也就不足千米之距，但那个时候的人多、乱相，你描绘不出来。反正，从电车到公交车、从小车到三轮车、从人拉车到肩扛手提的人流，一股脑各色各样的人、车流，全都汇聚在这里！当年我们这些探亲回家的军人，不是从南方的边境战场上大包小包地背回些便宜、新鲜的"走私品"，就是从深山老林里锯下的一块块巨大而死沉的树菜墩——我部队在湘西驻守，许多战友把原始森林里的这种树菜墩视为探亲回家的一大厚礼，有些像弄到一块"上海牌"手表那么骄傲。但是在上海北站转站的时候就活受罪了。不是背得满身大汗，就是稍不留神，不知被谁窃走了。当时上海北站的"黄牛"（那种人力搬运工）遍地。他们中有些人不怀好意，经常顺手牵羊偷抢外地人随身携带的东西，成为当时一大公害。但对我而言，遇到的更大问题并非"黄牛"，是要命的交通。有一年，我从火车站好不容易转到长途汽车站，接着便是排长队买票。九、十点去只能买下午的票。但到下午时又说前面班次的汽车坏了，当天我的那趟班次车就没有出站。那个时候当天的车票不能延至后天，只好退票。折腾一天，没能出那 50 来平方米臭气熏天的候车室。等七转八弯找到旅店住下时，筋疲力尽，比上越南战场打仗还耗人。第二天继续先排队买票，等下午再一次上车时，票务员说我的行李超重。重就重在那块大树菜墩上。"要不你把它扔了，要不你就等明天看看有没有空一点的车子！"服务员不算太坏，她操着上海话，说："老重的，有啥用？丢了吧！"我怎能同意？这树菜墩是我一位战友在上越南战场前从森林里帮我砍伐的，而他去前线后再也没能回来，这么珍贵之物，我宁可丢命也得把它守护好。如此僵持了近一小时，后来是另外一位扛着大包小包的太仓老乡下去后，我才被允许登车。但运气实在太差，长途汽车刚从车站拐出，一辆人工三轮车被撞倒在车前。一阵对骂，又耽搁近一小时，等我们出上海城区时，天色已近黄昏……那一刻，我又想起了十几年前父亲带我在黄浦江翻船的骇人一幕，忍不住回头望了一眼夕阳下四处烟雾缭绕、满街脏乱不堪言的大上海，内心狠狠地默语了一句：又脏又丑又令人讨厌的破上海，永远不想挨近你了！

可是，有别的办法吗？没有。去部队的路只有从上海搭火车一条线；从部队

■ 1985年，从浦西看浦东 （摄影 陆杰）

回家的路，也必经上海的那个"北站"……

上世纪八九十年代的上海，像我这样的苏州人、像我这样在战场上死都不怕的军人，都有些嫌弃它、害怕它，甚至有些厌恶它。

悲也，大上海！那时的汪道涵大市长或许并不知道外埠人对上海还有如此爱恨交加的事情，或许他知道的比我经历的还要多得多！所以他才夜不能眠、食不能香地有了"新上海"计划——

"城市的规划、建设和管理，也是本市经济调整中的一个重要内容。当前我们要调整基本建设的投资方向，着手解决上海城市建设方面存在的一些突出问题，协调生产和生活的比例关系。近期内，以住宅建设为重点，同时抓好市政、公用设施配套和环境保护。"1981年4月10日召开的上海市第七届人民代表大会上，去掉"代"字的汪道涵第一次作为市长在《政府工作报告》中这样说。据说，当时他讲到此处掌声雷动，许多人民代表第一次近距离见到文质彬彬、颇有"教授相"的汪市长后，窃窃私语道：这个人面相蛮善啊！嗯，看上去是个做事体的人。

做事情有各式各样的做法，百姓关注的是具体的事，管理者自然要站在更高的层次来注视和把握方向性的问题。"现在，市政府正在研究编制上海经济和社会发展的五年计划。"不久，汪道涵市长对外宣布一个重要讯息。

这个讯息太重要了！它意味着上海要改变自己面貌的机会到来，意味着与我们所有上海人都有关系呀！加之《解放日报》沈峻坡那篇文章的余波未平，在那段时间里，上海上上下下对未来上海建设的关注特别能引起大家的兴趣。而陈国栋、胡立教、汪道涵为首的市委、市政府又在这方面连连出手：派四百余干部到各地"学习取经"，召开"情报工作会议"。"学习取经"好理解，为啥还要搜索"情报"？汪道涵说：要详细讲，一大篇也不一定讲得完，何况我是小学生。简单地讲，就如医生给病人看病，第一叫看症候，第二叫出判断，第三叫下处方。就是把症候情况看清楚，然后判断症结所在，最后研究处方。我们要改变世界、改变自然，也要像医生那样，摸清症候，正确判断，认真研究处方。上海的城市病太重了，也拖得太久了，所以我们得像医生一样给它开个"处方"了，开一个好的"处方"，这就是我们为什么既派几百名干部到比我们做得好的地方去学习取经,还要自己做好"情报"工作的目的。

汪道涵不愧是"教授"型领导,当市长也无处不显教授风格。而正是在他和陈国栋这些卓有远见的领导者的倡导与影响下,上世纪八十年代初的几年里,上海上下展开了一轮又一轮"上海向何处去"的大讨论,也正是这样的一轮又一轮的讨论,激发了全市干部群众特别是知识分子们的热情与激情、智慧与思考,并且渐渐形成了较集中的"向东看"——浦东开发的念头与想法。

"这应该与当时全国的真理标准大讨论和上海自身发展的种种压力等几方面的力量影响有关。"当年第一个跨过黄浦江赴任浦东新区开发办负责人的沙麟在接受我采访时这样说:"这中间,知识分子们的活跃意见和市领导们的缜密思考是非常一致的。"

思想活跃的总是知识分子,他们对自身的生存环境总是那么敏感,而对社会发展又抱有分外热情。此处不能不提一个人,他叫陈坤龙,时任市城市规划局工程师。

1980年早春的又一个星期天,陈坤龙的儿子兴冲冲地将两辆自行车打足气后,向父亲报告道:"阿爹,今朝还是过江到浦东踏春去吧?"

"对的,中午肯定回不来,让侬姆妈多带点吃的!"陈坤龙一边在整理手提袋,一边对儿子说。

"嗯!"

出门。摆渡过江。扛着自行车下船,再沿着烂泥路往曲径弯道的小街和田野上走……这是当年的浦东。陈坤龙已经和儿子数不清第几次到浦东来了。他是专门为写一篇文章而去"踏青"的——在他儿子的眼里,浦东是个有别于拥挤的浦西的辽阔田野,而在陈坤龙的眼里,浦东将是高楼林立的繁华都市、是"新上海"。为这,他已经骑破了几个自行车轮胎了!也正是因为这样的付出,他那篇著名的"浦东开发民间第一声"文章在1980年第10期上海社科院《社会科学》月刊上发表了,题为《向浦东广阔地区发展》。文中指出:

"要从根本上改变上海城市的'乱、挤、脏'的现状,出路在哪里?我认为:向浦东这一广阔地区发展是比较理想的,因为它具有许多有利条件。"

"浦东位置好，与现市区隔江相望，东临东海，背靠黄浦江，地多、厂少、污染轻；它北与宝钢工业区为邻，南与金山、闵行、吴泾靠近。吴淞口有三岔港，东有白龙港，南有芦潮港。内河、远洋都很便利……"

陈坤龙因此振臂呼吁："把浦东地区建设成为上海新城！"

《解放日报》沈峻坡的文章和陈坤龙这篇文章，都是在这年10月发表的，两篇文章，角度不同，却有异曲同工之作用，若说前者是给了整个上海一贴"清醒剂"，那么后者则给上海发展开出了一副良方。

思想大解放的上海，此刻在关于"上海向何处去"的问题上，全市上下可谓众说纷纭，空前活跃。据有人统计，此时之后的三五年间，发表和出版有关"向东看"的开发浦东建议与意见的有些分量的文章不下十余篇。其实已经有人在关注市政府"头头"们的态度了，最明显的是汪道涵在1982年3月30日召开的人大会议所作的《政府工作报告》中，总结"市政设施建设方面"的成绩时，所提到的五项重大工程中，其中有两项与浦东有关：一是黄浦江的第二条越江隧道建设；二是浦东自来水厂建设。

公开讨论的和默默在布局的同时并举。这是上世纪八十年代初的那些岁月里浦东开发的前奏曲，尽管它还处在"毛毛雨"水平，然而其意义依然非凡。

那些日子的上海，是个挣扎和躁动的城市，当然是带着希望的冲动和憧憬的欲望。其间，身为市长的汪道涵，是在"浦东开发"这事上牵涉精力最多的一个，因为那时他在主持《上海市总体规划》，这是要向中央报告的一个重要文件，更关键的是它将影响上海这个世界级大都市的未来。

未来是什么？未来对一个人而言，可能是一生的岁月，事业与自己的抱负能否在有限的生命内实现；未来对一个城市而言，它将决定的是，城市是持续繁荣，还是走向衰亡，最终消失……

未来或许不能选择，但未来在一定程度上可以设置。

未来是一个大课题。人类在对它设计和判断上有太多的失败和扭曲。

下面的这段关于"未来"的对话，是60年前的英国BBC记者访问当时最著名的哲学家罗素时录下的——

问：罗素勋爵，你对人类未来的希望和恐惧怎么看？

答：这个问题极具挑战。未来有各种可能，阴暗的可能，希望的可能，我支持阴暗的那一面。

问：您认为人类的管理制度完美吗？

答：管理制度和科学结合，可以帮助人类快速进步，取得前所未有的成就，但这种结合只有一部分是好的，其中的大部分我认为并不理想。

问：为什么这样说呢？

答：一个人从幼儿园开始，他所想的，所希望的，所恐惧的，都由教育的权威所决定。这种教育最本质的结果就是：他被教导要把并不明智的政府，甚至脱离了民主和自由的政府，看作为最好。

问：您是如何坚持坚强，并独立思考的？

答：不，我并不认为如此。我是一个在旧世界体系中长大的人，那是一个比我正在思考着的未来世界更具偶然性的世界。那个世界有更多的空隙和例外，人们并不全都被纳入一个确切的模式里。

问：您觉得，未来科学会迷住人的心智，甚至屏蔽个人生活吗？

答：是的，我认为有这种可能，为了战争或某些野心家统治世界的目的，他们是可能做出这种事的。

问：未来社会可能导致一场再没有任何新东西产生出来的普遍僵化吗？

答：是的，我认为有非常大的这种危险，一种一代接一代的大体相同且能够延续下去的拜占庭式的静态社会可能会出现，到最后人们都变得趋同，丧失创造力和生命力，成为一种普遍僵化。

"未来，是建立在人们现在的判断与观念的水平之上，特别是决策者的目光和预知能力。"罗素在后来的一次讲话中专门加了这样一句话来强调"未来"与"今天"之间的关系,与决策者的关系。

大哲学家提到了"拜占庭"及其"拜占庭式"的静态社会。所谓"拜占庭"和"拜占庭式"社会,其实就是大家经常提到的"东罗马帝国时代"。这个在欧洲历史上影响最大的朝廷,从公元395年建立之后,一直维系到公元1453年,长达千余年。

赞赏这种长期不变的制度与社会的人认为：1453年5月29日,一种文化被无情地消灭了。它曾在学术和艺术中留下了光辉的遗产。它使所有的欧洲国家摆脱了野蛮,并给予其他国家文化精华。它的力量和智慧在几个世纪中一直保护着基督教世界。君士坦丁堡在11个世纪中始终是西方文明世界的中心。

持不同意见的则认为,就是由于"拜占庭"帝皇们过于相信这种所谓的政权"稳固",从而导致一个强大无比的帝国消失和曾经灿烂辉煌的文化湮灭。

罗素先生的伟大之处,在于他看到了"拜占庭式"社会的本质,即它的"未来",完全被"一种一代接一代的大体相同"、"人们都变得趋同"、没有"创造力和生命力"的"普遍僵化"的巨大"危险"所裹挟,最后走向不可逆转的全面灭亡的悲惨结局。

我相信汪道涵肯定知道罗素说过的这段话,因为在上面提到的那次"情报工作"会议上,他老人家在讲话中专门提到了几年前他在北京工作时,"上面领导给了我一个任务,编写两本书,叫作《国外工业现代化》和《国外农业现代化》"。而要编这两本书,以罗素为代表的当代西方哲学家的观点不可能不选进去。罗素上面那段对"未来"的理解,又是各国解释"现代化"很难绕开的一个重要观点。

提到"未来"、扯到罗素,都是为了大上海"未来"的决策者的汪道涵和他的同事们,他们需要在这个历史时刻做出一个极其重要的选择：是墨守成规,还是听从"上面",还是大胆地给正在下沉的上海多一点"创造力和生命力"——上海那个时候真的一直严重下沉,中华人民共和国成立初期的黄浦江水面与南京路基本上是平行的。"现在我们外滩的防洪护栏已经两米高了,可仍然挡不住发大水。每次台风一来,我就直冒冷汗……"汪道涵市长多次在会上这样说。

其实，关于"上海向何处去"的问题上，并非那么简单地选择了"浦东开发"，而且存在相当激烈的争议，这既有民间的，也有学者间的，同时还有不同决策层的领导者之间的不同看法。客观地说，每一种不同观点，都有其积极意义，都对后来形成"向东看"提供了正向和反向的借鉴。集中起来，这些意见和观点归纳成四种方案，即学界所说的："西扩""北上""南下""东进"。

西扩：向机场的虹桥方向扩展，这种方案是通常说的"摊大饼"式发展，许多城市惯用的模式，比较省心，但没有什么创新和创造。

北上：是指往北向的江湾机场、宝山钢厂一带发展，并形成与宝钢一体的格局。

南下：向邻近江浙两省的吴泾、闵行、金山方向扩展，直至杭州湾。著名经济学家于光远比较赞同这个方案，后来他的观点也影响了当时的国务院领导，一度"南下"方案给上海方面很大压力。

"东进"浦东，并非无争议，当时联合国也有一个团队派来与上海合作开展"上海城市发展方案"研究。外国专家们经过考察后认为：往东走，是上海岸的尽头，希望不大。只有沿经济繁荣的上海至南京一线的沪宁线和另一条经济繁荣的沪杭线拓展，方为上策。需要一提的是，那个时候比较流行的城市发展模式是"卫星城"，故除"东进"方案外，其他"北上""南下"方案比较受宠。在如此社会环境——当然还有一个根本性的问题是，那个时候国力、市力和科学技术能力尚处低级阶段，简单地说来："东进"浦江，从地下穿江而过的隧道能打多少条？用汪道涵的话说：隧道只能过车，不能人行，也不能过自行车，这就不是交通的根本。造大桥？黄浦江上造大桥早有人提出来，但最终还是一次次被否定了。为何？因为黄浦江还是条繁忙的万吨巨轮通行的河道，想造条"南京长江大桥"，万吨巨轮就无法通过。造桥水平不行，也是长期断了"东进"浦东念头的"七寸"要害。

攻城不怕坚，攻书莫畏难。
科学有险阻，苦战能过关。

现在的年轻人对这首诗不熟悉，可在上世纪七八十年代时，几乎所有的知识分子都能熟诵叶剑英元帅的这首《攻关》诗篇。"文革"结束后的那几年，全国科学大会的召开和徐迟《歌德巴赫猜想》的发表，我们称那是个"科学的春天"。既然任何险阻，只要"苦战"就能攻关，为何黄浦江上造桥就不行了？

上海人不服。上海的科技人员更不服。上海的决策者自然也不服……这众多不服者中当数市长汪道涵最不服此事。

怎么办？东、南、西、北……上海到底应向何方发展？据昔日在汪道涵身边工作过的市政府工作人员介绍，那些日子里，他汪道涵常常独自面对《上海市区地图》，一站就是几十分钟……他在想，想一会儿又看地图，看完又想。想一会儿又不时捧起桌子上的一本书，那书是孙中山先生的《建国方略》——

"文奔走国事三十余年，毕生学力尽萃于斯，精诚无间，百折不回，满清之威力所不能屈，穷途之困苦所不能挠。吾志所向，一往无前，愈挫愈奋，再接再励，用能鼓动风潮，造成时势。卒赖全国人心之倾向，仁人志士之赞襄，乃得推覆专制，创建共和。本可从此继进，实行革命党所抱持之三民主义、五权宪法，与夫《革命方略》所规定之种种建设宏模，则必能乘时一跃而登中国于富强之域，跻斯民于安乐之天也……"

这段话是《建国方略》前序中的开头几句话。汪道涵早在几十年前就能对它倒背如流，他还在交通大学读书的时候就对孙中山和孙中山的《建国方略》佩服得五体投地，所以常常利用周末去当年的莫利哀路29号（今香山路7号）孙中山故居，在那间幽静的小阁楼上，感受伟大先师激情澎湃、俯身卧地疾书《建国方略》中的辉煌篇章——"实业计划"的情景……

"那个时候我们作为中国的新一代知识年轻人，又是怀抱实业救国理想的理工科学生，对孙先生欲把上海建成世界影响的'东方大港'宏伟蓝图，可以说顶礼膜拜！"昔日的交大学生、今日为上海市长，转眼间几十年过去，汪道涵仍然能够把当年背下来的《建国方略》中有关"东方大港"片段在嘴边脱口而出：

"上海现在虽已成为全中国最大之商港，而苟长此不变，则无以适合于将来为世界商港之需用与要求。"

"在我计划,以获利为第一原则,故凡所规划皆当严守之。故创造市宅中心于浦东,又沿新开河右岸建一新黄浦滩,以增加其由此计划圈入上海之新地之价值,皆须特为注意者也……"

是啊,孙先生在世纪初不仅提出了要把上海建成"东方大港",而且对浦东开发建设已经有了设想,这难道不是中华民族的领袖和父辈们留给我们这一代的历史性嘱托吗?

这样的认识、这样的激动,以前汪道涵也有过,因为他父亲汪雨相是同盟会的元老、与孙中山并肩战斗的好友。学生时代的汪道涵,受父亲的影响,早已能背诵孙先生的这些宏伟构想。那个时候,尽管有激情,但多为一腔豪情的空想。而今身为上海市长的他,再品《建国方略》其意,可就大不一样了!

"东进"浦东,先人已引,不会有错!这个时候的汪道涵,其实内心已经有了比较坚定的信念,只是他身为市长,需慎言慎行,成熟决策。

1983年8月,炎热的上海,难得有一缕清风掠过。那天,汪道涵格外高兴,因为白天他在向来沪检查工作的中共中央总书记胡耀邦汇报城市建设时提到了开发浦东的想法和当年孙中山先生在上海撰文《建国方略》中关于建设"东方大港"的设想时,胡耀邦激情慷慨道:上海要充分发挥口岸和中心城市的作用,发挥经济、科技、文化基地功能,作全国四个现代化建设的开路先锋。而且,这次见面时,胡耀邦还交给了汪道涵一项重要任务:中央根据全国经济发展的情况,准备建立几个区域经济区,上海为龙头的长江三角洲经济区是重要一极,拟成立上海经济区开发办公室,汪做这一机构的主任,牵头实施。

中央的这个决策太英明和及时了!上海发展到今天,就是受到腹地和空间的影响,若能建立这样的经济区,上海及整个长三角都会产生不可小视的影响。汪道涵兴奋不已地在总书记面前表示。

8月18日,"上海经济区规划会议"召开,汪道涵发言的第一句话就说道:"我国建立经济区,这是一项具有战略意义的决策,这不仅是加快实现党的十二大提出的战略目标所必需的改革,而且也是中国式的社会主义现代化建设道路上的一项重要的探索。"

汪道涵进而指出："从上海在我国社会主义建设中所处的地位以及现有基础出发，着眼于今后的经济振兴，迫切要求我们积极探索能够扬长避短、发挥优势、促进经济和社会协调发展的新途径。""我们在今后一段时间内，要着力发展对外经济贸易，加强对内经济技术联合，改造老企业和老城市，开发经济、科技和建设的新领域，努力开创上海社会主义现代化建设的新局面。"

一位当年参加这次会议的老同志回忆道：我们在讨论中，问到市领导对"浦东开发"的意见时，汪道涵满脸堆笑道：我是赞成派，你们有好的意见和建议，尽管提出来！"他的这个态度对我们这些'东进派'是极大鼓舞！"

1984年的8、9月，"上海问题"到了非常热的地步。先是中央财经领导小组会议听取了上海的汇报，之后又派出以国务委员兼国家计划委员会主任宋平和经济学家马洪带领的国务院改造振兴上海调研组，进行为期半个月的调研，宋平、马洪带领的调研组人员非常认真细致地对上海市19个委、办、局进行了调研，并形成6个专题。

上海市政府也不含糊，汪道涵就在同一时间邀请了一批国内外著名的专家、学者包括本市的专家学者近百人，在衡山饭店召开了"上海经济发展战略战役研讨会"。

"这是高规格的一次'神仙会'！说高规格，像宋平这样的国家领导人也参加了，市里的头头脑脑就更多了，汪市长全程参加。说'神仙会'，是开会不讲究级别、不讲究排场，随便坐，想发言可以打断别人的讲话，甚至可以在领导讲话时插嘴。非常民主，特别活跃！"好几位当年参加会议的人对我这么说。

被上海学界称为"衡山会议"的这次研讨会，对上海未来发展格局在思想和理论上产生了重要影响。年底，由市长汪道涵签发的《关于上海经济发展战略汇报提纲》呈报国务院。在此报告中有一段话："要创造条件开发浦东，筹划新市区的建设。今后新建工业企业都要放在新区，并将老市区的一部分老企业逐步易地到新区去进行技术改造。"同时对开发浦东新区具有特别意义的跨江工程中的隧道和桥梁建设提出了相应的意见。

次年2月8日，国务院批转了上海市的这一报告，实际上是同意了上海市对未来发展和浦东开发的思路。

就在国务院的批转文件下达后不久，一日，陈国栋找到汪道涵，万千感慨道："老搭档，岁月不饶人啊，你我在位的时间也就几个月了，这浦东那边的事，看来我怕是过不去了，你比我年少几岁，有希望。不过也得抓紧啊！我们的隧道已经过江了，你说大桥到底能不能架得起来呀？我们有这个能力和能耐吗？"

汪道涵听到陈国栋的这话，颇为感动地移步过去，握住老战友的手，端详着这位年过七旬的老友那张苍老的脸庞，深情道："老哥书记啊，你放心，我一定想办法把过江的大桥架起来，到时请你，还有小平同志、陈云同志他们，一起过江去看看，看看浦东那片热土……"

"好，好……这事就交给你。到时我们退休了，但还得留在市里当'政府顾问'，这是小平同志定的！""我看真正能留下当顾问的也就是你了！"陈国栋迈着蹒跚步履走后，汪道涵的思绪久久不能平静。他想到了自己年龄：68岁。也想到了邓小平一次次来上海对他和陈国栋、胡立教说过的话、交待过的事……

什么事？交班。

你们年岁都偏大了！必须培养一批年轻人上来接班。

早在1979年7月，邓小平为了接班人问题就来过上海。当时的上海市委有19个常委，邓小平就对时任上海"一把手"的彭冲说："人太多、年龄也太老了！能不能7个常委？"彭冲有些为难地说："7个太少了。"邓小平就说："那就9个吧！"随后邓小平对上海市的领导认真地说了一番严肃而又语重心长的话：要善于发现人才，选拔人才和培养人才，这是领导者成熟的主要标志之一。

邓小平的这些话不仅对上海而且对整个中国未来的政治与社会产生巨大影响。

1982年，上海市委和组织部门，遵照邓小平的指示，迅速在全市范围内选拔青年干部，其中被挑选到市局级接班人的有18人，吴邦国、黄菊就是在这个时候被推荐到市委接班人的名单之中的。后来在1983年市委班子调整时，7名年轻同志成为了新的常委，吴邦国、黄菊就是在这一届成为上海市领导层的新面庞。黄菊后来回忆这段往事感慨道："当时邦国同志比陈国栋书记年轻31岁，国栋书记比我大28岁，可以说他们算是我们的父辈了。这些老领导与我们素不相识，通过全面考察后，扶上马送一程，在实践中培养我们。"

邓小平对上海大胆提拔年轻干部的这一做法大加肯定，同时对陈国栋、胡立教、汪道涵说，你们在两三年后要交班，这几乎是命令式的。三位老同志都是战场上过来的人，服从"统帅"的命令从不打折扣，他们当场表态，听从小平的指示，届时将愉快退岗，坚决支持年轻同志接班。

交班以后，可以当上海的顾问，工作是做不完的。邓小平对爱将们说。

陈国栋在一旁朝汪道涵挤挤眼，意思是："你老弟身体尚好，'顾问'一事就由你代劳啦！"

汪道涵知道"老搭档"的眼神里是啥意思，默默含笑。

这是1983年春节期间的事。

1984年，汪道涵除了日常工作外，围绕"上海未来规划"和"上海经济区"几件事，几乎没有喘息的机会，这几件事的核心中都有"浦东"二字。

此刻在汪道涵心目中最让他惦记的事，其实已经并非要不要"开发浦东"的问题，而是如何跨过江去，这件具体而实际的事了！如何跨江？超高大桥谁来造？上海和国家有没有那么多钱来完成这样的使命？如果有，当然是最好。但身为市长的汪道涵比谁都清楚，其实上海是没有这样的钱来造大桥的，眼下国家的国库里比上海更穷，否则国家就不用每年到上海"抽"走那么多货币了。这个事百姓不知道，热血沸腾的知识分子们也不知道，但市长汪道涵知道。

"那时，一谈到钱的事，我们发现，一向笑眯眯的汪市长的脸就板了起来！"市政府有人对我这样说。

没有钱什么事都办不成。但革命者和领导者不能因缺钱少钱而近视，"开发浦东"攸关上海前途与未来，该长远着想的事必须照样去想，去谋划，去费心思……

这是1985年的夏季。在这个特殊的夏季，年近古稀的汪道涵做了一次少有的远行——目的地：美国。

他是作为中国政府代表团成员出访美利坚的。那个时候，中国的官方出访团频频到美国和欧洲先进国家，而且一去就是几周、几个月。邓小平给这些出访团的任务是：学习、取经，把真经取回来；还有，交朋友，多交些好朋友。

根据安排，汪道涵的主要任务在旧金山。"这里华人多，所以可以多交些朋友。"代表团在选择各自的"学习取经"地时，汪道涵毫不犹豫地点了"旧金山"。

旧金山凯寿律师事务所是当地著名的一家涉外律师事务所，总部在纽约。这是汪道涵要去"拜见"的机构之一。然而令他想不到的是，进这家美国著名律师事务所大门后，就遇见了一位张口便叫他"汪市长"的中国留学生，该学生自我介绍他叫"周汉民"。

"你是上海哪所学校来的？"那时中国对外交流的留学生并不多，他乡见自己的人，汪道涵异常高兴，问年轻学者。

年轻人回答道："上海对外贸易学院。我是裘邵恒教授的研究生。"

"噢，裘先生，熟悉熟悉，非常了不起的教授。"汪道涵一听更兴奋了。"他是我们国家为数不多的懂国际法的权威，裘先生现在又是全国人大代表、香港基本法的起草成员，平时很忙的，你当他的研究生不容易，好好跟着裘先生学习吧，特别是国际贸易方面的法律，我们上海开放后，许多事情都离不开国际法律方面的知识。"

"我明白！市长。再说，我是裘教授带的第一位硕士研究生，我的学生证是001号，这份荣誉和责任我一直记在心头。现在遵照裘导师的安排在美国实习，将来回国报效上海和自己的国家！"周汉民频频点头向汪道涵保证。

"好，现在我们算是朋友了，以后有什么事，尽可找我。"汪道涵握着小伙子的手，满脸慈祥地说。

周汉民喜出望外，令他更意外的是，这一天他还从"汪市长"那里获得了两个重要信息：一是浦东要开发了；二是老人家正在促成上海办世博会。"我一定多向您汇报和请教！"那一刻，周汉民觉得自己好像生命中又多了一位像裘先生一样可爱可亲可学的"教授先生"。这让他内心激动不已。他可是市长啊！可他就那么平易近人，那么亲切嘛！后来周汉民把见到汪道涵的印象跟家人与朋友一说，大家都为他高兴。自然，最高兴的是，他不曾想到从此他与这位德高望重的老革命家成了忘年之交。之后的十几年中，周汉民作为一名普通的年轻学者，受到汪道涵的恩典和教诲可谓"改变了人生"(周汉民的话)。若干年后,周汉民出任上海对外贸易学院副院长、浦东新区副区长、上海世博会事务协调局副局长、全国政协常委、民建中央副主席,成为浦东开发过程中的一员重要的对外贸易法律制定者和实践者,如今是国内著名的法学名家。这是后话。顺便加一句:美国凯寿律师事务所现在在上海也设立了专门机构。

又有一位重要的"老朋友"要会晤。

这一天汪道涵起得格外早些。显然,即将到访的"老朋友"一定是位重量级的。随行的助手们猜到几分。不过出乎他们意料的是:汪老他竟然拿出一份东西,抑扬顿挫地朗读起一篇诗章——

生存还是毁灭,就这问题。到底哪样算高贵。人在心中,容受那亲人命运的箭伤枪挑。还是拔起刀,向那无边大海般的磨难搏斗去!一了百了!

……

诶,也许难处就在这儿。因为,摆脱了这人生的骚乱和纠缠,在那死的睡中,又会闯来什么梦?这,不能不令人犹豫。正就是这考虑,才使这苦难如此长拖下去!因为,谁还肯忍受这世界的鞭笞,嘲弄!压迫者的横暴,傲慢者的欺侮。真情被鄙视,国法被挠阻。官僚们的以势凌人,劳苦功高反而遭到小丑们的咒诅。如果仅以一刺刀,就把这孽债永消除!谁还肯,肩挑重担,苦熬一辈子喘气流汗。

"豁边了!老市长今天咋兴致这么高啊,竟然背起莎士比亚的《哈姆雷特》来了!"正当几个助手们窃窃私语"老市长"的反常行态时,忽见会客室外一位穿着整齐、打着领带的华侨像风一样健步进入,并且听得汪道涵的阵阵朗读声后,不仅戛然止步,而且竟然接过话茬,跟着背诵起来——

……如果不是心害怕,害怕那死后茫茫莫辨的彼岸,行客渡过去从不见转回头。因而心乱意否,宁可忍受当前的灾祸,不敢向未知之数奔投。这样,深思竟把我们全变成了懦夫。果断力的本然灵光蒙上了一层黯淡的迷雾。声势浩大的事业为了这跨踌一顾背离的原有的航道,失去了行动的光辉……

这时的汪道涵已经转身过来,已经看到了向他徐徐而来的"老朋友"。于是他张开双臂,继续朗诵着:轻点儿成吗?

"老朋友"同样地伸出双臂,甚至有些手舞足蹈:美丽的奥菲莉娅,啊,仙女,祈祷的时候,为我所有的罪恶,忏悔……

"哈哈……"汪道涵与"老朋友"的此次会晤,就是在如此戏剧性的朗诵中完成的。

"请坐,林先生!"

"汪先生请坐!"

"林先生比我长三岁,当为兄,理应先请坐——"

"哈哈哈,都说汪市长有学者风度、教授博识,果不其然!"

"林先生过奖了!"汪道涵扶着请"老朋友"坐下后,亲自倒茶端请。

"不敢不敢。汪先生乃中国第一大市长,同炎我怎敢如此受宠呢!"称自己为"同炎"者,姓林,名同炎,是世界著名桥梁专家。

汪道涵要见的这位桥梁专家林同炎,读者只需在手机上搜索一下这个名字,就会查出此人一长串的卓越成就:

1974年,国际联合预应力协会颁发给他该学会最高荣誉——"福森厄特奖章"和"福纳西内奖"。

美国科学院和工程院联合房屋研究委员会曾颁发给他"四分之一世纪贡献成就奖"。

1986年3月12日,他荣获美国总统里根亲自颁发的美国科技界最高荣誉——"国家科学奖"。美国政府并赞誉林同炎"是工程师、教师和作家"——注意:称他是"作家"。

1987年,林同炎得到美国咨询工程师学会的最高奖状——"功绩奖"(他为获得此奖唯一的华裔人士），表彰他在建筑工程方面的突出成就，称他是"工程界的先驱者"，说他"具有高瞻远瞩的眼光，同时是教育家、研究者，其工程设计的创意和优雅造型，使全人类均共受其利"。该奖自1952年起，规定每年只发给一人，获奖者包括美国的两位总统胡佛及艾森豪威尔。林同炎是该奖颁发34年以来的第一位华人得奖者。他为炎黄子孙在国际科技领域争得了崇高荣誉。

1994年，他获得美国加州大学伯克利分校全校教育改进委员会颁发的"杰出校友奖"。此奖每年从三十多万名校友中仅遴选出一名。

此外，还获得国际预应力协会的"Freyssinet Medal"、欧洲以外唯一的法国建设协会的"Albert Caquot Medal"、全美顾问工程师最高奖、美国首届OPAL奖（美国工程及工程师奖）等等。

林同炎还是中国科学院外籍院士，同时也是获选美国工程研究院院士的第一个中国人。在美国土木工程学会设立的首届四个杰出奖项中，他又是"设计类"奖的第一名得主。

美国土木工程学会为了表彰他在建筑设计方面的特殊功绩，特将该学会的"预应力奖"改为"林同炎奖"。此奖为最早以中国人命名的科学奖。

加州大学特别授予他"终身荣誉教授"和最高奖——"伯克利奖"，并设立了"林同炎纪念馆"。

美国建筑工程界最权威的杂志《工程新闻记录》曾选出125位在过去125年对建筑工程最有贡献的人物，林同炎和建筑大师贝聿铭、桥梁专家邓文中、"污染防治先生"林作砥四位华裔同时入选。林同炎还曾获得美国、中国以及中国香港地区的四个名誉博士学位，并先后被西南交通大学、同济大学和清华大学聘为名誉教授。

"林同炎的设计有着常人无法比拟的大胆和创意，他深信：将现实条件和力学的美融合在一起，加之对结构前卫的认识使他能够做出前所未有的设计。正是基于对预应力混凝土结构这种近乎完美理解，林同炎改变了建造领域的历史——使得高耸、优美的大跨结构能够从容面对荷载、地震、飓风的光顾"。"林同炎一直试图通过他在技术和结构工程领域的努力将人类社会带往一片更加宽广的领域，他的激情正在激发着全世界工程师的创造性。"——这是世人对他的评价。

　　林同炎，一位无与伦比的桥梁建筑大家！仅在美国，由他亲自设计和根据他的理论建造的桥达千座！

　　世界奇观。世界奇人。

　　"能见到林先生是我此次美国之行的重要任务之一呀！今日得以见到先生，实在开心、开心啊！"汪道涵再次起身弯腰握住来访者之手，深情道来。

　　"岂敢岂敢！"林同炎赶紧站起，连声回应，"汪市长威望如泰山，同炎早有结识之愿。今日能在旧金山见您，真的是三生有幸！然，令同炎我想不到的是，汪市长竟然对我家兄的翻译作品如此熟悉和厚爱啊！"

　　汪道涵笑了，一边请林同炎坐下，一边告诉对方："先生有所不知，我也是你哥、林同济先生的崇拜者，他可是我们复旦大学的著名教授、国宝级人物，他翻译的莎翁的《哈姆雷特》，不仅是全中国读者都喜欢的经典作品，也是我的最爱之一！"

　　"是吗？"林同炎一听，更是激动不已。

　　"是的。"汪道涵连连点头，说，"可惜我的嗓子破，如果先生能听到我们上海的大演员孙道临先生的朗诵，那才叫过瘾呵！"

　　"好——下回我到上海，一定要见见那个孙道临先生。"林同炎欣喜若狂。

　　言归正传。

　　汪道涵说："这次我来这儿，一则是来拜访先生，二则是代表上海市政府邀请先生再到上海访问，帮助我们看看如何在黄浦江上造大桥……"

　　未等汪道涵的话落停，林同炎便激动地站了起来，"汪市长啊！您可知道我早有心思，想在黄浦江上建一座大桥了呀！知道吗，五年前您刚到上海那会儿，我就绘过《黄浦江大桥计划》送到你们政府那里去了……"

　　"听说了听说了！我还看过你的图纸。"汪道涵连连点头说，"今天我就是想告诉先生：浦东开发这事我们就要定了，我们就等着先生把一部分精力，把富有炽见的目光移向东方——那儿是你的祖国，也是未来全世界的希望所在……"

　　"谢谢汪市长！太感谢你给我带来的喜讯……"林同炎又一次站起，这回是他主动伸出双手,紧紧握住汪道涵的手说,"我同炎一辈子为美国和全世界各国设计的大桥数不清,但心中一直有个愿望,就要为我哥哥安魂的上海建一座你们想的黄浦江大桥……"

"我向先生保证:你的这一愿望一定能够实现!"

"真的?"林同炎眼泪都出来了。他握着汪道涵的手,迫不及待地问:"那您说我什么时候能够动手设计?"

汪道涵用手轻轻地拍拍对方的手背,请他坐下。然而换了一副较为平静的语气说:"关于开发浦东,现在国内有不同的意见,就是我们上海自己也遇到了困难,你是知道的,主要是我们现在口袋里没有钱哟……"

"这不是个问题!您看这样……"林同炎立即反驳道,并扳着手指给汪道涵出主意,"只要先在浦东开辟一块土地造桥修路,这桥和路一修好,周边的地价就会上涨。这土地一上涨,就出租或卖出去,如此滚动,开发出租,国家和政府不花一分钱,便可收回一个现代化的浦东,那时整个上海规模也就可以成倍地扩大!"

汪道涵感慨万千道:"真是听君一席话,胜读十年书啊!"

林同炎又被感染了,他激动地说:"如果需要,我林某愿意做浦东开发的开路先锋!愿意帮助祖国搞建设,造福上海人民!"

"上海人民和祖国将不会忘记先生的深情厚谊!"汪道涵动情地再次双手紧握林同炎的手,征求道,"道涵想问先生一件事不知可否?"

林同炎不解地说:"尽管道来!"

这时,汪道涵以他特有的"笑眯眯"姿势,将身子轻轻地靠近林同炎,然后在其耳边说了一句"悄悄话"……

"可以啊!完全没问题嘛!"林同炎心领神会道,"您不说我也正好想做这事呢!"

"这太好了!太好了!"汪道涵更是满心欢喜。

"唉,汪市长,您不就是市长嘛?把信写好了寄您就行了吗?"林同炎突然道。

汪道涵摆摆手,微笑地说:"我现在是'上海市原市长'了,新市长是江泽民……"

"噢——"林同炎若有所思。

一年后的1986年，时任上海市市长的江泽民收到来自美国旧金山的一封"万言书"，而写信的主人正是林同炎。这封题为《开发浦东——建设现代化的大上海》的长信，给新一代上海市领导和整个上海学界，都带来了巨大冲击，林同炎的名字也同之后的"浦东开发史"联在了一起……

"向东！继续向东——"又是一个早春的上海浦东。一辆破旧的"桑塔纳"在泥泞的田野土公路上停停走走。

这是老市长汪道涵的又一次"浦东行"。他这样记录道——

> 下午，汽车飞快地奔向外高桥。接近江边时，车轮在泥地上飞转，扬起一片风尘。伫立江堤，极目远望长江的入海口，心胸豁然开朗。这是一片等待开发的区域。据说，经科学论证，这儿适宜造深水港，有百余艘万吨轮的泊位。在这里建港，不仅会减轻黄浦江岸线的吞吐运载负荷，更能提高运输的经济效益。
>
> "这儿开发的潜力是很大的。"
>
> "是啊，一位华侨想来这儿投资码头，散装化肥和争取外汇平衡。希望市领导部门和港务部门能够考虑。"小孟说。

朱镕基后来这样评价汪道涵，说他是浦东开发最活跃的积极分子，而上海人民称他们的老市长是浦东开发的先驱者。老市长这篇《浦东行》提到的"小孟"，叫孟建柱，时任上海川沙县委书记，后来"小孟"便成了我们熟悉的国务委员、中央政法委书记。

2005年12月24日，汪道涵在上海逝世，享年90岁。但他的"向东看"姿态与立场，一直激励和引领着后来者继续往东看——因为东边的浦东风景独好，好得让人心旌激荡……

▶ 2

那个夏天，江泽民来了

忽忽光阴二十年，几多甘苦创新天，浦江两岸生巨变，今日同心更向前。

这是江泽民的一首诗，写于 2009 年，是他在上海出席春节团拜会时所作。当时现场气氛十分温馨，主席台上，江泽民回忆自己在上海学习、生活、工作时，感慨又感叹，幽默风趣，妙语连连，引得阵阵欢笑。当时坐在他左边的是市委书记俞正声，右边是市长韩正。

值得注意的是江泽民赋的这首诗中有两个概念词：一是"二十年""创新天"，二是"浦江两岸生巨变"。如果粗略算一下，浦东开发从汪道涵等有识之士最初提出，到 2009 年浦东陆家嘴金融区基本形成，与外滩遥相呼应的高楼林立、气势恢宏的现代建筑群傲立于黄浦江东岸，正好是二十个年头。作为上海市的老领导和十年中共中央的总书记、十三亿人民的共和国国家主席，江泽民这首诗既是对上海建设的赞美与感叹，其实也是对浦东开发阶段性可喜成就做了一番充分肯定和诗意描绘。

忽忽悠悠二十载，浦江两岸生巨变，创下人间新天地，这对江泽民来说，此番感慨也许比任何人更深刻和更别有滋味。

对上海这座城市，江泽民太熟悉，也有太多的生活与工作感受了。可以说，没有哪座城市能够让他产生超过对上海的感情。作为烈士江上青的后代，江泽民从小就有革命志向。抗战结束后，原来在南京念书的江泽民便转学到了上海交通大学机电专业。兴趣广泛的江泽民在学生时代就显出了他不同一般之处，同学们常称他为"江博士"。1946年入党的江泽民，在上海解放前有过几年的地下工作经历，多次参加学生运动，表现出不凡的组织能力。参加工作后，他一直在工厂从事技术和管理方面的工作。上海益民厂和"光明牌"冰激凌、棒冰，对上海人甚至包括我这样一代人来说，都是"童年的记忆"。中华人民共和国成立初期到八十年代前的几十年里，"光明"几乎清爽了我们华东地区几代人每年炎热的夏季，而那个时候我们并不知道"光明"与后来成为我们国家领导人的江泽民有什么关系。

许多人的命运与某种巧合总是联在一起。江泽民在上海刚回到人民手中的时候，他就在企业管理方面显示出超人的才华，偏偏时任华东军政委员会工业部部长的汪道涵又是烈士江上青的战友。"老江"和"小江"在不同时候成为了汪道涵不同环境下的"战友"，而后来汪道涵赴京出任国家第一机械工业部副部长后，江泽民又成为第一机械工业部上海第二设计分局电器专业科科长，并且屡有研究成果，特别是他与捷克专家一起成功完成的2.5千瓦以下的电轮发电机项目，深得副部长汪道涵和部长黄敬的赞赏，黄敬高兴地特意在北京全聚德烤鸭店宴请了江泽民和捷克专家。

1954年，江泽民第一次离开上海，调长春第一汽车厂工作。后又受命到莫斯科斯大林汽车厂实习。回国不久，江泽民出任长春一汽动力分厂厂长。

1962年，江泽民回到上海。四年后，他再度离开上海，这一回一别上海就是19年。当这位诗书琴言皆通的"阿拉也是上海人"的管理型领导干部，再度踏到上海滩时，他便成了这个中国第一大市的市长，与他一起被中央任命为上海市委书记的是芮杏文。

1985年这个夏天，江泽民来到上海。

七月，上海市第八届人民代表大会第四次会议上，他被推举为接替自己恩师和老领导汪道涵的上海市长一职。这个交接，对汪道涵来说，没有比此再令他满意的了，而对江泽民来说，自然也是不言而喻。当时，汪道涵和陈国栋等老领导被新上任的江市长聘为上海市人民政府顾问。这是另外的话题，但这个根据邓小平意见聘下的政府顾问，对之后的浦东开发与建设所起的作用堪称功德无量——从1985年卸任市长到2005年去世之间的20年里，如前所言，汪道涵有两大特殊贡献，一是影响海内外、推动台海两岸关系的"海协会"贡献，二是他对推进浦东开发所倾注的不遗余力之贡献。包括江泽民在内的后几任领导在浦东开发问题上的投入与远见，都与"汪顾问"的极大付出和热情投入有关。

任上海市长之前，江泽民是国家电子工业部部长。从部长到市长，级别上没有任何变化，但角色绝非相同。而且根据当时的国家形势看，59岁的江泽民站在台上接受上海人民代表们掌声的时候，他显得非常自然和平静，除了一副甘心誓为人民孺子牛的憨厚的微笑外，丝毫没有"未来党和国家领导人"的任何风范和预兆。这大概与他熟悉和了解这个城市有关，或许早就听了老市长、老领导私下交流和介绍的许多"上海城市病"有关。

这个夏季他来了。上海的夏季不是什么好的季节，不是台风就是雨，风过雨停后便是闷热，热得小弄堂里冒火、大街上滚火、人的心里头窝火。仿佛每时每刻都要燃烧一般……

老天似乎也在酝酿一场给新来的江市长"下马威"。

1985年夏，推荐"江市长"的市人大会刚结束，8月1日，一场强台风在上海以西约100公里的地区掠过，受其影响，上海市区普降暴雨，而且是特大暴雨。"那雨像天掉了底，暴雨如注一样从头顶上往下落……"市民们至今仍有人能够回忆起当时的情形。8月正值上海地区盛夏酷暑，白天地面温度常常超过40度。大楼林立的市区在降雨的时候，立即造成黄浦江、苏州河瞬间潮位高涨，这当口，台风、暴雨、潮汛三股势力聚汇，整个上海城区都处在危险之中。暴雨当日的上午，新任市长江泽民一到班上，便把防汛指挥部的同志叫到办公室，询问结果：市区平均降雨量达100毫米，局部达到180多毫米，数百条马路积水，其中杨浦区最严重，17条街道中16条街道积水成洪，上万户居民家进水，其中控江路、延吉路之间的双阳路周围一片汪洋，平均积水达膝盖以上。

"走，去双阳路现场看看。"江泽民越听眉头越紧锁，挥挥手，立即站起身。

在双阳路积水现场，穿着雨靴、披着雨衣的江泽民无法再在街道上前行，因为宛如汪洋一般的积水挡住了他和防汛指挥部干部们的去路。退至居民区时，江泽民的目光落在一户贴着双"喜"字居民家，他走到这户百姓家，当看到里面所有崭新的家具全部泡在水中时，江泽民的嘴里连连发出"啧啧"声。

"我代表市政府来向你们表示慰问！我们对不起大家啊！"江泽民握住一对新人的手，不停地摇头感叹，眉宇间无限惆怅。这一幕，年轻干部都看在眼里，听了市长的话、看了市长的表情，他们也都在思考着自己的未来工作方向……

8月的第六号强台风及带来的强暴雨所留下的灾情与思考尚未结束，第十一号更强的台风再次袭击上海，近台风中心的最大风力达12级，上海市区雨量最大地区在两小时内降雨120~160毫米，部分地方达250毫米。这在上海历史上实属罕见，连江泽民事后都苦笑道：是我的名字里"水"太多，江有水，泽有水，把水都带来了！

任市长的第一个夏天，上海之"水"给江泽民留下如此深刻的印象。这些水看起来似乎与浦东开发无多大关系，其实它也像另一种逆动力，推进着领导们和全市百姓"向东看"的意志与决心。

后来被外国媒体称为"中国水市长"的江泽民，真的与"水"结下了缘。1986年的夏天——7月11日，上海经历了一场历史记载上从未有过的龙卷风……

据当时的目击者叙述：当日下午2时许，市郊的南汇、川沙（正是现在的浦东新区）一带，天气骤变，霎时间天昏地黑，雷电交加，暴雨如注地从天而降。一股40余米宽的龙卷风，以远超于12级台风的强劲力量，横扫所经之处，其惨状至今令人不寒而栗。"几百斤重的水泥板，像一片薄纸似的被掀到几百米之外！一根纤细的麦管，竟然借着风力能穿过玻璃窗……被折断的高压线冒出一团团火光，吓死人了！"百姓这样描述。更有甚者：南汇有个建筑预制厂的一辆20吨的卡车被龙卷风掀起后坠落在附近的河中，把一艘40吨的水泥船砸得粉碎。

这场超强龙卷风，造成579人伤亡，摧毁房屋不计其数。次日，江泽民到达现场，目睹灾情留下的惨状，双手叉腰，神情凝重，久久不语。

同志们，灾难无情人有情，我们经历了这场灾难，可大团结救灾的行动，再次证明我们社会主义国家"一方有难，八方支援"的好传统；另一方面也再次提醒我们，建设好自己家园的重要性与紧迫性！江泽民在"7·11"抗灾总结会上如此说。

水害并非是阻碍上海城市发展的全部。俗话说，水火不容，但在落后和停滞不前的上世纪八十年代的上海，水火却似乎像一对"孪生兄弟"一样，轮流地考验和鞭打着上海这座新兴而又有些严重停滞不前的东方第一大市。

1986年"7·11"那场龙卷风留下的废墟尚未来得及清理干净，9月18日凌晨，市区中心的上海市第二轻工业局大楼电气线路短路造成火灾，瞬间，整个大楼烧得精光……望着被烧得像骷髅一样的水泥架，江泽民再次感叹：真是"水深火热"啊！

上海这个城市怎么啦？上海的明天到底会是什么样啊？我们的生活难道就这样下去了？上海人在痛苦的吟叹中思考症结、寻找方向。

10月，六名市人大代表联名写信给市长江泽民，要求约见，希望就市政府工作和市长本人的工作进行交流。这六名人大代表中，有大学老师，有科研专家，也有来自市民中的百姓代表，知识分子居多。信里这么说，作为人大代表，他们除了参加一年一度的人代会时能听到市长所作的《政府工作报告》外，平时极少有机会与市长见面与交流意见，所以联名写信请求约见。这种情况过去和现在似乎都并不多见，有些给领导施加压力的味道。写信的人大代表其实心里也是很矛盾的，多次酝酿后才付诸行动。不想，江泽民很快让市政府办公厅工作人员通知六位人大代表，约请他们到市政府来座谈交流。

座谈交流，没有客套，直截了当，直来直去。人大代表的提问是：市长就任以来主要做了哪些工作？上海市政建设的步子为啥比较慢？上海发展的前景如何？等等。江泽民一一如实做了回答。人大代表对江市长的回答表示满意。几日后，解放日报头版和二版刊登了《六位市人大代表写信约见江泽民市长》的新闻报导，称"江市长同六位代表无拘无束地谈了到任后工作情况、市政建设的情况和前景以及市长的苦恼，并听取了代表的意见和建议"。

这件事很能说明江泽民的工作作风和胸襟。这件事——当然还有更多其他活生生的事——让"那个夏天来的"市长江泽民在管理这座中国第一大城市的过程中，每时每刻都在思考到底出路何在？就追寻"出路何在"的同时，他不得不忙碌地在近千万市民的"菜篮子"问题、臭得不能再拖的苏州河污染问题，以及让外埠人厌死、烦透的新客站扩建等等事情上费心费力，而这样的事每一件都不能拖，拖一天就会在市民中多积一份怨气，事实上这样的事每干一件同样也会引起另一群人的愤怒甚至抗议，比如说拆迁动迁居民……矛盾聚结的岁月、民生民情民声交集的时代，被江泽民都赶上了。

一市之长，百姓的吃喝拉撒什么都得管。但上海，根本的问题是要找出发展的方向。上海的发展，令我越来越感到必须往东看、前途在浦东那边……这是"顾问"和恩师汪道涵的又一次真诚而亲切的"耳语"提醒。

江泽民意味深长地频频点头。

这一天，江泽民刚从北站新客站拆迁现场回到办公室，已过下班时间。这项由他亲自出任工程领导小组组长的"三大面子"工程之一的拆迁任务巨大而艰难，需动员264家工厂单位、7300户居民，牵涉3万余人，拆除建筑达24万平方米。这在上海历史上前所未有的，而且也包括了曾令我烦不胜烦的老火车站，改造已经到了非改不可的地步。江泽民一到任上海，就心头牵挂着这件大事，他比喻这是上海"海、陆、空"的"三张面孔"，另两项是虹桥机场的扩建、十六铺上海国际客运码头的建设。"这三个地方是上海的面孔，连这三个地方都没弄好，上海真的啥面子也没了！"而上面的每一项工程，都会让市长耗尽心思。

"市长，这是刚收到不久的一封信，美国的一位华侨写给您的。"草草的一顿晚饭后，秘书送来一堆文件，其中有一封厚厚的信件放在江泽民面前。

"谁写的？这么厚哪！"江泽民一边拆一边掂量信，自言自语道。

"林同炎——"刚看开头，原本颇有些疲劳感的江泽民顿时眼睛一亮，顿时板直身子，认真看起远方来的长信。

前文已经对林同炎做过介绍，而江泽民以前也从"顾问"汪道涵那里听过这位复旦名师林同济弟弟的许多传奇：比如他的名字原来叫"林同棪"，14岁时就以第一名的成绩考进了当时中国最高工程学府——交通大学唐山学院土木工程系。这位少年才子深得校长茅以升和教授孙宝琦的欣赏，视其为得意门生。茅以升先生建议他把名字中的"桉"字改为"炎","好读又明意,又代表了自己是中华炎黄子孙"。

"1979年,国家刚刚开放时,他就借探望哥哥之名来到上海,那次站在黄浦江的外滩时,他是说自己很激动,很感慨,当时就有了想重起建黄浦大桥的念头。因为在几十年前的1946年,茅以升等有志之士曾经提出过建议要建黄浦江大桥,而且也进行了许多论证,林是其中之一。以往的夙愿一直未实现,这对具有强烈爱国心的世界级桥梁专家来说,林先生一直有此愿望,帮助我们在黄浦江上建一座大桥……"汪道涵曾经在江泽民面前这样介绍过林同炎,而且还讲到另一个故事:那次到上海的林同炎,跟哥哥谈起自己的想法时,得到了哥哥林同济教授的赞同,并告诉他,国内已经在邓小平领导下,实行了改革开放,我们上海肯定也要空前发展。这让林同炎激动不已,他回到美国,一下飞机就直奔自己的公司,当下把部下召集起来开会,第一句话就说:"祖国来了任务!"这任务就是后来他亲自设计和绘制的《黄浦江大桥计划》。

"一位伟大的设计师,一定是一个杰出的艺术家和未来学家。"林同炎就是这样的桥梁设计大师。他的激情常常是他对这个世界未来的准确预知。

现在,江泽民读着他的信,也深深地被其感动和吸引——

> 上海为全国工商业人才发源地,也是铁路、公路、河道、港口交汇之枢纽,实乃工商文化交流中心。奈以地区有限,无法发挥其功能与潜在力,实为可惜。好在黄浦江对岸浦东有大好土地一片,尚待开发。只因一江之隔,比邻竟成天涯。所以我们必须把它和上海市中心连成一片,来建成现代化的大上海……

是啊,建成大上海,此乃正是我千千万万"阿拉上海人"的梦想啊!江泽民读到这里,顿时心潮起伏,又忍不住感慨这一年有余的"市长生涯"的苦与累,事事桩桩皆因"螺蛳壳里做道场"的现实困顿所致。

上海不是没有空间,而是需要我们放开眼光看——浦东具有辽阔的地域,足以建成一座现代化的上海。远在海外的林同炎似乎看到了自己同胞眼下的窘境,从世界城市经济学的角度，娓娓道来：

> 看看香港、新加坡，地方这么小，为什么会发展繁荣起来？主要是他们把它当作远东的发展中心，这中心的生产力，大部分是靠银行家、轻工业、管理、技术、商业金融和进口出口荟萃而成的。因为有了这个中心，世界各处都向这里投资。因为交通、居住等等也都很方便，宾至如归，所以大家都会安顿下来，经营他们的事业，协助了这个地方的繁荣……

大师言之极是，所举例子也是可点可圈啊！江泽民读着林同炎的这封冒着热气的赤子之情的"万言书"，颇为感叹。

还是在不久前，江泽民记得特别说不清的一件反映在《上海情况简报》上的事：某日，澳大利亚政府代表团访问上海，晚上10点多抵达上海大厦——那时上海大厦是唯一接待外宾的最高级的宾馆了。令外宾没有想到的是，除了他们的团长夫妇安排在一个套间外，其余团员被俩人一间安排在同一间房间。"这怎么行呢？"澳大利亚客人觉得不可思议。中国接待人员则反而有些奇怪地问他们："这有啥奇怪的？很正常嘛！而且，给你们安排的都是标准间，那里面都是两张床铺。既然是标准的两张床铺，两个人住不对吗？"澳大利亚人愤怒了，叽叽哇哇一阵子，坚持不住。最后是陪同代表团前来的澳驻中国大使馆员出面找到上海市政府一位负责人交涉，上海的这位官员赶紧跟上海大厦方面协商，请他们动员中国的客人腾房。可当时已经深夜12点多了，宾馆方面为难：不能把客人从被窝里拖起来吧！无奈，市政府官员不得不向澳大利亚政府代表团说明情况并连连道歉，而澳国的政府代表团恰恰就是来考察上海城市基础设施情况的，他们一下飞机就遇到了他们想也想不到的"东方式尴尬"。那个时候，澳大利亚政府对中方还比较友好，或者是真心想跟上海方面做生意的长远角度考虑，不仅理解了这件尴尬事，竟然在第二天与上海市政府方面对话时，当场答应了无偿支援上海170万澳元，支持其中包括改善交通、住房和治理苏州河的研究课题项目。

没有脸面！太没有脸面了！这等事何止一件。每每此时，市长江泽民总会如此摇头、感叹。而这，也大大坚定与加速了他对浦东开发的支持与行动。

1986年7月4日，正值又一个火热的夏天，江泽民签下一份在浦东开发史上具有历史意义的文件，文件编号为：沪府[1986]64号。文名：《上海市人民政府关于建设黄浦江大桥工程项目建议书的请示》。这样的政府文件签发，意味着浦东开发进入实质性的行动，也可以视为浦东开发的前奏序曲的正式响起——它便是我们今天看到的那座从浦西通往美如彩画的浦东的南浦大桥。

也许是主人们的刻意安排，在我第一次到浦东采访时，就住在南浦大桥浦东这一侧桥头下来的第一个酒店——由由喜来登酒店。推开所住的23层房间窗户，南浦大桥的全景尽收眼底：这座于1991年12月1日正式通车的大桥，是第一条由我国人民自行设计、自行建造的双索面、叠合梁斜拉桥，其形精致而富有美感，宛如一条昂道盘旋的巨龙，横卧在涛声依旧的黄浦江上，它是上海人"一步跨过黄浦江"的百年梦想的象征，也是浦东开发史上最值得记忆的事件之一。邓小平亲笔题写的"南浦大桥"四个字熠熠生辉，也让这座大桥有了更多的时代感与崇高感。

"当时没有任何造大桥的经验和资料，可以说是'设计没有完整的标准，施工没有完整的规范，加工制造缺乏工艺'，技术、材料、设备、管理等等各种压力确实很大很大。"朱志豪，全国劳动模范，高级工程师，参与南浦大桥、杨浦大桥和徐浦大桥等一系列浦东开发工程建设的"上海当代杰出贡献人物"。他是南浦大桥建设指挥部总指挥，他说在市政府批准建议书后不久，市长江泽民多次主持相关会议，研究讨论实施方案，市里还专门成立了建桥领导小组，由副市长倪天增挂帅。由于当时的经济实力和造桥能力的限制，加之黄浦江在市区主段流泾中有弯曲，又要考虑到航行和汛期诸多因素，而建造大桥的根本目的，又是为了解决浦东、浦西交通畅通，必须与人流最为集中的外滩一带联结，因此选址也遇到过曲折。最后，是倪天增带着朱志豪等人沿黄浦江两岸跑了好几回，总算在浦西董家码头南、浦东南码头东的黄浦江中间点的地方选定了桥址，因为这里也是从外滩方向往南走的黄浦江最窄的江面段，航道距离350米。在专家们取得一致意见基础上，囊中羞涩的江泽民和市委、市政府领导们便拍板定下这桥址方案。考虑到防洪和航行因素，最终定下的主桥跨度就是现在的423米。"大桥在保证5万吨巨轮通过，又必须考虑涨潮时的水面高度，桥的净高度至少要达到46米，加上2米安全度，南浦大桥的实际水平净高度是48米。桥面全长8629米，其中主桥长846米，浦西引桥长3814米，以复曲线成螺旋形，上下两环岔衔接中山南路和陆家浜路；浦东引桥长3969米，以两个复曲线长圆形与浦东南路和杨高路相衔接。横空而起的南浦大桥在当时创下了许多全国纪录，其中最重的一根钢梁达83吨，最长的一根钢索227米。大桥使用的高强度螺栓14万套，每根栓直径达30毫米，国内从未有哪个厂生产过，只能从日本进口。上海先锋螺栓厂知道后，坚决要求试试看，结果试成功了！反倒是日本的产品没有通过检验标准。"时任大桥工程总指挥的朱志豪如数家珍地介绍了一大串施工中的技术突破。

况且当时建南浦大桥何止这些技术问题。那时上海人想造一条通往浦东的大桥、圆"阿拉"的一个百年梦想，所遇到的难题可谓重重叠叠。

首先是资金。整个预算8.25亿元，前期费用由市政府承担，工程费用国家同意通过国外贷款解决。这在当时是破例。

"到国外贷款，首先要进行技术审查，通过审查后才能进行商业谈判。有的银行贷款利率不高，但他们会要求总承包——包采购、包设计等。这样一算设计费就不得了，比我们自己预算的设计费用高出一大截，五六千万元！最后我们选择向亚洲开发银行贷款，他们相对利率低些，可人家的条件是关注你建桥的时间，这又把我们难住了……"朱志豪说。

你们到底要用多少年建成大桥嘛？人家问。

三年。

不可能！

为什么？

因为跟你们类似的但比你们有实力、有技术的加拿大安纳西斯桥前后用了七八年时间！你们的技术和实力可不能跟人家比啊！亚洲开发银行的官员这么说。

我们看过那桥，在技术上我们认为它也是有不少问题的，至于造桥时间，我们是有信心的，因为我们是社会主义国家，人民的工作潜力大。朱志豪回答。

这是技术和科学，不是耕地。

我们当然知道这是技术和科学，所以我们更加认真和倾力。

那安纳西斯桥跨度与你们接近，但打桩的深度是 80 米，而你们为什么只打52 米？能行吗？

我们上海的大环境和气候与安纳西斯所在的不列颠哥伦比亚省的菲沙河气候环境不一样，除了净荷载与风雨等气候环境，我们的大桥打基桩深度 52 米完全符合大桥承载力需要……

NO，NO！对你们的结论我们表示怀疑。

谈判陷入僵局。那个时候的中国，只要一出国门，尤其是到发达国家，似乎总是矮人一截。

"正巧参加那次谈判的外方人员中有一位就是安纳西斯大桥的技术负责人，我把一些技术数据和发现他们安纳西斯大桥的技术问题的照片一起给他看了，这位专家十分吃惊，当晚就做了计算和复核，结果因为他的结论证明了我们的正确，所以第二天谈判就成功了！"朱志豪说。

艰难谈判换来的贷款金额本来就有限，而且有时限、有利率，有种种条件限制，如何用好这有限的国际资金贷款，这对上海来说，都是新课题。

在繁华的城市，建一条如此宽阔的斜拉桥，其两端的引桥和附桥需要庞大的涉地区域。开始粗略一算，光拆迁面积和经费就接近七八个亿！这怎么行，桥还没造，钱却花光了，还干事嘛！

最后，设计单位不得不又在"螺蛳壳里做道场"——现在南浦大桥浦西端的盘旋型引桥的设计就这样出来了，这是一个最省钱的引桥设计，因为它占地面积最少。如今南浦大桥虽然巍然屹立在浦江两岸，但一到下雨和结冰的天气时，大桥西端的盘旋引桥路段，成为开车出行者的一段十分可怕的"魔咒道"。据说朱镕基任上海市长时多次说过这段引桥的问题，但在那个"囊中羞涩"的年代，上海已经穷尽了自己所能，把"一步跨过浦江"的梦想总算是圆了。

很难想象大上海当时的窘境。"桥头一边是浦西的闹市区，能腾出一块地作桥头堡已经是阿弥陀佛了。可是浦东那边也不省事呀！"朱志豪说："当时江西边涉及三个区，分别是南市区、杨浦区、黄浦区，而桥址所在的南码头又是浦东浦西交叉地，这个地方需要搬迁的有6000多户是棚户区居民，还有200多家企业。而造这样一座大桥，除了地面搬迁外，配套的五大管线（上水、下水、煤气、动力电缆、通信电缆）所涉及的搬迁距离长达50多公里。浦东那边又有大片是农田，农民征地安置也是头痛的事……让我们这些具体负责施工的人没想到的是，两岸涉地居民和农民们，竟然那么痛快，甚至基本不讲条件地配合了整个搬迁与拆迁工作！"

"比如有个制面厂，动员他们动迁时，动迁费跟不上，没了。这个厂长跟我说：'老朱啊，只要你把大桥造好，其他我们啥都不讲了，就三个字：立即搬！'沿线的单位和百姓支持建桥的热情真的让我们非常感动，也从另一个角度看出两岸人民对浦东开发的真实心愿。"朱志豪感叹道。

极其有限的资金，要造世界一流的大桥，这本身就是矛盾和艰难的事。省了又省的搬迁费最后用去3.98亿元，却几乎占了近一半的全部工程费。剩下的造大桥"硬骨头"如何啃？朱志豪如此说："南浦大桥在技术和施工方面，我们没有丝毫的马虎和偷工减料，反倒是每一个环节、每一项科研攻关项目，都是各部门、各单位同心协力、群策群力，用最认真、最刻苦、最高的水平来完成的。所以要我说，南浦大桥，是我们上海人上上下下共同努力，用心血和智慧建成的，它与钱关系不大！"

一座用心血、心气和智慧建成的大桥，恐怕在世界建桥史上前所未有。上海人在困难的窘迫的年代建起的南浦大桥，就是这样一座桥，一座黄浦大江之上恩泽于两岸人民的大桥——江泽民的名字和心血如此巧合地蕴含在此桥之中，或许是个"天意"。看一个领导者的能力和魄力、意志与信心，通常是要看他在面对困难和重重压力下的杰出才能与把控力。邓小平在国家危难时刻，选定江泽民作为新一代中国领导人，看中的正是这一点。

关于南浦大桥，我想稍稍补充一点的是：这座当时"中国第一""世界第二"的大桥，在资金和技术都十分紧缺的条件下，上海工程技术人员和上万名现场工人硬是依靠自己的汗水和智慧，不仅高质量地第一次在黄浦江上圆了"百年跨江"梦想，而且突破了 16 项重大科研项目、整整提前 45 天完工。其中间有多少故事、多少战歌？此处讲讲总指挥朱志豪一个人的故事：有谁会相信，承担如此艰巨的建桥工程的总指挥，他当时竟是个绝症患者。

如此伟大的一项工程，它将决定整个上海发展命运的一座大桥，怎么可以搁在一个身患绝症的"总指挥"身上呢？

然而事情就是这样巧合和严酷。"头年 12 月 15 日第一根桩打下去，大桥算正式开工了。可第二年的 4 月份，我就被医院查出胃上有个东西，医生不让我走，非要动手术。手术一动，发现胃癌已经扩散。家人和单位上上下下都慌成一团，我自己反倒稀里糊涂，因为开始谁也不敢告诉我是扩散的胃癌。直到做化疗时才无意间发现那挂的药瓶上有'治疗癌'的文字，这下我心想坏大事了：大桥怎么办？我身体还能扛多久？干脆，两头顾一头吧：大桥要紧！"朱志豪甩开医生的手，回到家，对老伴说：从现在起，你每天给我煮中药。这一煮就是两年。这两年，正是南浦大桥施工最紧张的时间；这两年，总指挥朱志豪除了必须到医院化疗外，他每天带着装有老伴煮的中药的保温瓶上工地。"好些日子就是常常觉得腿特别沉、身子骨特别软，但精神还好，是被现场的工作催逼得不能不好呀！"朱志豪的命真大，后来去医院复查，医生反反复复看检查结果，最后告诉他：以后不用再来了，你身体蛮好！

"是南浦大桥给了我新的生命！"大桥通车那天，朱志豪笑得又是眼泪又是鼻涕的，半天跪在江边的地上没起来。

"朱总、朱总，快快，你看谁来了！"突然，有人过来叫他。朱志豪起身抬头一看：是邓小平同志来到了桥上！

朱总，你过来向首长介绍。市领导示意朱志豪。

于是朱志豪赶紧走近邓小平，说：您现在站在桥上，离水面有 60 米……

邓小平说：这座桥是不是世界第一？

朱志豪说：这座不是。但我们马上要建的另一条通往浦东的大桥会是世界第一。

邓小平笑了，眼光转向前面的浦东……

当时这个历史镜头里江泽民并不在场。然而我们知道,南浦大桥下汹涌的波澜泛起的历史浪花,早已映照着这位从1985夏天到上海出任市长、后又任市委书记,于1989年夏天离开上海的江泽民前后四年间,所经历的一幕幕惊心动魄、大浪淘沙的画卷。上海人告诉我,江泽民在上海的这四年,正是上海在上个世纪末所遇到的风雨飘摇的几年。

那时候,上海的每一天,似乎都会听到黄浦江那呼啸而平静的涛声……

人们清晰地记得:在江泽民刚签发完建造黄浦江大桥的文件次年——1987年,上海发生了两件大事:一件是由于食不洁毛蚶造成31万市民患上甲型肝炎,当时的上海大有"疫城"之危。另一件事是这年12月10日清晨,发生在陆家嘴渡口的踩踏致死数十人的惨案。这两件事让当时的上海人凉透了心,也让江泽民处在民怨载道的漩涡中央……前一件事是对城市的环境卫生和市民生活习惯提出了严峻的挑战性课题,而渡口踩踏悲剧的发生,几乎一夜之间让所有的上海市民如一场噩梦醒来,明白了一件不可再犹豫的事,那便是——

通向浦东的大路,必须尽早开通!

大上海再也不能如此停滞不前了!

之后的日子,那些主张"向东看"的上海人欣喜地发现,市委、市政府有关浦东开发的声音和行动,不仅没有停止,反而更加高调与频出。

于是我们又看到一群又一群老中青学者拎着书包、挟着文件,兴冲冲地赶到陕西北路186号的"九三学社"礼堂参加《浦东新区建设方略》课题评审会。"浦东新区的开发要领先老市区,以新市区开发带动老市区的建设。开发浦东要有指导思想,要有全国观念,要有创业精神,这样浦东开发才有意义。"老市长汪道涵的激情声音又在黄浦江上回荡……

于是我们又看到中山东一路12号市政府大楼底层的那排原来无人光顾的铁皮房,开始热闹起来,而且进进出出的竟然都是上海各界有头有脸的大人物,甚至还有林同炎那样的世界级大专家。"地方不大,但我们干的事却很大;虽然有点像'地下',但未来一定会给我们'平反'!"有人这样浪漫地调侃。江泽民亲自批准组建的"开发浦东联合咨询研究小组"的专家们,用智慧和热情,将这排昔日清闲冷落的铁皮房,炙烤得烈焰炽人……

■ 南浦大桥 （摄影 陆杰）

于是我们又看到从市政府大院出来的一群生龙活虎的"少壮派"们拎着皮包、穿着洋装，满面春风地飞向香港，领队的访港学习考察团团长明明是上海市政府副秘书长夏克强，但他此时的身份"上海市城市经济学会理事"。更有意思的是，该团的"顾问"、市委常委兼组织部长曾庆红，则以"上海经济发展战略研究会顾问"的身份也在访问团中。如此 11 位上海市高级官员和高级专家组成的访港学习考察团，各自皆以"会长""理事"等身份出现在香港各界，其中奥妙何在？有人后来问夏克强，他公开了这个"秘密"：当时我们带着如何建设港口、开拓实业和土地批租这三个任务去学习与考察的，前面两项任务没有问题，但土地批租十分敏感，因为我们国家在新中国成立后土地一直是国有的。虽然八十年代全国都已进入改革开放年代，但对土地的资本化动作当时中央没有任何说法，而市里派我们到香港学习考察，就是为给上海城市建设和浦东开发过程中的土地批租方面积累些知识与经验，这在当时是个极其敏感的问题。那时香港尚未回归，如果以我们政府官员身份去做这类事，有可能造成不必要的麻烦和干扰。后来发现，我们到香港后，谁也没有问我们为什么要隐瞒真实身份。

学习考察团成员、后任浦东新区陆家嘴金融区开发公司第一任总经理的王安德告诉我：在香港的两周学习考察，为日后启动上海老市区建设和开发浦东所带出的意义是历史性的。

后来我才知道，王安德所说的"历史性意义"，原来是指从香港学到的"土地批租"经验，后来几乎成为成就浦东开发的一个关键性"魔法"，因为当时的上海，可以说"穷得叮当响"，而无论是老城区改造，还是开发浦东，没有钱，一切等于空谈。土地批租，则使得"穷得叮当响"的上海从此财源滚滚……

走出去，到自己国家的土地上学习先进的城市管理经验。王安德还告诉我，在那次出访之后，他和上海一批官员与专家，同许多香港同胞建立了亲密关系，其中有后来出任香港特区行政长官、现任全国政协副主席的梁振英。

"我经常这样说，人的生命总有到尽头的那天，到了那个时候，要回想自己的一生，你对社会做了一些什么事情？对我来说，是两件事：一件事是香港回归，另一件事就是内地的土地使用改革和住房制度改革。"这是 2014 年已是香港特区行政长官的梁振英在接受采访时跟王安德说的话。包括上海人在内的多数中国人并不知道梁振英曾经无私帮助过上海和内地诸多城市建设中的土地使用和住房制度方面的工作。那个时候，梁振英等来回飞往内地全都是自己掏钱，甚至连在内地住的宾馆酒店花费都是自己掏口袋。"他在帮助我们编制国际招标书时，不仅手把手教，甚至最后连英文版本全是他亲自动手、连夜加班赶出来的，并且从头到尾全是义务劳动，帮忙帮到底的。真是一片拳拳赤子心啊！"王安德难忘他与梁振英等一批香港同胞结下的真挚友情。

"我们上海最早搞土地批租这条路，其实也是逼出来的。"后任浦东新区第一任区长的胡炜说，在他任黄浦区副区长的1986、1987年时，在延安路过江隧道边搞过一次旧房改造。"那个时候还没有推行土地批租，用的是老办法，政府拿出全部家底，先把金陵街道那半平方公里的一块地上的百姓旧房与简易房子拆了，然后造了两幢24层的居民楼，每套按60~80平方米建的，建好后总共660套。哪知我们区里费尽心血，建了这两栋楼，结果分房的时候发现有一道算术题无论如何也算不下去了：新建的660套房子，却要分给原来拆迁的880户居民……后来我们把这一情况汇报到市里，市领导跟着我们唉声叹气，说：按这么个办法，上海的旧房改造，没有一百年完不成。想想看，一百年都不能解决百姓的住房困难……"胡炜因此感慨万千道：从某种意义讲，土地批租，让绝望之中的上海，看到了一条活路和希望。

土地批租，用简单的一句话解释，就是让土地的使用权可以进行有偿转让，使原本"死"的地，能够充分地活起来，从而让钱滚滚而来。然而，让土地从"死"到实现"活"的过程，对开放之前和刚刚开放的中国来说，就是一场艰难的破冰之旅。尽管今天看来，城市土地批租之风的盛行也给社会发展带来另一种"病"——有点像我们因为过度"肥胖"而患上了富贵的"糖尿病"一样。但无论如何有一点应当肯定：土地批租，给了中国改革开放特别是城市化进程巨大而不可代替的助力，这一点毋须怀疑。

上世纪八十年代的城市土地批租，上海走在了全国的前列。决定和决策这件事的，正是江泽民在上海执政的时候。

在虹桥大商业区，有个楼宇叫"太阳广场"，如今看上去，它与毗邻那些高入云端、光芒四射的新楼群、新社区相比，显得低矮又很老旧。然而，上海人都知道，这"太阳广场"曾为他们今天所拥有的如此美丽而舒适的上海新家园以及拔地而起的浦东新区，立下了汗马功劳。

> 你，太阳广场，如一轮冉冉升起的霞光，让停滞而开始古朽的上海，披上了金，涂上了银，让我们开始过上蜜的日子和诗的生活……

曾经有人这样赞美如今看来平平常常的这一楼宇，是因为它曾是上海乃至中国城市的第一块"批租土地"。1988年8月8日，当"成交"的鼓锤敲响的那一刻，也意味着上海真正吹响了老城区改造和浦东开发的第一声号角，它的意义早已被载入上海改革开放史。

当年被称作虹桥经济技术开发区"第26号"的这一地块，是上海第一个经过国际招标转让土地使用权的地块，面积1.29公顷，用地性质为旅馆、公寓和办公楼，50年使用期，最后是由日本华侨孙忠利先生以2805万美元拍得。这样一块并不起眼、地段位置也极为一般的土地，竟拍出如此高价，在当时近乎神话，见过大钱的上海人也被惊得有些目瞪口呆：原来"死"的土地，竟然这么值钱啊！连江泽民听到这个结果后，也忍不住找来负责此次土地拍卖工作的副市长问其为何卖得这么贵？

听听买主"孙疯子"是怎么说的：我是在日本的华侨，是一个不动产开发商，在日本、香港地区、新加坡、美国都有投资。我爸爸是裁缝，他1923年从宁波到上海后又到了日本。那时候我们自己的祖国非常困难，我是1934年出生的，小时候父亲经常对我说：孩子，你长大后一定要到祖国做一件事情。这一晃就是几十年，我一直在寻找机会为祖国做件事。所以在上海批租土地的消息出来后，我就想：哎呀，这不正好是我可以为祖国做事的机会吗？就这么定了，而且竞价时，我有意多出了些钱。后来有人说我是不是脑子坏了，有的还说我是"疯子"，但拍那块地的时候，我就相信，上海一定会大发展，我们的祖国也一定会更大发展。

孙忠利先生在这块土地上建起的"太阳广场"，确实在后来发了大财。用他自己的话说，他"最赚"的，是比其他人都早看准了上海与祖国发展起来了，

"快得连我都不敢相信！"孙先生后来在上海老城区、浦东新区发了更多的财。

然而，在这场"土地批租"的历史性"竞价"中，真正发大财、赚大钱的是上海人，是浦东人，也是我们全体中国人。

时至 1988 年的夏天，已是中共中央政治局委员、上海市委书记的江泽民亲自批准和出席了对开发浦东具有历史意义的一次"浦东新区开发国际研讨会"。会议有来自世界各国的重量级人物 140 余人。那一次会上，"开发浦东"已经不再是上海人自弹自唱的"地方戏"，而是走向国际舞台的时代交响曲了！

开发浦东，将使上海更快地成为太平洋西岸最大的经济贸易中心和东方金融中心。这件事我们一定要办好！江泽民亢奋而激动的豪言，通过电波，传遍了全世界……

1985 年夏天，带着建设和振兴大上海使命的江泽民，从北京来到了黄浦江畔，弹指一挥四年矣！1989 年那个意想不到，又令人难忘的多事之夏，江泽民又从上海再度"北上"，开启了他个人和中国的一个新时代。

黄浦江两岸，因此而涌起了更加变幻莫测、激动人心和波澜壮阔的洪流……

▶3
朱镕基：起来，不愿上海沉沦的人们！

中共执政的历史上，或许还没有一位省市区部级干部是以这种方式去履职的：从京城出发，上午抵达到任的目的地，下午一个人独自赶到财政局，跟局长面对面地坐着"翻"财政账，且越翻脸色越铁青……

生气是肯定的，因为即将接任一个1200多万人口的中国第一大城市市长的"手头"的财政收入，不是在往上升，而是每年在往下降：1985年为181亿元，1986年少了5亿元，1987年又比1986年少了11亿元……

"今年看样子还会降。"财政局长说。

"你估计降到多少？"到任的这个人问。

"……差不多150亿元左右。"

新到任的这个人的脸色一下凝重起来，坐在凳上好几分钟没起来。这一天的日历是：1988年2月6日。

我们知道这个人是到了上海，而且在上海工作的时间也不长，但给上海留下的形迹异常深刻，尤其是在浦东许多地方，今天的人们议论起某一条道、某一栋楼、某一个项目时，人们都会提起他。这便是朱镕基。

我看到2001年7月23日《华声报》有篇报道中写到朱镕基在修建一条叫"浦东南路"时的"个性"风格——

1988年初，位于浦东的浦东南路已经开修一年，但"破膛开肚"了一半的马路一直没有封起来，公交车只好走另一半。这种状况竟维持了一年无人过问。老百姓称"晴天是洋灰路，雨天是水泥路"。朱镕基当时刚到上海，不知细情。一日到浦东视察，始知这条路的糟糕状况，回去马上通知办公厅上午10点开会。

朱镕基上任不久，很多人尚不了解他，好几个局长按以前的惯例姗姗来迟。

10点过后，进来一个局长，刚要坐下，朱镕基立刻说："你过来，不要坐。到台上来给我们大家说说为什么迟到。"局长解释刚才才忙完一个会议赶过来的。朱镕基便说："你忙，有我忙吗？你一个人迟到两分钟，我们这么多人加起来，有多少分钟？"后来者一见形势不妙都不敢迈步进去。

这件事后来演绎成这样一个小段子：市长办公室秘书通知一位上海市政府领导10点半开会，该领导悠悠地说："那我10点一刻走吧。"稍顷，又追问了一句："今天是谁主持会议？"答曰："朱镕基。"对方立刻改口："那我10点就走！"

过去，许多会议通常在"汇报工作"上花很多工夫，会开完了行动起来却未必迅速。而在这次关于"浦东南路"的会上，朱镕基上来就问电力局局长："你们什么时候能把电线杆子埋下去？"（因为只有把电线杆子埋下去，才能修路）电力局长回答："关键问题是做电线杆子的木头还在江西，电线杆上的瓷瓶只有景德镇有。景德镇现在对我们进行控制，买不到。"

朱镕基当下和负责生产的黄菊商量，随即拍板决定用10辆桑塔纳去换木头和瓷瓶。而桑塔纳在当时还是紧俏商品。接着朱镕基又问："如果我把木头、瓷瓶给你解决了，你什么时候能埋下去？"电力局长拍拍胸脯："如果这些问题解决了，一定按时完成任务。"

"我要具体时间，你不要给我开空头支票。"

"年底。"

"不行,提前一个月。"稍后,继续,"局长同志,我看你还是拿点魄力出来吧,干脆向国庆献礼。"

电力局长同意了,于是朱镕基拍板:"一言为定,我到时来验收,干好了给你庆功!"

任务一个个落实下去了,最后到了市政局,朱镕基对他们火气特别大:"你们市政局就会挖马路,把浦东像开拉链一样开膛破肚,你们把我的浦东拉开了,听说你们还想挖我的淮海路。"他不容分说要在国庆节通车,市政局表示"试通车"。

"什么试通车?我不要这种虚的东西,我要实实在在的。你们这里的活没有干完,又去挖别处的。你们这里拿庆功奖,那里拿开工奖。如果你能在国庆前通车,工资晋升两级。如果你感到干不了,现在就可以引咎辞职。"

一个会议让各局长们不再敢掉以轻心,纷纷派出各部门的精兵强将,挑灯夜战。朱镕基从北京开完会回上海,出了虹桥机场,就直奔浦东南路。

浦东南路终于在1989年9月27日完工。

在浦东,像"浦东南路"这样的大道和比这样的大道还要宽得多的路有多少条?

浦东人告诉我:至少有几十条吧。

一条路让市长、后来市长书记一肩挑的朱镕基费这么大的劲,那浦东的楼有多少座?不算那些十层以下的小楼——至少有上千栋吧!浦东人又告诉我。

除了大路和大楼,浦东还有一百多万人、几千个引进的项目和几百家"世界500强"企业,市长(后任书记)朱镕基得花多少口舌?他的脸不板着、不时常铁青、不怒发冲冠才怪!当然,不少时候他也笑容满面。

表情多的人,感情丰富,豁达露相。有表情的领导者通常不拐弯抹角,魄力与魅力并存。

朱镕基属于这种充满表情和个性的人,他的这种表情和个性成就了他的人生辉煌，也同时照亮了一个城市和一个国家的光芒。全国人民是在他当总理后了解他的，而上海人则在他当市长的时候就刮目相看、知之又知之了。

上海人都知道，中央对朱镕基的任命是1987年底，他正式到上海报到的时间是次年2月。开始中央对他的任命是"市委副书记"。明白人都知道：他来上海的真正职务是市长，因为市长需要人大会议通过，所以通常有几个月的"代"职，而朱镕基刚到上海时并没有"代"。恰巧这个当口全国"两会"召开，朱镕基随上海团赴京开会。就在这次人大会议上的一次记者招待会上，有一位记者问朱镕基："听说你将出任上海市副市长，这消息可靠吗？"朱镕基毫不迟疑地道："我需要纠正你的是，国务院派我到上海去工作，是去当市长，而不是副市长。"此话一出，引来中外媒体一阵热议，因为中国官员还没有一位能像朱镕基率直、自信地表达内心的真实。

一个月后，朱镕基如愿当选上海市市长，而在他当选之前有个程序是"候选人演讲"。这是朱镕基第一次在全上海市人民面前正式亮相，他的"竞选演说"给人留下深刻印象——

先是他主动要"时间"，说自己要说的话比较多，希望会议工作人员不给他"限时"。其二是"因为如果我不讲的话，也许过不了关"，"还不如我主动'交待'为好"。

在一阵阵雷鸣般的掌声中，他开始"交待"：

1928年10月在长沙出生的他，竟然是在上海考取了清华大学。1948年参加地下工作，后入了党。大学毕业后，先在东北人民政府的工业计划处工作，后到中央人民政府的国家计委工作，任领导秘书。1957年"反右"的"大鸣大放"中，有人对他说，你是领导秘书，你不跟组织提点意见还有谁能提意见？"我就在局里讲了3分钟，但出言不慎。在10月份以前大家都觉得我的意见提得不错，到10月份以后就说你这个意见要重新考虑，到1958年1月就把我划为'右派'"，并且撤销副处长职务、行政降两级、开除党籍。"文革"中下放到农场5年，这期间"我什么都干过，种过小麦、水稻、棉花，放过牛、放过羊、养过猪，当过炊事员"。"文革"结束后才被平反。

如此磨难，并没有影响革命意志和为党、为国家干事的信仰。"我是一个孤儿，我的父母很早就死了，我没有见过父亲，我更没有见过兄弟姐妹。我1947年找到了党，觉得党就是我的母亲，我是全心全意地把党当作我的母亲的。所以我讲什么话都没有顾虑，只要是认为有利党的事情我就要讲，即使错误地处理了我，我也不计较。"

"我觉得作为上海市长我不是最佳人选，我有很多缺点。第一，只有领导机关的工作经验，没有基层工作的经验；第二，只有中央工作的经验，没有地方工作的经验；第三，性情很急躁，缺乏领导者的涵养。"

"如果我当选为市长的话，我决心让下一届市政府成为全心全意为人民服务的、廉洁的、高效的政府。"要从小事做起，比如要坚决刹住吃喝风、受礼风。"从我做起，从市政府做起，我们市政府的人员下基层、到工厂，无论如何要做到'一菜一汤'。当然一个菜也可以多放几样，但搞得太厉害了也不行，反正不要上什么海味、大虾，上点鸡蛋、肉、小菜就可以了。"开会发包也不是个小事，我在北京开会发了个包，回到市里开人大会又发一个包，市政协开会还发个包，实际上这包都没什么用处，浪费，"今后我们市政府任何会议严禁发包！"

我过去讲过一句话，上海这样1200多万人口的大城市，靠一个市长、几个副市长是干不好的，所以希望全市12个区的区长们，都应当成为你那个地方的"市长"，也要担当起责任来。这样上海才有希望。

上海的希望在哪里？

"浦东是上海未来的希望，那边要建设一个'新上海'，以减轻'老上海'的压力"，"这个建设是一个宏伟的计划"，我们要"扎扎实实地去工作、先苦后甜"！

朱镕基那天的"就职竞选"演说，征服了上海人，他的个人风格和智慧，尤其是他最后讲到"上海的希望"时，以有力而高昂的声调讲到"上海未来的希望"在浦东时，在场的许多人都流了热泪……

这是一场少有的精彩演讲，它更如一场激动人心、催人奋进的战鼓。

在上海人的话语里，"镕基"与"雄鸡"是谐音，于是"镕基"来了，让沉沦在低谷之中的上海人民，振奋地欢呼"雄鸡一唱天下白"！自然，也有人在嘀咕：雄鸡下不了蛋。不管怎样，上海市民们对新市长的风采和风格异常喜欢，仿佛在沉闷的季节里，吹来一阵清爽怡人的凉风。

有位中学生在电视上听了朱镕基的"就职演说"后写信给"市长大人"，说："你在电视上讲话的幽默把我深深吸引了。如果我是市人民代表，光凭这一点，我也会投您一票。上海人民选您当市长，不只是欣赏你的豪言壮语，更重要的是，人民从您的讲话中听出了您的信念——您具有管好上海的气魄。建议您定期在屏幕上与上海市民见面，为了照顾我们中学生，我建议这种见面安排在每星期六晚上。最后还有一点我个人的看法：您每说一句话，后面总是带着三个嗯、嗯、嗯，也许是您的口头禅，改也难了。不过我认为最好是克服一下。"

直率的朱镕基看了这位中学生的信，脸上露出了开心的笑容。这是他到上海几个月来少有的一次笑，因为上海的现实着实让第九任上海市长的他无法笑得出来。

中央派朱镕基到上海任职之前，黄浦江边连续发生了几件令中央和全国人民震惊的事：摆渡踩踏造成重大伤亡事故、肝炎大流行……更不用说破旧的上海市区内百姓的生活仍然拥挤、潦倒、脏乱，毫无生机，甚至穷困。说"穷困"，上海人肯定很不服气，其实当时的上海人就很穷困，比起周边的苏州、常州、无锡和浙江温州、绍兴等"小兄弟"，上海人的日子简直就是可怜。

这是事实。比如我的故乡苏州地区，从七十年代末开始，到八十年代末，乡镇企业、队办企业，遍地开花，"万元户""亿元村"，比比皆是。后来是"电话村""电视村""别墅村"……像华西村的吴仁宝、"波司登"的高德康等一批农民企业家，用现在的话说，"早已把上海人甩开了几条街"。昆山人告诉我，上海人喜欢吃阳澄湖大闸蟹，那时候还比较便宜。昆山人就对上海的工厂师傅讲：你每星期天到我厂来干一天活，我保证每月发你一份像样的工资外，另加20只大闸蟹。到乡下做"星期天工程师"的上海师傅们高兴得不得了，因为他一个月出去干四天，外加拎回20只大闸蟹，等于在上海自己的厂里三倍工资。那个时候的上海，这样的师傅算是富人了。

这只是表面。上海人真正感到危机的是，在并不长的时间之后，一向紧俏的

"上海牌"手表、"永久牌"自行车和"蝴蝶牌"缝纫机，还有"光明牌"冰棍甚至"大白兔"奶糖等等，都渐渐成了滞销品……这是怎么啦？这个时候的上海人才真的紧张起来。

更要命的事还是后面：原本"洋气"的上海服装，让四面八方的时尚女人和俊小子们垂涎三尺，千里迢迢也要到"南京路"遛一趟，然而现在，"南京路"也不再热闹，"夜上海"的灯火下人头稀少，取而代之的是香港、深圳、广州的"洋装"，还有常熟、常州的批发市场来的那些便宜又不难看的各式各样的衣衫、"喇叭裤"和义乌来的日用品……

上海？上海的东西老朽又难看，价格又死贵，不买！

不买上海货，上海货没人要——这是开埠以来上海人从未遇到过的尴尬。

朱镕基就是在这个时候出任上海市长的。不久，在上海市民中流传着一篇文章，题目叫：《大上海，你还背得起中国吗？》相信市长朱镕基肯定看过，或者看过后的他一定比普通市民感慨更多，因为该文说出了他想说又不能说的话，而另一方面此文又让身为上海市长的他，如坐针毡——

在中国有这么一个地方：如果把全国的土地分成1万块，它只占了其中的6块，然而它的工业产值却占了全国的1/13，财政收入占了全国的1/10。奔驰在全国城乡的自行车每5辆就有1辆是这里生产的，每5只国产手表有1只产自这里。

区区弹丸之地，竟创造和积聚着如此巨大的财富。这地方就是上海。

从广州到上海，其意义当然不仅是地理上跨了8个纬度，空间上位移了1200多公里，更重要的，是从珠江水系来到了长江水系。当我们还沾着南国泥花的鞋踏上上海的土地时，两大流域在经济上、文化上、观念上巨大的不同，使我们惊讶、感叹、沉思。

文章的开头，就把当时上海人最不愿意同广东比较的给抖落了出来，这好比在伤口上撒盐，犀利的文字如一把利刃，将一向光艳照人的"阿拉上海人"的面子，剥得体无完肤：

　　10年前，上海以其规模大、种类全的工业独占鳌头，成为整个中国经济无可争辩的火车头。那时的上海产品无疑是人们的第一选择，几乎没有任何竞争对手。30岁以上的人讲起来个个都能如数家珍：永久牌、凤凰牌自行车，上海牌手表，蝴蝶牌缝纫机，蜂花牌香皂，红灯牌收音机，中华牌香烟，英雄牌钢笔……那时提着印有"上海"二字的旅行袋，就跟今天提着印有"香港"字样的旅行袋一样时髦。上海牌小轿车，如今人们已经看不上眼，可10多年前，只有厅局级干部才能使用它，无疑也是权力的象征。

　　曾经一句"阿拉上海人"多么响亮，如今上海人却走到哪儿人们爱理不理。这份酸溜溜的"没面子"，让上海人怎能受得了！

　　"阿拉"在默默地流泪。"阿拉"在痛苦地唉叹：我的大上海已成一座蹩脚的城市——

　　近几年，广州人喜欢"行夜街"。夜晚9时，各处餐厅酒楼灯光夜市才进入高峰期，满街霓虹闪烁，满街人头涌涌，一直喧闹到夜间11点。然而，晚上8点，我们走在上海最繁华的"十里洋场"南京路，商店纷纷拉闸关门熄灯，只留下惨淡的路灯照着几个匆匆回家的行人。当然，偶尔还有几家酒店和娱乐场所亮着灯光，但被称作不夜城的"夜上海"不见了。由于过分强调"变消费城市为工业城市"，上海第三产业萎缩了，1972年跌到了谷底，仅占国民生产总值的17.3%，而第二产业比例却上升为70%多。改革开放后经过产业调整，产业结构的比例才趋于协调，1987年的三大比例是：第一产业占4.3%，第二产业占66.9%，第三产业占28.8%。然而，这只是低收入国家的水平。发达国家第三产业在国民生产总值中占61%，比第一、第二产业的总和高，这是现代化水平的一个重要标志。广州1989年第三产业的比例已达到

46.5%，首次超过了第二产业45%的比例。第三产业的萎缩，从某种程度上造成了上海的住房紧张、水电不足、商业网点少、交通运输不畅、文教卫生事业跟不上等弊病。

我们经过苏州河，个个掩鼻而过。上海同行沉痛地说：这味道我们天天闻，苏州河已无臭水期和非臭水期之分。昔日清澈的黄浦江如今每年要臭160天。居民饮用水质下降到5级（一般饮用水为2级），大肠杆菌超过正常指标10倍。这个数字叫人毛骨悚然，令人联想起1988年席卷上海的甲肝大狂飙。

广州人曾对香港"银行多过米铺"的现象大感不解，然而不到10年，这种现象也在广州出现。徜徉在广州街头，你不必特意寻找，几乎百米就有一个银行，中央银行、地方银行、大银行、小银行、总行、分行……活跃的金融市场和方兴未艾的证券交易，为广东的发展集聚了大量资金。

然而，上海的银行呢？"万国建筑博览会"上那一幢幢恢宏的大厦如今都换了招牌，外国银行被赶出了上海，全国金融中心转移到了北京，加上国家对财政实行统收统支，上海金融市场上的流动资金大大减少了，工业发展缺乏必要的血液循环，纵有庞大的固定资产，也难以提高劳动生产率和经济效益。

蓬莱路一字儿排开的"石库门"，是上海人普遍居住的一种房子，也称"过街楼"——昔日小康们一家一幢的小楼，解放后政府给户主几十两黄金赎买了，分配给十几户人家。砖木结构，咿咿呀呀的木头地板诉说着半个多世纪的历史。楼道陡窄，暗无天日，一个急拐弯跟着一个急拐弯。一个拐弯就是一户人家。行走要侧着身子，但依然磕磕碰碰。热烘烘的煤饼炉——盖也盖不严实的马桶，一户一个煤饼炉，一户一个马桶，一股股刺鼻的说不清道不明的气味，诉说着主人们的窘迫。据统计，整个大上海还有100万只马桶，100万只煤饼炉，几百万人的吃喝拉撒全在这咫尺天地。呵，陈旧的大上海！窘迫的大上海！想直冲晒台透透空气，可是失望了，封顶了。3平方米的晒台已改做住房，结结实实地充塞着一个二三十岁的大小伙子，还没有结婚，说是找房子比找老婆还难，这辈子不知道有没有希望。怪得很，坐在这3平方米的空间你没有想到要赶紧逃开，那一尘不染的绸缎窗帘悠悠地飘着，挂在墙上的吉它、壁画，摆在床头的书刊、咖啡、咖啡伴侣、高脚玻璃杯……一切都那么精致，那么有情调。叫人想起一句话："螺蛳壳里做道场。"

人生之悲、之哀、之消极，莫过于自嘲、自讽、自沉。然而，"阿拉"毕竟是"阿拉"，上海就是上海。当他们清醒地意识到时代的巨浪已经逼近，即将将自己淹没时，他们又迅速地顿悟与奋起，从地上爬起，擦干泪痕，重新扬帆，再度破浪前进——

站在黄浦江边，我们凝望着墙上的中国地图——在这960万平方公里的土地上，有3条大河东流出海：长江、黄河、珠江。每一条大河都是卧龙，一旦腾空而起将带动一大片地区的腾飞。现在珠江口的广东已经动了，长江口的上海和黄河口的山东正在跃跃欲试。作为第一大江的龙头——上海，责任非同小可，能不能重振雄风，恢复远东第一城的世界地位，再次充当中国经济的火车头，成败在此一举！

呵——

黄河在期望着；

珠江在期望着；

黑龙江、辽河也在期望着。

拜托了，大上海！

尚不知这篇檄文出自何人之手？但我相信一定是位对上海充满深情的人，他的每一个拷问，是对上海、对这座不该衰老的"东方巴黎"的疼爱，读后怎能不让浦江呜咽？怎能不让"阿拉上海人"难眠？

"起来，不愿上海沉沦的人们！"市长朱镕基终于发出了悲情的怒吼。他的这一声吼，震醒了所有上海人，也震醒了这座疲沓、辛劳而又有几分自满与迷糊的城市。

"开发浦东地区，建设现代化的上海，这显然是一个空前的机会，这是世界上几百年甚至上千年才有的机会，因为我们有这么一块宝地，就在上海中心城市旁边，尽管还有许多问题，需要英明的领导，大众的努力，结果一定会成功的！"这是1988年"五一"节后在上海召开的一次对开发浦东具有历史意义的国际研讨会上林同炎先生的讲话。此次由140多位中外专家参加的"开发浦东"专题国际会议，阵容强大，意义深远。作为刚当选的市长，朱镕基坐在市委书记江泽民身边，特别认真地聆听着每一个专家有关浦东开发的"高见"——他称这些可贵的意见和建设都是引领浦东开发的宝贵财富。

"我对浦东开发非常乐观。"这一次会上，作为上海市聘请的开发浦东的专家咨询组外方专家组组长的林同炎，发表了充满激情和论证充足的长篇论谈。他的每一句话，几乎全都灌进了朱镕基的耳里："我们要在二十年之内，把一个与上海中心相等的面积，建成一个现代化的财政科技枢纽，当然不是一个'简单'的举动。新加坡、香港以及从前上海建成的时间也不过二三十年时间，必须利用现代化人力、物力、财力，避免封建和官僚的老习惯。我们也知道，国内整个落后的环境是个大阻碍，但是这也是一个最大的机会，因为起点越低，进展就越快，我们可以从很低的地方做起，前途非常光明，浦东没有开发，所以开发起来容易。还有一点，中国的决心非常重要，看这形势，政府与民众都下了决心。下了决心之后，你们可能想象不到中国的成就！"

林同炎先生说到这里，他的那双充满期待的目光与新市长朱镕基的目光碰在了一起。

朱镕基会心地一笑，然后带头给了林同炎先生热烈掌声。

现在，是老市长汪道涵发言了——朱镕基与他中间隔着江泽民，与会人发现在汪老发言时，朱镕基的眼睛一直盯在胸前的桌面，似乎那里有汪老的一份大写的浦东开发"发言稿"。其实大家知道，这是新市长在格外认真地听"前前"任市长的讲话内容，生怕漏掉一个字——

"现在我退下来了，可以有时间来思考和研究上海的发展了，这种发展不能是小打小闹，而必须是大思路、大手笔、大抓手！"

朱镕基的心被汪道涵的话深深地刺痛和激荡，心头不由一阵感慨：历任上海市长，个个都是呕心沥血和有雄心壮志之人哪！

"综观世界，思前顾后，只有开发浦东最有条件。世界上，现在国际经济平稳发展，游资在找出路，中国的开放提供了巨大的市场，浦东的地理位置东临太平洋，背靠长三角，是中国经济最具活力的地区。我们应该抓住这么好的机遇来为上海人民做些实事……"汪道涵说到这里，话语停顿了一下，目光没有与任何人交流，但在场的人几乎都明白清楚，他老人家这话是讲给身边的江泽民和朱镕基听的。

江泽民鼓起了掌。朱镕基跟着为汪道涵鼓掌，全体与会者都为汪道涵发自肺腑之语而感动、而鼓掌。

此次浦东开发国际研讨会是朱镕基第一次直面聆听来自中外各界对浦东问题的集中"高论"，用他自己的话说，"三生有幸""如雷贯耳"。

此次会议后，"开发浦东"四个字，像铁一般地烙在朱镕基的脑海中。而如何开发浦东，又似乎成了他经常在脑海中盘算与思索的事。

听一些上海同志介绍，朱镕基初到上海时，就一直思考"开发浦东"的问题，主要体现在如何定位"浦东开发"，即开发浦东"应该放些什么东西"。作为市长、作为初来乍到的上海市市长、作为正处在重重困难包围之中的朱镕基，最需要解决两件当务之急：一是尽快抑制上海经济下降现状，解放旧城区的工业企业，于是他主张"开发浦东"中要有工业产业安排。其实这一点，谁都能理解：身为市长的他，每年向中央上缴的"108亿元"财政款是必须要确保的，否则如何向北京交待？二是"开发浦东"绝不是一句空话，是需要钱的，而且不是一般的小钱。钱从何来？他朱镕基市长当时的口袋不仅是空的，还欠了市民1200多万的账，欠账可以列出比外滩还要长的单子来。就因为这，到任三个月里，他的"白头发比什么时候都多"了！

"在这种情形下，大上海的市长确实不好当。谈理想、谈未来、谈远景，好谈呀！可对市长来说，每天开门的件件事，哪件都耽误不得呀！耽误了百姓就会骂娘，肯定骂得非常难听，而且肯定首先是骂新任市长朱镕基！"一位上海市政府的老同志跟我这样讲。

正如朱镕基自己所言,他是坦荡荡的人,心里想什么就说什么。最关键的是,那些触目惊心的阻碍上海发展的现实,更让身为市长的他有了比他人更深刻、更直接的认识:上海要发展,浦东是希望!

这是朱镕基后来常挂在嘴上的话,表明了他内心强烈而真诚的愿望。市长心有此愿,推力也就比谁都强。

一日,朱镕基遇见"老上海"经叔平,两人谈起了浦东的事。后任全国政协副主席和全国工商联主席的经叔平,曾是上海滩上有名的工商界人物,中华人民共和国成立前就是上海卷烟厂的老板,"中华烟"就是在他手上起来的,是同共产党心贴心的一位爱国工商领袖。

开发浦东,除了我们自己外,得借"外脑"……

外脑?

对啊,借全世界最聪明、最能做这样的事的专家来帮助我们一起动脑筋。

嗯,明白,明白。您往深里一点、具体一点。

比如以你市长的名义搞个世界企业家国际咨询会,每年根据我们上海遇到的重点问题,请专家们来帮助"开开脑"。

经老,您这个意见太好了!我马上办。

朱镕基听了经叔平的建议,立即在市长办公会上与几位副市长们讨论后把这件事确定了下来。

"上海市长国际企业家咨询会议"——由朱镕基首创的这一机制,在上海改革开放史上应当书写一笔,因为这个"借脑"机制,给日后的上海发展特别是浦东发展,起到了其他形式不可替代的作用。朱镕基之后的上海市长一直延续着"朱市长"的传统,把这个国际咨询会坚持了下来,并且还有创新与突破,比如黄菊当市长后,曾经将会议搬到纽约去过,这也是唯一一次在境外开的"上海市长"的国际咨询会。黄菊市长在那次会上向世界开宗明义道:"实现上海的长远目标,需要上海人民长期不懈的努力,也离不开世界各地的资金、技术、人才、信息的互补和交流。开放的上海正以前所未有的热忱迎接与世界各地进一步增进合作。"那次被纽约时报称为"上海的事情开到纽约的会议"上,中国驻联合国大使李肇星,美中贸易委员会主席、世界银行前行长、美国联邦储备银行前主席、美中关系全国委员会主席等都出席了会议,影响不俗。黄菊等上海市领导就外国投资者所关心的人民币汇率比价、银行工作效率和服务质量、企业人力资源短缺、原材料价格偏高、社会稳定、交通拥堵、在沪外国人子女教育及成立外商商会组织等问题的现状和解决措施一一进行介绍,为之后上海对外招商引资工作的展开铺平了道路。会议还收获了一个重要成果:上海港和纽约—新泽西港因此次会议,正式结为姐妹港。

当时朱镕基定下规矩:咨询会议一般于每年10月最后一个或11月第一个星期日召开,会期并不长,多数只有一天。但内容却要求精准:会前市政府提出一两个上海发展过程中迫切需要解决的议题,提前交给了各位参会专家。会议的规模与规格,一般人数在500人左右(中方40%,外方60%),上海市长、副市长必须参加,并发表主旨演讲。当时朱镕基还特别邀请当时美国国际集团公司董事长莫里斯·格林伯格担任会议主席。

受益于经叔平启发、指点之后的次年10月9日这一天,首届"上海市市长国际企业家咨询会"正式在西郊宾馆召开,被邀的美国、英国、日本、法国、加拿大、德国、意大利等10个国家的18位世界知名企业家参加并发表演讲。朱镕基则在那次会议上透露,开发开放浦东的计划已得到中国领导人批准,期待国际专家高论,他作好"百分之百的洗耳恭听"准备。此次会议时间虽短,但国际"大亨"们真诚向朱镕基和上海市建议:要加快浦东的开发和加速产业结构调整,需要金融业的有力支持,上海也要进一步有计划地开放金融业。有人干脆向朱镕基提出:应当就上海和浦东开发的金融业问题开一次国际研讨会。

又是好主意!朱镕基这回真笑了。

很快,他采纳了该建议,并责成市政府抓紧筹备。一个月之后的10月15日,上海金融国际研讨会在沪举行。

"这回上海真要从烂泥地里爬起来啦!"

"是啊,上海人历来就会做生意,他们的脑筋一盘算起来,那可比犹太人还厉害!"

"听说二战时上海收容了几万犹太人哪!难怪上海人的脑子这么精明!"

"不一定吧,他们的朱镕基是土生土长的中国人,也没到哈佛学习过,不照样也是大大的经济学家嘛！"

金融国际会开得热热闹闹，外国朋友们一边乘着渡轮在黄浦江上看外滩夜景，一边热烈地议论着上海这座城市的明天。

通过金融杠杆，撬动我们建设上海和浦东的动力。明天的上海、未来的浦东，就是要建成中国的金融中心，并辐射到整个亚洲及世界。朱镕基在贺辞中这样说。

"明天"的概念就是明天！此时市委书记、市长一肩挑的朱镕基在市常委会上开诚布公地下了道新指令：上海要研究成立证券交易所，争取"明天"——就是明年这个时候给我把证券交易所的锣敲响！他说这话的时间是1989年12月2日。而且在此会上，朱镕基点将：李祥瑞（交通银行行长）、贺镐圣（上海体改办主任）、龚浩成（中国人民银行上海分行行长），这三人组成"上海证券交易所筹备组"，俗称"三人小组"。

"那个时候是啥时候呀？是'姓资'还是'姓社'闹得最热闹的时候。朱镕基在这个时候提出上海搞证券交易所，当时我和李祥瑞心里直打鼓。朱镕基市长就对我和李祥瑞说：'老李、老龚你们不要怕，出了问题，我和刘鸿儒站在一线'。刘鸿儒是人民银行副行长，分管金融改革。为了提高效率，不再'淘糨糊'，朱镕基还给我们立了一条规矩：实行个人对个人汇报制。就是说，他要直接抓、把责任抓到我们每个人身上。"龚浩成，这位时任中国人民银行上海分行行长的"上证所"成立前后的操盘手之一这样回忆道。

"没有朱镕基当年视死如归的改革勇气和闯劲，怎么会有今天浦东、浦西如此美轮美奂啊！怎么会有一年近30万亿的金融交易额呢？"站在今天的浦东新区浦东南路528号的上证大厦楼顶，眺望浦东、浦西两岸的繁荣景象，龚浩成怎不感慨万千！

从某种意义上讲，浦东的今天、上海的今天，都与当年朱镕基下定决心搞"上证交易所"有关，若是没有他力排众议实施汪道涵、江泽民等前几任上海市领导确定的要把上海建成"国际金融中心"的决心与努力，浦东和上海不可能有今天的美丽与活力。"因为金融是经济发展的一个轮子，轮子转动了，上海和浦东开发才得以走上了快速道。"龚浩成说。

"领导也是人，对任何新鲜事物也有一个认识过程。一旦思想和认识转过弯，决策的力度和方向就肯定大不一样了！"在闹市区第一个搞"土地批租"的胡炜，也有深刻体会，他给我讲了一件事：

虹桥"太阳广场"土地批租不久，他所在的黄浦区也在闹市区搞了一个土地批租项目，且搞得也挺成功。但有人看不惯，觉得这样搞是"资本主义"，"与当年租界无异"。"帽子大得吓人，告状告到中央。后来是派了一位中央书记处书记到上海来调查处理。这位中央首长曾经是'文革'前的上海市委老领导。他一到上海，拿着'告状信'，把几个市里领导狠狠训了一通，说你们想干什么？想把我们用鲜血和生命打下来的人民政权重新交出去啊？话说得很重，当时市里的领导不知如何收场，便给我打电话，让我这个具体搞项目的小区长去向那位中央首长汇报。我一听压力也很大呀！但心里是坦荡的，因为我们做的事是百姓拥护又欢迎的事，是非常成功的事。但毕竟人家是中央领导，是来调查处理我们的。为了向首长汇报好，我就连夜请市电视台帮我准备好了以前到住房困难百姓家拍的电视新闻片调出来。见了首长后，我就先请他看电视片，这个效果非常好啊，看完后，这位首长感叹道：想不到上海百姓几十年来一直这么困难啊！这么个困难一直没有解决，其中也有我的一份责任嘛！后来他紧接着认真地问我：你敢保证在分新房过程中，你们干部没有私底下搞名堂？没有优先和多分自己一套房？我向首长汇报道：首长，这一点您绝对放心，如果要是整个过程中有我们一个干部从中捞好处的，我就敢用党性担保责任！这位首长听了，连连说'好''好'。据说他回头见了市里领导就说：你们怎么不早点跟我把情况说清楚嘛！"

"像开发浦东这么大的事情，即使汪道涵这样的'向东派'，其实在认识上，也是有渐进过程的。领导们的英明之处在于，当他们一旦接纳和接受正确意见后，就会迅速形成自己的智慧与决断，从而使决策更科学、更高远，因而推进历史进程的力量也会比任何人强大。"胡炜说。

在开发浦东问题上，朱镕基等领导也是如此。

"不管是地雷阵，还是万丈深渊，我都将勇往直前，义无反顾，鞠躬尽瘁，死而后已！"这是数年后朱镕基出任中华人民共和国总理时在全世界面前一字一句发出的铿锵豪言。那是他在上海所展示的"何以解忧，唯有改革"之锋芒、之锐气、之个性,这一刻获得最淋漓尽致的完美展现。

这是后话。

上海人民记忆中对朱镕基这位"铁腕市长""板面孔书记",如今留下印象最深刻的一幕,是他在1989年10月26日研究浦东开发专题会上所发表的一次题为《开发浦东是上海的希望》的讲话情形——

> "……开发浦东具有最好、最优越的条件。它所花费的,主要在基础设施、越江工程,除此之外,费用比东进、西进也好,南下、北上也好,都要省得多,而且可以大大利用原来旧市区的商业。""从长远看,上海要面向太平洋、面向全世界,要建成现代化的城市,建成太平洋沿岸最大的经济、贸易中心,当然也要开发浦东。"

上海人清楚,上海人明白,多少年来,关于上海向何处走、开发浦东行不行的争议,在朱镕基的这个"斩钉截铁"的讲话之后,彻底地被画上了句号,盖上了铁帽。那些有"理论眼"的人,还发现了一个重大的"秘密":之后的"开发浦东"四个字上,多了一个"开放浦东"的概念。"开发"并"开放",意义可就大多了呵!

上海人能不为这激动人心的变化而振臂欢呼吗?是的,不久,中共中央"100号"文件正式批复了朱镕基主持的上海市委、市政府呈送的《关于开发浦东、开放浦东的请求》报告。中央批复中有一句话气吞山河,如万丈霞光照亮了那片仍处在工业化和现代化处女地的浦东大地:

开发和开放浦东是深化、进一步实行对外开放的重大部署。

"100",这是个吉利和圆满的数字。朱镕基和上海人民获知中央的"100号"文件精神那一刻,他们面对国旗和国徽,齐声高唱"英特纳雄耐尔一定要实现……"

"起来,不愿做奴隶的人们!"

"起来,不愿上海沉沦的人们——"

上海，已经不再沉沦！

上海，已是中国的希望！

上海已重振雄风——这个雄风是从浦东的崛起而开始的。

朱镕基跨过黄浦江、踏上浦东那片土地时，他脚下那段最辉煌的路才刚刚开始……

4

一锤定音：邓小平手中的"王牌"

开发浦东、开放浦东，是上海的事吗？是。

开发浦东、开放浦东，仅仅是上海的事吗？不是。肯定不是。它应当是全中国的事。是中国的一件大事。

关于开发和开放浦东的事，如果从孙中山先生的《建国方略》算起，至少也有一百多年。其间，有多少有识之士为之倾注热情与精力，也有多少努力和心血付诸东流……所以这一切，也说明了"浦东开发"并非一日之功。它连着大上海的命运，同样也连着中华民族之命运。

我们单单从上海的维度去观察和考证它的过程，也会发现"浦东开发"确实太不易了！

当改革开放之风吹遍神州大地，深圳特区迅速崛起并产生较大影响之时，大上海在陈国栋、汪道涵，再到江泽民，一直到后来接任的朱镕基，前后数任领导，从"民间"提出，到政府认可，再到地方政府决策，最后到中央批准，其"论证"和"决策"的过程，时间跨度十余年。这十余年，所有关于"浦东"的事，其实仍在浦西的黄浦江畔盘旋激荡，上海人的双脚其实依然没有真正伸及浦东大地。相反，这十余年间，上海市的领导却换了好几茬。值得注意的是，从芮杏文、江泽民、朱镕基，再到吴邦国、黄菊，五位市委书记连续"北上"，调任中央工作。这中间，江泽民调任中央最为"亮眼"，也最为瞩目。然而，所有人都清楚，当时的他，虽然"北上"出任中国共产党的最高领导、国家主席，后又兼任中央军委主席。但那个时候，大环境对于浦东开发十分不利，甚至可以说，大有"灭顶之灾"的危险。这是因为，浦东开发和开放，面对和依靠的主要是对外关系、引进国际资本，偏偏在上海人统一认识、统一意志，刚刚艰难地"摆平"，正万众一心"向东看"时，一股世界性的反共产主义、给社会主义掘墓的潮流，如势不可挡的海啸，在社会主义中国的左右前后夹击，先是从东欧诸国，以拆掉"柏林墙"为开端，再到"老大哥"苏联的彻底解体……那时的中国，已非一个上海、更非一个浦东要不要开放和发展的问题，而是社会主义的整个中国、共产党领导的整个政权体系还要不要的紧急关头。从北京街头游行队伍中回到上海的一些人，听说有人还在忙着给北京方面准备"开发浦东"的文件报告时，甚至这样嘲笑道：上海人侬真"戆"了伐？说不准，侬的报告写好了，最后都不知道送北京哪个地方呢！

绝非笑话。在1988年底、1989年春夏的中国，形势严峻就是到了这样一个关口。而上海，早于这个时间就已经有了很猖獗的"学潮"泛滥，加之各种社会矛盾交织，又有人煽风点火，上海滩再一次陷入动荡和迷茫也在情理之中。

"还搞啥浦东不浦东？说不定明早醒来市政府的牌牌都飘到黄浦江里了！"有人甚至这么叫嚣。

"说一点不担心，也是不客观的。但确实上到江泽民、朱镕基、汪道涵他们这些领导，下到我们这些张罗和操作具体事的人，基本上没有动摇过推动浦东开发这事。"时任"浦东开发研究小组"六个专业之一的规划设计负责人李佳能回忆说："学生和百姓上街游行、闹事，我们这批人却从来没有因此断过浦东开发研究工作，上面有市委江泽民书记、市政府朱镕基市长的庇护，又有老市长汪道涵带领，一切照常工作，照常出去学习考察，到南方，到日本、美国、加拿大。记得在泰国机场，当时我们看了内心冲击极大，人家机场竟然那么漂亮，而且明明白白叫'国际机场'！我们呢，虹桥机场又小又破，还是大上海的机场哩！落后人家不知多少！在一个泰国商人那儿吃饭，看到一只桌子竟然能坐36人，我们看着都傻了：世界上怎么还有这么大的饭桌啊！人家老板说：气派呀！做生意嘛，讲究这个！"

"出去每走一个地方,不是被人家的现代化所惊着了,就是碰到很多意想不到的刺激。"李佳能说:"在美国,我们遇见了一位在我们虹桥做生意的老板,他的部下有个台湾人,那台湾人的孩子说的是'国语',长的是中国炎黄子孙的脸,跟我们坐在一辆车上,可他就是不承认自己是中国人。当时我们感到无比沮丧。啥原因?就是国家落后了呗!落后了不仅挨打,而且在外人面前抬不起头来。"

"真是这种强烈的影响,促使了我们这批人一定想法把上海的事、把浦东开发的事做好,让国家强大起来!所以任何时候、任何影响,都没有办法动摇我们搞浦东开发的信心和意志。"李佳能告诉我,在最艰难的1989年春夏时间里,上海滩上的交通也出现了连续性的全面瘫痪。"开始我们几个人一起坐在车里到社科院去上班,半途上被游行队伍堵住了,有人猛击我们的车窗,责问我们为啥不跟着一起上街游行?后来我们就只能改走路上班。当时我和其他专家的家都住得很远,但没有见哪个人因为交通瘫痪而影响了研究浦东开发的相关工作。要说压力肯定是有的,但绝对无法跟江泽民、朱镕基他们领导相比,他们才真不容易呢!一方面要处理错综复杂的学潮等,另一方面还时时关注和不放松抓开发浦东的各种事。记得就在学潮进入越来越严重的5月份,有一天朱镕基将我们几十个人召到公交五场的一个车间开会,讲他刚从天津向李瑞环学习的事,说李瑞环同志在天津搞环路建设和给市民的楼房、城区的道路'穿衣戴帽',很受百姓欢迎。朱镕基直着嗓子说:我们上海要发展,眼下就要把通往浦东的两座大桥抓紧建起来,这样老百姓能看到希望,有了希望,上海才有救嘛!"

也因此,李佳能他们的"浦东开发研究小组"的工作没停止;已经开始打桩的"南浦大桥"也在继续打桩;第二条通往浦东的"杨浦大桥"的选址和设计也在继续进行……但不得不承认,那场"政治风波"之后的1989年下半年和1990年的浦东开发建设,像一艘行驶在苏州河与黄浦江交汇之处的船只,不知如何进退?

"虽然我们仍然信心不减、干劲依旧,但现实工作中确实也常令我们十分尴尬和窘迫。"一位当时负责外商投资的工作人员说了这样一件事:那已经是宣布浦东开发一年多了,引进外资的情况仍然很不理想。开发办就想在春节期间开个

"外商投资联谊会",目的是"热络热络感情"。当时我们翻遍了已在浦东开业投产的外资企业,包括合资、独资和港资企业的名录,最后选了较有名的十几家,向他们发出了邀请。但多数外企老板百般推脱,有的干脆不置可否。开会那天只来了6家外企的经理,其中一家日本老板还迟到了半个多小时。开发办的领导觉得十分尴尬,会议也就没有达到"热络"目的,反而显得冷清。

当时的严峻形势毋须掩饰。从1989年到1990年的相当一段时间里,以美国为首的西方世界对中国采取了"全面制裁",其中不允许外资企业在中国投资的禁令一直未解除。一方面,他们在等待时机,另一方面他们在看中国的"热闹",或者还有几分摸不透。此时的浦东开发现场,虽然干活的还是不少,已开工的工地打桩机仍然"哐咚""哐咚"地响着,但绝对像是有气无力的样儿。现场几乎很少看到穿着西装的高鼻子"老外"。这时候,有人说话了:"我们怎么办? 我说,我们按原来制定的基本路线、方针、政策,照样干下去,坚定不移地干下去!"

这声音掷地有声,既在神州大地回荡,也让地球另一角那些企图等待中国共产党政权垮台的人听后感到心颤。

这是邓小平的声音。他继续说:"现在国际上担心我们会收,我们就要做几件事,表明我们改革开放的政策不变,而且要进一步改革开放。"

"要体现改革开放,比过去更开放。"

"要把进一步开放的旗帜打出去!"

时间推至1990年春节。上海西郊宾馆。节前的半个多月,工作人员们私下里又在悄悄议论:北京的首长又要来这儿过春节了! 兴奋之余是紧张而忙碌的准备。因为这是一个不平常的春节,是北京和国家极不平静后的第一个春节,首长的安全自然是宾馆格外重视的一件事。

但这一年的春节,上海人民趁着"首长"的光临,期待能有一个强有力的政治支持,即希望中央把浦东开发提到议事日程。

这年之前,1988、1989年,邓小平连续两年在上海过春节。1990年是第三次,然而与前两个春节相比,老人家这一年在上海过春节,对上海人来说,大家都希望他好好休息一阵子,何况在这前两个月,邓小平在北京是正式宣布了退休的。

然而机会难得，该请求汇报的事不能不做嘛！机会失去不会再来呀！朱镕基等市委、市政府领导们商量认为。但选择何时适合向邓小平同志汇报和请示呢？

机会来了：国家主席杨尚昆晚于邓小平两天来到上海视察。朱镕基自然要先向杨尚昆主席汇报上海面上的情况。但这并没有涉及浦东开发这件要紧的大事。

"黄菊同志，通知常委和几位老领导，今晚吃完饭开个碰头会。"朱镕基对黄菊说。

"好的。"

黄菊让办公厅工作人员迅速通知有关领导。晚上的会议就一件事：商议如何向邓小平、杨尚昆汇报浦东开发的事。最后大家一致推荐市委老书记陈国栋先给杨尚昆汇报，争取得到杨主席的支持，再进而得到邓小平的支持。

"方略"是这样定的。陈国栋书记资格老，又是中华人民共和国成立前后跟杨、邓首长们比较熟悉，由他去请示汇报最合适。

"没说的。为了浦东和上海的事，我跟两位老领导去磨……"老将陈国栋表示。

陈国栋来到宾馆，看到门口"西郊宾馆"四个大字，便想起了自己1980年刚到上海时做的一件事：即把原来这个叫"414"的市委招待所改成对外开放的宾馆。这事就是邓小平的主张。

1979年夏天，邓小平从安徽黄山下来，到了上海，就住在当时的市委招待所"414"一号楼。"414"作为对外的代号，是专门负责接待中央领导和重要客人的市委招待所。这年夏，邓小平在此住了10天。每天早上，早起的邓小平爱在花园里散步。那清晨的气息，鸟儿"喳喳"地啼鸣，盛开的鲜花香喷喷的，邓小平十分喜欢。但他一边欣赏风景，一边在思考着什么。一日，他把招待所的管理处长找来，问：这么大的一个院子，一千多亩吧？就我们几个老头子在这儿住住，太浪费了？

您的意思是——？

"我看应该对外开放，让外国人来住，收取外汇，支援四化建设……"邓小平说。

这在当时可是大事啊！专门给自己国家的领导人住的"招待所"要让外国人住，且目的是为了赚"外汇"。管理处处长赶紧向上海市政府领导汇报。还未等上海市的领导反应过来，邓小平见了上海几个领导来"414"汇报工作时便说："我这次来'414'住了十来天，天天都在谈生意经。这么大的花园别墅，给外国人住，可以收入外汇嘛！"转头，他又叮嘱道："我给你们半年时间准备。半年以后，'414'对外开放！"

邓小平是说到做到的人，他是要检查落实结果的。半年后，也就是陈国栋到上海出任市委第一书记，自然他对"414"改成现在的"西郊宾馆"前因后果十分了解。作为继任者，落实邓小平的要求，是他的一份责任。

想到此处，陈国栋的心里不由感叹一声：小平同志一向特别关心改革开放，像一个宾馆这样的事他都放在心上，何况上海、浦东开发这样的大事。于是，身为退休五载的"老兵"，陈国栋信心满满地走进杨尚昆主席住的楼里……

结果比预想的还要好。杨尚昆听完陈国栋关于浦东开发的所有思考与准备及推进情况后，说：这件事非常好。回头我去对小平同志说。

很快，杨尚昆到了邓小平那儿。两位对浦东开发意见完全一致，而且邓小平态度非常鲜明："'开发浦东'还应加上'开放'两字。"

关于1990年邓小平对"浦东开发"的意见，作为亲历者的汪道涵有这样一段回忆：

> 那几年，大概从1984年开始，每次小平同志到上海来，我们都得到一个机会，向他老人家来反映"上海向何处去"的问题。当时上海市委的陈国栋、胡立教，上海市政府的我和韩哲一，我们就经常在研究"上海向何处"？我们从1983年、1984年就开始提出来要开发浦东，我们是从整个上海的浦东来考虑的。结果到了1990年春天，小平同志到上海，我们把这个意见反映给小平同志。小平同志说这是个好事，他说这个事情早该如此了。他当时有一句话，他说："可惜，迟了五年了。"

关于邓小平说浦东开发开放"迟了五年"有许多解释的"读本":一则说邓小平自己"检讨",检讨他当时在给南边的小渔村深圳那里"画一个圈"的时候,应该也给上海东边的浦东"画个大圈",在上海也搞个"特区",这样中国的改革开放和经济发展可能会比原来要好得多。这话似乎有道理。但上海人认为,上海跟深圳不一样,上海是中国经济的"重头戏""桥头堡",六分之一的财政在这里,"特区试验"不能简单地把如此体量的中国第一大城市放在风口浪尖上"试验"。所以说小平同志的"迟了五年"虽然有一种悔意在其中,但更多的是对"摸着石头过河"的经验有一种更清醒的认识与调整。正是这份清醒的认识和调整,让他更坚定了只有改革开放才是中国的真正出路决心。如果改革力度大了,中国经济发展更快了,人民生活提高了,西方世界想撼动中国社会主义和共产党的政权就更难了。这是多数人理解邓小平为什么说"迟了五年"的第二个"版本"。

迟了并不要紧,上海的基础好,你们的人才多。长江三角洲自然条件好,交通方便。要发挥这些优势,带动区域经济,从而带动和辐射到全国的大发展。邓小平对上海始终抱有极大的希望。

春节的日子一晃而过。2月13日,邓小平要回京了。朱镕基、黄菊、王力平等市里的领导前来送行。据市委副书记王力平回忆:在汽车上,邓小平和卓琳坐在第一排,毛毛和朱镕基坐在第二排。途中,邓小平转过身来,很严肃地跟朱镕基说:"你们提出来开发浦东,我赞成。"

朱镕基大喜,向邓小平拱手致谢。

送上火车后,临别时,邓小平握住朱镕基的手,又一次重复道:"你们开发浦东,我赞成!"

关于在火车上,邓小平与朱镕基的对话,在《朱镕基上海讲话实录》一书中朱镕基自己有详实的记载:

> 我送小平同志走时,在车上他的几句话对我们鼓舞很大。他说:"我一直就主张胆子要放大。这十年以来,我就是一直在那里鼓吹要开放,要胆子大一点,没有什么可怕的,没有什么了不起的。因此,我是赞成

你们浦东开发的。"另一句话说:"你们搞晚了,搞晚了。"马上,下面一句话又说:"现在搞也快,上海人的脑袋瓜子灵光。"他还说:"肯定比广东要快。"

小平同志又说:"你们要多向江泽民同志吹风。"我和小平同志讲:泽民同志是从上海去北京的呀!我们不便和他多讲。

据说,邓小平当时答应:那就我来讲嘛!

据熟悉邓小平的人和他家人介绍,邓小平从来说话不多,但每说一句话,分量就很重。对"浦东开发"这事,短短几天里,他连续说了几次"我赞成",可见他的内心是多么看重、看准这事。

朱镕基和上海人把邓小平对"开发浦东"的意志和决心牢牢地记在心上。

回到北京的邓小平,为了浦东的事,真是一而再、再而三地跟当时的中央主要领导反复强调"浦东开发"这事。1990年2月17日,也就是邓小平回到北京的三天后,那天在人民大会堂,他和中央领导一起接见香港基本法起草委员会成员。接见之前的福建厅里,江泽民、李鹏同志恭候邓小平的到来。当时的情形,邓小平的警卫秘书张宝忠有回忆:

小平同志进了福建厅以后,没有说别的话,就说上海啊,浦东要抓紧开发。在第一批考虑开发沿海城市,他说没有把上海放进去,这是我的一大失误。为什么呢?说当时考虑沿海城市主要有香港这个背景。考虑到沿海城市有这个背景,觉得沿海发展可以带动珠江三角洲。他说上海,是一个有工业基础的城市,有科技基础,科学技术,有科技人员,上海工人阶级是牵头羊。上海开发搞好了,不但带动长江三角洲,还可以带动内地。说这个要赶快抓紧时间开发浦东。而且风趣地说,江泽民同志也在,这个话呀,江泽民同志不好讲,我替他讲了。江泽民同志就笑了,并且说:"我们一定抓紧办、抓紧开发。"

上下沟通已毕,上海市于2月26日正式向中央提交《关于开发浦东的请求》。这看起来已是万事大吉了，但邓小平仍然生怕拖延和耽搁，3月3日这一天，邀来总书记江泽民、总理李鹏到他家，就当时的国内、国际形势进行了长时间的谈话，而谈话中用了很长篇幅讲到了浦东开发开放问题。

对这次谈话，李鹏回忆道：

> 他说上海有它独特的优势，工业中心，技术上有优势，特别讲人才的优势，我们把它加以很好的开发的话，这将是促进中国发展的一条捷径。我特别记得他讲的，这是一条捷径，发展中国经济的一条捷径。他还谦虚地说，当年我们搞深圳、珠海四个经济特区，现在看来很后悔，没有当时把上海放进去，晚了十年，这个责任在我。他很谦虚的。我们听了以后非常感动。后来从小平同志那里出来，泽民同志就和我商量，一个要抓好这件事情，另外也考虑到当时的情况，就是全国不少的城市都要求提出成立特区，如果特区太多了那就不特了。那么我们商定，浦东不叫特区，而叫浦东新区。我认为3月3号，1990年3月3号是浦东开发的关键的一次谈话。

李鹏的回忆，准确无误地记述了邓小平对浦东开发所作的决策性建议。那个时候国内国际的政治形势尚处在对我极为不利的情况下，邓小平与江泽民、李鹏谈话中，特别强调了如何化解对我不利的形势，他说："比如抓上海，就算是一个大措施。上海是我们的王牌，把上海搞起来是一条捷径。"后来又把聚焦点集中到了"浦东开发开放"这张具体的"王牌"上。

邓小平以卓越的政治家远见，以扭转乾坤之势，一锤定音，将"浦东开发开放"的王牌抛出，顿时令世界为之一震，从而让中国迅速摆脱了国内外的困境，重新走上了大发展的轨道。

美国《洛杉矶时报》有报道说：

> 一个不愿透露身份的西方国家驻沪外交人员表示，他相信浦东的重要性在于，这是有史以来第一次中央政府打算在本国具有工业中心地位

的城市引进大规模的境外投资专区。

该外交人员接着又说,他并不认同近来那些关于浦东开发只是一套为向世界展示改革者形象的空话的言论。他说:"我认为这不是编造了用来安抚外国人或者让外国人相信中国对于继续对外开放是认真的。"(见1990年9月11日《洛杉矶时报》)

在邓小平的推动下,中央对浦东开发开放的决策和行动立即"提速"——3月28日,时任中共中央政治局常委、国务院副总理的姚依林受江泽民、李鹏委托,率领国务院特区办、国家计委、财政部、中国人民银行、经贸部、商业部、中国银行等负责人来到上海,进行专题调研与论证。

其实在姚依林带团来上海的前两天——3月26日,另一位常委乔石也在上海。朱镕基在向乔石汇报时,谈到"浦东开发"这事上,讲了邓小平这年春节期间如何说的话。乔石回到北京后的3月17日在人民大会堂跟江泽民、李鹏见面谈了几句浦东开发问题后,李鹏就让国务院副秘书长兼国务院特区办公室主任何椿林给朱镕基打了电话。何椿林问朱镕基,你有没有个东西?朱镕基一时语塞,问:啥东西?何椿林笑了,说:请求报告呀!你要中央批准浦东开发,得有个这样的东西吧?朱镕基马上反应过来,连忙说:我们的报告讨论两三个月了,但总是不太满意。朱镕基说,你如果要催的话,今天晚上我就加班给你送去。

"当天晚上就改好了,第二天就送去了。"《朱镕基上海讲话实录》里有这事的记载。朱镕基见乔石的那天,他以十分恳切的心情,跟乔石说:"我们现在希望增强中央决心的力量,批准我们这个报告。我们保证鞠躬尽瘁,死而后已,为全局做贡献,让上海真正在全国一盘棋中做出他应有的贡献。我们有这个决心。"朱镕基语气异常凝重地说:"虽然我年纪已经大了,但我们这一班人年龄都是比较年轻的,方兴未艾,精力都很充沛。我相信在老同志的帮助下,还是能把这件事情办好的。"其对开发浦东的恳切之情和其个人为国担当之心,昭然可见。

送走乔石,又迎姚依林等几十人的"论证"大员们,朱镕基、黄菊等上海市领导及相关部门可谓"全体行动"。姚依林一行的调研和论证也是极其认真严

■ 1995年的浦东 （摄影 陆杰）

肃，方方面面、左右前后、历史未来、国内国外等等因素，皆在考察调研之中。而上海方面的汇报，光朱镕基亲自出面的就有三次，每一次都是在中央面前"考试"。最后的结果是：上海浦东开发开放，如邓小平所言，完全可以，完全应该，机不可失，时不再来！

为何称邓小平是中国改革开放的总设计师呢？看看浦东开发开放的大戏登场，你就明白了"总设计师"的真实含意。

在邓小平上海西郊宾馆一锤定音之后，北京方面的动作以雷霆之势在加速推进，而上海则希望在适当的时机向外正式宣布"浦东开发开放"一事。什么时候？上海市政府一排表：4月14日至18日，李鹏总理要到上海视察。朱镕基等当机立断，请示中央：能否在这个时间点上请李鹏总理在上海时宣布此事？

北京方面同意。

这就有了下面的快节奏：3月28日至4月8日，姚依林一行的论证调研团进驻上海；

9日，姚依林一行风尘仆仆回京后，迅速向李鹏总理汇报。

10日，国务院召开常务会议，研究讨论姚依林带回的专题报告，并对开发开放浦东中的若干问题进行了一一研究。

12日，江泽民主持政治局会议，原则上同意国务院提交的浦东开发开放方案。

14日，李鹏开始上海考察之行。在18日最后一天参加上海大众汽车有限公司成立5周年的庆祝大会上，他庄严地向全世界宣布：

中共中央、国务院同意上海市加快浦东地区的开发，在浦东实行经济技术开发区和某些经济特区的政策。

李鹏特别强调，这是我们为深入改革、扩大开放做的一个重大部署。对于上海和全国都是一件具有重要战略意义的大事。

"王牌"甩出，世界震动。

"中国改革开放没有倒退。"

"被困沙滩的东方巨龙将重新腾起……"

"共产党政权没有受损，依然牢牢控制着这个世界上人口最多的国家。"

一时间，上海和浦东成为一个世界话题。

然而，一个国家的崛起，一方热土的繁荣，绝非一句口号、一个举措便能成就的。浦东开发开放经历的风雨同样复杂多变，甚至几度惊涛骇浪……

上海人只知道李佳能是"老规划"，却很少有人知道李佳能是红军后代。21岁同济大学毕业后到了大庆油田，在石油战线一干就是十几年，可谓南征北战。1975年偶尔的机会回到上海，后调入城市规划局。一路走来，从小设计员到大设计师。"浦东开发也成了我一生规划中的重头戏。"李佳能说，"最值得回忆的就是有机会当面向邓小平同志报告第一个浦东规划模型图。"

那是1991年春节的事。李佳能说："其实1990年4月份宣布'浦东开发开放'之后，当时国际政治环境对我们仍然非常不利。在国内，姓'资'姓'社'争议依然很激烈。所以对浦东开发开放影响非常直接。能不能扭转局面，这对我们上海和浦东来说，需要中央，特别是小平同志的坚定支持与肯定。"

也就是这个时候，邓小平连续第四个春节在上海过。

"我们是大年三十就接到通知，要求我们迅速把开发浦东的规划模型做好，以便在春节期间向小平同志汇报。"李佳能说。

1991年1月28日，邓小平乘专列从北京抵达上海，再次住进西郊宾馆。

"当时我们接受市委交待的任务，杨昌基主任马上做了分工：黄奇帆同志负责政策与材料方面的准备；我负责规模、图纸说明等。那时模型都是我们自己用泡沫塑料做的，就是放在浦东大道141号开发办的那个平时供投资商等客人看的。但还需要整个浦东开发规划图纸，那必须是放大的大照片。"李佳能说，"现在想起来觉得很好笑，可1991年那个时候，上海除了南京路上的王开照相外，竟然没有一个其他地方可以放大照片的。"

"我们只好请王开照相馆帮忙。但这事还得由黄浦区领导出面才行，因为王开照相馆是国营单位，属于黄浦区管。"李佳能说，"大年三十了，我和杨昌基跑到黄浦区领导家，可人家正在单位慰问老干部，一直等了两个小时，最后等不及了，就电话。人家一听非常支持。第二天，我就抱着照片到了王开照相馆……"

"不正好是大年初一吗？"我一算，说。

"是。"李佳能说,"照相馆非常配合。初一、初二加班帮助把我们要的照片放大好了。而我那几天,正是'上蹿下跳'。因为一面要不断跟市委秘书长王力平联系,听从上面的各种检查与安排,一边还要指挥几个人把模型等从浦东那边搬到新锦江饭店。"

"小平同志不是住在西郊宾馆吗?"

"但上面告诉我们汇报是定在新锦江饭店的。"李佳能说,"我们做准备工作的人先把模型等放在饭店的一个地方。初三晚上,市里正式通知,说初四上午要向小平同志汇报。"

"初四一大早,我就到了新锦江。"李佳能对这一天的记忆特别清晰,"那一天天气太晴朗了!"不善于艺术修饰的上海滩大规划设计师用特别的口气说道。

晴朗的上海早春,迎来改革开放总设计师邓小平在上海滩再一次掀起的拂面春风……

此日的新锦江饭店格外美丽与喜气。邓小平一行到后,在朱镕基等陪同下,乘电梯从底楼直上顶层观景台,再乘电梯下到41层的旋转餐厅。该餐厅顶高9米,直径40米,是当时远东最大的旋转餐厅,有424个餐位,在此聚宴品茶,可欣赏到浑然一体的云天星斗和申城美景,令人心旷神怡。

"我们看着小平同志健步从上面的梯子上走下,神采奕奕。后面是杨尚昆及小平同志的家人和随员。"李佳能说,"小平面对着旋转餐厅的玻璃窗而坐,他面前是一只大圆桌,上面放着我们准备的浦东模型和两幅大照片,就是我到王开照相馆放大的一张上海地图,一张浦东地图。向小平同志介绍的是坐在旁边的朱镕基和倪天增同志……"

与我谈了近三个小时的李佳能,突然情绪高涨地一改上海"普通话",竟然学着小平的四川腔说道:"就是那天,我听小平同志这么说,'浦东开发晚了,我有责任,我要检讨。如果早一点就好了……'"

想不到一向文质彬彬,年已77岁的李佳能先生竟然学得挺像,令我捧腹。"小平的讲话印象太深了、太受鼓舞了!"他解释。

在这一天新锦江饭店旋转餐厅内,邓小平边听汇报、边眺望浦江两岸,依然像当年指挥千军万马、搏杀于解放全中国的战场上,他再一次倾情地说道:"那一年确定四个经济特区,主要是从地理条件考虑的。深圳毗邻香港,珠海靠近澳门,汕头是因为东南亚国家潮州人多,厦门是因为闽南人在外国经商的很多,但是没有考虑到上海在人才方面的优势。上海人聪明,素质好,如果就确定在上海也设经济特区,现在就不是这个样子。十四个沿海开放城市有上海,但那是一般化的。浦东如果像深圳经济特区那样,早几年开发就好了。开发浦东,这个影响就大了,不只是浦东的问题,是关系到上海发展的问题,是利用上海这个基地发展长三角洲和长江流域的问题……"

那句像宇宙光芒永恒地闪耀在浦东大地上的"金句"——"抓紧浦东开发,不要动摇,一直到建成。"也是在此日讲的。

这就是邓小平。一位人民领袖和中国改革开放总设计师胸怀"浦东开发开放"的意志与抱负、理想与战略、期待与希冀。

他的目光再一次投向浦东时,那不动声色的目光里,似乎一下多了几份悠远的情感……是想起了70年前的1920年9月11日那天乘坐法国鸯特莱蓬号邮轮离开上海码头时看见的那个外滩对岸的陌生地方?也许。也许他又一次听到那首为寻找真理而出征的战歌——

呵,前面出现灯塔光,
照着她前行
原来在这黑茫茫孽海里
那些有险的地方
始有光明……

浦东开发开放征程,在伟大舵手的指引下,乘风破浪地开启,势不可挡——

第二章

跨过浦江
去吹响号角

需要把时间的指针重新拨到时任国务院总理李鹏宣布国家决定"开发浦东"的 1990 年 4 月。

4 月的江南，处处柳绿花红、春意盎然。这一年的 4 月中，一场春雨过后，大上海仿佛换上新装，格外清爽干净、喜气洋洋。19 日，刚送走李鹏、康世恩、彭冲、邹家华、谷牧、韩光等中央领导后，朱镕基便立即召开市委常委和市政府常务会议。

会议的气氛可谓少有的兴奋和严肃，朱镕基以其特有的雷厉风行的作风，讲道：开发、开放浦东，现在可不是嘴上功夫了，中央的决定都已经宣布了，全世界都在盯着我们。我们怎么办？再站在浦西这边举举胳膊、呼呼口号是不行了，得跨过江去，告诉全世界，我们又要干一件大事了！

干大事就得有钱、有人！人，我们自己调。钱哪儿来？掏我们自己的口袋基本是不行的，就是要去掏外资。你想掏人家外资的钱，你就得有吸引力！啥吸引力？优惠政策呗！这两件事，都有劳黄菊同志辛苦几天啦！"五一"前，我们要以市政府的名义开一次"开发浦东新闻发布会"，让全世界都知道我们上海按照中央精神，要干大事了，要让天下的朋友来一起帮忙干！过了"五一"，我们就过江去吆喝、把开发浦东的号角吹响！

朱镕基就是这样一个人，一旦认准方向和目标后，便义无反顾，死而后已！

正如他两年前到复旦大学跟师生们说的，到上海工作，"我是带着一颗矢志振兴上海的赤诚之心"，这回浦东开发的征程，他同样带着一颗火热的赤诚之心。

1990年4月30日，上海市人民政府召开第一次浦东开发新闻发布会。朱镕基亲自向中外记者宣布：成立上海市浦东开发领导小组，市委副书记、副市长黄菊担任组长，顾传训、倪天增副市长任副组长；下设浦东开发办公室和浦东开发规划设计研究院。同时他请黄菊宣布国务院同意上海市政府在浦东采取的十项优惠政策和措施。

黄菊宣布的浦东开发"十条优惠"政策，主要是：

1. 区内生产性的"三资"企业，其所得税减按15％的税率计征；经营期在十年以上的，自获利年度起，两年内免征，三年减半征收；

2. 在浦东开发区内，进口必要的建设用机器设备、车辆、建材，免征关税和工商统一税。区内的"三资"企业进口生产用的设备、原辅材料、运输车辆、自用办公用品及外商安家用品、交通工具，免征关税和工商统一税；凡符合国家规定的产品出口，免征出口关税和工商统一税。

3. 外商在区内投资的生产性项目，应以产品出口为主；对部分替代进口产品，在经主管部门批准，补交关税和工商统一税后，可以在国内市场销售。

4. 允许外商在区内投资兴建机场、港口、铁路、公路、电站等能源交通项目，从获利年度起，对其所得税实行前五年免征，后五年减半征收。

5. 允许外商在区内兴办第三产业，对现行规定不准或限制外商投资经营的金融和商品零售等行业。经批准，可以在浦东新区内试办。

6. 允许外商在上海，包括浦东新区增设外资银行，先批准开办财务公司，再根据开发浦东实际需要，允许若干家外国银行设立分行。同时适当降低外资银行的所得税率，并按不同业务实行差别税率。为保证外资银行的正常运行，上海将尽快颁布有关法规。

7. 在浦东新区的保税区内，允许外商贸易机构从事转口贸易，以及为区内外商投资企业代理本企业生产用原材料、零配件进口和产品出口业务。对保税区内的主要经营管理人员，可办理多次出入境护照，提供出入境的方便。

8. 对区内中资企业，包括国内其他地区的投资企业，将根据浦东新区的产业政策，实行区别对待的方针。对符合产业政策，有利于浦东开发与开放的企业，也可酌情给予减免所得税的优惠。

9. 在区内实行土地使用权有偿转让的政策，使用权限50年至70年，外商可成片承包进行开发。

10. 为加快浦东新区建设，提供开发、投资的必要基础设施，浦东新区新增财政收入，将用于新区的进一步开发。

简称"浦东十条"的优惠政策，在当晚的电视和次日的报纸上发表后，迅速传遍了全上海、全中国和全世界。

"浦东真的要开发了！"

"那里会比深圳特区更特……"

"真的吗？比深圳特区还特？"

"当然。中央给的政策！"

"太好了！明天我就过江去！不，今晚就过去……"

据说，这年的"五一"那天，外滩十六铺的轮渡比平时又超了一倍以上的人。

据说，"五一"那天香港飞往上海虹桥的机票非常难买，有人向"老上海"梁振英打听为什么。梁笑笑，只说了一句：浦东要动了！

5
"141"号，5月3日这一天

上海人都知道，1990年5月3日，是新浦东的开埠之日，或者说是诞生日。因为这一天，由朱镕基、黄菊等领导亲自跨过黄浦江，在一栋两层小楼前竖起了两块牌子：

上海市人民政府浦东开发办公室
上海市浦东开发规划研究设计院

浦东人都知道，"浦东大道141号"，就是上海市人民政府浦东开发办公室（简称"浦东开发办"）的所在地。这"141号"，现在是"浦东开发陈列馆"。而在那个激情燃烧的浦东大建设岁月里，它一直是浦东开发的"前线总指挥部"。那两层小楼很简陋，里面的陈设更简朴，然而就是这个地方，它像一支照亮大上海走向伟大历史新征程的炽烈火炬，它曾经温暖和激动过多少期待大上海重新崛起、"东方巴黎"再度辉煌、让全世界把希望的目光转向黄浦江的上海人民！

是的，"浦东大道141号"，虽然它平凡简朴得既无法与华丽壮美的外滩那些"洋建筑"相比，也无法与今天陆家嘴金融区的摩天大厦相比，但谁都无法否认"141号"有足够的分量，与上海滩上的任何一座建筑比较它们之间的厚重与差异——"141号"属于哲学家和属于大师级的，其余的充其量只能算作"识字人"和"工匠"而已。

"141"，太简朴、太平常，既非"幸运数"，又没蕴含发财的特殊符号。但上海人告诉我，它却深深地隐喻了上海人执行中央改革开放、求实奋进的创业精神、进取精神、实干精神。"一是一，二是二"，我们上海人做事就是这个样子！

原来如此。

"一是一，二是二。"当年毛泽东领导中国共产党人仅用28年时间，推翻了三座大山、建立了共和国，靠的不就是这"马克思主义同中国革命具体实践相结合"的"一是一，二是二"的实事求是要义吗？

"一是一，二是二。"40年前，总设计师邓小平领导中国人民改革开放、走小康道路，不也是遵循马克思主义同中国社会实践相结合的"一是一，二是二"的"中国特色社会主义道路"吗？

一是一，二是二，用"阿拉上海人"通俗的话说，就是办事、做事有板有眼，不走歪路。

"浦东开发、开放，走的就是一条按照邓小平当年定下的'规矩'、思路、方向，建设成有世界影响的金融中心、经贸中心和带动长江三角洲经济的龙头……"上海同志这样向我介绍。

弹指一挥间，或许仅仅是"昨天的事"，"141号"小楼没有变什么样，依然是那样的体态、依然是二层小楼房，依然还在那条"浦东大道"上，但它的身边早已是另一个如梦如幻的繁华世界了。

然而我看到许多人走到"141号"小楼前，都会深情地望着它、仰视它，甚至轻轻地上前贴近它……

我感觉，"141号"在"浦东人"——那些创造这片"东方奇迹""中国奇迹"的创业者心里，它已经是一块凝结自己理想的圣地，是一支与自己的生命一起燃烧的火炬……

不知为什么，那天我站在"浦东大道141号"的两层小楼前，凝视着那幅邓小平的巨像和旁边他的那句"抓紧浦东开发，不要动摇，一直到建成"的话，不由自主地想起了黄浦江另一岸的兴业路76号（原法租界望志路106号树德里）的中共一大会址。这座后来改变了中国后一百年历史甚至影响到二十世纪和二十一世纪整个世界的石库门楼，那里也是两层……上海人自己也许从来没有想过,这横跨浦江两岸的两栋完全不同时代的同为"两层"、同为"1…号"的小房子,是否冥冥之中有某种契合与必然的联系呢?这是否也蕴意着中国共产党人从来就是"一是一"、"二是二"的品质与救国兴国之道呢?

有一点是已经肯定了的:浦西原望志路106号那两层小楼,如今已成红色圣地而每天被来自四面八方的共产主义信徒们朝圣与瞻仰。而我同样相信,随着中国改革开放不断引向美好的未来、伟大国家越来越强盛,"浦东大道141号"这栋两层小楼,毫无疑问也将成为中国走向强盛与世界舞台中心的象征,并永久地镶嵌在那金色的新上海滩上……

"一定会是这样的,因为它们都是中国共产党人在不同时期创造人间奇迹的始发地。"作为第一位"浦东开发办负责人"的沙麟也这样肯定道。

"时间就像闪电一样,一百年也许对黄浦江来说,就是一个眨眼的工夫,但我们人类或许觉得它已经非常久远了。中国共产党成立到现在也才近百年,但几十年来我们对'一大'的有些事情还一直没弄清楚。浦东开发至今28年,对我们这些当事者和亲历者来说,也似乎才一眨眼的时间。再过一百年呢?"这位当年风华正茂、气宇轩昂的"浦东先生"(在浦东开创的岁月里,许多老外一下叫不出中国官员的名字,就把沙麟他们称之为"浦东先生"),六十年前就是"老北大"的才子,如今已82高龄的他这样感叹地问我,其实我知道他更是在追问自己、追问无情流逝的岁月。

"看今天的浦东,向国家缴了多少税收、又盖了多少大楼固然很要紧,但一清二楚、明明白白地记录下当年开发浦东最艰难岁月里的点点滴滴,也许更重要。"沙麟动情地说道,"那个时候的我们,什么都不想,一心就想着按照邓小平'抓紧浦东开发,不要动摇,一直到建成'的话,早一天把浦东建成全世界最好的地方,任何时候、任何压力下,都从未动摇和改变过这个初心,所以才有了今天我们看到的浦东……"

这位出任过上海市副市长、人大副主任的"浦东开发元老",那天听说我要采访他,背来一大包资料,从自己家里来到上海作家协会驻地。当一本《沙麟:亲历上海对外开放》的巨型画册放在面前时,我被深深地吸引和感动。画册封面上的沙麟和里面数百张照片上的他,让我对这位"浦东开发元老"充满深深的敬意。

"沙麟同志用亲身经历、所见所闻、所思所悟,为我们生动地再现了上海浦东开发开放的过程,简洁地勾画了上世纪九十年代上海波澜壮阔的改革开放历史。掩卷遐思,可以进一步体会到,党中央决定实施浦东开发开放战略,是坚定不移走中国特色社会主义道路、加快改革开放的关键之举。今天中国的发展进步,今日上海的历史性巨变,充分证明,改革开放是发展中国特色社会主义的关键一招。"这本巨型画册卷首,就是中共中央政治局常委、上海市委原书记韩正题写的一段"序"。

像众多"开发浦东"的功勋人物一样,沙老也是我以前未曾认识和听说过的人物。而关于他,我在这本画册的开头就读到了一位我们大家都熟悉的全国政协原副主席、中国工程院原院长徐匡迪描述"挚友沙麟"的话:

沙麟同志是我的同龄人,有着十分相似的经历,我们都是五十年代中期到北京读大学,并留校工作。后因照顾夫妻分居而先后调回上海,继续在高校任教(他在复旦,我在上海工大),可是一直到九十年代初双方并不相识。当时他先调任市科委副主任,后任浦东开发办公室副主任,而我则在1990年到高教局任局长,自此始有在各种会上、会下的接触。但是要说真正的相近、相知,还是在1991年4月2日至27日期间,随朱镕基市长出访欧洲六国的三周朝夕相处的日子。那次上海团出访的主要宗旨是要向西欧各国宣示,尽管经历了1989年那场政治风波,中国仍将坚持改革开放的方针,特别是上海的浦东开放,更是这次出访中交谈、交流的核心重点,毫不夸张地说是"每会必谈,人人都谈"。说到浦东开发这个题目,镕基同志往往都是提纲挈领、幽默风趣地开个头,然后就是沙麟同志激情澎湃地做关于浦东开发规划和政策的演讲,镕基同志则十分注意地倾听,并不时观察听众的反应。记得第一次在法国雇主协会(相当于"全法商会")演讲时沙麟同志讲到"外高桥保税区"时,台下窃窃私语,听众对"保税"这个词不甚理解。朱市长(最后一站到德国访问时,国内才对外发布镕基同志任国务院副总理）拿过话筒用英语大声地说就是"自由贸易区"，台下一片掌声。会后回到宾馆吃饭时，他又关照大家："外高桥保税区"的中文名称不要变，这是中央批了的，但对外口头宣传或推介时可用"自贸区"，这样方便人家理解。回想起来这三周的时间，当然是镕基同志最忙，其次就是沙麟了，因为浦东这个"热点"，不管是大会推介，还是酒会交谈，他的四周总是围满了外商和媒体朋友，我这个高教局长则相对清闲，于是做起了代表团非专业的摄像与摄影工作。访问期间有时国家领导人小范围接见镕基同志及大使，我们团员会有二、三小时的空隙，我俩就抓紧时间漫步街头，浏览异域风光，边走边聊，还曾留下在慕尼黑、阿姆斯特丹、汉堡等地的合影。这样两人就从相识、相知，到成为无话不谈的挚友。

徐匡迪的这段叙述，其实以另一种方式向我们展现了当年浦东开发过程中的那种催人奋进和激动人心的画面。

"那年，4月30日中午，我正在新锦江饭店接待一批外宾，大堂经理突然匆匆跑来，对我说市委办来电，让我下午一点半到时任市委副书记、常务副市长黄菊办公室。我一看表，都已经是一点多了！什么事那么急嘛？"沙老说，"当年我还算年富力强，抽身就往市委那边跑。紧赶慢赶，到黄菊同志办公室已经快两点钟了。刚进屋，黄菊同志就说，朱镕基同志要我转达，决定派你去搞浦东开发！当时我一听感到太突然了，事先一点没有想到。转眼又一想：自己是国家改革开放后第一批派到美国整整学习了三年的专家。回国之后的1986年，当时任上海市长的江泽民，任命我为上海市科委副主任不久，又派我到美国学习了近两年。这两次学习，对我人生影响极大，尤其是后一次，是作为国家派出去的高级管理人员，我们几乎可以到任何想去的美国那些大企业、大公司学习、实习和观摩。那次出国深造全国才派出去30个人。1989年国庆节前回国时，李鹏总理亲自接见我们，他第一句话就问：都回来了吗？可见国家对我们出去学习的人寄予多大的希望。想到这，我对到浦东工作就没有任何犹豫了，反倒有股跃跃一试想上战场的感觉。那天黄菊同志马上要参加浦东开发的新闻发布会，他说你本来就该一起参加的,他从椅子上站起来让我跟他一起走。这时我突然想到一件事,便问他:我对浦东啥都不知道,你手头有没有相关材料?黄菊二话没说,拿起桌上的一叠材料,说:你先拿去看吧!然后又说,你明天找倪天增,商量'五一'后的挂牌仪式。"

"这一切都是组织定的事,前后不到20分钟时间,我后半辈子的命运就这样被推到了'浦东开发战场'……"沙老回忆起当年的情形,脸上露出了骄傲的笑容,"事情这么突然,好事来得这么快,真的让人兴奋不已,彻夜难眠。"

4月30日那天晚上没有睡好觉的其实还有一个人。此人纯属"偶然"而被推到了"浦东开发"战场的。他叫杨昌基,时年58岁,当时的官职是:河南省人民政府常务副秘书长兼办公厅主任。在朱镕基出任副总理和总理期间,杨昌基一度被外界称为是朱镕基的"老搭档",任国务院生产办副主任、经贸办副主任和国家经贸委常务副主任、联通集团一把手。

"1990年4月30日,我出差去上海,在朱镕基同志家中畅谈了近4个小时有关浦东开发开放的事宜,后经曾任中共河南省委第二书记的上海市老领导胡立教同志鼎力推荐,我由河南省人民政府常务副秘书长调至上海市从事浦东开发工作。5月15日,我到浦东开发办报到。"这是杨昌基回忆自己到浦东的过程。

1990年4月30日这一天,正好是上海市以人民政府的名义对外发布浦东开发的消息。新闻发布会是下午开的,上午日理万机的朱镕基要处理党政事务,那么也就是说只有在晚上时间在家中与杨昌基进行了"近4个小时"的畅谈。谈的内容是浦东开发开放。从时间和内容看,也正是这一次长谈,朱镕基已同杨昌基谈定:你得回上海来,帮我一起干浦东开发!杨昌基肯定也是答应了的,要不然即使胡立教"鼎力推荐"也不会很有用。"当时我想的最多的是自己已经58岁了,干到60岁,总共只有700多天了。"杨昌基后来这么说当时的"活思想"。

这也对应了为什么黄菊找沙麟谈时明确他是"浦东开发办负责人"的,但就是没有下达正式任命。原来这个时候与杨昌基出现是有关系的。

其实杨昌基也是上海人,只是他当时在河南位居要职,而且一点儿不比"浦东开发办主任"这个官职差到哪儿去。再者,他确实已经距"正常退休"只有700来天,折腾啥?

命运就是这么奇妙。"浦东开发"让许多人一夜之间改变了。在杨昌基从朱镕基家出来后长夜不眠的同时，另一位"阿拉上海人"的沙麟更睡不着了。那时他不知有"杨昌基"这个人、这个事，只知道白天黄菊已经代表组织交待他"马上"到浦东报到，把"开发办"张罗起来。市委书记兼市长的朱镕基还在下午的"新闻发布会"上当众宣布了他这个"开发办负责人"头衔。

"那天我真的太激动了！一夜不能眠。"82岁的沙麟老先生对我说，当年北大毕业后，他是留校生，任半导体系党支部书记。1964年参加"四清"。1974年回到了上海，在复旦大学物理系任教，从事大型集成电路研究。"就是后来发展的芯片研制。"沙麟说："我之所以特别激动，是因为那时上海在计划经济影响下，越来越压抑，像广东、江浙等地都上得非常快，我们大上海落后了，不仅不是改革开放的前沿，而是真正的后院了。所以一听说让我参与浦东开发，并且是第一批开拓者的领队，我激动得半夜起来写'誓言'……"

5月1日凌晨3点左右，我实在睡不着，便在笔记本上写下8个字：**"奉献、开拓、廉洁、求实"**。

随后又写了一段随感：

——任务艰巨，责任重大，人生能有几回搏，这辈子交给它也值得。

——艰苦、创业、奋斗，浦东要大家奋斗，大家奉献，甘为铺路石、拓荒牛。

——浦东的改革开放，是邓小平同志的伟大战略决策，一定要办好！浦东开发，上海的特殊性，一种新的模式。大的框架、大的政策定了，要在创新中开拓、创造。

——要新事新办，要快速向前，有头有尾，要有纪律，手段要现代化，要静心组织。

——要求实，工程大，时间跨度大，要协同作战，求得支持，形成合力。

第二天——也就是"五一"这一天,沙麟到副市长倪天增那儿报到,倪副市长对他说:你现在的当务之急是把5月3日的挂牌仪式张罗好,开发办的第一批工作人员马上到位并正式开始工作。具体工作与市政府副秘书长夏克强衔接。

沙麟转头找夏克强。副秘书长夏克强是市政府有名的能人,他一出面啥事总能办成。"老沙呀,房子已经给你找好,这几天已经有人在进行简单装修。那个141号办公处是个新地址,一般人不易找到,你明天带几个人在浦西延安路隧道进口和浦东隧道出口处的马路边醒目处,挂上几块路标,免得有人找你们开发办瞎转溜找不到地方……"

"好嘞。这是我份内的活嘛!"沙麟心想,人家不愧是市政府副秘书长,啥事都想得周到。现在我是"开发办负责人",让全上海、全中国、全世界知道咱"浦东开发办",我是主要责任人。

2日,沙麟带着几个小伙子,扛着几块赶制出来的绿底白字、"中英文"的"上海市人民政府浦东开发办公室"和"上海市浦东开发规划研究设计院"标志牌,来到浦江延安路隧道出口处、相距"浦东大道141号"500至700米的街头水泥杆上,牢牢地竖起这些牌子。"那几块牌子又大又醒目,我们还在竖起安钉时,就围了不少人,他们都极其热情地议论着'浦东开发',好像明天就要办喜事似的。后来这些标志牌一直竖在那里好多年!它曾经激励了许多热血青年和外商投身、投资浦东开发的热情。"沙麟说。

"而当我第一眼看到'141号'那栋小楼时,心情异常感慨和激动。因为虽然当时我想象不出未来十年浦东会因为这里而成为世界瞩目的地方,但内心我强烈预感这栋小楼会与我以后的命运和情感紧紧地联在一起……"沙麟说。当时他有所不知,就在他来到小楼前的那几天,另一批人为了这栋小楼也在不分昼夜地忙碌着。

当然,第一个人一定是夏克强。

4月18日李鹏总理宣布中央决定"开发开放浦东"之后,4月21日上海市召开九届人大三次全体会议,朱镕基在《政府工作报告》中,向全体人民和干部正式吹响开发浦东的战斗号角，要求全市行动起来，为浦东大开发提供一切支持。随后他指示倪天增"要在'五一'后立即挂牌"。并称"月底前要把办公地和开发办的班子成员选定"。

选址的具体任务落在夏克强身上。4月25日，他带着市政府机关事务局的几个人来到浦东，事先已经在那等待他的胡炜区长，陪着夏克强开始选址。

"那时浦东没啥像样的房子。我们事先备选了几处，但不是因为交通不便，就是不符合独立办公条件，所以克强同志都觉得不理想。"当年领着选址的胡炜说，"后来车至老浦东大道，我指指区文化馆的小楼，对克强说：你看看这小楼行不行？他瞥了一眼，马上让司机'停'。随后我们就都下车去小楼看。没想到克强在楼上楼下、左右前后粗略看了一遍，便说：这个地方我看行！不过，成不成，三天之内等我话，我得跟市长汇报，由他来定！后来据说镕基同志就定下了这个地方，并且在30号的新闻发布会上对外宣布了'浦东开发办'在浦东大道141号的办公地址。"

"那个时候，再重大的事情，可能就是一句话，一个点头就敲定了！接下去的就是把事情做好、做实，真有点打仗的味道。"参与"浦东开发"初创岁月的"老浦东"们都有同样的感受。

"4月27日上午，夏克强副秘书长和市委、市政府以及区里的胡炜区长等来到我们馆召开临时紧急会议，会上正式宣布了经市委、市政府领导研究，决定将市政府浦东开发办公室设在我们浦东文化馆这栋小楼内，并要求我们三天内将楼腾出。"原区文化馆负责人这样介绍，"当时由于小楼内不少房间堆满了各种道具，有的还是我们工作人员的办公室，而且中间还有'五一'假期。要在3天内完全腾空，对我们这个小单位来说，真得打一场硬仗。于是当天下午，全馆工作人员被召集起来开动员会，区领导一说到这里为了浦东开发，大家顿时兴奋和激动起来，说能为浦东开发、开放出力，这是我们的光荣和职责。之后的两天时间，全馆上下，所有人都动了起来，提前腾出小楼，并打扫干净。隔日，区领导来慰问我们，大家都非常激动、愉快。"

接下去的三天，是市政府和区政府共同担起的简单装修时间。区里工程队将小楼上上下下、内内外外粉刷一新。5月2日，最后一抹晚霞落江时，胡炜笑眯眯地对在场的人说：大家不要小看你们这几天的辛苦，说不准新上海的史书上会记上你们的事呢！他的话说对了，后来诸多版本的《浦东开发史》上都有这"141号"小楼的"成名史记"。

有一个小细节需要补充一下：

5月2日半夜，小楼门口有几个身影在晃动，并且不时挥动着榔头朝门框上砸去，于是便发出"当当当"的回声。"谁？干什么的？"守护在小楼里的临时保安人员警惕地过来查问。"我们是市政府的。快过来帮帮忙吧！"举榔头的人气喘嘘嘘地说。"你们到底在干啥嘛？"电筒光下，临时保安人员见举榔头者满头大汗地举着两块大牌子，不知怎么回事。"你们自己看嘛——这是天亮后最要紧的两样东西！""哟，是开发办和设计院的大牌子呀！""是嘛，连夜赶出来的。怕误事，我们就赶着从江那边拉了过来……快过来搭把手！""好嘞！"于是几个人七手八脚地将两块大牌子挂钉在大门口，然后又认认真真地用红绸披盖上。当几个人满意地干完活的那一刻，东方的第一缕霞光已经落在了"141号"小楼顶上……到了第二天天亮，大伙才知道原来半夜竖牌子的是市机关事务管理局陈兴来等人。

"嘀——嘀！嘀！"也许才不过一个来小时，"141号"小楼门口又响起一阵喇叭声。

工作人员赶忙出来问咋回事。这时，只见一辆装满家具的卡车驾驶室里走出一位中年男子，他一边自我介绍，一边招呼车上的其他人，说是给办公室送桌椅的。

"我们是高潮家具厂的。三天前我们老板陶新康来过这儿，他听说浦东开发办都是临时找的地方，办公条件啥都没有。所以就察看了小楼里的所有房间，回去以后让我们赶制了这些办公桌椅。陶老板说，浦东开发也是我们百姓的事，送点家具过来，算我们一份心意！"

"这……"

"这什么呀？阿拉都是上海人！上海人的事情大家帮忙好哦啦！"高潮家具厂的人不由分说地将一大卡车的办公家具全部搬进了小楼，并且按不同房间和会议室需要，进行了认真的摆放。

"哈，了不得！小旧楼转眼间旧貌换新妆啊！"上午八点刚过，开发办的沙麟、李佳能等陆续走进"141号"小楼，他们里外一看，个个惊喜不已。尤其听说房间里的所有崭新的家具都是老百姓自觉自愿送来的时，更倍感鼓舞。

"来，大家坐下，我们相互认识一下吧！"临时会议室里，沙麟招招手，让第一天报到的"开发办"工作人员坐下。

"一、二、三……十三人！"李佳能清点人数后，风趣地对沙麟说：阿拉的队伍不多不少，刚好一个班。

"别小看13人，当年望志路上的一大代表也是十三人，后来把整个世界都改变了！"

"咱们哪，啥都不求，就是为了浦东和上海的明天，只求当一条拓荒牛，做一颗铺路石子！"沙麟的"主题"发言，就说了这一句话。他的这句代表了第一代浦东开拓者的心里话，一个小时后被媒体记者传遍了全中国，甚至传到了大洋对岸的纽约、西半球的法兰西和英伦三岛……

下午3时许，浦东大道141号小楼前门从未有过的热闹场面出现了。原本很宽敞的马路上，已经被从四面八方涌来的市民及浦东本地农民围得水泄不通，无论老人还是小孩，无论是男是女，每个人的脸上都露出了好奇而又兴奋的神情。他们在等待一个历史性的时刻——

"现在我宣布：上海市人民政府浦东开发办公室和上海市浦东开发规划研究设计院——正式成立！"在没有鞭炮、没有礼花，只有鼓声和笑声之中，黄菊代表上海市委、市政府宣布。

"下面请市委书记、市长朱镕基同志揭牌——"主持人夏克强说。

一向铁面的朱镕基此刻笑容可掬地为大门口两块牌子揭开"神秘的面纱"。顿时，全场发出雷鸣般的掌声和欢呼声——

"浦东要开发了！"

"我们要过好日子啦！"

"中国改革开放又要举一块'王牌'了啊！"

百姓在议论、外媒记者在议论，全世界也在议论……而此刻的"141号"小楼似乎成了这一"议论"的中心。

仪式简朴而又精短。正准备离开现场的朱镕基，看到百姓们站在"141号"门牌前纷纷照纪念相时，突然转身对身边的人说道：我要见一下这个文化馆馆长。"文化馆馆长在哪？朱市长要见他！"人群里，顿时有人喊道。文化馆馆长激动地站到朱镕基面前。

"好好，感谢你们文化馆！浦东开发，你们立了第一功！"朱镕基再次满脸堆笑地握着馆长的手，又习惯性的伸出大拇指。随后，他对在场的干部群众们动情道：文化馆发扬奉献精神，一天让出文化馆办公楼、三天装修一新；浦东开发办公室三天内完成抽调人员，今天就到岗工作，这就是"浦东速度""浦东风格""浦东精神"，今后的浦东开发开放，就要靠这种精神、这种风格、这种速度！

"哗——"这一次的掌声，可谓响彻云霄，震荡浦江两岸……

6 靠着"心脏"听跳动

一个城市一定是有心脏的。上海的心脏在何处？我想它应该是在外滩，是那座海关大楼上每隔一小时敲响的钟声……

位于上海市中山东一路13号的这座旧海关大楼及其大钟，都是由英公和洋行设计的。始建于1893年，其钟楼虽由英国人设计，但建造这座3层砖木结构的英国哥特式楼房却是由我浦东川沙匠人杨斯盛主持。1925年拆除旧屋重建，于1927年底落成，即现在我们所看到的大楼，它与雍容典雅的汇丰银行齐肩并列，相得益彰，被称为汇丰银行的"姐妹楼"。钟楼面临外滩的一端高八层，上冠三层高的四面钟楼。钟楼为哥特式建筑，十层楼之高，现在的大钟，是仿美国国会大厦的大钟而制铸的，在美国造好后运抵上海组装。据说当时花了白银两千多两，为亚洲第一大钟，也是世界著名大钟之一。

当！当——！大钟响起，大上海全城可闻，黄浦江两岸仿佛肃然起敬。

这就是城市"心脏"的跳动声，它一发而牵全身，象征着城市的生命的庄严与不可侵犯的神圣。

城市的心脏跳动具有时代性和人民性，以及城市本身的特性。上海的心脏跳动包含了三种文化：中国江南的土地文化、海派文化和锐意进取的上海精神文化。

在新浦东林立的楼宇间，在车水马龙的街道间，在绿荫鲜花间，我以为这片生机勃勃、世界唯有的崭新城市中，那颗跳跃着时代气息和象征着"浦东精神"的心脏，应当是"141号"——这座曾经的也是永远的"浦东开发办"前线指挥部小楼。过去和现在，虽然它一直很简朴，简朴得无法与周边任何的摩天大厦相媲美；过去和现在，虽然它一直很矮小，矮小得所有今天的浦东新房子都会比它华美、高大与时尚，但它就该是它们的心脏……没有它，再高大的楼宇都会瞬间倒塌；没有它，再热闹的街景也会消失；没有它，再坚固的马路和钢筋码头也会被水淹没；没有它，浦东或许会销声匿迹，再度沉沦千百年。

"141号"小楼，不属于谁，它属于这个时代，它更属于那些为之倾注热血与情感、汗水与泪水、智慧与技术的广大浦东开发开放的创业者和开拓者，当然也属于那些为浦东添砖加瓦甚至动迁了家园的普通农民与百姓，它是大上海改革开放时代的精神缩影与象征。

有一个叫陆晨虹的老师，当年浦东开发时她还是东昌中学的学生，因为学校有个"学生社会服务"生活内容，老师和同学们一商量，决定试着到浦东的"心脏"——141号的浦东开发办去"社会服务"。这个建议被采纳后，同学们就去了，去之后他们被小楼里的"浦东开发者"们的干劲和激情所感动、感染。

"开发办的工作人员并不多，而且几乎每一位都身居要职，但他们决没有想象中的政府公务员的架子，他们时常同我们谈起学校和家庭的情况，提供给我们不少浦东开发的前景规划资料，赠送给我们一些展览会的门票，告诉我们浦东开发的新进展……他们每天的工作都在十几个小时甚至二十多个小时以上，但他们的办公室却小得不能更小。几个大主任挤在一间十几平方米的小屋；处长们的空间只有他办公的那张桌子，有的办事员甚至仅有一张椅子，连热水瓶都不得不放到走廊里。这就是'浦东开发办'。它虽小，但它是整个浦东战场的心脏，我们靠着这个'心脏'，始终感受到它有力的跳动声，那跳动声如春风沐浴着我们的青春，教育着我们的思想，让我们对浦东的未来倍加神往……"同学们这样写道，并且用自己稚嫩的眼睛在看着这个世界——

"这里尽管已是上海市民关注的地方，但它的外貌却平凡而朴素，门口没有保安，没有高级轿车，院内大树掩映下仅有一幢小楼房——那就是全市人民都知道的'141号'小楼。进小楼的大门偏西朝南，进口处的右边墙上纵向是一列20厘米见方的镏金宋体字——'上海市人民政府浦东开发办公室'。每次来此进行社会服务活动时，我们就把这行金字擦得锃亮锃亮的，生怕有一尘染着。然后，大家就去打扫简朴的接待大厅，把那里的桌椅摆得整整齐齐，在我们看来，浦东的第一形象，或许就在我们手中。"

"接待大厅里，一幅用卫星遥感技术拍摄的巨幅上海地图曾引起我们浓厚的兴趣，劳动之余，我们在遥感图上一寸一寸抚摸着浦东大地，寻找着新村、学校、开发办，和每一个感兴趣的地方，当它们清晰地跃于眼前的时候，我们的兴奋之情溢于言表……

"小楼边，竖起一块巨大的公益广告牌，它遮挡住旁边的建筑工地。那广告牌天蓝的底色上是一行白云般的大字：'欢迎你到浦东来！'我们经常看到外国投资者们在这块广告牌前停下高级轿车，挟着文件，壮志满酬地走进开发办小楼；许多人从小楼里走出后，脸上露着笑容，到'到浦东来'几个字前面照相留影。有一次我们听到一个外商激动地说着：这是'心脏'，浦东的'心脏'，中国改革开放的心脏，我要与它一起跳动！他的话让我们无比兴奋！是啊，我们是上海人，我们是浦东人，我们靠这心脏最近，我们要与它一起跳动，一起创造美好的未来！"

这是孩子们的声音、孩子们的目光和孩子们的感受。其实，这份感受对当年参与浦东开发者来说，都是同样的，或者他们更亲切和强烈，因为他们本身就是组成"心脏"和"心跳"的一分子。

浦东开发开放，用伟大政治家、战略家的目光来看，或许如邓小平所言，它晚了些。这是相对深圳等整个沿海地区的改革开放步伐的形势，但对上海、对大上海来说，其实它来得正是时候，也够迅猛和势不可挡！

历史从来都是如此，当我们嫌它迟缓和停滞时，其实一股更大、更迅猛、更汹涌的巨浪正在孕育和形成，它一旦发势，将一泻千里、所向披靡。浦东开发便是如此。时至1990年前后的中国，有邓小平和以江泽民为核心的中央，有大刀阔斧、雷厉风行的朱镕基，有1200多万压抑和等待了许久的全体上海人民，这几股力量，构成了气势磅礴、惊天动地、气吞山河的时代潮流，形成令世人瞩目的浦江新潮……

这股时代潮流，激荡着所有对浦东开发、开放抱有希望的人们的心，于是也凝结和熔铸了那些参与和亲历这场伟大变革的人的火一般的情愫与回忆。

"无法忘却。会一代又一代传承下去的……"一位"老浦东"如此动情地说道。

黄菊，曾任上海市市长、市委书记。后来成为党和国家高层领导，他与浦东开发开放相交时间最长。人们对于他的记忆，是一位"总是笑眯眯的"领导，上世纪九十年代之前的黄菊，他的角色是江泽民、朱镕基的助手与配角，人们说他配得好、助得有力。除上海人之外，黄菊在国人的眼里，似乎他一直是位"政工"领导，市委副书记、书记这样的领导，殊不知他是位清华大学理工专业毕业生。他一生多数时间从事的都是与生产和技术相关的工作。从历史档案和媒体报道中，我看到的开发浦东的早期岁月里，黄菊一直是站在江泽民和朱镕基身后与身边的那个人。这个个头不高却永远"笑眯眯的人"，总是恰到好处地给站在他前面的人提供任何需要，甚至是捡起无意间掉下的一片纸。

1991年4月，黄菊担任上海市市长；1994年任上海市委书记。这个时间，正是浦东开发开放最关键的岁月。之前他是市委、市政府对浦东开发开放负有第一责任的"领导小组组长"。后来就是负"全责"的大上海一把手了。所有开发开放中的问题，最终决断都将推到他那里。但我没有听说过这位"笑眯眯的"个头不高的人发过脾气。即使每晚十一二点钟还没有离开办公室时，其妻子打电话来发火，他仍然笑眯眯地跟秘书们说：你看，我要是不回去，她是不睡的！1992年，黄菊等上海主要领导决定在全国率先提出土地批租方案。这个方案一出来，社会上再次掀起姓"资"还是姓"社"的争议。上海面临着巨大的压力。此时的浦东，正处大开发、大开放的初始阶段，上海"口袋"里空荡荡的正等着土地批租换米下锅呢！到底怎么办？是进还是退？或者缓一下？大上海等待他们的主心骨拿主意。这时的黄菊又笑眯眯地站了起来，他白天再一次深入到利用土地级差效益改造旧区的现场进行视察，随后站在电视镜头前，用了整整半个小时时间，向外界详细而平和地解释了土地批租的诸多好处。他说："拿人家的钱可以拆棚户建新楼，建了新楼可以繁荣商业，可以改善市民住宅条件，可以实实在在地改造城市面貌。我们上海和浦东发展，需要这样的改革措施。"

是啊，发展需要，就是正确的方向；发展是为了人民的利益，所以发展中的改革举措，就是前进的方向、行动的指南，就是我们共产党的心跳与心跳频率……

2015年11月29日，一架普通的民航飞机从北京飞往上海。黄菊的骨灰随机回到他日日夜夜牵挂和思念的上海浦东。这已经离他去世时间八年了。很多人并不知道，黄菊就在去世之后仍然做了一件功德无量的事：他把自己的遗体捐献给了医学解剖所用。这还是在浦东大开发之日的1998年时他就许下的愿望。我在采访一位上海市老领导时听到一段"黄菊的故事"："浦东开发之初，可能是每天太忙太辛苦，几乎每年我都要生一场病，且要住院，而黄菊同志就每次都要到医院去看望我。后来他去看望我时，就半开玩笑地说：我对你只有一个愿望，明年不到医院来看你！可是我的身体并不争气，第二年又病倒住院了。黄菊又来了，还同夫人一起来看望。末后，他夫人悄悄塞给我一袋滋补品，并说：这是黄菊用自己的钱买的，你放心用。"

这就是黄菊。浦东开发时的上海领导者之一的黄菊。作为中共中央政治局常委，黄菊的骨灰是本可以安放在北京八宝山的，但他家属最后选择了让他回到上海。因为上海是他工作时间最长、感情最深的地方，也是他心脏跳动得最有激情的地方。黄菊生前说过这样的话：人生最珍贵的是，当你已经不在人世时，仍然有人感觉你的存在，你的心依然在跳动。

我感觉，今天的上海和浦东，处处都可以感觉和感受到黄菊的存在以及他那颗赤子之心的跳动声……

同样有一个人的心也还在跳动。他叫倪天增。

大概上海之外的人很少知道这个人和他的名字。但在上海，他是无人不晓的人物。可以用一个简单的比喻来评价此人：浦江两岸那些崛起的新楼和新外滩、新机场、新马路……几乎都与倪天增有关。是的，他生前是副市长，是主管城市建设的副市长，是浦东开发的常务副组长，是江泽民、朱镕基、吴邦国、黄菊当书记、市长时的管城市建设的副市长。这样的副市长，决定了他必须在城市的每一项重大的建设中亲临现场，亲临指挥，承担主责。有人说老天命里注定他要担一百零一、一百一十的责任，所以他叫"天增"。

与黄菊的个头相反，倪天增是那种鹤立鸡群的高大形象，然而他又始终那般清瘦、儒雅，头上总飘着几许银丝，百姓说他不太像是副市长，更像"某校的老师"。1984年，年仅45岁的倪天增出任上海市副市长，由此一直被称为"上海最年轻的市长"。也许就因为他年轻，所以分工时把市里最重的"市政建设"这一块交给了他主管。从担任副市长那天起，"浦东开发"这事，就一直与这位年轻副市长连在一起，直到1992年6月他与上海1200万父老乡亲永别那天……

天增因心肌梗死而突然离世，给上海人以巨大的悲伤与悲痛，那时他才54岁，而他当副市长的时间却已有9年。上海人都知道，在以往的岁月里，"天增"是市各种会议上被领导"点"到名最多的一位。因何？这就是大上海的事太多太杂太要命太头疼了。天下雨了，百姓的房屋和街道淹没了，市主要领导会说"天增，你赶紧去一下现场"；天旱了，哪条弄堂里起了火、冒了烟，哪个旧厂房烧了，领导皱着眉头，说"天增你快去看看咋回事"；甚至菜市场又涨价了，哪条胡同里的水龙头又断水了，哪所学校门口的交警牌倒了，天增都得去……百姓叫他"倪市长"，市政府里的人暗暗称他是"救火队长"。倪天增自己笑呵呵地说："叫我啥都不要紧，要紧的是让市民们少受一点罪才是我的责任。"

无法想象一位主管大上海城市建设的副市长，他自己一家四口人竟然一直挤在老城厢的一间平房里，下班还要在家用煤球炉子烧饭。听起来有些天方夜谭，但这是上海人对倪天增最真切的记忆！没有卫生设备，没有煤气。倪天增当副市长的前两年仍然一直在这间小平房里生活。他家的生活与左邻右舍毫无差异，倒马桶，买煤饼，生煤炉，样样都得自己动手。而唯一不同的是，他家多了一台为工作需要而装的电话机，可因屋子太小，只得把电话机搁在五斗橱上……当年，有位记者到倪天增家采访，不曾想到副市长会住在连采访车都开不进的弄堂里；有一次市建委的一位负责人找他汇报工作，遇上倪天增满脸黑乎乎的在给煤炉加煤饼，这位干部站在那里许久说不出话来。外人哪知道，家里每月买煤饼，都是他倪天增用扁担挑回家的。单位有人提出要为他家安煤气，倪天增坚决不让，说那么多百姓还在烧煤球，我怎么可以先享受煤气灶嘛！儿子要结婚，婚房也落实了，但他就是不让儿子办理进户手续。亲戚觉得怪，便问他。倪天增说："我是分管住房的副市长，全市还有多少结了婚的青年男女在等婚房，如果我先让儿子住进去，心不安啊！"

用上海人的话，倪天增这样的人是有点"戆"。"然而我听到这样的评价反而很高兴，做这样的'戆'人不吃亏，心安。"他总不紧不慢地说着这句话，直到突然离别他那挚爱的大上海时，仍然在坚持着他的"心安"之道。

心之安，德之高，魂之固。如今的浦东人仍然能清晰地描绘出在第一条通向浦东的隧道口、在第一条通向浦东的南浦大桥的路面上、在"一号工程"的杨高路上的"倪市长"高瘦而又敏捷的身影，以及他那颗时刻在为大上海和大上海人民跳动的心脏，依然"怦怦"有声，如黄浦江翻卷起的浪涛……

1993年清明节，黄菊在《解放日报》上发表了题为《斯人已去，风范长存》的追悼文章，如此深情道：

> 我和天增共事日久，对他一心为工作、一心为人民的品质感受很深。在他分管范围每一件大事，总是亲自筹划，各级组织；每当发生重要情况，他总是亲赴现场，多方协调；哪里有需要，哪里便有天增同志；哪里有困难，哪里便出现他的身影。长期繁重的工作，将他那一头乌发渐渐催白，竟至满头飞雪！记得1987年底的一天，我们向姚依林等中央领导汇报上海工作。当反映到上海面临的困难时，天增同志向中央领导谈了上海市民住房的紧张、防洪防汛能力的不足，及其他威胁城市安全的隐患，他心情沉重，禁不住潸然泪下，哽咽语塞……他的汇报

深深地打动了中央来的同志,也使在座者感慨动容。此情此景,宛如昨日。

人们之所以特别怀念他,是因为我们的事业正需要天增这样的同志……

杨昌基,首任浦东开发办主任,也可能是唯一一位"意外"地被开发浦东开放浦东"硬扯"到浦东的干部,他在浦东工作的时间也比较短,总共14个月。据他自己讲,1990年4月30日正好是上海市政府第一次举行开发浦东开放浦东的新闻发布会那天,他出差到上海,朱镕基把他"抓"住了,俩人一谈就是近4个小时,十几天后,这位河南省政府"大总管"调任浦东开发办主任。

"那天上午,我们提前几分钟到达浦东大道141号的浦开办二楼杨昌基主任的办公室。他的办公室比我想象的还要简易,开发办的几位领导都合在这一个房间里办公,进进出出的人很多,有点像工程指挥部。虽然有些挤,但显得很有生机。由于当天的天气晴朗,阳光透过窗户照在里面,使人感到精神爽朗而充满活力。不一会儿,昌基主任从外面开会赶回来,他一面向我们打招呼,一面脱下大衣随手挂在身后的简易衣架上。由于条件有限,昌基主任就请我们在他的办公桌旁交谈起来……整个交谈的时间虽然很紧凑,但完全达到了目的,收益很大。谈话结束后,昌基主任坚持要陪我们下楼,并一直送我们到院子大门口。在临分别时,他还对我们讲:'法制工作对浦东开发开放很重要,请多帮助、多联系。'我们听了很受感动。在返回单位的途中,昌基主任的博学、务实和亲和形象时时浮现在脑海中,尤其是141号办公楼里充满活力和创业气氛的情景,给我留下了难忘的印象。不久,我也被调到这片充满生机的热土进行工作,有幸乘上了浦东开发开放的航船……"这是一位被杨昌基工作作风和火热之心感染后主动要求参与浦东大开发的法治和城市战略方面的青年专家所讲述的一段经历。像这样当年被"浦东开发"和浦东开发的"心脏""141号"感染、吸引到浦东参与建设的人,可谓成千上万,他们正是因为"浦东开发"的那颗心脏的跳动,使得他们也跟着燃起了激情,展开了理想的翅膀,飞越黄浦江,来到那片曾经荒芜但却充满激情与生机的土地上,挥洒汗水,奉献智慧……

刘小龙,现任上海久有股权投资基金管理有限公司董事长及首席执行官。此前,刘小龙是浦东开发区外高桥保税区新发展公司总经理、张江高科董事长、张江高科技园区管委会负责人。这位1977年恢复高考第一批上了大学的上海交大毕业生,年轻时就想当"教书匠"……可后来偏偏把他分配到市委组织部。曾庆红当上海市委组织部部长时,刘小龙仍然想着"教师梦",于是提出去大学当老师。"真去?""真去!"曾庆红批准了他。六年后,浦东开发的热潮激荡着他,于是跑到组织部,找到时任市委组织部部长的赵启正,说想到浦东去"闯一闯"。"真想去?""真想。不去感觉有点后悔。"两任组织部长都批准了他。到浦东开发办后,问他愿意到哪儿?刘小龙说:要去就到最艰苦的地方吧!外高桥最远,也艰苦,现在还都是稻田呢!开发办的领导对他说。那就去外高桥。刘小龙就这样去了外高桥,一去就是十几年,从小办事员,一直做到外高桥"自贸区"的老总。

"现在谁让我离开这个地方,好像一下就会窒息似的。"那天,刘小龙这样跟我说。

我理解他,因为他的心已经与这块土地一起跳动了十几年了,他和他们还有它们,早就心连着心……

王健刚,原《浦东开发》总编、著名出版人。这位对浦东开发开放颇有战略研究和思考的学者,是被领导无意间"抓"到浦东的。

"1990年9月的一天,我与时任上海市委常委、市委组织部部长的赵启正同志在高安路、康平路口巧遇。他是骑着自行车参加了尚在幼儿园的女儿的家长会后返回单位的。见我走在路上便立即下车交谈起来。他先开了一句玩笑话:'幼儿园的老师一再问我是孩子的爷爷还是爸爸。爷爷吗?小了一点。爸爸吗?又像大了一点。'接着他就开门见山道:'浦东开发急需加强战略研究,急需加强对外宣传的力度,你是合适的人选。走!到我办公室去谈。'到了办公室,他并未和我谈话,而是拿起'红机',直接把电话打到市政府浦东开发办:'是杨昌基吗？'对方回答：'是！'他接着说：'我是启正，我这里有一位战略研究和对外宣传的合适人选，名叫王健刚，可以弥补你的急需，他正在我办公室，明天上午9点准时来你处报到。'对于这一突如其来的安排，我毫无心理准备，正准备还想说些什么，但赵启正似乎看出了我的心事，接着说：'没有什么可考虑的了，这是命令，明天就过江去。'第二天早晨9点，我来到地处浦东大道141号的浦开办。初次见到杨昌基，他给人的印象慈祥、和蔼、可亲。他刚从河南调来上海不久，在河南工作期间，分管三个省级战略研究机构，又是一位名副其实的软科学专家。1990年离北京的那场政治风波不久，杨昌基对政府工作和学术研究的分野以及如何操作，再精通不过了。他思路极其清晰，布置工作又极其明确和直截了当。一开始，他就给我布置了三项工作，且操作顺序都一清二楚：一是浦开办正在组织落实一批重大战略研究课题，由浦开办副主任黄奇帆分管。你现在作为浦开办政策研究室负责人之一，协助黄奇帆立即组织研究，要以尽快的速度落实课题，以尽快的速度组织好研究队伍，以尽快的速度拿出研究成果。二是为了保证战略研究的独立性、客观性、公正性，我们考虑要尽快成立一个学术社团——上海市浦东开发开放研究会，今后应以社团的名义来组织战略研究工作。三是创办杂志《浦东开发》，向国内外发行，扩大对外宣传力度。在那样一个争分夺秒的年代，我就这样被大浪般地'冲'到了浦东……"

后来我见了赵启正同志（曾任第一任浦东新区管委会主任），提起"爷爷"还是"爸爸"的笑话和那个被他"命令"过去的王健刚时，他哈哈大笑，说，有这事。像王健刚这样被他"赶过江"的不是一两个，开始是88人，后来是880人。史上俗称"八百壮士过浦江"！赵启正做过国务院新闻办主任，著名外交家吴建民称他是"中国公共外交第一人"，口才极佳，眼光远大。

据说后来被"赶过江"的"八百壮士"，现在基本上都留在浦东，并且成为浦东各个战线和领域的骨干与"老总"。

那天在迪士尼乐园见到的原中方总经理程放，他一谈起自己的"浦东往事"，就是数小时——

我是穷山沟里的孩子，1986年作为江西的高考"状元"，来到上海读书。毕业那阵子，上海给我的印象并不好，所以拿到博士文凭后，就独自离开了上海，一路沿东海岸线，从福州，经厦门，最后到了深圳，因为当时我的毕业论文是《开放区域经济》，想在开放的经济特区干一番事业。但就在那个时候，从报纸上得知了"浦东开发"的消息，于是又赶回了上海。那时"万国证券"已热闹起来，不少学子往那里去了。但有同学告诉我，说浦东那边更有前途，劝我到那边试试。于是我就写信给浦东开发办经贸局局长。对方同意我去实习。当时浦东一片烂泥地，但那里的规划图和模型太宏伟了，太吸引我了，世界级的，所以我就留了下来，这一留就留到现在……

程放现已人到中年，其儿子也已成人，到了他大学毕业的年龄。"现在我就是浦东人，全家都是浦东人！我经常跟儿子讲当年我刚到浦东时的工作情形。"程放说，那时我在工业处，除了处长就我一个人，处长还要兼其他处的工作，所以我就是"工业处"，"工业处"就是我。我背着一个书包，那书包里有"工业处"的图章，还有各种材料。如今浦东完全变了样，但在我心目中可以一清二楚地说出哪栋大厦它原来的地是啥样，哪条马路它啥时候通的车，哪个居民区啥时候建的，更不用说迪士尼19年来如何从开始谈判一直到现在红红火火开张的每一个细节，因为我为它一干就是13年……

程放说，现在他每每在晚上开着车、载着儿子路过陆家嘴等繁华的地方时，车速自然而然地会降下来，甚至有时会靠到路边，一停就是半小时、一小时。"常常因为某一栋建筑、某一个景致，它们会触动到我的心，触动到当年我在那个地方工作的情形……那个时候，我的心会跳得特别的快，激动啊！"

眼眶内的晶莹，闪动在这位如今已是"大老板"的新浦东人眼睛里，那是有温度的诉说，也是心跳的外溢表达。

有这种感受的何止是程放？工作了14个月的杨昌基难道不是这样吗？2004年，已经官至正部级，在京城呆了13年的杨昌基，"异地退休"，举家迁至上海。不知是杨老先生觉得当年14个月的"浦东岁月"太不够劲，还是因为"阿拉也是上海人"的情愫无法让他舍去这座美丽的城市，反正我听人说，老人家现在一有"闲心"就往浦东跑……跑着跑着，就跑到那座"141号"小楼那里去。

"想呢，想当年那段工作，想不到的是在这里14个月，竟然是我一生最出彩的地方。一四一，太有意味了，跟我杨昌基14月的浦东工作时间，铸就一生的记忆，竟如此吻合啊！"

"1——4——1"，现年已86岁高龄的杨昌基，虽已老态龙钟、步履蹒跚，但一说起当年"浦东开发"，依然激情满怀，记忆犹新。

也许他根本没有想到，许多他自己记不起的事，旁人都能如数家珍地给他讲出来——

"那个时候，141号小楼二层东边朝南的一间房就是杨昌基主任的办公室，就20来平方米，除了他以外，副主任沙麟、黄奇帆、李佳能三位也都在同一间里办公。与一般工作人员的桌椅完全一样，杨昌基与沙麟的办公桌在朝南的窗口面对面并排摆着，黄奇帆与李佳能的办公桌在靠门一边的东窗下面对面并排摆着。由于办公室内再也摆不下其他桌椅，工作人员进去请示，商量工作，一般都只能站着讲话。如果讲的时间长，通常三位副主任中总有一位干其他事了，于是那空下来的一个椅子就是来谈话人坐的地方。那时领导们的作风就这样朴实、平易近人。"

"主任办公室对面朝北的房间，是政策研究室，面积与主任办公室相当。但里面摆着八张办公桌，四张一排面对面并列。两边再放上座椅后，人就无法过去。坐在靠窗一边的那人要走出办公室时，靠门一边的人员必须起立让行。这就是浦开办初期的办公景况，如此艰苦，但没有一个人有怨言。因为大家的心都往一处想，想着尽早把浦东开发的事做起来才是最最要紧的……"

"开发办挂牌后的两年内，办公室没有空调设备，夏日酷暑时，气温高达38～39℃。在没有来宾时，男同志便热得只能穿着裤衩工作。但开发办有规定，凡是接待来宾，尤其是投资外商，就必须规规矩矩地穿有领的短袖衬衫。每一次接待任务完成，无论是主任、副主任，还是处长、副处长，总像打仗一样，衣服湿得能挤出水。"

"开发办挂牌后的一年多时间里，所有工作人员均不转工资关系，工资、奖金之类的事，全部在原单位领取。到浦东上班的人可以说全部是分文不取的'义工'。乘公交车需填单报销，根本没有乘出租车、打的那么回事。我们每日的午餐全部自理，而且没有任何着落，包括正副主任在内。到了中午，杨主任等几位正副主任都会跑到浦东大道马路对面的那条小弄堂里吃马路小摊便餐。在那种地方，你找一个座位很难。我们这些年轻的同志，看着杨主任他们官那么大又一把年纪了，也跟着蹲在路边吃饭，很过意不去，所以当一旦看到有吃完饭的农民工让出座位时，就礼貌地请杨主任坐。这时杨主任会坚决拒绝，并说：'大家守规矩，我不能特殊。'那个时候，上下级气氛特别和谐。记得有一次，杨主任叫了一碗兰州拉面，边吃边跟大伙儿们讲故事，大意是：别看我是医学专业毕业的，小时候在家里也处处讲卫生，大人们怕我生病，但我就是身体一直不好，经常闹病。后来上大学后就不讲那一套了，可身体竟然就好了起来，很少生病。看来，俗话说的'不干不净，吃了没病'，还是真有几分道理！我们听完都笑了，私下嘀咕，说杨主任既风趣，又会用另一种方式做思想工作啊！"

"老浦东"们讲的都是些细小碎事，但今天听来，仍然令人感动。我知道，大约到了这年冬季，杨昌基他们跟开发办马路斜对面的一家医院接上了关系，这样所有开发办的员工才结束了"流浪餐饮"。

前面已经讲过，杨昌基上任"开发办"主任一职时，年已58岁。"我扳着手指一算，按正常退休年龄，我总共也就还有730来天时间可干的。这浦东大开发，是一张白纸上做大文章，我能干多少事嘛！所以从那天起，我是一天一天地算，一个小时一个小时算，正可谓来日不长，时不我待，只有争分夺秒去干，尽可能地多干些。"杨昌基回忆说，"当然，多干并不是只靠自己一个人去包打天下地单干，而是调动开发办一班人的积极性、创造性，形成合力去干。我当时的为政'要诀'是：多出点子，用好干部，培养干部。"

那个时候，杨昌基手下有三大员：沙麟、黄奇帆、李佳能，他们都是副主任。第一次正式到位后的班子会上，杨昌基说，各位原分工干什么，仍干什么。沙麟、黄奇帆、李佳能便各自坦诚地谈了自己的想法，都对原来的分工没意见。杨昌基便说，你们原来怎么分工仍怎么分工，一律不动。事后，有人悄悄问杨昌基：你们班子成员原来的分工是你还没有来时定的，现在你是主任了，你不改，那你干什么？杨昌基笑，说：浦东开发要靠大家的积极性，我作为班长，把大家召在一起，谁愿意干什么，想干什么，就干什么。你们没分到的事，如形态规划和经济规划怎么结合？产业政策如何确定？你们没想到的事，由我来管。我来出点子，点子变成决策后，谁愿意干就让谁去干。

事隔近二十年后，我问沙麟、李佳能两位老领导，他们直夸杨昌基"高"：那个时候我们一班人，团结协作、彼此信任、相互配合，虽条件苦一点，工作非常繁重，但心情愉快，就像一个大熔炉，仿佛心跳都在一个频率上——早日把浦东干出个样子来。

王安德，斯斯文文，遇上再急的事声音也不会太高，碰到再霉气的事也不会太消沉。在浦东开发史上，像他这样"文武双全"者不是太多：学徒出身，修过电梯，三十来岁就领导过几万人的企业，后来在市房地产局工作，浦东开发办成立时当政策研究室主任，转眼又出任浦东核心区陆家嘴金融贸易开发公司总经理，后来担任的职务更多，且越干越杂，但他似乎样样在行，一路清清爽爽。我第一眼见他，就觉得他更像一个大学教授或校长的风采，他自嘲：是浦东开发把他"开发"成"生意人"了！

"说实话，浦东开发开始时，到底怎么个开发法，谁心里都没个底，我们就是摸着石头过河，或者说我们就是抱着石头过河。摸着石头过河还是有点悬的味道，抱着石头就是义无反顾、拼出个新天地的状态了！朱镕基等市领导当时就这么个干法，对我们下面也是这样放手的。没有人说哪件事一定这样干而不是那样干，因为开发浦东开放浦东，是前人从未有过的事。深圳特区跟我们不一样，旧上海开埠也跟浦东不一样。我们要做的就是'一步登天'——短时间里在平地上建一个不输给华尔街、曼哈顿的新上海……所以你说浦东史诗我很赞同，说到了点子上！"王安德说，浦东开发之前，他一直在市房地产局做政策研究和实施工作，包括虹桥"太阳城"土地批租等事件，他王安德都是具体的"操盘手"。"招标书起草到寄发再到整理等等，甚至中间的装订入册，都是我经手的。在香港，坐在梁振英办公室，看着、学着他如何翻译、如何编辑标书……浦东开发后，轮到我们自己动手干了，上面一声命令，说上阵就上阵，那个时候就是一个心眼：有多少力气，出多少力；能干不能干，反正上阵后你得把事干好！这就是浦东开发最初的创业情形与精神。"

"那个时候，可以说我们所有的人心里没有杂质，就一件事：心往浦东开发开放上想，劲往浦东开发开放上使！"谈起创业"峥嵘岁月"时，王安德同样激情澎湃，"我同沙麟、李佳能等13人是一起被一辆面包车拉到浦东的。当时市里的领导对我说，你过去就是专门研究相关政策的。5月3日挂牌，4日我就与当时任市体改办副主任的楼继伟主持召集全市委办局负责人开会，列了24个题目，把任务布置下去。那时大家为了浦东的事，效率真的高得难以想象。5月17日我们就'收网'。再由我们浦东开发办政策研究室汇总起草成60页的《开发开放浦东政策框架设想》文件。6月6日就形成了第一批成果，黄菊同志亲自主持布置与修改任务。到8月8日，第三批政策文件就编制完成。市长会议紧接着就讨论审定。1990年9月10日，朱镕基市长亲自出席市政府的新闻发布会，并就浦东开发开放政策专门回答了中外记者的提问。这些政策一出台，从某种意义上讲也消除了外界对浦东开发开放的某些疑虑……也就是说，我们把相关法规与政策早一天亮出来，让投资商和外界多一分对浦东开发的信心。这种抢时间、争效率，就跟打仗没两样。要知道，浦东开发开放，是在当时国内国际形势最艰难、最复杂的时候，朱镕基一直跟我们讲，大家要戴着钢盔去搞浦东的事，要有不怕砸、不怕被砸死的勇气嘞！"

确实，翻开当年报章刊登的朱镕基回答美国《时代》周刊记者的报道，火药味确实很浓——

> 美国《时代》周刊记者：上海的官僚主义像长城的石头一样坚硬，你们如何来改变这种状况？如何使浦东新区对外商投资更有吸引力？
>
> 朱镕基：我要告诉大家的，我们在这么短的时间里，把九项法规制定出来，都译成了英文和日文，而且举行这么一个隆重的新闻发布会，这不是官僚主义而是高效率。我们相信，在党中央、国务院的支持下，这些法规对促进浦东的开发，吸引外国投资者是很有作用的，浦东开发的前景是非常光明的。当然，对这些法规我们还将继续加以研究、完善……
>
> 至于你说的官僚主义，这个我不否认，我跟你一样痛恨官僚主义。但也可以说，官僚主义是世界流行病。上海过去指认一个项目要盖一百

几十个图章,我们已建立了市外国投资工作委员会,目标是审批外资项目只盖一个图章。尽管现在还没有完全做到,但工作总还是比过去改进了。要不然为什么全国评选的十个'最佳合资企业'中,上海占了六个呢?那不就说明上海的投资环境还不错吗?我这次(指这一年7月7日到7月26日朱镕基率团访问美国——作者注)访问美国也经历了你们那里的一些情况。你如果说我们这里的官僚主义像石头一样,我看,你们美国有些地方的官僚主义就像不锈钢一样。

朱镕基这个回答在当时的记者会现场,获得了雷鸣般的掌声,他个人针锋相对、铁面无私的形象也再一次被国际媒体了解。事实上,在中央决定浦东开发之后,上海的行动,上上下下可以说是前所未有的高度重视、高速运转,极少有人含糊其词,原地踏步的。

浦东开发办5月3日挂牌之后的第8天,一个针对吸引海外投资的"上海市海外交流协会"宣布成立。朱镕基到会祝贺讲话,说中央决定开发开放浦东后,最近上海是喜事连连,全市人民都很高兴,很多同志写信、捐钱。有位老同志身体不好,寄来5000元,要为开发浦东做出自己的贡献;一位工人同志寄来了3000元,大家的热情非常高。

5月16日,朱镕基为了抓好浦东和整个上海的规划,亲自跑到上海市城市规划设计院,同50多位专家及管理人员座谈讨论,他说:"建筑工程质量是百年大计,而规划是关系子孙后代的大事,能影响到很长一个历史时期。规划搞得好不好,直接影响到经济效益和社会效益。"而且特别强调了规划工作要超前,要迅速适应上海战略重点转移和飞速发展的形势要求。

5月24日,朱镕基又在全市工业系统动员大会上要求全市上下"扎实、敢管、敢干"!

6月8日至15日,朱镕基又率上海经济代表团访问香港。此行主要目的就是向香港各界人士介绍上海投资环境、介绍浦东开发,以及消除一些香港人对开发开放浦东是不是为了建"另一个香港"的疑虑。朱镕基说,开发浦东的目的,使上海获得更大的发展空间,从而可以带动长江三角洲、长江流域、东南沿海这整个中国经济的精华地区的发展，从而实现有利于中国国民经济的整体发展。他特别强调：我可以断言，开发浦东，进一步开放上海，不是一句空话、一个招牌、一个广告，而是上海人民的根本利益之所在，是上海经济发展现实的前途。

6月16至20日，朱镕基率团转访新加坡。

7月7日至月底，朱镕基又率团到了美国，访问考察了美国的11个城市。之后他与汪道涵又应美国工商界邀请，又多留了几天，又访问考察了13个城市……目的基本都是一个：学习外国先进经验，介绍浦东开发开放，争取外商投资。

除了市长书记与浦东开发的"大事记"，每天还有多少有关浦东开发的"中事""小事"？难怪当美国记者说到上海的官僚主义像"长城石头一样坚硬"时，他朱镕基真的火了。不过，由于开发初期，在引进外资问题上、在操作引进外资进程中，"一百多图章"问题事实上也确实存在过，而朱镕基在横扫官僚主义作风时的作风，也够火辣。我看到那个时候上海市委研究室的一份内部资料上，朱镕基看到一篇反映对外资项目批准后迟迟不能开工的文章后，极其严厉地批示道：

> 此文可称"官僚主义大全"，呜呼上海，不改革，要完蛋。请送与"黑箱"有关的所有人员看看（如有一万人，就印一万份，市政府出钱），议论一下，看这样下去，浦东能否开发，上海有无前途，然后请叶龙蜚（时任上海市外经贸副主任——作者注）、杨昌基同志拿起大斧来砍。我希望不要一砍又要砍几年，成为另一个"黑箱"。我只提一句忠告：我们为什么要自己跟自己过不去呢？

这就是朱镕基。这就是上海的心脏跳动声。这就是浦东开发开放初期我们读着这些文字依然能感受到的扑面而来的热浪与竭力推进浦东开发开放的豪情与壮志。它如东海的狂澜，它如浦江的波涛，它如浦江两岸的滚滚热浪，它更是全上海市人民那份期待和参与大发展大开放的铿锵步履与心声……而有的时候，它也会像夜空里划破天际的那道流星，让人心尖一颤，再也不能入眠，久久回味无穷。

这里有几个听来的小"侧章"：

开发办遵照杨昌基的布置，成立浦东开发研究会，并组成了九人筹备组，蔡来兴担任组长（时任市计委研究所所长），成员有黄奇帆（时任市浦东开发办副主任）、朱小华（时任中国人民银行上海分行副行长）、楼继伟（时任市体改办副主任）、王安德（时任陆家嘴金融贸易开发公司总经理）、王战（时任复旦大学经济研究中心主任）、王新奎（时任外贸学院经济系主任、副教授）、陈伟恕（时任复旦大学世界经济系副主任、副教授）、王健刚（时任浦开办研究员）。研究浦东开发开放的战略与政策问题，工作很重要，所以大家觉得应该由一位德高望重的长者担任会长，于是就想到了汪道涵。

汪道涵当即答应了邀请者，并对研究会的研究方向谈了他中肯的看法："我不大赞成学院式的研究，也不大赞成法制式的研究，还是应当从远近结合的方面去研究。""我们应当把浦东放在大背景下进行研究，研究浦东与浦西的关系，研究浦东与长江流域的关系，研究浦东与亚太的关系。"他特别斩钉截铁地说："上海面临着多方面的挑战，但凭着上海的地缘关系，上海终究落后不到哪里去。'事成于思，事在于人'，一切在于加强研究。"

根据社团组织要求，会长人选得到民政部门备案，工作人员在备案时被民政部门要求必须交会长的照片，且是标准的两寸照片。办事人员无奈，跑去找汪老。当了多年上海市长的汪道涵一下子也懵了：他们不认识我啊？怎么还要我的照片？这话吓得办事的工作人员早已溜到了外滩。但民政部门就是非要照片不行，否则不批。办事人员只好硬着头皮再找汪道涵的秘书，期待悄悄求情"老爷子"看看能否通融，请他拿两张"现成"的工作照。秘书说，汪老过去确实没有照过两寸的"标准相"呀！办事人员暗暗叫苦："这可咋办？"突然听那边的秘书说：你现在马上过来。汪老已经给你准备好了。这是咋回事嘛？待办事员到汪老家。那个笑眯眯的汪道涵出现了，并且把两张两寸"标准照"拿出来，汪老说："这是前一天特意到照相馆照的，你看看行不行？"办事员感动得快要掉眼泪了，连声说"行行行，太麻烦汪老了！"汪道涵则更加笑眯眯地说："凡是浦东的事,我都尽力而为,因为我是'向东派'。"接着是一串爽朗的笑声。

第二件事:那是这年秋末。

突然有一天,上海大学八十多岁高龄的钱伟长老先生来到141号小楼。已接任杨昌基出任开发办党组书记的夏克强赶忙出来迎接。

钱老虽已80多岁,但身体健朗,精神矍铄,操一口江南口音的普通话。作为著名学者,又是全国政协副主席,钱老德高望重,但特别和蔼可亲,说话就像聊家常。他说:"我今天只作为一个'老上海',来看看浦东开发,看看你们这些浦东开发开放的一线同志。"并说,"浦东开发很好啊,这是个大战略,可你们的目标定位是什么?一定要把这个问题想清楚,要有战略眼光。"夏克强便接过话茬,将浦东开发以来的情况做了汇报,并敬请钱老提出"高见"。

钱老谦和地摆手,连说"高见不敢当",但他若有所思道:"上海这座城市过去是很了不起的,是整个远东地区的金融中心、经济中心,对全世界都有影响。那时的香港,比上海差远了,但后来香港把上海的地位转过去了。可这是过去的历史,现在条件变了,我国对外开放了,上海应该恢复原来的地位,成为国际金融贸易中心城市,相信还会比过去更好。不要怕香港,香港的金融人才还不是从上海流过去的吗?"

仿佛想起了什么重要的往事,钱老缓缓地将头仰起,娓娓道来:"做金融是需要优秀人才的。上海过去是金融人才集聚的地方,尽管后来有不少人才去了香港,但是过去金融界著名的'四大金刚'还在上海。"他说,"在起草《香港基本法》时,当时香港金融界有些人在有关金融条款上面刁难我们,欺侮我们不懂国际金融业务。后来起草小组就把上海的'四大金刚'请到北京,一下子就解决了问题。那些香港人一听到上海来的金融界老前辈出山,立即被镇住了。所以说,浦东开发开放不用怕,我们有人才,我们就要促使上海恢复它应有的金融中心地位。"

"看起来,钱老虽然是一次平常的浦东'私访',但他谈的问题极其重要又目光高远。那个时候,是党的十四大召开之前,当时浦东开发开放的方针是

'金融先行，贸易兴市，基础铺路，小区启动'，但还没有提到'国际金融中心'的概念。直到党的十四大上才明确了'以上海浦东开发开放为龙头'，'把上海逐步建成国际金融、贸易、经济中心'，后来又加了一个'国际航运中心'。据我们所知，提出上海要建成国际金融中心，是有过阻力的，而后来我们知道，就是在钱伟长等一批德高望重的老先生、老领导、老专家的力主下，才把上海建成'国际金融中心'的字样，写入了党的代表大会的政治报告中。其实，当时我们聆听钱老在141号小楼里讲话时，就已经强烈地感受到钱老他们这些'老上海'人对浦东开发的火热心跳声……"当年参加接待钱老的一位工作人员对我说。

写至此处，便想到了一个词，叫"共振"，它是个物理和哲学概念。心律共振，则是个医学概念。人类在共同的生存环境下，有一种现象有些不可思议，有人做过这样的实验，并得出结论：宇宙一切能量源自共振！

与之相关的理论与争论，我看过一个哲学家和一位医学家就此事的对话：

医学家说：能量医学基本的原则是一个根本的能量场会产生在身体上、情绪上及心理上的行为或症状。如果我们改变能量场，那么身体上、情绪上及心理上的行为也会跟着改变。

哲学家说：这些例子也能在大自然中找到，而其他的则是被人类所创造。

医学家说：既然这些现象的多样面向是因为振动，那么我们正面对着一个频谱，这频谱揭露了有图案的、象征的形态在其中一极，动能动力过程在另一极，整体是由本质上的周期所产生及维持并产生上扬的状态。

哲学家说：在古苏美尔人的社会中，有一种现象现在已人人都知道了，即像真言(mantra)这样的民俗习惯为什么会受到高度的尊重。从共振频谱的原理上，由此我们也理解了调和的声音在混乱中是创造秩序的。

医学家说：人的疾病，其实就是你身体中的某一频谱的混乱。我越是深刻地观察这种极妙且到处存在的密码，越是发现它们充满在身体的结构跟功能中……便导向一个结论：一个人越能与这种伟大的原理协调，他的生命就越有效率及越不费力。

哲学家说：精道的藏教信徒们也知道类似的声音科学，并且经常做可以洁净身心的五种"种子音节"吟诵。西方的道士也用吟诵圣歌的形式来修炼和治愈自己的不强大的那部分力量。所以教会的领袖们常说："我们所吟诵的方式使灵魂平静，并且使我们跟世界及他人和平相处。""我们总是希望我们的歌声可以带给他人宁静感、内心的平静，以及对美的欣赏。这些价值可以帮助我们创造一个和平及安宁普遍的世界。"

医学家说：所说从人的生理而言，正能量的共振，它对人的生命和寿命及身心，都有极大好处，可以给劳累、辛苦甚至负荷提供超级的能量。

哲学家说：生命之花是一种纯粹的意识火焰，在它的比例结构中涵盖了有关生命的每一种面向。用中国的古代哲学家话说，就是道生一、一生二、二生三、三生万物，这同西方哲学家所说的精神意识、心灵、物质，再从无到有，点、线、面、体，宇宙在几何结构与数的秩序中，创造"神"的力量。其实道理是一样的。

最后两位大师答出共同的结论：共振是宇宙中普遍存在的一种现象。不但物质与物质之间可以发生共振，并能形成巨大无比的能量。人与人之间同样因为理想、信仰、行动方向和情感趋向一致而发生"改天换地"的共振力量。

浦东的开发、开放，让曾经沉沦和沉默的上海人，获得了前所未有的心灵共振，而这共振的最强音、中心点当然是在"141号"那栋简易而极为平常的二层小楼里……

1990年9月11日，美国《洛杉矶时报》用了整整一个版面，刊发了题为Market Scene Transfusing Life Into Shanghai: After decades of neglect and abuse, Beijing is looking at the old city as a prime spot for an ambitious foreign investment zone(《经历了被忽视和虐待的数十载止步不前的岁月，市场前途令上海重焕生机，中央政府认为这座旧城是最适合吸纳雄心勃勃的境外投资的地方》)的文章。

"沙麟！你才过去浦东几天，文章一大版一大版地发，而且还是在美国的主流媒体上发啊！"突然，这一天"141号"小楼的电话响了，接电话的沙麟一听对方的话音，心脏顿时"怦怦"直跳，因为打他电话的是对岸的朱镕基。

坏了！沙麟暗暗叫苦，不知出什么大事了！于是便赶紧通过助手在网上调来当日的《洛杉矶时报》看：可不，一大版，而且还是他沙麟"神采奕奕"的"玉照"。

沙麟一手拿着美国记者采访他的文章，另一只手不自觉地捂在胸口。

何谓"心惊肉跳"？沙麟饱受其味。

"怎么啦？有啥不舒服的？"不日，朱镕基见了沙麟问。

沙麟不敢接话。

朱镕基走近沙麟，突然表情变温和，在他耳边说道：那文章写得不错！

沙麟一愣，稍后，便心花怒放，顿时精神焕发。当晚，他回家把《洛杉矶时报》上的文章，又反反复复看了几遍，他要找出其中"写得不错"的地方。嗯，是有不少地方"写得不错"——

"根据一项有望重塑上海荣耀的战略性转型政策，旨在将上海尚未开发的区域转型成为中国最大的境外投资区的计划正在紧锣密鼓的筹划中。"

"浦东的目标是建成一个在九十年代及此后中国现代化进程中扮演关键角色的工业、商业和金融中心。"

关键是这一段最"不错"：

"浦东开发办公室负责人沙麟这样评价说：时代大变革始于八十年代

的深圳。到了九十年代，就该看上海这个中国经济的心脏了……。"

沙麟啊，你没有犯错误，最后还受到表扬，关键是你把我们上海和浦东开发比作中国经济的"心脏"，这太英明正确了！事后，"141楼"里的同事和浦西那边的老同事们见了沙麟，都跟他半开玩笑半认真地说。

"其实后来我总结，在那个日子里，包括我自己在内，无论是我们过江的同志，还是在原来市政府、在老市区的同志，大家在浦东开发开放的事情上，真的是万众一心、一起心跳，所以才干得热火朝天……"时隔十八年后，我采访沙麟时，他如此说。

7

"明珠"先亮

毫无疑问，让上海人最早看到浦东光芒的，应该是闪闪发光的"东方明珠"。这颗一直被上海人称为"大珠小珠落玉盘"的"珠子"，具有特殊的风采。如果今天站在浦西的外滩往浦东看，尤其是晚上，第一个抢眼的景致，仍然是那颗"东方明珠"，因为她在浦东的群楼之海中格外高挑、异常光艳、特别美丽，就像一群美女中的"模特"，其姿其颜其神态，肯定分外出众。468米的高度，既是上世纪九十年代之前上海有史以来的最高建筑，也是浦东最早名列"世界之高"的一大奇景，在世界著名电视塔中一直占据重要地位。

"东方明珠"电视塔，并非是源于浦东开发开放之产物，但它的建设和"成人"，恰恰是浦东开发开放的最初几年，而且是浦东第一出彩"佳人"。

作为上海第一个能让人"看得见"的标志性的文化地标，"东方明珠"的"名片"意义极其重大。普通上海人尤其是年轻一代，以及外埠人在上世纪能够跨过黄浦江到浦东，恐怕十有八九都是因为这颗"珠"的吸引所致。记得那时我们都是如此。

在浦东还不是今天这样耀眼和美丽的时候，"东方明珠"的出现，才慢慢使浦东有了几分人气——这一历史性贡献，应当无条件地给予"珠"，并向它致以崇高的敬礼。

"珠子"来之不易，也可以从另一方面让我们了解浦东开发初创时的艰辛。

"东方明珠"的开工时间是1991年7月30日。之前的时间连续下了近20天的雨。一直等到这一天,才雨过天晴,浦东大地呈现难得的清爽天气。

主办方在开工典礼上设计了一个独特的"奠基石":用红色绸布盖了一块红色的多面体花岗石,其石为三棱锥,每个边长90厘米,用金属圆球放置在顶端,每块三角面上都刻着字,意味着所有参加奠基的人都可以清晰地看到这座即将在浦东动工的宏伟建筑。在一片锣鼓与鞭炮声中,时任上海市广播电视局局长的龚学平激动地感慨道:"东方明珠"从提出到开工,历经8年——这"八年抗战",倾注了多少人的心血啊,我们异常珍惜今天终于踏上浦东这块土地的艰难历程和心头的这份喜悦……

依然要感谢邓小平。在1991年春节,当新浦东的规划方案和模型放在他面前时,黄菊向他介绍"东方明珠"电视塔,并告诉他这将成为浦东第一个超高建筑时,邓小平笑了,满意地点点头。

上世纪九十年代初,我第一次到加拿大多伦多时,就被那座553米的"世界第一高"电视塔深深地吸引和震撼,同时也在暗暗地畅想着:中国何时也有这么高的电视塔呢?

其实,这个时候的浦东已经正在开建我们的"东方明珠"高塔……

我第一次到访加拿大时(顺便也到美国自游了一周),感觉西方发达国家几乎什么都比我们现代化。不曾想才几年工夫,我们的浦东不仅赶了上来,而且很多方面甚至超过了曾让我们羡慕不已的西方世界。这是我们这一代人目睹和亲身经历的伟大岁月。

"珠"梦浦东的时间不短。在有广播电台之后,上海人就开始做这梦了。

最早的一个人叫邹凡扬,他是浦东人。历史给了这位浦东人一个特殊的机遇——1949年5月25日,邹凡扬跟着陈毅的部队,一起进了他的家乡大上海。也是这一天清晨,邹凡扬坐在车子上,迎着刚刚升起的东方旭日,写下了一个震惊世界和喜悦全中国人民的新闻稿:"中国人民解放军今日凌晨攻入上海市区,大上海解放了。"短短23个字,却比攻城的炮火还要响亮,并且迅速传遍了浦江两岸……播出这个声音的地方是现今的延安西路129号,当时叫大西路7号,是国民党上海广播电台所在地。邹凡扬在地下党的带领下,第一个冲进去,完成了他所撰写的23字"重要新闻"。从此以后,这位浦东人深深地懂得了"传播力"和"影响力"。那个时候,要实现这两个"力",就靠线杆竖得高,越高越好。然而,国力不强,这线杆也永远竖不高。我们小时候听收音机、电台,总是"滋滋咋咋"地听不清,据说就是发射的"杆子"不够高。

一个国家穷的时候,连根"杆子"都竖不高。可怜的日子我们这一代都见过,并尝过,除了苦,就是太没脸面。一个国家是这样,大上海也不例外。

弹指一挥,时间过了三十多年后的某日,还是他邹凡扬,不过这位浦东人已经从"小邹"变成了"老邹"。他刚从加拿大访问回来,坐在一间不大的房间里,一边向同事们发着出国带回来的"三五牌"香烟,一边眉飞色舞地说:

"多伦多的电视塔第一牛!553米!从机场一下飞机,你就能看得到它。这啥派头?"老邹略作停顿后,又把嗓门拉高了三分贝,"关键是他们在这么高的塔中间设置了一个能容纳300多人的旋转餐厅——就是360度都在转的一个大饭堂,高级豪华饭堂!你在那里吃饭,一边喝着咖啡,一边看着多伦多的景象,那才叫如梦如醉……"

"老邹,那'大饭堂'贵不贵?你在那儿吃了没有?"同事们好奇地问。

"我?吃得起吗?不过我也没有白去,享受了一个比旋转餐厅更牛的地方——太空甲板!"老邹已经有点陶醉了。

"啥叫'太空甲板'?"

"没听说过吧!"老邹更得意地说,"所谓'太空甲板',就是你双脚悬在几百米的半空中……"

"哇,天哪!那不是吓死了?"同事们一片惊呼,又问,"是人被甩到塔外面?要不怎么个悬空呢?"

"笨了吧?平时说你们不灵光还不服气!"老邹卖关子了。

"快说!我们听着呢!"

"是在446米的地方,装置了一个专门供旅游者玩的门楼,那阁楼四周全是玻璃做的，脚下踩的地方也是玻璃做的，这不像悬在太空了嘛！"老邹绘声绘色地说道。

"哎哟——我可不敢去那种地方！"立即有女性惊叫起来。

男的说："刺激！我去！"

也有男的使劲摇头："我恐高，不敢……"

"这都不是啥要紧的事！"老邹突然站起身子，然后一把抓起桌上的"三五"烟，豪气冲天地说，"我们中国上海哪点比它多伦多差？我们应该造一座555米高的电视塔，超过他们的553米世界第一……"

"好——老邹有气魄，我们造'三五'的！"众人顿时振奋不已。

老邹从此被冠以"三五"光荣雅号。他的"三五"电视高塔梦也成为上海广播、电视人的一个世纪之梦。

"异想天开嘛！"这个"三五"高塔梦，曾在相当一段时间里被一些人嘲讽为"神经出了毛病"的人的痴想。但与邹凡扬一样有远见的人认为是值得去梦想的一件好事。市长汪道涵又成了这一个"异想天开"的有力支持者。在汪市长的指点下，邹凡扬给上海市政府和国家广电部部长写信陈述建上海电视广播高塔的想法。不想此事得到了国家广电部的支持，后发函上海市委、市政府，指出：

"上海是我国第一大城市，经济、文化、科技等在国内外都处于领先地位，工业和经济基础好，对全国的四化建设起了重要作用。但上海的广播和电视，长期以来处于落后状态，和上海的地位、四化建设的形势不适应。近年来有些省市广播电视发展很快，上海落后了。要下决心，加快步伐，科学地进行规划，把上海的广播电视事业搞上去。还要考虑到成立以上海为中心的经济协作区的新形势，为长江三角洲经济文化建设服务。上海的广播电视应该搞得好一些，先进一些，这是考虑问题的出发点。"

这个批示的核心意思非常清楚：支持你们上海搞广播电视高塔！

■ 东方明珠
（摄影 陆杰）

有了这个"国家意见",上海立即开始着手选址,先是有人建议在人民广场,但马上被否了,理由是:在未来的市政府旁竖这么个"高高在上"的塔,显然不合适。又有人建议在南京西路、静安公园及黄浦江与苏州河交汇地的原英国驻华总领事馆所在地。"高塔"基座周边一定要有一块大绿地,而这些地方皆腾不出与高塔相配的绿地面积。

"浦东!干脆到浦东!那个地方有的是空地,而且发射的覆盖范围更远……"最早提出这个方案的仍然是邹凡扬先生。"其实我一开始就有在浦东盖高塔的愿望,但怕人家说我是浦东人,所以一直把心里话压在了肚子里不敢说。"邹凡扬后来说。

正在为选址苦恼的龚学平一听老邹的建议,顿时兴奋起来:我看可以!

事后,龚学平在遇见市长汪道涵时,悄悄地汇报了"想去浦东"的想法,汪市长笑了笑,说道:去吧,先看看那边的地基怎样。

蛮好!得令的龚学平,第二天就带领一帮人乘轮渡穿过黄浦江,踏上了陆家嘴的田埂与小径……哎呀,这个地方真要建个高塔,看来难度还不小嘛!龚学平望着空旷的荒地上零星的厂房和民宅,心头有些惆怅。

那个时候的上海人中,有关"浦东开发"的概念,也只有汪道涵等几位高层领导在心中思考,多数上海人还不敢去展望这"宏伟蓝图"。龚学平也不例外。他此番察看浦东,只是为了建高塔,离"开发浦东"的思路还很遥远。然而,他这无心插柳却成了之后"浦东开发"史上的第一个特别优美而脆响的音符——"东方明珠"由此也在浦东大地上奏起了属于自己的独特旋律,扮演着无与伦比的角色。

"明珠"确实来之不易,仅选址就碰到了意想不到的问题:首先是浦东的地质结构,能否建造450米左右的高塔。12名勘测队员经过一番紧张察看与室内实验,递交的报告令龚学平和广电局大为开心——浦东土质完全可以承载计划设计的高塔。

接下来的问题却有些复杂:被龚学平他们看中的陆家嘴最适宜建高塔的地方,竟然事先已有单位占据,且是个"硬碰硬"的单位——上海港务局经过八年多筹备的一座导航中心大楼早已选中此地,并立项全部完成,只待拔地而起……

"这事麻烦可就大了！"龚学平一时愁眉不展，因为港务局的导航中心，是黄浦江的"命脉"，那是"重中之重"的工程，且港务局不属于上海管，隶属国家交通部。怎么办？事情汇报到市政府。

"请专家再做一次论证。"领导指示道。于是随后也有了一个在"七重天宾馆"的重要会议。

许多事情都很有意思。这"明珠"高塔从头到尾，确实也是冲破了"七重天"界才获得重生。

一个地方决策，能否改变一个国家立项工程，是需要周旋和协调的。专家什么意见？专家最后的意见比较一致：从地理角度而言，陆家嘴地区的每一块地都是最好的。港务局的航行塔和航行中心也确实是"上海黄浦江的命脉"所在，人家筹建了八年，苦衷可以理解，俗话说：船长好当，陆家嘴难过。陆家嘴缺了航行中心，日子不会好过。所以我们没有理由把航行中心撵走。不过，新广播电视塔是上海的标志性建筑，自然占据更好的位置。两个重要建筑同看好一块地，也是正常。我们的意见是：相比之下广播电视塔更具有标志性意义，航行中心的高度属于一般建筑，可以往陆家嘴那个"乌龟头"前靠，这样更接近黄浦江，也算是港务更接"地气"。

妙！市领导暗暗称道。心想：专家就是专家，专在道理和情理两者皆见长上。

好吧，后面的事就由我们出面跟港务局和国家交通部去交涉和请求吧。当然，让人家让让路，得带些"银两"不是？副市长倪天增到会这么说。

大上海的事，国家交通部很爽快地答应了：航行中心往前挪移，原址让位于上海广播电视塔。

地有了，建什么样的塔又成一大焦点。

这个过程复杂又令人兴奋，因为上海人想建一座前所未有的、达到世界先进水平的"高塔"，而且这座"高塔"必须是具有艺术性、观赏性，能够吸引游客的综合体。多种用途集于一身，难度就成倍增加。

除了高度，美，成了设计的第一要素。何谓美？求何种美？这是设计的焦点与难点。

指令性任务和招标式结合的设计,有国内主要是上海几家著名建筑设计单位参与,最后挑出几个方案比较。有意思的是,设定设计方案的会议也在七重天宾馆。入选的12个方案中,像"东方彩虹""黄浦星光""白玉兰"等确实精美。不过,另有两个同取"东方明珠"的方案,十分令人耳目一新。

因为欲建世界一流、中国独一无二的广播电视高塔,上海和国家广电部都很重视,方案前后讨论达两年多时间。1989年8月的夏天,专家们再度聚集上海,做"最后的选择"。结果选出两个方案:一个是"白玉兰",另一个是"东方明珠"方案。专家认为,前者的设计方案非常出色,也很美,其塔身挺拔高大,塔顶上一朵含苞欲放的白玉兰,衬托出整体造型的优雅,美观又庄重,而且白玉兰又是上海市花。这个方案,多数人赞赏。第二个方案"东方明珠",设计独特,造型灵动,充满时尚感和现代感,观赏性和艺术性兼备,难度是实施起来技术要求高、造价不菲。"最要命的是它依靠的三根斜型巨柱结构,能否承载整体高塔的重量与承受台风等外力,是目前国内技术能力所不可把握的难点。"专家们对"东方明珠"方案下了这样的结论。

专家论证会之后一个月,龚学平亲自召集专家,再次听取对12个方案的意见。他在开场时公开了自己的观点:我们要建的高塔,就是要100年不落后,100年后仍没有遗憾的"作品"。他的话令专家们极其感动,什么是100年后不落后、不遗憾的作品呢?那就是必须有超前意识,必须在时下的技术与美学基础上有所提升。

相比之下,"东方明珠"具有这种品质。专家们的陈述词也很有诗意:此方案,极富创意地将高低错落的8颗大球小球串联在一起,其构思源于白居易的《琵琶行》诗中的"大珠小珠落玉盘"的意境。那巨大的球体在夜间晶莹夺目,与正要建造的分别在左右的南浦大桥和杨浦大桥,巧妙地组成了"二龙戏珠"的瑰丽画卷,十分融洽。

好,我还得把大家的意见向市领导汇报。龚学平高兴地卷起"东方明珠"方案和由专家签上名的评审意见书,兴冲冲地离开会场,向市政府跑去。

我们在这里应当向"东方明珠"方案的设计师凌本立先生致敬,因为他是这一方案最初的构思者。后来华东建筑设计院的总工程师江欢成领导的团队参与了完整的设计。江欢成的名字富有诗意，他的"东方明珠"与他名字一样，具有欢心的诗意。"较多的力图寻求电视塔在结构上的突破，使之具有鲜明的特色，与众不同，过目不忘。"他总结道。468米高的主塔由三根直径七米的圆柱鼎力斜撑，从工程材料力学上保证其足以抵抗12级台风和9级地震而巍峨屹立。

"我还是觉得'东方明珠'好！"市委扩大会议上，江泽民书记表态道。

朱镕基认真地看着几个模型，最后点头：赞成泽民同志的意见。

热烈鼓掌！"东方明珠"从此成为上海人心目中期待和仰望的一颗"星珠"……

在哪？

浦东那边——

上海市民们开始踮起双脚，朝东方看去，想看那一颗从浦东亮起的"明珠"的光芒。

东方破晓，霞光万丈。

1991年7月30日，当第一铲泥土被挖出的那一刻起，中国建塔史上的首创工程从此拉开帷幕，浦东开发的"时代交响曲"中，第一个音符是脆响的重高音：3根直径7米的钢筒斜撑，与地面成60度角，支托着3根直径9米的擎天大柱，合力托起直径分别为50米、45米、16米、12米的8个球体。而塔身又必须具有抗震"7级不动""8级不裂""9级不倒"的极强稳定性要求，"东方明珠"一打桩，便给上海建筑界出了无数个难题。

太妙了！"珠子"这一铲下去，我们的大楼就先多增了几分踏实……诸多刚刚进入浦东准备建大楼的投资商，踩在浦东开发那块尚未热出温度的"烂泥"地上，公开先乐。

其实在讨论方案时，就有过激烈的争议："东方明珠"设计虽新颖独特，但工程难度确属罕见和绝无前例。按设计方案，整个广播电视塔总体建筑面积近10万平方米，计划按两期施工。一期工程主要是塔体建筑，5.7万平方米，当时在同类建筑有效面积比较中居世界第一位。塔体自下而上由塔座、下球、中间小球及环廊、上球、太空舱、发射天线桅杆构成。塔座有4层，地面地下各两层；下球体直径50米，地面标高68米至118米，是日后用于娱乐和观光；塔身中间的5个小球成串状分布，总面积达4000平方米，日后为高空宾馆及其他综合用途；上球体直径45米，地面标高在250米至295米，这是一个旋转厅和电视设备所在位置；最高的球体直径16米，为安放太空舱的位置，地面标高334米至350米。再之上的是110米长的发射桅杆，时居世界第一，具有发射9套电视和10套调频广播节目的能力，可以覆盖整个上海市及邻近省市80公里半径的范围。二期工程建筑面积为4万平方米，主要是塔下周边的7个球体，用于配套的娱乐设施。

工程由上海市建工第一建筑工程公司承担。姚建平是那个时候的总经理，"哈，他姚总可美了，'大珠''小珠'都落他口袋里了！"人家说姚建平的市一建公司，几乎在同一个时候里，中了与浦东开发相关的两个大工程：杨浦大桥和"东方明珠"。

"你行！"就在姚建平担心独吃"双黄蛋"恐难成时，"东方明珠"总设计师与姚建平一番深谈后，给了他一颗定心丸。

干了！开工那阵子，姚建平的一建工地上，每天有人在放京剧《海港》——

> 看码头，好气派
> 机械列队江边排
> 大吊车，真厉害
> 成吨的钢铁
> 它轻轻的一抓就起来
> 大跃进把码头的面貌改
> 看得我热泪盈眶心花开……

"好，唱得越响亮越好！"这个时候姚建平都会夸那位手持收音机的工作人员一通，然后拉开嗓门，跟着来一句京腔："大吊车，真厉害，你快快的给我抓起来！一把托起东方明珠来——哈哈哈！"

这时，工人们粗犷豪放的劳动欢笑声，响彻空旷的浦东大地。

朱镕基来了。

李瑞环来了。

万里来了。

后来，江泽民也来了。

开工两个月里，4位党和国家领导人来到姚建平他们的工地上，可见"东方明珠"这个"宝贝"有多少人在期待！

塔，如何托起的，是人们感兴趣的事，也是建筑人员最需要解决的难事。我们现在可以揭开"东方明珠"的一些"核心秘密"了：塔基，是由425根长度为35米的超粗钢筋混凝土桩，插入土中12至18米深，组成一个巨大的"托盘"。也就是说，这425根插入地下深12至18米的钢筋混凝土桩，平均每根需承载250吨重量，这才可以在上面一层层"串"起那些"大珠""小珠"，供现在我们欣赏与享受和发射电视广播节目所用。然而实际施工中，远比这些文字描述要复杂一百倍！其中姚建平他们遇到的最大困难就是固定浇铸三根直径7米、长达100米、呈60度斜角的钢筋混凝土斜撑这一工程施工技术问题。当初许多专家对"东方明珠"方案提出反对意见，也是基于这一技术的难度。这可不是纸上谈兵的事。为此，开工八九个月后，龚学平亲自带领相关施工技术人员，赴欧洲实地考察访问相关国家的电视塔建筑实例，也正是学习考察期间，上海方面来电报告一个坏消息：在浇铸三根斜撑时，其中有一根斜撑筒才浇了几米就发生了混凝土挂浆，斜筒变形。一听到这消息，据说龚学平的额上顿时"大汗淋漓"。据一位专家回忆：这是一个误传。因为"混凝土挂浆"本来就是建筑界称为"不可完成的难题"——在浇铸过程中混凝土是液态的，柱体本身又很粗，需要大量混凝土，现场的问题是如何克服地心引力，使得斜立的钢筋混凝土柱在浇铸过程中不会往下挂漏。

叶可明是这一工程的现场总工程师，无论从技术还是实际施工角度讲，三根斜撑钢筋混凝土桩是整体"东方明珠"工程中首先要解决，也是最难克服的一道技术难题，理论上是一回事，现场和实际又可能完全是另一回事。不是亲历，不看物质变化着的现场，不可能给出最后的可行还是不可行的结论。

那几天的欧洲之行，心理负担最重的莫过于叶可明了！在抵达巴黎之后，他和龚学平等被安排先到埃菲尔铁塔考察。后来吴基民等作者写过文章记叙过当天叶可明在现场的灵感：当日，"叶可明心绪不宁地随意瞅着远处密实的小钢板一根根拼接起来的巨型铁塔，他灵光乍现，冒出了一个想法：是不是能在斜筒水泥没有浇灌以前，用高强度粗钢筋在里面扎成一个圆筒，这也相当于给斜筒的骨架起到了一个支撑和定型作用，最后把每一块模板支撑在这个钢结构上，预先起拱成圆筒形。模板里面一层是木板，外面用钢结构，混凝土浇灌在两层板形成的筒结构里。待水泥干燥后，依次将两层模板取下，同时可以保证圆筒斜撑的表面光滑……"

这是一个大胆而又天才式工匠构思！叶可明想到此处，脸上一扫几天的阴云。他笑了，对龚学平说：我们有办法了！

龚学平总算松了一口气，问：你的意思是，我们可以返程了？

可以了。叶可明十分有把握地点点头。

"走，回上海建我们的'明珠'去！"龚学平高兴地对考察团成员嚎了一嗓子。

攻克一道难关后，接下来的是一颗颗"珠子"如何"放"到半空去。关于每一颗"珠"的诞生过程，就像每一位美女一般，都是"有故事的人"。此处只选其中一颗"珠子"的诞生记：

"最顶端的小球，聪明的设计师们是怎么让它'挂'在塔顶的呢？"吴基民等作者的现场描述很有艺术感：首先是它的球心位置在272.5米，国内还没有一台吊车能升到那样的高度。其次，它的体积不算最大，但是它的钢结构重达815吨，比下球体还要重。要在刮风下雨天把这个庞然大物吊装到那么高，难度显而易见。按照吴钦之先前的计划，要把上球体吊上高空的计划已经过了最佳时机。吴钦之只好另寻办法，最后他决定冒一次险，这个惊险的方法是这样的：首先利用高塔水泥筒体上的钢环梁装上一部吊6吨重的单臂吊车，再把12根每根重10吨的钢梁拆解，分别从地面吊至近300米高空，在高空拼接成12根坚固的钢梁，然后再将这些钢梁用每个直径20至30厘米高强度的螺栓紧紧固定在钢环上……

最后的施工方案完全成功！这简直就是一场惊心动魄的工程艺术表演。

当8颗"大珠""小珠"在高塔中央的直线上"串"起来、整齐排列在半空中时，姚建平领着现场施工人员又高声地哼起了那首味道十足的京戏。

1994年9月20日，"东方明珠"初照一举成功！那一个夜晚，正好是中秋节。当明月高照时，屹立在浦东陆家嘴中心地带的上海人民盼望已久的"明珠"，闪亮登场——"几乎所有的市民都走出家门，跑到外滩，跑到弄堂口，站在马路上，朝浦东方向望去……那明珠太美太亮，照得我们心花怒放，仿佛迎来一个新世纪。"这是一位弄堂里的老太太的描述。

是的，"东方明珠"的光亮，给开发开放初期的浦东，照亮了义无反顾地前行的光明大道；这光亮，让所有前面可能的和必然的困难与险阻产生了畏惧与胆怯感，因为上海和上海人民的智慧是战无不胜的，他们的意志和信心，如"明珠"放射的光芒……

关于"明珠"的故事本来可以在此收笔，而就在采访浦东的这一天，我发现了一个非常有意思的事：在今日陆家嘴，那些大街小道的名字竟都是山东省的许多地名，如"博山路""崂山路""潍坊路"等等。但在这些"山东"大侠中间，有一条路的地名不一样，那就是现在名声很大的"东方路"。

"'东方路'就是因为有了'东方明珠'之后才有的。"当地的百姓这样告诉我。一细问，原来因为"东方明珠"在浦东闪亮登场后，上海东方电视台即成立，并且迅速通过市场运作，在文化产业战线成为第一个上市公司，而且效益蒸蒸日上，成为世纪之交上海文化界影响力最大的一面旗帜。而原来电视台所在的那条路叫"文登路"，上海话中的"文登"与"坟墩"同音。于是"东方明珠"的相关单位向浦东管委会提出想"改路名"。

"'东方明珠'已经在浦东闪闪发光，这个冠名权可以给！"浦东管委会班子成员都是一群开拓型的干部，这事就敲定下来。

"东边"的浦东从此有了一条响亮的"东方路"。

在查阅旧日的资料时，发现一位名叫"陆晨虹"的浦东市民在1998年11月19日的《浦东新区周报》四版，发了一篇题为《东方有条路》的短文，很有情味——

1984年金秋，十岁的我随家从喧闹拥挤的南市迁居浦东。不久后的寒假，我和几位刚结识的新伙伴参加了浦东少年宫写作组。一次归途，我们想寻一条从张杨路返回梅园新村的近路，于是信步踏上了一条正在施工的新干道。当时，40米路幅上沟坑遍地，土石成堆，恰逢雨后，四处汪洋。在推土机载重车震耳的喧嚣中，我似乎体味到了浦东那艰难开拓的性格特征。

这就是今日遐迩驰名的东方路。规划图上，它起自黄浦江其昌栈渡口，接大连路隧道，贯地铁二号线和轻轨，穿南浦大桥，直抵白莲泾。

当年，东方路曾和少年宫和我们的童年融在一起——那聆听儿童文学家鲁兵、圣野畅谈时的喜悦；欣闻劳模杨怀远细叙沧桑时的激动，春游沪东船厂时的新奇，都曾化作东方路上一行行稚嫩的足印、一串串欢快的音符。当我们最后一次欢聚在少年宫时，东方路已经成为一条平坦宽阔、绿树成荫的大马路。

我曾在东方路北首陈占美先生捐建的浦东图书馆度过了中学时代大部分课余时光，也曾和大学同窗沿东方路寻访六里桥堍浦东中学的历史足印。时至今日，我的眼前仍能浮现起东方路畔稻浪滔滔的浦东旧景。

1990年春天，首辆无轨电车驶上浦东大地，驶上东方路。入夜，当我目睹电车的长辫在夜空中划过两道银光时，不禁神醉于这动人夜景了。东方路没有因为人们的留连而缓步。1993年，东方路商业街初展灵韵：绵延数里的欧美风格建筑点缀于林立的高楼丛中，取代了昔日的绿野阡陌、民宅炊烟……

1996年，东方路南北辟通，修缮一新。首届上海旅游节开幕式在路畔96广场举行。那夜，在观摩开幕式彩排后，我冒着蒙蒙秋雨，徜徉于雨夜的东方路。那高挂的大红灯笼，点缀着夜景，路边高楼的玻璃幕墙折射着迷人的灯火。遥望远处东方明珠的雄姿，我忽然想到：当年是东方路伴我走过难忘的少年时代，在东方路上，我目睹了浦东发展的一步步脚印，我已经融身于东上海灿烂的图景里。

上面的文字里，我们清晰地能够感受到从"东方明珠"到"东方路"所带给开发开放后的浦东人的那份浓浓的历史变迁的真切感受。

这就是浦东。这就是"东方明珠"刚刚亮起的岁月。

8

"空手道"换得"第一桶金"

曾经有一位美国大老板,在浦东开发初期被一位日本商人拉来一起投资浦东,但是中途他受各种因素影响而退出了那个合作投资计划。十几年后,这位"山姆大叔"再到浦东后,看到如此繁荣和美丽的浦东,感慨之余后悔莫及,他问上海市的有关领导"浦东还有没有地?"上海市的领导想了想,说"前滩"那里可能还有。据说这位老美现在已经在当年被称为"浦东的西伯利亚"前滩置地多块。他的国家那些媒体朋友问他为何如此"火急火燎"?他回答道:再不急着上手,哪还有钱赚?然后此人感慨道:都说资本主义国家会搞资本,现在看来我们都看错了,其实真正会搞资本的在中国,在上海浦东。

这个故事是无数"浦东传奇"中的一个,那就是"原始资本积累"的故事。关于这方面的"传奇故事",赵启正和胡炜两位先生给我讲得最多,因为他俩本身的传奇故事令我常常心潮起伏,所以把他俩的事暂且放在后面说。我们先来讲他俩到浦东工作之前赚取"浦东第一桶金"的故事吧——

上海有关人士告诉我,现在的浦东开发区,平均每平方公里土地的开发成本为100亿元左右,像陆家嘴这样特别繁华的地方,每平方米的土地开发价至少已在数万元之上(其实那里也已经无多少空地)。那么,每平方米的开发价值则更大了!而这,仅仅是一种资本价。那些在这块土地上崛起的一栋栋高楼大厦,现在一年向我们的政府交税几个亿、几十个亿甚至上百亿,已是很常态了!那么除了交税,这样的"大楼"到底又赚了多少呢?

该是一个天文般的庞大数字了!简直就是几十座金山银山!然而朋友们,你可知道,当年开发浦东时,上海人是多么窘迫和可怜吗?

确实可怜,百分百的窘迫与尴尬。

浦东开发是社会主义中国的事,是人民政权的上海市政府主导的,因而现在这块热土,以及土地上盖起的大楼、四通八达的马路、几百所学校、美丽如画的广场和地下穿行的地铁、供飞机停靠的机场,基本上皆是公有和国有的资产,这个资产的总和是多少?估计有人算过,但谁也算不出来,因为它应该是个"天文数",巨量的天文数,属于人民和人民政府的巨大资产!

但是,除了上海人,恐怕都不会相信:原来形成这样的巨大资产的最初资本竟然只有一个亿人民币,并且这一亿元的人民币还是一张"空头支票"!

你也许不相信。开始我也不相信,但听完下面的故事,便不得不信现代化大都市竟然这样"长成"的——

中央批准浦东开发这一个重大国家战略,与之相关的当然是政策,而政策通常有两个方面倾向:一是开放度的大小,决定投资环境;二是财政与税收上的国家优惠。一个国家就是一个家,"当家人"也是有难处的。知道为什么那么多地方想搞特区、搞开发区之类的事吗?就是希望上面给予这两方面的关照。政策关照似乎好说一点,但财政和税收方面的政策如果开了口,那国家这一头就吃紧了!所以,当时中央派管经济的姚依林到上海调研论证,其中一个关键点是中央和上海市有点"较劲"的。何事?当然就是上海向国家交的财税问题。上面说了,上海一直在说"我们是国家的长子,每年财政上缴占全国的六分之一之多"。中央说了,那是当然的事,上海作为第一工业城市、最富裕的地方,你不上缴那么多财政收入,中央咋办?那么多落后地区谁去支援?那么多大学、中学、小学的老师工资谁发?那么多国防支出、那么多国计民生的事谁管?中央有中央的难处嘛!于是上海说了——我看到陈国栋、汪道涵到江泽民,特别是朱镕基主政上海后,多次在中央领导面前坚定而且毫不含糊地保证:任何情况下,上海向中央交的财政数一分不少!有了这话,北京方面的总理、副总理才会心平气和的、认认真真地看你上海来的"报告"嘛!

讨价还价，在中央和地方之间也是常有的事。没有全国一盘棋观念的地方官员，肯定不会被中央喜欢；而既有全局观念，又能体察关顾本地利益的官员，才是被中央认可、地方人民称道的好官。

朱镕基做到了这一点——在中央最后决定浦东开发开放政策意见前，他委婉而又坚定地在姚依林和几十位中央大员面前陈述道：

> 对《汇报提纲》（指中央调研组《关于上海浦东开发几个问题的汇报提纲》——作者注），我没有更多的意见，写得很好。中央各部门负责同志对上海考虑得很周到。但是，后面的几条能不能考虑稍微再肯定一点，因为根据我的了解，这个文件中央很快可以拍板的。这一拍板以后，几年都不好改这个文件，这要耽误事情。所以，我恳切地请依林同志和中央各部门负责同志再次考虑一下几个问题：
>
> 首先一个是土地批租政策和土地级差地租的政策，这对上海是至关重要的两条政策。如果要改变上海的面貌，就要靠这两个政策。上海批租的收入如果还是按现在的办法上缴，上海是寸步难行，没法再搞了。上海批租的收入是我们开发浦东的一个重要资金来源，所以我希望这个《汇报提纲》有个肯定性的意见，就是让上海先试点……
>
> 第二条意见：《汇报提纲》第六页里的写法是："不改变现行的财政体制和外汇管理体制，不影响上海市对中央的财政上缴、外汇上缴任务以及在沪的中央直属企业的利润上缴任务"。我觉得是不是前半句可以不要？因为现行的财政体制也说不清楚，上海实行的是一种跟别的地方不一样的财政包干，外汇也是一个包干体制，这个包干的体制即将到期，只有两年半了，究竟将来怎么办，都在可变的情况之下，事实上现在每年都在变。所以，就说"不影响上海市对中央的财政上缴任务"这一句就可以了，这就是我们的本意。我们也没有提出要减少，只要求稳定一下，只提出新增加的税收不要再增加上海的负担了。

上面的这段话在《朱镕基上海讲话实录》的448页和449页上。今天的上海人民和浦东人民之所以非常感谢与怀念"我们的朱市长",就是朱镕基给上海特别是浦东开发开放问题上从中央那里"要"和争取了几个关键性的政策。用他自己的话说,如果不是那样,"上海是寸步难行,没法再搞了"。在中央面前说这样的话,既是他朱镕基"铁公鸡"的风格,更是他作为上海市长拉出肝肠的诉苦之言,因此最后也就感动了"上帝"。

　　从朱镕基当时的口吻看,真有点"豁出老命"的味道。君不知,大上海的市长当时虽从中央"收"到了一个天大的馅饼——"浦东开发",这是上海发展的百年一遇之大好机会,同时也是邓小平交待的一件关系到当时中国扭转被动局面的"王牌",意义双重。然而开发开放浦东如此一大块地方,没有点钱怎么可能引得来"金凤凰"呢?在我苏州老家有块地方,叫新加坡人来一起开发工业园区,新加坡人会搞全球高端引资。先整好一块地——几平方公里面积,再把"七通一平"搞好,然后再到全世界去吆喝。这"七通一平"是啥意思呢?就是地下的所有水、电、通信、光缆等七样东西全部通好,再把上面的地平整好。苏州工业园"七通一平"花了几十个亿!几十个亿投进去,竟然地面上啥都见不着。可外资愿意看到这样的基础设施呀!所以苏州工业园区后来招揽到了全球最好的企业入驻。举此例想说的是,浦东开发开放,要想吸引全球、全国高端的企业入驻与投资,得先把基础设施搞出个样子。当时确定的浦东开发面积是350平方公里,按苏州工业园区新加坡招商引资前先做好的"七通一平"基础投入,算算浦东要多少钱?几十亿?绝对少了。几百亿?还是少了。没千亿元撒下去,肯定不会像样的。

　　几百亿?几千亿?想得美!

　　朱镕基第一次跟开发办的杨昌基说,每个开发公司给3个亿,开发办这块再给一个亿,作为启动资金,也就是说10个亿作为整个浦东的开发启动资金。当时听说有10个亿的启动资金,有人就私下嘀咕:"朱大人"给这么点钱可不像他风格嘛!到了后来,他"朱大人"的"风格"还真的让所有人目瞪口呆……

　　我们先来说说为什么把浦东开发分为三个开发公司。按照专家的意见和中央论证的结果,浦东开发最初是重点开发三个功能区,即陆家嘴的金融贸易区、金桥的出口加工区和外高桥的保税区(对外称"自由贸易区"),后来又加了张江高科技园区。浦东为什么按这三个功能区（最初）来设计和划分，我采访了许多当事人，特别是当时以汪道涵为首的规划咨询组的意见，主要集中在把浦东作为金融贸易中心和大港口来考虑的。后来这一方案受到了很大阻力，是因为台上执政的市领导希望把浦西原有的工业企业分散到浦东去，以缓解老城区的压力，而且，当时对浦东建成一个"金融中心"持消极态度的大有人在。然而这一主张又遭到了汪道涵等一批专家和学者的反对，虽然都是为了上海好、为了浦东好，但争论还是非常激烈的，甚至有段时间还陷入了僵局。然而毕竟都是一批胸怀大局、具有世界眼光的优秀分子，又有振兴上海的赤子情怀，大家在一起讨论、商量并最后形成了统一意见：浦东开发是功能性开发，于是也就有了陆家嘴的金融贸易区、金桥的出口加工区和外高桥的自由贸易区，以及后来的张江科技园区及洋山港区这样一幅完整的浦东开发开放图。

一张蓝图绘到底，绘出了今天的浦东新天地。这话听起来很简单、容易，其实不知经历了多少曲折与弯道，有的时候就因为这样的争执，连几十年的老同事、老朋友、亲密无间的上下级，最后都成为话不投机的"冤家"。我听说，有不少这样的"冤家"，是在浦东建得越来越美之后，心头的那些意见和矛盾才渐渐地化解……

"现在看来啊，你当时的意见是有道理的！"

"啥呀！要是当初把你的意见采纳进去，我看今天的浦东肯定更完美、更出彩！"

"哈哈哈……""冤家"们终于又将手紧紧地握在一起，多少委屈和热泪在那一刻尽情流淌。

这就是工作。这就是从人民利益出发而去谋事的共产党人。这就是新上海人和新浦东人的精神境界。

继"浦东开发办"之后，1990年9月——经上海市委、市政府决定并报国务院审批，在浦东开发办下属三个开发公司，它们分别按陆家嘴、金桥和外高桥三个功能区的名称冠以开发公司之名。最初的三个开发公司的开发面积分别是0.7平方公里、2平方公里和2平方公里。陆家嘴区位优势明显，与浦西的外滩毗邻，寸土寸金，未来有可能与外滩呼应，成为浦江两岸的最繁荣区，先小面积开发，再待时机成熟全面开发。这是当时汪道涵他们最早提出的思路。其余两个开发区相对空间面积大。开发方案基本确定后，就是钱的问题。

不是说好了给三个公司9个亿吗？一天，朱镕基突然急匆匆地找到杨昌基说：三个公司9个亿不行，现在振兴和改造上海到处都要钱，我哪来那么多钱呀！这样吧，一个公司暂给1个亿。

一个亿哪够？咋个启动嘛！杨昌基的眼睛翻了翻说。

朱镕基笑了笑说：你先张罗张罗再说。

你的意思是有多少钱干多少活呗！杨昌基想争辩几句，却见朱镕基火急火燎的样子，早已远远地离他而去。杨昌基叹道：就这么着吧！大上海1200多万人，啥事都得花钱，动不动就是几个亿。市长难当呀！

杨昌基无奈地摇摇头。回头赶紧找开发办和三个开发公司传达，昨天还是热情高涨的开发办同志们和三个刚刚成立的公司头头们说：这么点小钱，也就够开个皮包公司啥的！堂堂浦东大开发怕是大东海捞月，不知何年何月成事哟！

钱少但有政策呀！杨昌基引导说，浦东开发从一开始中央和市里确定的做法就是要依靠土地增值来实现资金聚集和滚动，这里面含金量高着呢！

我同意昌基主任的意见。只要能把土地增值用活，钱不缺。新到任的黄奇帆副主任说。

大家面面相觑，将信将疑，因为他们中间谁也没有尝试过利用"土地增值"实现资金滚动的开发战术。

不行了，不行了！才过几天，杨昌基又把开发办和三个公司的负责人叫到一起，传达"上面的秘密精神"：朱镕基市长刚刚说，一个公司一个亿的钱也不能给了，只能每家公司给3000万元，加上开发办留1000万，总共1个亿的钱。

这事的全过程，杨昌基有文字回忆：

又过了几天，朱镕基同志即将离开上海赴北京工作了。临行前，他又对我说，先少给一点，马上启动要多少钱？我当时感到难以启齿。想了想后对朱镕基同志说，那就一个公司给3000万吧！

"能行吗？"镕基同志问道，可能他也意识到，这一数字毕竟太少

■ 由由饭店今昔

了些。当时，我这么说，是经过深思熟虑的。我们已经把三个开发公司的启动资金从向政府要钱转到了向市场筹钱。办法就是"财政投入，支票转让，收入上缴，土地到位"，俗称"土地出让，空转启动"。后来，这一办法被中共中央党校一个副校长概括为"空手道"。"空转启动"的程序是这样的：由市财政局按土地出让价格开出支票给开发公司，作为政府对企业的资本投入；开发公司再开出支票付给市土地局，并签订土地使用权的出让合同；市土地局出让土地使用权以后，从开发公司所得到的出让金再全部上缴市财政局。通过这样一个资金"空转"的过程，达到"出让土地，启动开发"的目的。

当时，我对镕基同志说，土地空转，千分之四归中央，叫财政拿空头支票，土地局拨土地，公证处公证，按60元1个平方米算，4平方公里土地财政拿2.4亿出来。

"那就这样先搞起来吧。"镕基同志的话语中寄予信任和希望。我将这情况在班子内进行了传达。

杨昌基在内部一传达，立即有人嘀咕道：这是开"国际玩笑"嘛！

"141号"的小会议室里，与会者彼此苦笑着相视，先摇摇头，后又点点头：确实是"国际玩笑"，人家广东、江苏一带的每平方公里面积已经给到了一个亿，我们浦东350平方公里，总共才给1个亿！不是"国际玩笑"是什么？

倒是杨昌基先笑了：看来我们在浦东开发事情上，真的要开个大大的"国际玩笑"，真正让全世界知道我们上海人是些什么能人！

你说我们能拿这些钱就能干成浦东开发开放的大事？

那当然！不仅要干成，而且要干得比全世界任何一个国家都好！杨昌基自信道。

目前上海的情况摆在这里，钱恐怕三年五年内不会那么青睐我们浦东的，大家要有精神准备！沙麟也认为。

我们开发浦东，也不会像深圳、珠海那样，有那么多海外的"亲戚朋友"主动来帮助，得靠自己的智慧和脑筋了！黄奇帆问杨昌基：用好土地政策这一块是不是该立即动手了？

是。我看可以了。否则我们啥事都做不成！杨昌基拍拍胸脯，似乎振作了一下，然而再看看自己的几位爱将，说：你们谁愿意把"土地换钱"这活儿给弄起来？

我来。这事我愿意干！副主任黄奇帆立即自告奋勇。

大家认为呢？杨昌基征求意见。

此事非奇帆莫属。沙麟、李佳能等举双手拥护。

浦东开发的真正起步就是在这样的基础之上起步的，用"一穷二白"并不为过。在350平方公里的面积上，在大上海这样的地方，几千万资金，好比是足球场上撒芝麻，连星星点点都瞧不见。

然而黄奇帆等人就用这9000万元加一个政策，将千座金山银山垒在了浦东大地上，夯实了一个力鼎千斤的"资本桩基"——这应该是个"国家空手道"模式：

先由财政部门向浦东开发办开出一张"空头支票"，浦东开发公司再拿着这张财政部门的支票到土地部门交上开发区划定的开发土地的评估费用。而开发公司拿到土地部门的评估做出的文件后，就立即转头到土地交易市场挂牌换取开发土地预支支票，这时的开发公司所获得的支票金额肯定远高于早上财政部门开出的支票金额。至此，当天的下班前，浦东几家开发公司必须以火箭般的速度，填上早上所获得同样金额的支票，及时送回市财政部门……如此空转一天，市财政局其实从账面上看一分未少，而浦东开发公司各家则已经在账面上有了实实在在的一大笔钱了！当开发公司有了这笔钱后，就可以去征地，去动员农民拆迁，就可以搞"三通一平"（通水通电通电信和平整土地），之后就可以向外招商。商家看中后，就得缴上一大笔土地租金。开发公司便用商家缴上来的钱，进行新一轮的征地、拆迁和"三通一平"甚至"七通一平"，然而再收进更大的投资商上缴来的钱……如此滚雪球般的一直飞快地往前推，推了再推，周而复始，一直到浦东今天的大楼林立、满地黄金的新纪元……

这就是中央给予的浦东土地批租政策、朱镕基领导和推进的、黄奇帆等人一手运作的"浦东模式"的资本积累的"高级空手道"套路。这一套路，是中国的创造，马克思的《资本论》在总结资本主义社会的"原始资本积累"中都没有这样的"模式"与"先例"。后来在中国的城市化进程中，多数运用了这一"浦东经验"。虽然现在批判它所带来的一些弊病，但毕竟在贫穷和落后的中国现代化建设初级阶段，"土地批租"和"土地资本"的迅速积聚，使我们中国有了世界瞩目的进步与发展。正如邓小平所言：发展是硬道理。设想一下：假如当年的浦东开发，循规蹈矩，等待国家给一点钱开发一点的话，估计至今仍然见不到一座像样的摩天大厦，更不用说有多少座年上缴几十亿、百亿税收的"大楼"，大上海更不可能有今天的如此之美和如此之繁荣！

这就是为什么任何辉煌的国家历史进程总是被传颂和奉为经典，而一个民族衰败史只能当作反面教材的原因。当春天的阳光温暖整个世界时，再美丽的冰雕也只能被无情地替代。春光的明媚是为了让更多的万物复苏，收获新一年更多更丰富的果实是新一个春天的责任与使命，在实现大地复苏的过程中，摧枯拉朽也是一种进步和必然的革命。

王安德是第一任陆家嘴开发公司的总经理，他是参与和制定三个公司的架构以及实施三家公司"生意经"的政策操盘手之一。回忆起当年陆家嘴"第一桶金"时，王安德用"历历在目""不可思议"来形容。

"浦东开发办成立前后，我一直在从事政策研究工作，也可以说是一直在为领导决策拿具体方案的工作人员之一，所以知道的事多些。比如关于成立三个公司的起因，是朱镕基市长出国访问前向黄菊同志交待：我们浦东开发体制，可以按三个开发区块设置三个开发公司来进行。黄菊就很快把这个任务交给了我们。我和黄奇帆同志就用了两三年时间把三个公司的构架交给了黄菊，没想到的是我把自己给'做'了进去。"已是满头银丝的王安德如今朝我笑言。

1990年7月21日，王安德与黄奇帆还在忙碌地准备即将成立的三个开发公司的具体实施计划的材料。突然市委来电，通知王安德马上到浦西去开会。"当时的情景我一直记着。"王安德说，"因为我去晚了，所以一进市委二层小会议室，就看见里面已经坐了不少人了。会议由黄菊主持，他身边是组织部的人。副市长倪天增也在。我当时不知道是什么会议，只见黄菊主持提问，每人三个问题，10分钟到15分钟，点到谁谁就回答。除了领导和组织部的人，我看了一下，有三分之一的人我认识，多数第一次见。后来点到我回答，记得基本都是关于浦东开发和管理方面的问题，我一一做了回答。结束后，倪天增借口说有事让我留下，然后当着黄菊的面说：小王你的发言不算数。见黄菊笑笑，我没吱声。我不明白他们是啥意思，只是知道可能跟人事有关。因为我已经在浦东工作了，这个现场'考试'多少跟浦东开发有关，所以并没有把它当回事。哪知到了27日，上面又来通知让到市委去一下。去后才知道，是组织部任命我和另外几位去三个开发公司任职，任命我到陆家嘴开发公司当总经理。我当时暗暗叫苦：从'纸上谈兵'到操盘实干，浦东真的要与我王安德过不去是不是？"

"没有人比我更清楚，当时我们浦东开发是个啥日子嘛！"如今仍然文质彬彬的王安德长叹一声说，"真的就跟一分钱都没有差不多！"

"组织部当时对我们三个公司的职级定位是局级单位，我总经理也就是个正局级，三个公司配备的班子成员都一样：一正三副。我的三个副手，一是当时黄浦区的一名副区长余力，他在区里刚到任，到陆家嘴开发公司任常务副主任；另一位是上海友谊商店总经理汪雅谷，因为浦东开发主要是对外，所以派汪总来是因为他的英语好，对外关系方面有经验；另一位是建行上海支行行长郑尚武。我当时35岁，三名副手年龄都比我大，而且可以说到浦东工作之前在各自领域也算是有头有脸的人物，但到了我们陆家嘴开发公司上班后，有些'惨不忍睹'，完全出乎他们的意料……"王安德说到这儿抿着嘴笑了，他说，"他们到141号小院报到上班，一看，我们堂堂一个局级单位，竟然只有一间十几平方米的小屋子，连个最基本的办公地都是你挤我、我挤你。我之前已经在141号小院上班两个多月了，已经习惯了。他们三个不行啊，一看这么个摊子，脸都青了！接着又问我：有没有钱呀？我摇摇头说，没有。这咋弄嘛！三人一起叹气。既然开发公司开张了，没一分钱总不行吧！于是我们就向工商银行借了20万元，算起灶'点火'费吧！"

"没过多久，上面领导说，三个公司可以不用与开发办一起挤在141号小院了。原来陆家嘴所在的镇开了一家浦东最好的酒店，叫'由由大酒店'，三家公司可以到那里开展业务了！于是，我们三家开发公司都搬到'由由'去了。"

除了"141号"小院，浦东开发史上，"由由大酒店"是另一个可以载入"浦东史诗"的地方，这个话题我们后面再说。

话说王安德他们搬到"由由大酒店"后，面临的仍然是没有钱的困窘。

"还是借呗！我们又借了200万元。"王安德说，"起初说的是给我们每家同样数额的开办费。这事让银行来的副总经理郑尚武很生气，他说搞浦东开发这么件大事，就一笔200万元开办费能做啥事？太小气了，他说我去银行'弄'它500万来。我跟他说这恐怕不行，再等等吧。不久，市里给了我们三家开发公司各3000万注册资金，但这3000万不是现金，是土地股金，就是黄奇帆他们靠'空头支票'弄来的那笔钱。"

没有钱，没有活钱，开发浦东的大事还得往前推进。这个时候，王安德他们从市里获得一个好消息，朱镕基在访问法国巴黎时，与法国政府谈定了一项协议：由法方帮助上海浦东陆家嘴"金融区"规划设计国际招标。该协议的条款中有一项"各负其责"的内容：境外方面所需要费用由法方负责，为200万元法郎；中国境内的费用由中方负责，200万人民币。

中方的钱谁出？副市长倪天增对王安德说了句很无情的话：干陆家嘴的事，你们不出谁出？

"我们的200万元'开办费'就这样出去了。"王安德抹抹嘴说道。

"没钱还得干事吧！"王安德说，"浦东开发中我们陆家嘴的定位是非常清晰的，那就是搞金融贸易区，所以我就想到了怎么样把银行拉过来。银行中你就得先拉人民银行这个'领头羊'，它要是来了，其他的银行金融机构就会跟过来。"

"想是这么想，但我们没有钱呀！账上趴着的3000万元不是现金，动不了，只能在土地项目启动时才能动。怎么办？你想动员'银行巨头'们到浦东来，你就得去请啊！没有钱你怎么请得动这些财神爷呀！"王安德笑着说，"当时与别人相比，我有一点个人优势，是因为在浦东开发前期，我一直在做政策研究方面的事，跟各个单位都有些来往，关系熟，所以这个关键时刻用上了……"

这是个异常火热的夏季，那天，身无分文的陆家嘴开发公司总经理的王安德，穿着一条短裤衩，问副手汪雅谷：老兄，咱们请几位"财神爷"谈事，得找个有点派头的地方，可公司又没钱，你看是不是借你老单位友谊商店的宝地用一下？

"没问题，一句话的事！"汪雅谷爽快地答应，并且立即安排妥当。

"我不知道友谊商店里面有空调啊，冻得我差点感冒！"王安德窘迫地说，"中午请几位财神爷吃顿饭的钱我们还是'挂账'的……"

凭着王安德他们的"老交情"，更靠着市委、市政府对浦东开发的推进力度，几家银行的头头都表示愿意在陆家嘴"落户"，但盖房动迁这一块的钱不好出，总行不会批准。"财神爷"们谈到最后，露出为难表情。

这个……王安德他们的陆家嘴开发公司顿时又慌了神。转眼工夫，那些"财神爷"抹抹嘴，说了声"谢谢"便抽身离开了友谊商店。

"不行，还得找他们！"王安德跺着脚，心有不甘地说。

他厚着脸皮，再度登门中国人民银行上海分行行长办公室。如此这般又一番恳切请求。龚行长态度非常明确：我们肯定非常支持浦东开发，也愿意在浦东那边建立"大本营"。

王安德感恩不尽：有行长这句话，我们陆家嘴金融区就有希望！

龚行长笑笑说：但上面现在也确实对我们建新行选址有些硬性规定，比如像搬到浦东的用地搬迁费用，一般是不会批准的……

这一块我们想法解决。只要人行能到浦东落户，我们愿意砸锅卖铁尽点绵薄之力！王安德不等对方说完，就立即站起身来，穷汉充着富人表态道。

龚行长颇为感动地握住王安德的手道：那我们就一言为定。

一言为定！其实真正激动的是王安德。

他回到浦东后的第一件事，就是立即启动人民银行准备搬迁、相关居民拆迁和土地平整事宜。这几项一做，正好把账面上通过"空手道"换来的3000万注册资金全用上了。

什么？上回贴了200万元，这回又把账面上的3000万元全贴给人家？这个样子，你不是"憨大"就是疯子！开发公司的人嚷嚷起来了，并且明对明地公开评说他们的总经理王安德。

"当时我的压力很大。大家的议论也不是没有一点道理，但浦东开发，尤其是我们陆家嘴金融区的发展，如果墨守成规、等着各种条件成熟后再行动，肯定会失去很多机遇，也不可能出现后来快速发展的局面。"王安德说，"我就跟大家讲童话'种钱'的一则故事，来解释为什么连续两次贴老本来启动陆家嘴开发。我说，第一次贴出去200万元，是为了陆家嘴能够有个国际高标准的规划设计，没有高端的规划设计，陆家嘴甚至整个浦东开发就不可能成为国际金融贸易中心，这样的钱投下去、贴进去，就是'种钱'的过程，最后换来的就是金山银山；现在是为了动员和促成人民银行上海分行搬到浦东，这是整个陆家嘴金融区建设的关键一招，设想一下：如果没有金融机构进驻，陆家嘴何谈国际金融中心？要想让金融机构进驻，没有人民银行这领头羊来浦东、来陆家嘴，成吗？"

王安德的这番道理总算平息了一阵风波。最根本的是，他决策舍本"套"来的"第一桶金"后来果真见了奇效：

1991年6月8日，陆家嘴开发区域上的第一个项目草签。次年5月15日，人民银行上海分行大厦动工。

1995年6月28日，人民银行上海分行正式搬迁到浦东，成为入驻陆家嘴金融区的第一家"国"字头金融机构。

已任浦东新区管委会主任的赵启正，跟副主任胡炜商量："财神爷"来浦东了，咱得像像样样给人家送个礼物。

这事交我来办吧！胡炜在赵启正耳边悄声说了一句，便转身去"办事"了。身后的赵启正大笑：好主意！

人民银行上海分行的乔迁之喜，是浦东开发的一件大事，尤其对陆家嘴金融贸易区来说更是如此。浦东新区为其举行了隆重的开业仪式。

"毛行长啊，今天我要代表浦东新区管委会和浦东人民好好感谢你，感谢你们人民银行为支援我们陆家嘴金融区建设，做了一个领头羊的表率，所以呢——我们准备了一份特殊礼物……"赵启正满脸笑容地一边说，一边示意站在一旁的胡炜将手中抱着的一件用红绸布裹着的"礼物"递向毛应梁行长。

"哎哟——！"毛应梁行长在见赵启正揭开红绸的那一瞬，不由惊叫一声，然后又忍俊不禁地"哈哈"大笑。

原来，赵启正和胡炜送给他的是一只洁白干净还穿着"鞋"的活白羊！

赵启正、胡炜给人民银行"送活羊"的故事，在浦东开发史上早有记载。

"这是启正和胡炜两位主任交待我们办的事。当时我们花了200块钱到老百姓那里买来的羊，是公司的几个工作人员忙乎了一个晚上，把那头羊洗得干干净净。虽然礼物不算贵重，但寓意很深，表达了我们对人民银行为支持陆家嘴金融区建设所做的示范举动的敬意和谢意。因为有了人民银行的领头示范，所以后来各大银行、保险公司等金融机构纷纷跟着迁驻到了浦东，这才形成了现在我们所看到的陆家嘴'金山银山'式的国际金融中心！"王安德骄傲地说。

黄奇帆等人玩的"空手道"，为浦东开发初期解决资金紧缺等窘境起到了重要作用，积累了宝贵的经验，可谓"弥足珍贵""受用无穷"。而且，从某种意义上讲，它带动了整个浦东开发飞速发展的车轮。1991年2月，邓小平再度来到上海过春节时，朱镕基向他汇报浦东开发过程中走"金融贸易先行"之路后，邓小平说："金融很重要，是现代经济的核心，金融搞好了，一着棋活，全盘皆活……"这等于间接肯定了浦东开发初期的"土地空转"这一经验。

"金融的本质，其实就是三句话：一是为有钱人理财，为缺钱人融资；二是信用、信用、信用，杠杆、杠杆、杠杆，风险、风险、风险，实际上就三个词'信用''杠杆''风险'；三是金融不是单纯的卡拉OK、自拉自唱的行业，它是为实体经济服务的，金融如果不为实体经济服务，就没有灵魂，就是毫无意义的泡沫。在这个意义上，金融业就是服务业。"黄奇帆的这段话是他已经离开浦东新区十余年之后在重庆当市长时说的，而且那个时候他已经将浦东"土地空转"的经验，更加潇洒而出彩地发挥在了山城重庆的建设上。当有人问起已任国务院新闻办主任的赵启正，如何评价"老搭档"黄奇帆玩的这套"空手道"时，赵启正用了这样一段话："他是一个非常有激情和创造性的人，但他的激情和创造性发挥的时候是有底线的，他绝不会被周围的掌声冲过边界。"

其实，包括黄奇帆在内的所有浦东开发者，他们在创业相当困难的初始阶段，所采用的这种方式方法，尽管在今天看起来有些"豁边"与特别，但那毕竟符合当时当地的"特殊性"，因而也就形成了后来被称作浦东开发主线条的"十二字"经验，即：金融先行、贸易兴市、基础铺路。

在与许多"老上海"谈起浦东的变化时,他们无不如此感叹:谁也想不到,当时我们所看到的浦东是稻田、烂泥路和棚户区,转眼却变得比巴黎、曼哈顿还繁华,还现代化!

"所有流出的汗水可以不计,但当年起步时的艰难无法忘怀!"

与陆家嘴、金桥和外高桥相比,张江高科技园区要晚两年多成立。然而这个"浦东老小",如今却早已被国际同行称为"The Silicon and Medicine Valley in China"。当你走进这片"科技园林"时,你无法不被中国今天所拥有的一个个高科技研发和产业基地所吸引与震撼:二十多年前,此地还是一片水稻田和烂泥地……农民们只能靠养鸡养鸭换得几个活钱。今天,也许仅仅是一栋小小的楼宇里,所创造和产生的经济价值就达数亿、数十亿元!

"我们所走过的路,就像一步登天!但当年迈出第一步的时候,却踩在云里雾里……那真的是惊心动魄!"吴承璘是张江高新科技园区开发公司的第二经理。他到浦东上任,是1993年5月3日。

"我到未来的高科技园区地块,举目四望,当时的龙东路只是一条来回两车道的小路,四周一片农田……起步的困难之大,大大超出了我的想象。"吴承璘说。

之前,吴承璘在一家叫"群星集团"的大企业工作,手中执掌数十亿资金。然而到了张江,他竟然一下子成了"穷光蛋"。

"开发公司先期的一亿元启动资金由于征地和基础设施投入,已经全部用完,但地块的'三通一平'还没有完成,之前几家公司签订的用地意向停留在纸面上无法批租,我们开发公司又没有其他收入,办公地与园区又不在一起。怎么办?这个时候,市领导又来催我们抓紧园区的规划与'三通一平'。可没有钱,咋个开发?当时我跟财务碰了一头,别说开发项目,就是人员工资最多仅能维持两个月了!"吴承璘长叹一声道,"当时真的难死我了!"

"我把底交给大家,是希望诸位要认真地想好了:如果现在想走的,公司理解你,也感激你过去的付出,愿意留下来的,可能要准备几个月领不到工资……"身为浦东四大开发区"老板"之一的吴承璘这一天是低着头说这话的。

"我们不走！来浦东就是准备吃苦的！"

"就是。我们是来建高科技园区的，又不是冲着待遇来的！现在工资领不到，等张江发达了，你老板给我们补上便是……"

"对，不把张江建设好，我们不言收兵！"

吴承璘再抬起头时，热泪满面。"我被我们的员工感动了！公司的骨干在这种情况下，竟然没有一个人打退堂鼓。他们建设浦东的信心也激励了我，给了我力量，当晚，我采用了非常规做法，越级给吴邦国书记和黄菊市长写信，请求他们出面协调有关银行给予张江开发公司两亿元的贷款，帮助我们渡过难关，而我们张江开发公司将拿出两平方公里土地作为抵押。"

如此一份冒着热气、浸着眼泪的"请示状"，让吴邦国和黄菊的眼睛跟着湿润了。

"工、建、中、农行，你们想办法给张江伸一把手。"一道批示下去。人民银行上海分行的毛应梁行长亲自出面协调，支持张江的2亿元贷款迅速得到落实。

"修路、'三通一平'，外加搭建简易办公楼的事，我来负责！5个月内搞不好，撤我的职！"副总经理毛德明向吴承璘主动请缨……

5个月、150天，在一个城市的发展过程中，这个时间就算眼睛一眨。然而毛德明与张江开发公司的员工没有食言，且提前完成所有规划中的修路与"三通一平"及简易办公楼的建设，这是如今一年为国家创造数千亿国民生产总值的张江高新科技园区"起家"时的第一仗，打得精彩而又有些悲壮——皆因那"囊中羞涩"，断了我"上海人"冲天豪气！

张江开发公司迁入园区的那一天是1月20日，天上飘着雪，凛冽的寒风吹拂着浦东广袤的田野，然而热血沸腾的吴承璘与公司全体工作人员却在五星红旗下嚎着嗓子高唱国歌——

起来不愿做奴隶的人们
把我们的血肉筑成我们新的长城
中华民族到了最危险的时候

每个人被迫着发出最后的吼声……

那岁月,无论是王安德、余力他们的陆家嘴,还是吴承璘、毛德明他们的张江,更不用说朱晓明他们的金桥、阮延华他们的外高桥,这4个"战区司令"及其他们的"战区",清一色的双手空空,清一色的一穷二白,然而他们就是以一腔热血,当时靠着上海市委、市政府从中央争取来的政策,创造性的"玩"了一套"土地空转"的高等级空手道术,将一个初生的"浦东婴儿",托出田埂与烂泥渡,迎向崭新的世纪……

9 "螃蟹"来了真敢吃？

人们常把第一个尝试新鲜事物的开拓者或先驱者，称为"吃螃蟹的人"。在浦东开发史上，实际工作的过程中有许多体制、机制是具有开拓性与创新性的，这也是"浦东经验"为什么能够成为中国改革开放的典型与范例，为世人所瞩目与学习的原因。

在浦东金桥，有一所国内多数人并不知晓但在世界上颇有影响的大学——中欧国际工商学院。2018年4月末的一天，我应老院长朱晓明之邀第一次走进校园的那一刻，便在心底不由地赞叹：这该是中国最漂亮的大学吧！是的，它的主体建筑出自世界建筑大师贝聿铭先生及其贝氏团队之手。那教学楼完全按照国际名牌大校的标准建造，令人感叹的是那些数控教室。"我们某些方面的数字化程度与世界最先进的美国麻省理工大学是同等水平。"朱晓明院长说。

中欧国际工商学院本身就是浦东新区建设史上的一个创新，在中国数以百计的开发区和特区中，率先独立办大学是浦东的首创。中欧国际工商学院是中国与欧盟联合创办的一所面向世界、面向工商界领袖级人物的国际高等学院。世界工商史与经济学方面的经典案例及前沿问题，是它研究的重点方向和教学的主要内容。浦东开发经验在这所学院教学内容中占有很重的比例。浦东开发经验在国际上具有很强的示范意义，浦东开发经验在国际上也是最经典的案例之一。

与中欧国际工商学院相距十多里路的另一座具有很强"中国特色"的浦东干部学院，则是中国共产党自己办的专门培养和培训高级干部的场所，它与延安、井冈山两处革命圣地的干部学院并列为直接受中共中央组织部领导的三座除中央党校之外的最高级别的干部学院。浦东非革命圣地，但中央却在这设立一所与延安、井冈山两地同样重要的干部学院，中央办此校的宗旨与目的非常清楚：浦东是改革开放的前沿阵地之一、是中国崛起和走向强盛的重要高地。浦东开发的成功经验，从某种意义讲，也造就了浦东干部学院。这也清晰地表明了中国共产党高层对浦东经验的高度认可，世界其实也是这样普遍认为的，即中国的改革开放是当代世界文明史上的一个伟大事件，浦东则是其中的杰出篇章。

让人们特别感兴趣的是那些"精彩细节"：当年的浦东开拓者和领导者们，作为事业的先驱者，他们是怎样在大东海的岸边勇敢地"闯滩"和"吃螃蟹"的？

闯滩的人有两种命运：或扑向大海，顺汹涌的波涛而远行；或陷入沙滩而被海水吞没……

吃螃蟹的人同样有两种命运：会吃的人越吃越有滋味，不会吃的人则满嘴受伤、惨不忍睹。

我的老家在江苏常熟，"沙家浜就是我的家"。每年秋季一到，又鲜又美的阳澄湖大闸蟹是上海人的"最爱"，而上海人吃螃蟹的水平真可称道，颇有境界。常有人调侃上海人吃螃蟹的水平，说他们有人乘火车从上海到北京，能将一只螃蟹一直吃到北京，吃完后的螃蟹壳还能复原成完整的一只螃蟹。

浦东开发，特别是初期，其整个过程无论从体制还是所遇到的问题，皆是前所未有的。中央给予它的定位：既非特区，又享受特区各种政策。上海同志告诉我：这称为"不是特区，比特还特"。此话何意？就是浦东虽然不叫经济特区，但同样享受一样的特区政策；其二是，上海浦东的有些政策比特区还要"特区"，即开放程度更高。比如像银行，一个省份、一个城市，一般不可能有两个分行、两个总部，但在上海的浦东则允许设立，等等。再比如，浦东一开始并没设立国家党政机关组织，领导机构叫"新区管委会"，采取的是企业化管理团队，因此它人员精干、机关简政、运作高效、成本低。这些都是"吃螃蟹"的经典范例。

其实，能够进入中国改革开放史册的总是少数，而今天呈现在世人面前的浦东景观和浦东奇迹中绝大部分并没有进入。但我以为，恰恰正是这些貌似不起眼的"沙粒"和"铺路石"的先驱与示范作用，才有了现在人们常津津乐道的那些具有象征意义的浦东色彩与浦东乐章。

有一天采访途中，路过"上海第一八佰伴有限公司"，我不由好奇地问同行者：这个名字怪怪的，有些中不中、洋不洋的。

它可是风靡一时的"浦东第一店"啊！同行者说，这是上海更是浦东的第一家中外合资商企。由著名的上海第一百货商店与日本八佰伴合资兴建的，取双方原有的商店名字组合而生。

原来如此。日本的八佰伴，或许大多数中国人并不熟悉，但一说到电影《阿信》，似乎三十岁以上的人都会知道。"阿信"的原型，其实就是日本八佰伴的创始者和田一夫的母亲和田加津。

日本第一大百货商业巨无霸新主人，在浦东开发的最初日子，来到上海，参观了同样是中国百货巨无霸的上海第一百货商店。那一天和田一夫听说"对岸"的浦东吹响了开发开放号角，饶有兴趣地想去"过江"看一看。富有商业远见的和田一夫，尽管看到的浦东仍是一片片菜地和烂泥路，但第二天他就请求同上海商界"领袖"谈合作事宜。

地址在新锦江饭店。内容是合资兴建零售商业。整个谈判用了仅两个半小时，新上海人办事的雷厉风行作风让日本客人刮目相看，在第三天就完成了合作意向书的签订。

次日外媒纷纷报道。现在看这类事似乎没有什么新鲜，但在当时——中国尚未加入世界贸易组织之前的这种中外合资企业形式，绝无仅有。

国家制度上从未允许过。相应的国家政策尚无明文。

"螃蟹"真的来了！

吃不吃？敢不敢吃？

浦东开发者面临又一种考验，是撞国家政策高墙的考验。

现在再看"第一八佰伴"，好像在浦东诸多繁华的商业楼丛中很不起眼，但在浦东开发开放最初几年里，它的影响力和带给浦东的"人气"是空前的。记得开业那天，那真叫"人山人海"，据说当天十个上海人中就有一个人去了那商场。当日有107万人次涌进这家商场，连我们这些"老上海"也从没见过那般红火！同行者说。

二十余年了，"第一八佰伴"堪称商界"不倒翁"，这本身就是一个浦东奇迹。浦东朋友骄傲地介绍，近几年，由于"网店"的迅速兴起，就连在上海的许多世界著名商家纷纷撤离或收缩，而浦东的"第一八佰伴"依然独傲于黄浦江东岸，实属不易。

"也许在最初时它就具备了'吃螃蟹'的本领。"浦东人笑谈。

后来听了几位上海市的老领导介绍，方知当年浦东"第一八佰伴"的那张"出生证"来之不易。

"意向合作书签订了，但这是我们上海浦东'自说自话'的事，国家根本没有政策明文说可以搞这种中外商业引资项目。因为没有相应的政策，所以这类事要报国务院六个部门审核，最后还须上国务院总理办公会批准。没有先例的事，我们跟北京方面打电话过去咨询，人家回答说：可能给你们专门制订一部政策吗？即使可能，知道得需要多长时间吗？有了国务院的一个政策，知道还要有多少相应的配套法规吗？知道制订一部法规又需要多少时间吗？总之一听就像是遥遥无期的事，或者说根本不可能。怎么办？等所有政策法规制订好了再跟外商谈？再签约？再规划？再设计？再筹钱？再挖沟砌墙？你说何年何月把一个商场建好嘛！"这位上海市老领导一连说了好几个问号，我想象一下：如果把他这些问号串联起来，建起一栋商业大楼估计得十年八载呢！那么整个浦东现在的千万栋大厦，是不是需要建一二百年甚至一千年时间……那样的话，浦东会是今天的浦东吗？这一幕，让我脑海里跳出我第一次到巴西首都见到的那片连绵无际的贫民窟……那样的境况如果一旦出现，将是一场灾难。然而中国的上海人和浦东人并没有让这种悲剧出现，甚至露头的机会也没有给。

"我们组织了由一名副市长带队的赴京游说团，一个部门一个部门，一个处室一个处室地去汇报、交流；再回头修改请求报告，再拟出方案措施，然后再去向一个部委一个部委的主要负责领导汇报。这一层走通、走完程序后，更由市委、市政府主要领导再向中央领导直至副总理、总理汇报请求……最后等国务院的审批。"上海市老领导这样说。

如此复杂曲折，并非官僚主义和衙门作风，而是政策所限、时代所限，这也是浦东开发开放所经历和遇到的"时代之困"。它本身并非全是我们国家自身制度的问题，而是中国还没有发展到与"国际游戏规则"接轨的年代。然而浦东开发开放的潮流，已汹涌而来，势不可挡。这样的"国际游戏规则"，也需要提前被运用到浦东开发开放的实践中去。

一件今天看来连中学生都能理解的事，在二三十年前的中国，可能是大逆不道之举，招致想象不出来的种种磨难。

看到此处，当你了解和明白上海人和浦东开发者在那段历史进程中经历的这般往事时，你是否也能体味他们当年的改革勇气与精神智慧，是何等的可贵！

一纸"中华人民共和国"文件字样的"国字"头批文，终于千呼万唤始出来！这一突破的过程与经手的人，上至国务院总理，下至起草合作协议的"上海一百"的总经理，中间过了多少人和多少单位、多少图章？"估计不会少于百数吧！"一位上海市老领导说。

有了一纸批文，只是"万里长征走完了第一步"。

接下去的外商入境、中资资金的投入，所涉及的银行供货、利率、担保、汇率、外汇管理等等"小问题"，又是成百上千。别小看了这些芝麻大的小事，理顺它有时比找北京的部委还要难。

门槛还得一个一个地走。

然而到了核心的中外合资的权益问题上，这关口真让浦东人甚至整个上海人都有些"心惊肉跳"了：因为这是与"资本主义"争夺利益的关键所在——在中国、在浦东这块新土地上谁说了算、谁得利多，可不是简单的合作合资的事了，而是"社会主义"能否战胜"资本主义"的大是大非问题！关乎到中国"劳动人民"的血汗钱能否不被"资本主义"吃掉的大原则！

你死我活。铁定的革命定律。

尤其是与日本"资本家"联合办店，政治的、经济的、民族的种种复杂因

■ 开业伊始的上海第一八佰伴　（摄影 陆杰）

素，扰乱了具有超常运作能力的浦东开发者的心绪。

根据谈判结果，新的合资的"第一八佰伴"资本股权结构中，上海第一百货店占45%，日本八佰伴占19%，香港八佰伴占36%，董事会中日方是5人，中方为4人。第二、第三股东其实都是和田一夫的日本八佰伴集团的，如此股权设置与董事会安排，明摆着是"日本人说了算"——国际商业"游戏规则"这么定的。现在的问题是：如何在这样的股权框架下实现中方的权利最大化，智慧成了此刻的关键。

浦东人最后做到了：在制订新公司章程时，中方坚持并最终取得了在重大事项需三分之二董事通过，即除了外方董事，至少有一名中方董事举手方可施行，这样的规章是：事实上的日方55%股权与中方45%股权在重大问题上处置权是同等的。

这是了不起的一个智者胜利！那些曾经怀疑和指责浦东开发者签订这一合资协议的"社会主义"者，听到这样的结果后，再也没有了声音。

第一个中外合资商业巨头在浦东开张的那一天，浦东轰动了！上海轰动了！世界的商家也跟着朝浦东看……一天107万人入场购买商品，只有中国的浦东才会创造如此超强的商业记录。

"我都惊呆了！全世界所有的百货店都不可能有如此高的纪录！"和田一夫感动得热泪盈眶。

天皇后来给和田一夫加冕，就是表彰他与中国浦东的这一合作成就。

当年屹立在一片菜地上的上海第一八佰伴商店，由99.9米高塔楼和10层裙房组成，总建筑面积达14万平方米，接近北京人民大会堂那么大的面积，其商店营业面积达10.87万平方米，商厦正面外100米、六层楼高的白色大弯壁气势恢宏，下部精致的12个拱形门洞，嵌刻着中国人喜欢的12生肖图案，情趣盎然。当年，这座东方文化与世界现代时尚融为一体的商场，在浦东掀开其美丽面纱时，震惊了的不仅是浦东人、上海人，还有全中国人，甚至是日本人和香港人、欧洲人……尽管后来在"97金融风暴"时，和田一夫的"八佰伴"商业帝国惨遭破产，然而中国上海浦东的"第一八佰伴商店"的商业大旗，一直在浦东张杨路501号的大地上高高飘扬，即便在今天繁花如锦的新浦东，它依然像一位

"资深美女"傲立在我们面前,风情犹存,令人尊敬。

与和田一夫相比,始创于1858年的日本伊藤忠,在世界商界的资格和影响力,可就不知要高出几个"第一八佰伴",而且作为名列世界500强前六名的伊藤忠,早在1972年中日邦交正常化时,就成为首家被中国指定为友好商社的日本综合商社。如此邻邦大商家,怎可能不知不闻一海之隔的上海浦东开发开放之事?

最初的浦东开发,无疑更多的话题是外商到来办厂置地投资。由于中国尚未加入"WTO"(世贸组织),那个时候在商业等领域并非对外企开放。然而另一方面,热火朝天的浦东开发开放,又如火球一般灼照着邻邦的伊藤忠。

"你们看,上海市长的朱,说他们已经有了浦东的'Free Trade Zone'。既然是'Free Trade Zone',就应该向全世界开放,我们伊藤忠是日中关系顶顶好的友好商社,就应当优先获得这样的荣誉!"伊藤忠的商社总裁拿着当日的法国《世界报》,这样对自己的东亚区负责人说。

这份报纸上披露了人还在国外但已经被中国全国人大任命为国务院副总理的上海市市长朱镕基在法国回答记者提问"什么是浦东的保税区"时,这位心直口快的"朱副总理"一转头,脱口而出:就是"Free Trade Zone"!

中国浦东要设"Free Trade Zone",这在当时是绝对有世界影响的"重磅炸弹"。作为世界六大商业巨头之一的伊藤忠不能无动于衷了,更何况它跟中国有着非同一般的关系!

"必须马上行动!"

"是!"于是设在中国的伊藤忠机构拟好一份异常正规的在浦东设立"上海伊藤忠贸易公司"的项目建议书。

"呀!这是外商要在我们国家进行商业贸易呵!我们还没有加入WTO,谁能批准开这个口子嘛!"浦东开发办工作人员收到伊藤忠的建议书,立即报告开发办负责人。

"看来是有点难,但我们浦东做的事就是'特中有特''特事特办''东事东办'。马上送市政府……"开发办负责人夹起文件,亲自过江到了浦西的市政府。

时任分管外经贸的副市长黄菊看了伊藤忠的"建议书"后，大呼其好！于是也来了个"东事东办"，在转批其他几位副市长和市长审阅后，立即形成上海市人民政府向国家对外经济贸易部的报告。那个时候，这样的审批权限在外贸部。

"报告"一段时间后，如石沉大海。上海方面给北京方面去电询问。对方回答：此类事他们也没有权限审批，必须经国务院常务会议审批方可。

我的妈呀！上海方面叫苦不迭：这不更加遥遥无期嘛！

事在人为，办法总是有的。黄菊知道后，悄悄给浦东外高桥开发办总经理阮延华授予"秘诀"：负责这类事情审批的外贸部副部长助理俞晓松是杭州人，这几天正在老家休假，不妨直接去汇报一下……

蛮好！正走投无路的阮延华一听，兴奋得差点跳起来。当晚，阮延华赶到杭州，见上了俞晓松。阮延华向对方"灌"了一通"保税区"的国际惯例：比如，货物要自由进出不能少了贸易公司负责运行是吧，没有这样的贸易公司，保税区的货物怎么来来往往？另外，"境内关外"可以看作香港，境内必须遵守中国法律，关外按自由贸易区的国际惯例来实行，这样不是可以比较好地解决了跟我们国家现有的法律关系是吧！

你们这个思路很有开拓性意义！回头我向部长们汇报，看看能不能在国家没有加入WTO之前，先在你们上海浦东来点试验。俞晓松颇有兴致地说道。

有戏！阮延华按捺不住内心的激动。因为中国的许多开创新经验，就是在"试点"中形成了胚胎。

还有戏吗？时隔两个月多后，伊藤忠驻沪代表跑来问阮延华他们。"那个时候我们真的很尴尬，觉得快没戏了！"阮延华说，"就在我们绝望的时候，市政府来电说：上面批了，快来拿文件！当我们把这喜讯告诉伊藤忠方面时，不知他们有多高兴！"

伊藤忠确实高兴了一番，因为他们作为第一家外商独资贸易公司，拿到了中国政府批准的"一号"文件——批准在上海浦东外高桥保税区注册成立"上海伊藤忠商事有限公司"的"第一号"文件。

我在查阅"伊藤忠"企业史时，发现"一号文"赫然列在其中。我还知，后来在浦东的伊藤忠，从2007年后，每年向中国政府纳税超过1亿人民币，而且在中国境内的投资项目达200多个。

当然，"一号文"对伊藤忠在中国及至整个世界的发展具有历史性的意义，而"一号文"对浦东外高桥从"Bonded Zone"（保税区）到中国第一个真正的"Free Trade Zone"（自由贸易区）所起的作用和意义，更是不可估量。

是的，二十多年前，上海与浦东在设置外高桥"保税区"——内外所有人看起来仅仅是一个英文名字，其实这里埋了一个聪明的"伏笔"，就是一次"吃螃蟹"的精彩行为，而且这只"螃蟹"，远比阳澄湖的大闸蟹要肥和大得多！

刘小龙，这位跟着浦东"Free Trade Zone"一起成长为"大龙"（他现在是一家投资公司的总裁）的"老外高桥"，在谈及当年他们"吃螃蟹"时的"勇敢精神"时，用了一句比较精确的话：我们外高桥是巧妙地运用了相关政策，给国家加入世贸组织提前十年多的市场测试，探索出了一条对外开放、迅速发展我国经济实力的正确道路。

"可以说，没有当年的那股对'吃螃蟹'的勇气和专注劲，你永远也无法品尝到外高桥自由贸易区的那种快速发展的人间美味和一直以来的丰收景象……"刘小龙说起那段往事，早已坐不住了，一边不停地移动着双足，一边指手划脚地讲述道——

1991年，外高桥是国家批准的作为"保税商品交易市场"定位的。自从伊藤忠这样的外资企业直接在我们"保税区"里注册开办贸易公司后，随即世界各国的大商家都跟着在我们那里注册。有了贸易公司，就得有物流，于是又有一批国际著名物流大企业来到外高桥。物流大企业一来，我们就得建仓库、码头和港口呀！于是外高桥的港口建设在几年之内就成了"中国第一港"——那时洋山港还没有建，即使后来洋山港的吞吐量超过了外高桥港口，而我们外高桥物流业的发展与崛起，显然也给了今天的洋山港一份支撑力量。

对刘小龙的话，我没有去核实，但上海的许多干部都给我讲过2007年正式接替习近平出任上海市委书记的俞正声第一次到了外高桥后，便感叹道：这么一块小小的地方，连像样的工厂都看不到，竟然一年能收上千亿元的税收，这可是奇迹啊！

"上海自由贸易区的试验，绝对不是一般意义上为园区争取一些优惠政策，也不是招商引资的一些突破。它是顺应全球经济治理新秩序，主动对接国际规则，主动塑造中国新红利的战略举措。"上海市政府发展研究中心主任、自贸区研究专家肖林先生曾经这样评价过浦东外高桥的"Free Trade Zone"。

其实，早在浦东开发的话题正式成为上报中央的"报告"方案中，"保税区"（那个时候正式文件中还不敢提及"自由贸易区"这个概念）就出现过，老市长汪道涵跟后任的江泽民市长就几次"耳边风"吹过新加坡的"Free Trade Zone"和香港的"赚钱秘密"。后来江泽民又对自己的继任朱镕基也是一次次"吹"过"Free Trade Zone"风。朱镕基本人就更不用说了，这位被邓小平称为我们党内仅有的少数几位"懂经济的"高级领导干部，在访问新加坡、香港，特别是美国和法国等国家的"Free Trade Zone"后，心里早就对"Free Trade Zone"有了"强烈感受"。

就香港、新加坡手掌大那么一块地方，竟然有世界经济的"大佬"总部三四千家；阿联酋的迪拜也是，那个机场边那么一小块地方，有1600多家全世界的大企业设在那儿做生意！你说我们为何不能学一学人家？陪同朱镕基一起出访的上海干部被问这样的问题无数次。

"所以其实对'Free Trade Zone'这只'螃蟹'我们是很早就熟悉了的。后来在浦东开发开放的方案中，也才有了外高桥设'保税区'的内容。"后任浦东新区外事办公室主任的陈炳辉说。但浦东开发开放初期，即使是"保税区"也是非常超前的了。"1991年春天我跟随朱镕基出访欧洲几国前，在到北京的火车上，他特意把我叫到身边，说'Bonded Zone'保税区这概念，人家外国人听不明白，翻译时一定要翻成'Free Trade Zone'。"他又特意强调："所有对内的文件上要用'Bonded Zone'。可见这是镕基同志的政治智慧。"

朱镕基和上海市委领导们的政治智慧，给了浦东外高桥开发者们"吃螃蟹"的勇气和方法，而且还给予了对"Free Trade Zone"这只又大又肥的"螃蟹"的无限想象空间。

"虽然最初时我们的保税区仅有0.4平方公里多，到后来也就十多平方公里，但它却像唯一一条通往中国国内巨大市场的阳光通道，吸引了全世界所有商家,他们跟着伊藤忠,学着同一种方法,先在我们那儿投资注册公司,后从全世界各地把我们所缺少的各种货物运到外高桥码头,然后在我们用铁丝网圈起的保税区内向巨大的中国市场源源不断地批发销售……"刘小龙用手比划着向我介绍,"没用多少时间,到我们那儿注册的外国公司就有几千家、上万家!在我们那里做的都是贸易生意,那些公司只要有一两个人就可以把几千万、几个亿的生意做得风生水起。那时你到我们那里看看的话,就会觉得不可思议。比如成千上万个公司,但办公地却非常简单,一间九平方米的办公室,一张桌子,一部传真电话机,就是一个公司!那公司的办公室连顶子都没有——因为我们提供的是一个巨大的仓库式展厅,开始所有的贸易公司都在里面办公。相互之间用板隔出一小间一小间,所以上面也就不用顶掩着了。但这并不影响生意的大小,他们照样在自己的那间九平方米的'道场'里,做着几千万、几个亿的生意。"

"现场的气氛令人疯狂!"刘小龙又激动了,说,"那时一进交易场所,你整天听到的是不绝于耳的'哒哒哒'声音——那是几百部开票机在不分日夜的工作着,24小时不停止地开具票据,好像还来不及,生意实在太好了!十三亿人口的中国市场太给力了!"刘小龙手舞足蹈。

想象一下也能感觉到那是何等壮观的场面!如果有机会去现场看一看,尽管可能不会像浦东人那样有滋有味的吃上大"螃蟹",但至少也能闻闻其鲜美之味。

后来的外高桥在国际商界一时成了"上海""浦东"的代名词,不光是生意越做越大,而且外商们"成群结队"地往那儿搬。

"那日子里,我的心脏每天都兴奋得像要往外跳似的……"后来的刘小龙也成了外高桥开发公司的一方"诸侯"。"那个时候我才认识了啥叫'跨国公司',比如先是惠普来跟我们谈,说要把在新加坡的贸易公司搬到我们外高桥来,说要多少多少囤货的厂房,希望我们提供除厂房外的人力资源等。我一听那规模,真的心脏都快要跳出来了!就拍胸脯保证:绝对没有问题!于是搁下话,我就拔腿去安排任务,几个月不分日夜地为惠普盖厂房,然后又帮他们找劳务人员。当我们按他们的要求把厂房盖好后,发现惠普不仅自己搬来了,同时把与它相关的二十多个辅助厂也搬来了……你说不把我们乐煞才怪!"

"这仅仅是第一步。"刘小龙绘声绘色地说道,"人家惠普气派呀!他们对这些带过来的辅助厂说,就给你们三年时间做'跟屁虫',以后得自己独立在中国生存。所以规定订单一定要多元化!"

"果不其然,没出三年,惠普带进来的这些辅助企业先后在内地纷纷办厂,形成了惠普在中国本土上的产业链,这样整个惠普在中国的生意不仅仅牢牢扎根,而且迅速扩大到每个角落……"刘小龙瞪大眼珠问我:"你说他们厉害不厉害!"

"确实厉害!"不懂跨国经济和全球化的我,也听得频频点头。

"后来菲利浦、英特尔、IBM等都来了,也都像惠普一样带着自己的研发与产业团队来到了我们外高桥……那真是热闹啊!那热闹不光是开票机在不分日夜地'哒哒哒'响,而是我们中方银行的收钱机也过来一起在不停的'哒哒哒'响……"刘小龙又手舞足蹈了!

"你想,这么多跨国公司来到外高桥,每天出出进进的资金量,不跟黄浦江涨潮一样吗!……在我们国家做生意,是要以人民币结算的。全世界那么多跨国公司进到了中国,他们身边的外资银行也就自然而然地跟到了中国。这样,我们浦东陆家嘴金融机构就允许他们在中国市场以人民币结算设立分支机构。你可知,外国银行在这儿设立分支机构,先得向我们的人民银行缴3000万美元作为风险抵押金……这不,我们外高桥那块小小的'Free Trade Zone',无意间又成了一个'吸金池'!"

是么,翻开有关"自由贸易区"的经典著作中,我找到了"自由贸易区的建立,实际上是为那个地区和国家建立了一个资金源源不断流入的'吸金池'"这句话。

难怪上海、浦东无数刘小龙式的人物,一谈起他们的外高桥自由贸易区总是津津乐道,原来奥妙就在于此!

我们现在知道了:第一个吃"螃蟹"的浦东外高桥"Free Trade Zone",从1991年6月获得国家批准的一个"小口子",经过22年的探索与实践,到2013年9月29日,正式被国家挂上了金牌——成为第一个中国(上海)自由贸易试验区。其后的几年里,中央先后批准广东、天津、福建设立自由贸易试验区。2018年春天,习近平在出席海南博鳌论坛期间,宣布了成立海南"Free Trade Zone"

和海南自由贸易港，这是浦东开发者当年"吃螃蟹"的经验获得了到处传播的"新时代机遇"。

然而，据我所知，在浦东开发开放过程中，像张杨路上的"第一八佰伴"和在外高桥为国家率先十余年打造"Free Trade Zone"的过程中那些"吃螃蟹"事例，比比皆是。或者可以这样比喻：浦东从稻田和烂泥港，到今天的如锦如画的新天地，其如丛林的大厦所砌的每一块砖、蛛网般的每一条大道所延伸的寸寸土地、大大小小银行所积存的每块金坯，都饱含了"吃螃蟹"者的勇气与汗水、智慧与精神，甚至还有诸多被人误解为委屈……

这也证明了为什么"Free Trade Zone"的金字招牌那么引诱世人的目光——

> 向那些疯狂的家伙们致敬，他们特立独行，他们桀骜不驯，他们惹是生非，他们格格不入，他们用与众不同的眼光看待事物，他们不喜欢墨守成规，他们也不愿安于现状。你可以赞美他们，引用他们，反对他们，质疑他们，颂扬或是诋毁他们，但唯独不能漠视他们。因为他们改变了事物。他们推动人类向前发展。或许他们是别人眼里的疯子，但他们却是我们眼中的天才。因为只有那些疯狂到以为自己能够改变世界的人，才能真正地改变世界。

这是乔布斯的话。然而，上海和上海的浦东人从来没有疯过，即使他们见了比阳澄湖大闸蟹还要美味的"Free Trade Zone"也没有疯过。他们只是太投入和太巧妙地运用了一个资本主义国家所发明的东西，即全球化市场经济中的一种模式而已。尽管"Free Trade Zone"也存在这样那样的不足，但它带给一个地区、一个国家的开放程度与经济利益，是不可估量的。浦东开发者们在自己热爱的社会主义土地上，依靠自己国家的法律与法规，遵循了市场经济的特性，创造了中国式"Free Trade Zone"，为我们开辟了一个让国家和人民获益多多的新世界，这种"吃螃蟹"精神是可贵的，虽然最初时的"姿势"并非完美，但获得的"美味"及可感度则无可非议，意义深远。

浦东开发的"吃螃蟹"行为才刚刚开始，后面的劲头更叫你惊叹。

第三章

巅峰上的激情与浪漫

中国的改革开放史上有一个时间点特别重要，这就是1992年邓小平视察南方重要谈话前后。可以这么说，如果说1978年十一届三中全会为中国改革开放吹响了进军号角，那么1992年邓小平的南方谈话则如战鼓齐鸣的时代奋进的冲锋号。之后的中国发展，用突飞猛进来形容，恰如其分。

上海的浦东同样如此。如果说1990年中央决定"开发开放"浦东是一个进军号角，那么1992年邓小平"视察南方重要谈话"之后的整个九十年代乃至新世纪的前几年，这是浦东发展史上的"黄金岁月"。这个岁月，我称其为"浦东最激情与浪漫的伟大时代"，因为诸多"浦东速度""浦东奇迹"所凝聚的"浦东精神"，就是在这阶段创造和形成的。

人类的进步与伟大成就，皆由人类的激情与浪漫所创造。一个国家，一个民族，一个时代，如果没有人们在历史性的阶段中的那种奋斗与创造的激情和浪漫，就不可能有人类从猿猴走到文明的数字化和智能化的今天。

许多上海老领导多次拿出一张照片给我看："新世纪初的某一年，江泽民同志回到上海，与过去的一群同事和当时的上海市、浦东新区的领导们，一起坐在陆家嘴金融街中央的那片绿地上。江泽民指着对面的外滩说：在我们的对岸，是帝国主义列强用了一百年时间建成的'上海滩'，今天我们才用了十几年时间建成了一个更加美丽繁华的新上海，这就是人民创造历史的壮丽诗篇。"

是的,以往在国际上有种说法,说共产党人在"砸烂"旧世界方面有足够的能力,但他们不会建设新世界,尤其是不会建设城市化的新世界。对中国共产党人的认识偏见,西方世界也曾长期如此。改革开放之后,深圳的崛起,让持这种观点的西方世界开始动摇;而浦东的崛起,则让持这种观点的西方世界几乎可以说是崩溃与投降了!

历史和现实再次证明:共产党人特别是中国共产党人,既能"砸烂"整个旧世界,还能比任何一个资本主义国家更好地建设自己的国家,而且也能建设更好、更美、更现代化的城市——几乎是以瞬间的飞速,在田野与江滩边的烂泥滩上,托起一个美不可言的浦东。这便是中国共产党人再一次证明自己在奋斗的实践中创造出的人间奇迹!

这样的奇迹,不可撼动。因为创造这样的奇迹本身就充满了激情与浪漫,而人类的激情与浪漫,常常比花岗岩和钢筋混凝土更永恒——诗歌与传说便是。

可以肯定,一千年后,无论是老上海还是新浦东,那些看似美丽无比的建筑与大楼以及宽阔的马路,会发生许多变化,然而唯一不变的是浦东初创时的这些激情和浪漫的传奇故事——

10 伟人也激情

许多人一直认为邓小平是个说话极少、非常严谨的领袖。他虽说话不多，但每一句话，一旦出口，常常地动山摇。事实上，邓小平还是一个充满激情的人，他的激情常涌动在他对祖国和人民的深情厚谊之中……而我发现，邓小平在对所有的中国城市中，唯独对上海的情意最深。1994年之前，有9个春节，邓小平是在上海度过的，仅此一点，足见他对上海的感情。

1994年是小平最后一次在上海过春节，那年他90岁。三年之后的2月，他与世长辞。而在他能够"走动"的最后一个春节里，他在上海，听市领导介绍新上海、介绍浦东发展的景象时，有三句话，说得那么动情、那么浪漫——亲爱的上海人，你们知道和懂得吗？

他说：你们上海的工作做得实在好！

他说：你们要抓住二十世纪的尾巴，这是最后一次机遇！

他说：上海和浦东要"一年一变样，三年大变样"！

从一个政治家的口中，从一位年已90岁高龄的老人口中说出这样的话，难道不够激情、不够浪漫吗？我见过多位了不起的诗人，他们在青壮年时，每每激情燃烧般豪气冲天，口若悬河，恨不得随时随地要把整个世界都燃烧起来。可当他们晚年时，通常连一句完整的话都说不上来，更不用说"出口成章""诗意连绵"。然而邓小平从不作诗，但在遇见上海、遇见浦东时，他老人家总也忍不住激情澎湃、心潮起伏。

我听南浦大桥、杨浦大桥的建设总指挥朱志豪先生讲过邓小平三次的"桥上激情"：

第一次是1991年2月18日。那时南浦大桥西段刚建好，浦东段才刚刚开始。邓小平来到大桥，他站在浦西往浦东方向深情地望了许久。当现场工作人员请他题写大桥名字时，他欣然应允。然后他认真地问：这是不是世界上最大的桥？当听说"不是"时，他不再说话了。

第二次也是在南浦大桥上，时间为1992年2月7日。那时南浦大桥已经建成，邓小平乘坐的汽车在主桥上停下后，他便走到桥面。当时朱志豪紧靠着邓小平，陪他往桥中央走。一行人，迎面见到的是高高悬嵌在头顶的由邓小平题写的"南浦大桥"四个字。朱志豪告诉邓小平：上面的每个字有14平方米大呢！邓小平笑了。朱志豪又说，您现在站的桥面离黄浦江江面有58米。邓小平的脚步就停顿了一下，往江面看了一眼，然后又笑了。

"这座桥是不是世界第一啊？"突然，邓小平又问了。

当听到的"不是第一"时，邓小平的脚步就很快站住了，他深情地朝浦东方向凝视了几眼，又不说话了。

第三次是1993年12月13日，邓小平再次登上大桥。这回他登上的是杨浦大桥。那天风特大，还下着细雨，气温只有0度。这一年，邓小平已89岁高龄。

领导本想就让朱志豪在车上向邓小平汇报，哪知小平同志拒绝好意，坚持下车并在桥面上冒雨走了几十米。

又是朱志豪陪在其身边，朱志豪再次指着头顶上的"杨浦大桥"四个大字，说：您题的这几个字，每个字也是14平方米那么大。

邓小平抬头瞅了一眼，还是笑眯眯的。

朱志豪说：您现在站着的地方离江面62米了。杨浦大桥比南浦大桥更高，规模要比南浦大桥大42%。

邓小平马上问：这是世界第一大桥吗？

朱志豪回答：是世界第一大桥！

邓小平立即握住朱志豪的手，"握得紧紧，非常激动地说：'要感谢参加大桥建设的工程技术干部,感谢参加大桥建设的职工。这是上海工人阶级的胜利!'"朱志豪这样回忆。

这一天邓小平确实"非常激动",他在往大桥的桥面走时,竟然一边走一边吟道:"喜看今日路,胜读百年书。"

"爸爸从来不做诗,今天怎么诗兴大发?"身边的女儿邓楠惊喜万分,问道。

不想,邓小平回头对陪同他的吴邦国等上海市委的同志说:"这是出自我内心的话。"

年近九旬老人,如此诗兴,谁能说他不是满怀激情与浪漫的?我们应该知道:文学家的激情与浪漫,体现在语言和文字之中,而政治家的激情与浪漫,则是那种惊天动地、力挽狂澜的时代风云中的战地凯歌——

> 一个幽灵,共产主义的幽灵,在欧洲游荡。为了对这个幽灵进行神圣的围剿,旧欧洲的一切势力,教皇和沙皇、梅特涅和基佐、法国的激进派和德国的警察,都联合起来了。有哪一个反对党不被它的当政的敌人骂为共产党呢?又有哪一个反对党不拿共产主义这个罪名去回敬更进步的反对党人和自己的反动敌人呢?
>
> 从这一事实中可以得出两个结论:共产主义已经被欧洲的一切势力公认为一种势力;
>
> 现在是共产党人向全世界公开说明自己的观点、自己的目的、自己的意图并且拿党自己的宣言来反驳关于共产主义幽灵的神话的时候了。
>
> ……
>
> 它首先生产的是它自身的掘墓人。资产阶级的灭亡和无产阶级的胜利是同样不可避免的。

——这是马克思、恩格斯在《共产党宣言》中的激情文字。

"我们的任务是艰难的,我们会碰到很多多余的和有害的因素,但工作已经开始,如果我们也犯错误,那么不应该忘记,每个错误都是有教益的。资本主义是一种国际的力量,因此,只有不是一个国家而是一切国家取得胜利,才能把它彻底消灭。反对捷克斯洛伐克军团的战争,是反对全世界资本家的战争。工人们都在起来进行这一斗争;彼得格勒和莫斯科的工人参加了军队,同时,为社会主义胜利而斗争的思想也渗入了军队。无产阶级群众保证苏维埃共和国能够战胜捷克斯洛伐克军队,能够支持到世界社会主义革命的爆发……"

——这是列宁无数次脱稿演说中的其中一次演说的部分内容。列宁的演说,每一次都比艺术家的表演还要吸引人、激动人。俄罗斯革命某种意义上讲,就是从他的演讲开始的,因为列宁的演讲本身就是一种革命的激情动员。

——关于毛泽东的激情和浪漫我们中国人最了解,他的诗可以"上天揽月""下海捉鳖",他的一声"新中国如磅礴升起的太阳",四万万被压迫的中国人便从此屹立在世界东方……

邓小平的个性语言与上述领袖有很大差异,然而他们的伟大胸怀和对世界风云所怀揣的激情是一致的,他们对未来的理想与追求,同样充满浪漫情怀与激情。

当坐完日本高速铁路、看完新加坡工业园区、目睹太平洋西海岸的信息革命浪潮后,邓小平回到自己落后的祖国时,便以诗人般喷射出的激情语言,为我们指引了一个方向:发展是硬道理!

一句"发展是硬道理",比一百首歌、一千首诗要来得更激情、更直接、更浪漫。它告诉十几亿人民:要想过上与西方国家的富人同样诗情画意的生活,我们就必须靠一代人、几代人的努力奋斗,靠咬定"发展"二字毫不动摇地往前走的坚定信仰与恒心!

上海人和浦东人最懂得和知晓邓小平的激情与浪漫——

第一只股票在上海诞生,他支持;

第一块土地批租在上海出现,他赞赏;

第一家外资银行在上海立足,他点头……

1992年的寒冬刚过，邓小平就从北京南下，开始了他著名的历时四十多天的"南方之行"。在此期间他发表的一系列讲话被载入党史，称为"南方谈话"。许多人以为邓小平的此次"视察南方"多数时间在广东的深圳、珠海等地，其实待的时间最长的仍然是上海。自1月31日抵达上海算起，到2月20日离开，整整21天。而且在上海的时间里，88岁高龄的邓小平，几乎是马不停蹄地在一路看、一路发表重要讲话，阐述对当时政治、经济、国际形势，包括上海、浦东发展的一系列政治观点和远见卓识。

时任上海市委书记的吴邦国有过这样一段回忆：

记得火车是1月31日早7时15分到达上海的。据邓榕同志介绍，考虑到小平同志平时的起居习惯，原计划8时30分下车，但他老人家怕我们在车下等，一清早就起身，在火车上吃了早饭，火车一停就下车。

这一年小平同志在上海的活动很多。2月2日他参加市新老领导同志的新春团拜会，并向全国人民、上海市人民拜年；2月7日视察南浦大桥和杨浦大桥工地；2月8日视察上海夜景和乘船游览黄浦江；2月10日视察生产集成电路的贝岭公司；2月12日视察闵行开发区和旗忠村；2月17日听取浦东发展规划的汇报；2月18日视察上海第一百货商店。从在上海活动的几件事上，可以真切地感受到他老人家对一些长期束缚人们思想的重大认识问题的思考。

从吴邦国的回忆中，我们可以清晰地看出邓小平在"视察南方"中对上海和浦东发展的特别关切之情。

于是在"视察南方"不久，便从新闻媒体上听到了邓小平那一句句闪耀着真理光芒的具有中国特色的马克思主义新理论、新思想，它如诗如歌地激荡着前进中的上海、崛起中的浦东和发展中的中国——

关键是坚持"一个中心，两个基本点"。不坚持社会主义，不改革开放，不发展经济，不改善人民生活，只能是死路一条。基本路线要管一百年，动摇不

■ 1994年的杨浦大桥 （摄影 陆杰）

得。只有坚持这条路线，人民才会相信你，拥护你，谁要改变三中全会以来的路线方针政策，老百姓不答应，谁就会被打倒。

改革开放胆子要大一些，敢于试验，不能像小脚女人一样。看准了的，就大胆地试，大胆地闯。深圳的重要经验就是敢闯。没有一点闯的精神，没有一点"冒"的精神，没有一股气呀，劲呀，就走不出一条好路，走不出一条新路，就干不出新的事业！

不冒点风险，办什么事情都有百分之百的把握，万无一失，谁敢说这样的话？一开始就自以为是，认为百分之百正确，没那么回事，我就从来没有那么认为。每年领导层都要总结经验，对的就坚持，不对的赶快改，新问题出来抓紧解决。恐怕再有30年的时间，我们才会在各方面形成一整套更加成熟、更加定型的制度。在这个制度下的方针、政策，也将更加定型化。现在建设中国式的社会主义，经验一天比一天丰富。经验很多，从各省的报刊材料看，都有自己的特色。这样好嘛，就是要有创造性。

改革开放迈不开步子，不敢闯，说来说去就是怕资本主义的东西多了，走了资本主义道路。要害是姓"资"还是姓"社"的问题。判断的标准，应该主要看是否有利于发展社会主义社会的生产力，是否有利于增强社会主义国家的综合国力，是否有利于提高人民的生活水平。

多搞点"三资"企业，不要怕。只要我们头脑清醒，就不怕。

不搞争论，是我的一个发明。不争论，是为了争取时间干。一争论就复杂了，把时间都争掉了，什么也干不成，不争论，大胆地试，大胆地闯。

"右"可以葬送社会主义，"左"也可以葬送社会主义。中国要警惕"右"，但主要是防止"左"。

比如上海，目前完全有条件搞得更快一点。上海在人才、技术和管理方面都有明显的优势，辐射面宽。回过头看，我的一个大失误就是搞四个经济特区时没有加上上海。要不然，现在长江三角洲，整个长江流域，乃至全国改革开放的局面，都会不一样。

人民，是看实践。人民一看，还是社会主义好，还是改革开放好，我们的事业就会万古长青！

资本主义发展几百年了，我们干社会主义才多长时间！何况我们自己还耽误了20年。如果从建国起，用100年时间把我国建设成中等水平的发达国家，那就很了不起！从现在起到下世纪中叶，将是很要紧的时期，我们要埋头苦干。我们肩膀上的担子重，责任大啊！

在邓小平离开上海后的1992年春天之后的岁月，上海，尤其是浦东，如春风沐浴，阳光普照，万物苏醒，到处生机勃勃，所呈现的发展速度，现场的劳动景象，至今令上海人自己都难以忘怀……

"那些年里，我们最多时有3000多个工地同时在开工！3000多个工地哪，你想想就会激动起来！"

"那时我们的工地上，每昼夜消耗的建筑材料高达10万吨！10万吨哪，每天如此！就算一年吧，365个10万吨，如果垒起来，会不会比珠峰还要高呀？"

"你们上海的市鸟应改叫仙鹤，因为吊车与它是一个音。你们上海浦东的吊车是全世界最多的地方……"瞧，包括联合国秘书长在内的各界人士，都在以不同的眼光和视角描绘和形容那时、那年的浦东……

于是，那个时候也就有了"八十年代看深圳"，"九十年代看浦东"的社会流行语。

真正的浦东时代，是从这个时候开始的。

真正的浦东大建设、大发展、大美丽，是在这个时候呈现的——

11

"浦东赵"的热泪

开始有人称他是"浦东先生",后来干脆叫他"浦东赵"。这两个称呼用在他身上非常贴切,因为在我所知道和了解的上海及浦东开拓者中,还没有哪一位在自己国家的舞台上和国际舞台上,像他那样为浦东说了那么多话,做过那么多宣传!

赵启正是唯一的,别人无法与他相比。他是浦东新区第一位"一把手"——管委会主任兼党委书记,他任这一重要职务的时间不是最长的一个,从1992年到1998年共6年时间。他后来去了北京,任国务院新闻办公室主任,成为"国嘴",历时7年。后来,他又在全国政协外事委员会任主任5年。上面这18年的工作岗位上,赵启正除前面6年主持浦东党政"一把手"外,其后的国新办主任和政协外事委主任,基本上是靠"嘴"吃饭。在动"嘴"的岗位上,无论是赵启正之前的"浦东赵"的身份标签,还是后来他自己自觉不自觉地常把话题"扯"到"浦东"上去,反正浦东的"广告"和文章,他是做足了,做得全世界都知道他是中国的"浦东赵"。

不过我需要特别补充一点的是,在离开重要工作岗位后的近七八年间,启正先生可以说是真正做了全职的"浦东赵"——现在他每天在上海的家中几乎都是在为"昨天的浦东"和"今天的浦东",甚至是"未来的浦东",摇旗呐喊,四方宣传,整理档案,收集资料,并时常会见中外媒体和像我这样的来访者。他的已经传遍了世界的《浦东奇迹》《浦东逻辑》……还在不断地修改、增删和加印。

但无论如何,我最终发现,"浦东赵"真正讲浦东最多的时候,还是在他任浦东新区"一把手"的那六年间……

那六年里他赵启正到底为浦东做了多少次宣传和演讲?似乎没有人给出一个数字,连他自己也摇头道:每天都会讲吧!有时一天接待十个八个代表团、参观团,那就得讲十次八次呗!

到底多少?他笑了:天文数字!

赵启正是一个永远充满激情的人,是一个我党高级干部中并不太多的善动感情又特别能说、会说的领导者、学者和实干家。

他哈哈笑着告诉我他是学核物理、当工程师出身的人。

一般来说,理工科出身的人,通常都是动手能力特强、动嘴和书写文字能力相对比较弱些,然而在赵启正身上相反,他的"动嘴"能力、文字能力,会让一般的文科人士紧张,因为他的演说才能和文字功底都超强。问题还不在于此,赵启正还有两个本事是一般人不太具备的,即物理学者出身的他,从年轻时代就十分勤于积累数据、积累文献和积累一切他所感兴趣的知识。加上书香门第的家庭传承和大学教授的父母熏陶,基因里的东西似乎就比别人强一截。而这仅仅是赵启正的一面,过去人们并不了解"浦东赵"太多,但自从他当了"国嘴"后,他赵启正的形象就很快被国人和全世界人熟识:一双近似天真的大眼睛,加上胖乎乎的脸,尤其是他迷人的笑,所以给人感觉"中国政府的第一新闻发言人"特别和蔼可亲,且直率,故而他的"国家新闻宣传员"生涯,有板有眼,风生水起。

在了解和接触上海浦东建设过程中的几位高级领导中,常有三个性格分外鲜明的人总在我脑海里闪动: 第一位是朱镕基,他属于所向披靡、义无反顾、气吞山河的大政治家、大国管理者。 第二位是汪道涵,前面对汪老先生已经有过不少评说,他是那种极其睿智、圆融和卓有远见的政治家、学者。 第三位应该是赵启正了,除了上面已经说到他的那些优长外,作为一位区域经济的地方行政长官,能够升任为国家新闻办主任岗位实属罕见。这大概与赵启正善于思考和学习、具有国际眼光和哲学智慧,以及与众不同的沟通能力和机灵劲儿有着直接关系。

关于这方面的"赵氏段子"不少。现摘一则供大家一起学习和欣赏——

2002年10月20日，赵启正等回访美国犹太人大会。当时，中美两国之间因为接二连三的种种问题而出现了不少不和谐之音。沟通成为中美两国之间的一个紧迫任务。偏偏那天中方事先准备的便携式电脑与美方现场的投影仪不能匹配起来。

场面有些尴尬。赵启正即席发表了演讲。他上台后，又是微微一笑，然后说：

> 你们的工程师费了这么大力气，仍不能让我们的便携电脑和你们的投影仪匹配起来，这是高科技带来的新问题。机器之间不愿沟通，但我们之间可以沟通（现场爆发掌声）。
>
> 今天我想在这有限的时间里着重谈谈中华民族和犹太民族两个古老民族和两大古老文明之间的传统友谊。
>
> 在我担任上海市副市长和浦东新区领导人期间，几次难忘的经历使我体会到我们之间的深厚情谊具有多么巨大的力量和重要的意义。首先要提到的是我的朋友——已故的肖尔·艾森伯格先生。他在二战期间逃离纳粹统治下的欧洲，来到上海避难，战后经过奋斗成为一个成功的企业家。他在上海投资建立的耀华—皮尔金顿玻璃厂就非常成功。他一直致力于促进与中国，特别是与上海的经贸合作。他曾对记者说，我之所以要在上海投资，是因为上海在二战期间拯救了我和其他许许多多的犹太人，我对上海怀有报恩之情。就在他因心脏病去世前几天，我还与他在上海亲切交谈，他还与上海市签订了建立浦东钻石交易中心的协议。现在他生前的愿望已经实现，浦东钻石交易中心已正式开业。
>
> 另外，我还要提一下奥地利总统托马斯·克莱斯蒂尔先生。他1995年10月来上海访问，我陪同他专程去虹口的当年欧洲犹太难民聚居区参观。他说，奥地利对不起犹太人，使他们避难来到遥远的上海，是你们救助了他们，所以今天我要来这里表示衷心感谢。他说着就流下

了热泪，当时天空突然下起了雨。他与周围的中国群众热情握手，情景十分感人，我也不禁热泪盈眶……

现场再度爆出热烈掌声。

关于赵启正的睿智"段子"可以编成"大典"，不过仅此一则，诸位可能就多少明白了为什么他成为了"国新办"主任。其实，还有更重要的一点，许多朋友不太会知道，那就是因为在这之前他的"浦东赵"的经历与身份。

在采访浦东和浦东人时，我发现了这位曾经如此光鲜的"国嘴"，其实也有很多并不光鲜之处——

在初任浦东新区管委会主任之际，除了主持大建设和管好浦东这个大工地外，重要的任务是出去宣传、推介好浦东——招商呀！所以赵启正等出访的时间很多，而每一次出访的日程都安排得满满当当，甚至有时连喘气的机会都没有。以致后来浦东新区的同志说：出国千万别当"团长"，因为"团长"会累死，从第一个下车出去跟人家握手开始，一直到最后离开时跟人家打招呼，每一个环节没有"团长"是不行的。赵启正每一次出去都是团长，他最初几次实在吃不消了，便问"外事大管家"陈炳辉：以前上海市的领导出访都是这么累的吗？

是。陈炳辉跟他说：泽民同志、黄菊同志、汪道涵老市长都是这样。汪道涵老市长年岁大，他中午又有眯一下的午休习惯，但到了国外出访时，一天常常安排几场甚至十几场的会见与会谈，根本不可能早上出去后，中午再回酒店"眯一会儿"，所以只能在"串场"时，看到哪处有咖啡店一类的地方，假装进去喝一杯，其实是请老市长到里面靠在沙发上"眯一会儿"……

你别看汪老这么大年纪了。只要时间一到，揉揉眼，从沙发上直起身，该会面、该演讲时，照样神采奕奕、滔滔不绝。泽民同志也是这样。陈炳辉说。

赵启正听后，很受感染与感动，非常庄严地说：那我以后也这样。

以后的他真的也是这样了，而且做得更出色。一天内会见外国客人、要员几个、十几个，甚至几十个都有。他和同事在国外的咖啡馆里"眯"过，甚至在露天广场的靠椅上、酒店的马桶上也都"眯"过……"在浦东工作的六年里，光招待日本客人有名有姓的就达三千多人！那个时候，见外商、招待投资者，是浦东开发开放的重要组成部分。尤其是初期，假如听到有个外商上门，立马就兴奋起来，恨不得让对方马上到浦东来投资！而浦东开发过程中，遇到的国外国内的政治环境也是个非常活跃与复杂的，一旦稍稍有风吹草动，我们浦东就成了靶子，什么脏水都可能往浦东身上泼。一旦有家媒体出现歪曲我们浦东的言论出来时，我们就必须要去及时、有效地回敬和回击……否则浦东开发开放就会受到巨大的伤害啊！"在采访时，他说到这些事时，那双很纯净的眼里，总是闪动着赤子般的光芒。

"外人不知，我们这些身边的人啥都看在眼里。"陈炳辉说的"啥"，在我追问下很快就获悉——因为那几天正巧是美国向中国企业"中兴"开刀之际，社会上各种议论四起，其中问的最多的是：中国为什么一直不重视"芯片"？说了几十年的"中国芯"，是真"心"还是假心？这些责问掷地有声。而我知道，那几天，国家有关部门派出多方大员到上海等地在调研"芯"事……

"当年——那应该是在九五、九六年左右。"陈炳辉回忆道。当年我们花了很大心血将一名在美国"芯"企业工作的台湾同胞引入浦东，并且很快建立了自己的芯片生产线。启正从浦东的产业发展和国家的长远战略考虑，向国家有关部门申请再建设几条芯片生产线。这时有一位北京来的领导正好到浦东，启正认为这是个好机会，于是前去激情游说，哪知这位领导劈头盖脸地反问：你赵启正想干什么？有一条芯片生产线就行嘛！你想建几条干吗？是不是有你的什么好处？是不是你给台商收买了？

"那天他委屈得在我们面前掉眼泪……"陈炳辉说，一片赤子之心，换来一顿挨批、一场委屈，何止一次两次。浦东开发有段时间因为"亚洲金融危机"影响，一时不景气，有人就斥责启正他们领导无能；有特别繁荣景气时，又有人会放话说"浦东的干部肥得流油"，意指启正他们天天跟外国"大资本家"同流合污。

陈炳辉先生的话，也让我想起了在采访赵启正时他一再给我讲过的浦东建设中有一个重要经验，就是从一开始便把廉政与开发建设放在同一重要的层面上来抓。"我们可以骄傲地讲，整个浦东开发开放中，除了极个别基层干部被查外，领导层面的干部,尤其是八百壮士中几乎没有一个人被纪委和检察部门'办进去',这是过硬的一个指标!"赵启正这样说过。

"浦东开发开放正是有一群像赵启正这样有理想、有追求、有品质和有情怀的干部,才有了今天这么完美的新浦东。"陈炳辉显然是个正直的"老上海",他17岁时就是被国家派往世界各地学习的两百多名"童军"之一。后来遇上了"文革",被提前召回。直到1978年才调回上海,一直在政府外事部门工作,是个见过世面的人。他跟我说了另一件事:大约是1993年夏天,他和赵启正一起到浦东塘桥乡的小河浜村检查工作。"他进去看到那里的百姓住的地方到处是垃圾,小河沟里的老鼠肥得像黄鼠狼一样大,到处乱蹿……从村子出来后,启正他就受不了啦,一边流着眼泪,一边对我说:不能再让百姓在这种环境下生活了!无论如何我们得想法让他们过上好日子!"

"他是个太容易动感情的人。"陈炳辉如此评价赵启正。

一般来说,被人称之为"易动感情"的人,似乎在某个时候、某些事情上也容易做些"出格"的事。其实这是一种偏见。要我说,容易动感情的人,他的血总是热的,他做事总是充满激情,而有激情的人也最能发挥其智慧与聪明、干劲与才能。马克思、恩格斯书写《共产党宣言》,就是在一种强烈的对腐朽的资本主义产生厌恶、对共产主义充满向往的激情后,才产生了如此卓越的指引全人类向着美好未来的经典思想光芒;列宁的激情和斯大林的激情,才使他们成功地在世界最大的国家里建立了一个新制度——社会主义国家;毛泽东的激情被最大地发挥出来,所以才让他成为领导中国共产党人在一个极其落后的半殖民地、半封建的国家里,建立了共和国。

如前所言,邓小平倡导的改革开放事业,其实也是一场人类少有的激情燃烧之革命与建设。

浦东开发开放,就是一场充满伟大激情的战斗。如果不是初创时期那一代人忘我工作、勇于开拓、敢于担当的激情,浦东不可能有今天。——这话,上海许多人都这么给我讲。

赵启正无疑是这千百个激情者之一,而且是十分重要的"之一"。

从常委、组织部长,到常委、副市长,再到常委、浦东新区管委会主任兼党委书记，这种安排和职位变化，是何因，我没有问过赵启正本人。然而有一点我能感觉到：邓小平"视察南方"讲话之后，上海尤其是浦东面临真正的一个史诗性的大发展期，这个时候的浦东需要更加开放、更加面向世界、站在更高的层面来管理这块被邓小平视为"中国王牌"的热土。

"已经迈出的双脚不再停留，已经伸出的双手不再犹豫"的他，自然名副其实地被任命为浦东新区第一任"最高长官"。

"浦东的开发开放，是横空出世的事件。它的诞生并非是顺产，而是中国改革开放总设计师邓小平在特定时间里的特别举措。它从一开始，就遇到了空前的外部与内部的重重阻力，让世界了解浦东，让浦东走上世界舞台，是浦东开发开放初期的首要任务。这样的关口上，这样的艰巨任务，选择赵启正这样的人，担当浦东大开发大建设的'乐队'首席演奏家，是我们党中央和上海市委的英明决策。"上海依然健在的老一代领导都这样跟我说。

赵启正自己对浦东也有过一段评价，他说在浦东开发进程中，邓小平是谱曲者，江泽民等中央领导是总指挥，他和许多建设者是这支"大乐队"的演奏者。

乐队中的一般演奏与首席演奏差异很大。"首席"演奏具有"魂"和"领头羊"的角色。

既然是"首席"，那就必须是全力以赴、全神贯注、倾其所能地担当；既然是"演奏"，那就必须是艺术的。首席演奏家"浦东赵"，便是以"艺术"的全力以赴、全神贯注、倾其所能的担当和责任感，开始了他和同事们浦东建设的高速度、神奇迹……

那个时候，浦东上空的风云仍然变幻多端，并时有电闪雷鸣；那个时候，浦东大地上的每一方热土都在激情燃烧，打桩机、挖土机和水泥搅拌机通宵达旦地在劳作轰鸣；那个时候，浦东的东西南北中地段上共有3000余个工地，都在你追我赶，人马沸腾。如果按每个工地100人计算，将近30余万人在不分白天黑夜地奋力拼搏着……这是何等壮观的浦东交响曲！

"浦东赵"每天黎明未明时，便早早地来到"141号"小楼，开始准备第一个会议讲话提纲和接待第一批客人的资料……"怎么你们比我来得还要早啊！"常常是，他突然会这样说。

"他们昨晚就没有回家,又是一个通宵的加班。"一旁的胡炜也总会在这时向他解释道。于是"首席演奏家"的眼睛里就会有闪着光的晶莹在滚动,然后他把这份感动放进了之后的一场又一场激情的讲演与报告之中,融入了一个又一个热火朝天的工地现场……

有人曾经对我说过,如果要写赵启正,就得单独成书。后来我发现,确实如此,仅他在浦东工作前后写的浦东方面的书,就有厚厚的好几本,而他的那些与中外媒体、与外国政要、与各界的对话、谈话和纪要,皆可成为独立的精彩篇章。曾与赵启正同在上海市政府一届班子的徐匡迪这样形容:"每当赵启正同志谈起浦东就充满激情、如数家珍,并说请大家一起'站在地球仪边来思考浦东开发'。""他除了有坚实的数理基础外,对国际政治、宏观经济、文化艺术都广泛涉猎。""他视野开阔、思想活跃,乐于在接待外宾和媒体人士时,回答他们提出的尖锐甚至富于挑战性的问题,从而产生精彩的思维碰撞,起到了释疑解难、宣传中国的作用。"

显然,"浦东赵"的光彩被众人所钦佩和仰慕。但浦东史诗不止属于"浦东赵",我必须作出取舍。况且在我阅读完和采访完他的那些精彩往事后,便有了一个清晰的方位让我对这位激情澎湃、海纳百川的"浦东赵"归结出三件大事:管天、管地、管人。当然,还有其他诸多方面。

"天"是什么?是那个风云变幻,又时常阴霾密布、雷鸣闪电,自然也有阳光灿烂、烈日炎炎。

浦东开发伊始到过程之中的每一日"风向"与"天气",作为浦东父母官的管委会主任赵启正必须随时心中有数并随时做出应对措施。这是"老川沙"(浦东新区的多数区域是原川沙县的范围)农民告诉他的经验:靠天吃饭,才能确保不饿肚子;浦东开发,"天"不好,照样也会陷入烂泥地的。瞧瞧中国农民兄弟们有多了不起,他们祖辈积累下来的经验,足可以让政治家们使用几辈子的!

浦东开发时的"天",从一开始就乌云密布。那是西方世界因为"北京政治风波"而对中国采取了全面制裁的非常时期,邓小平甩出的"浦东开发"王牌本身,就是要拨开迷雾见太阳。但那时以美国为首的反华大合唱正是起劲的时候,有关"浦东不可能""外滩变死滩""中国开放将收紧"等等惑众的议论一浪高过一浪……那阵势比黑云压城还恐怖!

怎么办?别人"唱",我们就"说"——"向世界说明中国"的原由和本领,就是从这个时候开始的。

赵启正明白,自己的"说",除了义正辞严、掷地有声的"革命道理"外,更多的还是要有"会"说的艺术,只有"会"说了,方能起到实效。

一日,中方好不容易"等"到了克林顿政府的第一位内阁部长埃斯比先生访问中国、来到上海。赵启正按照官方礼仪,在上海老锦江饭店宴请客人。

席间,赵启正问埃斯比:部长先生,您对老锦江知道什么吗?

埃斯比茫然地摇摇头。

赵启正说:这是你们的总统尼克松和国务卿基辛格与我们的周恩来总理发表中美联合公报的地方。

埃斯比顿时抬起头,四周看了又看,连连发出"哇"的赞叹声。

饭毕。赵启正带客人进饭店的一个小礼堂。进去时的第一道门半掩着的,赵启正问埃斯比:你觉得这门开大了,还是开小了?

埃斯比又茫然地:什么意思?

赵启正说:是不是在你出来的时候,我们把门开大些,这样表明你做了些什么事情。

埃斯比又被弄糊涂了,直摇头:做什么事情?

赵启正说:阁下是美国农业部部长,访问中国如果没有成果,回去怎么交待?因此我建议你在浦东建立一个合作农业试验区或农业工厂……

埃斯比顿时彻悟,欣喜道:这个主意太诱人和具体了!太好了!并说,我可以派美国农业专家来跟你们细谈。

赵启正笑了,随后伸出手:一言为定!

OK,一言为定!

在家门口的临门一脚最管用。冰,就是这么破的。

但这仅仅是一种方式。通常需要更加坚韧不拔的毅力,需要一种毛泽东所说的"深入虎穴"的勇气与本领。

他去了。去了美国最有世界影响力的迪士尼总部所在地洛杉矶。

赵启正请求见总裁先生。

什么事？

想给阁下上一堂"课"。

给我们总裁上课，口气不小。先生是谁？

我是中国上海浦东的……CEO。

迪士尼的工作人员疑惑了：上海浦东CEO？似乎听说过又似乎不在世界500强之列呵！

赵启正笑而不答了。等着吧。

不一会儿被告知：韦尔斯总裁同意会见。时间30分钟。

OK。赵启正这回的笑露出了牙齿。

韦尔斯出现了。与迪士尼公司的名气和实力一样的高傲：你要给我"上课"？

赵启正友善地点点头：是的。因为先生的公司还没有在世界最大的市场——中国选过点，所以我认为从贵公司的利益出发，很有必要为阁下补上这一"课"。

有意思。韦尔斯来了兴趣。

把电脑打开。赵启正对助手说，电脑开始播放古老而伟大的中国、美丽而风情的上海，以及正在开发的生机勃勃的浦东与浦东蓝图……

30分钟过去了。韦尔斯和赵启正仍在兴致勃勃地谈着。

58分钟了！总裁的助手不得不上前打断：阁下，下个会正在等待，这里过去需要两分钟时间。

韦尔斯抱歉地起身，紧握住赵启正的手说：你的这堂课太重要了！迪士尼要进入中国，最好的地点是上海……

一周内。迪士尼先遣小组到达上海，开始在浦东考察。

可惜的是，几个月后，韦尔斯先生因飞机失事而丧生。在浦东建迪士尼的工作被一拖再拖，一直到了十几年后重新启动，而赵启正的这次登门"上课"，具有开创性的特殊意义。

后来，美国的"大佬们"纷纷主动出来为浦东说话：

基辛格先生说：我坚持认为，中国的浦东开发开放是真的，不是简单的一句口号！

老布什总统有些后悔道：如果再年轻一点，我一定投资浦东。

美国的投资家来了，天空晴了一大半。但"阴有阵雨"也挺扰心的。

澳大利亚的羊毛在全球著名，中国的羊毛多半是从那里进口，而中国的进口羊毛又多半在上海。赵启正到澳大利亚，正值因受世界经济萎缩的影响，已经积压了两年半的澳大利亚羊毛业心急火燎地等待上门的中国人"送钱"。

部长们见赵启正时，客客气气，连一直指责中国"人权有问题"的部长也笑嘻嘻地过来握手致意。

赵启正心中有数，回敬同样的笑眯眯，但有些高深莫测。

后来见了科技部长。赵启正说：我们欢迎贵国的羊毛更多地进入中国市场。但这最好需要在中国建一个市场，否则澳大利亚的羊毛是不会"叫"的。

那位科技部长从没有想到他们的羊毛竟然还会有"叫"与不"叫"之说，便奇怪地问：到了你们那儿的羊毛就能"叫"起来？

赵启正点点头：是的。

部长大人不解：为什么？

赵启正说：因为你们澳大利亚羊毛在澳大利亚人人皆知，不是新闻，报纸电视都不会宣传，因此就不"叫"。但澳大利亚的羊毛到了我们上海，假如建立了一个澳大利亚羊毛市场或保税仓库，这羊毛就会"叫"起来了。我们的新闻媒体就会说"澳大利亚的羊毛在这里！""世界上最好的羊毛到了上海啦！"这羊毛不是"叫"起来了吗？

哈哈哈……妙！太妙了！部长先生连声惊呼。

不久，澳大利亚把负责羊毛对外贸易的办事处从香港迁到了上海……

太阳就是这样出来的。

然而烈日炎炎下，也会突然"暴雨"降下。撑起一把"伞"，是那时保护自己、不被湿身的重要举措。

一日，赵启正收到一位中国留学生从美国寄来的信，里面夹着一张《波士顿星期日环球报》，上面有篇题为《世界要不要惧怕中国》的文章。该文引用了赵启正不久前发表的一篇关于亚洲和中国经济以及浦东发展的论述，然后话锋一转，对中国现代化发展进行了一番"预测"，说："这一切预示着中国将在下个世纪成为一个决不会让大多数美国人感到熟悉和友好的超级大国。"文章特别配了一幅巨大的漫画，画面是一双硕大的筷子夹着几面美国星条旗当菜肴。

典型的宣扬"中国威胁论"！

歪曲图解，岂有此理！赵启正立即亲自起草文章反驳此文，并以读者来信名义，对前文一一进行了有理有据的驳斥：不赞成文章和漫画的寓意，因为这不是事实。事实是：从19世纪40年代到本世纪中，中国倒是被帝国主义当菜吃过。发表这样的文章不仅影响两国人民之间的感情，对世界和平也不利。所以希望贵报为中美关系做积极努力，而不是相反。

《波士顿星期日环球报》收到赵启正的信后，以《中国人说，他们不赞成弱肉强食》为标题，做了全文刊发。此文一出，海外人士反响热烈。

不久之后的全国人大会议上，国家主席江泽民也对西方正在流行的"中国威胁论"做出了重要指示："这是一个很大的问题，西方世界有人不希望我们中国强大起来，我们不可小视。"

当我们欢天喜地在浦东开发这块"王牌"、观望在那片稻田和烂泥渡边崛起一个新天地时，"威胁论"也如晴空间的乌云一般突然蹿出。迅速和及时地驱散乌云，同时又撑起一顶"伞"，去抵挡暴风雨的来临，是"浦东赵"的"管天"天职。他始终把国家的最高利益和上海、浦东的发展利益放在头顶，坚定而有力地挺着不测的天庭……

"管天"不易，管地更难。

浦东的地，在大开发前，谁也没把它当作有价值的东西，而当浦东大开发的那一天起，它变得日趋金贵，现在甚至到了用黄金换寸土的地步（今天的陆家嘴，一个亿绝对买不到半公顷的地），而1990年之前，甚至在1990年之后的几年里，为了确保有人来投资，上海市里内部有一个政策：外省机构来浦东开发，只收"土地成本费"，也就是说，基本上是"送地"。

另一个情况是：中国的大多数开发区之所以能够"风起云涌"，多半是以卖土地"起家"的。

浦东开发开放，不卖土地不现实。但怎么个卖法，太有讲究了！尤其是初期，所有的开发区，几乎无一例外的"大卖特卖"和便宜甩卖，基本属于同一模式和套路。中外商家看中的也正是中国开发区的此番心态，所以"圈地"成为至今中国经济发展的一大"特色"，带来的积极影响和消极后果，几乎是同等显著。

浦东会不会重蹈别人的套路和老路，考验着决策和掌舵的赵启正。

"胡炜，求你一事。"在刚上任新区管委会主任不久的一天，赵启正便对坐在对面的搭档、管委会副主任胡炜说，"当了多年上海市委领导，从没有向任何艺术家索要过东西，这回你得帮个忙……"

胡炜有些惊讶："啥忙？"

赵启正眯起双眼，神秘地说："请你家老爷子送一幅书法作品给我。"

胡炜笑："你要还不容易！写啥？"

"四个字：惜土如金。"赵启正认真地说，"我要把它挂在这办公室里，让我和来求我要地的人一眼就能见到它……"

胡炜受感动了，说："回去就让老爹写！"

胡炜的父亲胡问遂是当代大书法家、学界前辈。老先生听儿子说是他们的"领导"、浦东新区的"赵主任"所索"惜土如金"四个字，很是感叹道：还有对土地这般珍惜的领导！好人，好领导，此乃浦东之福呵！说罢，欣然挥毫。

从此，"浦东赵"的办公室墙上，高挂着"惜土如金"四个正大气象、敦实厚美的大字，像一面镜子般每天照着他自己，也照着那些前来谈"地"的商家与客人。

如果阁下能多给些地，我们准备把最具现代化的"工业园区"搬到浦东来。新加坡的高级官员探路来了。

要多少地呢？赵启正问。

嗯……应该是几十平方公里吧！来者狮子大开口。

能更具体一点吗？

少则也要三四十平方公里吧！真是"气吞山河"。末后，对方加了一句很诱人的话：如果此项目一旦落户，浦东将不用多久，就是你们所期待的……

"浦东赵"两眼直直地盯着对方看了好一会，然后说：你们的投资计划真的很宏大，但你看，这上面的四个字告诉我：此地不宜你们的宏大计划。

遗憾。新加坡客人悻悻地走了。

真的遗憾。等客人的身影远去后,"浦东赵"的第一口气有些憋,但第二口气是舒畅的。

又一个客人来了,这回是国内的著名企业,而且明说:是十几个亿的投资。

在"拉一个算一个"的开发初期,亿元以上的投资,是让浦东人眼睛发光的数目呀!"赵主任"——国内人都这样称呼他,自然也是格外地兴奋起来。

说说,快说说什么项目?

是生产显像管的。

显像管?属于对环境有污染的产品?!赵主任的眼睛警惕地瞪大了。

嗨,现在我们的技术都能够尽量地把对土地的污染减少到最低限度。放心好了,我们也是上面批准的国有投资项目……

赵主任还是摇头,笑着摇头,一直摇到对方生气地拂袖而去:没见过送上门的大蛋糕都不要,嘁!

后来,有人问赵启正:全国各地都在搞开发区,你们浦东也就是无数个开发区中的一个而已,扔掉大蛋糕不要,是何逻辑?

九十年代初、中期,浦东还没有长成亭亭玉立的"美女",所以人家兄弟地区也只是把它当作普通的"丑小鸭",说这样的话不足为奇。

赵启正还是笑笑,不做正面回答。但在自己内部,他清清楚楚、明明白白地告诉干部们:这就是我们的"浦东逻辑"。因为土地资源不可再生,充分发挥土地资源潜力,才能真正实现其应有价值。之所以提出"惜土如金",是因为加快浦东开发绝不是土地资源的廉价批租和拍卖,绝不能以国有土地资产的流失为代价。

芬兰建筑师沙里宁为了缓解城市过分集中所产生的弊病,提出过一个"有机疏散理论"。他举树木生长的例子,大树枝从树干上生长出来时,就本能地预留空间,以便较小的分枝和细枝将来能够生长。沙里宁认为城市系统与生物系统存在跨系统的相似性,也应该注意疏散,强调开发要留有余地。

这也是"浦东赵"的土地开发逻辑。后来香港等媒体称他的理论,是非常有前瞻眼光的,留下了一个"子孙开发区"的逻辑。加之后来他力推的与此配套的如禁止建"花园式工厂"、鼓励土地优化利用、加强土地集中统一管理、严格项

■ 浦东新区建设者 （摄影 陆杰）

目用地的预审程序和完善土地公开交易等措施,使浦东开发的土地管理,不仅基本上没有乱象,而且因为先期有效控制了土地的买卖,越到开发后期,其价格越高,给国家和前期投资者都带来丰厚的收益回报。

"浦东赵"在土地问题上的"逻辑"哲学,运用得可谓相当完美,特别是在陆家嘴金融区他主张和预留的几个绿地,如今已经成为"浦东明星",与周边的那几座世界级豪华大厦的价值不相上下。这是他最为津津乐道的"经典逻辑"——我们在后面另有专文,此处不述。

但对于那些有利于投资者的科学合理的用地,"浦东赵"的逻辑又是积极鼓励,毫不吝惜。

日本夏普是在浦东金桥最早落户的外资大企业。一万平方米的厂房开业之时,"浦东赵"的部下金桥开发区的管理人员提醒夏普,你应该从企业发展的长远考虑,争取现在多拿些地。夏普副总裁不以为然。但到了夏普生产线正式投产时,发现原来的厂房太小了,于是不得不在原厂区的旁边又租了地方建新厂,这回是10万平方米面积。这回"浦东赵"和金桥的管理人员一起劝夏普,说很快你还会缺地的,应该争取在眼下多"拿"地,趁开发区还有用地空间。夏普人不信,说我这是10万平方米的厂房,足够了!哪知,不出两三年,夏普的生产量迅速猛增,原来的厂房无法满足需要,不得不又重新在另一个地方租了30万平方米。

"赵,我们当初不该不听你们的好言相劝!"夏普人后来见了赵启正,后悔得肠子都快要断了。

"浦东赵"笑,说:其实我们对土地的使用十分"抠门",但对快速发展又有无限前景的企业,我们肯定又是十分大方地"甩地"。

这,又是他的"浦东逻辑"——

我们在规划时强调整体性、结合性,要求土地结构设计服从产业结构设计,服从城市功能设计,特别强调控制工业用地。浦东在现有城市用地结构的基础上,根据人口、经济、社会、科技发展需要,根据城市的继承性特点进行了超前规划,对城市各项用地地块进行经济、社会、环境三方面的结合量化评估,用系统工程的理论和方法处理土地分配的最优化问题,并给出城市宏观范围内的地价控制图和各项用地的比例。新建工厂、住宅、学校、医院、商业服务的建设要求布局合理,既要发挥经济效益,又要有利于人民生活,有利于城市用地结构的总体调整。那些占地多、建筑密度低的项目,均布局在城郊边缘地带;商业、金融业和服务业则占据有利的位置,以充分发挥聚集效益。

他把土地管理得井井有条,而且如今浦东的土地越来越贵,但你仍然感觉有舒畅而清新呼吸的无限美好的空间——这就是现代人追求的现代大都市。

天和地管好了,就该管人了。人是最复杂、最难管的"物种"。但"浦东赵"自己说,最让他感动和难忘的就是那些与他朝夕相处、并肩奋斗了六年的"浦东人"。

"他们真的是跨世纪时代最可爱的人!"说这话时,他的眼里又滚动着冒热气的泪光。

为了高效运转,精兵简政,"浦东赵"一上任就对新区管委会的同事们说,必须按照市委"东事东办"的要求,以打仗作战的姿态投入工作。主事行政的副主任胡炜说,赵启正和他等同志接手浦东新区工作时,也是浦东开发开放实质性工作的开始,当时人员新、人员少,与浦东土地上的原单位的交接工作又千头万绪,"八百壮士"又都是几天之内抽调到新岗位的,他们的工作关系甚至是工资都在原单位。"但新区必须有新的管理机制。一天,启正对我和黄奇帆说,你们俩商量着把整个运营方案拿出来。于是我和黄奇帆俩人就花了半天时间,便把新区管委会的机构和人员安排方案敲定了。"我采访胡炜时他感慨道:"这种速度和效率在现在看来都是不可想象的事,但浦东开发开放初期,我们就是这样工作!"

那时的浦东新区党政机构精干又精练,党委方面只有三个部门:办公室,组织部和纪委。办公室下面分管党政、宣传、统战;劳动、人事归组织部。行政部门也仅有七个:综合规划土地局、财税局、经贸局、社会发展局、城市建设局、农村发展局、工商管理局。按照上海市给中央呈报的批复,浦东新区是按副省级规格设置的,然而实际运作机构,则不足上海其他区县平均办事机构的五分之一;工作人员数量也仅是其他区县的三分之二。

"我和黄奇帆上午把方案做好后,中午跟启正汇报,他说:好。晚上就开党委会通过了。第二天就上报到市里。这样的速度、这样的工作作风,跟启正同志直接有关，他有大智慧，肯放手，很多事情都交分管的同志去做，大的原则他定。一直以来我们仍然很怀念新区管委会的工作氛围和作风。"胡炜动情道。

"有仗打就好。打仗时啥乌七八糟的事都没有了，留下来的只有一件事：冲锋陷阵，争取胜利！"胡炜说，当时赵启正和他们新区班子就是用这种精神带领"八百壮士"打开浦东大建设局面的。

"这样的战场上，他赵启正就是冲在最前面去攻克山头的团长。"曾任陆家嘴开发公司首任总经理的王安德说。

但打仗是残酷的，攻克山头的战役也非所有人都那么勇敢和自觉。

曾经在一个外商投资的大厦开工仪式上，"浦东赵"站在工地打桩地基上，用沙哑的嗓子，向那些依然在等待和观望的老浦东人高喊着：高速列车已经在我们身边驶过，但我们这里还有一些人没准备或者根本就不想上车，这是多么可惜的事！我们必须让我们的所有人都搭上浦东大开发大开放的这趟高速快车，否则我们将对不起人民、对不起浦东这块热土！

多少次、多少回这样的工地上，"浦东赵"的嗓子是沙哑的，眼里却饱含着热泪。

他说：浦东开发开放，人是第一位的开发、开放，离开了人的因素和作用，浦东不可能腾飞和有热度。

人，除了参与大开发、大开放外，还需严格严密严谨严肃地管理。这是"浦东赵"的一份甚至比建百栋大楼还要艰巨的任务。曾经有外媒扬言，说浦东开发开放，其大楼盖好之日，就是共产党垮台之时。

"我们绝对不允许这样的结果出现！""浦东赵"说这话时，嗓子永远不哑，而且眼睛里喷着火。"我们应当而且必须让全世界看到：在浦东开发辉煌之日，还有一个廉洁奉公的浦东干部队伍！"

他因此从一开始就强调开发建设与勤政廉政同步进行，让干部们养成勤政廉政的好习惯；强调和倡导廉政是重要的投资环境，谁破坏了这个投资环境，谁将是浦东开发开放历史上的罪人。他为此还特别为自己和干部们设了"三条高压线"：领导干部不准直接谈地价；不准干预项目招投标；不准因为动迁搬迁等私事为人打招呼。并且要求浦东办事人员对外发放的宣传手册上印有"到浦东办事，无需请客送礼"的醒目字样。

"十几年过去了，现在我可以骄傲地说，当年'八百壮士'在廉政方面，至今几乎无一落马！这是浦东开发能有今天这样辉煌成就的重要保障！""浦东赵"说这话时，底气十足。

在当代中国，也许能够做到像浦东干部这样的，实属不易。然而我要说的是，在浦东开发史上，不可能有常胜将军，就像世界军事史上一样，即使像毛泽东这样的天才军事家，也有很惨的时候。赵启正作为浦东新区第一任"最高长官"，也有失意和被人嘲讽的时候。有人给我说过一件事：说修建杨高路时，充满激情和浪漫的赵启正从德国等欧洲国家回来后，很受影响地一定要把杨高路修成三十年、五十年不落后的"金光大道"，于是设计了百米宽、来去八个车道，这在当时看来绝对是超级大马路。1992年年底通车的时候，他去了，他的目的是看看他主张修建的超大马路上会有多少辆车通过。

去之后的他，眼睛有些发直：竟然那么宽敞的大道上没有几辆车在走。当时陪同赵启正一起的人，看到他眼里充满了忧虑，嘴里在喃喃着：啥时候能够看到车水马龙呀？

新道上，两边摆放的鲜花，也被人抢得满地"创伤"，不堪入目。

大伙儿心里明白：假如这条几十公里的大道若干年后仍然没有什么车辆的话，全浦东、全上海的人一定每天都会骂"当年主张修这么宽马路的人"是"神经出了毛病"，是"肆意挥霍百姓血汗钱"，是"糟蹋土地的大罪人"。然而历史就是如此有趣。不出几年，当赵启正再一次踏上杨高路时，开心地笑了，因为那时的这条马路上，已经完完全全地车水马龙了！

前几年赵启正又到这条马路时，他又有些忧虑了——但是是含笑的忧虑：这才几年，咋这路又窄了！

唉，人的想象，怎比得了飞速发展的形势呵！他叹了一声后，满心喜欢地回家抱外孙去了。

很多浦东"老开发"，尤其是那些投资商们告诉我，开发开放浦东的整个过程，除了方向正确、方法得当、中外看好、上下齐心外，还有一个通常并不被关注却能起着十分作用的东西，那就是"人情味"。

浦东开发开放，不能缺了人情味。这也是上海人做事比一般地方的人更精明周到之处。

"他'浦东赵'之所以大家这么称呼他，就是因为他本人是个人情味十足的人。"对于一位高级干部而言，人民群众给出这样一个评价，远胜十座金杯银杯！

人们之所以总能在赵启正那双大而纯的眼里，看出闪光的晶莹，就是因为他对浦东这片土地和与浦东发展相关的人，都有一份特殊的感情。

曾经在上面提到过的在1997年亚洲金融风暴中一夜间被迫宣告破产的日本商业巨头"八佰伴"。该商社的老板和田一夫是位对浦东开发有贡献的日本商人，尤其是他在别人不看好浦东前景时第一个来浦东与上海第一百货店联合创办至今仍红火的"上海第一八佰伴"商场。一般来说，一个破产和失败者，是不会再被人看好和尊重的，然而"浦东赵"对和田一夫格外看重。若干年后，听说77岁的和田一夫复出，并且卓有新成就时，"浦东赵"欣喜万分。当听说和田一夫写了本《东山再起——77岁开始的新航程》新书，便积极推荐到上海的复旦大学出版社出版中文版，并欣然应邀写了篇题为《智勇无价》的序文，内容十分感人。

赵启正写此文时，离开浦东已经8年且正在中央单位的重要岗位任职，然而对一位昔日曾经失败的老朋友如此一往情深，可见他的人情味。

这样的人、这样的事，在"浦东赵"那里，估计还有很多很多。

一个能管好了天、管好了地、管好了人的人，又极富人情味，他"浦东赵"没有白活，而且会活得越来越好。

其实，浦东开发史上，还有很多与"浦东赵"一样的"浦东李""浦东王""浦东张"……他们与赵启正一样，应当被时代所尊敬，被历史所铭记。

这是必然和必须的！

12

汤，不能躺下，你要站起来！

也许再过十年、二十年，浦东会比现在要漂亮和繁荣许多，而那个时候人们或许看到的只是漂亮的楼、更宽阔的马路以及绿地里更艳丽的花园，孩子们会上更好的学校，我们在此生活会更方便、更时尚。但那个时候却很少有人还能将一座座楼的传说、一条条马路的故事讲出来……其实，在历史的长河里，最美和最有价值的并不一定是屹立在我们眼前的高高的大厦，恰恰可能是那些在风中飘落或者在江滩边偶尔被说起的往事。

浦东的明天一定是这样。世界上所有伟大城市都是这样。我们今天到了巴黎的埃菲尔铁塔跟前，你或许能说出它的建造时间，说出它的高度以及设计这塔的著名建筑师、结构工程师古斯塔夫·埃菲尔的名字。或者你再往深一点地去打听，还能知道铁塔是由重达 10000 吨的 18038 个钢铁结构组成的，施工时光用去的铆钉就有 250 万个。除此，不会有人再能说当时埃菲尔先生是如何最初构思出如此一个钢铁巨物，以及在塔建到最后他的那颗激动的心是如何地跳动……

不会有人再记得。因此埃菲尔铁塔在今天世人的眼里，它仅仅是一个伟大的建筑，而绝不是一个美妙的故事。

伟大的建筑常常很快会被另一座更伟大的建筑所替代。而美妙的故事则永远属于"它"，绝非可以被他者所取代。

浦东的明天也会是这样，不用一百年后，再过三十年、五十年，人们不可能像"浦东赵""浦东李"能够如数家珍，闭着眼睛，随意点一座楼就为你滔滔不绝地说出它以前是怎样的一片荒地，后来又怎么地搬迁，怎样地打桩，怎样地在建设半途中突然人去楼空，又忽然人山人海，锣鼓喧天地开业，那投资的老板时而趾高气昂，时而狼狈不堪等等。有一百种趣闻，有五千个令你捧腹大笑的故事与传说……

每每想到此处，我情不自禁地许多次仰望着新浦东的那些大楼，心里却想着曾经生龙活虎的"浦东赵""浦东李"们，如今一个又一个地在走向衰老，甚至有的已经远离我们而去，永远不能听到他们的声音，或看到他们的身影。即使健在的他和他，还有她，比起九十年代浦东大建设时期的他们——我只能从过去的照片上看到昨天的他们，是那么的朝气蓬勃，那么的神采飞扬，那么的酷、帅、美。不管是后来成为国家领导人的人物，还是那些外人根本不知其名的人，那时他们都是浦东建设大军中的一员。

楼还在往天宇升腾，路越来越宽阔，人则在一天天衰老……往日的传说和故事，渐渐在被微信上那些瞬间刷屏的每天都在泛滥的"热点"所替代，只有我们这些"专门"来打听与搜索故事与传说的人旁敲侧击之后，一个个行将"入睡"的"它们"和"他们"才又跳跃与沸腾起来了——

浦东本没有什么楼，"八百壮士"跨过黄浦江初始，只有一座不足十层楼高的消防塔耸立在陆家嘴的那片半工半农的土地上。现在高楼多得如林如海，三十层、五十层的楼在浦东是"矮子"，一百层以上的"姚明兄弟"也多如牛毛。这就是浦东瞬间出现的新景象。外国人弄不明白中国的"东方奇迹"，到底是如何在玩魔术？其实中国人自己也不太相信"会有这样的一天"，上海人、浦东人也对自己所干的事有些"出乎意料"……还是让我们的那些楼与路自己讲吧！

那些如今每天都在游客照片和电视、纸媒的画面里出现的"明星"大楼，留在最后最精彩的篇章。我们还是找些"普通"的楼宇吧。比如"震旦"，比如"香格里拉"……不不，它们也都是伴在陆家嘴那几栋风格别致、蹿入云霄的"明星"大楼身边一些光彩照人的"二号"角色。我们随便找个楼吧——那些人能居住的楼宇。

"汤臣？"立即有人给我指点：就是临江的那一片商住两用公寓楼。

为什么是它呢？

因为它在十几年前就创造了一平米销售价达十几万元的纪录。

十几年前就到了十几万元一平方米？那现在卖多少？

二三十万吧！上海人这么说。

天！有人买吗？

不仅有人买，而且你再想买只能等猴年马月了，因为那片"汤臣一品"早已销售一空，如果碰巧，哪天有个二手房、三手房可能是有的。

在北京三十余年，一直等着"便宜点再买"的我等"小市民"，等了一二十年，等到的是再也买不起的五万、十万一平方米的房价。哪知与上海浦东相比，京城的房价居然还不算太贵了！

被称为"中国豪宅第一楼"的浦东"汤臣一品"，既然这么名贵，得去"眼见为实"一下。一日，我专程跑到陆家嘴，站在浦东临江的绿地上，往群楼叠起的"浦东景象"看去，那一片看上去"中等个头"的"汤臣一品"公寓楼，也确实气派，整齐又显端庄。由四栋楼宇组成，紧靠陆家嘴滨江大道旁，据人介绍，小区占地 2 万多平方米，总建筑面积达 11.5 万多平方米。每栋楼最高楼层为 44 层，高度达 153 米，皆临江而建，"风水"极好。13 万/平方米的成交单价，如果放在现在，估计买房的人会将其挤塌。豪宅果不其然！

记下了"汤臣"——我一定要采访你，"挖"一"挖"你这"黑"了心的主人是个怎样的"货"！

"主人"已经不在了。熟识"汤臣"的人告诉我：2004 年时汤先生就去世了……那是他在浦东生意做得最好的时候，好几个投资项目都刚上马。

哎哟，为什么？

得病的。也可以说是累死的……

那一刻，让我对"汤臣"的"汤"，改变了些看法：毕竟也是一个不幸的人。才 56 岁便去世了，这对商界大亨而言，确实太年轻了。最令人吃惊的是：汤君年去世时留下了曾是知名演员的妻子和两个尚没有完全自立的儿子及数个亿元以上的大项目……

"汤"一直留在我需要采访的名录之中。后在一些传媒旧闻里找到些关于"汤"的介绍：

2004年10月14日在香港病逝的汤臣集团老板叫汤君年，上海浦东人。但1948年出生的汤君年的童年并非在上海度过，他4岁那年便随父亲到了香港定居。其父汤养浩在香港做窗帘很有经验。二十多岁的汤君年学着父亲的本领，到了台湾开了一家以进口窗帘布为主的"汤臣窗帘布"公司，初起时他仅靠一台摩托车穿梭于台北市迪化街的各大布庄之间。汤君年非常注意利用媒体广告宣传，很快使"汤臣窗帘"成为拥有三千多家经销商、一年5亿元营收的著名企业。1980年汤君年与"一代侠女"影星徐枫结婚。那时，正值台湾房地产节节攀升，汤君年开始介入房地产业，买下了台北市的龙门百货与西门町的科达百货大楼，其大楼的租金收入成为汤臣集团事业营运资金来源。汤君年曾与好朋友太平洋电线电缆的孙道存合作开发台北县三重"汤城"工业园区，全盛时期曾创下两周热卖300亿新台币（约74亿元人民币）的空前纪录。

"1985年的一天，夫君突然对我说：我们一起搬回香港吧！"第三次到浦东采访，我已经找到了"汤臣"现任老板、汤君年的遗孀徐枫女士。开始我以为一定是在浦东某个"超豪华"地点才能够见到"汤臣"掌门人。结果发现，卖"中国第一豪宅"楼的主人竟然在非常偏远的张江高新园区一栋综合办公楼的四层办公室——完全没有卖"豪宅"集团的那种想象中的气派。

"外界对我们公司有许多误会。"明星演员出身的徐枫依然一副演员打扮，头上的那顶美丽的帽子让人看不清她真实的脸庞。但说话非常干脆利索，果然是个侠女。

她的话又跳回了夫君突然告诉她搬到香港的事。"你知道的，那个时候，香港已经定了1997年回归祖国，所以当地很多人忙着移居海外，可我们家却要搬到香港。他还对我说：把家里所有人的美国'绿卡'全部退掉，'不要了，我们以后回大陆去'！当时我觉得他是不是疯了。问他到底怎么回事。他就笑，说美国绿卡没啥用，反正我是中国人，香港都要回归祖国了，我们一家也早晚要回去的，再要拿美国的绿卡有啥用？我就急了呀！说孩子还要去念书，要退也不该是现在呀！他想想，说：那我自己先退，你们看看情况再定。不几日他就把自己的绿卡退掉了。我们全家后来搬到香港后也把绿卡全部退掉了,成为完完全全的中国人了!"徐枫女士骄傲地说。

汤君年是个有魄力和眼光的商人。在香港才几年,生意再度风生水起,光上市公司就有5个。"汤臣集团"的旗帜,也从此高高举起。

"听说你们汤臣是第一家投资浦东的港商?当时汤先生和你是怎么考虑的?"这是我早已想好的话题。

"得从我说起。"到底是演员,徐枫女士说,"我是第一个进入大陆的台港艺人,《滚滚红尘》你应该知道吧!"

"噢——"那是我们年轻时所特别看好的台湾电影。

"1991、1992年时,我在北京拍摄《霸王别姬》时,有人就说,大陆现在改革开放很快,请你先生来大陆看看嘛!我先生便趁到北京探班的机会过来了。一到北京,大家就告诉他大陆投资最热的地方在浦东。我先生一听,立即就启程到了浦东,因为这个地方是他家乡,他有些迫不及待的感觉,一到上海就呆了一个多月……"徐枫女士说。

汤君年到浦东后,见到了风风火火的"浦东赵"等管委会负责人,他们给他充分空间:你自己转转,看好了哪块地,回头我们就商定。

那个时候的浦东满是农田和路边的杂草,以及不能行车的烂泥地。然而汤君年却闻到了遍地黄金的味道。

"怎么样,看中合适的地了吗?"管委会的人问他。

"看中了!看中了!"汤君年有些激动地试探道,"能多要几块地吗?大一点的……"

"干什么用?"

"靠近外滩对面的是商住公寓楼,远一点的地方想建个高尔夫球场。"汤君年说。

"能定下来吗?"管委会的负责人都凑了过来,一双双眼睛紧盯着这位台湾起家的、又在香港发了大财的"浦东侨胞"。因为,浦东开发的定位此时早已确定:要建设成未来世界级的现代化金融中心、商贸中心,考察全世界发达城市的结果是:能够把国际顶级大亨们请去投资的地方,都有高尔夫球场!

建高尔夫球场是上海——当然也是浦东梦想了很久的事！现在有人送上门了，能不令人暗暗激动？

"定下了！我要在浦东建目前亚洲乃至世界上数一数二的高尔夫球场。"汤君年不愧是港台界经济大亨，说这样的话就像上海人讲的"笃笃定定""小事体一桩"。

"马上草签？"

"签！"

就这样，汤君年成了港台地区第一位投资浦东的商人。他"汤臣集团"的第一座酒店大厦也在陆家嘴一层层地建起……

"那个时候我们刚到浦东投资，就住在自己建的楼里，先生把我从北京的拍摄地拉到浦东，我站在楼里往四周一看，吓慌我了……"徐枫做了一个夸张的动作。

"咋啦？"我被她弄得一头雾水。

"那天我是前一天晚上到后住下的，第二天一早往楼底下四周一看，竟然一个人也没有！我吓坏了，问先生，说这是哪个地方呀？是城市吗？他笑了：暂且还不像，过几年就是了，而且一定是世界上少有的漂亮大都市。"

"很多人说我先生不像是生意人，倒像是个浪漫的诗人，我发现他真的有点像诗人，尽管他平时话不多，看上去很沉稳的样子，但他骨子里像个激情浪漫的诗人。至少是生意人中的诗人！"徐枫侧着头，陶醉在幸福的回忆之中。

"吃过早饭，他说拉我去看'我们的高尔夫球场'。"徐枫又开始她的故事，"那天我觉得至少我们开了几个小时的路，后来到了一片沙滩似的地方，因为那里长满了芦苇……先生在前面披荆斩棘，我一脚高一脚低地跟在后面，拨开一片草丛后，他指指前面一片农田和水沟地，说：老婆，这是我们的高尔夫球场。我当时吓坏了——都要晕过去了！"女演员又一个夸张的手势，不过我相信这回并不是演戏，因为她把我引入一个开发之前的"原始浦东"：一片杂乱、荒芜，与城市毫无关系的乡下之地。

汤君年一手扶着娇滴滴的夫人，一手指着前方，充满诗意地说：用不了十几年，这里一定是上海最美的地方之一。

"当时听了他的话,我点点头,又摇摇头,因为一方面我特别相信先生的眼光,他在做生意方面是天才;另一方面我无论如何也想象不出眼前这块地方会是上海最美的地方……"徐枫女士说,"那一天,我的心都凉透了,怕先生带我们一家人陷在浦东那块烂泥地里。"

"相信我的判断吧!而且我觉得你也应该改变一下工作了:别把拍电影搞得那么用心,这样伤身体……"汤君年与徐枫是有名的巨商与佳人的结合,且一直恩爱如初。此刻,风华正茂的汤君年挽着娇妻,十分关切地说道。

"不,生意是你们男人玩的,我是艺人,我只追求艺术,而且电影可以永恒,钱再多人也是会死的。"妻子说。

汤君年笑了,说道:"电影费时费力,也许还不一定所有人喜欢,可建筑不一样,它每一分钟都在改变……"

这是一对各自钟爱自己事业的夫妻,并且各自对自己的职业有独到的理解和阐释。

回程的路上,他们的车子路过繁华的浦西和外滩。妻子便问:"为啥不在浦西投资?"

汤君年说:浦东是一张白纸,而浦西已经是一幅蛮好的画了。

这个理妻子懂,于是她再也不问了,像以前一样怀着一颗崇拜的心,完全彻底地听从丈夫的所有关于"投资浦东"的决策。

从那天起,汤君年像一位初恋的少年见了心上人一般,着了魔似的全身心地扑到了浦东——

他买高尔夫球场,本来可以3000万美金就能拿下的地皮,他却慷慨多给90万。他悄悄对妻子说:我要确保这个项目属于"汤氏"。

他又开始筹建五星级酒店、甲级写字楼和汤臣商业中心。为这,他干脆在浦东注册了"上海汤臣集团公司"。

刚刚把前一批项目签约下来。他又开始在浦东那些尚在规划之中的空地上到处奔跑。"这一块我要。""那一块也给我留着……"他把浦东管委会的人也吓着了!

怎么,怕我没钱?汤君年拿出一张香港报纸:你们看,这是我刚刚交易的一笔产业——我把铜锣湾的"世贸大厦"卖了。22亿美元！可以在你们这儿干一阵了吧？

"那座楼在香港是太好的地方了！前些年我回去，他们告诉我，现在那个大厦可以卖到400亿，可当时为了给浦东这边凑投资项目的钱，我们才卖了22亿……"徐枫说到此时，看得出，心疼得又快要死了！

真是个有趣的女人。

"浦东汤"的名字就是这样被叫出来的。当时浦东并不被港台商们和外商们看好，于是有人嘲笑汤君年，所以给他起了个颇有挖苦味道的"雅号"。

汤君年知道后笑笑，说："我喜欢这称呼，一来我本来就是浦东人，二来我非常看好浦东，此地将来一定是世界经济舞台的中心。告诉你们吧，我已经准备在浦东一直干到退休，已经打算在高尔夫球场旁边盖点别墅，然后一边做点生意，一边养老。"

这人，不是神经出了毛病，就是给大陆"赤化"了！港台人这样说他。

"汤先生这样的举动，在当时确实非常不易，精神可嘉。""浦东赵"等认为汤君年是真正的爱国人士，他对祖国和浦东开发怀有一颗滚烫的心。

在一次次的采访中，我发现"浦东汤"的故事，原来并不比"浦东赵"的故事少，这很让我意外。"因为汤君年先生和他的汤臣集团，几乎没有断过在我们浦东开发投资，他去世后的十几年里，其夫人徐枫女士带着两个儿子也一直在浦东投资，而且汤臣集团的资产多数是在浦东和上海落地的，这在港商、台商还有外商中，难找出第二个。"浦东新区的新老领导都这样说，"尤其是开发初期到亚洲金融危机那些年，我们浦东走的路其实非常艰难。说到底，就是当时真是没人看好我们，加上国际大环境对投资我国极为不利，以汤君年为典型的港商，确实表现出了像一家人的那种投资热情……"

当第一次听到"香港和上海"其实是"一家人"时，我非常吃惊，了解历史和两地的渊源，方才恍然大悟。原来这两个同为中国、同为亚洲的著名城市，一开始就像是一对孪生姐妹一样。你艳我更艳，我耀眼你追着更耀眼。

香港开埠于1841年，1843年上海跟着开埠。没过多少年，就有人如此道："自香港兴而四镇逊焉，自上海兴而香港又逊焉。"而晚清时，就有英文报纸称，在上海的英商自认为高出香港英商一等。所以有则街头笑话：在香港，一位说着粤语的香港老汉，见了一位说上海话的老大妈，拿出一副瞧不起的样子。那位老大妈连眼皮都不抬一下地说：哼，阿拉在跳澎恰恰时，你们还在种番薯呢！

据说在老一代的香港有钱人中，上海籍人士占绝对多数。在香港的上层社会常听到有人这样说：阿拉就是香港人，香港就是阿拉人。就是现在，我们知道的香港娱乐圈里，说上海话是最吃香的。

粗略看一下历史就明白了：差不多同时开埠的一南一东的两个中国海边大城市，南边香港开埠时主要是英国人做生意，开鸦片市场后云集了周边渔民及乡民，渐成了城市；而上海开埠前后，迁移去的相当一批人是从经济最繁荣的苏州和宁波等城市过去的精英人士。这完全不同的"城市结构性基因"，自然决定了两个城市日后完全不同的人群层次结构。

但一场日本人发动的战争，让这两个城市之间发生了前所未有的"融合"。有一个数据称，1931年时，在香港的上海人只有3768人。那时，广东地区以外的华人没有多少人是考虑移居香港的，所谓"省港一家"。1937年抗战全面爆发前，香港是一个人口在100万左右的广东人移民城市。战争全面爆发，香港一时间成为了"避难港"。1937年至1941年的四年间，人口一下增至160多万。这个时期香港才第一次有了广东人以外的"外省人"，其中不乏上海来的商界和文化界的精英。作家萨空了曾言：上海人到港的多达十几万。张爱玲的小说《倾城之恋》里也有一句话这样说："这两年，上海人在香港，真可以说是人才济济。"

第二个高潮是中华人民共和国成立前后的几年。由于受蒋介石国民党集团和国际上对社会主义制度的感众影响，作为中国内地最大的工业城市和工商业最发达的上海，在国民党决意死守上海滩的消息传出后，相当多的上海有钱人就开始纷纷迁移到香港，因为台湾太小、太远，而香港则是"一张火车票"就可以抵达的地方。有钱人去了香港，他们身边的佣人，也被带了过去。就这形成了名副其实的"上海帮"。中华人民共和国成立后的三五年间，由于国内实行了工商革命，一些资本家纷纷迁居香港。几股"阿拉上海人"汇合在一起，形成了更强大的香港"上海帮"。

复旦发展研究院的张乐天教授有过这样的评价："1949年前后移居香港的上

海人有很多是商界人士。让我感到惊讶和感慨的是，这些人蛮进步的。先前以为当时这些去香港的人都是因为害怕共产党才无奈跑到那边的。但后来发现他们跟大陆联系密切，尤其是生意上往来更紧密。"

上海的文友们告诉我："中华人民共和国成立前后，南下香港的上海人大多是有一定财力的。比如后来当第一任香港特首的董建华先生，他是地道的上海人，1937年出生，后在上海南洋小学读书。1949年才随父亲到的香港。所以董建华当了特首，离开上海几十年后，'上海话仍然好得一塌糊涂'！而他董家的人品底子和生意底子其实也都是在上海打的。"

几十年以后，香港的精英层，相互之间也在融合，本地的（广东籍）和英殖民统治时期培养起来的与上海来的三股主要势力形成了现今香港最有钱有势的阶层。因此浦东开发开放之后，上海为了拉拢海外投资，第一站就到了香港，因为"老娘舅喊外甥做事体，不会有第二句闲话"。这就是上海人的精明之处。

上海人和香港人一定都还记得，在1990年4月李鹏代表中央政府在上海宣布浦东开发开放的决策后，隔了一个多月，书记市长一肩挑的朱镕基便率团到了香港，而且整整待了一周，与他一起去的还有汪道涵这位上海"老娘舅"。他们在香港见的除政府官员外，就是工商界和金融界的精英人士，其中不乏许多"老上海"。那时的外部环境对中国开发开放极为不利，西方世界的反华仇华势力不用说，他们希望中国的社会主义制度像东欧一样"动荡"。而有钱的华裔华侨和港澳台三地的华人，特别是与上海有着千丝万缕亲情关系的香港精英人士，此时对内地形势很担忧，也就自然对浦东开发开放抱着将信将疑的观望态度。朱镕基出发前对访问团的人员说得很清楚，此番港行，主要两个任务：一是热络感情，二是宣传上海和浦东开放不变政策。后来到了香港，又多出一项任务：解释"浦东开发开放不会替代香港地位"问题，因为当时港人对此颇有担忧。

黄菊出任市长后，也是第一站就到了香港（与出访英国不是同一次）。黄菊在香港短短的几天时间里，先后做了4场专题报告，每一场都与浦东开发开放有关，尤其是那场"起飞中的上海"，黄菊激情宣传浦东开发开放的新特点、新思想、新思路、新举措，给港人留下深刻印象。此次最大亮点是黄菊与李嘉诚签下了一个大项目：上海港务局与香港和记黄埔公司各出100亿人民币成立上海集装箱码头有限公司。当时是浦东外高桥注册资金最大的一家合资企业。黄菊在签约现场激情道:"进行那么大项目的合作,在我国港口发展史上还是第一次。上海市政府努力在20世纪的最后几年把上海港建成深水港。"现在我们在浦东外高桥和洋山港看到的世界最大吞吐量深水港,应该是黄菊他们当年的香港行打下的基础。

"那个时候,我们新区管委会每年都要派出几个招商团到香港,市政府还特意在那边成立了上海实业公司,专司'上海帮'富人和香港工商界联络洽谈到浦东和上海的投资合作项目。"负责浦东招商引资任务的副主任胡炜说,而他本人也是香港的常客。

"汤君年先生是我们所接触的港商中最早一批对浦东信心满满的投资者。他们对上海、对浦东的感情之深令我们感动和敬佩,也正是这样,他们对浦东开发开放信心越足,投资越多,越让我们感到不能让这些同胞的投资打水漂。像汤先生到浦东投资,那真是把身家性命都押了上去,你说我们在管这一摊的人哪里敢怠慢与出岔嘛!"胡炜说,当时他和赵启正、黄奇帆等管委会的负责人,为了帮助汤君年落实投资项目,从选地到立项,再到开工,到销售及回收成本,都要出面盯着,生怕中间出现意外。

"那个时候招商引资是浦东的第一要务。来一个谈投资的,我们就像见了亲人一样;如果再把投资意向协议签了,那就等于'吃了一顿喜酒'。"一位当年参与招商引资的工作人员说。

"现在大家见浦东那么多大楼、那么漂亮的环境,其实当时每谈一个落地项目都非常不容易,尤其是开发初期的前十来年时间里,冷不丁地碰到这样那样的'形势',叫你常常无回天之力。大家都知道做生意时,最怕旁边有人说风凉话,泼冷水和拆壁脚。我们那个时候遇见这种事多得能堵断黄浦江……"从这位"老浦东"嘴里,知道了许多当年浦东开发开放初期的"趣事":

比如外商和港台商来"141号"小院谈投资,这中间肯定涉及到土地、税收和其他条件,一宗不管大与小的生意,买卖双方总会有不同的认知,而第一次就谈成的其实并不多。这个时候,守在"141号"小院外面等吃"漏食"的外省、某市的另一种招商者,就像大商场门外的摆地摊者一样多,他们往往以各式各样的"优惠"来诱惑原来来浦东投资的外商和其他投资者。

"有时候能把人气死！"这位"老浦东"说：比如我们刚刚草签了一份投资项目，第二天投资商就过来说要解约，原因是我们的地价贵了，"你们旁边的某某地方白送我们地皮"。因为这，浦东人常常白忙乎半天，最后落得两手空空。

"错了。能够通过我们浦东开发平台，把想在国内投资的投资者引进来，且落地生根，这也是浦东开发开放的一大成果。手心手背都是肉，何必太在乎是不是最终在浦东投资！"管委会主任赵启正胸怀大度，思想又解放，他这么一说，也就消了下面招商人员的不少气。

其实，这并不是当时招商引资遇到的最大困难。

"要真正让投资者放心在浦东做生意，其实除了我们设定的各种政策与优惠条件之外，最重要的恐怕是不要因为我们的工作失误与无法独立控制的某种政治和社会环境，影响或伤害了投资者的信心。还有，如果把钱留在浦东的人，他们的心和情感也能留在浦东，这一定是浦东开发开放最重要和最长远的收获。"我一直记着胡炜先生说过的这话，因为这里面包含了招商引资以及所有对外关系过程中最核心与本质的内容。

钱有价，人心无价，感情更可贵。这是为什么有的人一生没有挪动一个地方，有的则浪迹天涯的根本原因。

"浦东汤"顺风顺水、倾力倾情、热火朝天投资浦东的时刻，遇上了意想不到的"暴风骤雨"；而在这关键当口，同样考验着主政浦东开发开放的管理者们的真诚与能力、智慧与情感……

"在浦东最好的地段，盖了最好的房子，卖了最好的价钱，他'浦东汤'还碰上啥困难，那还有人不倒霉吗？"其实，还在我没有动笔写文时，走在陆家嘴黄浦江边的那宽阔又美丽的绿荫下，我已经听过那些路经"汤臣一品"的游客们在如此议论。

当我把同样的话端到今天的徐枫女士面前时，她的眼睛瞪得大大的，然后又马上不停地耸动着双肩，十分激动地告诉我："外人哪里知道呀，那楼我们并没有赚到人家想象的那么多钱嘛！反而麻烦多得一塌糊涂……"

又让人弄不懂生意了！

从旧闻中还能找到有关"汤臣一品"开盘销售的爆炸性新闻：2006年8月3日，汤臣一品以单价13万/平方米的成交后，一夜间创造了中国豪宅的最高天价。13万/平方米的价格是其最高的历史价格。最低价为124459元/平方米。从开盘到现在一共卖了四套：A栋3801、1501、1601、1701四套房子。

"没错，最初销出去四套，就是这个价。"当我读着上面这则"新闻"时，徐枫女士马上回应道。但她立即话锋一转："可你知道吗？这报道一出来，第二天就有人找上门来跟我们算账……"

"谁？"

"税务官呀！"她的嘴和眼睛一起张得大大的，"他们提的问题，把我吓坏了！"

"怎么啦？"

"他们说你这么高的销售价，得交足啥啥税、啥啥税……总之，念了一大串我根本听不懂的税种，七加八加，我的秘书告诉我：至少我们每套要交掉一大半的收益！这还不是最吓人的，他们按照这销售的4套均价，乘以整个楼盘的200多套，然后再按照他们给我念的税种一加，得出的数目，把我吓得呀就想当场跳楼！"徐枫女士说完此话，小跑地走到窗户前，表演了一个准备"跳楼"的姿势——不愧是演员。我心头直笑。

"这可不是演戏。"重新回到桌边的她说，像开闸般地"放"出了当年的一泓苦水："汤臣一品'，是我先生精心打造的一例专门为那些到浦东来投资的外商们准备的商住两用高档公寓。我先生懂这房产市场，他之所以敢在浦东最黄金的地段建最高档的公寓，就是响应浦东开发开放的定位：建设国际水准的金融贸易中心、商业中心。那样就会有世界顶级的商界"大佬"云集到浦东，他们来了就要找舒适、豪华的栖息处。我先生是个非常用心的人，除了请顶级的一流外型设计师外，房间内部的每一个细节他都亲自关注，光方案都改来改去几十遍，连一个门的拉手、临江的窗户及透光角度，他都要反复测试，直到找不出任何毛病时才肯罢休。我先生告诉我：他是浦东出生的人，他要盖绝不比世界上任何一个城市差的公寓，让那些来浦东的"大佬"们看得起上海，忘不了浦东。他还告诉我，我们除了给世界上的"大佬"们盖最高档的房子外，一定要盖上海百姓买得起的房子。所以我们汤臣集团在一边盖像"汤臣一品"这样的超豪华楼房同时，也在另外的地方建了只卖四五千元一平方米的住宅楼……

可外界不知道我们有苦难言的两件事：一是"汤臣一品"开始的楼盘销售不仅光卖出了4套，而且这4套是高层的好房间，现在大家都知道了，越高层价格越高嘛！其实当时五六层以下的我们也就卖五六万元一平方米，哪知媒体一炒作，好像我们整座"汤臣一品"几百套房子都卖13万元一平方米！税务官就是这么个算法，不把我吓得跳楼才怪嘛！

"当时我先生去世才一年多，我一个演戏的女流之辈，哪能见我们全家辛辛苦苦凑钱、贷款盖的房子，结果还没卖就要先交多少多少亿税金……你说我是死还是活嘛？"徐枫女士讲到这儿泪水盈盈。

但她又立即破涕为笑。"浦东新区赵启正、周禹鹏、胡炜、王安德等官员知道这情况后，马上帮我们向有关部门说明情况，这才实事求是地化解了问题。"

其实，在汤君年生前，汤臣集团在浦东开发过程就历经过多次"暴风骤雨"，而且汤臣集团差点彻底翻船。

那个时候的苦处基本上都是我先生一个人扛的，我一心在拍戏，两个孩子还小，我先生为了浦东投资，可以说是"九死一生"。徐枫女士这样形容。

先说他的"九死"：

1992年第一次踏上浦东大地后，在港台生意场上做得风生水起的汤君年，一腔热情扑进了故乡的怀抱，他像诗人般的"狂热"，在浦东开发区域，以自己的浪漫畅想，连连圈了好几块地。之后，他采用在台湾搞房产的经验，以预售制度及银行融资的方式推进自己的几个浦东房产项目，即以一元做十元的生意。哪知，九十年代中期，国内的形势变化，先是因那场"政治风波"造成的经济倒退和停滞；后来"南方谈话"后，又出现各种过热，随后便是严厉的宏观调控，全面整顿房地产开发市场是其中的重点。浦东"空楼"现象一直延续至世纪初。张开十指的汤君年，怎能吃得消如此折腾，已经投入浦东市场的6亿美元不仅不能及时收回成本，后继"买地"的银行贷款已经天天有人追在身后催账不止。"没有别的办法，只能把公司在港台的资产楼盘一栋栋变卖出去，但还是赶不上还贷。"徐枫女士回忆那段往事，又一次流下辛酸泪水。

"浦东汤"，这回彻底泡汤了！香港和台湾那边的坊间传闻，渐渐变成了报纸上公开的热点"新闻"。那时香港尚未回归祖国。港英政府借机对汤君年下黑手，罗列"证据"，称汤有"恶意向中国大陆转移资金"嫌疑，官司轰动港澳两地，因为汤氏在香港的一大笔投资与澳门"赌王"何鸿燊是股权上的合伙人。

内外夹击、沪港两地受挫的汤君年终于病倒了，而且港英政府还给出了限制他出岛的"法律书"。

"那个时候，我的电影《美丽上海》正在公演，赶回香港看到躺在病榻上的先生，好不可怜！"徐枫女士眼里又是泪汪汪。而很快她又再次破涕为笑，讲道："现在我对人说：我们汤臣集团跟徐匡迪、'浦东赵'、周禹鹏、胡炜等领导是有很深的'革命感情'，是他们在我们最困难的时候，救了我们，救了汤臣在浦东的所有投资项目……"

我后来的采访，证实了徐枫女士的话。

在汤臣集团资金断裂面临破产边缘，以及人身安全没有保证的时刻，上海市和浦东新区果断出手，帮助他调配土地，将贷款置办的一块土地介绍给另一家看中的外商，迅速获得一笔重要资金。随后，又派出专人到香港汤君年的家里去慰问，明确告诉这位爱国人士：香港"九七"回归后，强加在你头上的所谓"嫌疑"，将烟消云散。

"汤，你不能躺着，站起来！上海和浦东是你永远的靠山，一个无比热爱祖国大陆的人，祖国大陆也将永远与他站在一起！"上海来的大陆亲人如此说。

"谢谢。谢谢你们！"病榻上，从不在商战场上掉眼泪的汤君年，此刻紧握着上海来的"自家人"，情不自禁地热泪倾盆……

后来，汤臣集团在浦东的投资项目很快连上了雄厚的资金链，于是除了"既是第一，也是唯一"的陆家嘴金融街最佳地段的"汤臣一品"外，毗邻的"汤臣金融大厦"（56000平方米建筑面积）、通往浦东国际机场的张杨路上的"汤臣洲际酒店"（43000平方米建筑面积）、"汤臣中心"（70000平方米建筑面积）、外高桥自由贸易区的"汤臣国际贸易大楼"（46000平方米建筑面积）、占地90公顷标准18洞杆的浦东唯一的"汤臣高尔夫球场"和建筑总面积近20万平方米的"汤臣豪园""汤臣豪庭"，以及百姓住得起的好房子——"湖庭花园"1期、2

期……或拔地而起，或大兴土木。一时间，曾经被人嘲讽"泡汤"的汤臣集团，雄风再起，耕耘在浦东这片热土上……

十多年过去了，徐枫女士已经从丧夫的极度悲痛中解脱了出来。现在她的大儿子已经接她的班，成为了"汤臣集团"的新一代掌门人，浦东大地上的生意越做越红火。

"我先生是突然发病离世的。最初的一段时间里，我们全家都患忧郁症，尤其是我，根本连床都起不来。"徐枫女士说，"我是一个女流之辈，以前只会演戏，哪会生意上的事嘛！先生这一走，留下那么大的一个摊子，我还要带两个儿子，吓得都不敢想事，也是上海的'浦东赵''浦东周''浦东李''浦东胡'他们向我伸出了援助之手，才救了我们娘仨，救了汤臣集团……"

一个在浦东大地上拥有百亿资产的香港女士，谈起往事，泪流满面。

最后她又一次破涕为笑，指指贴在墙上的一幅红字书法，说我现在的心境和生意，就跟这六个字一样：健康、快乐、自在。

她还十分自豪补充道：自己的先生虽然走了，但上海并没有忘记他，先后授予他"对浦东新区开发作出积极贡献的境外人士""浦东新区荣誉市民"和上海市人民政府授予外籍人士的最高奖"白玉兰荣誉奖"。

汤君年的名字被铭刻在洁白的大理石上。而"浦东汤"的美称，则与高高耸立在浦东大地上的无数"汤臣"一样，也如黄浦江上那些飞来飞去的鸥鸟一样，被人不断赞美……

"汤臣"和"浦东汤"不是唯一，只是浦东成千上万投资者中的一个。而能够成就这成千上万"汤臣"，并使之成为铭刻于黄浦江东岸这片土地上的"浦东汤""浦东李"者，是那些富有激情和浪漫的"浦东赵""浦东倪"和"浦东王"……

有一天，我坐车路过繁华的陆家嘴金融区，看到一群特别的楼宇，那些名字显然具有"兄弟"省市和中央部委的标签，像片片金子贴在那块闪闪发光的大地上，使得浦东到处可见"中华"旗帜猎猎飘扬、庄严威武。

"这里的故事也是蛮多的。"又一位"老浦东"对我说：浦东开发初期，诸多外商由于受国际政治影响，在观望中迟迟不决时，中央决定浦东开发开放，则让全国各省市和中央单位热血沸腾，尤其与上海血脉相连的长江三角洲的省市和中央部委，纷纷派员前来浦东"探路"。

"我们一直讲上海既是上海人的上海，也是全国人民的上海。现在，中央决定浦东开发开放，同样的道理，浦东既是上海的浦东，也是全中国的浦东。过去上海在关键时刻，得到了全国各地的支援，今天，兄弟各省和中央部委对浦东格外有感情，我们不能做辜负人的事，要以最热情的态度和最优惠的政策，迎接兄弟省市和中央部委在浦东的每一个建设项目，要比做自己的事还要认真地做好每个项目，打好手中的'中华牌'……"市政府会议上，朱镕基、黄菊等几任领导，几番布置强调，多次督促检查。

"这是'001'号省部楼！""老浦东"指着一栋并不太起眼的楼宇，说。

"中电大厦。"我看清楚了。

"别看它现在一般，当年它也曾威风过。""老浦东"说。中电大厦于1994年底便建成，并且成为浦东新区首幢智能化大楼，因而被颁发"001"号"省部楼"证书。

"中电大厦"拔地而起，宛如乐队的领唱，立即唤起了各省市部委的"大合唱"。

"那个时候这一片非常热闹，有点'比学赶超'的味道。""老浦东"套用了一句老话形容道。

"紫金山大酒店！"我看到了气宇轩昂的家乡大楼。

"江苏是经济大省。一出手投资就是七个亿……""老浦东"又指指旁边的"齐鲁大厦"，说：这两栋楼都是五星级，是最早给浦东"捧场"的"顶呱呱"朋友。

"它俩在浦东开发初期，给我们带来的'流量经济'非常可观，值得书写一笔。"

"啥叫'流量经济'？"外行的我问。

"就是高档次有特色的饮食与宾馆服务业，招揽了广大的客人，形成巨大的人气所产生的经济形态。""老浦东"用我听得懂的语言解释道。

"'裕安大厦'——渴望富裕的安徽人民的楼吧?"我读着一座楼名说。

"说对了。这是一栋'有故事的楼'。""老浦东"娓娓道来：安徽在建这楼时，恰遇大水灾。当时有人担心可能会使这楼成为"烂尾楼"。但当时负责这项工程的安徽省副省长汪洋对我们说：水灾是暂时的，安徽也想搭浦东发展的快车，期盼早点富裕起来。浦东的工程，就是全省人民勒紧裤腰带，也要盖起来！"安徽省领导和人民的这份情意，给了我们极大鼓舞和安慰，所以后来这栋起名'裕安大厦'，意味深长啊！"

是啊，浦东，一座楼，一条街，仿佛一个个站在我面前准备讲故事的人和已经印在纸上的篇章，它们似乎只需我的一声指令和一个动作，随后便会滔滔不绝地讲述那些令人激动和感动的精彩往事，掀开浦东昨天的一幕幕画卷……

13

遐想中的怦然心跳

今天的浦东美在何处——人们通常会说是陆家嘴那块最繁华的"三角型"地块,以及由世纪大道延伸至世纪公园的那一片。恐怕大多数人都会惊叹:美!太美了!

再细说,恐怕真的一两句话说不清。

其实,在我看来,今天的浦东(具体指的就是陆家嘴金融区那一块,从南浦大桥一直顺着黄浦江转角到杨浦大桥)之美,并非从设计图上所看到的那种"规划美"——那种美只能在设计师眼里或高空的俯瞰下才可能体会到。人在巨大的楼群与网状的马路上,其实是看不到真正的城市规划之美的。而浦东的规划美到底是什么,很难说,也很难判断到底是不是真正的"美轮美奂"。

然而有一点可以肯定:浦东的美,与外滩那边的"老上海"之美很不一样。从建筑美学这个角度看,外滩边的那些"老上海"建筑,排列在一起,是一种历史感很强的西方古典式之美,是集各国建筑之大成的美,由于它具有明显的古典主义风格,所以它很像戏剧中的"历史剧"。浦东不一样,它应该算是建筑和城市学上的"现代剧",时尚感和灵动感一目了然。

没有与上海的朋友们讨论过,似乎也没有正式看到浦东开发之后关于"新上海"的"规划思考大成"。肯定有,但到底达到何等的细致、何等的样式,并不清楚。可以理解的原因是:浦东开发开放是在一个特定时期的时代产物，虽然既有上海人民发展所需要的渴求与愿望，但更多的还是政治形势和社会发展"逼"到一个十字路口后，多方合力"憋"出来的一个宏伟决策。它的产生过程，基本上是：几个有志改变上海旧貌的"智者"，顶着种种风险与压力，在谋划与主张，然后在一定范围内求得层层领导支持，最后在水到渠成时，又一场突如其来的"政治风波"逆动力的推动下，由改革开放总设计师邓小平"钦定"，作为一块"王牌"，向全世界宣告它的正式诞生……

老实说，无论是汪道涵，还是后来跑到浦东为开发办揭牌"开张"的朱镕基，还是被要求"一年一个样，三年大变样"的黄菊等领导，实际上都没有时间细细地想明白浦东应该建成什么样的新城风格。但我也看出来了，大家有一点是共同的：一定是"洋"气的，像曼哈顿一样，但不完全是曼哈顿；一定是现代和时尚的，像巴黎或者东京，但绝对不能是跟在别人后面走的风格……到底是什么样，没有一个人能够讲得清楚。不过，聪明的上海人，在自己没有想出个"什么样"时，并非采取了盲目无知的主观决断，以及随意的"造城运动"。过去，或现在，中国的多数城市都是缺少整体规划的，随意性和过度的"长官意志"的决断，造成或千篇一律，或"摊大饼"的城市"成长"之路。改革开放近四十年，中国城市化发展惊人，新兴城市有几百个，但留下深刻印象或者能够成为"历史遗产"的极少，原因就是上述所言。

浦东该建成什么样？上海人想清楚了吗？其实也没有。然而他们的所长就在于有一种清醒——自己不懂的就求助他人，自己达不到高度的就请教他方，自己想不周全的就让多方人士共同出谋划策。

1990年5月16日，在刚对外宣布"浦东开发开放"不到一个月，朱镕基亲自跑到市规划设计院，同五十余位专家及管理人员座谈。他开门见山地说：为什么我一直想到市规划院来？因为规划很重要。建筑质量百年大计，而规划是关系到子孙后代的大事，能影响到很长一个历史时期。

继而他明确指出，上海今后的城市规划要求是，既要保持上海城市本身的风格，又要符合现代化城市发展的潮流。要考虑到对外开放的、国际化的、以外向型经济为主的城市特点。并且特别强调"一定要考虑到城市的远景，不能把标准定得太低了"。

这个方向性的原则，集中起来可以用一个字来阐明朱镕基的"浦东城市规划思路"，即潮。也就是说，浦东的城市模式必须具有对应于"对外开放的""国际化的"和"以外向型经济为主"的风格，这就是"潮"，也可以理解为"洋气"。这一点，其实是继承了上海的城市景象的"精神"，即它骨子里的"海派"和"洋气"。

应该说，凡是到过今天的浦东——特指陆家嘴金融区那片繁华区，所有人都会被"潮"和"酷"震撼、吸引，它往上"长"的部分，可以同纽约曼哈顿相比；它在地面上延伸的街道和公园，可以同巴黎与伦敦相比；而与黄浦江紧贴的滨江道和宽阔的绿荫地，又可以与新加坡、印尼的巴厘岛相比……

其实，关于城市规划与建设本身就是一门非常高深的学问，它比拉一个投资项目要复杂得多。浦东作为世纪之交的"世界最大的开发地"，其建成何等"模样"，也强烈而紧迫地考验着浦东开发者与管理者。

旧上海外滩式的"万国博览"建筑风格，显然不适合浦东。"墙"即"城"、"门"即"口"的中国传统城市风格，同样不适宜浦东。因为，"每一个伟大的城市建筑设计师……必须对他自身所处的时代、时刻和时期，有着伟大的、创造性的理解"。美国天才建筑学家劳埃德·莱特先生这样说，是因为人类从约公元前3500年的"新月沃地"开始有城市之后，文明（其实英语中"文明"一词来源于"城市"）不断地向地球每一个角落延伸的过程中，其风格一直在变化，一直在相互交错间提升与融合，并且成为各自的新风格。从古埃及的金字塔建筑、希腊神庙式的古典建筑、罗马拜占庭式建筑，到中世纪的修道院和哥特式教堂建筑、"从黑暗走向光明"的文艺复兴时期的圣彼得堡大教堂和兰特别墅式建筑，还有进入工业革命后的"为工人居住服务"和"回归人性"的城市风格，以及到了二十世纪像美国的曼哈顿和战后的东京等城市的那种以摩天大厦为体的"商业教堂"式城市风格，助推着浦东这块"20世纪最后的开发地""21世纪最耀眼登场的新城市"的激情设计理念……但，谁能把控和清晰地说出浦东的"潮"到底应该是什么？"潮"又能"潮"到何种地步，何种水平？

"其实，城市建设就是一个魔盒，假如释放不当，'妖魔'将四处横行。设想，一个城市如果过于拥挤，人会感到窒息；如果大街上永远空荡荡，一座座摩天大楼里没有一个人的话，又多么恐怖！"这句话是一部被《纽约时报》称为"也许是城镇规划史上唯一最有影响的著作……也是一部极富文采之作"的《美国大城市的死与生》的作者——加拿大建筑理论大师简·雅各布斯的话。此人很称颂另一位大师霍姆斯的一段话——

  除了无条件地接受宇宙之秩序外，近来我最赞赏的文明之功绩是它造就了艺术家、诗人、哲学家和科学家。但是，我现在认为文明最伟大之处并不在于此，而在于这芸芸众生都能直接感受到的事物。人们常说我们太沉溺于生活的方式，我却要说，文明的价值就在于让生活方式更加复杂；人们的衣食住行需要的不仅是努力工作，还要用头脑思考，而不只是简简单单、互不关联的行为。因为更复杂、更深入的思考，意味着更充实、更丰富的生活，旺盛的生命。生活本身就是目的。若问生活有价值否，唯一答案，就是你是否拥有足够的生活还有一点不能忘记。我们每个人都已濒临绝望。我们正在漩涡中下沉。托起我们的身体使我们浮出水面的，是希望，是对生活的价值和我们努力的不可解释的信念，是心灵深处源自我们力量之发挥的潜意识。

不一定是外国人说的话那么"绕口"，也可能是翻译本身就有问题。但霍姆斯的话，还是能够理解的，那就是，城市的目的是为了人的生活，人生活在城市"幸福"和"舒适"，并非简单的"花园式城市"能做到的——"花园式城市"能使人幸福和舒适，在上世纪六七十年代时就被一些城市学的专家狠批过，因为"花园式城市"在一些西方国家里，并不能很好地平衡穷人与富人之间的差异。什么样的城市是"最好的"，几乎没有人找得出来，只有一个哲学概念似乎还能沾点边，那就是"秩序"，一个城市的好坏，关键是秩序。而秩序的建立，是根据这个城市的功能来体现的。浦东开发者的聪明之处，在于他们明确了浦东属于"对外开放型的""国际性的"定位，这就不用过于考虑它是"中式"还是"欧式"，它只需要给人以强大的震撼力和冲击力，当然是在那种具有审美意义下的强大的震撼力和冲击力。

谁来完成这种激情与浪漫的构思？中国自己的建筑师显然力不从心，那么就全球招标！

上海人的开放性和"海派意识"，就是从这些具体的和宏观的城市战略与战术上潜移默化地孕育出来的。在一件拿不准的事情逼到自己面前时，他们的做法是：走出去看，再请人进来当面学，然后自己静静地思考与研究，最后作出正确的决策。

第一次到巴黎的拉德芳斯新区，朱镕基就曾对同行的上海同事们说过这样的话：浦东至少要达到这样的水平，而且比拉德芳斯更现代，更大气，更具有我们自己的风格与水平。其实上海人心里憋着一股劲：中国作为世界大国，我们落后了几十年，甚至上百年，现在要赶上世界先进发达国家，城市建设也要赶上古老而又时尚的欧洲，赶上现代而又前卫的美国、日本等。而这，也根藏于多数中国人的心中。

"先拿出陆家嘴的1.7平方公里的黄金宝地，招纳国际规划大师来献艺！"朱镕基的主张和意见，获得了上海和浦东开发者上上下下的一致赞同。深圳的脚步走得太快了，城市建设无法实现中国人的上述理想，而浦东有了这种成熟的机会和可能。

陆家嘴金融区开发总公司具体承担了这项任务。他们立即动手，与世界著名设计所取得联系，并从中选择了英、法、日、意和中国五个国家的著名设计院（所）的大师，邀请他们前来浦东实地观摩与考察，然后进行各自的设计。被邀设计师们对浦东的规划设计怀有极大兴趣，最后英国由罗杰斯设计事务所出场，法国则由贝罗设计事务所出场，日本由伊东丰雄设计事务所担纲，意大利是福克萨斯大师独立担纲。这些设计事务所，通常代表的都是当代领衔的大师的风格，曾经在世界建筑史上树立过丰碑，他们的代表作引领着当代国际建筑风尚。

比如英国的理查德·罗杰斯，他于1933年出生在意大利的著名历史城市佛罗伦萨，在这里度过了他的童年。罗杰斯的家庭是住在意大利的英国贵族家庭。其父亲是位医生，母亲是一个从的里雅斯特来的以达达主义闻名的艺术家。1938年，法西斯主义在意大利逐渐占据上风，一场不可避免的战争正在酝酿着。罗杰斯一家便搬到了英国，并且在此定居。先后进过两所传统英国学校的罗杰斯，从小对建筑产生了兴趣，并且有着一种特殊的天赋。他后来对城市的关注和理念都可从他从小受到的教育和对自然科学的兴趣中看出，他的家庭是理性与艺术的结合。罗杰斯一开始向号称"新野兽派领军人物"的史密森拜师学习。1959年，罗杰斯获得了伦敦AA建筑学院发的毕业证书，之后他和妻子兼同事一起去美国耶鲁大学读书，并于1962年毕业。在耶鲁大学时期，罗杰斯跟他的老师学到了许多新的观念，这直接影响了他的建筑理念，尤其是历史课老师文森特对他产生特别深刻的影响。文森特曾介绍罗杰斯跟赖特、Serge Chermayeff还有Craig Ellwood工作。在跟随Craig Ellwood的这段期间，罗杰斯获得一次好机会，使他能对战后加州的钢结构建筑做通盘的了解。1963年，罗杰斯创立了四人工作室。成员是他和妻子苏·罗杰斯，以及朋友福斯特夫妇。他们很快以"高技派"设计知名，并在英国剑桥的建筑师协会学校和伦敦工艺学校教书，之后又回到耶鲁大学、麻省理工大学和普林斯顿大学教书。1970年，罗杰斯与意大利人伦佐·皮亚诺一起创建了红极一时的蓬皮杜艺术中心。之后，罗杰斯又建立了合伙事务所，业务范围也延伸到英国、法国、德国、美国和日本的公共建筑和私人住宅领域，他们的创新精神和高品质设计也享誉世界。

法国贝罗和意大利的福克萨斯，也都是极具个性和艺术风格的欧洲设计大师。比如具有立陶宛血统的马希米亚诺·福克萨斯，从上世纪八十年代开始，就一直在世界建筑设计领域扮演着重要角色，他在多所著名国际大学的建筑系当教授，传播他的建筑理念。他和妻子多丽安娜共同创建的福克萨斯设计事务所，拥有170多名专业人士。马希米亚诺本人是法国总统特别授予的"法兰西荣誉军团勋章"和"法兰西共和国艺术和文学勋章"获得者，在巴黎、罗马、深圳都有分支机构。

上海有许多从日本回国的留学生，他们对日本的伊东丰雄设计大师很是推崇，伊东丰雄也因此成为了浦东的被邀设计大师之一。1971年，伊东丰雄便有了自己的工作室，原名称为URBOT(Urban Robot：城市机器人之意)，此后正式改名为伊东丰雄建筑设计事务所，推出了许多重要的日本建筑作品，从早期带有现代主义理性的线条（如1976年的中野本町之家［White U］和1984年的银色小屋［Silver Hut］），到后期大量的玻璃穿透效果，风格相当明显。1986年伊东丰雄的作品"风之塔"(Tower of Winds)引世人所注目,也将他推向国际当代建筑师之列,此作品呈透明圆柱状,是日本国铁横滨线的北幸地下街通风口,夜间照明相当有巧思,会依据噪音、风速等数据变化。普利兹克奖评委会认为,伊东丰雄是一名"永恒建筑的缔造者",并称赞他"将精神内涵融入设计以及其作品中所散发出的诗意之美"。"风之塔"在2006年获得英国国家建筑师协会颁发的大奖,被列为1990年代重要的建筑作品之一。2001年,伊东丰雄以仙台媒体中心(Sendai Mediatheque)将自己的声望更推高了一层,此独特的建筑作品使他获得2002年威尼斯建筑双年展的终身成就金狮奖。仙台媒体中心是一所让仙台市民使用的图书馆,伊东丰雄大胆地将建筑外观全采用透明的玻璃拼接,能清楚地看见里面如海草般不规则的管状梁柱,使原本坚硬的建筑外观,变成了如水族箱一般柔软,亦有媒体称其为"软建筑"的代表作。2013年3月,该作品获得建筑界的诺贝尔奖——普利兹克奖,是继丹下健三、安藤忠雄等人之后,第六位荣获普利兹克建筑奖的日本建筑师。日本后现代主义的建筑专家们这样描述伊东丰雄:"在后现代艺术运动里,伊东释放了建筑学的古老角色,让它不再仅是人类社会当中高效率的机器,在伊东丰雄的建筑语意中,我们可以看到软而透亮的疆域逐渐形成了一股强而有力的群体;伊东丰雄的建筑显现了都会中的人文环境关系,将今日高度发展的大都会风景描绘得更加具体。在这些建筑理念发展过程中,介于高度经济发展和建筑学理念的达成间,伊东丰雄有顺序地探索了其中丰富的层次。"而伊东丰雄自己也曾说过:"20世纪的建筑是作为独立的机能体存在的,就像一部机器,它几乎与自然脱离,独立发挥着功能,而不考虑与周围环境的协调;但到了21世纪,人、建筑都需要与自然环境建立一种连续性,不仅是节能的,还是生态的、能与社会相协调的。"难怪普利兹克奖评委会认为伊东丰雄是一名"永恒建筑的缔造者",并称赞他"将精神内涵融入设计以及其作品中所散发出的诗意之美"。

果不其然,伊东丰雄给出的浦东蓝图是一个具有现代社会具象的"条形码"图案,预示浦东进入了一个完全不同于过去别的时代的"IT"新时代。伊东丰雄的"浦东IT时代"设计图一送到上海,让上海人尤其是年轻一代看了无不叫绝:伊东丰雄的"浦东"版,像一个巨大的芯片,上面嵌着的高楼,像键盘一般整齐地排列着，象征浦东正向 21 世纪的"IT"时代整装出发。所有的主干道与道路，皆在地下。伊东丰雄的"21 世纪意识"，强烈而鲜明，令人敬佩。

后来，意大利的福克萨斯的设计图也送来了。让人出乎意料的是，福克萨斯笔下的"浦东"是个古典八卦形，中间一条人工河横穿于街道与群楼之中，构思独具一格，也说明设计师对中国传统文化的精深领悟。

随后，英国的罗杰斯和法国的贝罗设计方案也送达上海。罗杰斯的设计继承了欧洲建筑风格，将陆家嘴的地面，做成了一个巨大的古罗马角斗场形建筑群；而贝罗的设计则在黄浦江岸边列排一组对角型摩天大楼，威风凛凛、好不气派！

不愧是世界级大师，他们的设计如果被单独放在你的面前，很难挑出毛病。然而现在是浦东，中国的浦东，上海的浦东，世纪之交的一块象征中国未来的希望之地，它的要求就不是简单的"潮"和"传统"美了，它应当是"潮"和"传统"的融合体、中和洋的结合物，而且不失水准。这就必须中国人自己根据这些国际大师的好设计，吸取其长处，再进行组合。最后形成了我们现在在地面上看到的新浦东……

经过两年多、先后达二十多次的反复讨论修改，陆家嘴金融商务中心区的规划图圆满完成。1994 年 2 月，邓小平最后一次在上海过春节。当浦东规划模型呈送到他面前时，邓小平听了黄菊等人的介绍后，脸上露出了欣慰的笑容。

正如专家们共识的那样：浦东设计具有 21 世纪水准的城市规划，气势宏大，构思新颖，突破了以往重视个体建筑、忽视整体布局的规划模式，体现了浦东与浦西、中国与外国、历史与未来三者有机的结合。

摩天大楼是气派的，摩天大楼是靠黄金垒出来的。其实，浦东设计的精彩之笔，并非是几幢现在常常被游人或宣传片用来作景致的大楼，而是地面上的那一条与外滩相对应的东起黄浦江岸，一直延伸到浦东市政中心的"世纪大道"。这条百米宽的"东方香榭丽舍大道"，临街的景观，嵌入了浓郁的中国园林风格和中华民族的传统文化；著名艺术家陈逸飞的"金木水火土"五行艺术雕塑，恰到好处地出现在绿荫与鲜花丛中，让工作和生活在这块时尚与现代的城郭内的每一个人，能稍稍提醒一下自己身处这个国家所应具备的一些基本品质。

"世纪大道"，不仅宽阔宏伟，也是整个浦东陆家嘴黄金地段的一个轴心干道，它像一个端庄的小伙子脖子上系着的一条领带，增添了时尚浦东的庄严感和通透感。然而，由于陆家嘴本身"先天不足"，地块并非方正，欲在这样的地方开拓一条通直大道，其想法本身就够浪漫了。当时朱镕基和浦东开发者们一起议定浦东规划时，就考虑到了从浦西到浦东相联结的一条"功能性"大通道，即通过已有的延安东路隧道，把上海的东西向城市主轴线延伸到浦东陆家嘴，再从陆家嘴延伸到浦东国际机场。这样一条中央轴线，将把未来的浦东滨江旅游景点、浦东金融街、新上商城、竹园商贸区、浦东行政中心以及国际博览中心、科技城、世纪广场、世纪公园等串联沟通，形成壮观的新城风貌，同时十分有利于这些功能地区的能量集聚和扩散。尤其是通过延安东路等几条隧道直接与世纪大道连接，使得浦西与浦东不再受到距离和地理上的阻隔，真正实现"大上海"的全面融会贯通——这是几代人的梦想，所以被称之为"世纪大道"。

谁能担纲此事的设计？朱镕基提出很高要求：这条大动脉，不能出现失误和遗憾。"他先后6次听取意见，每一次都是眼睛瞪得圆溜溜的。"参与这项工程的人这样说。

最后浦东开发者决定全球招标。参与的设计单位有美国、澳大利亚等世界著名建筑单位，最后是法国夏氏建筑师联合事务所和拉德方斯开发公司一举中标，他们组成了联合设计团队。不得不佩服浪漫的法国人在设计理念和构思上总能有出其不意的浪漫：他们打破常规，采取了道路断面的非对称性设计。世纪大道在东方路上有一个角度为168度的折点，接近直线。这个折点与现有的东方路和张杨路两条干道交叉的中心点并不重合。为了更好地从视觉协调这个六岔口的街道景观，设计师巧妙地利用这一折点，将世纪大道的轴线南移了10米，使大道分成不对称的南北两个部分，成为世界上独一无二的不对称大道，其气势宏大而不失庄严，且给中式园林布局提供了独特的空间与可能。

"绝妙！"这一浪漫设计，让同样具有浪漫情怀的"浦东赵"——赵启正先睹为快后，激动得连声称奇。难怪，1993年已任中共中央政治局常委、国务院副总理的朱镕基回到上海后，见了浦东新区的几位领导便问：我的大道到哪儿去了？建了没有？

这样的大道谁敢不建？这样的大道建好了就是浦东的一条硬朗朗的筋骨！已

■ 世纪大道 （摄影 陆杰）

经听浦东人多次说起"世纪大道",甚至在我还没有进入创作之前,上海出版界的朋友曾经希望用"世纪大道"作为本书的书名,可见这条"东方香榭丽舍大道"在上海人心目中的地位有多高!

我必须亲自走一走,走一走这条象征浦东开发过程和凝结浦东之美的大道。在这条大道上走一走,是绝对不能坐在车里,而应当靠双脚,还有双眼,甚至是你的整个身体,因为车子一闪而过,无法享受大道的宏阔与精细,尤其无法享受那些盛开的鲜花和茂长的绿草所散发出的阵阵芬芳与清香;在车上,你也当然无法用双脚丈量这条大道在并不辽阔的陆家嘴土地上的宽敞所带给人的那种舒适感——这在高楼林立的商业区是极不容易获得的。这就是为什么设计者要在大道两侧留足比汽车占有的路面还要宽的地方的原因。车水马龙只能是满足交通需要,但人行道和道路两侧的花木与景致,是专为人而设置的,它必须是舒适和怡情的。一百米的宽阔大道,车道宽其实只有31米,但它已经可以满足每方向各有六快二慢的行车线。剩下的69米,皆为人行道和花木所占,这就构成了世纪大道繁华而又舒适的环境。人在道上走,犹在"陌上行",那是一种可以全身感受的诗意景象。放眼远望,是花木扑面、绿荫成片的原野式开阔地;你抬头所见的又是高耸入云的摩天大厦,而这个时候的摩天大厦它也不再是钢筋水泥物体了,它是你飞向太空的情感翅膀,或者说是一座座理想的天梯,它们正在帮助你实现某种浪漫的遐想……反正我是这样的感受。

大道上有八个与其他街道交叉的路口。我特别注意到,设计师能把每一个路口的建筑和旁边的地铁车站结合得非常和谐美观,因地制宜地布置了那易于识别、便于记忆、各具特色、面积相当的八个主题公园,分别取名为"柳园""水杉园""樱桃园""紫薇园""玉兰园""茶花园""紫荆园"和"栾树园",我想这些植物园名,既是我们传统的植物名,又是浦东开发建设管理者们为周边老居民着想的一份精致的匠心吧:老人出行于高楼大厦、车水马龙之间,闻得花香,见得花名,便能寻回自己家的方位。

世纪广场和世纪公园的前端,是大道与杨高路的交叉环岛,一尊巨大的以日晷为原型的《东方之光》雕塑,斜立在环岛中央,让人站在它的前面,有种强烈的"时空感"与"未来感"。陈逸飞先生的又一遗作,让我想起了余秋雨先生为他所写的墓志铭上的那句话：这里安息着一个人，他曾以中国的美丽，感动过世界。

摘过一枝玫瑰，我将它放在《东方之光》的钢基架上。这时，雨后的一道霞光，正好映在这朵玫瑰花上，透出血红血红的颜色……那一刻，我有些炫目，仿佛看到上海艺术之子陈逸飞先生的灵魂在他所热爱的浦东大地游荡……

是吗？一定是。

现在的浦东新区行政中心和前面的世纪公园，完全是一片望不到边际的绿海。想象不出中国还有哪个城市中央会有如此景致！多少次听人说，外国的城市是在公园里建的，而中国是在城市里建一个公园，这句话细细品味，讽刺我们的味道实在太浓烈。现在，我在浦东也看到了比西方发达国家更美丽的"公园里的城市"。在寸土寸金的浦东陆家嘴金融和商务中心，能做到这般水平，难怪当年连那个不苟言笑的前联合国秘书长加利先生都被浦东浪漫而富有激情的规划设计所深深的感染，并激情澎湃说："你们进行的是一场世界奥林匹克建筑设计大赛，这是浦东的骄傲，也是联合国的光荣！"

联合国为何光荣？加利先生的话令我深思。

噢，明白了：人类进入上世纪九十年代后，全球化越来越趋于网络与数字化生活形式，大量的城市就业人员，只要带着电脑笔记本，就可以拥挤在一个写字楼里，进行全球商业行为，于是城市里摩天大楼越来越多，人越来越被挤在"芯片"之中，喘息着。水泥板和玻璃成了人们生活的主要"伙伴"。数量巨大的新建筑和工业住宅在狂躁的城市建设中占据的比重越来越大，富人们贪得无厌地占据着更大的城市空间，穷人们则被挤得无处可去。

有一则故事很能说明问题：在纽约东哈莱姆有一个住宅区，那儿有一块很显眼的长方形草坪，它成了那里居民们的眼中钉。这个草坪的问题曾登上《纽约时报》这样的世界级大报的头版，一位经常往那里去的社区工作者询问居民们讨厌那块草坪的原因时，通常回答是这样：这有什么用？或谁要它？最后，一位能说会道的居民说出了完整的理由：他们建这个地方的时候，没有人关心我们需要什么。他们推倒了我们的房子，将我们赶到这里，把我们的朋友赶到别处。在这儿我们没有咖啡喝，没有报纸看，没有借五美分的地方。没有人关心我们需要什么。但是那些大人物和有钱人跑来看着这些绿地则说：岂不太美了！现在穷人也有与我们同样的生态环境了！

这则故事说明了一个非常严肃而又深刻的道理：城市规划时的留白，远比日后那些假惺惺的关心要强一百倍。而这需要城市设计者最初的高智慧和人文情怀。

浦东开发者在"留白"上，有可圈可点的例子。

我所看到的两处十分令人"养眼"：一是陆家嘴的滨江绿荫，二是几座摩天大厦中间的"中央绿地"。前者在黄浦江边，本来就地面很少，但建设设计者们要求所有大楼，都一律从江边后退一百米，也就是说，整条几千米长的滨江大道，处在建筑与江水之间的一百米绿荫花木中间，这是何等的惬意怡心之处！这里是所有到浦东迈步休闲者现在最喜欢步行的地方，尤其是黄昏，当黄浦江两岸华灯齐放之时，能够在这条簇拥在花木丛中的滨江大道走一走，再领略和享受一下浦江两岸的风物与景致，其心旷神怡之感，宛若天堂之旅。

那片镶嵌在"上海中心""环球金融中心"和"金茂大厦"等巨人中央的绿地，更如一块块掉落在金山银山间的翡翠，光芒四射。已经无数次听人说，这片"翡翠"如何值得一去，于是那一天采访途中，我叫司机停车，以为在这里一定要买很贵的门票才可以进入，哪知大门敞着，游人随便进出，这个意外令人吃惊。步入绿园之中更吃惊的是，竟然在这片绿荫中还有一个占据整个绿地近一半以上的人工湖面。想不到在摩天大厦的楼群中央，许多鹭鸟竟然在这块水面上旁若无人地自由飞翔……再看看一对对披着婚纱的新人在拍照，再看看几多长者坐在长椅上海阔天空地言说着"当年"的情景，我感觉"上海人太会玩了"！

玩得太有水平和档次了！

老实说，当时我想，如果有时间，一定端坐在那顶洁白的帆式凉伞内，喝上咖啡，再静静地写几首绝世的诗或散文——谁说好诗一定是"远方"，眼前的浦东难道不是世上最好的诗吗？诗人们别自己给自己找才情窘迫的理由了，快到浦东来吧！

听浦东开发者说，为了这块价值连城的"翡翠"，曾经动员过3000多户居民搬迁，而这块被外商估价可以由政府收益数十亿元地租钱的地盘，最后反由政府倒贴了7亿元，留下这块千金难买、千载不失色的"浦东翠"……

> 翠竹法身碧波潭，
> 滴露玲珑透彩光。
> 脱胎玉质独一品，
> 时遇诸君高洁缘。

离开中央绿地时，我看到一片苍翠间掩映着一座明清旧院，走近一看，是"吴昌硕纪念馆"。

正是不看不羡慕，看了会让我等文艺同行一辈子"怦然心动"，一辈子梦寐以求：啥时候也能跟吴先生一样，魂留这般天堂雅境？

做个梦吧！

14

钻石的光芒

在中国这块土地上，如果要说人的品位，恐怕还没有哪个城市的女人可与上海女人相比，或许这话会让许多非上海的女士们愤怒，但你仔细想一下，还得承认这一点。精致而讲究，优雅而时尚，这是上海女人的特质。

讲城市，不能不讲到女人。世界上所有时尚和精致的城市，总是因为时尚的女人和精致的女人在引领，所以从某种意义上讲，男人就像那些巍峨气派的高楼大厦，女人则是那些穿梭在马路上和商店里的流动着的城市的内容。现代化的大都市因此在很大程度上是为那些讲究的女人们建立的。

上海人在开发浦东时有没有这样的"女人意识"，我还真没问过。但有一点印象非常深刻：浦东今天的时尚与精致，完全是在上海人的设计的范围内。

今天当你走在浦东陆家嘴繁华的街头和江边绿荫地带上，只需稍稍转动一下眼睛，就会有种目不暇接的感觉。那些大楼，那些街景，还有那些各种肤色和表情的行人，都会令人心潮起伏……这是为什么？因为浦东的每一座建筑和每一块土地上的物景，都以最引领潮流的"世界时尚"的"国际范"耸立在我们的面前。甚至有许多地方，你觉得它可能极其平常、平凡，但一打听，你会轻声惊叹：哇，这么厉害啊！

位于浦东新区世纪大道1701号的上海钻石交易中心大厦，就是这样一个地方。如果不是胡炜先生一再提及和当"向导"，我真没有把它列入原本"感兴趣"的采访名单之中。

"上钻所"和"上交所",在上海人的嘴里差不多一个音,所以开始几次上海人跟我提及"上钻所"时,我一直以为他们在说"上交所"。因为上海证券交易所人人皆知。

"你看它在这里根本不是一座起眼的大厦吧,但它一年能上缴五六亿元税收!最主要的是,它的存在,也让我们上海成为了世界五大钻石交易中心之一,而且是全球交易量最大的交易中心……"胡炜说这话时,字字洋溢着中国人的自豪感,这令我不得不驻足于这座在浦东丝毫不起眼的大厦前。

在浦东,只要你有时间去体味,或许每时每地,你都会有意外的收获。在进入"钻石交易中心大厦"并听完里面的故事后,我再一次真切地感受到上海人在浦东开发开放过程中的那种与众不同的激情与浪漫——那些连做梦都想不到的事,他们做到了;那些看起来遥不可及的事,他们做成了;那些在别人看来很难很难做完美的事,他们做得超乎想象的完美——

"我们就 34 人。"

"管着全中国的钻石交易?"

"是。而且一半以上还都是专业人士,比如海关、银行等等。"

"一年向国家上缴五六个亿税收,就你们这几个人?"

"是。2017 年 6 亿多……"

"在浦东开发前国家在这块的进口税收有多少?"

"500 来万元。1990 年前基本这个水平。"

"那时全国钻石交易量有多少?"

"没有交易,只有'逮'住的走私货……"

"为什么?"

"因为国家没有这方面的政策。另外钻石非常特殊,它体量小,小到你携带在身上谁也不会知道,即使在海关的安检器上也检查不出来——世界上还没有一种仪器可以测探出它……所以过去我们国家的钻石主要是走私渠道进来的。"

"用什么办法来扼制走私呢?"

"海关和关税。"

"国家用过吗?"

"以前主要靠这两种手段。"

"那为什么交易量就那么少?"

"关税太高。各种税项加起来,高达40%……"

"这么高的税,为什么国家一年还只能收到几百万的税收?"

"钻石是一种本身就价值非常高的东西,它主要靠不断的交易产生利润。如果征税高了,等于拍死了这个行业的发展。钻石行业里有句话这么说:你征收的税越高,它死得越快。剩下的只有另一条路:走私。"

"噢——"

上面是我与钻石交易中心林强先生边走边参观他的交易中心时的对话。

短暂的对话,让我对中国的钻石业有了一个最直接的了解。

与我想象中的"钻石交易中心"完全相反。因为在电影里多次看到非洲和以色列的那种"滴血钻石"的交易,是何等的壮观与刺激:人山人海,有带着枪的,也有带着保镖的,更有直接拎着一口袋一口袋黄金的"大佬",像赌场一样的场面。当然,像世界最大和最正规的以色列特拉维夫钻石交易中心,尽管也是人山人海,但井井有条,交易规则严格而精细,所有在那里出现的人都会摆出一副高贵的样儿,它所呈现的是另一种与钻石相匹配的交易形式。无论何处,钻石这样的高贵宝石的交易,绝对不会像现今快可以称之为"世界第一"的中国上海交易中心那么冷清——那一天我去的"交易大厅"里,竟然没有见到一个人!

这是为什么?我很惊诧地问林强。

林强笑了:这一点外国人也感到有些不可思议。因为我们中国人交易像钻石这么高贵的东西都是"悄悄的",他们都在各自定好的房间里进行,极少在这个地方交易……

听了林强的话,我们都笑了。原来咱中国人真的太内向了,或许其中还有一种对高贵与财富敬畏之意。

"但是可以告诉你一个基本事实……"接林强话的是他的副手袁文瑶女士,"以前世界上最昂贵钻石品的买主,肯定是欧美国家的,或者像以色列财主。但现在变了,现在的最大买主通常是我们中国人。"

"确切？"这是我十分感兴趣的事。我回头认真地询问袁女士。

"确切。"袁女士很认真地点头说,"前些日子,香港的一位钻石商还跟我讲过这样一件事:以前有了一颗价值连城的好钻,首先想到的是把电话打到美国,因为买钻石的大主顾都在那边。前不久他手头又有一颗价值五个亿人民币的完美钻石,当他电话再打给美国那边的钻石买家时,人家说你现在还往我这边打电话呀?他就问为什么问这个问题?美国方面的人告诉他:现在买得起世界上最昂贵钻石的人都在你们中国了!这位香港人感到不可思议,辗转几个朋友,把咨询的电话打到我这里,问是不是这种情况。我实事求是地告诉他:确实,现在世界奢侈品最大的市场和最大的买家可能都在中国……"

不知为什么,袁女士的话,让我这个从来没有拥有过钻石的人,立马也有种跃跃欲试的感觉:是不是掏它个千八百万,搞块"小玩艺"!

钻石实在是太特殊,太昂贵了!林强说,那一年他陪习近平主席出国访问时,对习主席说道:世界上的强国一定拥有最好的钻石。"后一句话我没敢说:中国现今也强大了,我们也已拥有非常不一般的钻石了!"林强笑着向我介绍那次他随国家主席出访时的情景。

交易中心大厅里虽然冷清,但这里的钻石故事却如此惊心动魄:几个玻璃柜里,安放着"世界名钻"的仿制品,每一枚钻石背后几乎都曾与一个国家和一个人类文明史连在一起。林强如数家珍一般地为我介绍这些"世界名钻"的故事——

"希望蓝钻"。这颗三百多年前在印度发现的蓝钻石,堪称世界钻石之王,重达112.5克拉。路易十四时代,法国珠宝商人达文尼(Jean-Baptiste Tavernier)从印度当地王公贵族那里购得此稀世之宝,后带回法国。故该蓝钻石亦称达文尼之蓝(The Tavernier Blue)。达文尼后来把这块蓝钻石献给了法王路易十四,并将其重新切磨成鸡心型,重量为67.125克拉,取名为"王冠蓝钻石"。达文尼也因此被授予了男爵爵位。1830年这颗失踪38年的蓝钻石重新出现在荷兰,属于一个钻石切割人威尔赫姆·佛尔斯所有。为防止法国政府追寻,他将这颗钻石重新切割,目前重量为44.4克拉。

"光明之山"。该钻虽色级不高,颜色偏灰,但在它被发现之后的几个世纪中，却成为多个国家杀戮与纷争的源头，谋杀及叛变事件也与之随行，故被诅咒为"血腥之钻"。"光明之山"辗转周折，直到十九世纪，它重新回到印度锡克王国国王手中，但战争也随之而至。当锡克国王死去后，钻石便跟随东印度公司，后又成为献给维多利亚女王的礼物。为了防止灾祸重演，维多利亚女王将原钻石切割成不太规则的 106 克拉椭圆形钻石，并与其他碎钻一起镶在王冠上。从此这颗"灾星"钻石才得以平静，一直为英国皇家所拥有。

"这枚钻石叫'沙赫'钻石，上面刻着三个人的名字，每一个名字，就是一场战争。"林强指着柜内的一枚长条形的硕大仿制钻石，更是津津乐道地介绍，这枚叫"沙赫"的钻石，现在藏于俄罗斯。

"沙赫"的故事，更加曲折与血腥。1829 年，波斯王子将其献给尼古拉一世，作为俄国驻德黑兰大使馆被破坏、外交官亚历山大·格里鲍耶多夫(Aleksandr Griboedov)被刺杀的补偿。这枚巨大的透明钻石重达 88.7 克拉，为罕见的细长形状，未磨出棱角，只经过打磨，较细一端的小孔说明其曾被用作护身符挂件。沙赫钻石于 15 世纪时在印度被发现。之后，几经战乱，而每一次战争来临，钻石易主，上面也会刻上一位新主人的名字。现在看得见的是三个棱面上分别镌刻着不同时期的主人名字：布尔汗二世、莫卧儿帝国皇帝杰汉沙赫一世以及波斯国王法塔赫·阿里沙赫。最后一次刻字的时间是 1824 年，之后沙赫的军队在俄国-波斯战争中被击溃。根据两国和约，东亚美尼亚领土被割让给俄罗斯帝国，沙赫还应向沙皇支付 2000 万卢布的白银。虽然传说钻石是俄国驻德黑兰大使被刺的赔偿金，但历史学家认为，这枚钻石可能是作为战争赔款献给沙皇的。

……

林强不愧是位"中国钻石王"，如果不是时间关系，他的"钻石故事"会让我在他那儿几天几夜不动窝地如痴如醉倾听，因为有关钻石的每一则故事，都是那么惊心动魄，那么传奇。但奇怪的是，钻石在世界文明史中占有独特的地位，但在东方古国的中国情况却很不一样。虽然我们的古人研究珠宝器玩早已出神入化，但对"宝石之王"的钻石竟然"有眼不识泰山"，连被誉作"贵族生活百科全书"的《红楼梦》也对它不屑一提。这是何故？我问。

大概是钻石既神秘莫测，又常常带着某些血腥，所以它与中国传统的儒家思想相左。林强的话锋一转，说道：但钻石的高贵品质，尤其是它晶莹剔透、晶光闪闪的晶光与简约清丽、高雅大方的形状，以及历久弥新的坚固质地，与东方人所追求的爱情精神，十分吻合，所以现代中国人对钻石的崇尚绝不亚于西方人。

"钻石恒久远，一颗永流传！"几乎是异口同声，我们几个在钻石交易大厅里脱口而出这句流行"广告语"。

早在古希腊时，人们就把钻石叫作"Adamant"，意思是坚硬不可侵犯的物质。由于钻石无比坚硬，人们把钻石看成是非凡能力的标志，它坚强无比，既坚不可摧，又攻无不克。因此在传统的欧洲历史上，只有那些战无不胜的君主方能佩戴钻石，以此来象征权势、威严和勇敢。到了"战神"拿破仑和恋人约瑟芬的一段以钻石为信物的爱情出现后，钻石的精神、含意便更多地倾向于美满幸福的爱情、婚姻层面，而且它溢满了浪漫色彩，成为全人类的经典与不朽之物。

> 你的爱情无时不在激励着我
> 它已经使我失去了理智——使我寝食难安
> 我的心里再也没有朋友也没有荣耀
> 我之所以重视胜利
> 只是因为它能使你高兴
> 如果它不能让你欢喜
> 我会立刻离开军队回到巴黎
> 回到你的身边……

这般缠绵而炙热的言语，相信会令任何一个女人心跳加速，脸色绯红。谁能想象，这些泛着蜜糖味道的文字是在硝烟滚滚的战场上写下的。写下如此激情的那个男子便是欧洲历史上最有名的"战神"拿破仑，而那位让他可以"立刻离开军队回到巴黎"的女人，就是约瑟芬。

没有什么比战争的代价更大了！然而拿破仑却愿意用放弃战争的胜利而去获得一个女子的爱情。这般旷世而灿烂的爱情，由一枚 18 毫米纯金戒指作为信物。这只戒指上并排相反方向镶嵌着同为一克拉重量的梨形钻石和蓝宝石，后来它被命名为"你和我"钻石。此钻的设计中渗透着拿破仑对妻子一生守候的约定，更是"战神"爱情誓言的开端……数个世纪过去了，钻石的主人早已逝去。但象征爱情的钻戒仍在，尤其是烙在钻石上的故事，成为人类文明史中的一段经典，一代代地流传着。2013年3月24日，在巴黎郊区枫丹白露宫的奥塞纳拍卖行，这枚拿破仑在1796年赠送给妻子约瑟芬的订婚钻戒以66万英镑的价格被拍出，高于实际估价50倍左右。

钻石有价情无价。世界上所有名贵的钻石几乎无一例外地因为其本身的"故事"，而使得它十倍、百倍地翻价，甚至成为无价之宝。

也许我们并没有像富豪们那样拥有一块精美的巨钻，但每个人心中都有一份爱情和以求圆满的婚姻，因此随着生活水平越来越提高，一向崇尚稳定婚姻和真挚爱情的中国人对钻石的喜爱，在近几十年里随之高涨。而更因为"知识经济"与"知性社会"已经成为当代主流，所以今天的中国人，其实每个人胸中都蕴藏着一块"钻石"。这样的物与灵兼备的"钻石"，在我们每个人的心灵深处独闪其雅洁的莹辉，并且默默地关注着我们的一言一行，也时刻都在提醒我们的日常行为要谦和友善，要沉稳与内敛，要既热情投入生活，又需淡然面对人生……这就是中国人追求"钻石"的精神境界。

浦东开发开放，让这一精神境界获得了意外的勃发。林强的"世界钻石故事"，一下转到了"浦东钻石故事"——而我听过之后发现：其实，"浦东钻石故事"从某种意义上讲，它让钻石本身也添增了另一种人文精神品质的浪漫，即人类"恒久远"的奋斗与创新精神——

"这个故事开头得请胡主任讲了，因为他和赵启正等是当时浦东新区力主搞这钻石交易中心的主要倡导者和主要贡献者。"林强说到这儿，把陪同我的胡炜先生推到了前面。

"当时是这样的……"胡炜的回忆竟然"扯"出了另一段"上海光荣"：在第二次世界大战中，以德国为首的法西斯，残忍地镇压和灭绝犹太人。就在独裁者希特勒以灭绝人性和疯狂的手段到处残害犹太人时，中国驻维也纳总领事何凤山看不惯法西斯的野蛮行径，冒着风险，向当地大批犹太居民签发了到上海等地的签证，从而使得数以万计的犹太人获得重生。后来据不完全统计，战时犹太人在上海避难的人数超过两万人。这一光荣历史，让上海这个城市同以色列有了特殊关系。

"欧森佩格先生是一位与我们上海有着密切友好关系的以色列商人，浦东开发开始不久，他特别看好我们浦东开发前景，就跑来跟我们说：中国未来一定是钻石消费大国，你们应当在世界钻石业占有一席之地，建立自己的钻石交易中心。他的话让我们顿时心旌摇荡，做起了钻石梦……"也许这是一件让"老浦东"胡炜非常值得骄傲的事，所以他说此话时，满脸胜利者的喜色。

"钻石交易中心从最初萌发想法，到现在上海成为世界五大钻石交易中心之一，可以说，也是浦东开发精神的一个典型体现。"胡炜说。

那一年，不苟言笑的以色列大商人欧森佩格先生的一句务实而浪漫的提议，激荡了赵启正、胡炜等浦东新区管委会的"长官"们的心。从来就富有激情和浪漫情怀的赵启正两眼放着光：钻石交易中心一定要搞，而且必须搞成！

那是，不仅要搞成，还要实现世界第一！我们有十三亿消费群体，不是第一就不是真正意义上的世界交易中心了！骨子里同样富有激情和浪漫情怀的务实者胡炜更加来劲道。

浦东若把钻石交易中心建起来，那真是熠熠生辉！吴邦国、黄菊等市领导完全赞成，并且指示赵启正、胡炜他们：你们一要尽快向中央有关部委汇报，取得政策上的支持；二要出去看看人家怎么搞的，把经验学回来。

很快，"北上"的请示、汇报工作全面展开。"想不到的是，小小一块钻石，涉及的中央部委多达十几家，从海关，到公安、工商、银行、税务……你必须一家一家'磕头'、磨嘴皮子去，而且常常因为莫名其妙的问题吃一顿闭门羹。"一位当年参与"跑钻石"项目的工作人员这样说。

胡炜解释："其实也属正常。"他说，中国过去基本上就没有钻石这一类物品的正常进口渠道，不是走私，就是个人购物性质地携带。现在我们提出要在浦东建一个"交易中心"，人家都觉得我们上海人是在异想天开。

嘴皮磨破了，门槛踩平了。相关的"报告"送达各部委"会签"——一家一家的审核签署意见，最后竟然被人扔进了办公桌旁的纸篓里……

"钻石这事我比你们懂。不仅可以搞，而且应该做好，做大！"后来被时任副总理的李岚清知道了，他立即作出重要批示，要求有关部委全力支持和配合上海浦东做这件事。于是浦东人现在提起"上海钻石交易中心"的发展时，常提到这样一句话：这是被李岚清从纸篓里捡起来的一个"浦东之最"。

　　组团出国学习考察是必须的。"建议名单"是上海方面拿出来的，于是一个涉及方方面面的"钻石学习考察团"组成了。谁是团长？上海人来担任似乎不太合适，但没有上海人挑头，此行到底为了谁？最后协商确定：上海方面出一团长，北京中央部委也出一团长。巧了，上海挂帅的是胡炜，北京中央部委派出的也是一位姓胡的。"我们的学习考察团是'双胡团长'带头……"林强是这次学习考察团成员之一，他笑言当年事。

　　"就是组织一个考察团，名堂也太多了！"同为考察团成员之一的袁文瑶女士说，"上海方面以为考虑得够周到了。结果还未等我们考察回国，就有一个部委向上海提意见了，说：人家别的部委都有人参加了出国考察团，唯独就不通知我们哪？啥意思？是不是觉得你们要搞的钻石与我们没关系？于是上海方面就赶紧重新准备，专门再给这个部委的人办了个出国指标，并且邀我陪同他们又走了一圈才算了事……"

　　真有这事？我问胡炜先生。他笑笑，点点头，说：这事主要怪我们没有考虑细致，另一方面也说明大家对新鲜事物还是有热情和兴趣的。

　　胡炜的胸襟够宽广，多年主持浦东开发的行政领导管理工作，使他懂得了如何与各级、各界打交道的技巧与方式——上级领导部门是谁也得罪不起的，所有浦东开发开放没有各级、各界的支持也是不可想象的。

　　"说句实事求是的话：我们浦东建钻石交易中心，得到各级、各界的支持帮助，远远比我们碰到的困难多得多！"胡炜说，"比如我们那次考察，到了以色列，中国驻那儿的大使馆，全程派员帮助我们跑前跑后，联络各种人员，全程开绿灯，实在让人感动……"

　　坐在一旁的袁文瑶女士瞪着一双美丽的眼睛插话道：那天"夜逃戈兰高地"太惊险了！就是在大使馆的帮助下我们才实现了"胜利大逃亡"！

　　这"故事"一定要讲一讲！

胡炜便绘声绘色地讲道：在完成特拉维夫的学习考察后，我们准备离开以色列飞往下一站伦敦时，当地发生了大罢工，飞机飞不了啦！这下全打乱了我们整个考察团的日程安排。怎么办呢？我马上向大使馆的大使汇报，请他帮助。大使思考一下后，说现在只有一个办法了：我们派车，连夜把你们送到约旦首都，去那里改乘到伦敦的飞机。这是个好办法，也是当时唯一的办法了。当夜，我们就坐上使馆政务参赞亲自驾驶的小车，夜闯戈兰高地。那晚外面漆黑，在戈兰高地上，以色列和叙利亚两国军队的坦克对峙在那里，我们的吉普车从中间开过，那个紧张劲儿，我们学习考察团里的所有人都是头一回经历。在快到边境站时，参赞说你们数一数护照。我们总共是十四五个人，可我就是数来数去没数对，缺一份护照！参赞后来说你拿来我数数看，他一数就对了！为什么呢？就是因为我太紧张了，数的时候没把自己的那份护照算进去。

"到约旦首都安曼时，大约是凌晨两三点钟。我们一到大使馆，大使馆已经为我们准备好了粥等食物。哎呀，那天的粥太好吃了！"胡炜无比感叹地回忆道。

第二天太阳刚露头。学习考察团又登机飞往伦敦，之后又抵达纽约……

学习考察的日程是紧张的，其内容和收获更是丰富多彩。原本怀着"凑热闹"的来自各个部门和地方的成员们，在回程途中，纷纷主动过来跟上海的胡炜说：搞吧，我们全力支持浦东建钻石交易中心，有什么困难说一声就行！

"谢谢！谢谢诸位！"来自中央部门的支持让胡炜等浦东开发者感动不已。

"这次学习考察我体会最深的一点就是：钻石交易一定要国家政策支持，没有这一点，几乎是不可能的事！所以我们回来最集中做的事情，就是想尽办法让国家制定新的相关政策。"胡炜说，"第二个印象特别深刻的是：钻石这个特殊商品的交易过程和市场兴衰，与其他商品完全不一样，它的监管必须把海关、商检、税务、银行、外管等部门统一起来封闭式管理，这样才能既符合钻石这个商品交易的特性，又能在监管方面行之有效，从而实现商品本身的活跃与繁荣发展，同时能让国家获得更多的税收。后一点，也都离不开国家支持。"

"原来一无所知、各说各的，甚至毫无概念的各部委，到这个时候就完全不一样了！所有的认识都统一到了一起，随团去的一名部委处长亲自执笔，把我们共同形成的意见报了上去，归结到核心的一点是：国家在钻石商品交易问题上必须制定开放性的政策，要彻底解决降税问题，从而使中国钻石交易及整个产业健康发展。因为相关的中央部门都理解和支持上海方面的意愿，所以呈给中央的报告内容完全体现了上海方面所想要的政策，所以那份报告最后没有遇到什么特殊的疑义而被顺利通过了……"林强深有感触道，"从整个过程看，上海方面的锲而不舍、抓住一件事不放手、做到尽善尽美的工作作风和劲头，令人感动和敬佩。"

本来像钻石这么个具体的商品，用得着市里领导去一次次、一趟趟的亲自出面吗？用不着嘛！但上海市主要领导不仅亲自出面，还亲自动手写信、打电话，甚至诚心诚意去给具体办事的部委一些处长、副处长"汇报"。"这种情形我见过的就有好几次！以前都说上海人牛，可我们与他们接触那么多年了，从没有见过有啥'牛'的人和事，相反倒是特别谦卑。"林强说。

胡炜听后笑了，说："林总是夸奖。其实，在钻石这件事上，当时我们上海方面压力特别大。因为我们在地方深知中央在税务方面是很少有'减法'的，这实际上也不难理解：中央集权在经济上体现的，也就是对地方的税收上。国家嘛，需要花钱的地方很多，税务就是主要来源，所以它铁面无私。可我们考察调研的结果是，希望国家降低对钻石这一块的进口关税，而且降的比例非常大，大到基本上微税……"

"简单地说，就是从过去的40%关税，降到4%。"林强插话。

"快等于没了！"我轻叹一声。

"是啊，要降到这么低的税率，如果没有国家支持，我们上海怎么可能做得成钻石这件事嘛！"

"这里需要说明一个辩证问题。"林强说，"上海浦东建钻石交易中心，它的最终目的是为了繁荣我们国家的钻石产业，是要为国家和地方增加财税收的。要求国家减少进口关税，其目的也是为了最终为国家增加更多的税收和财富。因为钻石是个特殊商品，就像公园卖门票一个道理，你门票越贵，进去的人就越少；门票一开放，进公园的人肯定就多了。进公园的人多了，里面的各种消费等就肯定会大增，这消费产生的税收，就从这一块补偿，或者远远超过了原来门票的收入。钻石商品的交易道理也在于此。进口的关税越高，本身就扼杀了这个商品的交易可能，造成的结果是走私越来越严重，国家的税收大量流失。在我们政策没有改变之前，即40%的海关进口税率时，全国的钻石关税收入最高也只有500万人民币。后来我们的交易中心建起来后，关税第一次降到17%时，第一个月关税就收了1000万元！2007年第二次降税到位后，关税收入大幅增加，到去年正好十年，我们为国家上缴了30多亿元。如果不是税率改变，那么按原来一年500万元关税收入计算，十年也就只能为国家收取5000万元左右的税收。30亿元与5000万元的关系，极好说明了政策改变所带来的国家收入和行业繁荣的面貌。这还没有算由此带来的钻石交易后的整个产业链税收，如果加起来，还不止有500个亿吧！"

"肯定不会低于这个数！"袁文瑶说。

至此，我这个外行也明白了：原来，上海人利用浦东开发开放这一过程，不仅实现了自己的一个"钻石梦"，为上海在国际上争得了一个"世界钻石交易中心"的地位，而且为整个国家的钻石产业的繁荣发展和增加国家财富开拓了一条途径。

"可以这么说：整个浦东开发开放过程，我们遵循的一个原则，就是与世界对话，去接近甚至超越国际发展的水平。体现在建立钻石交易中心这件事上，它与世界的对话衔接点，就是在税率问题上。如果我们仍然固守在高关税率上，你怎么有可能去建全球性的钻石交易中心？根本不可能的事！因为过去的那种关税状态下，钻石不会跑到我们中国来的，跑过来的都是通过走私渠道。靠走私怎么可能使一个产业的繁荣？靠走私怎么可能让国家和人民拥有财富嘛！"胡炜把全部道理都讲透彻了！

然而，道理好讲透彻，把事情做到预期的效果上，就并不那么容易了！就像浦东开发开放的蓝图好绘，而要将蓝图化为现实，需要多少汗水与泪水，甚至是血水呵！

"小小的一块钻石，考验了我们从事这件事的每一个人，也磨炼了我们每一个'钻石人'！"林强感叹地吐出了一个新名词：钻石人！

"他们几个真的就像是'钻石人'，闪闪发光的钻石人！"这是胡炜美誉林强、袁文瑶等从事钻石交易的专家们。

"搞钻石的人，还真的需要有点锲而不舍的精神和高贵奉献的品质。"林强又一次感叹了：十八年啦！当初我们一起跟着胡炜主任出国学习，考察回来向中央写完报告后我们在上海吃了一顿庆功宴，饭桌上胡主任在外经贸部领导耳边说了一句"悄悄话"，就把我留在了浦东，这一干就是十八年……

"我也是这么过来的！"袁文瑶立即搭调，发出更加令人悲喜的感叹：十八年啊！从青春到中年……

"他们俩原来都在北京，是外经贸部下属的中国珠宝进出口总公司的高管。他们一直坚定不移地支持我们成立钻石交易中心，他们的敬业精神和专业能力让我们感动和敬佩，所以我们在完成钻石交易中心的政策平台建设之后，就首先想到了他们二位，就想法动员他们留在浦东搞交易中心的具体实施工作，就这么着，林总和袁总等最后都成了我们今天的浦东人……"胡炜说到这里，一丝"胜利者"的笑容轻轻掠过之后，则是满脸愧疚之色。

"其实，我们浦东是很愧对林总、袁总他们的。"胡炜有些沉重地说，"他们这十八年里，很不容易。舍去原本的事业和前程不说，单是与家人长期两地分居这一件事就足够伟大！"

"我女儿从小是不认我，因为我几乎一直不在北京，年年月月都在浦东那边忙。"林强说，"女儿读高中时，我花了很大心思动员她到上海来读书，其实我是想弥补我过去对她的愧疚。但三年高中读完，又遇上了事：上海读的高中，却不能在上海参加高考……这也是我们留在浦东这些年中经常会碰到的一些政策问题。这点点滴滴的'政策问题'带给我们亲身体会，让我和袁文瑶等人这么多年来坚定地留在浦东，无怨无悔。因为我们是参与者，我们对当年上海同志为了建立钻石交易中心的过程中所作出的种种努力特别理解和了解，所以也格外珍惜和看重这份浦东情意。"

林强的这话，让我对上海人所说的"浦东精神"有了更深一层的理解：浦东精神里有一种开创性的浪漫与激情，而在这样的一种浪漫与激情中，还有一份浓浓的人与人之间彼此感动和吸引、感恩与报答的情意。

那天走出钻石交易中心大厦时，我转身回眸了一眼，内心顿时泛起一阵热流：呵，壮丽华美的大厦，你耸立于此，肯定会比我们所有在场的每一个人的生命会长久得多。一百年、三百年后，你一定要熟记这些人的名字：朱镕基、吴邦国、黄菊、徐匡迪、赵启正、胡炜……还有林强、袁文瑶等这些人的名字，因为你的光芒与寿命，是这些人给予的，是这些人在二十世纪末和二十一世纪初时，用他们的浪漫、激情、智慧和汗水，为你的生命奠了基，哺了乳……你是大厦，你也应当是历史的生命体。所以你也要记住"初心"，这就是你的初心！

　　林强在与胡炜握手告别时说，我还有一个梦想：就是争取在退休之前，把世界钻石交易联合会秘书处的牌子挂到咱们浦东这边来！

　　胡炜大喜道：你这是一个更大的浪漫的想法！

　　林强认真地说：我想把这浪漫变成现实。

　　正午的阳光照射在一位七十余岁和一位近六十岁的两个男人头顶，微风吹拂下，缕缕银丝飘荡着，两人目光炯炯有神，变得年轻无比……

　　呵，这就是浦东！这就是钻石！

15

风口浪尖上的"全权代表"

现在是该请胡炜先生正式"出场"了!

这位从参加工作就在黄浦区、至今古来稀的年龄依然每天头枕黄浦江而眠、而思的"老黄浦",从 1992 年底与赵启正等被"一纸任命"到浦东新区工作起,整整在浦东开发开放岗位上战斗十余年,先后担任管委会副主任和首任浦东新区区长等职。在我来到浦东采访的日子里,无论是在高楼林立的陆家嘴金融区,还是在汽笛长鸣的洋山港,或在金桥高新区的居民住宅地、外高桥的外商写字楼里,你只要一说起"浦东当年事",十有八九的人都会念叨起那个帮助他们办这事、做那事的"胡主任""胡区长"……

如今天的"上海中心""金茂大厦""环球金融中心"等标志性建筑一样,优秀的浦东干部和为人民与历史作出过贡献的领导者、管理者,他们在人民和百姓以及外商心目中,其实也是一座座屹立在浦东大地上的那永不消失的丰碑。

胡炜是其中的丰碑人物之一,他当之无愧。

作为才思拔萃、正大气象的一代书法大师胡问遂的儿子,胡炜有句口头禅:父亲的家教一直影响着我们的成长与人生。在与我接触的胡炜先生身上,能够清清爽爽地体味到其父的这些人格品质的遗风。

他以父亲一般的"实实在在""敦敦厚厚",行走自己的路,不失不跌,不骄不躁，倾情置身于黄浦江两岸的热土，最后成为了一名"不舍浦东情"的实干家……

面对今天如此美丽的浦东，"不舍浦东"的人会很多。然而他们并不是胡炜、赵启正那般的"不舍情"。"从那天黄菊同志找我谈话，说你去浦东新区工作、希望你胡炜扎根在那片土地之后，我就没有想过这一生要离开这块土地。到浦东新区管委会任职，到出任浦东第一任区长，整整十年。那十年里，我上班是为浦东开发做事，出差、出国是为浦东开放谋事；后来到了市人大工作，我仍然没有放下浦东的事，一直到了现在从岗位上退下后，我还是放不下浦东的事，每天还要听一听黄浦江的浪涛声，还要看一看浦东那些已经盖好的楼、已经通了车的路，以及那些还在盖的楼和正在修的路……对这里的每一物、每一人好像都充满了感情，像看着自己一天天长大的儿女一样，舍不得啊！"

胡炜的这份"舍不得"令人感动。第一次采访我就注意到，退出领导岗位后的他，仍然在距南浦大桥不远处留有一间小办公室，用于他撰写"浦东往事"和接待前来参观学习浦东经验的各地客人。从那房间的唯一窗口，可以远远地观望到陆家嘴那片最繁华的楼宇和横卧畅流的黄浦江……

"可以说，那里的每一个项目，我都参与过它的规划与建设过程，所以往那边看一眼，心里就会蛮舒服；再多看几遍，有时也会有些遗憾。这个遗憾主要是感慨：当时如果不是太赶时间，自己的工作再细一点，眼光再高远一点，可能浦东还会比现在更美些……"胡炜像在自言自语，"城市建设其实与电影艺术一样，可能永远是门遗憾的艺术。但即便如此，好的艺术，它一旦'公演'，总是给人以强大的震撼力、感染力，我们的浦东就是这样。它每天吸引着无数上海本市市民和来自全国各地、世界各国游览参观的人，其实它也还吸引着我们这些曾经的创业者，它总让我们时常心潮澎湃、热血沸腾，还会有一些沉思……"

胡炜不可能不心潮澎湃、不热血沸腾和不沉思。像他这样一生伴着黄浦江、近三十年在黄浦区和浦东新区担任领导工作的人，即便在上海也不是太多。作为大上海的"心脏"地带，黄浦区和现在的浦东新区，一直是上海最敏感的地方，它的一丝"风吹草动"，总会引起巨大的反响，甚至是世界瞩目。也正是因为这种巨大的"敏感效应"，有人在这里当官用不了多久，可能乘了"直升机"飞黄腾达了；有人或许因为没有把握好自己而折戟沉沙……三十余年伴随黄浦江的胡炜既没有飞黄腾达，也没有折戟沉沙，而是稳稳当当地走过了他辉煌而平静的大半生，除了他自己说的是受书法大家父亲的家教以外，更多的是他一以贯之的说真话、干实事、不卑不亢、刚正不屈的人格品质。

我发现，现今的浦东人，尤其是在这块土地上成长和繁荣起来的中外商家对"胡主任""胡区长"感情格外深厚。领导干部能做到这一点并不容易。

"是因为我同他们'交手'的时间最长，遇到的事情也是最多的一个。"胡炜解释。

我注意到，胡炜没有用"交往"二字，而是用了"交手"一词。"交手"，那就是，有友谊，也有"斗争"或争执。

"我清楚地记得，朱镕基同志多次跟我们管委会这一层干部说过，浦东开发会遇到各式各样的困难和问题，你们要戴着钢盔顶下去。其实，我们后来也一直是这样做的。"胡炜说，"我理解镕基这句话的意思：戴着钢盔，既是对自己安全的保护，也是对对方的另一种保护。浦东开发开放，既是我们上海的事，也是投资人的事。双方合作共赢，就是双方交手的过程和目的。"

"似乎还可以用另一句话来表达：浦东开发开放过程，从某种意义上讲，就是各种利益与权益的博弈、互让、共赢的过程，这个过程就是交手的过程。交手，既有互通互利，又有斗争、相让，其最终结果，是共赢、共荣，这是浦东开发开放最成功的经验，用启正的语言方式来表达，就是浦东成功经验中的最浪漫部分。"我附和胡炜先生的话，说道。

"是，是这样。"胡炜边笑边连连点头，"你要听这方面的'故事'，可以讲三天三夜。"

"尽管道来，全国人民爱听这！"于是，我们因此在浦东的大街小巷、江滩楼阁，畅谈那些令胡炜难忘的"浪漫往事"——

在江边的宽阔绿荫带上，转身仰望震旦大厦和花旗银行等一片光芒四射的楼宇，胡炜道：原本这一片的楼宇天际线没有那么高，后来是因为"花旗银行"提出他们要将"亚洲总部"搬到浦东来，于是一个"激情动议"，让周边的这片楼都一起"长"高了一截……

曾经，花旗银行之前的那座大厦的投资商资金短缺。楼盘易主后，花旗银行的中国总部负责人提出：如此美丽的江边楼宇，能"长"高一点多好啊！

胡炜愁眉苦脸道：这里的天际线是已经规划好的，改变规划恐怕有些难。

若是这样，我们的"亚洲中心"就不一定搬到浦东来了。花旗银行说。

匡迪市长，你看这事怎么办？胡炜当即向徐匡迪市长请求。

市长思忖片刻，盯着胡炜：你的意见呢？

胡炜说：如果能把他们的"亚洲中心"搬到浦东，那么他们的楼房往上"长"20米应该可以考虑。

那就请有关方面论证一下，再认真查一下必要的程序。精通经济学的徐匡迪市长思路一开，当即决断。

胡炜兴冲冲地告知花旗银行的中国总部人士。对方应诺：不日，我们花旗总行的董事长过来，与你们的市长敲定"亚洲总部"迁移浦东事宜。

胡炜道：欣然期待。

几日过去。花旗银行董事长飞抵上海，但所乘的航班比原计划晚点几小时。于是董事长一行下飞机后，直至市政府，徐匡迪市长、胡炜等按原约的时间早已在那里等候。

一切都是事先预设好的。花旗银行董事长落座后，徐匡迪市长满脸期待地等着对方说出将银行的"亚洲总部"搬到浦东的提议，因为作为市长的他要随即表态"同意升高"楼宇天际线。

但银行董事长只管自己漫无边际地高谈阔论，并不提"亚洲中心"搬迁一事。

胡炜说：我们在旁边急得不行。后来匡迪市长实在憋不住了，便说：我们已经同意你们的楼座往上"升"一点，这样也有利于你们"亚洲中心"更好地在浦东和展示中国的良好形象。

嗯？董事长听后一脸茫然。

会谈就这样结束了。胡炜和陪同董事长的花旗银行方面的随员大汗淋漓……

胡炜追问花旗银行中国总部的职员：这是怎么回事？

对方赶忙致歉：实在抱歉，因为飞机晚点，我们就没有时间向董事长报告相关事宜。现在我们同董事长报告了,他完全同意把我们的"亚洲中心"迁移到浦东来。

报告市长,他们的董事长完全同意把花旗银行的"亚洲中心"搬到浦东来。

好,这就好!市长说。

"花旗银行"获得"合理"的升高,"震旦""正大广场""香格里拉"等跟着享有"同等待遇"。

但依然有"主"得寸进尺。某日,某跨国公司老总借见市长机会,又提出想增高楼宇。

胡炜一听,脑门子上的热血"噌"地升高,他拉住这位老总,严厉道:已经说好的事,不能这样反复无常。阁下作为跨国公司的董事长,不能言而无信嘛!

那老总顿时面红耳赤:抱歉抱歉。保证以后再不提了!

在浦东本地,胡炜是新区的"主任""区长",行政一把手。在走出国门之后,他是上海"浦东事务"的全权代表。而这,我们更能深切体会和感受浦东开发开放过程的辛酸苦辣与浪漫豪情——

2001年某日。美国洛杉矶,迪士尼总部。

胡炜带领的中国上海商贸代表团一行到访洽谈。

"你们?想跟我们来洽谈?"迪士尼接待人员以傲慢的目光打量胡炜和他身后的一行中国人,毫无表情地说道:"知道吗,法国跟我们洽谈,是他们的一位副总理、一位省长和一位部长;在香港,是特首来谈的……胡先生,你是?"

"我是中华人民共和国上海市全权代表胡炜。"胡炜以不温不火地严正口气回答道。

迪士尼方迟疑和惊异地看着这位中国"全权代表",有些拿不定主意了,问:与我们谈判需要各方面的专家,胡先生你们中国方面有这方面的专家吗?

有。

所有与我们迪士尼的谈判,需要对等的专家人数。我们需要50个相对应的谈判专家,你们准备好了吗?

准备好了。我带了中国最优秀的50名律师和专家。胡炜朝身后门外等候的随员们挥了挥手，于是一支浩浩荡荡的中国谈判团列队出现在"迪士尼"面前……

OK！

迪士尼方面笑了：Please, come in!（请进！）

然而，走进迪士尼的大门，并不意味着一切"可能"，恰恰是随时随处的"不可能"。作为全球最大的文化娱乐巨头，迪士尼的霸气是出了名的，几乎百分之九十九欲想求取合作的谈判对象，最终皆被拒之门外。

中国、上海、浦东会是什么样的结果？

不得不佩服世界娱乐巨头的霸气所在：一切娱乐元素都具有独创性、全球性和不可复制性。

谈判最初阶段，是了解迪士尼的产品为什么那么贵。

仅仅是一匹人工制作的娱乐马，对方的工作人员对中方的"全权代表"胡炜说：先生能猜得出这马值多少钱吗？

胡炜左看看、右瞅瞅，心想：一定是不一般的价格。那就咬咬牙往"顶"上说个数吧：10万！10万美金行了吧！

迪士尼人的脖子摇得像拨浪鼓，说：NO！NO！100万，是100万美金！

是黄金做的？有那么贵重吗？胡炜觉得不可思议。

是我们的知识产权贵重！迪士尼人颇为骄傲地说：你们中国对知识产权不够尊重，而我们迪士尼的所有产品的贵重性就体现在知识产权上。看中方的合作诚意，也许主要也体现在知识产权方面……

胡炜庄重地说：我们上海浦东将与贵公司合作的诚意，包括了对知识产权的高度重视。

期待我们的合作成功！

我们的合作一定成功！

美国迪士尼人和上海浦东人的手握在了一起。

然而，接下去的正式谈判远比握手复杂和艰难得多。

"与迪士尼的谈判有多少个回合？"竟然没有人能回答我的问题，原因是，与迪士尼的谈判，来来回回用了十余年时间。"不说别的，光我带团第一次赴洛杉矶那回，整整两个星期，我们没有离开过对方安排的那个小旅店。"胡炜说，一台新买的传真机，竟然都被用坏了！

"可以想象一下我们在谈判过程中用了多少资料啊！都是靠这台传真机在洛杉矶和上海之间传送！"从胡炜的一位助手那里得知，当年他们一行50人的谈判团，每天从上午九点开始投入工作，要工作到深夜，甚至通宵达旦。

令外方谈判团奇怪的是：这些疲倦不堪的"中国人"为什么总是在每晚谈判结束回到旅店后，不是进各自的房间，而是穿着短裤（正值夏天）在大马路上遛达？

"嗯，怎么回事？"连我都感到好奇。

胡炜笑了："谈判是讲究艺术的。我们在人家的地盘上，不能不防我们在商量事情时被人窃听呀！所以我们自己开会时，选择了在比较安全的大马路上开……"

原来如此！

"什么叫谈判？跟打仗没啥区别！""全权代表"胡炜感触颇深地说，"与迪士尼的谈判，光涉及知识产权的商业谈判书，堆起来就高过一个人头！每一份谈判协议里，既有各自的利益，也有国家的尊严在其中，所以你必须每时每刻都要绷紧神经。"

我知道，为了这样的谈判，胡炜挑选了上海和全国最优秀的律师与专家；为了让这支队伍在异国他乡能够"服水土"，他这位"全权代表"，既要在谈判场上当指挥员，还要在回到休息的居住地当好"后勤部长"。

"谈判是耗体力和脑力的战斗，你得保障我们的专家们有足够的精神和体力去迎接每一个回合。"胡炜回忆起"洛杉矶之旅"时，眉飞色舞。"有一天晚上，我们的谈判一直持续到凌晨三四点，我看到自己队员们个个累得精疲力尽，便让人赶紧从唐人街买来一些自助餐，大家狼吞虎咽地吃起来。谁知，就在这个时候，美国方面的谈判专家毫不客气地冲过来跟我们的人抢吃起来，那个场面很好玩……最后我一看，好家伙，我们的人一个个累倒在桌子上呼呼大睡！再看看那些穿着西装的美国人，简直笑死人了：他们全都累趴在了地上，而且一个不少，正好50人……"

"这就是谈判现场。其实这也仅仅是谈判开端……"胡炜说。

一日，胡炜他们刚刚从迪士尼谈判会议室回到那个小旅店。同团的部下紧张地跑过来向他报告：不好了胡主任……

别慌嘛，啥事？胡炜问。

"环球影城"的人来了，就坐在我们这个旅店门口的咖啡厅那儿。

来就来了呗！其实胡炜的内心也是一惊：因为他此行率团的第二个任务就是跟"环球影城"谈判。而这样的安排是带有"秘密"性的，即迪士尼和环球影城彼此并不知晓对方都在与中国谈判团在谈判。现在，环球影城谈判方突然出现，意味着他们对胡炜与迪士尼的谈判全然明白，这多少让胡炜的中国代表团有些尴尬。

既来之，则应对之。"全权代表"胡炜已知无法回避，于是便向环球影城的"老外"直面迎去。

"真的就像演戏似的。我一看，确实有点坏事了，因为坐在那里的不是别人，正是环球影城跟我们谈判的首席格兰先生。"胡炜说，此人是环球影城的国际总裁、美国导演协会主席、律师、犹太人，是一位经验极其丰富的国际谈判高手。"那一天，他与他的副手两人装模作样的坐在那里似乎很轻松的样子，一见我，就皮笑肉不笑地说：我们知道你们住在这里，也知道你们这些日子除了跟我谈判外，还跟迪士尼打得很火热啊！他们说这话的意思是：你们中国人玩的小把戏，我们全知道了。一阵寒暄之后，格兰等便走了。我的助手赶紧提醒我，说原定下午与环球影城要签订的一个协议恐怕没戏了。我说看看再说。"

"全权代表"胡炜虽对助手这么说，其实心里也在发毛。格兰在谈判场上素有"老狐狸"之称，会就此罢休？

果不其然。下午，环球影城来人告知中方代表团，原定于下午的签约事宜取消了，中方不用再去人了。

"你去，看看他们到底想怎样？"胡炜令自己的副手亲自去环球影城打探实情。

结果，这位助手回来报告：环球影城方面声称，谁都不用去了，如果中方一定要去，那就让"全权代表"胡炜一个人去。

"看架势，他们不会给好脸了，你就别去了吧，胡主任！"同事们议论道。

"为什么不去？"胡炜的眼睛一瞪，"去！他们不是点名叫我去嘛！"

"还是不去的好。"同事们为自己的团长担忧。

"必须去。"胡炜坚持道。"人家已经向我们发出了挑战书，如果我不去，就意味着我们认输了。我们中国人什么时候输过？我们从来就没有输给过他们嘛！去！"

胡炜去了。除了翻译，他谁也没有带，便径直走向环球影城，那步子迈得坚定而铿锵。

"来了！"

"来了。"

环球影城总部。首席谈判代表格兰和中国全权代表胡炜共同用毫无表情的口吻打了个招呼。然而，格兰将头一侧，随即环球影城方面的几十名职员"哗啦"一下全都端坐在胡炜面前……那阵容大有泰山压顶之势。

另一边，中方全权代表的胡炜与翻译，显得势单力薄。

谈判——不，是一场国与国之间的较量开始了——

格兰扫了一眼自己强大的阵营，然后将目光转向胡炜，瞬间，这位美国电影家协会主席仿佛进入演戏角色一样，以排山倒海之势，冲胡炜大声咆哮道：

你，现在，我对你失去了尊敬！原来我一直以为你是可以值得让我尊敬的人，现在不了！你和你们中国人不讲信誉！

你们……

你……

真不愧是一位"杰出"的导演。像一头撞墙而不知痛的黄牛一样的格兰，当着自己的部下，整整痛骂了中方全权代表胡炜近一个小时。

看着胡炜始终笑眯眯的样子，声嘶力竭和颇有些疲劳的格兰，突然疑惑地停顿下来，问：你，胡炜先生，现在你怎么想？怎么向我们解释？

平静的胡炜依然笑眯眯地看着对方，不紧不慢地问：格兰先生，你今天当着你部下的面所作的讲演是不是结束了？

格兰一愣，点头：Yes。

胡炜说：那好。是不是现在你可以请你们的职员退场了？

格兰迟疑了一下，又点头：可以。

于是环球影城的职员陆续离开现场。现在，只剩下四个人：格兰和他的翻译，胡炜和他的翻译。

胡炜说：尊敬的格兰先生，现在我是不是可以说话了？

依然有些气喘吁吁的格兰不知胡炜想说什么，便点点头：Please（请）。

胡炜说：格兰先生啊，我发现以前对你高看了！太高看你了！阁下是国际大导演，谈判高手，可今天我发现自己全错了，原来你格兰是个心胸狭窄的普通人而已。

格兰一时摸不着头脑。

胡炜说：难道不是吗？我千里迢迢，从中国来到你们美国，干什么？和你们谈生意、谈合作来的！谈如何保障贵公司在中国浦东投资的合法利益，让你们能赚到钱、赚大钱。

格兰说：可你们为什么要跟迪士尼谈？我们之间是有保密协议的……

胡炜说：不错，我们此行美国的目的，其中之一是与你们来谈合作事宜的，而且我们之间签有保密协议。但是，我想问一下尊敬的格兰先生，你是著名的谈判专家。我的问题是：我作为中国上海的全权代表，作为上海浦东新区的行政长官，我们正在向全世界招商，面向全世界几百个、几千个合作单位。我们彼此都有合作项目。请问：我除了与你们环球影城谈合作项目外，难道我不能与其他世界伟大的企业们谈吗？难道我们不能跟与你们同样伟大的迪士尼谈吗？这种合作洽谈有何之罪？如果有罪、有错，我今天到你这儿来谈，对迪士尼来说不也成了有罪吗？然而人家迪士尼没有提出过我与你们谈就有罪了，而他们也知道我们此行到洛杉矶也会同另外的企业洽谈合作项目，因为浦东开发开放将吸引的是包括美国在内的全世界众多公司，而不是一两家美国公司……

格兰两眼发直地听着，脸上泛起一阵红一阵紫。

胡炜说：你刚才的一番慷慨陈词，是什么意思？格兰先生，你错了！大错特错了！你有什么理由如此强硬和毫无道理地指责我？指责我们的国家？指责我们的浦东改革开放政策？

格兰终于低下了头：Sorry，我错了。向你道歉。

胡炜说：NO，你以为你的一个"Sorry"就可以了结对我的侮辱？你刚才的话，不仅侮辱了我，而且侮辱了我的国家，你当着你自己的部下，如此侮辱我和我的国家，能用一个"Sorry"了事吗？

格兰彻底被击垮了，一脸沮丧地询问中方全权代表：你叫我如何办？

胡炜轻蔑地说：尊敬的格兰先生，你是国际著名谈判专家，如果让我教你如何做的话，那不是有损你格兰先生的威望吗？你的智慧需要我来教你吗？

格兰似乎恢复了常态，顿了顿，说道：明白了胡先生。谢谢你的指点。今天真的很对不起，我会以我们的方式向你和你的国家表示歉意。

第二天一早，环球影城方面拿来准备与中方签订的协议。胡炜一看，马上说：OK！

因为在这份总额为7亿美金的合作项目协议文本中，格兰先生代表美方向中方让步了100万美金，权作对胡炜和中国的一份歉意。这自然让中方全权代表的胡炜感到欣慰。

与环球影城合作项目的谈判仍在继续。棋逢对手的格兰先生和中方全权代表胡炜也成为了朋友。常常在谈判过程中，格兰会起身从自己的座位走到对面胡炜的座位去添水倒茶。这时中方的副代表自然而然地将自己的茶杯移到格兰手边，格兰立即板起脸：NO，我只给你们的团长倒水！

全场一阵欢笑。

格兰从此每回到场谈判，总是对中方全权代表胡炜表示格外友好，而且在兴致之时，会突然跪倒在胡炜面前，嘴里不停地念着"道歉"之类的话语。他连跪过三次。

让胡炜有些受不了：格兰先生，你跪在我和我的同胞面前，让我很感动。我们中国有句话，叫作男儿膝下有黄金。你跪下来是对我的尊敬。但是，我看得出来，你是美国导演协会的主席，你的下跪里有表演的成份。可即使如此，我仍然对你的下跪表示真诚的感谢。

格兰听后，满脸尴尬，他只好伸出双臂，将胡炜紧紧地拥抱：朋友，我真正的朋友！

第三章：巅峰上的激情与浪漫

谈判桌上的对手，后来真的成为好朋友。格兰先生收获的不仅仅是代表环球影城完成了与中方的合作项目的谈判任务，而且还有胡炜成了终身好友。在他儿子上学时，他把胡炜请到家里，请求其作为儿子上学的推荐人。

这份友情和荣誉让胡炜真正体会到"不打不相识"的滋味和深意。

与格兰的"交手"，对胡炜来说，是百件谈判"大事记"中的一件而已。

那天采访路过浦东"上海新国际博览中心"时，又扯出了这位"全权代表"的另一个故事——

位于浦东龙阳路2345号的上海新国际博览中心，是1999年11月4日奠基的浦东一个大型国际展会业项目，如今的博览中心拥有17个无柱展厅，室内展览面积达20万平方米，室外展览面积达10万平方米，这一超大型会展中心，一度不被人看好。但开业以来，却年年生意火爆，让与中方合资的三家德国公司赚得盆满钵满。

"这是我们德国公司在华投资最成功的一个范例。"时任德国总理的施罗德先生这样评价道。

然而，即使在上海也很少有人知道为了这个项目，中方"全权代表"的胡炜，曾经屡受外商的侮辱，他为赢回国家尊严所付出的艰辛令人感佩。

故事得从头讲——

在上世纪九十年代初的浦东招商大潮中，现在陆家嘴"世纪大道"与"世纪公园"衔接处有块宽阔的地方，被规划为"未来的会展中心"。会展产业是经济全球化新萌生的一个行当。浦东开发开放在与世界对话中少不了这样的项目。于是在招商过程中，请到了全世界会展业做得最成功的德国相关公司来洽谈。

就这里！德国会展投资商很快选中了原花木镇农沟村北的一片农田，之后列入浦东规划范围。但招商谈判进展迟滞不前。

"胡炜，还是你亲自出马吧。"关键时刻，上海市领导把重担再次压在胡炜身上。

这是一次艰难的谈判，原因是对方的投资公司并非是一家，而是由三家德国公司和一家英国公司组成的联合公司，与中方的浦东陆家嘴开发公司共同投资建设这一项目。这在当时是国内第一家中外合资和运营的国际会展中心。而德国的三家公司分别为慕尼黑、汉诺威和杜塞尔多夫三大国际会展巨头，由于当时对中国的会展业前景吃不准，这三家德国会展巨头在与中方签订合作协议时，又拉进了一家英国著名的航运公司——铁航公司。之所以前期的谈判迟迟没有进展，就是因为这些德、英公司觉得"油水"不大，碍于他们的政府与中国的友好关系，才勉强答应了这桩买卖，积极性自然不高。

"全权代表"胡炜出场后，针对上述情况，他去德国一家一家地跟对方介绍浦东开发和中国发展对"会展业"的前景，以此来鼓励德国公司增加对投资项目的信心。胡炜说，你们都是国际著名会展公司，具有对会展业开发开拓的经验。但你们在对我们浦东"国际博览中心"的投资时只算死账，而且这样的死账越算越烂。你们没有算活账，什么叫活账，那就是中国的改革开放和发展、浦东的开发开放与未来。中国多少人口？中国市场是什么样的市场？比你们整个欧洲还要大！是世界最大的消费市场和最大的发展中国家，在这样的地方投资会展业会错吗？不看到这一点，单单算眼前的账，仅以你们德国市场和衰落的欧洲现状来分析观察中国市场，那绝对是死账和烂账！

你们不要以为投资浦东项目是在支持我们中国建设。错了，是我们中国巨大的市场在提供给你们赚钱、赚大钱的机会！如果错失了这样的机会，到时候你们后悔都来不及了！中方"全权代表"胡炜的一番番有理有据的中国"宏伟蓝图"，让德国几家会展巨头的老板听了直流口水……

那好，我们签！我们同意加快投资速度。德国会展巨头们频频应诺。

慢着，胡先生，我们的经济部长要见你。他是我们公司的监事长。

稍许，气度不凡的经济部长出现在胡炜的面前，正襟危坐地对着他落座。

出于礼貌，胡炜刚要开口寒暄，可万万没有想到，那位经济部长猛地勃然大怒，并且甩开巴掌，"哐"地一声，重重地拍击在桌子上，那响声能传出几间屋子……

你，中国人，太牛了！竟敢不把我们德国人放在眼里？你凭什么牛？难道我们德国不如你们中国吗？你牛什么？哼！不知哪来邪气的经济部长，扭曲着脸、大言不惭地冲着胡炜，仿佛欲将对方置于死地才肯罢休。

这是完全没有预想到的场面。胡炜一时被对方镇蒙了。等他稍稍领悟过来后,他定了定神,然后对自己的翻译说:"你先去把门关好。然后你回来把我的话一字不少地翻译给他听,不能省略!"

门关好了。现在只剩下那位经济部长和胡炜两人及各自的翻译。

胡炜直了直腰,挺了挺胸。突然,抡起右巴掌,以比刚才经济部长那一击还要大三倍的猛劲,狠狠地将巴掌击在桌子上——

"你,岂有此理!你德国人到现在还想欺负人?"

"你以为你是什么人?你以为你是大老板?经济部长?可你不要忘了,站在你面前的中国人,是中国一级政府的全权代表!是你们几个公司对等的谈判人!"

"你像个经济部长吗?当你的国家的客人登门而来后,你至少懂得起码的礼貌吧?可你,竟然以这等嘴脸对待客人!"

"哐——"又是力大无比的一大巴掌拍下。

"哐当!"门被推开了。德方和中方人员不知里面发生了什么"紧急状况",破门而入,个个神情紧张地看着里面的部长与中国全权代表。

胡炜举起右手:"没事。你们统统出去。"

进来的人不知如何是好地退了出去。

里面,胡炜又和经济部长开始你来我往地"理论"了整整一个小时。"最后,大门打开时,我们俩是手拉着手走出去的。"胡炜回忆起那一次德国谈判,笑得弯下了腰。"谈判就是这样,吵了又谈,谈了又吵,最后言和为止。"他说。

好不容易同几家德国公司谈妥。以为可以轻松回国的胡炜一行,没想到在回国途中,突然出岔子了:与德国展会业三巨头合作的英国公司提出要退出浦东"国际博览中心"项目。

真是要命!胡炜暗暗叫苦。

"这就不是我们的事了。"德国公司趁机又说风凉话,"我们已经做了很大努力,但仍然无能为力。"

"全权代表"胡炜想了想,说:"那好吧,我去跟英国公司谈。"

■ 建设中的陆家嘴 （摄影 陆杰）

谈判团因此转道到英国的铁航公司总部。很快见了该公司董事长。毕竟是英国绅士，公司董事长道貌岸然，毕恭毕敬地对胡炜说：我们铁航在你们中国，尤其是在上海，业务非常好，感谢你们中国和上海。关于投资浦东"国际博览中心"的项目，我们是小股东，占的股份也非常小。由于我公司的主业不是会展业，所以董事会决定退出物流方面的投资。如此这般，总而言之，有一百条"合理"的理由退出浦东投资项目。

胡炜耐心地听着。

对方继续谦和地讲着。

轮到胡炜说了。他说：虽然我对贵公司的决定可以理解，但你们也应该考虑我们与几家德国公司的谈判也是花费了一些时间。现在如果你们突然退出，那就意味着我们与几家德国公司的谈判还得从头进行，所以请求董事长重新考虑你们的决定……

铁航董事长耸耸双肩，一副无奈的样子：这是董事会的决定，我也无能为力。

胡炜强压心头之火，再次征求对方：这个协议你们真的不签了？

董事长摇摇头：签不了。

胡炜：那我想问董事长，贵公司还想不想在中国、在上海做生意了？

董事长紧张地说：当然，当然要做。我们在你们上海的业务一直非常好……

胡炜严肃地说道：但是，你要知道，如果今天贵公司退出浦东会展项目，你们铁航在上海的业务将受到严重影响。

董事长惊慌起来：你这是……你们不应该这样做。

胡炜说：为什么不呢？董事长先生应该清楚，贵公司在中国、在上海，为了你们的生意，我们政府和各方帮了你们多少忙？现在，我们与德国公司谈定的合作协议，就因为你们一家小股东的退出，让我们骑虎难下。请问：为什么你在这件事上就不能帮我们一下忙呢？我的话不含任何威胁的意思。只是想表达一个真诚的请求：你们在中国、在上海开展业务时，我们帮了你们不少忙。现在当我们碰到一些困难时，也只是想请你们帮个忙而已。如果董事长和贵公司在这件事上都不能帮我们一把，我们又有何理由一定要在中国、在上海帮助贵公司呢？

话到此处。英国铁航公司的董事长一脸紧张，但仍然不肯在协议上签字。

谈判陷入僵局。

"当时我也感到自己的话说得有点过头了。但在谈判场上已经说出的话是不能收回的。"胡炜回忆起往事时这样说。

"今天董事长如果不能给我一个满意的答复，我马上就会离开阁下的办公室，并且不会再重新出现。那么贵公司今后也别在上海出现了……"胡炜说完最强硬的一句话后，站起身，抓起旅行箱的拉杆，一步一步地向办公室的大门走去。

"这几十秒的时间，我真的有种绝望的感受，因为我也是在赌，赌他董事长能不能在我的话的影响下回心转意……当时我走向大门时，是在心里默数着'一、二、三……'，我在等着董事长叫停，可他就是没有叫停。好在办公室很大，到门口要经过好一段长廊。"胡炜说，"在我已经感到彻底绝望的时刻，总算身后传来董事长的喊声：'Stop！'哎呀，这一瞬间，我才把心放下，双腿真的一下要瘫下来似的……"

"全权代表"如此不易！他代表着我们的国家和一个城市，还有个人自身的尊严。

这就是"全权代表"。它首先不是代表个人，但同时又是个人形象的展现。在展现个人形象时，他又代表着一个国家、一个城市形象。

浦东开发开放过程中，像胡炜这样与外商、外国的谈判有多少次？如果你能数得清今天浦东有多少楼、有多少路，你就知道当年和现在仍在谈判的事有多艰辛、多艰难！

"就说到美国跟迪士尼谈判，来回不知有多少次。记得有一次已经约定好了的谈判时间，但临出发前一个月，胡主任的身体出现了问题，住院了。但由于谈判时间是事先约定的，而且到了紧急阶段，最后胡炜主任还是带病坚持到了美国，参与了全程谈判。他是全权代表，必须在最重要的交谈时刻出场，并且随时要拿定主意。我们经常看到，一场谈判下来，回到宿舍，他就瘫了下来……累的呀！那真的是在拿命为国家、为浦东换取利益和争取项目。这样的事，不计其数。"曾经跟随胡炜多次出国谈判的秘书说。

"你看看这张照片。很有纪念意义……"秘书给我看照片,上面是胡炜在一个谈判现场签字。旁边站立的人都在看手表。"这张照片我们叫它'四点的回忆'。那一次我们与对方的谈判一直到凌晨4点才算谈妥,'全权代表'胡主任与对方正式签字的时候正好在这点上,所以我们有人当场来了个浪漫的总结:'四点的回忆'……"

在浦东开发开放中,这样的项目与合作谈判有一千个、一万个,胡炜也不是唯一的"全权代表"。汪道涵、赵启正做过这样的"全权代表",黄菊也做过这样的"全权代表",甚至江泽民、朱镕基也曾是这样的"全权代表"……我知道,所有上海和浦东的这些"全权代表"们,他们个个都一样,在异国他乡,他们也都曾受过高规格的接待,也都曾受过种种侮辱与委屈,劳累与辛苦更不用说,住小旅店、在飞机上差点下不来、中途吃不上饭、半夜没有住处,等等,在国内想象不到的事,他们都曾遇到过。没有吃没有住的时候,他们就是一个普通"中国游客";而在谈判场上,他们精神抖擞、气宇轩昂地代表着自己的国家和城市,去争取每一份利益和尊严……

这就是我们的"全权代表"——在风口浪尖中,从不倒下,永远坚强地挺立在对手面前,直至胜利。

在了解这样一个又一个"全权代表"的故事后,我慢慢对这些出国与外商、外国机构谈判的中国"全权代表"有了另一方面更耐人寻味的联想:其实,他们在自己的国家和城市里,依然是"全权代表",只是他们换了一个身份,他们需要从国家和人民的利益出发,做谋发展、求幸福的人民利益的"全权代表"。而这样的"全权代表",其实比与外商、外国谈判的"全权代表",还要难,还要艰辛……

那一天路经陆家嘴金融区的"正大广场",我被这一片气势磅礴、艳丽壮观的建筑群所吸引。

"原来这里是'立新船厂'所在地。为了开发浦东,这座百年老船厂的工人们做了牺牲。在他们离开这座厂的那一刻,工人们打出了一条标语,至今仍然让我难忘……"站在黄浦江边的绿荫地上,胡炜凝视着正大广场,仿佛又回到了浦东"大拆迁"的岁月——

"泰国正大集团要来投资了!"这消息,对当时开发初期的浦东来说,绝对是个振奋人心的喜讯。正大集团是亚洲著名企业,老板谢国民对浦东也情有独钟,一掷就是三亿美元,欲建几十万平方米的一流建筑楼。他看中的地方正是"立新船厂"所在地的黄金地段。此处与外滩隔岸相望,工厂效益好,工人们上班虽说需要摆渡,但也是摆个渡就可过往了。"正大"来了,新厂址被安排在很远的地方,工人们想不通,也不愿搬,一直上访到市总工会和市政府那里。

"集体上访",这在"稳定压倒一切"的当时,是个非常严重的事件。然而工人们的理由和情绪也非简单的一两句话就能安稳与说服。怎么办?有人说,浦东开发是大局,谁破坏和阻碍,就是破坏大局,可以采取强制手段。这理由似乎很充足,但帽子也很大。负责具体拆迁任务的胡炜认为不能这样简单地强压,工人们提出的合理要求和利益诉求,应当充分考虑。他特意请了副市长赵启正和市交通办主任、市海运局局长,一起来到船厂,来到工人中间,不厌其烦地一次又一次、一个又一个地进行交心、交谈,耐心做思想工作,用理用情地让工人们了解浦东开发的长远意义和对所有上海人民的利益,以及小局和大局之间的关系,同时将工人和厂方提出的利益诉求进行逐一分析解决。

"那些日子,我们几个几乎天天泡在厂里,一直到最后,工人们的思想做通了。离厂时,工人们自发地拉出了一条标语:'笑着向昨天告别,明天我们将昂首到新的地方去'。这标语至今一直烙在我的心头,每每想起,我的眼里都会噙着泪水……"胡炜动情地讲道。

在浦东金桥,中国汽车"巨无霸"——上海通用汽车厂的现代化厂区,如今拥有三个整车厂和一个动力总厂,六千余员工,年产中等以上豪华轿车三百余万辆,是名副其实的世界级汽车"巨无霸"、中国合资汽车厂之"老大"。

"可22年前的1996年夏天之前,这里还是一片农村水稻田和村庄呢!"胡炜指着眼前的那片现代化厂区,介绍说,"那一年市里黄菊同志亲自跟美国通用汽车谈定了一个15.2亿美元的大项目——合作建汽车厂。第一期就需要动用一平方公里面积的土地。项目谈定后,美方通用厂的代表到现场来看地。那天我带着他站在附近的一栋小楼上往前面看他们未来的厂区,那老美看着满是水稻田和散落在田埂间的村庄,跟我打起赌来:你们如果可以快些完成动迁,我们就可以早些动工。我就问他:你说的快是多少时间?他说半年。我说我用三个月时间完成动迁。那老美瞪大眼珠子,连声说'NO,NO',他认为这是不可能的事。我说那我们一言为定:我三个月内完成动迁,你在我们动迁结束后正式开工建厂。他感觉不可思议,跟我打起了这个赌。"

"后来呢?"

"后来到了三个月,我就请老美来看地。他一看,简直傻了:我们完全按照他们的建厂要求,不仅完成了动迁,而且平整了土地,只等开工建厂。通用厂的美方代表在现场感慨道:在中国什么奇迹都可能创造。你们的速度让我们对投资浦东充满了信心。后来新建的通用汽车厂也在这里创造了奇迹:1997年1月10日动工,1998年12月第一台别克汽车下线,这个速度是通用汽车在世界各地建厂史上的'第一'。"

胡炜说:创造这样的"世界第一"的前提,是浦东这块土地的百姓和我们这些参与动迁的干部、职员的牺牲与付出。"我们这些作为具体负责动迁拆迁的工作人员,有时感觉自己的工作很无情,很对不起百姓,但又有什么办法呢?感觉工作实在做不下去的时候,来帮助我们化解难题的恰恰就是那些我们工作的对象——老百姓。所以过去我常对部下们说:不管干什么事,都要从百姓的利益出发想一想,就可以克服任何困难,解决任何难事。"

在距离陆家嘴较远的一个现代化新商业区,我发现在一片崭新的高楼丛中,镶嵌着几栋旧居民房,十分显眼,并且与周围很不协调,便问:为什么这些旧房子还没有拆掉?

胡炜颇为遗憾地说:应该是一些遗留难题。

为什么?

浦东发展太快,面积也够大的。难免有些边角地带缺少统一有序的行动,所以出现了一些情况。胡炜说,现在浦东寸土寸金,搬迁的成本巨大,动迁一户,没有几百万根本谈不拢。这就造成了某些这样的死角和难堪的地方……

"可在陆家嘴等多数繁华地方,我并没有看到这种情况呀!"我有些奇怪地追问,"当时你们没有遇到这样的死角和旮旯?"

"遇到。比这还要多得多,但是我们当初下了一个狠心,一下把那一片旮旯角落的百姓旧房危房全部解决了,而为了这件事,我差点被逼上梁山……"胡炜笑言,"这又是一段精彩的故事。"

"道来听听。"

"那应该是 2001 年这个季节。我们浦东已经成立区政府了,我是区长。"他说,"有天晚上 11 点,刮台风,又下大雨。在浦东大道铜山街那里有一个旧居民区,老百姓的房子淹了一片,因为这里四周都盖起了高楼大厦,所以旧居民区的积水就更难排出去。我去慰问时,水还过膝盖。见了老百姓,我就说你们辛苦了!哪知这里的百姓,'扑嗵扑嗵'地跪倒在水里,一大片人呀,他们冲着我说:区长啊,我们想动迁,真的不想再在这儿呆着啦!你看看这样的地方还能住人吗?求求区长了!我当时真的既感动又难受,也十分为难……浦东大开发后,想动迁、靠动迁改善居住条件和生活水平的确实不少。但是动迁也是需要成本的,当时政府没有那么多钱,来浦东投资者更多考虑的是自身利益,所以一些新建筑群的边边角角,那些没有动迁的地方便成为现代化城市内的一个个小疙瘩,与周边形成巨大反差,成为环境脏乱差的地方。但一年一年过去后,这样的地方动迁起来成本非常高,政府难有所为。这一天面对那么多跪在水里的百姓,我真的有些不知所措。这时跪在水中的百姓又说,你区长不答应我们动迁,我们就不起来。这可怎么办?看着百姓们一双双真切的期待目光和他们跪在水中的样子,我心里着急,顺口就说:'大家赶紧先起来,你们这儿一定会动迁的!大家赶紧起来!'这么一说,百姓就'哗啦啦'地从水里站立了起来,还围过来问我,说你区长讲的话不能不算数啊!我告诉他们:当然算数嘛!于是百姓更加高兴了。可我一坐上回区里的车子,同事们就嚷嚷开了,说区长啊,你怎么可以这样随便答应他们动迁呢?我们哪来动迁的预算和经费嘛!更有人给我'咬耳朵',说:动迁就是动马蜂窝的事,你现在拍了胸脯,如果动不了,你咋办?再者,好事也要留给人家做。因为当时离区政府换届时间不到一年了。同事们说的都是真心话,是为我着想。听了大家的话后,我一方面感谢他们,但另一方面又跟大家说:你们应该多从百姓和人民这一方面想想。如果浦东开发过程中,不能把这些边边角角、旮旯角落的百姓旧房危房动迁了，别说以后动迁成本有多大，单说这个样子，是我们所要的世界级水平的现代化新浦东吗？我们以后能忍心一面坐在高楼大厦里喝咖啡，一面看着旁边这些还住在危房和旧棚里的老百姓过苦日子吗？不能吧！不如就从现在开始，趁早把百姓的事办了！总不能把难题留给后人嘛！再说，现在动迁会比以后要便宜得多。如果这么做有什么风险和后果，我来承担政治责任。后来又在相关动迁的会上，我阐明了自己的观点。决定之后，我对分管副区长和建设局局长说：大的责任我负，如果这事没有做好，我这个区长首先辞职；但你们工作没有做好，我就先撤你们的职。就这样，我们层层抓落实，在整个小陆家嘴范围内开始了对所有边角的旧房危房动迁。结果统计下来，共有2万余户。当时我们按每户补贴18万元展开工作，从2002年年初开始，到年底全部完成了这些居民的动迁。最后结算时，区政府的同志们跟我说：区长你也别太抠了，每户给个整数得了。经过研究，后来全部每户按20万给了。现在想想这一举措真的利民又利国，百姓动迁获得了实惠，改善了居住条件和生活环境，政府少花了不知多少钱！因为如果这些居民放在今天动迁，每户没有几百万元根本不可能搬得动！2万余户，算一下要多少钱嘛！"财务科长出身的胡炜，这一着棋下得绝妙：既为数以万计的百姓谋了福，又为政府少花了一个天文数的财政支出。

是的，这样的"财务账"，只有那些诚心为国家、为人民谋利益的人，才会如此准确和精到地做到。

呵，流光溢彩的浦东，你应该庆幸自己走过的几十年里，有那么多像胡炜一样以开发开放大业为己任的"全权代表"！他们代表着人民的利益和崇高的国家利益，这是浦东开发开放过程中一道特别闪亮的光芒。

历史会永远地记着他们！

第四章

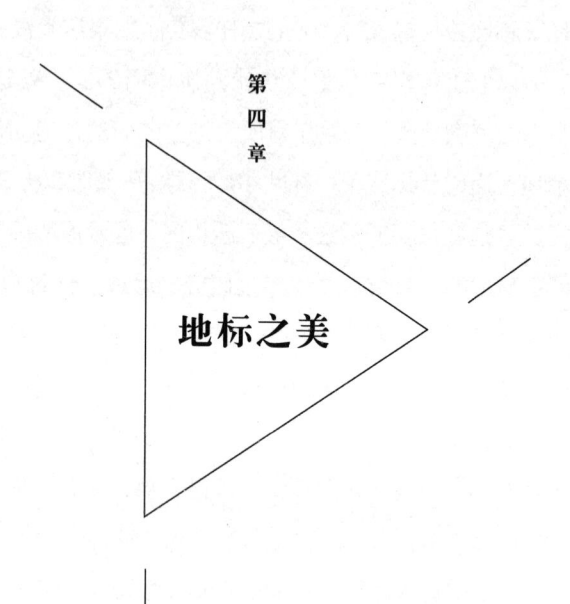

地标之美

人类在自身发展过程中，追求美是其基本的一种行为和精神诉求。城市之美往往是以建筑形态来体现的。而建筑则是艺术形态中最为绚烂的一种，而且它又是所有艺术形式中最为壮观、最为繁复、也是付出代价最大的一种美的形式。

我们在已知的所有历史中发现：人类的文明无不与建筑息息相关。今天，当我们徜徉在古罗马的旧城，漫步于埃及金字塔边，攀登上中国宏伟的万里长城，总会因其古之幽思而泛起深深的涟漪。是建筑的说明，使得时间的流逝具有了更多的实指性；是建筑，把千百年来人类所想体现之美落实到了实体，落实到了我们眼睛所能及的一砖一瓦之上。一块玻璃、一只彩塑，甚至是一种材料，它已不是一个自然性的产物，而是人类的借助于它们所泛发出的某种美的追求与表达。然而却又以最自然的形式，存在于我们生活着的现实生态之中，并绵延而永久地在无言诉说着历史沧桑，同时也在诉说着人类自己的奋斗、爱情和感动的精神。

这就是我们常说的美可以创造世界、世界创造美的道理所在。现在，我们来说城市之美的具体和浦东新城所带给我们的美——

城市之美，有很多形式。传统的中国城市，城墙与宫殿、庭院与屋檐，构成了城市的美学。不求高度，只求精致与气派，是中国传统建筑的美学形式。世界的城市古建筑，则是以权威的神庙和塔基形，来构筑城市的美观。这种壮美里包含着人对神灵的崇奉与敬畏。埃及金字塔和古希腊神庙便是其中的典型。到了古罗马时代后，雕塑和廊厅及顶部建筑形态成为了一个城市美的标志。进入现代工业之后，城市以大、以高为极致的追求。到上世纪末和本世纪初以来的当今世界里，高度虽然不再是唯一的城市形象标签，但它仍然以不可一世的霸气影响和提升着一个城市的形象，这个时候城市的立体意识即"信息相联"＋高度，应当是今天的城市地标竞争的一种方向。

浦东不可能不受其影响。但浦东设计者们从一开始就注意到绝对不能以"高"来取胜、取美。然而，他们的心中也有一个强烈的愿望：一定的高是必须的；高而时尚，高而现代，高而具有传统文化元素，才是真正的符合中国国情和上海市情之美。用现任市委书记李强的话说，上海的文化应当是"红色文化""海派文化""江南文化"的融合体。红色文化并不一定都是"共产党"的概念与内容，它包含了进步与创新精神的文化；海派文化是上海融入世界的一个重要方面；而江南文化自然是上海传统的基因部分。

今天，当我们站在浦西的外滩，去展望浦东时，就立即会有一种激荡的情绪在你胸中膨胀，令你动情，令你想赋诗一首，或者脱口而歌。这是因为浦东的那些美轮美奂的建筑在催发你的心情。真的要感谢那些浦东开发者们，是他们让我们和后人可以永久地享受如此美的建筑和建筑之美所带来的愉悦。

如今的浦东真是风情万种，它以一个最好的切入点——建筑，来尽可能地以完美方式展现着自己最靓丽的风物与精神。这是浦东特别成功的一点。虽然浦东具有广阔的土地，但陆家嘴的那些建筑就足以把人们的视线牢牢地抓住了，这就足够了！

尤其是当我们背靠素有"万国建筑博览会"之称的外滩，凝视仅仅一江之隔的浦东时，内心就会无数次地这样惊叹：快看吧，那边就是浦东，那浦东简直美绝了！那高高低低、错落有致的建筑，就像一首没有标点的长诗，更像一曲大型交响音乐，它时而庄严，时而灵动，时而轻盈，时而飘逸，时而奔放，时而低吟……总而言之，你可以在其中找到你所想要的一切之动态和凝固着的美……

面对浦东的楼宇之美，你会顿然感觉人的高大与人的渺小。言之高大，是因为眼前如此恢弘、大气、美丽和永恒的建筑都是人创造的。言之渺小，是因为面对耸立于云端的摩天大厦，我们人类的身躯和生命变得如此弱小与短暂。而最后感叹的仍然是我们人类的伟大,因为是我们创造了这样伟大建筑和永恒的美。恰如建筑巨匠路德维希·密斯·凡·得·罗(Ludwig Mies Van der Rohe)所说:"建筑的最高形态是人类精神活动的到达"。

浦东新区的建设者创造这样的美,并非一蹴而就,而是面临的一个艰巨而复杂的过程:除了建设金融中心、商贸中心和后来的自贸区、现代化港口之外,还有一个早就在心底酝酿的"中心",那就是城市本身的"美感中心"。不美的城市有了其他所有"中心",早晚也会被淘汰。因而"美"是城市建设者最难去把握的一根尺子。城市过于大了,有人会说像在"摊大饼",过于小了,有人会说"小里小气";楼房过于矮了,肯定被人骂,上海的土地这么紧缺的地方不造高楼一定是决策者"脑子坏了",不断往上蹿得高,也不一定不被骂,恐怕被人骂得更凶……把握高与矮、大与小,可不是件容易的事,尤其是在缺钱缺时间的大开发、大建设时代,浦东能有这时间、金钱放在那里等待谁去细细琢磨打造城市之美?难!

难也得要做出几件城市之美的地标嘛!浦东同样如此,而且它比上海老城多了许多要求。

老上海的地标似乎只有外滩那些百年异国风格的群楼,还有外白渡桥边的那栋23层高的"上海大厦",加之十六铺那里的一座钟楼。这些地标建筑,构成和支撑了上海过去百年风采。历史走过一百多年后,客观地说,所有这些老上海的地标意义的建筑,在今天看来,已经远远落伍了。我们不难发现,在今天比如广东的一个乡级小镇,其欧式钟楼也早已高过上海外滩那座钟楼几十米了;所谓的外滩百年建筑群,随便点几个中等城市的某些开发区里,你也会找到比外滩更雄伟壮观的欧式建筑,如果不是已知的历史感,真的说不出它们就差到哪儿去了!所有这些,都给浦东建设的设计者带来挑战。更何况,当"141"号小楼里吹响"开发开放"的战斗号角后,征地、拆迁、招商、引资、挖基、筑路等等千头万绪、千军万马齐上阵的岁月里,工作如同有人在后面抽着马鞭在赶一样,谁能有时间、有意识、自觉自愿、专心致志地去想高楼和地标的产生与美呢?

当然有人。朱镕基想过。那条"世纪大道",在他心目中占有重要地位,离开上海到北京数年后重回上海、踏上浦东大地时,他就问:"我的那条大道呢？"

当然还有人。赵启正想过，他甚至在离开上海后的很多时间里一直在描绘浦东的"金光灿烂"：浦东开发，像一部历史巨著，一页页气势磅礴、流芳百世的绚烂篇章，由来自海内外的建设者用心血和汗水撰写而成；浦东开发，是一幅时代的画卷，由全体中华儿女，汲取世界的精华，描绘出全面建设小康社会的光辉前景；浦东开发，更像一首跨世纪的交响乐……

自然还有更多的人在想，"我们的浦东"该是怎样的？——孩子想过，老人想过，男人想过，女人想过，所有的上海人都想过，其他的中国人也帮着想过。

"我们的浦东"一定是老上海的延伸，并且比她更美、更时尚；"我们的浦东"一定比世界上其他国际大都市更有"范儿"；"我们的浦东"一定是我们十分喜爱的和令我们自豪的浦东……现在，浦东已经基本建设好了。现在的你和你们，见过它后是你想象中的"她"吗？

为此，我曾在外滩问过许多人，包括老人孩子和男士女士，他们中有老上海人，有外地人，也有外国人，他们指着江那边的浦东，凝望着那些如雨后春笋般拔起的五光十色的楼宇，特别是那直插云霄的塔一般的金茂大厦，剑一般的环球金融中心和像美女舞动着小蛮腰的上海中心，脸上总会泛起激动的神情对我说：比我想象的还要美啊！真的太美了，这才是我们的新上海！我们想象中的浦东！

他们的话，道出了所有人心中的希冀与愿望——我的感觉也如此。

一个城市的美，常常是因为一条街、一座房、一个特别的建筑的存在。人们对城市的概念和记忆，也往往是一个标志性的建筑和一个有重要影响的人物。白金汉宫让伦敦成为世界上不可替代的老牌名城；埃菲尔铁塔则是巴黎的代名词；帝国大厦一直是纽约的象征；双子塔让吉隆坡出了名；818米高的迪拜塔，让全世界人一眼知道了迪拜是个用黄金垒起来的"沙漠里的大都市"。当然还有像圣彼得堡因为有普希金而闻名的城市，等等。

现在，我们的史诗之笔，将为已经矗立在世人面前的浦东之美讴歌——它们是三个"巨人"和一个"家园"……

走近它们吧——

16

"金茂",通体流着金光

无论你是在浦西的外滩,还是远远地站在浦东本土上,只需往陆家嘴那片高高的楼群望去,便可以清晰地看到一座塔型的高层建筑——"金茂大厦"。

420.5 米高的金茂大厦,在 1999 年建成之时,是浦东的最高建筑,也是当时上海和中国最高的建筑,即使到了 2015 年,它的高度仍在上海名列第 3,在世界高楼中排名第 20 位。近 30 万平方米的楼面面积相当于上海外滩所有"万国博览"楼宇建筑面积的总和。地面以上的楼层共 88 层,这是设计者最初获得"授权"的楼层高度,一看这个数字就知道中国人的文化审美取向了。

"88""发发"。这是浦东大地上第一座超高大厦,必须"发"!也一定能"发",它包含了当时多少上海人包括全中国人对浦东的希望和期待之心啊。

仍然有人记着历史的一幕:1992 年 2 月下旬,浦东开发正处于初始阶段。一天,时任中共中央政治局委员、国家外经贸部部长的李岚清,带着直属企业中国进出口总公司的领导,一行人风尘仆仆地来到还是一片荒地的烂泥渡附近,察看地形,他们是响应邓小平"南方谈话"和支援浦东开发开放而来的。那个时候,即使在全中国,有钱的单位也不多,外经贸部是其中比较有钱的一个部级单位,因为它跟外国人做生意,国家从外面赚来的钱大部分到了这个部里。

有钱的人和有前途的地方一拍即合,于是外经贸部和上海共同决定在浦东建一栋"中国第一楼"。

大厦叫什么名?

经贸部的大楼……就叫"金茂"怎么样?

听身边的"才子"嘀咕,李岚清笑了,这个名不错!

"金茂"好,一听就是经贸部的,又有吉祥发财之意,好!上海的领导也拍手叫好。

那该建多高呢?当时的决策者们对高度还没有准确的概念。"既然大家都希望它大吉大利,干脆就建它个88层!"李岚清定调。

好,就88层!所有人都对李岚清的提议表示赞同。

当月,外经贸部和上海市达成意向:由上海市提供环境、景观、交通、地质最佳、价格优惠的地块;外经贸部组织所属进出口总公司出资,在浦东陆家嘴建一幢中国最高的标志性的跨世纪大厦。

大上海的"摩天大厦"时代要来临啦!真的要来临啦!这是浦东开发开放带来的一个历史性时刻。上海人非常激动,有些按捺不住的激动——即使在今天他们仍然因此对李岚清和外经贸部怀有特殊感情。

过去都说上海大厦多,上海大楼高,其实留在我和多数老上海人记忆中的高楼,就是外白渡桥边上的那栋原名叫"百老汇大厦"、1951年改为"上海大厦"的大楼。记得小时候父亲第一次带我到上海,我是仰着头才看到它的顶部,而且准确无误地数了三遍,它是22层高。后来还知道了它的高度是78.33米。估计今天的新上海,会有近千座大厦超过这个高度。

然而,如果大上海没有昨天的"上海大厦",也许今天也不会对摩天大厦有渴求!大厦,理应是大上海外在的和心态上的标志性建筑。

有人告诉我一个原上海大厦里的故事:1971年8月16日,上海市负责人邀请第一次访问中国、又即将要离开祖国返回美国的杨振宁先生,在上海大厦吃饭。席间,杨振宁收到同学兼挚友邓稼先的来信,回答了他一直以来的困惑。邓在信中告诉他:"中国原子武器工程中,除了最早于1959年底以前曾得到苏联的极少援助以外,没有任何外国人参加。"当时在饭桌上的杨振宁看完这封同学的信后,受到极大震撼,"一时热泪满眶,不得不起身去洗手间整理"。这是杨振宁在后来的回忆文章中所写到的。上海大厦在新中国成立后,一直承担着接待外国政要的任务。美国总统尼克松访华时就住在此地。当年上海大厦的选址者,应该是特意找了这个上海风水最好的地方,建起了上海第一楼。大厦距离和平饭店不远,又紧挨着外白渡桥和浦江饭店,与旧时英国驻上海总领事馆官邸为邻。另因大厦地处外滩,与旧时的百老汇路紧挨着,故旧名为"百老汇大厦"(Broadway Mansions)。

今天的上海大厦看上去只是一栋相当普通的大楼,完全淹没在上海各式各样、如山如林的万千高层建筑之中。然而,上海大厦也曾以"上海第一楼"之美名,独领风骚七八十年,是二十世纪大上海的一个缩影。

1888年(清光绪十四年),英商业广地产公司看到"沙逊""哈同"等洋行在上海兴建高楼大厦赚取高额利润后,他们也不甘寂寞,于是,1930年初,英商业广地产公司在黄浦江西畔、外白渡桥北面英商上海电车公司车场的原址上动工兴建百老汇大厦。这栋大厦由当时英国著名建筑师佛兰赛(Bright Fraser)设计,建筑结构采用了近代摩天大楼的形式,采取双层铝钢框架结构,全部钢架由英国道门钢厂承造,建设成本和选材要求之高,在当时上海滩一度成为谈资。因为地处苏州河边,土地松软,对打桩的要求特别高,大厦耗时4年,于1934年落成并试营业,次年正式开业,投资总额在当时为500万两白银。因其高度和24596平方米的超大建筑面积,以及受西方现代主义建筑思潮影响的简洁派装饰风格,使它从诞生之日起,就跻身外滩名楼之列。

"二战"前后,这里曾是美军和日本侵略军首脑出入之地。1945年抗战胜利后,国民党政府接管百老汇大厦,蒋介石特别提议将其一心打造的"励志社"上海招待所设于大厦内。励志社全称是"黄埔同学会励志社",成立于1921年元旦,是蒋介石亲自提议成立的,性质上类似于黄埔军校同学会之类的组织。蒋介石当时成立这个组织的目的是希望国民党军队内的有志青年,能保持黄埔军校时期的革命精神,互相鞭策,砥砺前行,以重振军威。为此,蒋介石当时还专门为励志社规定了宗旨,即"利人利己,革命革心"。具有讽刺意味的是,"励志社"非但没有能像蒋介石希望的那样催人励志,反而最终彻底沦为国民党政府在上海的一大腐败场所。除负责蒋宋两家大小家务事外,还经常在此款待亲蒋派的美国政府要员。当时上海有民间舆论戏称,"励志社"变身"利至社",凡事都是利益至上。1949年5月,国共两军打响在上海的最后一战,国民党7374部队借百老汇大厦地形优势,在大厦四周建碉堡,负隅顽抗,直至人民解放军部队由苏州河南岸直逼大厦,国民党的驻守部队见大势已去,于1949年5月25日中午从百老汇大厦仓皇逃离。中华人民共和国成立后,百老汇大厦被上海市人民政府接收,并正式改名为"上海大厦",以此命名来凸显大厦当时在上海的特殊性和重要性。

从"上海大厦"到"金茂大厦",跨越了60年时空(前者1934年,后者1994年起建)。

22层到88层,跨越的是一个世纪的高度。

没有摩天大厦的城市不可能是有国际影响力的大都会。走过一百多年历史的"大上海",在二十世纪末时已经没有了真正意义上的"大"上海了:楼没有香港高,城也比台北旧,更不用说与纽约、东京等世界级大城市比。

极讲"面子"的上海人,曾经一段时间很没有面子。

新的大上海必须有自己的大厦。新大厦一定是在浦东建起。这是所有上海人的愿望,也是那些热爱大上海的人的共同期待——浦东开发开放也因此多了一份责任。

建88层大厦,需要多少钱?没人正式算过。李岚清咬着牙在黄浦江畔说:把外经贸部在全国各地银行里的钱都弄过来也要造起这座大厦!

他是在为浦东建设打气!更是在为中国人打气!

建88层大厦,中国有没有这样的技术?与外滩隔江相望的浦东滩地上,能不能承受88层高的高强度混凝土与钢结构铸成的庞然大物的压力呀?

没人知道。于是赶紧搬来同济大学老校长、力学与结构学大师、中国科学院和工程院双院士李国豪。"李院士说行就行,他要摇头这事就难了!"当时上海人这样传言。

现在的年轻人可以不知道李国豪是谁,但你得知道南京长江大桥、杭州钱塘江大桥,还有汕头海湾大桥、虎门珠江大桥等等中国的著名大桥是谁造的,因为这些大桥上都镌刻着同一个响当当的名字:李国豪。

■ 金茂大厦 （摄影 郑宪章）

这位从广东省梅县走出来的造桥大师，毕其一生，都在书写新中国的桥梁传奇。世界同样认可李国豪的卓著功勋。早在1981年，李国豪就当选世界十大著名结构工程专家之一，进入该领域的世界级大师行列。

这位寒门出身的农家子弟，16岁时便只身来到上海，成为国立同济大学的一名学生。毕业后的李国豪有机会参与了杭州钱塘江大桥建设，从此走上了一条"桥"路人生。从1952年参与武汉长江大桥建设，到南京长江大桥，再到后来的宝钢建设等国家重大建筑工程，李国豪的身影从来就没有缺席过。

浦东的烂泥渡那儿能盖88层的大厦吗？目光聚焦到了已经年过八旬的李老身上。于是我们看到李老带着他的同济师生勘察团，越过黄浦江，走在陆家嘴的那些羊肠小道与田埂上。他们时而蹲下身子取把土，时而插下铁钎往地心里钻……最后，经过周密的勘察和审慎的考虑，李老认为：这里盖88层的高楼没有问题！

地质专家与李国豪的意见吻合：虽说大厦选址在陆家嘴距江边很近的地方，但这里有块很坚实的平地，黄浦江冲刷了几百年仍然没有改变地貌，也证明了下面的地质条件不错，只要大厦的地基桩往深打就不会有问题。

李国豪大师最后从高层建筑的力学角度又提出了几个需要注意的问题：大厦必须考虑承受12级台风和7级以上的地震，大楼的高宽度比不能大于7，比如要造420米高的楼，其底盘直径就不能小于60米。后来他的这些重要建议都在设计中被采纳进去。

现在剩下的就是盖什么样的大厦了。什么样的大厦是靠什么样的人来设计的。

谁设计？中国人自己设计——这当然是最"爱国"的表达。但似乎对88层这么高的摩天大厦，让从来没有设计过如此高层建筑的中国设计师来设计，连上海人自己心里都在打鼓……能行吗？

没有底就别勉强。百年大计的事，绝不能有丝毫马虎。浦东新区、上海市和外经贸部领导的意见非常一致，而且十分开放：世界招标，找最棒的国际建筑设计大师来设计！当然，也不能少了中国自己的团队配合。

这是浦东开发开放后第一个建摩天大厦的国际招标，非常吸引眼球，原因是后面将有无数"摩天大厦"会"照此办理"。

"1993年2月,我们准备在全球招标。任务书上明确指出该大厦的主要功能是办公、酒店、观光和零售。然后由专家组成的评审委员会投票,将比较好的方案递交给外经贸部的领导定夺。"由上海外贸总公司派来的时任金茂大厦业主筹建办公室第一副主任的葛进回忆说,"在兰生大酒店召开的招标会吸引了美国SOM公司、日本日建设计等10余家世界知名设计公司……"

其实,在这之前,大厦筹备组的人已经开始到相关国家的知名设计公司介绍情况。后来中标的美国SOM公司总设计师记录了这样的过程:"1993年3月24日,中方的张关林经理和朱先生、阮先生来到芝加哥我们的事务所办公室。他们此行的目的就是向我们介绍这个竞标项目,看我们有什么问题。他们还要求我们(以及所有其他的参赛者)提供三家可能的候选人。我问的第一个问题就是他们为什么想建造一座88层的建筑,为什么不是建造两座建筑,比如一座50层的办公区和一座30层的酒店来代替一座多功能大厦?毕竟,这样会节约很多成本,而且建造起来也会更快一些。他们的回答是,之所以建造88层,是因为邓小平先生赞同浦东开发那年也正好是他88岁的时候,邓还宣称要将浦东建成中国的新金融中心。'88',又是中国'发发'的意思,代表富有和吉祥之意,数字8对中国人来说,非常重要,是好运和繁荣的象征。那天,我们后来一起到唐人街的蓝月亮餐厅吃午饭。之后就开始发福饼,张先生打开一看,发现他的幸运数字分别是8、16、24、32和40,他非常兴奋。他把数字展示给我们所有人看,接着又迅速把它们装进口袋。我环顾四周看了一下,我们一共8个人,当天又是3月24日——3×8=24,简直妙极了!当时我就认定,要围绕数字'8'来设计和建造这座中国摩天大厦。"基督教徒出身的大设计师相信这也是天命。

后来在招标竞争过程中也出现了奇妙现象。葛进回忆道:"5月,各个公司的设计方案都反馈来了,马上召开专家评审会。这时出现了戏剧性的一幕:15个专家中有三分之二的票投给了SOM公司的方案,可以说SOM公司的方案占有绝对性的优势。"

"令人意想不到的是,这些评审专家都是我们从世界各国请来的建筑界的大师级的人物,其中有日本建筑师协会主席黑川纪章先生。黑川纪章先生与矶崎新、安藤忠雄并称为日本建筑三雄，他在十人专家评审委员会中具有绝对权威，但他看了方案后，明确表示：'我不赞成日本方案而举双手赞成美国 SOM 公司的方案。'并说，只有 SOM 的方案才能放在中国，因为它放在其他地方都不合适。作为一个日本专家，且也有日本投标的方案在场，黑川纪章的态度和意见，几乎是一锤定音！我们作为现场的观察者，听了这位日本建筑大师的话十分震撼和吃惊，同时也对黑川纪章先生的大师风范顿时肃然起敬。"一直担任金茂大厦中方技术负责人的阮镇基先生给我补充了这样一个当时的评审现场细节。

"方案报到吴邦国、黄菊和徐匡迪等领导那里，他们都很赞同。但最后拍板得经国家外经贸部。这时吴仪已出任部长了，据说她拿到 SOM 方案后，让所有副部长表态，最后大家的意见完全一致：SOM 方案一举中标！"

SOM 方案的设计师是阿德里安·史密斯(Adrian Smith)主创设计，中方派出了上海现代建筑设计（集团）有限公司配合设计。设计师以创新的设计思想，巧妙地将世界最新建筑潮流与中国传统建筑风格结合起来。

阿德里安·史密斯先生事后回忆说："设计中国第一座超高层建筑意味着一系列严峻的挑战。我们的方案必须经过中国深度的审查和严格的审批程序，更重要的是大厦还要接受公众的价值观和传统审美这一关，而后一点格外重要，它决定了这座大厦能不能在中国大地上受到后世敬仰并推崇。因此，如何融入中国元素并与世界潮流结合，是这个设计成功与否的关键。我接受这个挑战后，脑海里闪出的一个是数字'8'，一个是中国美丽的古塔，这两个后来也成就了我的设计……"

不愧是伟大的设计师，阿德里安·史密斯在这之前来过中国，也去过西安，见过那座典型的中国古塔大雁塔，那古塔的轮廓和层次感给他留下了深刻印象。"这是东方之美的伟大建筑！"阿德里安·史密斯曾经这样感叹过中国的古塔建筑，现在他要把这美感融入到他的创作灵魂之中。在创作过程中，他多次派助手到中国各地收集各种著名古塔的造型，最后才形成自己的创作思路：金茂大厦的设计理念就是一座现代摩天大厦，它将成为浦东区的焦点，欢迎全世界的所有来访者。从象征意义上看，让人一眼就能够联想起中国古老而壮美的宝塔。因此，从各个方向看，这座建筑应当都是双轴对称形式。同时它必须是有节奏地随着高度增加而起伏向上、叠层生长，通过强行透视法来增加大厦的高度感。古代的宝塔，是人造摩天大厦的前身，是纪念塔楼的基础。新设计的大厦不是要复制宝塔，而是仿照它的外形，像20世纪50年代那样简单的国际风格的矩形玻璃建筑，使人联想起意大利圣吉米亚诺(San Gimignano)的塔楼。

"妙！太美了！你的又一伟大作品就要诞生啦！"同事们第一次看见安德列·史密斯的"中国楼"设计草稿，便惊叹地欢呼起来。

"现在，我们需要用数字'8'来让这位东方美男子的身段更雄壮、更豪放！"阿德里安·史密斯加入了兴奋的行列，只见他用笔在纸上写了一个大大的阿拉伯数字："8"！

"'8'，我知道，它是中国的吉祥数字！"

"'8'，就是'发'，发大财的意思。"

那些去过中国的同事们争先恐后地说着对"8"的理解。阿德里安·史密斯笑了，说："你们知道中国还有一个以'8'命名的传统节日吗？"

"噢，我知道，是中国军队的节日——八一节。"

"NO。我说的不是这个，是八月十五的'中秋节'，月亮最圆的那个晚上的节日……"

"啊，那新的火焰可以把旧的火焰扑灭，大的苦痛可以使小的苦痛减轻……"

同事们如痴如醉地听阿德里安·史密斯讲述中国的"嫦娥奔月""吴刚伐桂""玉兔偷药"的故事，激情地吟诵起莎士比亚的伟大诗句来。

"先生们，女士们，请将你们的诗情融进我们的设计里吧！"阿德里安·史密斯铺开一张大纸，"唰唰"几笔，画出了一个巨大的中国塔型，说："现在我们的中国大厦——暂且这么叫它。我们的设计必须考虑'8'所蕴含的东方哲学因素。我们应该注意到：整个建筑的基座应当是八边形，它的好处在于它的支撑点强大无比。我第一次到北京时，注意到了天安门广场中间那座纪念碑，它的底基很坚固也很美，具有典型的东方塔形建筑的力学美感。纪念碑四周阶梯状的斜坡使威严感和力量感更好地凸显了出来，把这种设计运用到我们这座中国大厦上非常合适。你们说呢？"

"绝妙！"同事们赞叹大师的灼见。

"既然'8'是中国人的幸运和吉祥数字，那么它也应当成为我们设计的一个重要理念。"此刻的阿德里安·史密斯，如执掌命运火炬的神灵，一手挥笔，一手在空中"舞蹈"着：你们看，当我们获悉这个"8"字的重要性后，它便成了我们整个设计的轴性基准，它吸引并引领我们步入整座大厦的每一个设计步骤之中——我们将数字8融入设计中：它的底部和整体形态应当以八边形为核心，它向上支撑整座大厦的应当是八根擎天大柱，它的顶部也应当是八角形……这种美感是自始至终的。而大厦在向上升腾的时候，它必须是逐渐收缩的，由此我们可以以"8"为递增值，这样的结果将是，在大厦向上的缩进值应是以数字"8"来完成，如最初的底部可按其加倍（2×8=16）数的楼层收缩一次；每个缩进区则以1/8为基数来减少缩进楼层的数。在酒店部分，为了让客人更能感受从里向外观望的美感，缩进的幅度减至为单层。在最高端的最后八层，则以1/8为基准（8，7，6，5，4，3，2，1）来完成最终的收缩……如此，一座完美的伟大的中国塔型建筑最后的楼层组合数总计正好是88层！

"阿德里安——中国！""中国——阿德里安！"当阿德里安·史密斯将自己设计构思的"中国大厦"完整地呈现在设计图纸上时，事务所的同事们再也抑制不住内心的激动，齐声欢呼起来。

当天，香槟酒和鲜花洒了一地。

不多日，看到上海评审委员会专家组的评价意见时，阿德里安·史密斯和整个SOM设计事务所都沸腾了，因为除了他们的方案一举中标外，专家中方给出的评价让他和同事们太激动了。我们来听听当时也在评审现场的葛进怎么评价和形容SOM方案的：

> 这是一个脱颖而出的精美方案。塔形设计的金茂大厦的平面构图是双轴对称的正方形，立面构图是13个内分节塔节，由下而上，四角内收。从平面正方形对角线上看，构成两个最佳的视角。金茂大厦上小下大，逐节加宽，像一尊摩天宝塔，巍峨神奇。环顾仰望，金茂大厦似塔似碑，形体不断变化，母体不断重复。层层向上收的体形使得它充满

中国古塔的神韵，但高科技的材料却使它随着昼夜更迭、阴晴变化、远近高低视点的改变而或金或银，或蓝或灰，或隐或现，拥有东方美人般的细腻感。可能正是这种特质，使得我们在接近它时从未有压迫感。金茂的体量巨大，但并非大而无当，这其中体现了设计师对于中国古典建筑的理解，我们可以看到九曲桥飞跨在中庭中，可以看到江南月洞门从后院深处走到前厅中庭，可以看到北方民居花格窗由百姓门面变成金拱顶饰；还可以看到铜雕壁饰龙凤虎，演绎数千年来汉字的进化。金茂大厦所表达的中国传统文化符号，充满个性，相互映衬，珠联璧合。堪称"人工建造的最高最美的中华宝塔"。

其实，葛进先生当年所描述的"金茂"，如今在现场皆能眼见为实。而且据说远比当时 SOM 图纸上的感觉要好几倍。我知道，后来中方和外方的设计单位光是深化方案就用了九个月时间。这是后话。

在方案被上海方面高度评价后不久，阿德里安·史密斯又将自己关进了设计室，独自苦思冥想着中方业主——上海浦东方面传来的方案完善意见：比如大厦与底座建筑的统一协调性、进门的造型、外墙材料用何颜色、高层消防与安保等等具体而关键的种种问题。阿德里安·史密斯知道，东方人非常讲究细节和感觉，感觉错了，全盘皆输；感觉对了，啥都好！

是啊，何谓"感觉"？阿德里安·史密斯的脑海里涌出了东方巨人孔子、老子……"形似神似""有气韵而无形似，则胜于文，有形似而无神似，则华而不实""形具而神生……"

有了！阿德里安·史密斯的脑海里突然闪出那一年他走过天安门城楼前的金水桥护城河时，他无限感慨中国先人的奇妙设计构思："我所见到的护城河把建筑与塔楼之间自然而巧妙地分隔了开来，人们再从石桥上进入皇宫古城就变得自然而然。中国建筑师们喜欢用水或河将完全不同的两种物体巧妙地进行联结与分割。这是高超的设计。"

于是，阿德里安·史密斯又大胆地挥笔起来：他在塔形大厦底部，画了一个"三不像"，似打开的书，似飞翔在大海里的游艇，又似一尊巨大的雕塑……

好，它像一本打开的书。我们中国人爱读书，此设计好！最后，中方十分满意主、裙楼的全部设计，因为阿德里安·史密斯所理解的"形似与神似"和中国传统文化中"神似"哲学完全吻合，于是皆大欢喜。

"金茂大厦的八个入口门厅，仍然是浦东所有摩天大厦中最漂亮和最有气魄的。"许多人现在这样告诉我。

那一天我特意一个人前去"金茂"现场观摩，当步入双层玻璃组成的"月亮门"时，有种既熟悉又神思飞扬的诗意感受——显然，一眼可以看出设计师的高妙之处：让你从车水马龙的外界，迅速过渡到另一个宁静而飘然的新世界……

整个金茂大厦进入处有八个这样的"月亮门"，每一个门看似相同，却有细微差别，但却共有一种温馨之感。听听阿德里安·史密斯怎么说的：每一个月亮门都是双层的玻璃，它强化了某种进入感，也添加了视觉上的某种神秘的穿越感。当人们穿过这个区域进入大厦，就会有一种从一个世界过渡到另一个世界的全新感受。

其实，对如此巨大的摩天建筑，中国人是缺少判断力的，因为我们没有见过，也就可以原谅很多无知。据说当时有人对外墙所有材料的颜色提出观点：金茂金茂，又是塔状，又象征我们浦东第一座大厦，应该用金色外墙。

不行，要尊重设计师！是赵启正一票否决了这个"瞎建议"。

现在的"金茂"之色，可以说完美无比：蓝天白云时，它呈蓝色；阴雨时，它呈银色；晚霞照射时，它金光灿灿，"美得你想哭"——上海人告诉我。

仅是这光，就实现了当年李岚清、吴邦国、黄菊、吴仪等领导对建"金茂"的所有寄托。

我第一次近距离见"金茂"，是在比它还高的"上海中心"的最高处望及。

那是下午四点多钟的时候，晚霞正好映照在"金茂"身上，那种通体流金之美，连"金茂"自己都不知道它是多么的绚丽，多么的灿烂，多么的豪气，又多么的坚挺和敦实——犹如亿万块金砖垒叠起的一座山，一座向天际宣誓一个伟大民族正在崛起的中华塔形山！

呵，"金茂"的美，是一种力量和光芒之美；

呵，"金茂"的美，是一种拨动你心脉和燃烧你热血之美；

而要我说,"金茂"的美,它更是一种刺破天际万物、不畏谁高谁低、唯吾独尊之美!

我知道,创造这座无与伦比的"中华最高最美的宝塔"之美,是要有科技支撑的。它的许多"讲究"开创了中国乃至当代世界建筑史之先河。而这,本身也是一种美,应称为现代科技的神奇之美。

作为外行,我和许多普通人一样,面对山一样高大的塔形庞然大物——420多米高的钢结构与高强度混凝土组合起来的摩天大厦,会有一种恐惧和担忧:结实吗?可靠吗?安全吗?等等。其实这些顾虑都是多余的,对设计师来说,他们已经把这些常人顾虑和担忧的问题都已解决了,并且还把诸多常人不知道的事也都解决了。比如高层消防、遇上七八级大地震,等等。不过,尽管如此,我还有许多"幼稚"的问题需要讨教阮镇基先生,他在"金茂"工作了十八年,主要负责大楼的工程技术,从他那里获得的许多信息和知识,可以说是前所未有的——

何建明:420多米的大厦,风吹时会摇晃吗?

阮镇基:会。比较大的风吹时,在顶层有1.6米的摇晃度。

何建明惊恐地说:啊,1.6米的摇晃度?那不吓死人了!

阮镇基笑:不会。一般的时候不会有感受的。这个摇晃度是在计算机上测出的。当然你如果细心感受的话,是可能觉察得到这种摇晃的……

何建明:会不会哪一天被吹斜或吹倒了呢?

阮镇基:不会的。我们所有的高层建筑设计寿命应该都在100年以上,理论上讲,就是未来100年中,这样的大厦都是安全的。

何建明:那你们靠什么来固定如此庞然大物不倒塌呢?

阮镇基:除了坚固的基根牵力外,整座大厦有三个大箍圈把它牢牢的固定住了。这三个大箍圈分别在24层至26层、51层至53层和85层至88层之间,也就是说,每个大箍圈有8米高,固定在三层楼之间,它的力学作用,让整座楼体保持稳定。同时通过结构学原理,让其具有一定的弹性收缩和灵活度,使得大楼能在天气变化、风力影响下保持稳定的摇摆,并不出现质裂变化……

何建明:这简直不可思议。再请教一下,大厦的底部是靠什么与大地牢牢地固定在一起的？

阮镇基：是 640 根插入地下 81 米深的钢管（每根 914 毫米粗）连接成的 64 米乘 64 米这样一个巨大的"底座"。大厦就是放在这样一块 4 米高的用钢筋混凝土灌注出来的基坑上的……

何建明：天！4 米高、64 米乘 64 米见方的这么一块巨大的基坑，这需要多少钢筋和水泥呀？

阮镇基：是个天文数字。记得当时在灌注这块大基坑时，我们调动了全上海所有重要的水泥搅拌机，因为整个浇灌水泥过程必须连续进行，我们连续奋战了 64 个小时才完成……

何建明：64 小时连续浇灌，几百台搅拌机和其他机械一起轰鸣，太壮观了吧！

阮镇基：是。可以说地动山摇。而且我们还要做到随时取样，不能让整个基坑的钢筋混凝土中有丝毫的"豆腐渣"现象出现，以确保基坑质量的绝对安全。

何建明感叹：真是坚不可摧的伟大底座！那么大厦的上面呢？是不是就是我们现在可以看到的，靠中间的一个顶天立地的中柱和旁边八根巨柱来支撑整个大厦？

阮镇基：游人现在乘坐的"时光隧道"，就是大厦的主柱，它的壁厚就达 1 米，我们称之为"核心筒"，它就像我们人的脊梁，起着稳定整体的作用。旁边的八根巨柱，组成了一个拉力整体，每根巨柱直径 5 米、壁厚 1.5 米。"核心筒"的脊梁和旁边的"八大金刚"，形成了一个力大无比的拉力系统，也就是"金茂"可以巍然屹立在黄浦江东岸的关键所在。

呵，我悬着的心总算放下了。

现在，我可以彻底放松和尽情地走进通体流金的"金茂"，去感受从地面到天际的"时光隧道"，可以去每间客房阅读中外经典名诗，可以去感受 130 部电梯在大厦里是如何风驰电掣，去那个净空高至 142 米的"空中中庭"中闲庭信步，观浦江两岸如诗如画之美景……

而这，并非是"金茂"的全部。

何操，看上去非常年轻，实际上却比我还大一岁，是管理了"金茂"十几年的老总。曾经有一次李岚清来到生意红红火火的"金茂"时，有人奉承他当年决策"英明"，李岚清说："金茂"能有今天，不是我的功劳，是何操他们管得好。

"原来生意做得好，也是可以年轻的啊！"当我知道何操的实际年龄后，如此感叹。

"得感谢'金茂'！"何操先生说，"'金茂'是浦东的第一高楼，它的建成确实具有示范意义。一是它的建成，让世界看到了浦东开发开放的前景，昭示了我们国家坚定改革开放的决心和意志；二是给了后面那些摩天大厦的信心。有个日本投资商，曾在我们开业的那些日子，派了几十个员工站在我们的大厅门口，一个个地计算我们的流量，然后再回去研究他们的大厦如何建、什么时候建、建成什么样。这样的示范例子举不胜举。"何操说。

"中国以往没有高楼反恐经验。'金茂'建起后，我们经历了几次反恐方面的实战，有了自己的一套反恐本领。"

"中国以往没有过'楼宇'，大楼能否直接产生经济效益？'金茂'开启了盖大楼本身也能让业主赚一个亿的先河。"

"中国以往很少有'逆向经济'，即形势都不好的时候，产生强势好效益。2003年非典来临，全中国的酒店业大衰退。'金茂'开业不久，便遇上了这事。哪想到，我们当时借机宣传大楼内最先进的换气设施，用数字告诉社会，我们这里有最安全的空气循环，结果大楼客房爆满，到了一房难求的地步！"

"我最想告诉你的是：'金茂'现在不仅仅是一座大厦的概念，我们已经是一个集团型的'金茂酒店'了，于2014年在香港成功上市，浦东'金茂'目前已有8个'兄弟姐妹'在全国各地，正以各自独特的方式，在谱写流金诗篇……"

呵，"金茂"，你真的让浦东骄傲，让中国骄傲！

17

一幢大厦，一片"森"情

之所以用这句话作标题，是因为那天有好几个小时在"环球金融中心"的大厦里听管理这座大厦的叶先生讲了那么多"森"的传奇故事和"森"一手缔造的这座"浦东第二高"，令人感慨与感叹万千——

2008年建成的"环球金融中心"，高492米，共101层，超过了金茂大厦。在"上海中心"没有建成之前，它也曾独傲于浦东之岸，名冠"中国第一楼"数载。而这座大厦与其他几座大厦的不同之处在于它是由日本外商投资的。它的主人便是"森"先生。

森的全名叫森稔，1934年出生于日本京都府。森读大学时还是个梦想当作家的"文学青年"。他在著名的东京大学就读时，患了一场病。在家休养期间，仍然在立志当小说家，并为此一直悄悄在收集生活素材。可惜，"我从未写出任何让我感到满意的作品"，因此"在烦闷中度过一天又一天"，森后来这样回忆道。于是森的父亲就让儿子跟着他开始做房地产，那是很小的规模，小说写不好的森便硬着头皮做起了地产生意。哪知他的"文学畅想"在地产生涯中却获得了巨大成功，可以说，后来的森，真的成为了日本地产界的"诺贝尔奖"获得者。

这位在日本地产界数一数二的人物，对浦东开发始终抱有信心并且给中国和世界留下了一座可以称之为伟大的建筑——上海环球金融中心，以及同样了不起的"汇丰大厦"等建筑，令人遗憾的是，他自己却在 2012 年 3 月 8 日这一天，永远地告别了这个世界……

然而森的伟大之处并非这一点，他除了在浦东大地上留下了永存的伟大建筑之外，更重要的是他给中国和世界新城市建设带来了一个特别具有未来意义的理念——垂直花园城市，即"Hills"。

森在投资浦东这座伟大建筑时，经历了几次亚洲和世界性的金融危机。他最重要的美国合作伙伴离他而去时，他依然选择留在浦东，他说他光在日本本土建的"森大厦"就足够他几世子孙吃喝了，他根本不是为了钱而来浦东造大厦。他是以一个理想主义的城市建设者身份，来完成他生命中的又一个"垂直花园城市"。生前，森在赞美自己的"上海环球金融中心"大厦时，这样说，"2008 年，'上海环球金融中心'竣工时，有人说，一条飞向天空的'上海之龙'终于被点睛了。在中国，龙被视为'祥瑞''吉祥'之物。对于我来说，龙就是理想、志向、梦想的象征。正是这句话一直激励着我向传统的壁垒发出挑战，不畏批评，从龙那里获得信念和勇气，直奔金光闪耀的云彩……"

森一生的地产理念和在浦东建大厦的行为，以及后来他所提出的在陆家嘴金融区几座"巨无霸"建筑大厦中间建"环廊"等等贡献，让这位令人尊敬的日本地产家和城市学家，最终也化作了"龙"，升腾在天国的云彩之中……

如果当年森不是跟着父亲去从事地产业，他也许会成为我的同行，在世界文坛上占有一席之地。但我仍然感到森后来走的路完全比小说家要伟大得多，仅上海浦东的环球金融中心那挺立于世的雄姿，他在自己祖国的"森大厦"中的分量，以及它的"垂直花园城市"理念，足以抵得上三个诺贝尔文学奖！

不是所有日本人都像屠杀我同胞的侵略者那样可憎与可恨。多数日本人也是善良和友好的。这个民族身上有不少东西值得我们学习和借鉴。

森是其中的杰出人物之一。他当然也不是完美之人，曾经为了争取把大厦建成世界第一高度而向上海市领导提出大厦净空高 500 米的设想，由于 500 米天际线是当时上海市批准和决定的浦东高楼标高，具有法律意义。再说事先森与胡炜是谈定的：在 500 米之下，给予森的大厦尽可能的高度——492 米应该算是"极限"了！

森在胡炜反复说明之后，表示接受。这也表现出了森谦谦君子的风度。

见过森的人，都说他是一位学者式的君子：讲究仪表，讲究语言，更讲究做事的信誉和精神。

或许，若不是浦东开发开放，我们还没有机会认识森这样的具有崇高品质的日本人。1992年初的某一日，正是浦东招商引资极其热闹的时候。陆家嘴开发区办公室的一间招商引资办公室里，一拨又一拨的内商外商人员络绎不绝地进进出出。作为陆家嘴开发区"第一把手"的王安德，像往常一样，除了专门接待团队外，他总是悄悄地"混"在人群里，倾听那些对浦东开发开放抱有各种意见的人的议论，他像一个潜伏在人群中的"探子"，观察每一个发表意见和特别渴望投资的来访者——一旦发现"有戏"，就会立即笑呵呵地引到自己的办公室，然后端茶倒水，热情而又详尽地给人家介绍。"生意嘛，谈成双赢。谈不成也是朋友！"王安德是政策研究专家，浦东开发开放的一系列政策他能倒背如流，外商对浦东投资担心的就是中国政策，只要他王安德出面解释，保准让对方一清二楚，所以后来慢慢地发现，他王安德一出面，十有八九的"生意"都能谈成。

这回，森的出现是个意外，但恰好被王安德从人群中"逮"住了。这是一条"大鱼"。王安德在此之前从未见过森，森在中国也没有投资过项目。所以彼此并不熟悉。加之日本商人一般都很低调，即使是身家过亿的超级富翁，也仅仅是一个普通人的打扮。

"先生对浦东投资有兴趣？"那一天，一个日本团队来到陆家嘴开发区驻地，当团队的人已经离开那个"陆家嘴金融区规划图模型"后，唯有一位长者迟迟不走，站在模型前久久深思。于是王安德过去，轻轻地问道。

"嗯嗯。我看看，看看……"长者友善地向王安德点点头，继续他的深思与观察，既不问又不走，也不说明自己的身份。

王安德也是位学者型的总经理，见此情景，非常识相地退到一边。但这位日本长者的形象已经印在了王安德的脑子里——浦东开发开放招商引资的岁月里，所有的工作人员像王安德一样都有这样的本领，有如侦察兵一样的眼力和记忆力，能够迅速辨别和捕到各种"大鱼""小鱼"。

"先生，如果你对我们浦东开发有高见，不妨聊几句？！"王安德已经看出这位日本长者有不同寻常之处，于是上前探问。

那日本长者脸部表情动了一下，说："你们的浦东开发，让我想起了上世纪六十年代时我父亲跟我说的话，那个时候正好是日本大发展时代，父亲跟我说，我们要抓住这个机会。"

"那先生现在应该抓住浦东大开发的机会哟！"王安德进一步说道。

这位长者摇摇头，没有接王安德的话。既然如此，给他些时间，让他增加些对浦东开发的信心吧！采访王安德时，他回忆当年跟森初次见面时就这样想的。"我们不能勉强人家，尤其是投资，只有当他有信心时，投资才有可能落地。我们要做的就是让投资人有信心，那就是要做好基础设施建设和服务工作。对所有投资人都一样。"王安德说。

其实王安德并不知道，此刻的长者森先生面对浦东的规划模型，他心潮起伏，因为他联想到了在他年轻时，父亲为何放弃大学校长的工作，而去从事房地产。"战后的日本，国家为了使城市尽快复兴，特例允许在没有得到地方许可的情况下也可以盖房。所以当地主从偏远的山区或战争地区回来，常常会发现原来属于自己的土地已经被占用了。父亲也有过同样的遭遇，对此也感到愤愤不平。于是父亲开始注重土地的所有权，在土地建筑物的管理上也更加严格……我工作的第一步就是从考虑如何充分利用森家所持有的几处地产开始的。"森后来这样回忆道。

日本地产开发与中国完全不同。森的父亲是有几块地的地主，日本的地产开发是被逼出来的。不开发意味着有可能地不再是自己的了。这一点与土地是国有的中国很大不同。理解了这一点，才明白了森后来所持有的"共同建筑城市"这一理念。

在与父亲共同开发自家的土地之初，森与父亲一样，都是学者型的开发商，他们注重自己的形象，宁可少赚钱、不赚钱，也要有好"名声"。有时严厉得让人不可理喻，所以森的父亲甚至被骂作"恶霸地主"——这个恶霸地主跟中国剥削穷人的恶霸地主不一样。森的父亲是在开发地产过程中，强调房产管理上的严厉，所以那些不服管教的小业主称他"恶霸地主"。

森和父亲为了他们的信誉，从最小的一栋小楼开始，都以编号楼为主，标上"No.大厦"，之后的城市综合体都是以"Hills"命名。几十年过去，如今"Hills"在东京名声显赫，成为地产第一家。关键是，森独立后，坚持和倡导了一个"共同建筑"理念——动员和号召那些相邻的"地主"们，一起建造现代化的大楼，然后租赁给企业。后面发展到动员和号召所有社区与政府以及投资商们："让我们一起在这里建造现代化的大厦，把我们的城市建设得更加美好！"

森的这些理念在日本东京等城市获得巨大成功，他因此也名声大振，渐渐成为日本东京第一大地产开发商。尤其是他在八十年代之后开发的"ARK Hills""六本木 Hills"两大项目，使他在东京地产界牢牢地树立了"霸主"地位。而森最杰出的成就，是他带给日本社会及世界城市化建设中的"垂直花园城市"的理念。这一贡献也使得他成为世界级城市地产开发大师。后来我们发现，森的这些成就和理念，也影响着他对浦东投资项目，而且我听胡炜、王安德等特意提到过，森在生前对浦东金融区的"大厦森林"地带，推广过这一理念，比如空中环型走廊等等。

关于"垂直花园城市"(Vertical garden city)，森自己有一段解释：

> 在适合开发综合用途的区域城市中心部的改建中采用的一种城市形态，将职、住、娱、商、学、休闲、文化、交流等多项城市机能纵向叠加，在人们徒步圈内的超高层集约型城市。其目的是，将以往的职住分离型的城市构造，转变为职住结合型城市，从而实现"城市空间倍增""自由时间倍增""选择范围倍增""安全性倍增"和"绿化倍增"。采用的手法，首先要描绘出广域的整体设计规划，再将被细化分割的土地整合起来提高容积率，同时也要防止建筑密度过高，力求将建筑面积率控制在最小范围内。因此，地面和人工地基就需要用于绿化以及向公众开放的空间，从而建成和曼哈顿完全不同的绿意盎然的超高层城市。

森的"环球金融中心"前后建了14年。这14年间，他的大厦与周边的大厦前后形成，在这过程，自觉和不自觉的、主动的和被动地倾注了森的"垂直花园城市"的理念。他因此除了自己亲手缔造的又一座超豪华的在中国土地上的"H"垂直花园城市外，还给浦东新城建设带来了宝贵的经验与理念，这正是我为什么称他是伟大和不朽的地方。这是后话。我们再来看森是如何一步步走向浦东的——

又是一年，1993年，王安德在同样的地方等到了这个再次出现的日本长者。这回他亮出了身份，日本森大厦株式会社社长。有了这个头衔，王安德手下马上拿到了"森"和"森大厦"的相关资料。

"大鱼"啊！王安德一看森的资料，暗喜：此君是日本最有影响力的地产开发商啊！数届日本首相的地产顾问，曾经荣获瑞典、英国和意大利多国皇家勋章，了不起的"大户"。

"先生有兴趣在浦东投资？"王安德礼貌地将森先生请进自己的办公室。森这回还带了一位美国朋友，经介绍，那美国人的中文翻译名字叫"兆华斯坦"。"哎呀，又是一位地产界大鳄啊！"王安德让助手一查，兆华斯坦是纽约最大的私人地产家！

"我们俩有意共同在浦东建一座日美全球金融大厦，估计投资在一二十亿美元左右……"森回答王安德时，令浦东开发区的"头头们"欣喜若狂，于是立即通过"陆家嘴要情"（内部专送材料），直接呈送到上海市委和浦东新区主要领导手上。市长和赵启正、胡炜等很快接见了森与兆华斯坦，对他们投资浦东表示欢迎。这过程中，赵启正发挥了超乎其他人的力量。

森事后有过这样的评价："时任上海市副市长的赵启正先生，当时负责浦东开发机构和上海市政府外事部门工作。如果没有遇见他的话，即使有这样一个壮观的整体规划，进驻浦东的计划大概也会犹豫不决的吧！"森进而说，"无论多么壮观的城市规划，最后还是得靠人来实施。如果没有一位全身心投入其中、不达目的誓不罢休的领导者，再完美的计划也是无法实现的。"

森的这句话对处于中国城市化进程中的官员来说，值得认真和深刻地体会。

但森对华投资的过程并不顺利，先是美国朋友的退出——兆华斯坦既受美国政府对华制裁的影响，自己也对中国浦东不看好，他的退出给森打击很大。

问题还不仅于此，森公司内部对投资浦东——主要是对中国缺少信心。原因

■ 环球金融中心 （摄影 郑宪章）

有二：一是森公司过去没有对外投资的先例和经验；二是1993年日本经济出现严重滑坡。鉴于上述两个因素，公司内部多数人反对森的海外投资项目，尤其是到中国投资。那些帮助过森的日本金融界朋友，这回也联合起来反对他。

"尽管有那么多人反对，但我仍然将油门一踩到底，这样才终于决定了进驻上海！"对投资浦东和中国充满信心、坚定不移的森，万万没有想到的是，"接下来发生的事情却是我万万没有想到的。"他后来异常痛苦地回忆道。

森接下来的痛苦是什么？应该说，对一般投资者来说，可能是毁灭性的：1997年亚洲金融危机——在这一场危机中，许多亚洲企业，甚至是全球性的大企业都沦陷了，几个亚洲"小龙"国家也因此至今没有翻身，比如泰国就是其中一例。更不用说区区一个企业。二是2001年的"9·11"事件，这场全球性的灾难，对城市的摩天大厦业的打击同样是毁灭性的，几乎全世界人都担心害怕摩天大厦。那个退出森的合作项目的兆华斯坦的办公楼就是被恐怖分子撞毁的其中一座。兆华斯坦提前退出森的中国项目尽管有"先见之明"，但他仍然没有逃脱噩运。不过兆华斯坦先生唯一没有想到的是他在中国浦东的失算——十几年后，他再次站在森的"环球金融中心"大厦前，他彻底地后悔了，问赵启正能不能再给他一些地，因为他看到老朋友的事业蒸蒸日上、黄金满口袋地装回家后，极其后悔当年的"短浅之举"。然而，森在获得成功的过程中所经历的艰辛，也非一般人所能承受。许多并不了解地产行业的人，或者说穷人，一般对富人和豪富者的财富创造之路有种种偏见，以为发财人永远可以发财，随便轻易就能成为亿万富翁，富了以后就稳坐泰山。事实上，有相当多的奋斗者在半途上就夭折了，即使像李嘉诚这样的杰出成功者，其实一路走过来也是满身伤痕。

森的"上海浦东投资之旅"值得书写成一部"血泪史"——当然最后也成就了他辉煌的"Hills"的经典之作——上海环球金融中心在世人面前傲然崛起。

成功总是饱含着痛苦的热泪与辛勤的努力。森在浦东更是如此。

1997年他的"中国Hills"第一次开工，便迎来了亚洲金融危机，比12级超强台风还要厉害的金融风暴席卷亚洲，日本和其他亚洲地区首当其冲。虽然中国与其他亚洲国家遭受的伤害程度不太一样，然而对一个正在大发展、到处用钱和需要外助的发展中的大国来说,这种打击也是巨大的。浦东朋友告诉我,那段时间里,浦东的许多大吊车成了"死鸟"——停在空中不再转动了。成片成片的楼房空着,没有人再敢买房。"胡炜啊,你们可得顶住,千万别让浦东也变成死城啊!"曾任市委书记后任国务院副总理的吴邦国到中央工作前后,多次到浦东,有一回专门让胡炜陪着他在浦东走了一圈,临别时,他这样告诫自己的得力干将。

浦东和中国尚且有如此压力,处在风暴眼的森面对的压力可想而知。

"每次遇到危机时,赵启正先生都会和我联系,相互交换意见,讨论项目继续进行下去的方案。"森说,"在我看来,每一次的困境都让我们之间的纽带变得更加紧密。"

令森感动的是,在他最困难的时候,甚至内部人也强烈劝其退出中国浦东地产市场时,他在日本的办公室收到了上海浦东邮寄来的一件十分珍贵的礼物——用珍贵的黄杨木雕刻而成的 1.2 米见方的"浦东规划模型"。

太宝贵了!森激动地抚摸着用玻璃罩子罩住的"浦东",一股暖流涌上心头:浦东,我的"中国 Hills"一定要建起来!

森再次来到上海,住在浦西的花园饭店。这一天,他特意请来老朋友、副市长兼浦东新区管委会主任赵启正共进早餐。自然,他们的话题仍然是浦东那边的大厦。当时在一旁的美国 KPE 建筑师事务所提出"在大厦顶部圆形的中间加入一条观光远眺的人行长廊"提案。"太好了!"赵启正高兴地拍起手,因为在这之前,有人对森的"中国 Hills"大厦设计有一个巨大的政治风险争议——大厦的顶端是一个巨大的圆形建筑。"那不是日本的太阳旗吗?""他们想干什么?二战失败了,他们今天还想在我们中国大地上高高飘扬太阳旗啊?"政治帽子大得让赵启正等十分紧张。怎么办?黄菊提出:要不跟森商量商量,让设计师改一改:中间放一条"天桥",这不就不像"太阳"了嘛!赵启正就把这建议跟森一说。森委屈地大叫:这可是美国 KPE 建筑师事务所的设计呀!"知道知道。但我们的国情请森先生特别关注。"平静之后,森答应了。当下,听说森的设计师已经改定了"天桥"的设想,赵启正自然放下心来。于是他和森约定:"当这条长廊竣工之时,我们分别带上自己的孩子从两端走向连廊中央握手⋯⋯"赵启正的这一浪漫设想，让森激动了半天。OK，一言为定。其实，后来"空中连廊"设计仍然有人强烈反对，说"太阳旗"的形象没有改变。最后的方案就是现在我们看到的"上海环球金融中心"大厦顶端处的那个梯形空洞，有人又嘲讽说它与大厦配在一起，就如"开瓶器"——开啤酒的扣板。有些时候在"民间鉴赏"面前实在很无奈，如北京的中央电视塔，人们戏称它是"大裤衩"。不过这种"民间"嘲讽，在一定意义上给了设计大师某种提醒：艺术之美必须脱俗，否则很难堪。

流时无情。与赵启正相约不多时，赵启正上调北京出任国务院新闻办主任，而森的大厦仍在浦东的"图纸"上打转转……1997年亚洲金融危机让森陷入了前所未有的困境：先是美国朋友退出合作，再是日本银行贷款紧缩，真是雪上加霜！

"停！全部停工！"那天，森痛苦地命令工地全面休整。陆家嘴开发办总经理王安德路过森的工地，见了他问：为何刚举行开工仪式没几天就停工了？

森满脸愁云道：不停就是死，暂停可能还有活路。

王安德拍拍森的肩膀：理解老朋友的难处。放心，我们一定会想办法助你一把。

森的眼眶里眼泪都快要流出来了：谢谢，谢谢你们！

王安德当即找到胡炜，汇报了森的情况。胡炜说：森投资我们浦东不易，他这项目影响巨大，我们一定要尽力帮助和支持他。

1998年，整个中国的经济形势也像坐过山车一般，身在中央主持全国经济工作的朱镕基听说上海浦东来人，专门谈到森的项目，便指示：森和迪士尼这两个项目他都记在心上，要想点办法帮助和支持。

朱镕基这话，这让森深深地松了一口气。

一天，他找到胡炜和王安德，提出：原来的设计94层、460米低了一点，希望升高些。经过请求和协商，上海市政府批准了森的"中国Hills"升至492米、101层。上面提到过，森本想在上海市主要领导面前再申请往上升点，被胡炜制止后再也没提。

"森大厦集团公司和上海环球金融中心大厦里都没有1/1000的城市模型。目的是要用虫子的眼睛看（细节），要用鸟的眼睛看（全局），要用鱼的眼睛看

（潮流），关注城市的上位规划和周边环境的发展的进化。"现任环球金融大厦总经理的叶先生说。森的"中国 Hills"项目正式签订的 1994 年，"森在浦东这个项目从立项到正式开业，前后历时 14 年时间，除了遇到两次金融危机，另一个原因是森大厦始终致力打造与周边环境融为一体的城市综合体。"叶先生说。

现任社长辻慎吾在《创建和培育有城市创造力的城市》中提到的"垂直花园城市"、"创建城区，培育城区"、"城区运营的机制和作用"等，这些都是森大厦的城市开发理念。叶先生认为这些观念对浦东这样的现代化新城市建设具有特别重要的意义。

在王安德那里，对森的这一思想的坚持获得了证实：森第一次站在刚刚开工的"金茂大厦"旁边，指着那片满地居民棚户区的地盘，说你能把这里动迁掉，我就要这块地；后来我们很快在几个月内完成近三千户的动迁，他很高兴。1994年土地已平整好了，可他仍然不开工，我们问他为什么？森说：我要看你们的世纪大道到底建不建。我们回答肯定要建。后来"世纪大道"工程启动了，森看到了，就开始在浦东注册他的公司。可注册公司后，仍然迟迟不开工，我们就问他又为什么？他说听说你们在我这块地的旁边要建一块"中央绿地"，到底有没有这绿地？我们回答：已经规划了，肯定有。等"香港九七年回归"时建好。森大喜，说我在 1997 年开工。后来他真的开工了……"森这人很特别，他做事，十分重视周边环境，而不像其他业主，只管盖自己的房子。其实这是一门非常实际和深奥的学问，即：你想发展或发展得好，周边环境一定对你有很大的影响。"

森的"共同建筑城市"理念在中国获得了实践和运用，而且是成功的。

1997 年的金融危机使许多世界级地产大鳄败下了阵。森作了暂时的休息后，在中方的支持下又重新站立起来。那年地下桩基建设结束，开始建设地面主体时，美国《财富》杂志记者来浦东采访森，应森的要求，记者专门为他照了一张很有意思的照片：头戴盔帽的森端坐在一张转椅上，手里捧着"环球金融中心"大厦的模型，他身后站着十几位中国工人观看照相的场面……此刻森在想什么？

他在心里默语着：任何一个成功的企业家，遇到有挑战性的新事物时，一定会撞到预想不到的障碍。尤其是那些没有先例的，则出现的阻碍会更多。跨过这些阻碍需要消耗许多能量，而这时的能量是和目标志向的高度、梦想的大小成正比的。梦想、挑战、创新、业绩、信用……无论在什么时代，这些都永远是企业成长的必要因素。一栋大厦要建成，需要每一块基石坚固；一个人的成功，需要经受每一次考验。坚韧地坚持，永久地坚持，直到最后！

我在森后来出版的书中找到上面他自己说的这些话。

顶着亚洲金融危机风暴继续向上建的"中国 Hills"，2001 年的"9·11"事件，又如一次更加强大的冰暴狂吹过来，森和他的"中国 Hills"再次遇到极大的打击。那时的浦东已经有一批如金茂大厦的高楼建起，然而更多的"大鸟"（吊车）死在那里，"低着垂死的头颅，等待命运的判决"——当时有外媒这样描绘正在开发中的浦东。

森的"中国 Hills"又一次不得不停工。

这种痛苦是流血的，是心头在滴血。当时在许多人看来，森在中国的投资到了彻底失败的地步。甚至有人准备在东京为他奏哀乐了——那些地产对手。

现实就是这样残酷。你成功时，多数人为你喝彩、献鲜花；你遇噩运时，喝倒彩的自然也不会少。"9·11"事件对美国而言，是一场严重的恐怖袭击；对世界经济而言，是一张对所有"高楼经济"的死亡通知书。森在浦东建 101 层摩天大厦，在他身后还有几百家投资商也要在浦东建高楼大厦，这死亡几率有多高，不言而喻！更何况森是一家日本公司。

你死亡吧，我将重生；
你消失吧，我将绽放……

国内的同行对手，偷着欢唱。此刻的森呢？

森此刻没有回国，也没有掉眼泪。他只是一个人独自默默地坐在残墙断壁的最高处——那尚不足三分之一高的"中国 Hills"顶端。他身子向东，东边的浦东还是一片尚未开发的地，一直到东海边……平展的，可以看得很遥远。森眯起双眼，一直在向前面眺望，仿佛想看到自己的祖国、自己的家；也仿佛看到了他的父亲和东京都的那些"Hills"字建筑……他开始心潮澎湃：

如果要对当时的心情做一个比喻的话,那就像是矗立在山顶的感觉。

山顶是分隔过去和未来的位置。站在山顶,风景也发生了改变。远处连绵着尚未到达的山峰,眼下浮现出的是人们的生活。那些还未涉足的山峰就像是新的目标在召唤着我,而眼下所延展开来的城市景色则时刻提醒着我,依然肩负着"培育城区"这一重要使命。

我强烈感受到:唉,还有许多工作,肩上的担子真重啊!

但,所有这一切又算得了什么呢,暂时的困难?

……

只有当这一切升华之时,只有那些和我们一同跨越这一个个难关的人,才能明白这美好瞬间的真谛!

在森去世之前的2011年,中国五洲传播出版社出版的森的著作中他自述了这一段心境。

森再次重新睁开眼睛,他看到了新的一个境界……浦东依然在不停步地昂首前进,这里的城市一年一个样,三年大变样!真的是如此。森惊讶的是这种"上海速度"在日本、在世界任何地方他都没有见过和听说过。他在这种惊讶中激动,认为自己的选择没有错……

他俯首朝浦东大地深深地磕了三个头,内心作了一个庄严的承诺:一定要在这里建起他一生中最美的"Hills"大厦!

"中国 Hills"再次开工,这已经是第二次了,这样的事在许多人看来是不可思议的事,尤其是在中国传统文化中,事不过三,森建那么高的摩天大厦,竟然一次又一次的"重新开工",有人听说后甚至快笑掉牙了,并且断定此楼盖不到顶,即使盖到了顶,生意肯定不咋的,因为好"风水"已经一次次被吹走了!

真的吗?

真的。至少眼前许多人相信了。

2003年,正当森的"中国 Hills"大厦在每天以新高度向上升的关键时刻,一场突如其来的"非典"疫情袭来,北京是重灾区,上海作为大城市,其市民们的惧怕程度可想而知。连城市里的人都在逃离，谁还敢去摩天大楼住？

没有比全民性的心理危机更严重的风潮！

森的"中国 Hills"不得不再次停工。

这回他不死才怪！在日本，没有几个人再相信森能站着从中国回家。然而，几个月过去，森不仅站着回到了日本自己的家，而且一脸轻松地告诉朋友们，他的"中国 Hills"快建好了，欢迎你们在北京奥运会期间到新大厦里住宿。

森真的成功了，奇迹般的成功了！在 2008 年北京奥运会成功举办后的第 4 天——8 月 28 日，森的"中国 Hills"——上海环球金融中心大厦正式竣工。

8 月 30 日，森又借大厦的观光厅举行了隆重的大厦剪彩仪式。全世界五百多家媒体记者出席，那一刻，森的"中国 Hills"——也是当时浦东和中国的"第一楼"，成为了全世界瞩目的地方！

这一天，森的脸上尽是笑容，但不是那种狂妄和高傲的笑容，而始终是谦谦君子的那种笑容。关于这一点，只有他妻子知道他为什么一直是这般形象，因为森经历的苦与难，只有许多夜晚陪伴他的她才知道：森的身心已经为了他一生所追求的"垂直花园城市"和"未来城市的整体构想"理念耗尽了心血……他甚至整夜整夜的不能入眠，只有用了过量的安眠药才能稍稍平静。

然而这一天，森依然保持着精神抖擞，尤其是当他带着外孙、外孙女，赵启正带着孩子和妻子，共同出现在观光厅的现场时，他激动地流下了热泪——这是他十几年前与"浦东赵"的约定，此刻圆满地实现了，他能不激动吗？

"我俩的手握在一起的时候，百感交集！"森事后说。

"浦东赵"也是富有感情的人，在剪彩仪式上用"十年磨一剑"的中国古话来形容森的精神，并且对他的"垂直花园城市"概念给予了高度评价。

森在这一天自然格外充满激情，他在仪式上表达了感恩之情，说：上海环球金融中心大厦的竣工和开业，是中国政府和上海、浦东各界支持、帮助的结果。大厦建设过程，历尽磨难，但这也正是进一步体现了"Hills"大厦的精神。"Hills"大厦的历史，就是不断向"不可能"挑战的历史，而这也是我们存在的意义。作为一名日本地产投资商，我最感荣幸的是，亲身参与和演出了"浦东奇迹"中的一幕，为此无上光荣！

2008年至2016年3月前（632米的上海中心大厦竣工日期），环球金融中心一直是上海和浦东的最高楼，它的建筑风格和造型堪称世界摩天大厦之经典，建成的第一年和第二年，两次获得世界建筑界大奖。

那一天我走进大厦，叶先生亲自引我参观大厦，令我处处感受惊喜：豪华、敞亮的一、二层大厅，竟然尽是观光式的，所有经过这里的人皆可在里面享受，不像其他通常的酒店，一两层总是用于接待、登记或各种咖啡厅之类，这里既可作为周边游玩的一部分，又可独立观赏摩天大厦本身。"我们酒店的接待前台在最上面，让出大厦最重要部分——底部一二层，让普通人都能进入，就是体现了森的垂直花园城市的一部分理念，即大厦也是所有市民的，而非光是入住者的。"叶先生解释。

进入里面的功能厅时，我发现所有的房间之间都有一道自动的玻璃门，将室内室外的空气和环境做一种分离，这小小的装置，让人温馨。至于大厦主体部分的写字楼区和酒店层，更令人流连忘返，仿佛一块巨大的磁石，将你的目光和情感深深地吸引住……"森给这座大厦的定位就是让它要成为世界一流的'磁石'，为这座城市和城区吸引全世界的人力、物力、财力和信息，即磁场效应。这是森生前的愿望。"叶先生说。

"大厦开业以来，我们一直遵循'创建城区，培育城区'这样一个森大厦的城区建设理念，以管理一个城市一样地经营和管理着这座'垂直花园城市'，既关注长驻的三百多家包括世界500强企业在内的商家，也顾及每一个光临大厦的宾客，同时也注意大厦本身与周边大厦及城区内建筑之间的相互和谐共荣。值得一提的是陆家嘴金融区最繁荣地段的那条被称为连接几大摩天大厦和商业区的'世纪连廊'彩带，就是森先生的建议和主张，并且森大厦参与了设计和监修。你可以走一走，以前我们几座摩天大厦之间是不相通的，只能走马路，而马路上又是川流不息的车子，十分不便。可是这些大厦又是不同时期各自盖起来的，功能也不相同。当大厦都建起来后，就发现了问题：彼此像大海里只能相互遥望的船只，而不能相互走动，走一次就必须下海，而下海又十分危险。怎么办，谁去解决这件事？森首先想到了，他的'垂直花园城市'的理念和'安全安心，环境绿化，文化艺术'三大使命得到了发挥和运用。他及时向新区反映，区领导很快采纳了他的意见，2013年当年，这项'世纪连廊'工程就完成了。你可以感觉一下，它所带来的好处与方便……"

第一次夜幕下感受浦东最繁华的金融区，第一次在"世纪连廊"上漫步……真的有种"天堂之路"的感觉：实在太美！美得你无言——任何语言和修饰词都不够用，那四周尽是华灯照射的摩天大厦，仰头往上看，形体各异的大厦，在不同的灯光照耀下，绽放异彩，那灯光是流动的，于是大厦宛如跟着在舞动；原本彼此不相关联的它们，因为"世纪连廊"的连接，犹如彩带一般把周边姿态各异的众多摩天大厦，组合成一个超级"巨人"表演队，它们在夜幕下尽情地展示着神奇之美，那激动人心的旋律，给每一位观赏者以甜美、幸福、陶醉和向往未来的神奇感受……

呵，就在那一刻，我胸怀尊敬和虔诚之心，认认真真地转过身子，整理好仪容，站直身子，然后朝如丰碑一般的环球金融中心大厦深深地鞠了三躬——向这座大厦的缔造者、中国人民的好朋友、杰出的城市之美和未来之美的创造者森先生致敬。

因为他在"世纪连廊"建起的半年前已经离世。

让我们以上海和浦东大地的名义记住他：日本人，森稔先生(Minoru Mori)。

18

与天对话，我是"中心"

在"东方明珠"放射光芒、"金茂大厦"披着金光闪亮登场、"环球金融中心"以势不可挡的强大力量脱颖而出之后，上海人乃至全国人民——当然还有关注中国每一次进步与发展细节的世界各种目光，都发现在浦东还有一个更加绚丽夺目、美轮美奂的更高地标建筑——上海中心大厦正在悄然"蹿"起……之所以大家用了"蹿"来形容这座高达 632 米的新摩天大厦——"上海中心"，是因为在它"一天一个样"的施工时期，确实宛如一枚巨大而茁壮的春笋，每天都以惊人速度在向天际不停地"蹿"去，一直"蹿"到所有地面上站着的人都要仰而望之……

这，就是"上海中心"。

这，就是浦东大地上崛起的一座融进了上海人所有梦想的大楼。

这，就是全中国人为之梦想了一百多年的企求连接天堂和寻求与天对话的地方……

不知别人是否有这样的感觉，当看着矗立于浦东群楼之中、独傲天际的那座"上海中心"时，是不是会马上联想到此处便是"通天之路"？

呵，真的是这样。那天，我在上海中心总经理顾建平的指引下，登上最高处的 125—126 层（极高点的 127 层是十来平方米的"天窗"设备层，一般人不得前去），再向上仰望，心灵顿感无比的空旷，情不自禁地不断颤动……

天！真的是天就在我眼前、我就在天的面前之感。

那感觉，让人的心境仿佛一下子在向无边无际的四方延伸、扩展，直至一片平坦，从而一扫平日里存积下的所有苦、乐、思、忧与形而上、形而下的一切东西。开始是脑袋在被"天"与"天之气"提领、裹挟起来，然后是双脚，再是全身，再是心被一点点、一点点儿地催"飘"起来。渐渐离地，再"飞翔"，再穿过云霞，最后化入茫茫而又轻软的天穹……之后耳际会有微微作响的"嗡嗡"之声，那声音很像慈祥的上苍长者，也像披着白衣的菩萨，由远而近地向我走来，与我交心，跟我说话，教我明辨，播我心道，一直到双目微合，神游物外……

现场，我发现原本是来参观的我，竟然紧闭了双眼。待我再摇摇头、清清眼神时，我看到了一只大眼睛，这眼睛非常独特，在三个不同方向看它时都一样，此目既可看360度的万物世界，更可以仰视的角度遥望苍穹……

"我们称它为'慧眼'，或者说'天眼'。"顾建平说。我心里理解：其智慧之眼，代表着上海人的思想、审美，以及哲学。

至于"天眼"之说，似乎只有来此现场的人才会有此感……"看你了。"顾建平是我老乡，他笑着示意我，自己退到了一边。

于是，我轻轻地抬起脚步，默默地绕着那只足有几个人高的"大眼睛"，慢慢地移步，然后再回到原点立定。那一刻，我感觉"大眼睛"一直在盯我、看着我，直到透过皮肉，透进我的心……再轻轻地问道：你来此为什么？你现在看到了什么？你离开时会明白什么？你以前是一个什么样的人？你以后一定会是另外一个人……

我的心震颤了！一种脱胎换骨般的震颤！

我发现，那一刻我的心里装着的东西一下与以前不一样了！

是什么变了？

信仰？生命？健康？现实？好像都变了，但有些又没全变。比如信仰，可信仰中又丰富和坚定了一些东西，又净除了某些东西；比如生命，以往的生命是寿命时间和岁月的概念，那一刻又领悟到生命的其他完整意义和意蕴意义；比如健康，又认识到病魔袭击也是健康本身的某种过程与进化，以及悲欢、离合的自然性及必然性；比如现实，其实也是历史过程的一部分，具有暂时性和永恒性；

等等。

呵，我的心再一次震颤！

它什么都知道了？！知道了我这个人？！我这个人的心？！以及未来的我和我的心？！

好吧！好吧？那么既然有这个机会，我也想知道一些你——天的东西：

遂古之初，谁传道之？上下未形，何由考之？冥昭瞢暗，谁能极之？冯翼惟象，何以识之？明明暗暗，惟时何为？阴阳三合，何本何化？圜则九重，孰营度之？惟兹何功，孰初作之？斡维焉系，天极焉加？……

不知为什么，我竟然随口而出的是屈原的《问天》（译文）：

请问远古开始之时，谁将此态流传导引？
天地尚未成形之前，又从哪里得以产生？
明暗不分浑沌一片，谁能探究根本原因？
迷迷蒙蒙这种现象，怎么识别将它认清？
白天光明夜晚黑暗，究竟它是为何而然？
阴阳参合而生宇宙，哪是本体哪是演变？
天的体制传为九重，有谁曾去环绕量度？
这是多么大的工程，是谁开始把它建筑？
天体轴绳系在哪里？天极不动设在哪里？……

"632米高、近60万平方米的建筑面积——相当于金茂大厦和环球金融中心之总和、体重85万吨的大厦，之所以能巍然不动、抗得起十级台风、抵得住十级地震，靠的就是这个……"顾建平指着"大眼睛"下面的一个巨大的平面圆体，说。

我一"激灵"，从"天"上回到了人间现实。

"它叫阻尼器。"顾建平非常专业地告诉我,"科学工程学专家解释使自由振动衰减的各种摩擦和其他阻碍作用,称之为阻尼。而安置在结构系统上的'特殊'构件可以提供运动的阻力,耗减运动能量的装置,称为阻尼器。现在接近和超过500米高的建筑都要用上它,等于是大厦的'定海神针'。"

明白了。于是,我庄严地向这庞然大物投去敬佩的目光和情感,因为正是它的作用才使我们稳稳地站在600多米高的地方潇洒地"论天说地"。

"这一装置和技术是我们上海人自己研制出来的,是上海材料所的科学家们的创新科研成果,它是目前世界上唯一运用电磁机理制成的阻尼器。"顾建平骄傲地介绍。

"它不是大磁铁?"我问。

"不是。是通过电流作用实现的与磁铁同样作用的新型阻尼器。而传统的高层建筑阻尼器比如台北的'101楼',用的就是660吨的大磁铁块。"顾建平解释。

"像这样的创新技术在这大厦里有多少?"

"不会少于100项吧!"

"了不得啊!"

听顾建平一说,我不由感叹。

"比如这么高的楼,最高处也要用水泥混凝土灌注,而且整个大楼的灌注不能在中间停顿,每一个部位灌注时必须一次完工。那么就得有特殊的灌注技术与设备……"

"有意思,说说你们是怎么在这600多米高的地方灌注钢筋水泥混凝土的?"我渴求长点知识。

"我们的技术人员研制和发明了一个泵,这泵能将我们所需的灌注水泥混凝土直接送到620米的地方,而且确保整个灌注过程中的水泥混凝土的各种指标不走样。外行听起来似乎是很简单的事,其实这门技术相当有难度。我们创造的620米高度的灌注技术,世界独一无二。以前的高空灌注水泥混凝土的技术是602米,在我们这儿被刷新了!"

我被顾建平神采飞扬的介绍所吸引，而且站在"天"上，脑海里一下闪出无数好奇的问题：这么高的大楼顶端，不是钢筋混凝土，也起码是几十吨、几百吨重的东西吧，是靠直升飞机"吊"上来的，还是怎么弄的？

"不可能是直升机，它根本就吊不动几十吨的东西。"顾建平笑着说，就差没嘲讽我幼稚了。他说，大厦的施工建设是自下而上进行的。先建一个直径30米乘30米的正方形"核心筒"，这个筒壁是1.5米厚的特制钢筋混凝土。"核心筒"就像整个大楼的脊梁，500吨自重、加吊重达600吨的塔吊，就是在这"核心筒"上随之上升，一直到最高顶端。而要建这样的截面达近百米宽的大厦，需要几台这样的大吊同时"上升"。但光有吊车是不行的，还得有个施工平台，而且这个施工平台不能像普通建房似的在建筑体外面搭一个脚手架。"那样岂不等于又建了一座摩天大厦？"顾建平说，所以上海中心自主研发了一套钢平台整体液压爬升体系——跳爬式液压整体自升钢平台，这样就实现了在高空施工与在平地如出一辙的完美。

"这得多大的平台呀？"

"800平方米，将近两个篮球场那么大。"顾建平说，"因为它要确保我们的施工人员、安装人员和各种一起跟着建筑往上升的设备、用料能够负载与安全。"

我又好奇地问："在'天'上作业，建一层楼需要多长时间？"

"如果不是采用我们自制的这套爬式液压整体自升钢平台，像我们上海中心这样的剖面建筑体量，大概需要7天，而现在我们快的时候仅用3天就建成一层了。"

"科技创新省了多少时间和金钱啊！"我不由感叹道。

"是的。"顾建平指指天、指指地，说："可以说，整个大厦，从地底288米的最底端到632米的最高处，连同整座大厦的内外部建筑，皆是目前世界上最先进的科学技术和理论的结晶。这些技术与理论，遍及大厦的每一个细微之处……"

"比如？"

顾建平又笑了，说："我只能挑几个跟你讲讲，否则你的采访需要三天三夜。"

"我愿意用六天六夜听完你的'大厦故事'。"我说。

他又笑了，说道："那我恐怕会被董事会辞掉！"

"为什么？"这令我紧张。

"在这幢大楼里工作，我这样的角色，每时每刻需要在岗位上，并全神贯注。"他说。

明白了。"可如果你出国或出差呢？"我问。

顾建平露馅了，笑道："其实，我几个月不在，大楼依然会平安无事。"

"为什么？"这个大厦里，肯定不止一千个"为什么"。我在心里想。

"因为我们安装和配备了世界上最安全、最缜密、最可靠、最强大、最完备与最先进的检测设备及检测体系。"顾建平脱口而出一连串"最"字，然后又说了一大串"比如"：

比如说为了确保这么高大的楼宇在不同天气和时间里保持最好的光线效果，大厦的每一块内幕墙玻璃里都放置了24个阳光感应器，又通过智能窗帘，一年四季你在房间里不用操心就可以实现窗帘自动的"追着太阳跑"，而且光线永远是你所想要的那种自然效果。

比如你一定在想：假如外墙的大玻璃掉下一块会不会出现可怕的血腥"玻璃雨"——因玻璃本身的质量问题和外力撞击造成玻璃粉碎而从空中掉落，从而砸死砸伤地面行人。600多米高的玻璃往下砸该是怎么样的可怕？而如果整座大厦的20357块外墙玻璃、合计面积40万平方米的"玻璃雨"一起砸下，其灾难将会达到何等的程度？

"放心好了，在上海中心大厦绝不会有这种可能和危险。"顾建平胸有成竹地说道。

"嗯？"我不得不怀疑。

"第一，我们使用了自爆率几乎为零的超白玻璃；第二，在每块玻璃中使用了抗冲击强度、水稳定性、热稳定性等各种性能卓越的SGP胶片，也就是说，即使玻璃在剧烈的外力冲击下或岁月久远后所产生的破裂粉碎时，其所有的碎片仍会附在这种胶片上不会散裂坠落，从而最大程度地确保了摩天大厦不下'玻璃雨'……"

"原来玻璃里装有'神器'啊！"我再次感叹。又问："假如那胶片失效了呢？"

顾建平笑了笑，稍停了片刻说："我们不是没有考虑过这问题。不过可以负责任地告诉你：这胶片比钢筋混凝土的寿命还要长……"

"再长寿的钢筋混凝土是不是几百年后也会老化了？"我有些不讲理了，笑着看我老乡如何回答。

"几百年后的事我们谁也不知道了。也许那个时候我们不用住这样的摩天大厦，人类可能直接到地球之外的地方去生活了……"

妙哉！我们一起笑了。

"金茂大厦、环球金融中心，再加你们这座更庞大的摩天大厦，都在陆家嘴这块手掌大的地方，你们靠什么依据和办法来确保这些大厦巍然不动？"一想到这，内心真的有些惧怕和担忧。

"不用担忧，更不用惧怕。"顾建平坦然自若地说，"刚才进一层大厅时你看到的那块从288米地心深处勘探出的花岗岩了吗？这是我们上海中心的根基，也就是说我们的大厦、包括金茂和环球金融中心等的底基，都是建在极其坚固的花岗岩体之上的……"

"我们的基桩打到了288米深的地层了？"

"那倒没有。没有必要。"我的老乡说。"从陆家嘴的杂填土、粉质黏土层到288米左右的地层，共有14个土层，根据科学和实验测出结论，像我们这座大厦的体量，只要把基桩打到第9层的粉沙层就足够承受载力了，也就是说，基桩从地面往下打，一直到76—101米的粉沙层就可以了。那个地层完全可以满足基桩持力保证大厦的倾斜率在千分之一的超高要求。"

"你们的基桩打到地下多少米？"

"86米。"

"与金茂和环球金融中心用的一样的钢管桩往下锤打？"

"不是。我们用的是新技术：钻孔灌注桩+桩底注浆。因为用传统的锤打钢管桩往下压，每根管子下到86米深，等于每根钢管桩都要打4000次！而我们的

■ 上海中心 （摄影 郑宪章）

大厦需要近1000根这样的基桩，想一想得打多少次？它造成的噪音和对周边百米之内的地层震荡及破坏力将是不可估量的。所以这又是我们的一项创新技术。2008年，工程师们研制完成新型打基桩技术'钻孔灌注桩+桩底注浆'后，用了4个月时间，进行实地实样试验，结果该技术完全满足了基桩承载力的设计要求。因此我们往下打的近千根基桩，不仅质量有保证，而且工程造价比传统的方法降低不少。"

从顾建平那里，我们认识了什么是智慧与创新。从外行和普通人的角度，我们也会对这座超高、巨重的大厦，能矗立于地面628米的地下承载力感到无比好奇。于是我和顾建平也有了下面的一问一答：

大厦如此庞大，托起它的基坑得多大一个呀？

圆形的主楼基坑其内径为121米，相当于1.6个足球场那么大；外圈的裙楼基坑没主楼那么深，下深也有十几米，但它面积大，相当于3.2个足球场。

大厦的地下部分与地面衔接处的"大底板"有多厚？

6米厚，两层楼那么高。是用60000立方米钢筋混凝土浇铸而成的。如果用面积来量化，那就是11493平方米。这个"大底板"相当于金茂大厦底板的3.7倍、环球金融中心底板的2.1倍。是中国大地上史无前例的"巨无霸"底座，我们称其为"定海神座"。

浇铸这样的"定海神座"，场面一定极其壮观吧？

是的。可以说，当时我们基本上是调集了全上海的所有用得上的浇灌设备，集中和连续奋战了整整63个小时才最后完工。其场面真的无比壮观！令人终身难忘。

再坚固的"定海神座"，是否也该有"卫士"替它保驾护航？

当然。我们用各种技术和手段，专门为基坑设置了5630个"卫士"。在施工时每天要检测2次，并有21名专门配备的人员来监管这一庞大的"基坑卫队"。可以给你一个数字：从开挖基坑的第一方土到大底板灌注成功的半年里，这些"卫士"所做的文字报告累积起来有81米高，相当于20层楼基顶。

真是不可思议。太了不起了！

你没有注意到我们这座大厦最神奇的地方？顾建平似乎忘了时间。

在我眼里，感觉这儿处处神奇。

他笑了。你知道我们这么高的大厦其实是一直在转动的……

真的？我吓了一跳，双腿跟着发软。

不用害怕。老乡又笑了。

真是动的？

是。而且转动的幅度还不小，120 度。

不会吧？我以为顾建平是在开玩笑。但他的神态告诉我并非如此。他说：你应该注意到，我们这座大厦整个形体是盘旋着往上的，下基大，顶端小，远看像美女的小蛮腰，从上往下看或从下往上仰视，感觉都像一条巨龙在翻腾……这种舞动和翻腾的姿势，其实就是大厦在转动，而这种旋转便是这座大厦通过科学设计献给世人的神奇一笔。

怎讲？

风洞科学实验告诉我们，像我们这样一百多层高的建筑，每一层的扭转角度在 1 度是美学与风工程学的最佳结合点。上海中心大厦地面楼层 127 层，120度的旋转是主楼风荷载最小的状态。

可如此巨大的钢铁与水泥组成的"巨无霸"，怎么可能让它转起来，而且要确保安全无恙？我感觉老乡在说"天书"。

如果细说，确实像"天书"一样，也得讲几十个小时。简而言之，就是我们在设计大厦形体时给整座大厦作了 4 次"变形"技术处理，而这 4 次变化体形，靠的是两个关键要素：一是"双层"玻璃幕墙和 120 度的旋转向上的内圆外三角形加开 V 形槽的外体形结构。4 次"变形"是在不同的楼体部位完成的，简单地说它分为以下阶段：第一阶段是正方形（外层）套正方形（内层），即两个正方形之间的旋转；第二阶段是正方形（外层）套圆形（内层），即内圆外方的旋转；第三阶段是在外层将正方形的所有直角换成圆角并加 VV 形槽；第四阶段是将圆角的正方形换成圆角的三角形（外层）套圆形（内层），即内圆外三角的旋转……

如果不是顾建平用图纸边说边解释，我根本不可能听懂他在说什么。但通过他笔画出来的四个几何图纸，我终于明白了 632 米高的大厦是如何转动的了！

人创造的奇迹，简直不可思议。

大厦的外形上可以清晰地看到的那个"V"形槽，似乎在整座大厦的旋转中起着特别重要的几何作用。可我感觉它又似乎是设计者在此特意创造使大厦增添了强烈的艺术美感！是这样吗？在进大厦之前我向上仰望时，就注意到了这样一个问题。

是的。顾建平点头称是，并说：这条"V"形槽在我们上海中心大厦的"龙"身上格外引人瞩目，因为它一是自下而上贯穿始终，其二，它的起点朝向西南面，顶部的终点则在北面。如此"走"了600多米，既打破了整座大厦外形圆滑面的单一感，增添了"时间"与"空间"、"过去"与"未来"的对接，尤其是在夜晚的灯光作用下，让整座大厦的"龙"体活了起来，从而产生魅力无限的美感……

真得感谢设计师们的艺术想象。

还有几个担忧的问题：如果大厦高层发生火灾怎么办？消防队员来得及赶到和上得去吗？还是用直升机灭火？我的问题是因为想起了"9·11"事件。

首先我们在设计大厦时有一整套撤离的方案和设施。比如大厦内总共有114部垂直电梯，在日常情况下它们有序地运转。一旦发生火情，大部分电梯将暂停使用，撤离任务就落在13部特殊的电梯身上，这些电梯在设计上具有单独的供电、井道增压和防水处理等措施，具有防水防火防烟等功能，可以在紧急情况下作为撤离工具。但即便如此，由于大厦的体量特别大，平常入驻人数达到万余人。这样我们就设计了一套完整的撤离方案和从下至上一共10个避难区，除了一层外，比如像第2、第3避难区可以安置4600到5000人，最顶端的避难区也可安排1500多人。这几种方案综合实施下来，可以确保一旦出现严重灾情，能最大限度地保证全员和绝大多数人员的撤离，时间在108分钟左右。顾建平补充说：上面的这种情况是极端情况，其实我们还有一个灭火的"杀手锏"——隐藏在大楼楼道里的两根自地下5层一直到地面126层的灭火泡沫管。它们通过DN100的不锈钢管，像潜伏在大楼里隐秘处的"地下突击队"，一旦火情出现，立即"冲"出来投入战斗。这就保证了一般火灾发生的处置。总之，大厦在设计时已经把一切"可能"发生的事都考虑了进去，一些"不太可能"发生的事也有足够的预案和设施。因此大厦可以称之为"坚不可摧"。

有大厦"总管家"的这话，所有进入上海中心大厦的人可以安然在其内漫步游玩了！

关于大厦里的奇妙、豪华和舒适度，在上楼的过程中，顾建平已经让我有所领略，比如在37层的"半亩园"喝咖啡，我们尽情享受着380平方米的世界海拔最高的空中园林。在半空之处，老乡顾建平指着里面的亭台楼阁、小桥流水和4株油光翠绿的百年紫藤，问我与苏州园林有何差异？我回答道：此地仙景飘然，宛若天堂，人间再美之处，怎可与之媲美？

他笑了。

"这样的'仙境'，在大厦里有数个，总面积达7500多平方米。"顾建平说，其实它们都是大楼的圆体结构所留下的闲置空隙。"我们利用这些建筑闲置空间，将绿色大自然搬进了大厦，使得整体大厦不再有'钢铁森林'的压抑感，释放出与在平地上一样的舒适轻松感。"

至于大厦内的豪华廊厅、手工掐丝珐琅地面、几千平方米的无柱大跨度多功能厅、632块彩釉组成的"鱼乐图"、链接"金三角"的340米的"时光林荫"大道、深藏于地下25米的18698个最保险的私人保管箱，以及从第1层只需55秒钟就可抵达118层，世界最高的360度全方位观光台感受"上海之巅"的美景和体验，那便是这座大厦所独具的令人目不暇接的精神内蕴和魅力所在……

不知不觉中数小时已经过去。我们置身于摩天大厦之中，完全被现代摩登生活所陶醉、所感染……"来一曲《上海的一日》吧！"坐在"天眼"旁的音乐厅里，顾建平提议。于是我们在600米高的半空中，开始享受"世界最高的艺术空间"里奏出的由美国著名音乐家詹姆斯·霍纳专门为"上海中心"谱写的这首乐曲。

"当——"黎明的钟声格外清脆，由远而近；随后是悦耳的鸟语、渐沸的人声、车水马龙声，以及孩子们追赶的脚步声、男人和女人谈情说爱与工作、奋斗的欢快声……

《泰坦尼克号》《阿凡达》等著名电影主题音乐的作曲、天才音乐家詹姆斯的交响曲，把我们带进了一个现实与梦幻、时空与未来相交融的情境。那乐曲，叫人心颤，催人奋进，令人迷恋，让人陶醉，使人飘然……

呵，那一刻，我抬首望空，随曲游神，心问：

天在何处？何处是天？

天有多大？大至何边？

没有回应。只有詹姆斯的音乐。

稍许，耳畔似乎有个声音在告诉我：

其实，天是未知，天是无际，天是无穷……

嗯——瞬间，我领悟了：

天，就是我们自己。

天，在我们每一个人心中。

我终于明白了上海人为什么将最高的摩天大厦称之为"上海中心"。

因为这里，是上海人看这个世界、追求自我完美、实现自我理想、抵达自我境界的一个地方。这个地方通达地心、连至天际，也就触动着我们自己的心灵，以及心灵深处的世界……

呵，我再度悟得：

与天对话，我是"中心"。

天在看你，你欲何为？

你欲何为，天已知了！

既然天知，何须再恼？

不恼而为，天人悠然。

"上海中心"太大，大如天穹。似乎还有许多奥妙和密码需解，于是在我写此章关键内容的 2018 年 6 月 7 日这一天，从北京不停地给远在浦东的顾建平发微信，然而就是得不到他的回复，而平时他并非如此。

傍晚，他的微信里出现一则消息，是一张倪天增的照片。还有顾建平留下的一段话：1992 年 6 月 7 日 11 时 45 分，倪天增副市长永远离开了我们。人民公仆倪天增将永远活在我们心中。

原来如此！突然我也想起了有人告诉过我的事：顾建平以前曾是倪天增同志的秘书。

"这大厦也是天增副市长生前的一份心愿。"采访那一天，顾建平跟我谈过一句话。他还有一句话是："我来这儿12年中没有离开过工作岗位一步，其中也有一份情感是为继承逝者的遗愿……"

想起为浦东开发呕心沥血的倪天增和无数与顾建平一样同摩天大厦一起成长的浦东创业者，我心头肃然起敬。

詹姆斯的旋律再次在耳边震荡。那是雄壮与雄浑、悲壮与壮丽……那就是上海，那就是浦东，那就是我们梦想里的"中心"！

19 "由由"人民情

它无法与高入云霄的"上海中心"大厦相比,即使与"金茂大厦"和"环球金融中心"相比,仍然低矮和瘦小得多。在浦东,千百栋高楼大厦丛林中,它普通得不能再普通了。然而,它的名声和它在浦东开发开放的历史中,有着无法替代的地位和影响力。

这就是"由由"——那栋坐落在南浦大桥东岸边的仅有十层高的建筑,虽然它现在已经有了旁边的三位比较帅一点的"兄弟"(由由福朋酒店、由由喜来登酒店和由由国际广场)。但在今天的浦东,依然无法比"个"。浦东人,甚至更多年长一些的上海人,之所以念念不忘"由由",是因为它在浦东开发初期和之后的漫漫岁月里,一直代表着浦东的"原住民"——那块土地上祖祖辈辈留下来的平民百姓。他们在浦东开发之前都是清一色的农民,包括他们的"最高长官"乡党委书记(之后变成镇党委书记)。在过去的近30个春秋里,他们亲眼看着自己的家园和土地,被前所未有的浪潮一般的"开发"与"开放"所卷走,他们一步一步地"退让"到仅有的几块地盘和他们祖先从来没有居住过的高楼里去……转眼间,他们看到自己家门前的水稻田变成了高尔夫球场、每年踏青的田埂小道变成了凌空而飞的高架桥和汽车奔跑的大马路,以及所有的菜地上都"长"出了伸进云端的"水泥竹笋"(老乡们曾经这样戏称那些高楼大厦)……

没有人可以同这些人相比，没有哪个地方可以同曾经被称为"严桥"的那块土地所受到的浦东开发开放的冲击和影响相比了，也没有谁能比他们更强烈地感受消失与存在之中的痛苦与欢乐、梦想和现实、未来与时下的复杂情怀。

"由由"的存在，让我看到了几十万浦东人民在大开发、大开放的历史进程中所作出的牺牲与贡献，这种牺牲丝毫不比老革命根据地五十万母亲送儿女参加红军少多少，因为浦东的百姓和农民让出的是祖辈留下的土地和繁衍子孙的家园，以及从此不再的原有生活方式和习惯……

"为什么我的眼里常含泪水？因为我对这土地爱得深沉……"这是艾青的诗句。当我第一天来浦东采访时，傍晚住在"由由"福朋饭店，看到美轮美奂、艳丽无比的陆家嘴金融区一带的繁华楼宇和街道以及绿地，我忍不住独自从二十几层高楼走下，借着夜幕下的灯光，走到交叉路口的老"由由饭店"前面，默默地肃立和凝视了许久，然后向它深深地鞠了一躬——我知道自己无法向浦东开发之前的百万原住民们一一致敬，但我想以对"由由"老楼的一份尊敬，表达一个中国人对这片土地上的那些作出牺牲、如今已经淹没在茫茫人海和高楼大厦之间的普通百姓的敬意，因为中国改革开放让多数人过上了幸福生活、让我们伟大的民族和国家变得无比强盛。在这个进程中，有不少人付出了努力，作出了牺牲，或者生活稍有起色，但与那些趁着开发开放大潮发了大财的人们相比，依然并不富裕和安乐，这样的人还是占了多数……他们和他们，都值得我们尊敬和永远铭记。

数次采访，我都住在"由由"。在那些采访的日子里，每一天早出晚归时，我总会默默地注视"由由"一眼。因而它也慢慢在我心中渐渐垒成一座由以前的菜农、养猪养鸭养鸡的村民和生产队干部等农民群像塑起的比"上海中心""金茂大厦""环球金融中心"还要高大的丰碑……

是的。他们就是浦东开发开放中的一座不朽的丰碑，是不该被忽视的、历史永不该忘却的丰碑。

有一份情怀总在我脑海中环绕：上海中心的顾建平、环球金融中心的叶先生、金茂大厦的何操，还有王安德、朱晓明、李佳能等等这些浦东"大佬"和功臣们，以及赵启正、周禹鹏、胡炜，甚至更大的官员，还有许多如今已经在浦东落地生根的外商、侨胞，在采访他们的时候，无一例外地在一提到当年的"由由"时，皆怀一种肃然起敬之情。这是为什么？这是因为他们都懂得感恩，感恩曾经把自己的家园和土地献给了新浦东的原浦东的父老乡亲们。

最早有人给我解释"由由"的由来，是因为第一任饭店的女经理的丈夫是个当时严桥镇的"文化人"，他从《孟子》里找到了"由由"二字，觉得在大上海对岸的"乡下"浦东，也能有一座十层高楼（1982年始建，用了8年时间才完成，1990年正式开张的36米高的大楼）——既为严桥乡的荣耀，也是整个浦东大地上最高楼，所以农民兄弟的楼主，想着农民也该像对岸的大上海城市人一样过上"与乡人处，由由然不忍去也"的自由自在的悠悠然生活，岂不也是一种幸福日子嘛！

写此书时，我特意查阅了《孟子》，从中找出了相关的整句段落。（伊尹）曰："天之生斯民也，使先知觉后知，使先觉觉后觉。予，天民之先觉者也；予将以此道觉此民也。思天下之民，匹夫匹妇有不与被尧舜之泽者，若己推而内之沟中，其自任以天下之重也。"柳下惠不羞污君，不辞小官。进不隐贤，必以其道。遗佚而不怨，厄穷而不悯。与乡人处，由由然不忍去也。

就在"由由饭店"开张的当年，中央宣布了浦东开发开放决定，此时从浦西摆渡和其他各种方式拥到浦东开发最前沿的严桥镇来的人最多，他们既有政府的办事机构，也有企业，还有外商等等，总之来头不小的单位，全都看中了"由由"。那个时候，除了"由由"像点样外，在浦东找不到第二家十层的高楼。吸引外资、吸引老板，是浦东开发开放初期最重要和根本的大事，讲究"面子"的上海人，尴尬地看着几乎一无所有的浦东大地，只好将目光一起投向了"最好"的"由由"——其实也是马马虎虎的小楼，几位在市政府机关坐惯了的浦东开发的干部看着"浦东第一楼"，无奈地撇着嘴。

不在"由由"还能到哪儿？总不能在菜地里、猪圈棚办公、做生意吧！于是浦东新区管委会成立之前的"由由"，可是风光了好一阵，比如现在"牛"到天上去的陆家嘴、金桥和外高桥三大开发公司，当时全都在"由由"饭店里租房办公，就连银行和日本的几家公司也入驻了"由由"。于是，有一段时间坊间传言：东北边的"141"号小院是浦东开发的司令部，西北边的"由由"饭店是浦东开发的"前线指挥所"。并说，想在浦东办成事，"141"号小院可以不去，但绝对不能绕开"由由"。

"由由"是严桥农民自己办起的饭店，市政府和开发区及四面八方络绎不绝的中外商家都往这儿跑，严桥的农民们能不扬眉吐气吗？于是"由由"二字的解释也在此时发生了变化：种"田"的农民终于有了改变面朝黄土背向天的出头日子……

"尤其是第一座从浦西通往浦东的南浦大桥在我们这片土地上兴建那一天起，大伙儿实实在在地被浦东大开发的滚滚热浪吸引和振奋了，一方面盼着能在浦东开发后一夜之间变成'上海市民'，另一方面内心又对从此失去土地而感到恐慌。"一位已经在"由由"饭店上了二十多年班的老严桥人跟我说，他原来的家就在现南浦大桥桥墩下的那个地方，大桥兴建时就被安置到附近的幸福村，与他家一起搬迁的还有一百多户人家。"当时上面说对我们这些失地的农民，由镇里安排到乡镇企业就业。我们以为有铁饭碗了，能过上好日子了。其实不然，不仅没有铁饭碗，连过去的泥饭碗都丢了……"

"为什么？"我问。

"因为到 1992 年时，我们原有的土地都被国家预征了，也就是说除了人还是农民身份，粮菜田、宅基地、自留地都不再是阿拉的了！原本对浦东开发希望满满的心也跟着慢慢凉了。"

"浦东开发不是一个很好的机会吗？怎么反倒让你们心凉了呢？"

"是啊，开始大家都没有想到会有这种情况。"这位老乡说，"因为浦东开发实际上它有一个时间差，不是一开始就那么火火红红、给所有人都带来无穷好处。比如在开发初期，失地的农民就面临很多压力，一是就业无路，乡镇企业基本上那个时候起全军覆没。像安置我们到条件比较好的幸福村、金星村后，由于人口猛地增多，原有的一些村办企业这时也因为无法扩大发展，关的关、停的停，于是当时流传道：幸福村不再幸福，金星村看不得月亮与星星。老百姓开始人心惶惶，于是自发结队到政府和开发办上访。"

"佳明书记啊，你们严桥是浦东开发的桥头堡，从某种意义上讲，浦东开发成功不成功，要看你严桥百姓支持不支持了！"一天，新区管委会负责人胡炜在141号小院见到前来劝接上访农民的严桥镇党委书记山佳明，心情颇为沉重。

"胡炜这句话，深深地拨动了我的心弦，让我几天没有睡好觉……"二十几年后的今天，当我在胡炜的引领下，见到"由由集团"董事长、原严桥镇党委书记的山佳明时，两位昔日并肩战斗在浦东大开发第一线的老战友紧紧地将两双手握在了一起。

"那些岁月里，我们俩就像前线作战的野战军和地方军的指挥官，少不了三五天就要在一起工作，有时甚至几天几夜形影不离……"胡炜说。

我好奇问为什么？

"搬迁、拆迁、征地，他来赶农民走，我是帮他劝农民退……"山佳明笑着说，"他赶不走的，有我出面来劝；我劝不走的，他用政策来'抬'他们走。我们俩是一唱一和，常常半夜鸡叫，天天黎明即起。"

"那个时候真的不容易，谁都不容易。我是新区管委会分管这块工作的，他佳明是镇党委书记，我俩都是第一责任人。市里要求我们浦东开发开放'一年一个样，三年大变样'，那就是争分夺秒、只争朝夕。于是我们就要求山佳明他们服从全局、舍小家顾大家。佳明他们其实就最难，都是乡里乡亲的，挨骂受累是家常便饭，还必须笑脸相迎，好言相劝，有时为了做通一户农民的工作，几天几宿在田头、床头、锅灶前跟村民们做思想工作，那才叫贴着地喘气呢！"胡炜动情地说，"所以在我心目中，他和他的'由由'楼，绝对不比几座摩天大厦矮，绝对是为浦东开发开放作出特殊贡献的丰碑。"

关于"由由"和山佳明，在我到浦东采访之前，其实已经久闻其大名。有道是："历史是不该忘却的"。浦东开发开放近30年，以原川沙县为主体的百万原住民对新浦东的贡献就是一座矗立在这块大地上的丰碑。这中间，山佳明和"由由"无疑是杰出的代表。

了解一些浦东历史的人都知道。当年的川沙县作为上海的粮食与蔬菜基地，闻名全国，相比于全国的农村，它是一个富裕之县、农业大县。与外滩一江之隔的严桥乡（后改镇），又是川沙中的"明星乡"。这是因为除了严桥是与上海市区挨得最近的乡之外，严桥还有一位土生土长的农民蔬菜专家，他在上世纪五十年代就培育出了"511号"优良花菜。之后又成功培植了温室种菜的技术,在此基础上又发明了温室无土种植栽培蔬菜技术和首创了弓型无顶温室大棚等等,这些技术在"文革"前的中国农业战线,可是响当当的"先进科技"。这位严桥农科专家不是别人,正是山佳明的父亲。

"父亲一生没有离开浦东严桥乡,就是因为他特别热爱这块土地和他的乡亲们,并且从小教育我要爱家乡、爱土地、爱乡亲们。"山佳明回忆父亲的往事,异常动情。

山佳明的父亲,山守仁,1953年就成为上海市劳动模范,之后又于1958年、1979年和1981年连续获得这一殊荣。父亲一生在农村,与泥腿子的乡亲们打滚在一起充满了乐趣和情趣;山佳明高中毕业后,先是当生产队长、村长,再是乡长、镇党委书记,他原本想继承父亲遗志,也与农民兄弟们一辈子打滚在严桥这块土地上,怎知以往盼了几十年都没有"戏"的浦东转为"城市"的梦想,随着1992年中央的一声号令,他和他全乡的父老乡亲一夜之间都要当"市民"了!既然要当"市民",原来种的地、种的菜、养的猪和鸭,连同"严桥镇"这个行政地名也将随之被"收走"和取消……

这哪行!我们宁可不要城市户口也不想搬出老宅基地!最初的时候,一说搬迁,老村民并不愿意,他们住惯了平房和小院,听惯了黄浦江的潮水声,不愿去高高的"格子房"(楼房)里住。

啥都好说,但唯独不能把"严桥"给灭了,这是祖宗传给我们的,也是历史把这名字刻在浦东这块地上的。干部们和相当多的农村知识分子也起来说话。

他们围在镇党委书记山佳明前面,让他说话,并说:你平时一直在说,我这辈子要做父亲那样的人,把心交给"三农"、把命与父老乡亲们连在一起。这回严桥镇没了,我们家园没了,但我们还是严桥人,我们不能没有主心骨!老乡亲们说这话时,泪流满面,许多人哭得直不起身,蹲在地上一哭就是小半晌,其场景令人心碎。

山佳明的眼泪跟着掉了出来。"乡亲们,我山佳明是什么人?你们不相信我可以,但你们应该相信我父亲是个什么样的人吧!多少次他当了先进、当了劳模,市里一次次动员他到浦西那边吃皇粮、当市民、当干部去,可他不去,他舍不得你们,不愿离开这片生他养他的土地。我山佳明从小受父亲影响,从小受党的教育,知道自己该做些什么。我只想跟大伙儿说一句话:浦东开发开放是时代需要、国家需要、大上海发展需要,这一点我们谁都不能含糊。我山佳明也有一点不含糊,就是浦东不管发展到啥份上,我们严桥以后不管有没有,但只要有一个乡亲还记着自己是严桥人、想有尊严地继续当严桥人,我山佳明就陪他到底,陪他到哪天我上了阎王那儿报到为止!"

"好!我们继续跟着山书记走!听山书记的话!"镇上最后一次干部群众大会后,许多老严桥人和严桥乡亲们泣不成声地拉扯着镇党委书记山佳明的手和衣衫,因为从这一天起严桥镇的行政地名和行政单位将不再存在。

"放心吧大伙儿,不管浦东未来是啥样,我山佳明永远与你们在一起,只要我有一口饭吃,就饿不着你们全家老老少少!"山佳明是含着热泪向父老乡亲们作了这庄严的承诺。

为了这,在南浦大桥兴建时,他接纳了第一批两百多人的搬迁农民的安置;

为了这,在杨高路、龙阳立交桥、龙阳路、东方路和浦建路等等道路拓展、修建、新建时,他亲自带头去丈量那些即日划拨出去的土地;

为了这,他把一百多位自己的下属干部和公务员,送到另一个新组建的镇,而身为原镇党委书记的他竟然成了一名"无镇"党委书记……

还有,市里决定将仁济医院和儿童医学中心搬到他严桥这边来,于是他又一下接纳了上百名劳动力的农民安置。

还有很多很多的事,都需要他山佳明出面。虽然那个时候"严桥"的政府行政组织已经不再存在了,但山佳明说了,只要他在,"严桥"和"严桥人"的事他都管。

"这一管,就是整整 28 年的漫长拉犁岁月,而且后面还有数不清的时间……"当年撤镇后跟着山佳明留在"由由"集团的"新浦东人"、原镇党委秘书、现"由由"集团班子成员之一的王格宇如此说。他补充道:"何谓'拉犁'?就是做牛做马呗!这近三十年里,山总从一名镇党委书记、公务员,变成企业老板,听起来像是'由由'集团的大老板,有人还称他为'红顶商人',其实他就是一个地地道道的拉犁的老黄牛。别人不知道,我知道呀!因为当年的一句承诺,他把所有过去严桥遗留下来的人和事全都包揽在自己身上,几乎是一个人扛着,这种日子、这副担子,只有扛着的人自己知道,还有就是我们这些一起跟在他身边的人知道。那是百分之百的老黄牛拉犁!山总他是真正做到了人民公仆,百姓的依靠。"

失地、失家园、失业……甚至失去亲人、失去一切的人,在严桥人中间有相当一批人,这是因为浦东开发并非一夜就完成的事,五年、十年的建设与周期对一座新城而言并不算长,可对一个家庭和一个百姓来说,那就是一段折磨的岁月,谁遇上了谁就可能寸步难行。

"严桥百姓的利益不能少、不能拖、不能差,也不能只想眼前不看将来。"山佳明不仅庄严承诺,更多的是在做事上细致慎严。

在失去土地和家园之后,三件事让山佳明最操心和用心:一是得给父老乡亲们安好一个家,于是他在新区管委会的支持下,建起了浦东第一个居民新村——"由由新村",之后又先后建了"东方城市花园"和"新村";二是把严桥原有的集体资产重新整合成立了"由由实业发展有限公司"(后改制成由由(集团)股份有限公司);三是在成立股份公司和股份改造过程中,让村民成为一劳永逸的股东。

"这三件事,连着每一个百姓的利益,也连着大伙儿的心,还有一份大家不舍的'严桥情'。我觉得这是我作为一名党员和党培养出来的干部的责任和使命,它们是我这位没有了'严桥镇'的'由由'公司党委书记的职责所在。"山佳明说,失地的农民对新家园的关注,远远超过对是不是"市民"的关注。新家园造好后,开始大家不愿搬,觉得新的"格子房"倒是很漂亮,也有抽水马桶、厨房等等,但乡亲们心里不踏实:是不是有人欺负我们?房间面积是不是小了?

"后来我们就请乡亲们到新家园去看,结果一看就高兴了!知道为啥吗?因为新家园里除了我们原来的严桥农民搬进去外,还有上海市区的许多居民也搬了进去。胡炜主任他们在批准我们建新社区时就充分考虑了浦东原住民与市民们的文化与生活上的融合,所以分房时一栋是原严桥人的,一栋是从浦西新搬来的市民。我们的老村民到市民们的房子一看、一问,就开心了,说他们分的房子不如我们面积大。这回祖祖辈辈当农民的老严桥人觉得脸上很有面子,所以大家高高兴兴地搬了进去。"山佳明说，这些搬迁户其实现在都赚大了！"当时大家只要出1800元购一平方米，现在这些房子都能卖到几万元一平方米！我们分房子是按户分的，有的家庭一下拥有两三套房，如今这些老严桥人自己住一套，再出租一套，或许卖掉一套，你说是不是赚大了！"

"有房子住是最基本的事。当时严桥撤镇后，相关的严桥集体有两种选择，一是分掉，二是重新组合成新的经济形式。我选择了后者。"山佳明坦言，"如果像其他浦东乡镇一样撤镇后把人一分流、把集体的资产也一分，那么今天你就很难找到老严桥、老某某的老浦东人了，因为他们会被浦东开发开放大潮冲散和分离到各个地方和角落，将彻底失去浦东原有的一切文化，甚至断了这块土地上的血脉……更重要的是，你不能不考虑在浦东大开发与城市化进程中，原住民的生活、就业和他们的生老病死及子女与后代的教育等等事情，他们都可能不适应。如果失去了一直习惯依靠的组织、失去了亲情的帮助和关怀，这些人的命运和心理问题，也许会很严重，会有想象不到的严重后果。而一旦这种情况爆发出来，反过来又会阻碍和影响到浦东大开发，所以这几种可能的问题，让我实在放不下自己的父老乡亲。"

因为住在由由饭店，所以有机会多次接触山佳明，每一次他的真情倾诉，都令人感动，仿佛听到一位老共产党员那亲民、为民的怦怦心跳声……

是的，有道是沧海横流方显英雄本色。像浦东开发开放这样的大潮席卷而来时，每一位置身其中的人可以有许多选择，比如像山佳明，当时在撤销严桥镇时，他可以选择继续留在党政机关做官，甚至也可以一步跨过黄浦江到市政府某个委办局谋取一官半职，或者到新区管委会继续当公务员，这对他来说只是一句话的事。那样，也许他还会升迁，或者现在已经安然地欢度幸福晚年了。然而他没有做这样的选择，却将所有"官事"全部卸之，降为与他的父老乡亲一样的普通百姓。

是什么驱使着他做出这种崇高选择？是金钱诱惑？否。如果那样，他几次有机会"按政策办"，完全可以将"由由"的大部分股份趁着转制的政策性要求归在自己名下，山佳明没有，相反他多数股份份额分给原严桥镇村民们。许多人对此一直不理解。山佳明对我说：我就是不舍严桥的那些父老乡亲。浦东开发开放对多数人来说，肯定是大好事，但对弱势群体，对一夜间变成市民的原住民来说，有相当一些人会出现各种各样的问题，他们也许在开发大潮涌来的时候，被卷入谷底，甚至被吞没。正是因为考虑到了这一层，所以我就舍不得他们，怕他们因为跟不上发展的步伐而吃亏和落伍，所以我就在撤镇时给自己担了一份永远卸不掉的责任——把当时镇里的一部分集体资产留住了，成立了集体所有的由由公司，让原来的村民们做股东，自己当他们的公司"董事长"，借着浦东大开发的机会，依靠自己的力量，把集体经济这一块做大做强，然后用它来给老严桥人的未来"保驾护航"，让他们有好日子过，确保他们不被时代所淘汰。

"'由由'从那一刻开始，也就换上了'田'字出头，我们农民要跟着浦东大开发永远过好日子的新解释。当年老市长汪道涵来到'由由'后，对此特别赞赏。"山佳明说。

弹指一挥。转眼近30年，当年一片农田和农舍的浦东严桥，现在可以同世界任何一个地方媲美繁华与现代化。而在这时代变迁的历史巨浪潮头，山佳明带领的"由由"名下的几千名"股东"——他的那些老严桥父老乡亲，没有一个人被卷入谷底，也没有因为一个人跟不上城市发展的潮流而丢失了饭碗。相反，有一批人乘着浦东大开发的大潮，乘风破浪，立于潮头，成为"亿万富翁"，成为创业标兵，成为浦东时代新锐。更多的普通百姓，则关心的是他们还能不能有份体面的工作，能不能看得起病，子女长大后能不能有更好的房子住，有没有养老金，诸如此类油盐酱醋的家常事。

"山总亲自担任董事长的'由由集团'，就是为了保障老严桥人的这些利益。为了这，你都看到了，已经七十多岁的他，仍然每天起早摸黑，没有节假日、不分白天黑夜地在操劳！"当年刚刚参加工作的一名外地大学生、如今跟着山佳明在商界滚打了近20年的王格宇也白了"少年头"，他感触最深，道："最初几年，浦东没有什么像样的旅馆饭店，我们的'由由'饭店效益不错；后来高楼大厦如雨后春笋一样的多，我们的老'由由'楼也落伍了，于是山总开动脑筋，筹集资金，打造新的'由由'大厦，那得资金呀！后来酒楼造起来了，'由由喜来登''由由福朋''由由国际广场'三兄弟形成了一个较好的酒店产业。可随着浦东酒店业的迅速崛起，竞争空前激烈，我们'由由'只能在其中当'小弟弟'。这时，山总就想到了地产开发，建写字楼，以此想杀出一条血路。可这行业水太深，资金用量又大。关键是，原来我们公司早期占用的一些土地资源，在浦东大开发中常常被国家更重要的基础设施所占用。本来完全可以借机为公司'发'一笔，但山总说，土地原来就是国家的，现在国家要拿回去，我们不能因此敲国家的竹杠。这样的事，他做了不止一回两回。比如现在的浦东干部学院，那块地也好，国家要征用，山总二话不说，拱手相让。有想要这块地的地产开发商对山总说，你是傻到家了，卖给我，少说多赚几个亿！山总笑笑，你们不是称我'红顶商人'嘛，所以我不能赚自己党的钱。"

"他就是这么一个人。"由由集团的一位副总经理这么说。

2000年5月18日，"由由"股份公司成立，原有的严桥镇撤并时留下的大大小小200多家企业关并。按照政策，新的股份公司成立，30%可以留下来作为镇级集体资产，其余部分的股份，以山佳明为首的几个企业"发起人"可以占有。

当时负责新区管委会这一块工作的胡炜回忆说：30%留作集体经济，就是作为未来解决那些在大开发中安置的农民们的保障。"当时我们说的话叫作原住民的一个'救生圈'——一旦他们有了困难，就靠这一块来渡难关。"胡炜说。

"但我不是这样想的。"山佳明说，"30%也许从政策角度考虑是合理的。但我觉得我的几千名老严桥人未来遇到的困难和事情不会少的，仅仅这点股份可能难以帮助他们解决各式各样的困难和问题。所以我们按照这个框架，最后5个公司发起人认购了9.5%的股份，60.5%的股份全部分给了老村民。"

当时的总股金是一亿元，这六千多万的股金一下让几千老严桥人上了"大轮船"，日后随着"由由"公司的不断发展壮大，父老乡亲们年年有分红、有福利、有医疗养老保险等等。

"公司是大伙的，大伙的积极性、参与性和关心度也高了。他们不再成了政府和社会的负担，不再像一片没有根的河草，被大开发的浪潮推来推去，随波逐流，最后消失得无影无踪。相反，我们这些老严桥人，现在依然能在一个单位工作，在一起娱乐和生活。能出去闯的我们就通过各种途径送他们出去闯，或者在自己的公司里担任重要管理职务；另外我们还办了工业园区，使得一些有能力的人在这个平台上有了用武之地。对那些只能从事一般服务性工作的人，我们就安排他们到'由由'酒店当服务员；还有相当一部分人毕竟是农民出身，除了种田、种菜老本行外，其他工作总不太适应。于是我们又到附近的孙桥去'开辟农场'，搭建塑料大棚，继续蔬菜生产。这样又吸引了一批人去就业。我们每天专门安排大巴士，接着这些人到孙桥那边去上班种菜。大伙高兴地说，哪见过农民乘大客车去远方上班种菜的，只有我们严桥人才能做得到，说这话时脸上的自豪感叫人羡慕。后来这个孙桥基地，我们划给了国有的孙桥现代农业园区……"山佳明扳着手指告诉我，这样的事"由由"做了一大串。"他们都是两份工资的：一份是公司给的征地保障，每年随上海市最低工资调整而提高；另外参加就业还有一份市场标准的岗位工资。"他补充说。

几次采访，发现一到吃饭时间，山佳明就让饭店服务员给我拿一份工作餐来，留下一句话"你慢用"，自己则起身走了。开始我觉得很奇怪，后来问一直在山佳明身边工作的王格宇到底怎么回事。王格宇说：山总从来如此，只要不是特殊情况，他一般都是回家吃饭的，并且早晨帮在家看外孙的老伴到菜市场上买菜。

"这有点不可思议了！自己办的三个四星级、五星级饭店，吃一顿饭算啥事嘛！"我说。

"他可不这么想。"王格宇说，"山总常跟我们说，他是镇党委书记出身，虽然现在叫公司董事长、公司党委书记，叫法不一样，但在老严桥百姓眼里，我们还是那个严桥镇政府、严桥镇党委的干部，过去我们不能随便吃公家的，现在就能随便吃了？人家老百姓都看在眼里呢！再说，老百姓这样看着对我们干部办事做人都是一种好事，时时提醒我们，浦东变了，我们'由由'的党员干部的本色和本质不能变。为了这个不变，他山总依然保持着昔日镇党委书记的工作精神和作风，我们也受他的影响，所以'由由'才有了今天超百亿元的集体资产，几千户老严桥人与其他浦东人一样安稳和幸福的生活……"

"每当我站在窗前，眺望窗外鳞次栉比的高楼、巍峨挺拔的南浦大桥、熙熙攘攘的车流，眺望着日新月异的现代化城区，心中充满了无限的自豪和感慨。二十年前，这里还多是片片绿油油的农田，浦东开发宣布后不久，我从大队到乡里工作，从老书记肖德元手中接过了接力棒，带领严桥人民投身到开发的滚滚洪流中去。记得当年的由由饭店，是浦东这边最高的大楼，参与浦东建设的各大开发公司都驻扎在这里，一片红火的创业热情深深感染了我们。也就是从那时起，浦东开发和严桥人民紧密地联系在一起，我们也在浦东开发这本辉煌史书中留下了自己的篇章……"这一段话是在浦东开发二十年时山佳明应《浦东时报》约请所写的。那个时候的"由由"，连续 5 年跨入上海市百强集团公司行列。到 2009 年底，集团累计实现销售收入 162 亿，上交国家税收 14 亿。当年入股的农民，每年可以得到 15.5% 的回报。由由集团公司还为社会提供了 4600 多个就业岗位，吸纳征地工和养老人员 2500 多人，安排各类非征地工 2000 多人……

又近 10 年过去。山佳明又为"由由"交出了一份更加耀眼的"成绩单"，集团公司总资产和老严桥人的收益翻了倍。"最感安慰的一件事是：几千户老严桥人，他们没有散掉，没有被时代大浪潮淹没，他们幸福安稳地生活在原本就属于他们的浦东土地上。如果他们平时遇到了啥困难和问题，他们能够找得到'靠山'……"

山佳明啊山佳明，你就是老严桥人的靠山！你的"由由"人民情，就是这靠山的全部根基和力量源泉。你是一个共产党人在浦东这块大地上矗起的一座精神丰碑和信仰摩天楼！

在离开浦东的那一天，我再次回眸深深地注视了那座十层高的由由老楼，忽然感觉它似乎就是山佳明的化身，于是"由由"也在我的眼前越变越高大，甚至超过了金茂大厦，超过了环球金融中心大厦和那 632 米的中国第一高的上海中心大厦……呵，难道不是吗？为人民服务、为人民谋福，在浦东大开发大开放中永远是最高的大厦！

第五章

不沉的"航母"，远方的诗……

任何历史都会有个阶段，任何书写也都会收尾。关于浦东开发开放史也一样，过去了 28 年，我们看到今天的它，似乎有一种"完成使命"的感觉——因为它已经在一片农田和烂泥渡上，建起一座可以与世界任何现代化城市媲美、比酷的城市。然而一座城市的扬名和不朽，并非以十年、二十年的短期崛起和暂时的领先作为标志，尽管像英国城市学家彼得·霍尔先生曾提出过"城市黄金时期"(Urban Golden Age)的理论概念，他认为一些重要的著名城市在自己的发展中都有一段 10 年到 20 年的高速崛起期，因而他把这个时间段称为这个城市的"黄金时期"。按此理论，浦东似乎也完成了"黄金时期"的使命。

其实不然，在我考察的过程中发现：浦东——包括上海也一样，中国的城市崛起通常与所处的时代相关，也就是说，一个繁荣期到来时，这个城市的发展和崛起将随之进入一个高潮。而中国是个具有五千年历史的文明古国，历史的兴衰期复杂而反复，尤其是近两个世纪以来，重新崛起和发展的周期在不断出现，这也使得像上海这样的城市有了一次次涅槃。如原来的"大上海"，事实上从被迫在外力的影响下的"开埠"，到上世纪二三十年代所产生的内力的"自觉"，和外在的"助力"下，形成一轮"黄金时期"。这两个周期长达五六十年，因此才形成了以外滩为代表的第一个阶段的繁荣并步入世界大都市行列。

上海的第二个繁荣期毫无疑问应该是改革开放之后的上世纪八九十年代一直至今天——并继续在调整和延伸着发展（它应当包括了浦东在内的区域）的"黄金时期"。我以为，大上海的第二个高速发展与崛起周期，还至少有二三十年，到我们国家的第二个"一百年"时（2049年左右），那时我们的"大上海"，才是真正的、可以排在世界前一两名的现代化大都市！

上海的骄傲和真正的"大上海"，其实在我们的"前方"，也在今天的浦东的"远方"……难道不是吗？在我正式接受写浦东的任务的时候，先走了一圈新浦东，那种震撼一直在激荡着我的心。而同时，我也一直在观察：包括最繁荣的陆家嘴金融区在内，仍然有无数正在建设的工地和楼宇，仍有巨大的空间留白在浦东金桥、铁丝网后的外高桥，尤其是通向辽阔海岸线的临港区，尚有成片成片的规划之中和尚未规划的区域，这让我特别的兴奋和激动，因为那些空间和留白，使人浮想联翩：它们是我们的子孙们可以发挥智慧和能力的地方，它们是真正伟大的"上海"……就像我们国家一样，以势不可挡的趋势和气派，直奔世界的最前列、最巅峰！

这是我掠过今天的浦东所看到的"远方"的大上海。

诗在远方，上海才开始起航——

是的。如果说，上世纪八、九十年代上海人努力争取、竭尽全力所进行的建设和开发浦东，是为了不甘落后、拓展生存的空间、赶上自己的国家和世界发展的潮流。那么今天的浦东发展，包括在浦东"宅前屋后"的大开发、大开放——比如虹桥、临港等等和以习近平为核心的党中央期待上海成为长江三角洲的"领头羊"的召唤，皆是为了让中国最大、最具竞争实力、最可能走在前面的"大上海"这艘中国超级航母，扬帆启程，去世界舞台的中心，展现风采，承担使命，收获人类最宝贵的精神与物质财富。

上海人自己没有这么说，但上海人的心里浮动的那片去世界舞台中心表演的乐章和绚丽的彩云，我已经感受到和望见了……

市委书记李强提出的上海要提升"三种文化"即红色文化、海派文化、江南文化，如果认为这仅仅是一种文化战略和文化产业的话，就未免太短视了！

是的，翻开上海地图，绵延数百里的苏州河、浩荡蜿蜒的黄浦江，以及惊涛拍岸的滔滔长江和浩淼无边的东海……这些与生俱来的通江达海，得天独厚的地理方位，让这个城市依水而生，伴水而兴，顺水而昌，从渔村小港出发，孕育出海纳百川、追求卓越、开明睿智、大气谦和的东方城市的独特精神。

正是这水，苏联共产党人才在一个世纪前的1920年前后就来到上海，建立了共产国际远东局。那个叫维经斯基的苏联共产党人担任主席，并带来了马克思列宁思想以及《共产党宣言》；正是这水，毛泽东等年轻的一代中国知识分子借着黄浦江的夜色，从十六铺码头，进入兴业路76号的石库门，缔建了中国共产党。是上海的水，凝冶成了红色的水——那是中华民族走向光明的血液！正是这红色的水——民族的血液，才使苦难的中华民族摆脱了"三座大山"的压迫，建立了自己的人民共和国，才有了我们十三亿人的今天。

上海的水，自然有它的源与根。这源与根，来自于堪称海"老宅"和"后院"的浙北崇山峻岭间的西苕溪流，以及蓄纳苏南腹地太湖一带的清塘碧湖，再流经黄浦江和苏州河，然后"哗哗""潺潺""咚咚"地进入千家万户……这水是清漣的、淡怡的，甚至还有点湖草的腥味，这是真正的江南水，它带着泰伯和言子等先人之气，以及青山沟谷、江河塘浜所孕育的平和与宁静，又积卷了内蕴生动丰富的苏浙地域传统文化的柔润和丰韵。这样的江南之水，是江南人才喜欢的那种永远携而不厌的"味道"。这"味道"渗入每一条弄堂，飘进每一户灶头，甚至摇曳在女人的旗袍舞动之中……

上海的水，当然还有另一种特质，那是随潮汐的起伏，从大海的远方，翻卷和涌动过来的"洋水"的浸入与融合，这样的水有些"咸味"，也很粗犷，而且非常有力感。这样的水性，与江南的水具有不太一样的性情，它勃发，它朝气，它锋芒，它激情，它勇猛，且还很浪漫。它进入上海后，让上海的风貌里多了一种豪气和豪爽，它让十里洋场的上海男人们增添了几分血性，它甚至让上海的女人既能穿着旗袍楚楚动人，也能穿着超短裙招摇于马路之上。这就是所谓的"海派文化"。

世界上很少有哪个城市可以同上海相比。雅典有历史，有沧桑，但没有上海柔情的江南文化；伦敦有高贵血统，也有海域风情，但它没有上海的红色基因；

巴黎虽然也有红色基因，但这个城市的时尚过于浪漫，绝不像上海的浪漫时尚里总保留着"越剧"的软绵与含蓄；至于纽约，更无法同上海的三种文化相比，它只有浩荡和气势，缺了收敛与圆融……

一个城市的伟大和不朽，需要千年万年的打磨。未来的城市，则更需要多元文化的共同融合、浸染、勃兴、催力和发轫后的智慧与高远、多彩与丰富、宽广与纵深。上海所强、能强并且欲求世界最强，将赖于如李强书记所说的"红色文化、海派文化、江南文化"的共同发力。

这个方向时下越来越清晰和明确。浦东开发开放的28年来，上海人也变得越来越自信，最初的他们是"站在地球仪旁思考浦东开发"，如今他们是拨动着地球仪设计着自己的城市未来。这一变化，是在高速和渐进的发展过程中发生的，或许上海人自己都没有自觉的意识到，然而他们的行动和思考却在进行着这种自觉——今天的一切布局，与我们国家打造一艘又一艘航母有着十分相似之处，因为远方在呼唤我们……

因为诗在远方。

这时候，我才把一直想说而没有放在嘴边的话奉献出来：其实，以往所有的人，包括上海自己对"上海"二字的认识和理解，都没有准确与到位，至少缺了些最重要的本质的东西。

"上海"是什么？"上海"到底是何义？

颇有权威的说法是，上海得名，归纳起来有两种：一是源于《弘治上海志》，该志称"其地居海上之洋"。那么"居海上之洋"到底是什么意思，似乎难以解释。二言吴淞江（苏州河）南岸有两条支流，一为上海浦，一为下海浦。宋元时，于上海浦设"上海镇"，元朝据此设立上海县，由此一直沿袭到现在的上海市。

这两种说法，从史书和地理学的角度看，似乎没有什么争议。但审视一个地名的内涵，其实不能不考虑一个地方的语意的真谛。"上海"二字，如果从上海方言其意来阐述，就会发现，它隐含着另有一层先人早已明了的大格局、大气魄和大高远……你看，"上海"，由"上"与"海"二字构成。"海"，当然是指大海。"上"字的意思就多含义了。一般情况下，都把它作方位来解，比如中国的许多地名，常以东南西北命名，如山东、山西，河南、河北等。而以"上""下"命名的地名也不少，如"上饶""下关"等。然而"上海"的"上"，就是否这两层意思呢？非也。

上海的祖先是我苏州吴人居多，上海地域原也属苏州府管辖，脱离出来也还仅仅一两百年。即使后来大量的浙江等外埠人融入，但是有些方言其意仍然没变。比如出门，叫"上路"；比如烧饭，叫"上灶"；比如逛街，叫"上街"；比如乘船，叫"上船"。这样的动词和动作的"上"字，在我故乡的母语中比比皆是。难道"上海"二字之意，就不是我祖先见了大海想去寻找远方的"诗"的一种向往和驱使的动词吗？

海来啦，我们上海去吧！

海在前面，我们上海去看个光景吧！

海中有鱼等宝物，我们上海去捕捉充饥吧！

呵，我的先祖古人，一代一代的语境和语义便是如此。他们面对大海，向着东方，向着渐渐露出沙滩的海之地，如此一百年、一千年地喊着"上海"去，于是"上海"这名字是否就这样被叫响并成"历史"和明确的一个"地名"了？！

这，难道不是一种可能吗？

这，是我吴语原义的纯真和正宗的传承！

这，其实就是我们吴语中的一种特定形态与含义，就像没有人把上街去，说成"走街"去一样，也没有人把"上船"理解为"上面"的船……

"上海"，其实就是我们祖先面对大海的一种态度，一种乘风破浪而勇敢迎去的态度，就是我们祖先面对蔚蓝色的无垠大海的一种向往、一种需求、一种对美好和未来的志愿及理想……

呵，"上海"，你就像浦东这位"东方公主"沉睡了数百年后与浦西的"王子"重逢一样，今天在浦东开发开放浪潮中，重新现出真实的本义和久有的伟大志向——向远方和未来举步前行！

这，就是我理解的"上海"。其实这才是真正的"上海"！信不信由你。虽然历史学家不会做这样的解释，然而世界上诸多历史的形成和事件的产生，皆是人文因素的积聚与凝练。任何一个古地名的形成，并非像现在由多个知识分子在指手划脚后所做的定论，而是长久生活在那块土地上的人们在日常生活中所形成的一种习惯的叫法而已。

上海的地名，难道不是我们先祖们在生活和社会实践中习惯性的一种叫法、一种语境吗？

这就是"上海"的真实本义——当然，这个定论可以有一百种反驳的意见。然而我相信，上海之所以叫"上海"，与本地人的语境和语义有着无法脱离的关系。而我所认识的"上海"这一层含义，是因为，只有到了浦东开发开放、大上海成为今天这模样，我们需要重新出海、朝着世界舞台中心走去的时候，我们才重新真切理解祖先赋予"上海"这地名的真正含义。

呵，"上海"——我们中华民族全体人民迈向强盛的一种姿态的开始和准备！

这，才是浦东开发开放的精神实质、目的所在！

这，才是邓小平生前甩向世界的最后一张"中国王牌"！

为了这，今天的黄浦江两岸的人，正不遗余力地打造着准备出海的浦东这艘"大航母"，去远方咏叹新时代的诗篇——

他们已经做了很多准备，其中的许多篇章值得记录在"浦东史篇"里。

大航母，是一块块船板拼起、一个个舱体组成的。我们已经说过"浦东"是上海人打造的走向世界舞台中心的"航母"，上海则是中华民族在世界舞台中心展现精彩的"航母"，而它们都是无须远航却时刻前进在大海上那不沉的航母……

这才是"上海"——如上海人说的"上路"一样的准确语意：向大海的远方前进！

20

迪士尼之恋

说上海人聪明和先知是有道理的。李强来上海任书记时间不长,就提出振兴上海的"三大文化战略",即:红色文化、海派文化、江南文化。这可以看出执政者的高瞻远瞩,精明细腻。振兴文化之道理,归结起来就是一句话:上海要更强大,就必须在文化上发力。文化发力了,上海才是真强大。有了文化的上海,才是真正的"有味道"的上海。"有味道"的上海,才可能成为全中国甚至是全世界人所期待的种种"中心"。何谓"中心"?简而言之,就是人们喜欢去的交流和交易的核心地。

人最喜欢去的地方,必须是人们最需要、最向往和最开心的地方。最喜欢去是因为金钱吸引?或许是,但最终不会是。是因为物欲的满足?或者是,但最终也不会是。最终吸引人的一定是让人特别放松和开心,是让人精神与品质上有所收获的。而这,便是文化。文化中有无所不包的高贵的哲学,还有亿万大众皆喜欢的娱乐,以及每一个人成长过程中的某些精神所求与偶像。

九十年前的美国文化商人华特先生准确而精到地作出了这种判断。于是他创立了自己的公司,就是后来我们都知道和熟悉的"迪士尼"。在近一个世纪里,几乎全世界所有的人,都在受华特先生所创造的一种独特的文化影响,即他的娱乐文化——这种文化不仅提供消遣,更是具有教育与知识意义。华特先生确实是个天才文化巨商,1928年推出的第一部动画电影《威利号汽船》的主角"米老鼠"一炮打响；六年之后的1934年，"唐老鸭"又一鸣惊人；再往后三年到1937年，迪士尼版的《白雪公主》，更是风靡全球。我们这一代，我们上一代及下一代，几乎没有人不知道这三个"迪士尼"塑造的艺术形象，相信全世界其他国家的人也是如此。

然而"迪士尼"的厉害之处还并非如此，它的娱乐商业和文化艺术的有机结合，使其产生的市场经济效应更不可估量。这也难怪1990年朱镕基作为上海市市长率团出访美国时还特意参观了迪士尼乐园，并且与当时的迪士尼首席执行官艾斯纳先生谈成口头协议，希望迪士尼在上海建主题乐园。中国有十多亿人口，又是特别注重孩子教育，这个市场符合迪士尼选择发展的利益方向。艾斯纳先生这样向朱镕基明确表示。可惜，这位有远见的首席执行官后来乘飞机时遇难。上海与迪士尼之恋暂时被搁浅。

谁都知道，华特的迪士尼是世界传媒与文化娱乐的真正"巨无霸"，举世无双。它也因此把自己高高放在娱乐和文化"宫殿"的王位上，与之攀亲"恋爱"，是个奢望。第一次从上海去"说媒"的，除了朱镕基还有老市长汪道涵，这二位都是上海的重量级人物。之后"浦东赵"也亲自出面到了迪士尼本部，并且给首席执行官先生"补课"……如此几番真诚表达"爱慕"之意，高贵的迪士尼"王子"，开始对"东方公主"的浦东有了一丝好感，但仍在"挑三拣四"，直到跟香港"定亲"后，又转过来向上海浦东暗送秋波……

那么就谈吧——与其说"谈恋爱"，还不如说是针锋相对、寸步不让，同时又是为了各自心照不宣的目的而进行的马拉松式的严肃谈判。

众所周知，当今世界，中美是最大的发展中国家和最大的发达国家，现在又成为经济总量的前两位，加之意识形态原因，这对"冤家"相遇在一起，时而吵吵闹闹，时而又亲密拥抱。整个迪士尼王子"倒插门"到浦东的谈判，就是一场耗时的"世纪之恋"——从1990年朱镕基和汪道涵在洛杉矶与其第一次"相亲"开始，中途停停谈谈，直到21世纪初胡炜任浦东新区区长后带着管委会一行人出面再次与之"热恋"。到2005年，迪士尼新的首席执行官罗伯特·艾格(Robert A. Iger)在出席香港迪士尼开幕时，正式宣布迪士尼与上海浦东确立"恋爱关系"（当时他对媒体明确地讲，2010年迪士尼可以在上海浦东正式落地），历时数载。曾有人形容，与迪士尼的"恋爱"，简直就是"接力赛"。

"在浦东建设中，没有哪个引进项目比迪士尼落户更艰难的了！"程放如此感叹。他曾经是胡炜秘书，后任上海迪士尼主题公园中方副总经理，十多年来几乎参与了迪士尼谈判和乐园建设的全部过程。

"不过，这也是规律，最不易做成的事，它一定是最有价值的。中国的'辽宁号'航母，从 1999 年由一家中国公司与乌克兰接触到最后到大连港，前后是六七年，后到 2012 年 9 月 25 日正式交付中国海军，也是用了十几年时间。但'辽宁号'航母毕竟是我们从'穷人'那里用钱买来的。迪士尼就不一样了，它是'富家弟子'，想与它攀亲的不在少数。所以，我们与迪士尼的'恋爱'，其实是东西方文化之间、发达国家与发展中国家之间的一场价值观的融合和实力的博弈，从另一方面也将证明我们浦东和上海是不是真正具有抵达世界舞台中心的远航能力。因此，迪士尼项目的谈判是否成功，到迪士尼乐园落地后建设和运营是否达到理想效果，都是对我们浦东和上海的一个重要考验。"程放说。

也正是如程放所言，迪士尼这样一个看似娱乐性质的文化项目，竟然惊动了中共中央的几届常委会和几任国家领导。虽然没有查阅到当年改革开放总设计师邓小平对迪士尼有无直接的"指示"，但他在听取上海市领导介绍浦东规划（包括了迪士尼项目的引进）是充分肯定的。江泽民、李鹏、朱镕基和后来的胡锦涛到习近平等现在的这一届党和国家领导人，更是极其关注项目谈判的进展，而且多次亲自出面与迪士尼方面高层接触，并给予多方支持。

"浦东赵"、胡炜、程放等都曾给我谈起迪士尼最早谈判的是有关他们的"电视频道"的落地问题。这在中国加入 WTO 之前，尤其是 1989 年北京发生"政治风波"后不久，当时以美国为首的西方国家对中国还在实行"制裁"，对方开出这样的"爱恋条件"，实际上是对中方是否继续开放的考验。

只要你们答应在浦东落地，其他条件都可以商量，朱镕基在洛杉矶第一次与迪士尼方面面谈时明确表示。"后来中方专门成立了以时任国家广电部部长的徐光春为组长的专门小组应对迪士尼在这方面的谈判要求。"程放说。

当中方的开放和诚意一次次感动对方时，迪士尼方面似乎也向充满魅力、市场巨大的上海浦东这位"东方美女"开始频频递送玫瑰了。然而迪士尼毕竟不愁

"美女"钟情，同时对"文化的中国"市场仍然心存顾虑。

"我们可以在你们那里建乐园，但投资主体是你们自己，我们投一个亿……"按初步的项目预算，整个上海迪士尼项目第一期预算约175亿人民币。迪士尼方面最初提出这样的意见。

中方不同意，道：既然是"恋爱"，既然想"双赢"，"感情"就必须是平等和自觉自愿的——共同投入才能体现这种诚意。

迪士尼方其实是缺乏对中国市场的信心。上海和浦东人用实际行动和可以看得见、摸得着的市场不断增加了对方的信心：按照迪士尼的正常运作，一旦上海迪士尼乐园建成，直接的客源将在7000万人左右，潜在的市场将是3亿人，你们之前的其他"迪士尼"即使是东京迪士尼乐园，能有这样的市场规模吗？

这笔"嫁妆"一算，迪士尼方马上喜形于色。

后来他们又提出：你们的土地是"国有"的，既是"国有"的，你们政府一句话，就可以"免"了使用土地投资成本了嘛！迪士尼不愧是精明的商企，他们这样说。

不行。我们在浦东开发过程中，所有的土地无论哪种形式的投资，包括政府参与的投资项目，一律按规定的土地使用政策。中方没有让步。

那么我们需要20平方公里的土地使用面积。对方经过实地考察，尤其是看到浦东土地市场的巨大经济价值后，于是又提出新的条件。

太多了！根据我们对你们在世界各地所建的乐园规模和上海乐园的规划，7平方公里的面积完全可以满足未来三期主题乐园的用地需要。中方回应。

你们这样是缺乏诚意！而且多要些地，未来开发所产生了效益，也是我们共同的利益，为什么就不能多"圈"些地呢？你们中国很多地方不就是这么干的吗？迪士尼的谈判者生气了。

阁下且息怒。中方耐心地解释：节约和合理使用土地，是浦东开发的一项由国家法律确定下来的政策，上海与其他地方有所不同，所以浦东开发过程中的土地都是严格按项目的实际需要确定的。我们的前任领导"浦东赵"曾经把"惜土如金"作为座右铭放在自己的办公室，因此珍惜和合理使用土地，是浦东开发的一项铁律，就像你们对自己的知识产权一样爱护和珍惜。

如此……那么 OK 吧!

就像恋人之间的"吵架"一样,有时越吵反倒越"黏"在了一起。

那么,进入实质性的谈判——

股权比例的结果是:中方 53%;迪士尼 47%;

对方又讨价还价:我们需要中方保证年回报率按 15% 上升,如果不到 15%,希望中方政府补贴,确保我方的利益。

中方摇头:虽然你们美国一直不承认我们中国的市场经济国地位,但你们应该知道,在浦东的所有投资项目,无论是中外合资,还是中方独资项目,我们一律由投资主体承担效益责任。迪士尼项目也是如此。政府优惠政策已经在这个项目投资初期和开园初期等等过程中体现出来,所以对你们的这一要求表示抱歉。

迪士尼所有在外的乐园合同所遵循的是美国法律,我们要求"上海浦东迪士尼"项目也用美国法律。对方又提出一个更严峻的问题。

这不行。项目在我们中国。所有中外合资项目文本涉及的法律问题,从来都是运用中国法律做最后的裁定。

这不行。我们尊重你们的国家,但也希望你们尊重我们国家的法律。

同样道理,项目在中国,中国的法律是这些项目的首选,而且是唯一的选择。

NO! 迪士尼方不让步。

NO。中方笑眯眯地回应,但同样不让步。

"恋爱"出现严重分歧,甚至快到"分手"地步。

那么我们退一步:依用国际法。如何?从洛杉矶总部传来迪士尼的新态度:否则就是"BYE-BYE"了!

在中国建设项目,法律依据国际法,显然也是对我中国主权的一种侮辱。怎么办?

"对外开放,法律运用也要有创新思维。"问题呈到中国高层领导那里,而领导就是领导,他给出的方向如同黑暗中的一线光明。参与谈判的中方团队苦思冥想,终于找到了双方都可以接受的方案:运用香港法律。

这个嘛……我们同意。迪士尼方面最后接受了中方的意见。

还有，还有几个关键问题。迪士尼方面又提出：票价。应该由我们来决定。

可以，但消费市场主体是我们中国人，我们的国情我们应该最了解。中方说。

迪士尼方拿出三种门票价：平时价——399元人民币；周末价——499元人民币；节庆价——599元人民币。

中方看后笑笑，又摇头：贵了，太贵了点。

美方问：你们中国现在吃一顿饭就掷下几千元都不嫌贵，玩迪士尼就嫌贵了？

中方回应：这是两个概念。到迪士尼来的多数是孩子和普通人，他们并非是高消费群体。你们应当知道，中国还不是一个发达国家。你们给出的票价，平均价格超过了东京，而且分成三类票种也多了些……所以我们认为需要调整。

美方沉默了。稍后问：那么你们认为呢？

中方回答：需要作更细致的调查。

不久，双方就票价问题再次商谈。

这次是中方拿方案：平时价370元人民币；节庆价499元人民币。平均低于东京。这是根据我们现有国情的消费水平做出的定价建议。

迪士尼方面听完中方陈述后，表示"OK"。

还有个问题。中方说。

什么？

按照中国惯例，我们应当对残疾和智障者提供免费入园的机会。中方说。

这不行！绝对不行。美方跳了起来：你们这样做是侵犯人权，是对残疾和智障者的歧视！

错错错。我们是社会主义国家，我们这是对所有残疾人的爱护和关心。而且我们的法律规定：所有残疾人有享受公共服务设施的特殊权利。中方有理有据地回答。

上帝！你们是个十三亿人口的国家，残疾人总数达七千多万！如果对他们都是公开免费，我们的迪士尼将会被这些人踏成破船了！上帝，那时谁来救我

■ 上海迪士尼乐园 （摄影 郑宪章）

们呀?

哈哈哈……放心吧,亲爱的先生们,我们会采取合理的措施和办法的。再说,虽然中国残疾人的绝对数量很大,但他们分散在全国各地,尤其是那些偏远地区居多,绝不会对我们浦东迪士尼游乐园正常运营造成灾难性后果。中方耐心地解释道。

美方这才喘了一口大气,说道:那就尊重贵国的法律吧!

"恋爱"继续。

2009年1月8日,上海迪士尼《项目框架协议》在上海正式签署。这就意味着这场"世纪之恋"进入正式"订婚"阶段。

美方没有特殊惯例。然而中方不一样,上海浦东与迪士尼的这宗"婚事"必须由"家长"最后应允。所以在这之前,中国国务院常务会议上认真地审议了项目的框架细节。而在正式签署"订婚"之后的几个月,中国国家发改委批复了同意"恋爱"的文件。可见中方的高度重视。

2011年4月7日,引起全球关注的上海迪士尼项目正式开工。中共中央政治局委员、上海市委书记俞正声和美国政府相关官员及迪士尼首席执行官等到场。

当时的媒体如此评价:

历经6年的波折后,上海迪士尼乐园项目终于如愿达成,今天,筹划已久的上海迪士尼乐园项目将正式破土动工。这意味着,不久的将来,将首次出现两只"米老鼠"在华同台竞技,中国也将成为美国本土外,世界上唯一拥有两个迪士尼乐园的国家……

这里说的另一个是指香港迪士尼乐园。

根据当时建设者透露的消息说,上海迪士尼项目直接投资额约245亿元,间接拉动的投资规模或为千亿级。如此而言,这可能是浦东开发开放以来,最大的建设项目了。那些会算的"财经"人士,马上给这一项目算了一笔账:假如以每年1000万游客计算,全年门票销售将超20亿元。按照以往的迪士尼产业链效应,1元的门票将拉动8元的消费,因此,单计算行食住、游购娱等最基本的游客消费,迪士尼每年带来的服务业产值将达到160亿元。由此,上海旅游、酒店、餐饮、观光、交通等产业将直接受益。

不过并非所有的人对上海迪士尼乐园项目看好。直接的原因是：2010年上海迪士尼正式开工之际，正是香港迪士尼乐园开业五年，可2008至2010年，香港迪士尼乐园累计的亏损达36.1亿港元。于是有"权威人士"出来在网上发布"上海迪士尼真的是一大败笔"的文章，而且文章里面列举了所谓的"上海迪士尼背后的真相"，此文一时成为网络热点，引起人们兴趣和关注的焦点在它对上海迪士尼和三十一年前建的日本迪士尼进行了对比，结果得出的结论是上海迪士尼最终将成为"败笔"。

到底是"败笔"，还是"精彩篇章"呢？

上海和浦东方面迅速对此作出了相应的回应，结果把今天和未来的上海及中国的现状与发展前景那么"一算"，赢得全国和全球业界与商家又一波兴奋：上海迪士尼开张后，仅门票一项就可达年收入1000亿元左右；项目带给周边的地产收益可达2000多亿元……香港的消费人群总量自然无法与大陆比，日本东京同样无法与长江三角洲近3亿人的潜在消费群体比。如此细账一算，结论：上海迪士尼项目必将使中美双方赚得盆满钵满！

OK，外人就少操这份心吧！

现在，"订婚"后的浦东和迪士尼这对"恋人"需要在共建自己的"窝"上下功夫了。而这，其实也是继续、深入和全面的"恋爱"过程。

"这一过程也不轻松。"在建设工地与迪士尼方面"掰手腕"长达十余年的中方副总经理程放颇有感触地说道。

华特先生在世时就把迪士尼乐园称作"梦工场"，全世界的孩子们喜欢它，就是因为乐园使无数孩子们常做的那些"梦"在此得以真实地再现，并且奇妙地延伸和完善了那些"梦"。那天到迪士尼乐园采访，程放给了方便，有机会让我等"大孩子"也感受和享受了一回"童年的记忆"，结果是：大出意料——有机会自己一定掏钱再来迪士尼游乐园全程玩一遍！

太过瘾！太刺激！太不可思议，也就难怪太让孩子们喜欢。如果说中国人喜欢迪士尼是因为看了"米老鼠""唐老鸭""白雪公主"的话，那么像我这样的"大孩子"，恐怕是因为还看过"狮子王"和"加勒比海盗"等迪士尼近一二十年出品的新电影。尤其是十几年前带孩子去看《狮子王》，这是一部让我感慨的动画电影，老实说当时我被其精美的动画画面和配音所征服了，无论从艺术还是从文学角度看，《狮子王》都堪称精品。

然而，所有这些书本或影视中的艺术与故事情节，都无法同真情实景的"现场"相比。那天在浦东迪士尼乐园因为时间紧张，只体验了两个地方：一是飞越地平线，二是加勒比海盗·沉落宝藏之战。足够了，足够让我这样的"老小孩"都难掩再想玩一遍的欲望。

迪士尼乐园的魅力之大，还有什么能与之相比呢？！

美国人确实有十分了不起的地方。那"梦工场"的建设过程和奇妙设计，令人叹为观止。

去过美国加州上世纪50年代建起的迪士尼乐园，你一定有印象在这第一座"明日世界"入口的石碑上，刻着华特先生憧憬未来的一句名言：明天代表着科学、探索和理想的新境界。

60年后，当华特·迪士尼幻想工程——上海项目执行制作人梅丽莎女士接受上海项目后，就非常明确地定下要求："我们不想参考现有的建筑，因为我们想创造一个全新的未来世界。"

为了这一目标，梅与自己的团队从2009年开始就在世界各地搜集植物样本，并且走遍了中国的西安、苏州等名城，寻找所有可能的灵感。他们还邀请了世界顶级科学家、环境学家和艺术家，与团队创作者进行"头脑风暴"，以确保项目中放进最巅峰的最新思想和设计。

正是梅的"建筑艺术必须建立在建筑哲学和建筑理念之上"理念的指导下，我们才感受和体验到了世界上第一个"创极速光轮"——那种与山峰"相撞"、与鸟同飞、与天接吻和贴地而驰的感觉，实在只能用"超震撼"来形容了。

梅从到上海后的第一天起，就全身心地投入到了创作之中。她每天用一句大家熟悉的话鼓励自己也勉励伙伴们："等到我们的上海乐园开园那天，我会兴奋得像个5岁的小女孩！"

2016年6月16日那天，梅真的像5岁的小女孩一样，又蹦又跳地在人群中蹿来蹿去，开心得整整玩了好几小时！

罗伯特·魏斯，迪士尼幻想工程总裁。这位 1982 年大学毕业后就投身到华特·迪士尼"梦工厂"的美国人，就在那一年他参加工作时，就有个机会到中国的北京、上海、杭州、苏州等地，浮光掠影地走了一圈。"梦工厂"的幻想世界和东方文明的传奇世界，一直在罗伯特的心中荡漾了数十年。上海项目的开启，让罗伯特兴奋不已，因为他被指派担任这一项目的幻想工程总裁。

罗伯特深感荣幸和奇妙，因为幻想工程是迪士尼集团中的核心创新机构，也是迪士尼主题乐园、度假区、景点、游轮、房地产开发及娱乐场从概念到设计、到建筑的全部工作。所以罗伯特的团队是整个工程中的核心部分，有 140 多个不同学科的专业人士参与，而罗伯特就是这个团队的"总指挥"。"你可以在这里看到有完全不同的文化背景和肤色的人，他们自由地发挥着自己的畅想和创新，甚至相互争吵、辩论，但最后一定是碰撞出精彩的火花。我们挑战的是一切'不可能'，我们要做的是让一切'不可能'成为可能。这就是迪士尼精神，这就是中国上海迪士尼能够成为世界最好的'梦工厂'的原因……"

罗伯特对每一个人、每一个意见和建议，给予高度信任和尊重，但对工程的每一个细节又是那么苛刻至极。他说迪士尼之所以做到"走遍世界不败"，就是因为求精求新求极致。

建设施工开始，也就是迪士尼"梦工厂"的开始。"你不得不佩服迪士尼，他们有许多经验、做法值得我们尊重和学习。"程放说，跟强大的对手在一起，你会由衷地产生敬佩之情，你会自觉自愿地服从最优秀的指导。

迪士尼和浦东的"恋爱"从工程开始那一天，便进入了新的阶段，这一阶段可以称之为"热恋"。正是这种"热恋"，让两个完全不同文明背景、不同历史背景的国家团队，进入理念和实际的碰撞与融合，从而产生了前所未有的光彩——

蔡国强，上海建工集团副总经理、迪士尼工程三大承包商之一的总指挥。他领导的团队在迪士尼乐园完成了 30 多个项目，他称自己干的这些项目是过去所有项目都无法比的"建筑和艺术的完美结合体"。

为了这个"完美"，这位名曰"国强"者，几次急得差点掉泪。"就我们上海建工的资质而言，毫无疑问我们认为承担这样的工程没说的。但不行，在迪士尼那里，你所有过去的一切，都得舍去，你必须按照他们的标准和规范去施工。"蔡国强说，"基建初期，一个简单的预埋件处理都会成为中美双方无法沟通的死结。因为通常在结构浇铸时，我们的工人们会在墙体内预先安装（埋藏）搭接，用于今后外部工程设备基础的安装固定。按照传统施工，每个预埋件可允许的误差范围在 2 厘米至 5 厘米之间，可美方就是不让你通过验收。他们手里拿着一本迪士尼标准，好像是《圣经》，口里反复念叨'公共安全第一，游客舒适第一'，一直到他们认为你完全按照了他们的标准行事时，他们才会说一声'OK'。"

后来，蔡国强下定决心调整自己的队伍，放下传统经验，以积极的心态应对美方提出的种种"迪士尼标准"。蔡总随即又调来 300 名设计师，在设计图纸大样上将每一个预埋件的截面、尺寸、直径和位置都重新计算，并在设计大样上明确位置。之后他又调集 500 名管理人员，负责现场指导工人施工，同时指派项目经理一对一地做到及时向美方管理人员沟通，最后施工标准全部达到"OK"。

"如果说我们建工团队在建筑上是能工巧匠的话，那么在艺术上，迪士尼的创意团队绝对是权威大师。他们的许多东西确实值得我们学习与借鉴一辈子。"蔡国强感叹道。

"迪士尼的一切创意和要求，都是为了一个'美'字和满足游客的舒适感。在这种标准要求下，他们对整个乐园的建设，细到可以说是每一块土都进行了无害化处理，细到庞大的乐园内的每一滴水都不会有毒，每一棵树都有标准……"园林学专家、上海迪士尼园林投资建设有限公司技术部经理周坤如此说，"在迪士尼乐园，你可以看到几万株各异的花木树苗，它们每棵皆是有故事的。这就是迪士尼理念和迪士尼标准。"

周坤的话让我想起了 1932 年迪士尼推出的世界上第一部彩色动画《花与树》，那里的一花一树，随便折一枝都是可以吃的，没有任何毒素，花开得特美，树长得特高。

"迪士尼的创新和幻想，就是要达到人与自然界所不能实现的一切。"周坤说。现在，周坤也能做到随意从一棵广玉兰树苗的根部捏出一小撮土，使劲一捻，凑近鼻子一闻，立刻对泥土的温度、湿度、紧实程度以及树苗的生长情况了如指掌，从而确定它将来是否可以被移植到迪士尼乐园内。

30岁刚出头的周坤很高兴别人称他是"迪士尼园林专家"，事实上这位上海交大风景园林学硕士在"梦工厂"几年工作下来，他已经是位称职的"园林专家"了。

"刚与美方团队接触时，简直被他们的要求吓着了：他们要求每棵树都按统一标准、统一要求去挑选。这从何处弄得到几万棵树呀！我当时就这么想，不是异想天开又能是什么嘛！但美方专家告诉我，他们的迪士尼所做的一切就是异想天开！"周坤说，我第一个角色是"寻树先生"，带着迪士尼标准，满世界去跑，去寻找"标准"的树木。

找到了吗？每当周坤讲起自己的"迪士尼故事"时，家人和朋友就这样问他。

当然找到了！周坤自豪地说。

"迪士尼的树木标准是：胸径周长必须在23至25厘米之间；树干必须挺直，不能有大于百分之五的倾斜度；每个树冠必须有四枝形态优美的分叉。当然，绝对重要的是不能有病虫害。"为了这个标准，周坤从2011年开始，带着自己的团队，在美方专家组的监督下，走遍了大江南北的原始森林、私家园林和各种农庄，去寻找他们所需要的树"状元"——周坤跟同事这样称呼那些"迪士尼树"。

"通常我们看中的每一百棵树中有10至15棵是能够入选的，多数则被淘汰。"周坤说，后来他们认为不可能靠这种"海选"办法来实现游乐园海量的用树要求，于是就建议自己种植。这个方案美方觉得可靠。于是周坤他们就在浦东选择了几块尚未开发的空置地进行树苗培植。

"我们称这样的树苗叫'容器苗'。"周坤说，"这种容器苗要求也是极为严格。每个容器都是黑色的圆形塑料桶，确保树苗根系生长顺通，使之树冠丰满；二是可以做到量化生产，精练化养护，实现树木的形态和生长速度的一致性。每个容器内都会有十来根塑料管导入其中，以供足树苗所需要的各种营养和充足的水分……"

"所有树苗的生长期，由自动化设备进行全天候监控，比高级幼儿园的管理还要严格。"周坤比喻道。

现在，周坤和同事们培育的数万棵乔木与花枝被装点在乐园的各处，成为迪士尼风光的重要陪衬。

一天，正在园内检查树木的周坤，看到有个刚会走路的小孩摔倒在树根下，满嘴是土。孩子的母亲很着急，不停地说着你看看吃脏土了，一会儿闹肚子怎么办？周坤过去安慰那位年轻的母亲，说你尽管放心，这里的每一块土都是无毒的，也是不脏的。那孩子的母亲将信将疑。周坤随手拿起树根旁的一小撮土，往自己的嘴里塞……信了吧！那小孩子的母亲睁着惊奇的一双大眼睛，笑了，说：迪士尼真好！

都说上海没有山。但迪士尼创意设计师们找到了一个叫"雷鸣山"的山岳，据说这是上海境域内唯一的一座"山"——其实只有几十米高的"土堆堆"（上海人这样说）。

"我们要在乐园中建个'雷鸣山漂流'项目。"迪士尼的创意师们又来奇思妙想了。

把没有的变成有的。这是迪士尼对市场预期的一种丰富的经验积累。现在你到迪士尼去游玩，"雷鸣山漂流"可是许多人和孩子们的必玩项目。

那天我在程放和乐园工作人员的引领下路过"雷鸣山"时，看到各异的山岩，甚为惊异，问其真从"雷鸣山"搬来的？得到的回答是：那全是假石和假山，每一块石头都是人工艺术塑雕出来的。

"像这种假山，按我们传统的建法，就是从其他地方的山上把所要的石头运过来垒在一起，或者用水泥浇铸成石头的样子，再在面上涂贴些假石头墙壁砖。但迪士尼标准不一样，既是假山，就必须全是假的，必须是靠人工雕刻成的整座假山。看到了吧，这么一座数十米高、几万平方米面积的假山，每一块'石头'都是从定点放样、姿态造型开始，经过龙骨钢筋造型焊接、基层砂浆喷射、装饰性砂浆雕刻和主题上色等步骤制作而成的。一般情况下，每个现场作业人员一天只能做一平方米……现在我们所看到的整座山的几万块'石头'，就是建筑师和工人们这样一点点制作出来的，它们就是一件件艺术品。"

这就是迪士尼！

我发现，在迪士尼乐园，无论是美方人员，还是中方人员，他们每一位职员，对自己经营的一草一木，都充满了感情，充满了自豪感，并且相互之间也充满了融洽、友情和爱……

"快看，白雪公主的城堡亮灯啦！"那天，就在我即将要离开乐园的傍晚时分，程放让我转过身去。

啊，太美了！太梦幻了！

就在距我百米左右远的地方，是迪士尼乐园的标志性建筑——"白雪公主"居住的城堡。此刻，城堡艳光四射，华彩夺目……所有在场的孩子和大人们都在发出"啧啧"的赞叹声。人们纷纷拿起手机和照相机，于是形成了城堡的光芒与城堡下游客对射的奇妙的"光世界"，这种景物与人心的对映所产生的独特梦幻，让身临其境的人，全都陶醉在梦幻世界之中。

这，大概就是迪士尼所追求的。这大概只有迪士尼才有。这大概只是上海浦东的迪士尼才有的一幕吧！

我的内心轻轻地这样赞美着，并感到如诗一般温暖、愉悦，恰似回到青春恋爱的时光……

2018年6月16日！多么巧合的一天——就在我为这篇"迪士尼之恋"准备收笔之日，突然想起它应该是上海迪士尼开园两周年的纪念日吧。

如此巧合！就在这一天，人在浦东的程放告诉我：至这一日，也就是迪士尼开园的第二个365天，游园人数超过1200万人次！

当爱之歌
响彻周边
灰色的夜空
也将有光芒照耀
将一束一束的光芒串起
传达给人在远方的你
假如我可以实现一个心愿

哪怕是在梦中也好

我会希望见你一面……

也许是受眼前的美景和"白雪公主"故事所感染，那一刻，我的脑海里闪出日本电影《求婚大作战》里那首动听的主题歌——《恋爱之歌》。是的，迪士尼在中国上海浦东的成功落地并兴旺运营，不就是中美两国之间的一场传奇的"世纪恋爱"和"求婚大作战"的圆满结果吗？

是的。它，给予了我们走向世界舞台中心的许多"爱之经验和回味"……

爱情从来都是除了甜蜜之外，还有些苦酸味。不是吗？这样的爱情，才是真实和永久的。

21

"世博"的光与彩

140年前的1878年,原江苏青浦(现上海青浦区)地盘出了一位才俊,此人叫陆士谔。少年时学医,25岁时到上海行医谋生,其医道高明,慢慢成了上海十大名医之一。此人了不起的地方其实并不在医道上,而是他边行医边写小说,尤其是他的一部《血滴子》小说,曾一炮走红,于是人们民间传言,雍正皇帝的传位和丧命皆与血滴子成员有关。陆士谔最出名的小说是他的《新上海》和《新中国》。前者被后人列为"十大中国古典谴责小说"之一,后者竟然是作者在100年前的1910年清朝灭亡之际,对新中国怀有特别积极的态度,甚至以幻想小说的手法,预言了上海将举办"万国博览会"(世博会),为此,上海大兴土木,修建过江隧道、地下铁道和跨越黄浦江的大桥,并且建起了"新上海舞台",此间浦东已被开发,而且"中国国家银行"搬到了浦东云云,真可谓"百年后的浦东蓝图"。

陆士谔作为浪漫小说家,有此想象和展望,足见百年前的上海人渴望了解世界和走向世界之心皆已有之。

"世界这么大,我想去看看。"在浦东采访的日子,常常能从普通的浦东百姓嘴里,听到这样的话。这让我十分惊喜,因为即使在北京,也还并没听到太多平民百姓说这样的话。显然,上海开放程度比任何一个地方都要走在前面。而在上海与"老外"们聊天时,却听到另外一句话:"上海这么美,我想住几天!"

嗨,你说这话让上海的"阿拉"们听得心里会有多甜美嘛!

现在,据说每年"想在上海住几天"的老外有数百万之多。在陆家嘴正大广场前的那片江边绿荫丛中的咖啡店,我问过几位年轻的"老外"是从什么时候开始感觉上海很美,又很想"多住几天"的?他(她)们几乎不假思索地告诉我:上海很美的时候是上海举办"世博会"时。"那天开幕式在全世界许多国家是直播的,现场的情景太让我们震撼和惊艳了!所以我们就结伴而来。到了上海后,发现浦东又是上海最时尚、最充满活力的地方,于是便有了多住几天的想法。"几位俄罗斯姑娘争先恐后地跟我说。

后来重访陈逸飞墓地时,与一群日本游客聊天,他们这样告诉我:上海自举办"世博会"后,确实比东京美多了。"我们开始计划只在森的大楼里住一晚,结果因为被浦东的夜景迷醉了,所以现在住了三天还不想走……"他们说的"森的大楼",就是日本人森稔先生建的环球金融中心大厦。

老实说,作为"半个上海人"的我,真正认为上海"魅力无限"的时间,也是在看了"世博会"开幕式现场直播的晚上和"世博会"举办的那些日子之后。

2010年的"五一"劳动节前夜,一场以"城市,让生活更美好"(Better City, Better Life)为主题的上海世博会开幕式在黄浦江两岸隆重举行。这场有四个副主题——城市经济的繁荣、城市经济的创新、城市社区的重塑、城市和乡村的互动——的世博会开幕式,在我看来是"浦东开发开放"的一次"20年庆典",因为从1990年邓小平在上海决定打出"浦东开发"这块王牌至2010年,恰好整整20年。而且开幕式的组织者用了上面四个"副题",展示的也是浦东开发开放20年所走过的主要历程。更适宜居住的环境,更高质量的生活,这是人类新世纪的梦想。她体现了以人为本的理念,真实地反映了人类对城市发展前景的希望和渴求。她也是浦东开发开放20年最令世人瞩目的地方。

我在本书的序言部分中曾经把上海世博会之夜,称为浦西的"王子"与浦东的"公主"百年后重逢的一次"世纪婚礼"。之所以这么说,是因为浦西、浦东这对分别数百年、贫富悬殊、曾有天壤之别的"恋人"终成眷属,共荣一体。

作为大上海共荣的浦西、浦东这对"千年恋人"的婚礼,如果没有像"世博会"那样令全世界都感到惊艳的盛大典礼，谁能原谅？

上海人选择2010年（那个陆士谔在100年前所预言的日子）并以"世博会"的形式，举行浦西、浦东重逢与共荣的隆重庆典，是再合适不过了！

给全世界人留下最深刻印象的上海世博会，是开幕式那天晚上用10万余发焰火与光电声所营造出的如诗如画的"春江花月夜"，及其之后184天各馆精彩纷呈的展示盛况和创下历届世博会之最的7200万参观人次。外媒对上海世博会的评价是："中国在世界面前的又一次华丽转身。"无论何种说法，在我看来都是对浦东开发开放的一次隆重庆典和成功展示。

上海人当然知道，但我估计还有许多人并不知道，关于浦东开发开放，比较早的是老市长汪道涵等一批有识之士及领导酝酿并提出来的。汪道涵之所以有这强烈愿望，除了上海自身的发展要求之外，他在上世纪八十年代初访问日本时友人向他提了一个建议：可以靠举办一次"世博会"，推进上海的大发展。

日本1970年在大阪举办世博会。这也是世博会自创始以来第一次在亚洲国家举行。大阪世博会的入场人数有6421万人次之多，是上海世博会之前的历届世博会历史上入场人数最多的一次。大阪世博会举办之时，正是日本经济高速增长期。1964年，日本在东京成功举办奥运会之后，大阪世博会的举办，成为象征着日本跃居世界第二经济大国的重要事件。当时的日本倾全国之力举办了大阪世博会，皇太子明仁（现在的天皇）亲自担任大阪世博会的名誉总裁。首相则担任名誉会长。大阪世博会的会场，位于大阪府吹田市的千里丘陵，占地面积350公顷。在从1970年3月14日到9月13日的183天里，共有64218770人次入场参观，远远超出了3000万人次的目标。在整个大阪世博会期间，与父母走散的儿童或是丢了孩子的父母的人数，竟达220643人，这一数字也从另一个角度看出当年大阪世博会的盛况。大阪世博会的门票销售额约350亿日元，园区内餐厅和店铺的营业额约405亿日元，这些收入使得大阪世博会轻松地实现了盈利。

汪道涵一行参观大阪后留给他不可磨灭的印象是，大阪在举办世博会后，这个城市的发展一直保持持久旺盛的强劲之势，尤其是旅游业等第三产业，用日本人自己的话说：一日举办世博会，百年受益大阪城。作为一名正在谋划上海大发展的城市战略家汪道涵，在1983至1987年间，三次访问日本，大阪"世博会"效应，让他内心波澜起伏，于是他在谋划打破上海沉闷的停滞发展格局时，首先提出了"开发浦东，申办世博"的战略。此就引出上海后二三十年波澜壮阔的大发展局面，也就是今天我们看到的新上海。

"胸中有盘棋，手中有数字。"这是一位美国资深记者对汪道涵的点评。第一次从日本访问回来，汪道涵就组织一批专家开始调研和论证上海举办世博会的可行性。1985年4月，他力主成立的上海市政策咨询机构——市科委发展预测处受命对上海申办世博会可行性进行专题研究，并很快形成专题报告。这是关于上海世博会第一份比较系统、具有前瞻性的方案。

上海正式运作申博的工作就此展开。

之后，在汪道涵及后任市长江泽民、朱镕基等几届上海市领导的积极倡议下，1999年经国务院批准，中国决定正式申办2010年世博会，申办世博会的主体是中国政府，上海为承办城市。汪道涵较有远见地说，世博会不仅对上海，对长三角地区，甚至对全国都有促进经济建设的作用，关键是要抓住世博会所提供的机遇。有人试将世博会与"广交会"相论，不料被汪道涵语出惊人的一句话给顶了回去："广交会是战术性的，管一年；世博会是战略性的，管五十年。"

上海的"申博"过程前后经历了三年，从1999年开始到2002年12月3日，在摩纳哥蒙特卡罗举行的国际展览局第132次大会以投票方式决定2010年世博会在中国上海举行。其实，如果再往前看，从1851年第一位中国人参加伦敦世博会起，再到百年前的陆士谔先生小说里的畅想，中国人民或者说上海人民用了一百多年时间，才终于实现这一愿望。而这一愿望能够如愿以偿，与浦东开发有着密切关系。正如当时上海代表中国政府向国际展览局提供的共计830页的报告中所指出的那样，一个崭新的上海已经在浦东呈现，上海将以全新的面貌，张开双臂迎接全世界的来访者。国际展览局这样评价上海的申博报告：计划可行、质量卓越，无愧于一届伟大的世博会。

现在的浦东人对"申博"记忆特别深刻。一些浦东的老百姓告诉我两个他们的"记忆细节"：

第一个细节是东方电视台主持人袁鸣，她代表1300万包括浦东人在内的全体上海市民们在2001年6月在巴黎举办的国际世博局129次成员国大会上的发言。那一天着一身红装的袁鸣，格外漂亮端庄。她走上"世博局"成员大会的讲坛，充满自信和激情地说："我是一名上海东方电视台的节目主持人，我和所有普通市民一样，每天生活和工作在这座美丽的城市，我们都热爱着这个城市的一草一木，我们更喜欢她的开放、融合和独有的魅力，我们都为自己是上海人而感到无比骄傲。也许今天在场的代表有很多还没有去过上海，但是我相信你们一定听说过中国上海这个名字，我相信，只要你们有机会接近她，你们也会像我一样喜欢她……未来的新上海一定会以无数的亮点来回报世界。"袁鸣的发言，获得会场经久不息的掌声。同样，袁鸣还获得了浦东老乡们的热烈掌声。

"我们都认识她。她说出了我们的心里话。"浦东老乡们说。袁鸣运气好，举办世博会的2010年，她的宝贝儿子诞生。"我儿有'世博'基因——帅！"袁鸣现在很得意。

浦东老乡第二次深刻印象当然是世博会正式投票的那一天——2002年12月3日晚。

"那天在摩纳哥世博会正式投票的时间在我们上海已经是4日的凌晨了！但我们浦东人都没有睡，大人小孩子、男男女女，都在等着那一刻。一听投票给了我们上海，全都开心疯了……"2018年4月25日下午，我来到现在的浦东"世博家园"，见了几位老居民，其中一位时任街道妇联主任的陈志芳阿姨说。

先前一次到浦东采访时，关于"世博会"给浦东发展和百姓生活带来变化的话题，受访者是现任浦东新区妇联主席的陆敏之。这位精干的女干部给我讲了她与那些现今搬进"世博家园"的浦东乡亲情谊时，几度哽咽。

"我是为世博而生、而死的人……"陆敏之有一句话至今一直在我脑海中环绕。

能把浦东开发开放过程中某一个事件与自己的生命和命运联在一起，陆敏之是第一人，因此她的话一直震撼着我的内心。在2017年任浦东新区妇联主席之前，她是中国（上海）自由贸易试验区管理委员会世博管理局副局长，浦东新区世博地区开发管理委员会党组副书记、常务副主任。再之前，她在上钢新村街道工作，在那个素有"上海贫民窟"的地方整整工作了17年。

"如果没有浦东开发，如果没有世博成功申办，也许我会献身在那片土地上。"陆敏之的话，总是那样有些极端。但当我听完她所讲述的故事后，完全理解和感动了：浦东开发和世博会成功举办，让陆敏之曾经工作过的那片土地上的数万百姓，近乎走出了地狱一般的苦与难……

"你们外人想不到上海竟然还会有那么穷的地方，连我这样从小到大一直在浦东生活和工作的人都不敢相信，竟然与繁华的黄浦卢湾徐汇一江相隔的上海第三钢铁厂周边，还会有几十万百姓过的生活那么可怜、那么寒酸！"陆敏之说，"我是 2000 年去上钢新村街道工作的，当时街道居民的生活平均水平与陆家嘴居民有个对比，前者的生活水平只有后者的十九分之一。这个数字你就能想象一下差距了。但真正要到我当时工作的街道百姓家走一走，就印象更深刻了。那种印象我是一辈子忘不掉的……几代人、十几个人挤住在从上钢厂捡来的废材料搭起的棚子内，一层马马虎虎能进人，第二层就只能弓着腰进，最上面的一层完全只能钻进去才能行。每年我要陪领导看望困难户，进百姓家都不能正面往前走，只能侧着身子往里移。你说那是啥样的地方！就是贫民窟嘛！"陆敏之是 2000 年 5 月踏上那片土地的，之前她一直在浦东土地上最大的国有企业——上海高桥石化公司当老师，其父母都是这个厂的员工。在浦东开发之前，能进这家国企，绝对是浦东人中有面子的人。1995 年，浦东新区首次公开招聘公务员，因为在老厂气体过敏，陆敏之参加了那次考试，从此成为浦东新区干部，加入了开发大军的行列，并成为一名优秀"巾帼英雄"。

自 2000 年 5 月接受组织任命到上钢新村街道任职，一直到担任街道主任、书记和后来的世博局管委会副局长、副书记，整整 17 年岁月。去时 38 岁，离开时 55 岁，这对一个女人来说，几乎是最好的年华，难怪陆敏之在接受采访时屡次说她已经一生舍不得那片土地和 17 年间与她结下深厚情义的父老乡亲们……

"现在我不敢公开回一次'世博家园'，因为一到那里，居民们就不让我走……"陆敏之说，"可我仍然经常偷偷一个人自己开着车，到那边转一转、看一看，而且一到那边，我就感觉心情特别敞亮、愉悦，甚至都舍不得走了……"

我能想象黄昏时刻，陆敏之独自驾着小车，缓缓地行进在如今美得叫人想哭的浦东前滩那座恢宏的"中国馆"前后的宽阔林荫道上，然后又转到万家灯火辉煌的"世博家园",数着一扇扇她熟悉而又有些陌生的窗口,她喃喃着,她流泪着……她时而妩媚地笑,她时而泣不成声,最后不得不把车子停到路边,然后打开车门,深深地呼吸起来,一直到天穹上的繁星一次又一次提醒她"明天还有很多工作,早点回家"时,她才重新回到车上。

那一刻,陆敏之又发现自己已经泪流满面……

对黎民百姓有感情的人,一定是个好人。对人民群众不舍的人,一定是个优秀的共产党人。我相信陆敏之就是这样的人。

曾经相约一起到她工作了 17 年的那块土地上去见见她的那些父老乡亲,但这个愿望没有实现,是因为后来去的那天陆敏之正好有事。然而,这并没有影响到我继续听她与上钢新村街道居民们之间的那些"浦东故事"——

到"世博家园"见到那些老居民后,才知他们非常想念他们的"陆主任""陆书记"。"是她帮我们从那个又脏又烂的地方搬到了如今这么美、这么好的新家园。""她刚来的时候,年轻又漂亮,善良又能干,啥困难都不怕。""有一户搬迁户闹事,站在那个摇摇晃晃的三层棚顶上,扬言政府不满足他的条件,他就点把火把房子烧了,她陆书记一个女同志,噌地就往上爬,去拉那个人……她做这样的事,可以讲几天几夜。"几位大婶大伯,你一言我一语,对陆敏之赞不绝口。

"她在我们上钢新村的居民心目中就是一枝美丽的花!"居民们说。当时我想,这句话一定要写进书中,有一天能让陆敏之自己看到。

其实我在采访陆敏之时,她嘴里"赞扬"过的人并非她自己,而是像装着心脏起搏器到美国与环球影城谈判的老区长胡炜、负责上钢新村街道片区和另两个街道搬迁的副区长臧新民和时任区长的张学兵、区委书记杜家毫等一大串我熟悉和不熟悉的人。

如陆敏之所说的那样,原浦东前滩一带的上钢三厂旧址及周边,确实是上海可能仅存的一处环境最脏乱差、百姓生活条件最困苦的地方。

"有几十年半露天的粪坑。连片的违章搭建茅棚,百姓看电视都不敢,因为随意拉的线太多,怕一着火,谁家都别想活命了……"

"过去吃喝拉撒都是靠上钢三厂,后来聚集到这里的人越来越多、越来越乱。有原来像周家渡的老乡亲、划舢板的老渔民；有钢厂的家属；有各个时期悄悄搬来的又没有户口的做小买卖的；还有从云南、新疆等地回城的老知青……他们生活在这里，又有了他们的孩子、孙子。"老居民们说。

住在这里的人基本上都是普通百姓。"越穷越想走出去，可因为穷，就念不上好学校，没有知识又走不出去。这样一代一代下来，这个地方就成了真正的浦东'西伯利亚'……"老居民告诉我，原来他们生活的前滩，是浦东最西南一角，交通不通，人员混杂，渐渐成了一块谁都管不了、啃不了，甚至有些无奈的"牛皮癣"。

"浦东开发初始，有人动过脑筋，结果跑去一看，就吓跑了。啥情况？头疼呀！他们一算，真要在那地方搞开发，光动迁一件事就谁也扛不起：成本太大了！"陆敏之说。

"真正唤醒那块土地的，应该是 2003 年 6 月 28 日这一天。因为这一天卢浦大桥正式通车，一下就把闭塞和落后的前滩与繁华的卢湾区拉近了！"陆敏之动情地说道，"卢浦大桥是当时世界上第一座全焊接钢结构拱型大桥，算上引桥长度也就 4000 多米。这桥是全世界第一座集斜拉桥、钢拱桥、悬索桥三种不同类型于一身的大桥，它的形体很美，像彩虹一样。过去我们上钢新村的人上一趟卢湾'新天地'广场，要靠摆渡，一次摆渡折腾下来就是一两个小时。如果开车去，也得花上一两个小时。这大桥一通，十几分钟便到了市中心繁华地了！这个变化真让以往一直死沉沉的前滩一带，给激活了！最关键是，大家从浦东大开发和世博会的成功举办，包括我们干部在内的每一个浦东前滩人的心也跟着活了起来！"与被浦东百姓称为"世博公主"的陆敏之交谈，你能时时感觉到她的心其实一直是燃烧的。

人心活，地就活，土便热。

土地热，时代便变，城市则更美，人民在这其中必然获得更多的幸福与美满。

城市建设，搬迁是件最繁重和艰难的事。陆敏之工作了 17 年的上钢新村那一片地域，最初是准备建"环球影城"的，上世纪九十年代浦东管委会出面与美国环球影城谈判，并达成协议。这一波热浪，使前滩一带百姓曾经兴奋了一阵。

因为只有靠有人来开发他们才有可能彻底改变生存困境。但后来中方与美方的"环球影城"项目因"非典"等原因而宣告"吹"了。直到2002年12月3日，上海申办世博会成功，这片热土才真正融入新浦东的大开发潮流……

"2005年，有一天上面通知我们老百姓：4月30日开始动迁，说要到居委会签约。那天早晨我5点钟就起床到居委会，8点钟正式时，我身后已经站了好几十人，他们都是党员和先进群众。"说这话的是一位现年81岁的原上钢新村街道塘子泾居民，叫汤明祥。汤大爷见我后，便就抢在别人前面讲他的"世博故事"："我家原来4间平房，住了三代9口人。动迁后分到三套房，那新房子又宽敞，又好看，做梦都想不到。搬进新房后，我就到居委会报到，说我要感恩政府，所以你们给我点事做。那个时候我已经68岁，退休好几年了，但我觉得政府这么关心我们，我们不能不感恩，所以后来在小区里做了13年义务工，一直干到75岁。"汤大爷很自豪，他说他做的事被报社记者写成文章，还拍了照片，"那大照片一直挂在橱窗里，社区里的人都认识我'老汤'……"

汤明祥大爷确实值得骄傲，因为在他身后，始终有十七八个老党员像他一样为报党和政府之恩，十几年如一日地在为美化这个城市做义工。

夏南珍，又一位八旬的老居委会党总支书记。夏大妈说她是老南村居民，一家几代人生活在那里。"周家渡"的那户周氏七代11口人就是她的邻居。

"我们南村有2000多户人家，总人数过5000。听说动迁后，大家都高兴极了，大伙知道祖辈没有过的好日子就要来了。百姓百姓嘛，谁家都希望政府能多分一点房子，但动迁有政策，所以干部做工作难度也大。那时总有外国记者来挑事，我们就站出来，告诉他们：我们自己的事我们管得好，不用别人来操心。以后我们就把自己的事都做得好好的。世博会开幕那天，我是作为居民代表被邀请到了仪式现场，跟国家领导人一起看节目，这个荣耀让我全家人和整个居委会的人都觉得光荣！"夏大妈最感幸福的事，还是她一家分到了4套房。

"放在以前，就是三代人拼命干也买不起现在这样的一套房。托浦东大开发和办世博会的福啊！"夏大妈说到这儿抹起了眼泪。

1965年就去了新疆支边的老知青劳月仙，那天她和老伴王有年一起见的我。"以前是我们没有想到这辈子还能带着孩子回到上海；世博会前是没有想到我这一辈子还能像个真正的上海人一样住好房子！真的像做梦一样……"劳月仙大婶说。

1985年，在新疆工作了20年的劳月仙与丈夫、孩子一起回到浦东前滩的南村居委会。从此便与老人和丈夫的姐妹兄弟住在一起，11口人住在自建的上下两层仅有40来平方米的"棚棚"里。"我们三口只能在原来的老棚上面加了一间四五平米的小房子，用三块板搭了个床铺，进去只能低着头，这一住就是21年……那日子说起来辛酸，不像是人的生活，可我们就这么过来的。而且也不是我们一家人是这样，几乎十有八九的家都这样。那时白天也要开灯，黑呀！热天没法在棚里睡，只能夹个凉席躺在街头的路面上。最怕下雨，一下雨就不安宁，一下雨姐妹兄弟之间就吵架。那些年里，有眼泪只能往肚里咽。"劳月仙抹抹眼泪，指着坐在我对面的老伴王有年，说，"那个时候，我跟他经常路过一个叫'永泰花园'的小区时说，假如这辈子能住上这样好房子，死了也瞑目了。哪知2005年世博会建设开始前，政府就来动员我们搬迁。说如果想先搬的能到永泰花园住。我听后连跟老伴商量都没商量，就赶先报名当了第一批动迁户。结果真的给我一套在永泰花园的138平方米面积新房，而且是复式的新楼房。作家你知道吗，从搬到'永泰花园'到现在已经10多年了，只要一躺在床上，我就开心得想笑。我跟老伴说：过去是做梦都不敢想的事，现在梦想成真了。我们得为社会、为新上海、新浦东做点贡献。所以我俩搬到新房子后一直在社区当志愿者，越干越觉得后面的日子好。"

"一样的感受！一样的感受！"老伴王有年显然不如劳月仙大婶会表达。但一说起家里的房子变化，话也不少："我兄弟一家分了套二室一厅；大妹妹三口分到二室一厅，还有两个妹妹也是一套，加上我们一家，共分到4套。现在我是天天像过年……世博会举办，让阳光都照到了我们的家！"

没想到笨嘴笨舌的王有年竟然说出了这样一句精彩的话，惹得老伴劳月仙大婶和居委会干部们哈哈大笑。看着因浦东开发和世博会而如此幸福的原上钢新村老居民们这般幸福欢快，我的心里也仿佛灌进了蜜，自然也开始理解了陆敏之为什么与这些老居民们如此情深意长。列宁曾经说过，人民从来就是我们最亲近的人，他们是我们共产党人情感的全部的寄托。

我一直认为，在浦东那么多光彩的世界里，普通人的情怀总是最具色彩，因为他们的光芒里总是带着温暖，不是吗？

事实上，为了举办一场空前的具有中国特色的全新"世博会"，居民动迁就像建造那座卢浦大桥一样，仅仅是第一个环节，真正的功夫则是要建起那些能让世界为之一振和耳目一新的场馆，得拿出与众不同、各具特色、令人惊艳的场馆，其次是所有参展国家及单位的物品——当然文化含量、民族元素、国家特色等均少不了。而对东道主、承办者的上海来说，首要任务就是建好最美观优质的场馆，提供最好的服务。

上海向国际展览局承诺在市区的黄浦江两岸划出一块共计 5.28 平方公里的面积作为世博会展区，其中浦东占有 3.93 平方公里。在如此庞大的面积上，要在短时间内建起一个"万国博物城"（专家这么称"世博"），而且相当一部分建筑将被永久性地保留下来，并可能成为一届世博会和一个城市的新地标而载入史册。

"数百亿投资、数百万平方米建筑面积，要在三年内完成，近似天方夜谭，但我们就是这样创造了一个令全世界称道的上海世博会。"上海市的领导很骄傲地对我说。

"建筑任务是 2007 年下达的，规定必须在 2009 年底完成场馆和调试、验收各馆的布展，其实只有两年不到一点时间，许多场馆真正建设期甚至是从 2009 年初才开始的……"上海世博会工程指挥部常务副总指挥丁浩说，他是从市建交委副主任的岗位上被市里抽调到世博会主管整个世博园区的建设工作的。"任务压下来那会儿，真是有点愣了。过去我做过很多工程，多数是单体项目，哪怕许多技术在国际上都是一流的，建设再困难，它也是单体的。可世博不一样，它是一个城市概念，整个世博工程项目中，涉及的工程类别有公路隧道、地下轨道，还有码头、公园，甚至还要有雨水泵站、污水泵站、桥梁道路等等，再加上永久性建筑和临时性的场馆，中国和外国的，都有不同要求，可谓庞杂无比！"丁浩说："光永久性建筑的代表作是'一轴四馆'，包括了'中国馆''主题馆''世博中心''世博文化中心'和一条几公里长的世博轴。仅这 5 个建筑面积就达 100 多万平方米，等于 6 座人民大会堂的体量，而且从某种意义讲，要求还远比人民大会堂那种单体建筑要高得多！再算上世博村、城市最佳实践区，体量之大超乎想象。我接手后的第一感觉就是：无论如何也难以在上面要求的时间内完成。但上海的要求又是：时间是死的，活必须提前完成，且要求和质量一点也不能含糊。最后一句话是：完成不好、出了质量问题，拿你丁浩是问！"

丁浩苦笑着说：没辙！

一千余个项目，几万建筑大军，最多时超过10万建筑工人在工地。假如再算上其他装配人员和志愿者等，少说也有20来万人。"但你到当地的工地走一走，发现竟然在外面看不到几个人……多是室内功夫！"丁浩说。

既然是建筑，那我就找"建"的人来谈谈他们当时是如何完成这些"不可能完成"的美轮美奂的世博园建筑的——

第一个"建"是袁建国，听名字好像他就是来"援助"建设国家项目的。

袁建国笑了，说可不是，我学的是石油专业，但一生干的工作全都是国家的建筑项目，应该算是"援建"了！他是上海市第二建筑公司第一分公司的副经理。接受的世博建筑任务是142662平方米的"主题馆"。

"到现场后，才知给我们施工的时间只有22个月。其中有一个将近6万平方米的深基坑。按惯例，像这样一个需要深挖10米的大基坑，仅围护结构就得用12个月。全工程22月怎么完成？只能是动足脑筋，想尽办法，干足实劲！"袁建国说，他们采取了大面积分块进行施工，29块区块同时进行，场馆外面看不出动静，里面我们干得热火朝天。"那才真叫'热火朝天'！29个施工分队，相互比、学、赶、帮，流动作业，24小时不歇班。哪个班组落后了，哪个班级干在前面了，看得清清楚楚，看得越清楚，他们就会争着抢着当先进！"袁建国说，当初每回领导来工地，就问我，建国啊，你这工程能完得成吗？我指指身后的热浪滚滚的大基坑，就说：我的这些人再完不成的话，就找不出其他能完成的人了！领导们拍拍袁建国的肩膀，说：有你这话，我们心里就踏实了。

其实事情并没那么简单。挖这么大的坑，在施工中随时会"报警"：不是塌方，就是地下线路受影响，而且人与车过多，就会造成进出困难等种种问题。"挖坑耽搁一天，就等于后面工程和布展时间要拖延三五天。所以整个工程里的22个月中，我没有离开过工地半步，参加施工的工人和干部们也都没有离开过半步，只有我们在现场住的工棚挪动了四五次……"袁建国是个乐观的人，他说到了 2008 年的 8 月底，当他指挥工人们开始在掘好的大基坑顶端吊起第一块钢结构时，才敢向探望工程进度的领导们说"能够完成任务"。

2009 年 9 月 28 日，在袁建国的带领下，建筑工人们所建设的"主题馆"竣工。他站在那座在绿色柔光照映下变得梦幻一般的主题馆面前，张着嘴不停地笑，笑着笑着，竟然发觉脸颊上尽是热泪……

第二个"建"叫陈建秋，老同志了，1944 年出生的"老建筑"。在接受世博工程之前，刚刚从北京的国家大剧院工程下来。"本来再等一年就办退休了，可领导说：你再干一个工程吧。所以我就到了世博工地，说你经验丰富，做个永久性工程吧，叫世博文化中心。"文质彬彬的陈建秋，像个教授，根本不像一生搏杀在建筑工地的人。

现在那个往上看像飞碟、从上往下看像贝壳的世博文化中心，与中国馆毗邻相伴，成为上海新建筑的一大景观，十分抓游人之眼。但陈建秋刚到工地时，却连设计的图纸都还没有成形。开始只听说是建个"演艺中心"，后来说世博会的开幕式要改在这个演艺中心举行，于是"演艺中心"也就变成功能更复杂、要求更高的"世博文化中心"了，除举世瞩目的世博会开幕式要在此场馆举行外，184 天的参展期间每天要在这个中心安排两场演出。6 个电影院全天候放映，而且是全部免费的。此处还有餐饮、音乐俱乐部、剧院等等。

2007 年 12 月 30 日，"世博文化中心"正式开工。

"但实际上除了打几根桩、搭了一个台外，开工典礼结束后什么都不能动，因为场馆的设计图还没有下来，到底要个什么样的开幕式，坐多少人、用多长时间等等，还都没定下来。所以只能等……"陈建秋说，世博会的工程最难的是时间，可对文化中心工程来说，最难的是要把浪漫的设计图纸，化为现实物体。设计师笔下的"飞碟"形文化中心场馆很美，用三维技术绘制出来的效果美得找不出毛病。可我们施工的要把它三维技术下的图纸建成与之相符的物体，难度就比一般建筑要高出几倍。

"开始我一直担心退休前的最后一个工程完不成。大家却非常支持我，说'一定帮你完成好！'这给我很大鼓励。"陈建秋是建筑战线的"老将"。

老将出马，一个顶仨。果不其然，他领导下的施工队伍，在极短时间内，干得井井有条，又快又好，尤其是在建"飞碟"形建筑的过程中，克服了诸多困难，将设计师笔下的"三维蓝图"，活脱脱地搬到了黄浦江边，就是那个如今人见人爱的"上海世博文化中心"。

"原来这个地方是上海最脏乱差的周家渡，现在'飞碟'一建起来，与轮廓分明的'中国馆'毗邻而立，形成传统与现代的物景圆融于一体，成为外滩之后的黄浦江边第二大美景！"上海人这样评价陈建秋他们的工程项目。

令世人难忘的上海世博会开幕式在"飞碟"内举行。时任中国国家主席胡锦涛和29位外国元首及8000余名贵宾在此出席开幕式和欣赏歌舞及焰火表演。当晚，在人们不停赞叹"飞碟"之美和陶醉在开幕式的表演之时，陈建秋和另一位世博工程负责人则在后台默默地坚守着。

"整个开幕式没有一点问题。只有活动部的人跟我说，音乐舞台下怎么没有扶梯，我说图纸上没设计，不过你们认为需要，可以马上解决。"陈建秋不愧是"建筑界老将"，再伟大的建筑到他眼里，似乎只是他一生中无数个工程中的"又一个"而已。

本以为世博项目做完后可以彻底退休了。但领导又找到陈建秋：东方体育中心项目的经理病倒了，还是你老顶上去吧。陈建秋笑笑，说：那就去吧。

又一个"建"，而且又是"建平"，与上海中心大厦的顾建平只是姓不同，他叫姚建平，是"中国馆"项目部经理、上海世博局工程指挥部办公室副主任。之前，姚建平担任过上海市第一建筑工程公司经理，上海市建筑工程管理局副局长，上海滩有名的建筑好手。曾主持建设花园饭店、上海商城、金茂大厦等著名建筑工程项目。

毫无疑问，"中国馆"是上海世博工程中的重中之重，因为它是国家形象，代表的是中国，又将是永久性的建筑。然而，上海滩上的"建筑名将"姚建平上阵世博工地时，正是北京奥运会尚在扫尾、四川"5·12"大地震的抗震救灾关键时刻。"找工人就非常困难，不说世博会一千多个工地同时上马，单是相互之间抢用工人就够激烈了。何况，我们前面设定的竣工时间又根本不可能改动。怎么办？当时我一上阵就提出了'百日封顶'的活动，100天，要把国家馆和地方馆两个馆的钢结构实现双封顶——现在大家在外面看到的'中国馆',其实在里面包含了一个地方馆,它的面积远超过上面的国家馆……"大将姚建平说。

"姚总,你这回要玄了!连建啥样馆的图纸都还没拿到,你就来个'百日封顶'?!弄不好,顶还没封,头上的乌纱帽已经吹到黄浦江去了!"好心的同事们说。

姚建平笑,对大家说:"这个项目你把口号叫出去后就必须按时按质完成,即使你不叫出口号,也是要按时按质完成。把'百日封顶'的口号先喊出去,证明我们有决心有信心完成好这个项目,难道我干了40年的'建工'人这回成软蛋了?"

"这话你说到哪儿去了!上海'建工'啥时软蛋过?'百日封顶'就百日封顶吧!"老工友、老部下们给姚建平一激,顿时摩拳擦掌,纷纷领任务,说是要把世博的"头一炮"打得在黄浦江两岸有回响。

姚建平笑了,从心里赞叹自己的队伍就是"顶呱呱"。

当然包工程的各位经理也提出要求,说只要你把什么、什么的问题解决了,我们保证实现"百日封顶"。

"这个自然。"姚建平拍胸脯保证。

"后来大家就说我有点疯了!开始我不承认,说开会时我嗓门大一点,语气重一点是有的,但从来不骂粗话,不侮辱人。可有一回上海电视台的记者跟踪拍工地现场开生产协调会的镜头,事后电视上放出来我自己看了简直不敢相信,问工友们:这怎么可能是我嘛!我有那么凶吗?大伙笑了,七嘴八舌地挤兑我,说你这是最温和的一次电视表演,若不是记者的镜头,平时你那凶相,不比虎狼差多少。他们的这些话让我笑得直不起腰来……"姚建平自嘲说,世博工程真的让人变了,"以往的干法,就是干再了不起的工程的那劲头,放在世博上都不行。世博项目就是拼极致,极致的时间,极致的要求,极致的质量,极致的精神和极致的创新。"

"一切都在变化之中,一切都在不断完善和完美之中,这是最要命的。"姚建平总结"中国馆"的整个工程项目建设时这么说。

搞建筑的人最怕的就是干中有变、变了又变。

"比如说地方馆，开始说是每个省市只300来平方米的展区，后来说太小，要给每个省市600平方米。我们的工程量就大了一倍。可这仅仅是建筑面积上的数字翻倍，真正施工起来的工程量则远远比这一倍要多得多。"姚建平说，"但你没有话可讲，因为'中国馆'关乎国家形象和国家声誉。"

"我们中国的建筑强队，从来不怕工程有多大、有多难，但就怕有的时候让你完成一种经典性的东西。建'中国馆'就至少有几十个技术要求，需要我们以经典建筑的要求去做好它。就说现在大家都比较熟悉的这个'中国红'吧！"姚建平一说这，大家便会脑海里浮现出那红红的"中国馆"主色调……

"别以为那'中国红'早就有人生产好了，只等我们去买来涂上去就是，它可是我们和专家们用了整整10个月才搞定的无数中国元素中的一个元素。"如果不是姚建平这么说，相信肯定一般人不会知此真情。

"中国红"这么难吗？外行的我们，都会觉得这不是个问题。

"这确实是个难题。"姚建平告诉我们，世博会的"中国馆"是经国家批准的馆。"但方案是设计方提出的，他们给出的只是场馆主色调用红的，而所有的施工图纸仅仅是红条，仅仅是建筑几何位置的逻辑关系，而不会是颜色关系。设计方交到我们施工队伍手上的只有电脑上的'彩色图纸'，而非实际施工图纸。那么到底应该用什么样的红呢？为这，我们和专家共同花费了整整10个月时间……这是谁都不曾想到的问题，而且里面充满了学问。"

不可思议。但确实干完后姚建平自己都说"长了学问……"

到底什么样的红最好？真到了关键时候，所有的人发现，自己过去对"红"颜色的知识和了解都太缺乏了：仅仅各种"红"就有十几种。

开始，负责"中国馆"设计的何锦堂院士拿来一包上海产的"中华烟"。他对姚建平说，我不会抽烟，但听你说过"中华烟"盒上的红色比红牡丹香烟盒上的红色要好。姚建平知道，红牡丹香烟盒上的红叫"朱红"。但"中华烟"的公司集团董事长董浩林曾经告诉过姚建平，他们"中华烟"盒上的红颜色，专家研究了20多年才确定的，因为很多人说"中华烟"不能做成乡下姑娘穿的那种红棉袄，所以现在我们看到的中华香烟盒上的红色略深些，显得很庄重。

但现在"中国馆"的红就可以用"中华烟"盒上的红了吗？姚建平他们马上

就给否了,连何锦堂院士自己也很快摇头了:这个不行,如果把它涂在我们设定的金属材料上,加上不同的阳光照射,这红怕比过去乡下大姑娘穿的红棉袄还要难看呀!

院士跺着脚说"不行""不行",可真是乐坏了姚建平他们。毕竟院士也不是万能的,何锦堂是管建筑设计的大专家,颜色如何和颜色上的科学知识到底怎么分类、其成分如何,只有从事颜色研究的专家才是内行。

那么请懂颜色的专家来吧。听说中央美院的院长潘公凯先生要到上海世博会上帮助搞布展,姚建平准备了十几种有各单位招标送审的所谓"中国红"样板,等待潘院长裁决。

那正是美丽的"红"啊!风度非凡的潘公凯如检阅仪仗队一般,目不转睛地看着一块块"红"板,然后沉默片刻,道:你们这些"中国红"都不叫"中国红"。

我的天!姚建平一听,差点双脚软在地上:我可为它们已经忙乎了好几个月啦!时间!时间呀!姚建平有苦、有泪只好往自己的肚子里咽,现场的他还得赔上笑脸请教潘院长:那你说"中国红"到底在哪里呀?

"在故宫。那里的红颜色应该就是你们要的'中国红'……"

姚建平一听,顿时双脚又像铁柱似的硬了起来,他紧握住潘公凯的手,连连"感谢"。

也就是这个时候,有人向姚建平报告:杭州的中国美术学院的一位副院长叫宋建明,他才是研究建筑颜色的专家。

搞"建筑"的姚建平,巧遇搞"建筑颜色"的宋建明,兴奋得快要跳起来了:赶紧请!赶紧请——!

宋建明副院长来了。姚建平他们将他请到地处闵行那边的一个已经完成好了的各种待挑选的模具"中国红"样板,因为不敢批量生产,所以大大小小、铺天盖地的放在那里。

现在只等一声裁决。

宋建明细细地看了一圈,没有当场表态,只是频频点头,结果弄得姚建平等更加忐忑不安。何锦堂也在场,这种结果让他脸色很难看。

"我先给大家讲讲我对中国馆的红颜色的理解吧!"宋建明开口了,他并没有在意姚建平、何锦堂他们的表情,便开始滔滔不绝地讲他自己对"中国馆"的"中国红"的理解,并且以其专业的角度讲了选择什么样的"中国红"……

宋建明说,我非常赞赏设计者的"中国馆"用红颜色,这么大的建筑面积选择一种红颜色,本身就很大胆,值得赞赏。而院士和你们选用灯芯绒肌理的方法又肯定是对的,否则根本压不住。然而,像这么大的建筑面,这么一个比较单一结构的建筑体用一种红颜色将它搞定,那肯定也是不行的!

上帝啊!他在说什么呢?又一个"不行"……这,这,不是要把我搞死吗?这回姚建平不是双脚发软的问题,而是心都快要被"粉碎"了!

你们想想,你们现在建的这个中国馆,它是上大、下小、上平、下斜,它的受光面是斜体居多,我们观众所能看到的基本上都是斜面,且在不同的标高上。大家想想,这样的斜面上和不同的标高上,阳光照射下即使再统一的颜色,它也会出现完全不同的色差……宋建明说到这儿,特意将目光盯在姚建平和院士何锦堂脸上,仿佛在寻求他俩对他的观点的反驳。

嗯——说得好!说得太好了!继续说。何锦堂院士连连点头,只差没有站起来。

还有你——姚总什么意见?宋建明的目光现在只盯住了姚建平。

太对了!院长,你继续讲!姚建平这回是乐得心花怒放!真的是心花怒放。他高兴的是:这回找到了真正的专家了!

不错,故宫的红很能代表"中国红"。然而我要告诉大家的是:故宫的红也并非一种红,甚至有的"红"它就不是红,是颜色把大家的眼睛给欺骗了!宋建明的话,让姚建平等所有在场的人都震撼了:原来如此啊!

没错,这就是我的结论。宋建明的讲演已经变得如大江奔流而汹涌壮观……

当年我的博士论文就是研究故宫的红颜色。宋建明这时打开电脑,那电子屏上闪出各种"故宫红",然而他又排山倒海一般地讲了一连串理论与实际的"红"事:故宫的颜色其实是运用了各种不同的红颜色进行科学细致地调配,最后才达到了我们眼睛感觉的那种"红"。现在,我们来揭开它的"红色"秘密吧——你们看,它城墙上的红,其实是一种深紫色,上海人讲的"猪肝红";故宫里面的柱子颜色，是生漆红；大门上的红颜色与其他地方又不一样，那是因为大门上都配有金黄色的钢钉，它们与大门上的红色交相辉映出的是另一种庄严威风的效果，呈现出的是皇家风范……

再看故宫的屋檐下的红颜色。这里的红颜色是最鲜艳的，因为它遮在屋檐下，受光线总是最少的，而且一天、一年里的变化也是无穷的，故此处的红颜色必须艳过其他所有地方！还有诸如此类的等等、等等。

这就是故宫内的"中国红"的秘密所在！

"哗——"没等宋建明语音落定，姚建平他们的双手全都鼓起掌了！

一切都明白了！真正的"中国红"找到了！

姚建平的心彻底放了下来！宋建明来讲演的那一夜，他建平几个月来第一次睡了个好觉。姚建平庆幸在最苦恼和困难的时候，巧遇了另一个"建"。其实他还得感谢另一个"建"——那就是我，何建明。

因为这个"建"的出现，才可能把姚建平他们在上海世博会期间所创造的那么多"中国故事"，讲得如此精彩！

然而，我的内心还是觉得对姚建平等参与世博建筑的 10 万卓越的中国建筑大军深感歉意，因为他们的故事还有很多很多，碍于本书篇章等原因，无法全部讲出来。

但就"中国馆"，还有一件事必须在此补上——

去过的人都会印象深刻地记住"中国馆"外形角上的那些非常"中国元素"的斗拱与叠篆。正是这些独特的设计构思和精美的物体呈现，加之整体的"冠""鼎""仓"形及配之"中国红"颜色，使中国国家馆大气磅礴、恢宏壮美。

"中国馆"的斗拱与叠篆设计，分别是由华南理工大学和清华大学完成的设计方案。但，即使如此，这样的经典作品，差点被否决。

"这得感谢习近平主席！"姚建平告诉了我们另一个故事。

先前，设计方案通过专家几轮评定，脱颖而出。当时的一位主管世博会的国务院副总理在一次会上请大家发表意见，结果不少人发表意见说不喜欢"中国馆"的造型，什么"上大下小不稳重"，云云。现场大有推倒此方案之势。

怎么办?

时任上海市委书记的是习近平。问题到了他那里,希望他拿意见。

"后来习近平同志说了三点意见:一是,拿出来的这些方案,都是经过程序的,专家好几轮都评定了,这两个方案呢也是最高分的;第二,上海世博会上要有一个标志性的建筑;第三,这个标志性的建筑,一定要有中国的元素。"姚建平说:世博会组织领导机构根据习近平同志后面的两条,就定下了现在大家所看到的"中国馆"样子!

听听,一个馆就留下这么多精彩故事。整个上海世博园区,共有一千多个场馆,它们留下的美丽故事又有多少呢?

> ……
> 阿拉从上海来看世界,
> 阿拉侬,侬,侬 BETTER CITY
> 要让生活更加快乐。
> 阿拉侬,侬,侬 BETTER LIFE
> 我们每一个梦都会成,
> 只要我们齐心努力又配合。
> 一起做,实现更多,
> 一起做,力量更强。
> 我们要让地球变绿,
> 我们要让河流变清。
> 哦,一步一步一步,迎接未来!

那天,结束"世博"采访,回"由由"的途中,司机特意绕浦东地区的"世博会"原址转了一圈,让我领略一下那曾经沸腾、如今仍然美不胜收的那片绿色"世博"园区时,我的耳边不由自主地回响起 2010 年 4 月 30 日世博会开幕式上歌手刘德华、张靓颖合唱那首《阿拉侬:Better City Better Life》主题歌,一种油然而生的节奏感,在我全身跃动起来。

是的,"世博"是上海人的一个梦,也是中国人的一个梦。将这梦演绎成现实的,是在浦东这块土地上。而"世博"所留下的光芒与色彩,也将使浦东大地更加艳美与永恒……

22

"阿拉上海人"

第一次踏上浦东大地时,上海人就给"念"了一大串那些震耳欲聋的名字:宋庆龄、张闻天、胡适、黄炎培……开始我有些怀疑,不是说"浦东都是稻田和烂泥地"嘛!怎么又冒出这么多"名人"。

"你去看看川沙镇的内史第就知道了。"

于是就去了。去了以后才真知道原来浦东这块大地上,确实出了许多我们熟识的近现代史上留下大名的重要人物。他们出生于浦东大地、非常奇妙地成为了"阿拉上海人"的过程也引起了我的兴趣与寻觅的好奇。

浦东新区在开发开放过程中,一直秉承了一件值得赞赏的事:重视文物保护。2003 年花了 2500 万元修复的内史第便是一例。

现在我们在川沙镇所能看到的清代咸丰年间建起的三进院落,是典型的江南名宅。它的建筑之精美,在整个江南都十分罕见,那飞檐翘角、雕梁画栋、庭院深深、长廊幽幽……让看惯了车水马龙、高楼大厦的人们,一下有种幽静适怡的古意之感。内史第共有房屋六七十间,占地 1500 多平方米。房主沈树镛是位大收藏家,所以在此能看到汉碑、六朝造像、唐石、宋石等众多精品,难怪人们称其为金石"富甲东南"。

显然,浦东新区有关部门出巨资修缮内史第,更多意义是内史第府里留有一个多世纪的飘摇传奇,它所居住过的历史名人,还有那些风云际会的历史因缘和雕梁画栋之间的神秘。

毫无疑问，让这幢建于清代咸丰年间的三进院落最生辉的，是因为这里曾经有中国现代史上名声显赫的宋氏家族中的宋耀如、宋庆龄、宋美龄、宋蔼龄、宋子文等以及黄炎培和胡适等名人在此居住。其中"宋氏家族"在此发迹的故事最出彩。

120多年前的1890年至1903年间，留洋传教士宋耀如刚从美国回来，在昆山和上海一带传教。他借住于浦东，因此也就有了影响中国现当代史的"浦东传奇"。这位祖籍河南、生长在海南和美国的当时年轻懵懂的传教士，正是因为落户在浦东川沙，才使他有缘认识了从小在川沙长大的年轻女子倪桂珍，两人相恋结婚，并定居于内史第西南沿街，借住了三间厢房。他们在这里诞生了几个"中国宝贝"：蔼龄、庆龄、子文和美龄等，这些孩子也在内史第度过了他们美好的少儿时光。"阿拉也是上海人。"后来，一直住在上海的宋庆龄这么说是有道理的。

黄炎培住内史第就更自然了。他的祖母是沈树镛的姐姐。黄家原先居住在川沙高行镇，后移居南汇瓦屑村，内史第建好后，黄家搬入了内史第，这大约是在清朝光绪年间。黄炎培及其他自己的孩子也都居住在北侧第三进内。

胡适先生则是因为他祖上在川沙中市街开了"胡万和茶庄"，与内史第仅5分钟的步行时间。1892年，胡适的父亲胡铁花将军去台湾赴任，幼年的胡适就与母亲借住在内史第东侧房屋，时间大约有一年多。这在《胡适自传》里也有明确的记载。

所有在内史第住过的人，他们日后都骄傲地说着同样的一句话：阿拉也是上海人。

是的，在旧时、在我儿时的记忆中，"阿拉上海人"，似乎一直是一种荣耀的代名词。这也让人记起一位先生写过的一段话：

> 你知道30年代，贫弱的中国，有过那样的一个城么？那里，聚集着中国40%的近代化工业，50%的贸易，60%的资本。那里还聚集着中国绝大多数的专业精英，汇聚着万国的商人、商行、文化和习俗。

沿着最主要的街区，各种风格、规模的里弄住宅，约有20万栋。在这些街区生活的，不仅有富豪的商人，还有中产人士、普通业主。此外，那里还生活着上百万经过职业训练、技术熟练的产业工人，有用500年时间培育的朴素商业精神。它是一个日夜不停息地吞吐货物、金钱的港，是东方的特异。

一直到30年代初，任何一个清晨，你踏上它的土地，就会有一种感觉滋生：似乎，只要有和平、想建设，任何的经济奇迹，它都能创造出来。

那个城，就是上海。

是的，正是上海的与众不同，所以才成就了"阿拉上海人"的那种荣耀感。

在当代中国，则另有一句话，叫：北（北京）上（上海）广（广东）。这是今天之中国的以一种地域经济实力所区分的荣耀感。

北京的首都优势，似乎很难撼动；广东作为改革开放最前沿的阵地，过去几十年里走在了全国前面，尤其是深圳一带，毗邻香港、澳门等，其优势尚存。但由于历史和人才等方面的原因，其实综合实力和地区人才优势及品质，显然不及上海。如果让全国人民投票，从"北上广"三个地区选择其中之一为"最佳"，上海列第一基本没有悬念。

上海人的品质优势是摆在现实中国面前的，除非你刻意贬之。从小我们就听这句"阿拉是上海人"，好像面前就会飘来一位风度非凡的绅士或风情万种的女人。

但当代的"阿拉上海人"也曾有过失色的时候，那就是上世纪七八十年代甚至延续到九十年代的经济衰落期时，我们就很少听到再有上海人那么骄傲地在全国人民面前清脆响亮地说这句话了，因为在他们面前有人在说"我是广东的嘞！""我是深圳的嘞！"

然而，这些年，这些岁月，我们发现那句"阿拉上海人"又开始清脆和响亮起来。不过语词内容有些变了，很少有人再说"阿拉是上海人"了，而是改用字正腔圆的标准普通话："我是上海人"。

也许上海人自己感觉不到这种变化或者感受不到这种变化里包含了什么，但外地人很注意甚至很看重它，因为里面至少可以发现两种意味：第一，上海人又开始重振威风了！第二，上海人比以前那个骄傲的"阿拉"更有涵养和素质了。

上述两点是真厉害，是真可以叫人敬佩的。

在我考察和采写浦东过程中，已经深切感受和知晓了这种变化的内外因素。在改革开放和浦东开发开放之前的上海，多半这样认为：我们喝的是"海派之风"，倾吐的是为全国其他地区交更多的财税以及贡献，久而久之，因此上海人的骄傲中多了一丝高傲，并自觉比别人的优长中多了份高贵，于是渐渐也把这种"高傲"与"高贵"之气，搅融在那句"阿拉是上海人"的语词里，因此这话让埠外人听了格外感觉脆响——带着某些轻蔑他人之感的音调。

一切都已改变。特别的时代，难忘的往事——其中不乏某些尴尬，让上海人越来越清醒和成熟。改革开放的浪潮，尤其是浦东开发开放给予了上海人太多的新感受、新认识和新视野。他们明白，像上海这样一个大都市，从一两百年前形成它的初期，到二十世纪初它之所以能够成为世界名城、"东方巴黎"，除了自身吸纳外来的"海风"，更多的也是依仗了江浙和全国各地的资源优势的大量汇集才脱颖而出。它的基因和血脉里流淌与传承的仍然是我大中华的本色与儒风。自1990年以来，浦东开发开放后，上海人比任何时候更清醒地感受到：原来一个城市的蜕变和涅槃，内力和外力几乎同等的重要！

甚至，因为将这种认识，延伸到更长更远的昨天和未来：以往百年、二百年、三百年里的所形成的"阿拉上海人"，最初也多数是外埠的而非原住民的上海小渔村人；今天的和未来的"阿拉上海人"，又同样出现了这种情况——近30年的浦东开发开放之后，今天在这块土地上的人口总量是1990年之前的三倍之多，这个数字证明，今天浦东中的"阿拉上海人"，其实已经远超过了原居民数。也就是说，今天的"阿拉上海人"，早又变成了新一代的上海人。只要你走一走浦东陆家嘴、金桥、外高桥，更不用说临港新城，就会强烈地感受到今天的"阿拉上海人"中既有会说本地土话的原住民，也有操着南腔北调普通话的新居民，还有相当多只会说外语、会说很少一点中国话的"老外"……然而他们都会非常骄傲地对我说一句极其标准的"我是上海人"。

这也是我为什么要用专门一节"阿拉是上海人"来作为《浦东史诗》内容的原因。

今日之大上海、新浦东，是本时代、新成分和另一代素质的"阿拉上海人"，他们支撑着这块大地上的舞台，并使之精彩纷呈——

石惠新，一个叫"浦东福山正达外国语小学"的校长和"福山教育集团"董事长。

外埠人或者不知其名，但在上海人心目中，只要一提浦东的"福山正达外国语小学"，几乎无人不晓。因为它名气大，教学质量优秀，所以想入这所学校的从普通百姓到高级白领，谁都希望自己的下一代在世界经济与文化中心的舞台上出类拔萃。

"每年我们只有三四百生源名额，但学校周边报填第一志愿到我们学校的总有四五千人，仅10%的录取率。"石惠新校长用一个简单的数字回答了我提出的第一个问题：听说你们福山小学"火"得很啊！

而我还没进学校去采访，就有人告诉我：该校收费不低，但即使这样，想送自己的孩子进去读书的家长挤破头。

"福山"到底好在何处？让人好奇。自然，我首先想"眼见为实"一番。

大门口，有校训和他们的特色教育理念：在快乐中享受学习，在学习中享受快乐；在实践中展开学习，在学习中融入实践；在爱中接受教育，在教育中学会爱。

这三句充满辩证哲理的话，令我回味了很长时间：

快乐——学习——实践——教育——爱……

可走遍全国各地，多数的孩子在学校里好像学的不是这个，而是：学习——考试——学习——考试……

"我明白孩子和家长们为什么愿意到你的学校来了！"我对石校长说。

石校长笑着反问："为什么？"

"你把让孩子快乐和爱作为他们的起点与目标，因为这才是一个人最重要的人生内容。"

石校长含笑点头，但又立即补充道："我们把学习知识放在快乐和爱的中间，就是为了让孩子们更多、更好地学习从而掌握知识和技能，更好地收获成长。"

不愧是教育家！

福山正达外国语小学的校区不大，如果光看那简陋的校门，不太可能认为它就是在上海名声呱呱叫的学校。但踏进校区，往教学楼内走，你感受到的却是完全不同于平常见到的那种学校：这里，从上楼的每一步台阶，到墙梯的每一个拐角，再到你可以看得见的所有墙廊及门框上，都有那些提醒你、呵护你、鼓励你、表扬你、团结你、亲近你的种种样式的图、文、字，而这些图、文、字多数又是孩子们自己写的、画的或拍摄的，你极少看得出那里面有大人和老师的脸孔和腔调……

"学校是孩子们的世界，老师只是他们在学习和成长过程中的引路人，让孩子们自己在享受快乐成长中掌握知识、体会知识，从而积累知识与生存的本领，这才是根本。"在一个教室的门口，有位年轻的女教师这样对我说，"我们石校长平时一直这样对我们讲的。"

上海市区的所有地方都是寸土寸金。福山小学如此出名，看看仅有的那块手掌大的教学楼中间的"井"字空间，叫人有些不敢相信。但"福山"学校可以给孩子们活动的地方就这么大。然而就这么大的空间，却让我竟然看到了可以让孩子们依然感觉"广阔"的欢乐天地——除了用绿色人工草皮的那块活动场地外，随四层楼"长"起的是每一层比地面那块场地还要大一些的层层叠叠的"空中花园"。那真是孩子们"快乐——爱"的天堂：禽鸟飞翔、草木茂盛、绿荫池塘、瓜果飘香的田园……最重要的是，孩子们可以按照自己的想法去进行充满童趣的耕作与收获，老师只是把那些有经验的农民引来给孩子们做示范，让他们在乐趣和愉悦中学习和接受知识获得亲身体验。

在进校长的办公室之前，正好课间时间。一个特别的现象让我好奇，几乎所有教室里仍然留有老师在与孩子们一起开心地做着各种有趣的事，这与其他地方看到的课间学生们打打闹闹、疯疯癫癫、乱成一片的景象，很不一样，令我感触颇多。

仅是几个"眼稍"间瞧见的事，让我对"福山小学为什么强"有了最初的直观认识。然而我知道，"福山"最强、最出彩也引来全市百姓对它最带有些"崇拜"的，是其双语（中英）教学，这也是我想认识"浦东人"石惠新校长的最初愿望。

"按最早的划分，我还不是真正的浦东人，当然现在整个川沙都划进了浦东新区，何况我是在浦东开发开放第二年怀揣自己的教育梦想和理念，走到陆家嘴附近的老福山路小学的，所以也可以说是'老浦东'了！"我的提问，将石惠新校长带到了她最初的"浦东之路"——

她说，浦东开发开放的号角吹响后，作为中学教师的她有一种强烈的冲动：浦东要走向世界，我们的孩子就得赶在潮流的前面，否则浦东将是"别人的浦东"。一种朴素的感情，让风华正茂的石惠新辞别原来的中学，独自跑到当时地地道道的小弄堂里的"福山小学"。"那时这所学校全名叫'浦东新区福山路小学'，也是才刚建4年多的一所公建配套新村小学，除了周边的居民外，基本上没人知道上海还有这么一所只有一栋校舍、7个教学班、约200余名学生的小学校。但我却选择了它。最主要的原因是，我把自己的想法与当时的校长谈了后，他立即表示赞同，说浦东开发开放，以后最需要的就是适合浦东外向型发展的人才。你留下来，我全力支持你想干的事！他的话，给了我鼓舞，也坚定了之后几十年我如何当一名新浦东人的方向……"石惠新校长感慨万千道，"一个人成长与发展，跟他遇到了什么样的人非常重要。所以也更让我懂得了当教师的真正意义。"

从小学一年级就开设英语课，即使在当时的上海，也仅是很少学校的实验阶段。石惠新在校长的支持下，决定跟着浦东开发开放潮流而行，探索一条属于浦东环境下的小学英语教学特色之路，于是她自己动手编写一、二年级的英语口语教材。石惠新一边编写，一边经常到正在大开发之中的浦东前沿阵地——各种招商引资和对外社会活动，研究教材如何适应浦东地区孩子们学英语、用英语的特点与兴趣，很快她在暑假里编出了一套"情趣英语"和"交际英语"的初级小学英语教材。一年多测试下来，学生进步之快连老师都感吃惊，最满意的是那些家长，他们想不到自己的孩子小小年纪，竟然能带着纯正的英语回家可以同家长交流，甚至在外遇见来浦东做生意的"老外"还能对话。

家长们对孩子成长的"兴趣"，是最好的"广告效应"。石惠新一年多的努力与实践，令人刮目相看：参加市教育局举办的学生英语能力竞赛，共20项奖项中，"福山"的孩子竟得了12个！这让石惠新自己也很吃惊：原来，只要教学方法和内容对路，什么样的孩子都是可以教出来的呀！

1993年，石惠新升任校长助理。

她继续努力探索，不断完善课程建设。学校教学水平也节节攀升。

1995年，她被任命为福山路小学校长。

从此，她和"福山小学"开启了全新的新航程，与风起云涌的浦东大地一样，一发而不可收。

才过几年，学校被正式批准为"特色学校"和全国双语实验学校。

既然是好校，就该让好校的资源更好的扩大。在2000年，小小的福山小学已容不下求学的孩子，于是与仅隔一条马路的"瑞华小学"合并成了新的福山小学：学生超千人，校区设备应有尽有，一派蓬勃向上景象。

又过两年，上级部门笑眯眯地来"牵线"，将原来陆家嘴名声不错的花园小学归入"福山"，更名为"上海福山外国语小学"。新"福山"小学在交通发达、高楼林立的桃林路，用石惠新自己的话说，此时的"福山小学"硬件达标了，才真正像所浦东的小学。听得出，她的话里有对"浦东"的独特理解，而正是对"浦东"这份独特理解，她亲自领航下的"福山小学"，虽小却一直与大江之中的"浦东发展"世界，并行着向前——这是她的梦想，其实也是所有孩子的家长们所期待和希望的。

石惠新做到了。她的"福山小学"做到了。

2004年8月29日这一天，"福小"的第四个校区——美丽而崭新的"福山证大校区"开学，石惠新那一天格外激动，因为这是她盼望已久的崭新校舍落成。"相对于以往的学校，我们在教学内容和教学方法上有了更大的自主权和选择余地。"石惠新说。

就拿"福山外语节"举例吧。时间：三天。

第一天：

上午，开幕式。

中午，福山英语电视广播。

下午，小学英语情趣教学研讨会。

第二天：

上午，中外学生过一天福山校园生活，将英语作为这一天活动语言。其中：1. 外籍教师作有关外国文化介绍专题讲座。2. 观看原版教学录像和文化交流节目。3. 分组交流。4. 中国学生学做一道西餐，外籍学生学包馄饨。

下午，英语游艺室活动。其中：1. 歌曲卡拉OK。2. 讲故事、朗诵、讲演。3. 智力答问。4. 学跳集体舞。

第三天：

人民广场展示交流。

三天结束，"福山外语节"轰动上海大街小巷。教师震动。孩子激动。家长心动——为什么我们孩子的学校不搞这样的活动？

这样的事是石惠新在1996年做的。也别以为她和福山小学的"双语"就是教孩子们学点口头或笔头的英语，他们的英语甚至在数学教学中全都融了进去，以此让孩子们从语言到思维到应用能力都得到培养与开发。

这个时候的"福山"已经拥有学生2800多名，教学班达75个，教师超过200人。

石惠新成功了。成功后的她又在想什么呢？站在陆家嘴一栋栋矗立于天地之间的摩天大厦前，石惠新在想：难道我们就是仅仅为了让孩子能跟外面的世界有个"交流"的本领吗？难道天上的飞鸟仅仅是为了叫几声而飞翔的吗？不是。绝对不是！

她，又开始从"学科特色"到"特色学校"的新航程，就像浦东一座更比一座高的摩天大厦的建设……

有人说，校长就是一所学校"舵手"。石惠新认为，学会管理、搞好管理，仅是一名称职的"舵手"。创新和锐意探索的校长,才可能是一名优秀的"舵手"。教育战线上的优秀"舵手"又该是具备什么样的素质与能力呢?

"人性丰富,人格完善,人品高尚。"石惠新给了三个标准,"教育是挚爱,这种爱是无私的、包容的、智慧的。只有在这样的充满挚爱的校长眼里,学生才会被看作是具有无限潜能的活生生的人;只有在这样的校长眼里,教育才是人性化的、富有创新意义的活动……"我顿然感觉眼前这位模样很平常、年届六旬的女校长,仿佛是一位激情澎湃的诗人,她身上的每一个毛孔都洋溢着孩子们所需要的那种阳光雨露与慈爱……

难道不是吗,胸中没有诗的"先生",一定教不出天才的后生;缺少雨露阳光和精心裁剪的原野,长不出成片挺拔有致的森林。孔子、朱熹早已如此说过。

看着石惠新校长麾下的那些充满活力和多情的老师,再看簇拥在她身边的那些活泼可爱的孩子,我将目光投向身后的浦东大地时,仿佛看见一波又一波如潮涌来的"硕士""博士""博士后"和"学科领头人",各路专业才俊正走向"金茂",走向"环球金融中心",走向"上海中心"和更远、更高的地方……

与石惠新相比,闵师林的经历和锋芒,远过于她,因为今天的闵师林担当着上海虹桥商务区管委会党组书记、常务副主任之职。全国人民都知道,中央已经赋予上海打造引领长江三角洲经济区域的重任,而闵师林所在的虹桥商务区则是这个大经济圈的"核心区"和"引擎器"。

"我是从浦东走来的,我怀念在浦东开发开放中的十八年工作岁月。"闵师林说他对浦东的感情比一般人或许更深,是因为他出生在这块土地上,"之后也从来没有在感情上离开过浦东一天……"作为上海港的码头工人的儿子,闵师林对浦东的"昨天"了如指掌:"从上小学就认得当时的浦东两条马路——东西向的浦东北路、南北向的浦东南路。从陆家嘴出来,就这两条路。后来我到塘桥二小念书,天天走浦东南路,那时它叫'新马路',30来米宽,当时在我的眼里是好宽的大马路了!"闵师林在这一带度过了童年和少年,儿时的所有记忆皆是浦东。

爱读诗文的闵师林,偏偏考了"道路与桥梁"专业。"舅舅在我上大学之前,带我到了一趟南京去看长江大桥,从此我对路桥着了迷。"闵师林从学校毕业后，便兴高采烈地留在了市政工程管理局。"秀才"的他，很快被局领导看中，当了团委书记、局报总编。

此时，第一条通往浦东的大桥正在建设。烈日炎炎下，"副处"级年轻总编的闵师林，被热火朝天的南浦大桥建设深深地吸引了，竟然与铺洒沥青的路桥工人们整天在一起，晒得浑身黝黑……

"小闵，听说你想调走？"一日，局领导急急地找到闵师林，问。

"是，我想到浦东去工作……"闵师林点头。

"咋？等不急了？怕我们不提拔你？"领导有些不快，然后警告他，"局里正在考虑你的事，可不能有其他活思想啊！"

"我决心已下，请领导无论如何同意我去浦东的愿望！"闵师林连连摇头，道。

局领导左右上下打量了一番闵师林，生气了："你真傻了？还是吃错了药？"

闵师林又摇头："没有。都没有。"

"没有你怎么会在这个时候想调浦东去？"

"因为我从小在浦东长大的。现在那里在大建设，需要人……"闵师林说。

"局里就不需要人了？这边浦西就不是大建设了？"

"那倒不是。反正我想回去……"闵师林坚持道。

"浦东那边真是你的家呀？"

"是，我父母都在那边。从小，我也一直在那边……"

"你真'一根筋'？"

"可能。"

没救了。放吧！局领导最后还算开明，总算批准闵师林调到浦东。

"我是自己要求到浦东的，所以只能是平调。"被浦东大建设、大开发浪潮所吸引的闵师林，到浦东管委会下属的"城市综合开发中心"任党总支书记兼主任。但这个"中心"只有他一个人。"借了50万元开办费后，我便开始招兵买马。"

与当时的所有浦东机构一样，闵师林只能依靠自己的能动作用去打开工作局面。"中秋节到了，单位没有一点钱。为了鼓舞士气，我带着几十号人，到一位员工在浦西的老单位食堂，吃了顿火锅，算是中秋慰问。但那时虽穷，大家的心却格外齐、斗志格外高涨，就这样轰轰烈烈地干了起来。"

1995年，闵师林被评为"浦东十大杰出青年"。

一个非"组织"调动的干部，不到两年时间里，干得如此风光。闵师林开始进入领导的视野。当年底，他被调任浦东管委会城建局计划财务处处长。明眼人一看就清楚：闵师林已被委以重任。

果不其然。次年，他出任城建局副局长兼浦东城投公司一把手。

"他简直如鱼得水，干得风生水起！"同事们这样评价闵师林。领导则更加欣赏这位善于思考又有办法，同时又能冲锋在前的闯将，夸他是"改革师林"。这夸奖连续了几次，闵师林便很快被大伙叫成了"改革司令"。

"改革司令"的他，眼瞅着"飞"一般的浦东速度之中所冒出来的种种问题，左右出击，四方协调，将诸多"乱麻"一一清理。"那时不知啥是苦和累，只知前面还有一百件没有理顺的事……"闵师林因此被上下称道为"务实又创新"的好苗子。

2000年，浦东新区政府正式成立。37岁的闵师林出任浦东新区第一任建设局局长。"这担子，一挑就是近10年！"

闵师林自己说，这近10年里，他忘记了自己是个什么级别的干部，只知道浦东的每一条路、每一幢楼、每一户百姓的住房，都是他需要去上心和关注的事。"大建设过程中，造楼盖房子其实并不太复杂，最难的是拆房子和搬迁工作，那是连着百姓的命根子。"闵师林跟我讲了许许多多这方面的故事，有些听起来惊心动魄，有些叫人泪流满面，有些则心痛扼腕……

"后面的推土机等在那里，可老百姓就是不同意拆迁。你五小时、十小时的谈，最后还是谈不拢。怎么办呢？你还是不能怒、不能馁。不想搬的人，无非是想多要些、多争取些。可政策又是死的，你只能用自己的心去感化。"闵师林举了个例子：有一户百姓一直不同意搬。实在做不通工作时，闵师林从自己口袋里掏出钱来，说：我没别的办法了，只能用自己的绵薄之力帮你一把……最后这位百姓感动了，说：看你面子，我搬了！

面子有时管用，但不会是万能。用好政策和想出办法，才是根本。闵师林说，他在建设局长的近10年间，碰到多少难事、烦事和委屈的事，根本数不清。"但每一次遇到问题和困难时，最后发现：不管是百姓搬迁的事，还是造一栋楼、修一条大道，你只要全心全意、实实在在地把这些事都当作自己家里的事一样认真、上心地去做，没有做不好、没有做不到的。这也让我在浦东这块生我养我的大地上越干越热爱它……"

2010年8月，组织上安排闵师林出任一个重要工作岗位：上海援助新疆建设指挥部常务副总指挥，在那里一干就是三年多，并且是在情况最复杂的喀什地区。

援疆回来，闵师林被调任到长江联合集团总裁。这个岗位让他有机会将重点项目放到浦东做。不久，他又被调到虹桥商务区担当重任。

这是一个新的时代大战场。闵师林如鱼得水。

"今天的虹桥商务区，令我又像回到了当年浦东大开发时的激情岁月，你会感觉每天都有一股力量在推着你奋进……我感到自己闻到的气息是清新的，精神是饱满的，斗志格外昂扬，我甚至认为：我是浦东人，我现在的新战场就不能比浦东干得差！"

这个人已经把浦东的血脉带到了新地方。这样的浦东人、这样的"阿拉上海人"已经很多了。

下面这个"阿拉上海人"有点特别：他最早在浦西工作得好好的，上世纪八十年代初时他便是全上海行政性公司里最年轻的经理之一，那时他31岁。因为后来市里考虑他领导的市染料公司污染比较严重，让他连厂一起搬到了浦东高桥。这一搬便"搬"出了后来的故事：他和他的厂赶上了之后的浦东大开发，于是他就开始梦想与世界500强企业合作办厂。起初代表中方招商引资，后来竟然因为合资办厂，他把自己"嫁"给了外方厂，成了"洋女婿"，可他脚踏的仍然是浦东大地，他依然"阿拉是上海人"。

他的"浦东故事"十分独特。他叫何新源。1994年的"上海市建设功臣"。十年后又荣获"浦东开发建设杰出人才"称号。

何新源是浦东开发开放中比较有代表性的一位经济人物。浦东开发的第一个阶段，以往不被上海人看好的高桥地区便在其中。沉睡的高桥终于有了名副其实的"高桥"机会了……

站在高桥，何新源向世界望去——他以自己的"本位主义"视野，看到了一家名叫巴斯夫的同行老大。这企业在德国，世界500强，成立于1865年。十八世纪的欧洲工业革命浪潮，对德国的工业发展起了历史的推进作用。1834年，德国一名化学家发现，若在提炼煤油时加上漂白剂，苯胺会放出鲜蓝色彩，这奠定了日后发展苯胺染料的基础。于是德国也很快成为了世界开发染料的先驱者。巴斯夫公司是在这个时期成立的。

位于路德维希港的巴斯夫集团总部和巴斯夫股份公司像一座"小城市"，占地面积达7平方公里。这座"小城市"共有1750座建筑，100公里的街道，200公里的铁轨，2500公里的管道，建有5座发电站。此外，巴斯夫还有自己的医院、旅行社、火车站。在路德维希港工作的职工就有5.5万人。巴斯夫的多数产品是从原油和天然气中提炼出来的，所以它拥有自己的煤、石油和天然气资源，公司业务遍及世界，在美国、日本、阿根廷、印度、新加坡、埃及等也都设有分公司或分厂。中国是个传统的纺织业大国，还在巴斯夫公司成立初期，它就瞄准了"东方巴黎"的上海。1885年，巴斯夫派遣一名代表梅耶尔前往上海推销染料，并且获得成功。现今的巴斯夫是一家大型国际化工公司，我们看到2012年它的全球销售额是721亿欧元，员工约111000名。

何新源站在高桥桥头所看到的巴斯夫就是这样一家被美国商业杂志《财富》评为"全球最受赞赏化工公司"的全球最大的同业。

"我们当时就想'傍'这样的一个大企业。目的也很明确：拯救垂死的上海染料厂，让我们在浦东大地上与世界连在一起。"何新源的目光很"骨感"，但"对象"巴斯夫一听有些吃不准：与你上海染料厂合资，是不是会有很大风险，包括政治和社会的，比如下岗工人……

"我的谈判角色就是从这个时候开始的。"何新源说，从那个时候开始，他担任两个角色：一是代表自己的染料厂去与巴斯夫（该公司在上海早有办事机构）谈，向他们解释种种疑虑；另一方面他又向政府传回巴斯夫方面的意见和建议。"时间一长，便与巴斯夫方面成了朋友。合资公司也水到渠成。"1994年，中外合资的上海巴斯夫染料化工有限公司成立，何新源作为中方代表被上级推荐为该公司的副经理。

以后巴斯夫在浦东和中国的生意越做越好,这与何新源他们的合作有着很大关系。2000年,上海巴斯夫染料化工有限公司转为独资的巴斯夫应用化工有限公司,何新源不仅被巴斯夫聘任为公司副总经理,而且还聘任为巴斯夫(中国)有限公司上海首席代表,成为"洋女婿"。

"有人说我变了身份,但我心里清楚:起初与巴斯夫合资办厂是为了把我们上海的染料公司搞活,现在巴斯夫独资经营,因为在上海,它若越做越大,不也照常更多地为我们浦东、为上海多缴税、多创外汇嘛!我身为'洋女婿',但干的事仍然在为自己的国家。"何新源说。

在他努力下,巴斯夫地区总部于2003年从北京迁至上海浦东。同年底,"巴斯夫亚洲技术中心"大楼建成。此中心后来改成巴斯夫研发中心,何新源在其中辅助外方经理不断提升研发中心的技术创新,连年出口创汇新高,多次获得上海和浦东政府的嘉奖。

"从当巴斯夫上海公司的副总经理后,我一直这样想:既然我是中国人,既要为巴斯夫出力流汗,也要为浦东这块大地上的百姓谋利。"正是因为何新源心中有浦东,他在为巴斯夫谋发展时,不忘浦东百姓。两个专门为巴斯夫服务的服务公司,就是何新源一手协助创办的,招收的全是被征地的当地农民。这两个公司每年创收五六千万元,对改善当地居民生活和经济与社会和谐起着积极作用。

2007年,何新源和巴斯夫方面共同努力,又为浦东投产了两个大型项目。这两个世界级项目,不仅为国家增加了可观的税收,还为当地的浦东居民创造了良好的居住条件。"看着附近村的农民兄弟们兴高采烈地搬进煤卫齐全、明亮宽敞的新楼房时,我心里有说不出的高兴!"每当何新源说起这样事时,眼里总是闪着泪花。

巴斯夫在浦东的发展越来越快,公司规模不断壮大,先后成立了六家大中型企业,员工人数由几千到万人以上。何新源后来成为这些浦东工人的"工头"——"我是佩戴着中国共产党党徽的人,这么多年来,自己的工作对得起巴斯夫方面,也对得起浦东这块土地,因为我心中从未忘记阿拉是上海人。"2018

年,正好是何新源加入中国共产党40周年。这位因浦东开发开放而改变了身份的企业家,站在改革开放总设计师邓小平画像和中国共产党党旗面前,他这样深情表白。

在浦东,我见过太多操着普通话,甚至连普通话都不太会说的来自全国各地、世界各国的人,他们都在我面前骄傲地说着各式各样的"阿拉也是上海人",令人好奇和兴奋。

以今天"阿拉也是上海人"为骄傲,也从另一方面折射出浦东开发开放所带来的最重要的变化,是这块土地上人的变化、人的成分和结构的变化。而这种变化才是一个城市最重要的变化。

人是城市创造之源、之本。浦东发展的最后目标是什么,还需要用一百年、几百年的时间来证实和检验,但人群的"基因"极其重要。上海市和浦东新区一开始就重视人才,采取的措施也是强有力的,远比招商引资更具战略眼光和更下功夫。

据说仅一个碧云社区就住着美国、加拿大、澳大利亚、比利时、瑞典等跨国公司的总裁、总经理等高管人员近千人;如果再去陆家嘴和外高桥、金桥等地方的大厦里清点一下"世界500强"和中国著名企业的"老总"们到底有多少后,你就会惊叹:原来浦东已经是"世界的了"、世界"就在浦东"。我自己的感觉是:原来中国这么大,许多当今中国的名人都在浦东——

第一批就到浦东打拼的传奇人物有盛大的陈天桥;从外国回来赤手空拳搞出惊天动地的"和黄医药"的杜莹;盛美半导体设备(上海)有限公司创始人王晖;国内首部3D立体电影创始人的上海视金石动画有限公司总裁徐克、电子商务领域的奇才于刚等等,估计如果允许,我们可以将在浦东大地上铸就"黄金人生"的才俊名字编列成一部大书,必定像陆家嘴那些摩天大厦一样,蔚为壮观,而且他们每一个都可能成为一部传奇史诗。

然而我还是想告诉读者我所见到的另一位不一样的"浦东人"。他的名字叫张汝京,今年70岁。有关人士向我介绍他的时候,多数说"他是台湾人"。但文质彬彬、看上去完全像一位朴素的大学教授一样的张汝京先生却跟我说:"我是中国人，阿拉是上海人了！"

开始以为遇见一位"爱国人士"，哪知张先生颇带几分忧伤的神色，说："我已经被陈水扁开除台籍了！"

"真这样？"这是我第一次听说还有这等事。

"是这样，已经有很长时间了。"张汝京笑笑，说，"以前连回台湾都不行，现在能回，但已经销户了……"

"为什么？"

"因为我把现在闹得比较厉害的'芯'带回了大陆……所以陈水扁等台独分子觉得不可原谅，故此对我下毒手。"

原来如此！眼前这位看起来十分平常的长者，顿时令我肃然起敬。因为采访他的那几天，美国政府正在对我"中兴公司"挥舞制裁大棒。"芯片"颇让全中国人民产生痛感——我们都在说自己"强大"的时候，其实还有很多软肋。

张汝京的人生轨迹非常曲折：南京——台湾——美国——台湾——上海浦东。而这一切，皆因为一颗"芯"、一颗"中国芯"。

"1948年，我出生在南京。我父母都是在南京读的大学。父亲的专业是材料工程，母亲是金陵女子大学化学系毕业的。他们刚毕业就抗战开始，后来随队伍搬到了重庆。那时全国上下都在抗战，重庆的工厂大多是在为前线造枪制火药，我父母都是兵工厂的技术人员。抗战结束，全家人随这些厂回到了南京，没几年，国民党政府垮台。还不到一岁的我，被父亲抱着，从上海乘船到了台湾……"张先生这样回忆。

一段揪心的往事走入张汝京的内心世界，我们方可知晓这位新"阿拉上海人"的可贵与非同寻常——

一岁的孩子能懂什么？大海的惊涛骇浪和岛屿的风雷雨击，在张汝京以及他的哥哥姐姐的心灵深处留下何等的记忆？！这也让我们明白了台湾岛上有那么多"老兵"其实他们的爱国之心比谁都强烈和深刻，他们始终没有忘记他们的家在长城和长江边上……

学机械的张汝京在大学毕业后，到了美国纽约深造。"那时我对航天和宇宙特别感兴趣，但美国有关部门不会让我们这些外来的留学生进入他们认为最前沿

第五章：不沉的"航母"，远方的诗…… ▶383▶

的科学领域。所以我选择了比较不被重视的工程科学系学电子。那个时候，美国人对电子也不太重视。哪知几十年过去，电子成了今天这个世界最活跃的科技前沿阵地和竞争最激烈的国际领域！"张先生无比感慨地说。

硕士毕业后，为了等待同在美国纽约读书的妻子拿学位，张汝京先在一家化工厂当技术员。几年后，美国西海岸的科技迅速形成高峰，人才缺乏，到处都在广揽人才。来自台湾的这对年轻夫妇就这样一起到了德克萨斯州。在这块诞生和哺育了世界一大批顶级科学大师的土地上，张汝京与妻子又各自完成了博士学位，后进入"德州仪器"。这是一家世界闻名的芯片"巨无霸"，全球的市场份额在400亿美元左右。1947年由塞瑟尔·H·格林、J·埃里克·约翰逊、尤金·麦克德莫特、帕特里克·E·哈格蒂创办的"德州仪器"，最初是其母公司地球物理业务公司(Geophysical Service Incorporated，GSI)用来生产新发明的晶体管的。1951年，该公司因为技术雄厚，与美国国防部合作，其发展速度和实力大幅增长。到上世纪末和本世纪初，"德州仪器"到底有多强，有一个数字就可以说明：全球一半左右的手机芯片都来自这一大本营。

张汝京就是在这样的一个"芯片巨无霸"里从业了整整20年，其中8年从事技术研发，12年从事运营。而他年富力强的时候，正是世界芯片蓬勃大发展的阶段，"德州仪器"作为国际芯片老大，其市场开拓成了首要任务。但这不是他们的专长。谁来干？总裁拿不准主意。

"我来试试吧！"张汝京向总裁自荐。

"你？"总裁睁大了眼睛，兴奋地大喊起来，"对啊，怎么就没有想到你张？！"因为在总裁的眼里，张汝京不仅是"德州仪器"芯片核心技术团队的重要人物，而且他做事一板一眼的认真精神都给大家留下深刻印象，这样的人是最适合从事管理的。

"你是个最合适的人选！就你了！"总裁当场拍板，可又关切道，"尊夫人同意吗？"

张汝京点点头："我们商量过了，她全力支持我在海外闯一闯。"

"太好了！"总裁欣喜若狂道，"我们德州仪器将全面进入一个伟大的时代、一个让世界每一个人发生革命性变化的数字革命时代！"

总裁的预见是对的。进入上世纪八九十年代，以芯片技术为龙头的电子数字化被广泛运用于电脑和通信工具上，这一产业的发展远远超出了科学家的想象，连芯片厂商们都不曾想到竟然在他们的前面是一座更比一座高的金山……

毫无疑问，美国"德州仪器"一直走在这个产业的最前列，甚至起着旗手作用。这其中，有一个人为"德州仪器"的全球战略和一半左右的市场份额占有起到了关键性的作用，他就是张汝京。

"那个时候，我到处造厂，仅在德州本地就建了4座芯片生产厂。"张汝京在回忆那一段岁月时，用了这样一句话，"我们德州仪器就像芯片播种机，到处播种！"

他先是在美国本地造厂。后来到意大利等欧洲国家。再后来他把目光盯在了自己熟悉的东南亚。在日本、新加坡还有中国台湾，一连造了10座厂，于是芯片世界流出"芯片技术是美国，生产在东南亚"之说。

那个时候的张汝京，是一位驰骋在芯片世界里的骁将，左右着半个国际市场。他每到一个国家和地区造厂，就培养和训练出一批"芯"的骨干，然而就开始瞄准下一个目标。因此他的下一个"造厂"风向，在同行看来，便是另一个芯片市场开发地。于是行里也有了一句"芯片张"的说法。

"在我几乎做遍了全世界最发达的国家和地区后，我感觉唯独拥有13亿人口的中国大陆，好像还没有动静。这让我心里总有一丝说不出的感觉……"

机会来了。

1996年的一天，张汝京回德州"述职"。正好遇见一队中国电子代表团来访，本来接待任务不该是他，因为公司一时没有合适的人，总裁就将他"顶"了上去。

"美国政府对芯片技术在军事上的用途控制得非常严格，绝不会让外人看到一丝。但民用方面的技术还是开着门的。"张汝京说，"那次我接待的中国电子代表团，带着他们参观德州仪器的民用产品。这个就很多了，我先让他们看一些产品的介绍。哪知投影仪一打开，其光影的清晰度那么鲜艳、对比度那么强，一下就吸引了我的大陆朋友，他们都在'啧啧'发出赞叹声，说太好了！同时我又听到他们在叹惜，说五六十年代时，中国的电子技术不算差，与世界先进水平是差不多的。但十年'文革'之后就远远落后了，一直到远远地被别人甩在后面。我听代表团的议论，说：大陆现在一是没设备，西方世界封锁；二是没技术；三是人才短缺。同胞的议论，使我内心震动，因为我是黄皮肤的中国人呀！我自然而然地好像内心就涌出一股想帮帮自己家里一样的情绪来……"

"张先生，我们知道你是台湾同胞，也知道现在世界芯片界活跃着咱们台湾过来的相当一部分人，你愿不愿意来大陆帮助我们？"就在这时，代表团有人突然问张汝京。

"我……"这下反倒把张汝京问住了。"我会认真考虑，回去跟家人商量商量。"他这样回答。

"我们在北京等你！"代表团临离开德州仪器时，已经跟张汝京很熟悉了，并且有种特别的期待。

回到家，张汝京就跟母亲和太太讲了大陆来的代表团请求他的事。"我先问母亲，她老人家二话没说：回去！为国效力！她特爱国。年轻的时候大学刚毕业就跑到重庆，去投身到兵工厂搞炸药去。所以我一说准备回国帮助搞芯片时，母亲积极支持。我太太也支持我，这让我特别兴奋。于是就开始做回国的准备。这是我一岁被父亲抱着从上海离开大陆后第一次有了强烈愿望回去看看的想法。就是这年底，中国电子部办了一个学习班，我被邀请为专家去讲学，有了跟大陆同行们直接交流的机会，这也更加坚定了我回国的决心……"相隔近半个世纪，游子张汝京如愿以偿地回到祖国大陆。站在天安门前，他激动不已，感觉他的事业与生命应该属于这块正在燃烧的土地。

短期的讲学与访问，让张汝京想不到的是：祖国大陆一方面在电子技术方面非常落后，尤其是人才严重短缺，另一方面又让他热血沸腾：国家和电子专业部门高度重视，欲欲跃试，有朝世界先进、发达水平赶超的劲头。特别是刚刚起步的"909"项目——计算机存储器开发。

"虽然大陆与世界水平落后了一大截，但战略意图和工作思路很正确。这与我个人对芯片技术与世界发展的观点及做法极其一致。这一点对我是很有吸引力的。"离开北京重回美国德州仪器之时的张汝京，其心已经"飞"回了祖国。

"总裁，我想回到中国……"

"什么？回中国？你去那个落后的地方干什么？"总裁惊诧万分。

"就是因为那里很落后，但它是我的祖国，所以我想去做点事……"张汝京在德州仪器是有名的"诚实"的高管，他的眼睛已经告诉他想回中国的所有答案。

"不行不行！你是我们的高管且不说，你还是芯片技术的核心成员，我们的国家也不会批准你去中国大陆这样的地方的。"总裁说的是事实。

"这……"这个结果既意外，又在意料之中。张汝京确实始料未及。他想自己是不是太心急了？

好吧，再等等吧。他安抚自己。

等了仅仅一两个月。1996年的日历已经翻过，1997年到了……

"总裁，我还是想走。"张汝京又一次走进德州仪器老板的办公室，正式递上辞呈报告。

"你？张，不是已经跟你说过了吗？且不说我们离不开你，就是真想放你走，政府也不会同意的嘛！"总裁站了起来，有些激动地说。

"他们没有理由不让我走，因为我已经到了退休的年龄……"张汝京这回很平静，说。

"你已经在我们德州仪器工作20年了？"

"是。正好20年。"

美国的法律规定，在一个单位和政府部门服务20年，便可以申请退休。

"想不到，想不到啊！"总裁一下变了口气，感叹道，"岁月如此无情！"然而他走到张汝京面前，非常友好和真诚地问："张，告诉我，你为什么一定要回中国呢？留在美国、或者继续留在我们这儿也非常好嘛！"

"总裁，你是知道的，我是一名基督徒，上帝教导我们要爱所有的人，尤其是那些需要帮助的人。现在中国比较落后，它又是我的祖国，如此我请求了上帝，它同意我去用爱帮助他们……"张汝京在接受我采访时说，"像我这样的技术骨干和高管，我的总裁和美国政府，可以有各种理由扣住我不放的，尤其是我想到中国来。但我想了这一招他没有办法，因为我的老板他也是基督徒呀！我说的上帝的这个'爱'，他是不能反对和剥夺我的。最后总裁无奈地同意我走。但条件是：必须干到年底。"

1997年底，张汝京如愿以偿，并且意外地得到了一笔奖金。"这让我很感动，因为这时我才明白老板为什么让我干到年底，按公司规定，只有干满一年的才可以领到这笔奖金。这也让我很感激培养了我20多年的德州仪器……"张汝京说。

离开美国后的张汝京，怀揣一颗爱国心，开始思考如何帮助祖国大陆的"芯"事业赶上去。当他得知有一位台湾爱国人士已经在大陆无锡合资一家"华晶上华"电子芯片企业，十分高兴，立即跑去帮忙。

"芯片张"能来共事，台湾电子产业的大佬们欣喜若狂，纷纷盛情邀请，并且很快有了大动作——请张汝京"挂帅"，成立"世大"公司。"这些老板既是芯片技术方面的骨干，又很爱国，所以与我一拍即合。当时我们的目标就是要做'世界最大的芯企业'！"担任总经理的张汝京，把"世大"的"根据地"设在台湾，理由是，台湾具有世界电子芯片方面的一流技术、设备和人才。"我很快在台湾建了生产芯片的一个厂、两个厂，就想这样三个、四个……一个一个做下去，最后把厂办到大陆。但就在这个时候，'台独'大佬李登辉出面破坏我们的'世大'，事情就复杂起来，因为台湾的电子行业人脉关系极其错综复杂，大家彼此都可能是师徒、师兄弟关系，所以都是你中有我、我中有你。原本业务上的事，给'台独'分子一搅乎，我们的'世大'面临困局，这一次洗牌的最后结果只有一个：要么我们'世大'在台湾电子行业当老大，要么别人吃掉我们，他们当老大……"

但张汝京明白，以李登辉为代表的"台独"当局不可能让张汝京挂帅的"世大"日子好过，所以突然有一天张汝京被台湾的另一位业界的大佬叫到他私人的小餐厅，两人严肃地谈了4个多小时。"他是我刚到德州仪器时的老板的老板，毫无疑问的前辈。他提出他的企业兼并我们'世大'的条件，并安排我的后路。我无法答应，因为他反对我去大陆搞芯片，如果这个条件答应的话，他说他们保留我在合并后的公司继续当总经理。但我的目标非常清楚：离开德州仪器，就是回国帮助大陆把芯片事业搞上去，所以我没有答应对方的条件。这位大佬就毫不客气地告诉我：那你只能退出在台湾的芯片舞台……"

从小接受传统教育的张汝京，在师长面前只有一条路可选择：从此放弃在台湾的事业，以及他持有的很可观的公司股票。

他作出这样的选择。这一年，他刚好50周岁。

面对台湾的现实，这位充满爱国情怀的知识分子，只能长叹一声，而也正是两岸分离的现状，让他更加坚定了一个信仰：必须让自己的"母亲"强大起来，才有儿子事业的真正光明前景。

2000年4月，放下在台湾所有的企业与财产，他毅然回到大陆。这一回，他与浦东结下了不解之缘，并且成为了一个特殊的"阿拉上海人"。

也就是在这个时候，在海外的一批芯片专家也在"台湾工业园"做着芯片生产，听说张汝京的景况后，立即与他联系，希望他跟着他们一起干。张汝京说，我可以与你们一起把事做大，但我还是愿意到大陆去做。最后的结果是：那你去吧，或许那里真的是一块希望之地！

回国后的张汝京没有想到的是：仅几年时间，大陆的发展，包括"芯"事业在内的发展，完全出乎他的预料。

"现在最热的地方就是浦东了！你到那里会有更好、更大的发展空间。"北京的国家电子产业部门领导对张汝京说。

上海啊上海，我们该是怎样的一种缘分哪？你既是离开温暖的祖国大陆怀抱的起点，又是重新回到祖国大陆的终点吗？站在黄浦江边的张汝京，心潮起伏：他努力在想象半个世纪前父亲抱着他离开码头的那一瞬间，然而一切画面都是模糊的，只有浦东那片正在蓬勃兴起的新城建设是清晰的……

是啊，我回来了！该到了为祖国做点事的时候了！50岁的张汝京连太多的感慨都顾不上，便找到了上海市和浦东新区的领导，将自己的"祖国芯"和盘托出。

"张先生能到浦东落户，我们上海求之不得啊！"时任上海市长的徐匡迪代表全市人民欢迎这位世界芯片界的巨子"回家"。

当年4月，"中芯国际"在上海浦东的张江高新园区注册。14亿美元的注册资金，也显示了张汝京的筹资能力和业内影响力。

一年后的2001年9月25日，对中国集成电路产业来说是个里程碑的日子。

因为这一天，中国大陆投资最大、技术最先进的半导体制造企业——中芯国际（上海）有限公司在浦东张江正式投产。中国的"芯"技术，也由过去的 0.8 微米一跃上升到了 0.25 微米的国际水平。

这一天，上海浦东阳光格外灿烂。而最开心的是张汝京那颗荡漾的中国心……从 2008 年 8 月 1 日，中芯国际在张江打下生产厂的第一桩基，到这一天企业开工投产，仅 13 个月时间，创下了世界同类生产厂的记录，张汝京笑得灿烂的原因是：过去这些建厂记录也是由他创造的，而现在他创造的记录是在自己的祖国、在祖国最有希望的浦东大地上！

张汝京的"中芯国际"旗帜一举，立即引起全世界同行的关注。一年多时间里，他召来了四百多位专业骨干，仅从意大利就召来三四十人，还有日本的、新加坡、台湾的。他们都是国际芯片界的技术尖子和工程师。他们的到来，给了张汝京的"中国芯"强大技术支持。

"中芯国际"在上海浦东的发展之迅猛，连张汝京本人都感到吃惊。他深深懂得一个国际化的大企业，技术支持很重要，留住人才更重要，而留住人才，先得留住人心。于是，以往造厂能手张汝京，开始投入很大精力在浦东帮助他的高管们建"安乐窝"、建职工们的子弟学校，而且都是一流的公寓、一流的别墅、一流的国际学校……

他再次获得成功。世界各地的芯片专家、技术骨干纷纷向"中芯国际"靠拢，向张汝京靠拢。与此同时，张汝京的"浦东效应"，也让台湾的同行们纷纷看好浦东和大陆，也跟着往大陆这边转移产业基地。

"不行！必须斩断张汝京从大陆伸过来的魔爪！"此时的台湾正是陈水扁当政。他不仅要求有关当局审核张汝京财产和身份，最后竟然威胁张汝京：要么回台，要么取消台籍！

如此恶招，也只有陈水扁当局能干出来。

张汝京义无反顾地选择了不理陈水扁当局。陈水扁当局果真凶相毕露，不仅核销了张汝京在台的户籍，而且还向他发出通缉，企图"断"了张汝京在台湾的一切业务。

"那个时候，他们很疯狂。"张汝京对我说，"2003 年我们在天津收购了一家厂，陈水扁又运用所谓的国际法告我。2004年我们在北京盖了一家大厂，他又告我……"

"他告得着吗？"我有些嘲讽道。

"因为我们'中芯国际'注册的是国际公司，他们可以到香港等地告我们。"

原来是这样。"陈水扁的卑鄙看来是全方位的。"我说。

事情并没有完。在台湾当局审核撤销张汝京户籍后，他本人向台湾地区的法务主管部门提出申诉。结果陈水扁狗急跳墙，责成法务主管部门作出不让张汝京十年回台的"判决"。

"一直到后来马英九上台后才解除我回台的禁令。"张汝京朝我苦笑了一下。这苦涩的一笑，让我感觉他老了许多……那一刻，我内心对坐在我面前的"台湾同胞"——不，他是真正的中国人，产生了崇高的敬意。

我甚至能感受到这样一位同胞身体里的那颗"中国心"跳得何等强烈！所有的中国人，真该好好向这样的先生学习。我由衷感叹。

然而，张汝京遇到来自台湾方面的"追杀"还仅仅是开始。更严重的事件仍在等待着他……

另一方面，浦东张江的"中芯国际"越办越好，业务迅速扩张。大陆和国际两个市场齐头并进。

2004年，"中芯国际"在香港成功上市。

两年后又在美国成功上市。

带着红色标签的"中国芯"开始在国际芯片业扶摇直上。这让许多人不舒服了。突然有一段时间，张汝京手下的"副总"请辞。问理由，人家支支吾吾不说。"你实在要走我也留不住。"张汝京只好无奈地耸耸肩。

不久，又有一些人，最后是一批人要求离开"中芯国际"。

"从2008年北京奥运会那时起，一直到2009年春天，他们跟我一直在谈判。"张汝京说，"最后的结果是：我答应自己退出电子行业，不再与芯片技术沾边，时间为十年！"

"为什么是十年呢？"

"他们知道，不让我与电子和芯片沾边是没有理由的，国际上也没有这样的法律。但有十年就够了，他们知道芯片技术正在快速发展，我离开十年，中国大陆的芯片技术就无法与国际竞争，就会落后于他人一两代。"张汝京解释道。

"原来科学技术领域也有如此尖锐的斗争，而且对你而言还十分残酷！"我不由感叹道，"这对你是多么不公！"

"没什么。只要能把'中芯国际'保住了，我就觉得对得起祖国。假如为了自己的一点利益，我把已经搞起来的一片中国高科技事业丢了，那才是最大的不安。"张汝京的胸怀犹如东海。

"听说这些年，中芯国际发展还算比较健康和平稳。"

"这是我略感欣慰的。因为虽然我离开了'中芯国际'，但政府接管后工作仍然有序，也引进了一批本地技术骨干，他们干得还算不错。遗憾的是，外部条件对'中芯国际'十分不利，所以在市场占有和技术进步方面相对落后了。"张汝京不无感慨，"确实，近十年里，中国的芯片技术没有跟上去……"

这个话题是令人痛苦的。"听说你现在又开辟了一个新领域？"我另择话题，问。

"是。这近十年里我在做另一件事：做硅材料。"张汝京重新有了笑颜，"他们不让我搞芯片和电子，总不能限制我所有的手脚吧！所以我后来一直在研究硅等高科技材料。"

"这个东西很重要吗？"外行的我问。

"当然。太重要了！"一谈到技术，张汝京仿佛恢复了活力，"美国为代表的发达国家，一直压着我们中国等发展中国家的芯片等高科技。其实在前沿的科技领域，材料有时比芯片更重要，因为现在美国等发达国家想封锁和垄断芯片不那么容易，他们无非是不卖给我们那些最高端的最新技术，但一般的能够实用的芯片我们不仅在其他国际市场上买得到，而且有些我们国家自己已经做得相当不错。但支撑这些产品的材料，一旦被他们斩断来源或垄断了，那可不是一个'中兴'的问题了，而是整个行业和国家科技、经济和军事等全方位的发展问题！"

张汝京跟我说了他心中最大的忧虑，同时也讲了他正在进行的研究与生产的方向。这一正一负，再一次让我深感一颗钟爱祖国的"芯"，原来跳得如此有节奏、有远见、有激情，也有水平啊！

中国真的不缺高精尖人才。这是老天给予的恩赐。但中国也让人为的老天爷折腾够苦的了。仅眼前的这位张汝京先生的境遇，让我不止感叹了一件事：如果台海风平浪静、祖国早一天统一，那中华民族的前进舰船该会快出多少啊！

"我相信我们中国不会败给别人的！前面就是希望，只要不懈怠，任何力量都无法阻挡我们的伟大复兴。"张汝京说，"我到浦东十八个年头，工作和生活都很开心。习近平在上海工作时，亲自把我请到他办公室，倾听我对电子和芯片事业的发展建议。俞正声三次到'中芯国际'视察工作。徐匡迪等领导都成了我的好朋友、老熟人。你说我这个上海人当得啥滋味？"

啥？

"美滋滋的！"不想，饱经磨难的张汝京先生仍然无比乐观。

"永远乐观！现在我生活在祖国大陆，工作在浦东这片热土上，觉得前景越来越光明。至少还能为相关领域干它十年吧！"

"那是肯定的！"临别时，我握着他的手，认真道，"你是我见到的一位最具炽热情怀的新上海人……"

"这个评价我很荣幸。"年届七十的张汝京顿时激动得脸颊泛红。

东方已满帆：上——海——啦！

伟大的时代总是开创性的。伟大的城市从来也不会重复他人的发展道路。上海已经在做其他城市没有做过的事。比如用几年时间建设一个浦东机场，从市区到机场的那条磁悬浮轨道连德国人都感到吃惊。法国巴黎机场用二十年时间才实现的空中"大港"，浦东仅用了五年时间便实现了。还有一件让世界所有临海城市目瞪口呆的事：上海建了个如今又是"世界第一"的深水大码头——洋山港。

在那些老牌资本主义国家看来是不可思议的事，中国根本不费力气、不费多少功夫便把它做起来并做成了，而且做得超完美。

洋山港便是一例。

韩国人最有感触了。当年一批上海人到他们釜山港参观时，骄傲的韩国人清楚地告诉上海人：我们韩国的这港口，是"21世纪环太平洋中心港"，所有你们中国的港口都将是我们釜山港的"后码头"。这韩国人的意思是，釜山港辐射的是整个东亚，中国的港口都是为他们服务的。此人哪里知道，中国人把他的话牢牢地记在心上，回国后就埋头做一件事：冲你釜山港的目标，做比你更大的港口……才不到十年，果真釜山港被远远地甩在后面！

日本神户也有感触：当年他们发表的《地震重建宣言》里就提出要建海运的"亚洲航母"，他们还在规划和绘制蓝图的过程中，上海的洋山港这艘超级

"大航母"便已建成。

现在，韩国人和日本人只能面对中国的洋山港偷偷抹眼泪。然而眼泪救不了国，国家的强盛是凭实力和精神的。

归墨，与我是常熟同乡。他的名字让我感觉他是墨子的后代似的，满身细胞都浸透了墨水。但归墨是一位一生与海作战的勇士。身为洋山港建设的现场工地总指挥、同盛集团董事长（洋山港的国有投资方），归墨经历了洋山港建设的"前因后果"——

上海是"码头"起家的城市，但在"文革"前却连什么是"集装箱"都不知道。后来一艘名叫"东海号"的日本货船耀武扬威地开到了上海，它装载的是200个集装箱。到上海码头后，中国人竟然不知如何搬运那些方方正正的"大铁箱"。日本人笑了，他们开动装在船上的吊桥，轻轻松松的将200只标箱搬到了岸头，后来又把上海岸头要运走的货物装入"大铁箱"里，又轻轻松松地吊上了"东海号"，然后趾高气扬地与上海码头工人"拜拜"了！这一幕让归墨等上海人的心很痛。

被刺痛的还有时任上海市市长的江泽民。

那是1986年的一个雨天。归墨清楚地记得，当时他刚刚回到张华浜工地，江泽民就到了码头现场，向归墨询问了工程进展及世界银行贷款情况，随即嘱咐归墨：一定要把上海的第一批集装箱码头建好。"要不上海就不是大码头了！"江泽民的话伴着雨声久久回荡在归墨等上海码头人的耳边。

现代港口城市如果没有集装箱码头，就像是一个城市没有马路一样将成为笑话。可是在上世纪七十年代之前的中国确实没有一个可以搬动集装箱的码头，而此时的西方发达国家及港口，基本上已经流行以集装箱为主要形态的航运了。难怪朱镕基在开启浦东大开发之后，跑到外高桥集装箱码头命令港务局领导："给你们28个月时间，完成外高桥一期工程，如果到时拿不下来，唯你们是问！"

外高桥港口发展是浦东开发的一大亮点，转眼"28个月时间"不到，一座现代化的集装箱码头矗立在浦东的最东方，让上海人兴奋了好一阵。因为那些几万吨的外国巨轮纷纷停泊于此，上海码头人用的全是自己的集装箱吊载工具，也从此再看不到日本的"东海号"自带吊车来上海的一景了……

然而上海人的目标更远。外高桥码头仅是"浦东航母"驶向远方的"第一首诗",虽然也很动听,但不是最后的诗篇。

他们又出发了。上海市主要领导黄菊亲自带着一批人,乘着小艇,在邻近上海的海面上像侦察兵一样在寻找理想的"深水"岛屿,为建设更大的"航母"平台作准备。

风如此之大。小艇像一叶竹片在海浪中飘荡,黄菊左手用毛巾捂着嘴,还在不停地叮嘱大家注意平衡,以免呕吐更厉害。"当年就是这个样,我们一直在海上寻找理想的深水港口目标。"一位随黄菊等出海考察的官员对我说,"因为上海境域内没有合适的深海岸,所以只能到远一点的舟山海域考察。小艇走了好几小时,颠得我们一行哇哇吐水。回程的时候,经过大、小洋山水域时,发现那里有一个南北向的天然屏障,海面上风平浪静。黄菊便说:到那边去看看。后来我们上岸了,岛上的居民一听说是上海来的大领导,准备想在附近一带建大码头,列队欢迎。随后兴奋地与黄菊聊起他们这里如何如何的好,是个避风港,历史上的传说和现实的故事,讲得黄菊等开心极了。黄菊当场拍板:我回去就向朱镕基同志汇报,建议我们的深水码头就建在此处!"

洋山深水港的地址就这样被确定下来,之后是论证和实地勘探等繁琐的步骤。各种调查和勘察的结果告诉我们:小洋山岛与大洋山岛隔海相望;西北距上海南汇的海岸30公里,距长江口出海的国际航线仅104公里,是距上海最近的具备了15米以上水深的天然港口。如果把这里建成深水港,通跨海大桥与上海交通运输网连接,可以使上海港经济腹地获得最大的广阔度。如果再与长江支线和沿海支线相联,上海港无疑是亚洲甚至世界一流的大港口。它将完全具备成为亚洲—北美、亚洲—欧洲两大主干航线主靠港的条件。那个时候,上海这艘"超级航母"真的可以远航了!

2000年底,时任国家主席江泽民对洋山港作出重要指示,希望抓紧加快港口建设。2002年2月,国务院正式批准洋山港深水码头第一期工程建设。上海即时成立同盛投资(集团)公司,作为洋山深水港口投资主体,并与浙江省及有关方面进行协调。需要指出的一点是,此时习近平正在浙江担任省委书记,他对洋山港口建设给予了全力支持。浙江洋山地区的人民为上海的这艘"航母"作出了可贵的奉献。尤其是小洋山岛上的居民，他们祖祖辈辈生活在这里，以海为生，仅埋在这片海风吹海浪打的山丘与乱石岗上的坟墓就达3000多穴。后来4000多户驻岛渔民，全部搬出岛屿，为深水码头腾出了宝贵的空间。

2018年春，我在原南汇区区长、后任浦东新区副区长的万大宁的陪同下，乘车到"世界第一大港"——洋山港采访。这位说话特别谦和的老"区长"，有相当一段时间是负责洋山港建设的上海同盛集团总裁，而洋山港及现在的上海临港大部分又是原南汇地盘。"老乡"江苏宝应人的万大宁父亲是南汇第一任县委书记。

"1958年南汇才从江苏那边划过来的。我父亲就是在那个时候任南汇县委书记。我这一辈子多数时间在南汇地面上工作，是有血缘关系的。"万大宁这么说。

"当年南汇了不得啊！小时候我就知道南汇在农业方面很厉害的。"童年的记忆，让我对老"南汇"颇有一份感情。

"是是，那时我父亲当县委书记时，人民日报曾经发过一篇文章，题目就是《农业要学南汇》……"难怪万大宁这么自豪。

"其实，现在的南汇才是真正值得自豪。"那天我坐在万大宁的车上，他指着绵延几十里的海上高速路——通向洋山港的30多公里的大桥，意气风发地对我说。

呵，习习海风掠过车窗，吹拂在脸上并透过肌肤，透进脑海，感觉别样惬意。那近处和远方飞翔的鹭鸟在一路追逐，仿佛格外欣喜地在迎接来岛的每一位宾客。而在它们的翅膀底下，近桥边的海水里，成群的鱼儿也在奋力与我们的车子比赛……其情其境，令人陶醉。更为壮丽的是，大桥两边无数高大而代表着现代文明的风电车在转动，它们像仪仗队的官兵站在大桥两边，每时每刻都在注视着来来往往的所有行者和飞物，以及大海的动静。这种自然与人类共同建筑的壮美，让人格外心旷神怡。

"这座跨海大桥是整个洋山港口的三大关键工程之一。没有它，洋山港口就不能存在。有了它，才叫上海洋山港。"万大宁说，因为这跨海大桥向大海的延伸，才使洋山这块海上的浙江岛屿，成为了今天上海与浙江共享的地方。

在海上乘着汽车飞驰,能直接感受什么是"伟大中国"。

约32公里的跨海大桥,在无垠的大海中,其实像一条线一样细,尽管它有几十米宽阔的来回复道,但在海的面前,简直就如一根头发般细小。透过车窗,向前遥望,你看到的大桥,就是海与天之间一条细细的银线而已。然而,我们的建设者们为了这条投资105亿元的"东海大桥"(正式桥名)所付出的艰辛,难以想象。

"这是在大海里施工,而且为了工期,整个大桥施工不是从岸头一米一米地往大海纵深延伸,而是一截一截同时进行施工,最后衔接起来,这样有利于缩短建设时间。"万大宁说,"这样就出来一个问题:32公里的桥在大海里走,到底哪条基线为准?这么远的大海纵深,不像地上搞测量,三角架一架,然后再把线一拉,就可以测绘出一条笔直的桥型施工线了!大海里无法这样做,怎么办?你用船测量也不行,船在浪里是动的,不稳定的,测量出的线路肯定不行……"

"这可怎么办?"这问题让我一下子感觉到:原来海里造大桥还真复杂啊!

"全靠现代科技GPS定位。"

噢——明白了。

"所以我们当时有句话这么说的:桥在地面上造,功夫全在天上。指的是我们建桥和在岛上建码头,许多技术是通过GPS等遥感卫星技术完成的。就说这桥的科技含量,也是创造了许多'世界第一'的。"听得出,作为大桥的建设指挥者之一的万大宁口中满满是自豪感。

"造桥过程中的困难到底有多少,工人们说跟天上的星星一样多……因为施工一开始,几千人在海面上一干就是几个月不能回岸。不干这活的人无论如何也想象不出来几个月生活在就那么几米、几十米大小的浮桥墩上是啥滋味……周亚军你说,你最有资格说。"经过半来个小时的车程后,我们来到岛上的同盛前线指挥部。万大宁见到在门口迎接我们的一位脸色黝黑的年轻人,便向我介绍道:"他是现在的港口工程负责人。"

"挺年轻嘛!"被称为"周亚军"的港口前线指挥员要比我想象的年轻。

"哪里——已经快五十的人了!光在岛上就干了十几年!"周亚军有些腼腆地说道。

"说说你们当时怎么在大海里把这桥建起来的。"我特别想知道万大宁没有来得及说的事。

"这得几天几夜吧!大作家你能在岛上待几天?"周亚军将我一军。

"只有几个小时。"我坦言。

"那就挑最概括性的吧。"周亚军是个搞工程出身的人,很会抓重点。他是常州人,又算我的一位江苏老乡。他说:"我是1984年大学毕业的。走上工作岗位正好是上海第一轮建港潮。但到了九十年代听说要在海上建一座30多公里长的大桥,摇头的人还是多数。过去我们干港口的活,无非就是工程大与小的事,啥困难都不在话下。可到大海里干活,完全不一样。几个人才能围抱的大钢管桩,往海底里打60米深,第二天起来一看,那桩竟然没了!你想想看这事咋弄?什么原因?下面的淤泥多、地质复杂呀!而且海浪急,整个海面水深在10~12米之间,起风时看到的是巨浪翻卷;不起风时,其实海面底下也是暗流汹涌。我们在小舢板上施工,打一根钢管桩本来就非常艰难,而且一天还打不了几根,不是断了,就是歪了。虽然卫星定位了,但桩是人打的,海风晃荡小舢板,下面的地质条件又复杂,费尽力气,一天才打两根桩。当时我们计算了一下:按这样的速度何年何月才能把32公里长的大桥造好嘛?这事连总指挥韩正都急得不行。怎么办?我们没那海里打桩的技术和设备呀!后来一打听,日本有那设备。人家日本人告诉他们一天可以打17根左右。这个速度正好符合我们建大桥的施工时间和速度。但日本人说了,要技术和设备,就得把工程给他们做。我们自然不答应。不答应人家就不给我们打桩设备和技术,逼得我们只好自己想办法。没想到后来是我们的两个年轻人攻克了这海上打钢管桩的难题,一天能打几十根钢管!"周亚军一开口,满是"故事":"我们在海里打桩的时候,正好是美军打伊拉克,大伙儿风趣地说:山姆大叔在海湾大打,越打越被人骂;我们在海上打桩,越打越威风凛凛……"

"32公里长的海上作战场面,相当壮观。尤其是夜间,灯火一亮,好似一条燃烧在大海上的火龙在飞腾,真是激动人心!"万大宁插话。

"其实我们在海里施工时每天都是心惊肉跳!"周亚军回忆,"远离陆岸在海里施工与在地面完全不一样,而且海浪与台风一刮,别说人,就是钢管水泥桩也常常被吹刮得七斜八歪。开始一些胆小的人往脚底下一看，浑身就发软。许多人还不适应环境，呕吐严重。这还不是主要的。最难忍的是几个月几十个人、几百个人圈在十几平方米、几十平方米的小舢船或临时搭起的小棚里，那种孤独感、压迫感、不安全感，没有亲身体会是无论如何也想象不出来的！啥都不说，就说几个月待在海上，浑身被夹着咸味的海风吹着，你满身的不舒服就够难忍的了！所以过去在电影里看打仗，很感动人。其实我们建设洋山港、建这海上大桥，跟打仗没有区别，除了没直接死人，啥样苦滋味都尝遍了……"

突然，铁汉一般的周亚军声音变沙哑了。我明显看到他的双眼湿润了。

"喘口气。"万大宁拍拍周亚军的肩膀，接上话茬，道，"建大桥那会儿确实有很多叫人难忘的场景，你比如说，它的建设速度，我常常用这样一句话来形容，这桥像是从海里'长'出来似的。为啥这么说？因为我们施工是几个、十几个施工队一起上，每个施工队负责一段海域的桥面建设，最后合龙……所以在我的印象中，这桥尽管建设了三年，但它有32公里长啊，它就这样在我眼前的海里'长'出来，而且'长'得飞快，'长'得壮壮实实！是不是这样亚军？！"

"是是，韩正市长也这么说。他说三五天不来，大桥就会'长'高一大截！"周亚军恢复了常态，又说，"其实造大桥难，孤岛上建码头更难。因为洋山港的主体码头都建在小洋山岛。可原来这里的陆地面积非常小，就是全部利用起来，也只够港口设计面积的十分之一，也就是说，我们要完成港口设计的要求，就得在海里填出十个小洋山的面积。这在世界港口建设史上也是没有的。后来我们的港口建好了，有好几位外国海港专家参观后，感慨万千。一位美国专家说，在美国，造一个深水泊位，一般需要一年。你们在孤岛上10年建了三十多个深水泊位，不可思议。其实，我们在洋山这十多年里，从上到下，干的都是些不可思议的事。记得刚上岛不久的2003年夏季的一天晚上，海边突然传来一声巨响，原来是工作船码头的引桥垮塌。我们走近一看，心里真的怦怦直跳，你想：六根几个人才能围得了的钢筋混凝土桥桩全部断裂，桥面一下塌陷20多米……你说这海风和海浪力量有多大！"

不敢想象。"走，请何作家到码头现场去看看吧！"这时，同盛集团公司的叶青先生来请我们。

■ 洋山深水港雄姿 （摄影 郑宪章）

今天离陆地32公里的小洋山已经没有了"孤岛"的孤独感，一条彩虹般的"东海大桥"将它与大上海和新浦东联在了一起。不过，站在小洋山岗上，转身往岸头的老南汇、如今的临港新城望去，还是感觉有些遥远，正是因为这个"遥远"，才让人感觉建港人的伟大和不易。大桥的通畅与平坦，其实在今天看来，小岛和百里外的陆家嘴，仅是"浦东"的前后院而已。

转身再往右侧看，那就是已经建好的港口第一期和第二、第三期码头，以及正在建的第四期全自动数控码头……呵，这么宽阔而宏伟的码头啊！我不由地喊出了声。因为在我的面前，是一个一望无际的现代化码头。那码头一侧是与蓝天相接的大海，大海与岸头衔接处是像巨人整齐排列在那儿的数十架大吊车，那些红臂的大吊车下面是停泊着的一艘艘远洋巨轮，它们正等待着装卸；而在码头的另一侧，是一片同样宽阔无际的集装箱货物堆场，那些七彩的集装箱，如整装待发的千军万马，整齐而威武地列队站着，格外气派……

"奇怪，为什么整个码头上看不到一个人呢？"这让我好奇而吃惊。

叶青笑道："所以叫全自动化码头，也有人称我们的洋山港是'魔鬼码头'。说的就是整个码头和货物堆场内基本不需要人操作，全部靠自动化。比如集装箱，用的是无人驾驶AGV小车搬运，把集装箱运到堆场；岸边的桥吊，也由过去的码头操作员转移到在监控室内的电脑上完成，所以在码头上就不需要人了。用标准的说法，管这样的码头叫作智能化码头。它可以实现码头集装箱装卸、水平运输和堆场货物的有序管理和智能调处，其效率远超过传统的人工机载码头，成本也大大降低……"

"比如？"那一刻，我的脑海里闪出电影《海港》中"那吊车"的唱词与情景，于是便追问道。

"比如智能装卸可以达到每小时40个集装箱。而全世界最优秀的人工机械装卸40个集装箱大约需要三小时左右。"

呵，这就是我们的洋山港——世界最先进，也是最大的港口！

它连续七年位居世界港口吞吐量第一。如果加上上海其他港口的总吞吐量，上海港的年吞吐量高达4000万标准箱。这是个什么概念？等于美国的全部港口吞吐量，全世界所有港口吞吐量的十分之一！

十年一跃，跨越的是发达国家 50 年垒筑的高度，以美国和日本为代表的国际集装箱港口建设都是从上世纪六十年代开始的，而他们的港口海运的创建历史则更远，已近百年。中国的港口海运是以上海为代表的，过去上海一直远远落后于他人，如今才十个春秋，洋山港脱颖而出，成为世界第一大港。我们自然不知曾经以"全球第一"自居的韩国人，还有日本人和美国人，以及老牌的荷兰人如何想。而我看了气吞山河、威震太平洋东岸的洋山港，自然想起了一个人、一个中国人，他便是孙中山……

建"东方大港"，最早是孙中山提出来的。孙中山在一百多年前就已经为中华民族的崛起绘制了一幅宏伟蓝图——其《建国方略》如一轮曙光，将黑暗的中国前景照亮。百年来，上海人一直把孙中山的"东方大港"的宏愿作为城市建设的目标和方向。如今浦东开发的大发展潮流，让孙中山的愿望得以实现。

这是何等的辉煌！

"走，我们看海去！"不知谁喊了一声，于是我们一行人便向小洋山与海面贴得最近的一个山丘走去。在那里，矗立着一块巨石，上面镌刻着四个红色大字：福如东海。

苍茫大地，遥接天际。瀚波叠楼，福在东海。当一阵强劲清爽的海风拂面吹来时，我们所有的人犹如站在巨轮的船头，不由自主地摇晃了一下身子。

呵，这不正是"上——海"之地吗？这不正是"上——海"最好、最近、最合适的地方吗！

那一刻，我的心激动得都要跳出来了！因为，只有在此处，你才能理解和领悟"上——海"的真正涵意，真正懂得奋然冲向大海的强烈欲望……

"上——海——了"！我们要上——海了！国家要上——海了！朝着那个世界舞台的中心目标，我们上——海——了！

那一刻，我听到整个大地和苍穹都在响彻同一个声音，我感觉脚下的洋山港，连同浦东浦西的整个大上海，都在震荡，都在跃动，都在升帆，如同一艘超级巨轮发动了机器、拉响了汽笛，开始徐徐地离开岸边，向着远方的大海驶去、驶去……

我们"上——海——啦!"

我仿佛又听到了那个亲切而伟大的声音,在大海和天际久久回荡……

回荡……

后记 ▶ 关于我们眼里的上海与浦东

在上海人的眼里,"上海"是一个样;在上海以外的人眼里,"上海"一定是另一个样。上海就是这样一个城市:像一个妖娆的女人,有时让人捉摸不透。它有时又像一本书,里面有许多你未知的知识。总之当你靠近它的时候,会发现你一定可以得到许多收获。

写上海不写它的高度,是无法抵达它应有的水准的,因为这里有全中国最高的摩天大厦;同样,写上海不写它的深度也是失败的,因为只有了解 288 米深的时候,才知道其实在那里是有可以固实这个城市的花岗岩层的;自然,上海的另一个特点是它的宽度,因为它有大海,这是你第一眼就该关注的地方;上海又是一个十分精致的城市,弯曲的弄堂和幽静的小街仍是它的重要部分,忘了这城市的本色就等于白来一趟……

是的,我发现过去大家对上海的认识和了解其实非常狭窄而有限,比如:只知道上海人"小气"而并不知上海人大气的时候可力撼地球、气吞山河;上海人锐意改革、思想解放的时候比任何地方都有魄力与创新意识。还有,上海人锲而不舍、精益求精的精神及能力……当然,上海人其实是十分崇拜那些比他强大的人,而且暗暗里总在设计如何超越这种强大者的策略。

上海人确实也有小气和小心眼的时候,通常是对那些让他们看不起、看不顺眼的人。因为上海人认为他们具有天生的优越感。这没有错,上海有足够的资本骄傲。然而我知道,上海在改革开放初期,它也很压抑,甚至很抬不起头。这对一向高傲的上海人来说,是一段很不愿意提及的时光。但,好在这样的时光很短暂。

　　现在你再到上海看一看，在黄浦江的东西两岸走一走，你不可能不怦然心跳，不激动万分，因为它实在太美，几乎可以美过世界上任何著名大都市——那些城市不是老了，就是朽了，要么便缺乏基本的人气，而本质上也没有上海美——无论是气势还是建筑本身，无论是城市的人文品质还是时代风貌。

　　上海自然是特别幸运的一个城市，它遇上了邓小平，还遇上了江泽民、朱镕基和习近平等中国改革开放过程中的伟大引领者和卓越的领导者。可以这么说：没有邓小平的英明决策与胆识，上海就不会有今天的模样。也可以这么说：假如没有浦东开发开放，今天的上海不可能发展得如此美、如此快。当然，我还是坚持认为，没有上海几届卓越的领导人和一批又一批优秀的建设者及广大市民们的努力与创造，上海的今天肯定是另一个样……

　　中国的上海，不可能衰退与没落；上海假如是那样，便意味着中国出现了衰退与没落。上海强则中国强，上海美则中国美，上海发展则中国发展，上海伟大则中国伟大，历史已经用一百多年证明了这一点，未来若干个百年里将依然会这样证明。

　　在改革开放 40 周年之际，应邀采写上海的浦东，使得我有机会比较全方位地对上海尤其是浦东作一细致的了解，有的时候这种了解非常深入，令我自己都感到吃惊。因为这个原因，我收获了一个特别的意外：像梳理头发一样梳理了我何氏家族五代人与上海的渊源，这也释怀了我为什么以往对上海的那种不亲不远又不舍的情愫——原来我比谁都"上海"！ 而从小学到中学，到参加工作和在中国作家协会的几十年时间里，竟然我就一直没有离开过上海人对我的教育与关照，他们不是我的老师，就是特别重要的班主任，或者是直接的领导……很怪，一生就这样贴近着"上海"。

　　老实说，写上海、写浦东是件并不轻松的事，尤其是突然接受的差使。但我依旧欣然接受，因为上海和浦东的改革开放史，着实值得一写。它的精彩、宏大和史诗式的巨变，就像一曲震撼世界文明史的交响曲，如果没有人去谱写与弹奏，简直就是对中国和时代一种侮辱与玷污。而浦东开发开放史，又何止影响到了上海的发展与未来，它是我们整个中国在世纪之交的一场伟大革命和伟大建设。后来的结果证明，浦东的开发开放为中国改变在本世纪的世界地位，作出了最精彩的预演和成功的实践。

今天，当我们每一个中国人站在外滩，看一看黄浦江两岸的新上海，不可能不激动，不可能不自豪，也不可能不感叹其无与伦比的美丽与壮观。

城市其实跟人一样，每一座建筑、每一条道路、每一片公园，都是有其生命的，它们都是从无到有、从小到大，甚至从"丑小鸭"成长为天使。但又有多少人知道一个城市的成长过程和成熟过程呢？《浦东史诗》力求做到的，就是通过真实和艺术的文字来向人们介绍这个过程，因为它是我们当代人所创造的奇迹——仅用不到三十年的时间，造就了一座全新的现代化大都市，以及这座伟大城市的新精神。

浦东，以及延伸到今天的整个大上海，是如何造就的？那些艰难岁月与积聚的精彩，绝不是几篇报道、几部电视片所能传递完的内容。它就是一首激昂高扬、催人泪下、美轮美奂、流芳千载的交响与史诗，凡是被它感动的人都会心悦诚服、顶礼膜拜。

现在我就是这样一个人。

因为我被上海的历史所感动——感动中我发现了许多过去上海人自己都认识不到和认识错误的事，比如对"母亲河"的错位，比如对"上海"地名的理解，等等，最关键的是上海人自己都并不了解真正的上海人是怎样的一种人、他们身上有怎样的精神和特质！

因为我被上海的今天所感动——感动中我发现了许多原来一直被误解的"上海"。其实"上海"并非全是上海人的上海，而"上海"二字的本身也并非那么死板与简单。它的蕴意本身就是一种行为方式和精神创造。

告诉你："上海"二字，其实从来就是一个"动词"，一个"状态"，一种精神，因为这个城市就靠近大海，没有勇敢的行为，没有创新的锐气，没有坚韧的意志，历史和自然的浪潮早已将我们淹没与湮灭……

还有，我们无需出海，只要把自己的堤岸坚固好，"世界舞台的中心"其实就在我们的脚底下。

依然这样认为：写上海是一件幸运的事，除了有机会认识那些伟大建筑、知道它们的出生过程和肌体的结构外,更重要的是认识了许多参与制造浦东的人物,他们真的应该被历史记载和人类认识,如果只看到摩天大厦而不知建设它们的人的身形以及他们为之流下的汗水与泪水,那只等于翻了翻上海这部书封面,内容其实你没有看。

对我而言,最重要的收获可能是比书本身还要重要,因为由此我结识了诸多朋友,他们有的比我年长,有的则比我年轻,他们才是真正的"上海"和"浦东"。他们精神美、品质美,而且情意美。

《浦东史诗》其实只是一个"序曲",真正的浦东史诗还在继续谱写和延伸,它可能在更大的一次机遇中到达新的高度,就像我们今天在浦东仍然可以看到美轮美奂的摩天大厦中间夹着不少破旧与落后的地方一样,浦东发展和开放的空间仍然很大。这需要更高智慧者去挥就大手笔。诚然,我的作品也有许多不足之处,五个月的采访和写作时间里,其中还有一个月因为突发性的"带状疱疹"剥夺了我宝贵的部分书写《浦东史诗》的时间。这得怪"上海的高度"实在有些难以攀登。

由衷感谢那些接受我采访并提供机会的领导与朋友。由衷感谢上海市委宣传部、上海市作家协会、上海世纪出版集团的帮助支持。尤其是上海文艺出版社的陈征社长、郑理副总编和乔亮等朋友,他们一直在默默地帮助我完成采访及编辑出版等细致和繁琐的工作。我的老领导金炳华书记,老朋友王伟、孙甘露、马文运和阚宁辉先生等,他们给我提供了许多难忘的关怀与关心。但我仍然要向那些被写进作品中的所有在世和已经离世的人物致敬,他们是最让我难忘的。

让我们以新上海的名义,向这些历史性人物和功臣们致敬!

2018 年 8 月于北京

图书在版编目（CIP）数据

浦东史诗/ 何建明著. -- 上海：上海文艺出版社,2018（2020.3重印）
ISBN 978-7-5321-6896-5

Ⅰ.①浦… Ⅱ.①何… Ⅲ.①纪实文学－中国－当代

Ⅳ.①I25

中国版本图书馆CIP数据核字(2018)第222674号

发 行 人：陈　征
策　　划：郑　理
责任编辑：乔　亮
封面题字：胡　考
封面摄影：郑宪章
封面设计：钱　祯

书　　名：浦东史诗
作　　者：何建明
出　　版：上海世纪出版集团　　上海文艺出版社
地　　址：上海绍兴路7号　200020
发　　行：上海文艺出版社发行中心发行
　　　　　上海市绍兴路50号　200020　www.ewen.co
印　　刷：上海盛通时代印刷有限公司
开　　本：700×1000　1/16
印　　张：26.5
插　　页：20
字　　数：421,000
印　　次：2018年10月第1版　2020年3月第2次印刷
印　　数：5,001-8,000册
I S B N：978-7-5321-6896-5/I.5502
定　　价：108.00元

告 读 者：如发现本书有质量问题请与印刷厂质量科联系　T: 021-37910000